늑대토템 2

늑대토템

장룽 장편소설

2

송하진 옮김

김영사

늑대토템 2

지은이_ 장룽
옮긴이_ 송하진

1판 1쇄 인쇄_ 2008. 7. 14.
1판 1쇄 발행_ 2008. 7. 21.

발행처_ 김영사
발행인_ 박은주

등록번호_ 제406-2003-036호
등록일자_ 1979. 5. 17.

경기도 파주시 교하읍 문발리 출판단지 515-1 우편번호 413-756
마케팅부 031)955-3100, 편집부 031)955-3250, 팩시밀리 031)955-3111

값은 표지에 있습니다.
ISBN 978-89-349-3035-8-03820
978-89-349-3036-5-03820(세트)

독자의견 전화_ 031)955-3200
홈페이지_ http://www.gimmyoung.com
이메일_ bestbook@gimmyoung.com

좋은 독자가 좋은 책을 만듭니다.
김영사는 독자 여러분의 의견에 항상 귀 기울이고 있습니다.

늑대토템은 초원의 혼이자,

초원민족의 자유롭고 강인한 혼 그 자체였다!

차례

21

초원의 여름

탁발도(拓跋燾. 위나라 태무제)가 429년 동고비 사막의 연연蠕蠕 몽골 부락의 침략에 맞서는 행동을 취하려 하자, 신하들이 그에게 간언했다. "남조南朝 제국의 한인들이 기회를 틈타 우리를 공격해올지도 모릅니다." 그러자 그가 간단하게 대답했다. "한인은 아직도 보병으로 전투를 행하지만 우리에게는 기병이 있다. 망아지 무리로 어찌 승냥이와 이리에 대항할 수 있겠는가." _르네 그루세 《초원제국》

호수로 몰고 가려던 양떼가 오히려 그로부터 멀어지자, 천전은 서둘러 양들을 모아 호숫가로 몰았다. 양떼가 호수 쪽으로 움직이는 것을 확인한 천전은 말을 타고 먼저 목적지로 달려갔다. 호수 서북쪽의 갈대는 이미 깨끗하게 벌목을 한 뒤였고, 그 자리는 가축들이 호수에서 물을 편히 마실 수 있도록 모래흙으로 채워 인공 백사장으로 만들어 놓았다. 진작에 물을 실컷 마신 말 무리가 도무지 떠날 생각을 않고 계속 호숫가에 머물러 있었다.

호수에는 물오리와 여러 종류의 물새들이 즐겁게 놀고 있었다. 조그맣고 아름다운 물새 몇 마리가 말들이 있는 곳으로 다가왔는데 아랑곳하지 않자 다리 사이를 지나다녔다. 말들은 물새들이 예쁜 듯 그저 바라보기만 할 뿐 꼬리조차 움직이지 않았다. 오직 백조 무리만 말들과 친구 되기가 싫은지 말들이 더럽힌 물로부터 멀리 떨어져 호수 한가운데와 맞은편 기슭의 갈대숲 사이사이를 유유히 헤엄쳐 다니고 있었다.

갑자기, 하늘을 뒤흔들 만큼 우렁찬 양들의 울음소리가 호숫가 비탈에서 울려왔다. 천전의 양떼가 드디어 호수를 발견한 것이다. 여름철에는 이틀에 한 번꼴로 양떼에게 물을 먹여야 한다. 이틀 동안 목이 말랐던 양떼는 거의 광분하다시피 일제히 소리를 지르면서, 모래먼지가 자욱하게 일도록 호수를 향해 빠르게 달려갔다. 사람과 가축들이 새 목초지로 옮겨온 지 채 열흘도 되지 않았는데, 호수 부근의 그 넓은 풀밭이 소와 양 그리고 말떼에게 밟혀 벌써 모래땅으로 변해버렸다. 호숫가로 달려간 양들은 그곳에 서 있는 말들의 다리 사이나 배 밑에서 마음껏 물을 마셨다.

물을 배불리 마신 천전의 양떼가 막 호수를 벗어나려고 할 때 목말랐던 또 다른 양떼가 소리를 지르며 달려왔다. 이번에는 누런 흙먼지가 더욱 심하게 일었다.

호수에서 2리 쯤 떨어진 완만한 비탈면에는 서너 명의 민공民工들이 천막을 세우고 있었고, 수십 명의 또 다른 민공들은 수로를 파고 있었다. 바오순궤이는 민공들에게 약욕장과 양모 창고, 임시본부를 짓도록 지시하고, 현장에서 작업을 지휘하고 있었다. 몇몇 민공과 그 가족들은 도랑을 파고 땅을 갈아엎어 채소밭을 일구었다. 멀리 한쪽 산비탈에서는 민공들이 커다란 채석광을 파서 돌을 들어 올리고 있었다. 대형 짐차 몇 대가 선황색 돌덩이와 석편을 공사 현장으로 부지런히 실어 날랐다.

천전은 처녀 초원이 만신창이가 다 되어가는 모습을 더는 보고 싶지 않아서, 서둘러 양떼를 몰아 서북쪽으로 향했다.

양떼와 함께 산등성이 하나를 넘자 천전의 눈앞에 분지 목초지가 나타났다. 빌게 노인은 각 조에다 분지의 목초지를 함부로 하지 말고 아껴두라고 지시해두었다. 여름철에는 해가 길기 때문에 최대한 멀리까지 나가서 방목을 해야 늦여름이나 초가을까지 이사를 가지 않고 버틸 수 있었다. 그는 양떼를 이끌고 분지 주변의 목초지를 몇 번 왕복할 생각이었다. 우선 풀이 웃자라지 못하도록 새 토양을 단단히 밟아주어 무서운 모기떼가 날뛰는 것을 막기 위해서였다. 천전은 양떼를 반원형으로 풀어서 서쪽 산비탈을 향해 느릿느릿 이동했다.

따스한 초여름의 햇살 아래, 초록빛 풀밭에서 마치 들에 핀 흰 국화처럼 새하얀 천여 마리의 어린 양들이 풀을 뜯어 먹는 모습이 유난히 눈부셨다. 어느새 짧고 곱슬곱슬하던 털이 덥수룩하게 자라기 시작하면서, 새끼양들은 젖도 먹고 풀도 먹을 수 있을 만큼 자라 있었다. 그리고 무엇보다도 통통하게 자란 꼬리는, 젖을 먹이느라 바짝 말라버린 어미양의 꼬리를 금방 따라잡을 수 있을 정도가 되었다.

비탈 가득히 들국화가 이제 막 활짝 피어나서, 풀밭은 온통 아름다운 황금물결이었다. 수천수만 그루나 되는 50센티미터 높이의 노란 국화 줄기 가운데서도 가장 높이 자란 나팔 모양의 커다란 국화 한 송이가 가장귀에 묵직한 붓 모양의 꽃봉오리를 비스듬히 꽂고서 막 꽃망울을 피우려 하고 있었다. 들국화와 유채꽃 덤불 속에 평화롭게 앉아 있던 천전은 자신이 강남의 유채꽃밭 한가운데 와 있는 것만 같았다.

그는 사람의 손길이 닿지 않은 목초지에 핀 들국화가 인공 재배로 피어난 국화보다 훨씬 크고 탐스럽다는 것도 이곳에 와서야 알았다. 가장 큰 꽃망울은 거의 볼펜 자루만큼이나 길었다.

자리에서 일어나 말에 오른 천전은 양떼 앞쪽에 꽃 덤불이 더 무성한 곳으로 달려가 노란 원추리를 땄다. 제철을 만나 신선하고 연하고 맛 좋은 원추리는 초원에 온 베이징 학생들이 즐기는 산나물이었다. 원추리 양고기 볶음, 원추리 양고기 만두, 산마늘 원추리 무침, 원추리 유슬탕 등등이 그것이었다. 겨우내 채소 섭취가 부족했던 지식청년들은 하나같이 소나 양처럼 초원의 들나물이며 들꽃들을 우적우적 먹어대며 목축민들에게 새로운 먹거리를 소개했다. 하지만 목축민들은 원추리 맛을 그다지 좋아하지 않았다. 아침에 일터로 나가기 전에, 가오젠종은 천전을 위해 빈 가방 두 개를 준비해주었다. 요즘 가오젠종은 천전이 양을 풀어놓은 한가한 시간에 책을 읽지 못하도록 했다. 대신 천전과 양커에게 원추리를 되도록 많이 따오도록 해서, 끓는 물에 살짝 데친 다음 햇볕에 말려 금침채를 만들어 겨우내 두고두고 먹자고 했다. 요 며칠간 말린 것만 해도 벌써 반 자루나 되었다.

양떼는 천전의 뒤쪽으로 조금 떨어져 있는 꽃밭에서 풀을 뜯고 있었다. 천전은 원추리를 한 줌 가득씩 따서 금세 가방 하나를 다 채웠다. 그러던 중에 발아래에서 늑대 똥을 발견했다. 그는 얼른 쪼그리고 앉아 한 덩이를 주워 자세히 살펴보았다. 늑대 똥은 바나나 정도의 굵기로 회백색을 띠었으며, 이미 말라 있는 것으로 봐서 바로 며칠 전의 것이라는 걸 알 수 있었다.

천전은 그 앞에 앉아 골똘히 생각에 잠겼다. 이참에 늑대 똥에 관련된 지식을 더 많이 쌓아야겠다는 생각이었다. 문득 며칠 전 일이 떠올랐다. 지금 자신이 앉아 있는 곳이 바로 늑대가 휴식을 취하고 있던 자리였던 것이다. 늑대는 여기까지 와서 무얼 했던 것일까? 천전은 주위의 풀밭을 살펴보았다. 뼛조각도 없고 털도 빠져 있지 않은 걸로 봐서 늑대가 뭔가를 잡아먹은 건 분명 아닌 것 같았다. 그렇다면 꽃이며 풀이 높이 자라 있는 이곳에서 양떼가 지나가기를 기다리며 숨어 있었는지도 모른다. 이런 곳이라면 매복 공격을 하기에 더할 나위 없이 훌륭한 장소가 아닐까? 천전은 약간 긴장되어서 얼른 일어나 사방을 둘러보았다. 다행히, 근처에는 양치기들 몇이 지대가 약간 높은 곳에 앉아 휴식을 취하며 감시를 하고 있었다. 천전의 양떼는 여전히 뒤쪽으로 반 리쯤 떨어진 곳에서 부지런히 풀을 뜯고 있었다. 그는 다시 앉았다.

천전은 늑대 똥을 대충 본 적은 있었지만 자세히 살펴볼 기회는 없었다. 그가 늑대 똥을 헤쳐놓고 보니 거의 가젤이나 면양의 털이 들어 있었는데 뜻밖에도 뼈 부스러기는 전혀 보이지 않았다. 다만 초원에 서식하는 마르모트의 가느다란 이빨과 양털이 섞인 석회가루 같은 게 조금 있었을 뿐이다.

천전은 늑대 똥을 더 헤쳐서 자세히 살펴보았지만 더 이상 별다른 건 없었다. 늑대는 놀랍게도 집어삼킨 양과 마르모트의 고기는 물론이고, 가죽이나 뼈 그리고 근육까지도 전부 소화시키고 있었던 것이다. 양털의 섬유질과 마르모트의 이빨을 빼놓고는 거의 아무런 흔적을 남기지 않을 정도로 뛰어난 소화력이었다. 다시 유심히 살펴보니, 양털이 남아 있다 하더라도 굵은 털뿐이고 가느다란 털이나 솜털은 역시 없었다. 늑대와 개를 놓고 비교해볼 때, 개의 소화 능력은 늑대에 비해 훨씬 떨어지는 편이다. 개똥에서는 종종 소화시키지 못한 뼈 부스러기나 옥수수 알갱이 같은 것들이 적지 않게 나왔다.

천전은 보면 볼수록 놀라움을 금할 수가 없었다. 늑대는 초원의 청소부 역할을 완벽하게 수행하고 있었다. 늑대들은 초원에 사는 소, 말, 양에서부터 마르모트, 가젤, 산토끼와 들쥐까지 모조리 해치웠으며 심지어는 사람의 주검까지도 깨끗이 처리했다. 늑대 입에 들어간 짐승들은 위와 장을 거치면서 영양분은 모두 흡수되고, 오직 소량의 모발과 이빨만 남게 되는 것이다. 인색하게도 늑대들은 세균이 먹을 만큼도 남겨두질 않았다. 초원이 천년만년 청정할 수 있었던 것은 바로 초원 늑대의 공이 매우 컸다고 할 수 있다.

산들바람이 불어와 꽃들이 살랑살랑 흔들렸다. 천전이 늑대 똥을 조금 집어 들어 손끝으로 비벼보니, 그 안에 있던 양털은 늑대의 위에서 강한 산의 부식과 소장에서의 강한 압출 과정을 거치는 동안 막 출토된 미라처럼 되어 살짝만 비벼도 바스스 잘게 부서지면서 가루로 변해버렸다. 화장한 유골보다 더 가볍고 먼지처럼 잘게 부서진 가루는 손가락 틈으로 새어 바람을 따라 풀밭 위에 나부꼈다. 땅에 떨어져 흙에 섞여든 가루는 잔디의 일부로 변해 마지막 찌꺼기마저도 전혀 낭비가 이루어지지 않았다. 결국 초원 생명의 최후의 잔재인 늑대 똥은 다시 초원으로 돌려보내졌다.

천전은 또다시 깊은 생각에 빠져들었다. 천만년 동안 유목과 수렵을 해온 초원의 인간과 늑대는 영혼이 탱그리로 돌아갈 때 무덤이나 비석 아래 머무른 적이 없었으며, 더욱이 지하 궁전이나 화려한 왕릉에 남겨지지도 않았다. 인간과 늑대는 초원에서 태어나 초원에서 살아가고, 서로 싸우다가 죽어갔다. 태어날 때 보았던 초원의 모습은 죽을 때까지도 그 모습 그대로였다. 수십 개 나라의 거대한 성벽과 보루와 도시를 무너뜨린 초원 용사의 생명도 초원에서만큼은 깃털보다도 가벼웠다. 그래서 초원에서 고고학 발굴을 하고자 하는 후대인들을 난감하게 만들기도 했다. 깃털보다 가벼운 이 초원의 생명은 자연과 창공을 가장 존중하는 생명이며, 태산보다 무거운 피라미드와 진시황릉, 타지마

할 같은 거대한 능묘의 주인보다도 오히려 후세의 모범이 되기에 더욱 충분했다. 초원 사람들은 바로 초원늑대를 통해 깃털의 가벼움에 이르게 되었고, 마지막에는 완전하게 대자연의 품으로 회귀할 수 있었다. 그들은 서로가 서로에게 반드시 필요한 존재이면서, 육체의 생명이 소실된 후에는 마침내 초원과 완전한 일체로 융화되었다.

잘게 부서진 가루가 모두 천전의 손가락 사이로 가볍게 날아갔다. 어쩌면 그 가루 속에는 어느 초원 사람의 머리카락의 잔재가 들어 있을지도 모를 일이다. 천전은 두 손을 높이 들고 푸른 하늘을 올려다보며, 자연장으로 승천한 모든 초원 사람들의 영혼이 탱그리에서 평안히 잠들기를 기원했다.

쇠뿔 모양으로 몰려다니던 양떼가 천천히 꽃 덤불을 쓸고 지나가 산비탈로 올라갔다. 천전은 남은 늑대 똥을 아직 비어 있는 가방 속에 챙긴 뒤에 말에 올라 양떼를 따라갔다.

멀지 않은 산꼭대기 위에 보이는 엷은 흑색 바위들의 모양이 마치 고대 만리장성의 봉화대 같았다. 좀 더 멀리 떨어진 산봉우리에도 역시 큰 바위가 여러 개 있었는데, 천전이 눈을 가늘게 뜨고 보니 그곳에도 고대의 만리장성 비슷한 유적이 남아 있는 듯했다.

그는 문득 주유왕周幽王이 포사褒姒를 아내로 삼기 위해 거짓으로 봉화를 올려 제후諸侯들을 속였다는 고사와 함께, 사방에서 봉화가 올라 전란이 일어났음을 뜻하는 낭연사기狼煙四起라는 성어가 생각났다. 그가 예전에 사전을 찾아보았을 때 낭연이라는 말에 '늑대 똥을 태워서 나오는 연기'라는 뜻풀이가 있었던 기억이 떠올랐다. 그러나 그가 조금 전에 바스러뜨린, 짐승들의 털로 구성된 그런 가벼운 늑대 똥이 어떻게 하늘을 찌를 듯이 짙게 피어올라 경보의 역할을 했던 것인지 도무지 상상이 되지 않았다.

그러자 그의 의구심은 더욱 커졌다. 지금 눈앞에 보이는 저 봉화대와 늑대 똥은 어째서 연기를 피우지 않고, 어째서 제후들을 향해 경고하지 않고 가만있는 걸까? 2천 년 동안 중화 인민의 간담을 서늘하게 했던 장본인이 바로 그 낭연 아니었던가? 낭연이 도대체 얼마나 어떻게 사람들을 두려움에 떨게 했었는지 직접 봐야 하지 않을까? 점점 강해지는 호기심에 천전은 늑대 똥을 더 모아서 그날 바로 봉화대에서 직접 낭연을 만들어보기로 마음먹었다.

양떼가 느릿느릿 움직였다. 천전은 양떼 앞쪽을 돌며 1시간도 넘게 풀밭을 샅샅이 뒤졌다. 네 줌의 늑대 똥을 더 찾아내긴 했으나 그것으로는 겨우 가방의 절반밖에 차지 않았다.

천전의 의심은 더욱 커졌다. 설령 늑대 똥을 태워서 짙은 연기를 뿜어낼 수 있었다 치더라도, 늑대는 양하고 다른 짐승이 아닌가. 늑대는 발이 빠른 맹수라서 양의 똥처럼 한곳에 많이 모여 있을 리가 없다. 그러니 여기저기에 신출귀몰하는 늑대 무리의 똥을 봉화를 올릴 만큼 충분히 모으는 일이 결코 쉽지 않았을 것이다. 얼마 전 늑대 무리가 대대적으로 가젤 몰이를 했던 곳에서도 늑대 똥을 보기가 어려웠는데, 소와 양이 많지 않은 만리장성 근처에서야 오죽 구하기가 힘들었겠는가? 그렇다면 사막의 만리장성 봉화대에 있었던 병사들은 도대체 어디서 그 많은 늑대 똥을 구할 수 있었던 것일까? 더구나 늑대는 원래 소화 능력이 매우 강하고 배변 활동이 적은 육식동물인데, 만리장성의 모든 봉화대에서 불을 올릴 만큼 충분한 똥을 구하려면 늑대가 얼마나 많이 있었다는 말인가? 천전이 욕심을 내어 주변을 몇 바퀴 돌아보았지만 늑대 똥을 더는 볼 수 없었다. 그는 양떼를 언덕 한쪽에 몰아놓고 나서 곧장 산꼭대기 바위를 향해 달렸다.

바위 아래에 다다른 천전은 고개를 들어 바위를 올려다보았다. 바위는 사람 키의 두 배만큼 높았지만 옆에 있는 낮은 바위들을 사다리로 사용할 수 있을 것 같았다. 그는 마른 나뭇가지를 한 아름 구해다 말 등에 단단히 묶은 다음 바위 아래까지 끌고 갔다. 한쪽 어깨에는 가방을 걸치고 돌사다리를 조심스럽게 올라가면서, 마른 나뭇가지 다발을 가장 높은 바위 위로 내던졌다. 바위의 정상은 사무용 책상 두 개만 한 넓이로 평평했는데 그 위에 하얀 매 똥이 가득 널려 있었다.

정오 무렵이 되면서 풀을 배불리 먹은 양들은 잔디에서 쉬고 있었다. 천전은 바위에 올라서서 망원경으로 주위를 조심스럽게 관찰했다. 늑대는 한 마리도 보이지 않았다. 그의 양떼는 다른 양떼들과 5, 6리 정도 떨어져 있었고, 가장 가까운 양떼와도 3리 정도 떨어져 있었기 때문에 섞일 염려는 없었다. 천전은 안심하고 나무 다발을 쌓고서 그 위에 늑대 똥을 올려놓았다. 초여름이라 화재 예방철도 아니었고 수분을 가득 머금은 풀들도 많이 자라 있었고, 게다가 초원으로부터 한참 떨어진 데다 높은 바위 위라 연기를 내더라도 걱정할 일은 없었다. 누군가가 멀리서 보더라도 어떤 양치기가 뭔가를 구워 먹는 거라고 생각할 것이다.

천전은 마음을 정하고 겉옷 주머니에서 포켓형 어록 크기의 양가죽 쌈지를 꺼냈다. 안에는 성냥불을 붙이는 인 두 덩이와 끝이 붉은 성냥개비 10여 개가 들어 있었다. 성냥은 담배를 피우지 않는 목축민들도 반드시 지니고 다녀야 했다. 자신을 보호하기 위해서, 또는 불을 피우거나 음식을 익혀 먹거나 소식을 알리는 데에 유용한 물건이었다. 천전이 성냥을 그어 마른 나뭇가지에 대자, 순식간에 불이 붙으면서 요란하게 탁탁 튀는 소리가 났다.

천전은 몹시 흥분되어 심장이 마구 뛰었다. 만일 연기가 제대로 난다면, 그것은 유사 이래 한족이 몽골초원의 오지에서 불을 붙인 첫 번째 봉화일 것이다. 아마도 전 대대의 모든 사람들이 연기를 볼 것이고, 대부분의 지식청년들은 봉화대에서 피어오르는 연기를 보면서 곧바로 낭연을 떠올릴 것이다. 낭연은 한인들의 오랜 기억 속에 오싹 소름이 돋게 하는 공포로 남아 있을 것이기 때문이다.

낭연은 중국 역사상 전쟁의 발발이나 이민족의 침입 등 위험한 상황을 가장 빨리 알리는 특급 경보 수단이었다. 늑대가 나타났다는 외침이 어떤 지역에 사는 한족 어른이나 아이들을 겁줄 수 있었다면, 낭연이 피어오른다는 말 한마디는 한족 전체에 대한 위협으로 다가왔다. 그 낭연과 함께 멸망해갔던 중원의 한족 왕조가 어디 한둘이던가?

천전 자신도 조금 두려웠다. 그가 만일 정말로 봉화를 피어올리는데 성공한다면, 이 일을 두고 전 대대의 지식청년들이 또 계급투쟁이나 노선투쟁의 관점에 서서 얼마나 그를 비판할지 모른다. 늑대를 기르는 것도 모자라 이번에는 봉화까지 올리다니 그 흉악한 속내를 헤아릴 수 없다며 온갖 비난의 화살을 쏟아 부을 것이다.

천전은 한쪽 발을 들고 언제라도 불을 밟아 끌 수 있도록 태세를 갖추었다. 더구나 이곳은 언제 전쟁이 발발할지 모르는 긴박한 상황의 국경지대였다. 함부로 봉화를 가지고 제후들을 놀렸다가는, 적과 내통한다는 누명을 뒤집어쓸 수도 있었다. 생각이 거기에 미치자 천전의 이마에 식은땀이 흘렀다.

나뭇가지에 불이 제대로 붙었는데도 늑대 똥은 여전히 별다른 변화를 보이지 않았다. 회백색의 늑대 똥이 검게 변하는 동안 연기도 얼마나지 않았고, 화염이 솟구쳐 오르지도 않았다. 불길은 갈수록 왕성하게 일어 늑대 똥이 타들어가면서 늑대 노린내와 양털이 눌어서 나는 냄새가 심하게 코를 찔렀다. 그러나 아직도 늑대의 똥 더미에서는 시커멓고 짙은 연기가 아니라 양모 펠트를 태울 때 나는 연갈색에, 장작을 태울 때보다도 더 옅은 연기만 났다. 마른 나뭇가지들이 타면서 큰 불이 되었다. 늑대 똥이 마침내 타기 시작하더니 결국에는 나무와 함께 붉게 타올랐다. 아예 연기 자체가 거의 나지 않았으니 하늘을 뒤덮는 검은 연기는 상상할 수도 없었고 흰 연기조차 보이지 않았다. 사람들을 오싹하게 할 봉화 경보? 요괴 같은 토네이도 형상의 연기 기둥? 그런 거창한 연기는 애초에 보일 기미도 없었고, 겨우 장작 더미에 양모 펠트 한 장 던진 꼴로 그야말로 가장 평범하고 흔한 가벼운 연기가 조금 났을 뿐이었다.

천전은 들고 있던 발을 힘없이 내려놓았다. 그는 이마에 맺힌 땀을 닦고 가볍게 한숨을 내쉬었다. 이번 불은 놀랄 만한 것도 아니었고, 양치기들이 겨울 눈밭에서 추위를 녹일 때 피우던 모닥불과도 별 차이가 없었다. 그는 나무와 늑대 똥이 다 탈 때까지 불에서 눈을 떼지 않고 있었지만 기대하던 낭연은 끝내 생기지 않았다.

그는 전망이 탁 트인 높은 바위 위에서 천천히 사방을 둘러보았다. 동쪽의 드넓은 목초지는 평화로운 모습이었다. 소는 달구지를 끌고 천천히 길을 걷고 있었고, 말들은 여전히 호숫가에서 휴식을 취하고 있었다. 여인들은 머리를 숙여 양털을 깎고 있었고, 민공들은 부지런히 돌을 캐내고 있었다. 불길은 사람들에게서 아무런 반응을 불러일으키지도 못했고, 단지 가장 가까운 곳에 있던 양치기 한 명만이 천전이 서 있는 곳을 잠깐 쳐다보다가 말았다. 멀리 게르의 굴뚝에서 나오는 흰 연기는 오히려 곧게 하늘로 올라가고 있었다. 진짜 재료를 사용한 낭연이 게르에서 나오는 밥 짓는 연기만큼도 사람들의 주목을 끌지 못했던 것이다.

크게 실망한 천전은 낭연이라는 단어가 실제로는 아무런 의미 없는 유명무실한 말이라는 생각이 들었다. 낭연狼煙이라는 두 글자만으로 뜻을 짐작하여 후세에 잘못 전해진 것이 틀림없다고 그는 생각했다. 조금 전의 실험 결과가 그의 그런 결론을 분명하게 검증해주고 있었다.

고대 봉화대의 이른바 낭연은 절대 늑대 똥을 태워 만든 연기가 아니었을 것이다. 하늘 높이 솟아 오른 짙은 연기는 마른 장작에 젖은 땔감과 유지油脂를 함께 태워서 만들었을 수도 있다. 아니면 덜 말라서 아직 축축한 소똥이나 양의 똥을 태우더라도 짙은 연기를 만들어낼 수 있었을 것이다. 더구나 습한 나뭇가지나 유지 혹은 반쯤 마른 소나 양의 똥은 늑대 똥보다 구하기가 훨씬 쉬웠을 것이다. 그는 이제 오랫동안 권위를 잃지 않고 사용되어왔던 낭연이 늑대 똥을 태워 만들었다는 주장은 아무런 근거도 없으며, 이렇게 멀쩡한 거짓이 들어있는 단어로 평화로운 중원 대륙의 겁 많은 백성들을 속여왔던 것이라고 단정 지었다.

천전이 조금 전에 나무와 늑대 똥을 태워 생긴 재가 산들바람을 타고 바위 아래로 날아갔다. 천전은 자신이 태워 만든 낭연의 결과에 대한 실망보다, 중국의 권위 있는 사전에까지 버젓이 올라 있는 낭연에 대한 해석 때문에 은근히 화가 났다. 중화 농경 문명은 북방의 초원 문명에 대한 인식이 너무 낮았고, 늑대에 대해서도 지나치게 무지했다. 사실 봉화를 단순히 늑대 똥만 태워서 만들었을 리가 없었다. 그런데 지금까지 수억만 명의 한인들이 한 번도 직접 태워보는 시험을 해보지 않은 것은 우연이었을까? 수천 년 동안 중화민족은 농경 문명을 확장하면서 중원의 늑대를 몰살시켰으니, 한인들이 어디 가서 늑대 똥을 찾을 수 있었겠는가?

천전은 봉화대 위에 앉아 깊은 생각에 잠겼다. 분명 늑대 똥을 태워서 만든 게 아니라면, 고대의 봉화대에서 피어오르는 연기를 왜 하필 낭연이라 이름 붙였던 걸까? 낭연이라는 두 글자는 틀림없이 늑대보다도 더한 위협과 경보의 힘을 가지고 있었고, 봉화도 늑대와 연관된 것만은 확실했다. 낭연이라는 말이 혹시 "늑대가 왔다"고 경고하는 의미였던 건 아닐까? 만리장성으로 초원의 늑대 무리를 충분히 막아낼 수 있었을 것이니, "늑대가 왔다"라고 말할 때의 '늑대'란 초원의 늑대 무리를 뜻하는 것이 아니라, 늑대가 그려진 깃발을 들고 쳐들어오는 돌궐 기병을 의미하는 말이었을 가능성이 매우 높았다. 늑대토템을 숭배하고, 늑대를 본보기로 삼고, 늑대의 전략과 전술, 지혜와 용맹을 두루 갖춘 흉노·선비·돌궐·몽골 등등의 초원 기마병들 말이다.

초원 사람들은 예로부터 지금까지 줄곧 늑대토템을 숭배해왔다. 그들은 항상 자신들을 늑대에, 한인은 양에 비유하면서 일당백의 호기로 양처럼 온순한 성격의 농경민족을 얕보았다. 고대 중화의 농경민족 또한 줄곧 초원의 기마병을 가장 두려운 늑대로 생각해왔다. 그러므로 낭연이라는 말에 담겨 있는 원래의 의미는 '늑대토템을 숭배하는 초원 민족 기마병들이 만리장성을 침범한 것을 알리기 위해 봉화대에서 연기를 만들어 보냈던 신호'라고 정의해야 마땅할 것이다. 아무튼 낭연이라는 단어가 늑대 똥과 아무런 상관이 없다는 것은 분명했다.

문득, 그는 낭연이라는 단어는 아마도 중국어를 제외하고는 세계 어느 나라 말에도 없을 것이라는 생각이 들었다. 이 세상에서 쥐가 가장 무서워하는 짐승이 고양이라면, 양이 가장 두려워하는 짐승은 늑대일 것이다. 자신들이 가장 두려워하는 초원민족의 공격을 낭연으로 상징했던 것만 보더라도, 양처럼 연약한 한족의 성격을 그대로 드러낸 셈이다. 청나라가 중국 관내로 들어가면서, 초원을 열렬히 사랑하고 또 그만큼 초원을 잘 알았던 유목의 만주족 덕분에 일시적이나마 초원과 농경 간의 갈등을 메울 수 있었고, 낭연도 점차 흩어져 사라졌다. 그렇다고 초원 문명과 농경 문명 사이의 골 깊은 갈등이 완전히 해소될 수는 없었다.

그 후, 초원을 이해하지 못하는 한족이 새로 나라를 세우자 낭연은 철저하게 사라졌다. 대신에 농경민족이 화전을 일구느라 피워 올린 농연濃煙이 초원을 향해서 널리널리 퍼져갔다. 그것은 낭연보다도 더 무서운 전쟁의 포연이었고, 만리장성을 파괴하는 것보다 더 우매한 자살 전쟁이나 마찬가지였다.

천전은 울지의 말을 떠올렸다.

'만일 만리장성 이북의 초원이 전부 모래밭으로 변해서 몽골 대사막까지 이어진다면, 그때 베이징은 어떻게 될까?'

천전은, 천 년이 넘도록 초원을 적대시해온 농경민족이 초원을 사랑하고 소중히 여기게 되려면, 아마도 만리장성이 모래에 완전히 뒤덮여 초대형 사막으로 바뀐 다음에야 가능할지도 모르겠다는 생각에 가슴이 꽉 막혀왔다. 농경민족은 바닷물이 마르고 바위가 썩기 전까지는 눈물 한 방울 흘리지 않을 사람들이다. 만주족이 중원의 주인으로 들어선 후에 그들은 오히려 농경 문명에 점진적으로 동화되었을 뿐만 아니라 자아도취에 빠져 나라의 문을 걸어 잠그고 바다를 막아 서방의 선진 문명을 배척하면서, 끝까지 개혁을 받아들이지 않았다. 그러다 열강들이 거대한 함대와 위협적인 폭탄으로 나라의 문을 강제적으로 열고, 땅을 나눠 가지고 배상금을 요구하며 베이징에서 황실까지 쫓아내자 마지못해, 그것도 수십 년이 흐른 뒤에야 변혁을 시도했다…….

천전은 발아래 이미 잿더미로 변해버린 늑대 똥을 바라보면서 실망스러운 마음에 기가 푹 죽었다.

고원의 여름 볕은, 정오가 되면 놀랄 만한 위력을 발휘했다. 산에 가득 피어 있는 풀꽃들의 키를 세 치나 줄어들게 만들고, 큰 바위에 몇 줄씩 균열을 내기도 했다. 천전은 남아 있는 재를 바위틈에 쓸어 넣고 그곳에서 내려왔다. 양떼는 땡볕에 머리가 어질어질한지 풀밭에 엎드려 낮잠을 자고 있었다.

천전은 바위 뒤쪽 그늘로 들어갔다. 양들처럼 잠깐 눈을 붙이고 싶었지만 그럴 수가 없었다. 그곳이 바로 조금 전에 늑대 똥을 주웠던 곳이었기 때문이다. 어딘가 멀지 않은 곳에서 늑대 한 마리가 지켜보고 있다가 땡볕에 노곤해진 천전이 깜빡 잠이라도 들면, 그때 몰래 다가와 그를 죽일지도 모를 일이다.

천전은 졸음이 가시도록 주전자에 담아온 산유탕酸乳湯을 몇 모금 들이켰다. 양을 방목할 차례가 돌아올 때마다 천전은 늘 가스마이에게 나이더우푸를 만드는 나무통에 산유탕을 가득 담아달라고 부탁하곤 했다. 산유탕은 여름에 양치기들이 갈증을 해소하고 졸음을 쫓는 음료로, 집에서는 사람이나 개나 할 것 없이 즐겨 마셨다.

말굽 소리가 들려오더니 도르지가 말에서 뛰어내렸다. 그는 몸에 흰 천을 두르고 허리에는 녹색의 비단 허리띠를 차고 있었는데, 그 모습이 몹시 당차고 야무져 보였다. 그는 구릿빛 넓은 얼굴에 잔뜩 난 땀을 쓱 닦아내고는 말했다.

"누군가 했더니 너였구나. 방금 여기 바위 위에서 연기가 나는 걸 보고, 어느 양치기가 마르모트를 잡아서 구워 먹고 있나 했지. 나도 배가 고픈걸."

천전이 말했다.

"제가 마르모트를 어떻게 잡겠어요. 그냥 뭐, 졸려서 불장난 좀 쳐 본 거예요. 잠 깨려고……. 형네 양들은 어쩌고요?"

도르지는 북쪽 언덕에 보이는 양떼를 가리키며 말했다.

"양들은 다 잠들었어. 나도 자고 싶긴 한데 잘 수가 있어야지. 그래서 너랑 얘기나 하려고 왔어. 내 양들은 아무 일 없을 거야. 근처에 있는 양치기한테 봐달라고 했지. 거기선 양치기 둘이 산꼭대기에서 바둑을 두고 있어."

도르지는 큰 바위에 걸터앉아 서늘한 바람을 쐬었다.

천전은 초원 목축민들 사이에 유행하는 게임을 알고 있었는데, 몽골 늑대가 양을 잡는 돌바둑이었다. 게임 중에는 몽골 기마병들이 서양에서 가져온 체스도 있었는데, 중국의 장기는 아무도 둘 줄 몰랐다.

언젠가 빌게가 말하기를, 한인들의 장기는 온통 한자뿐이라 몽골인들이 알아볼 수가 없지만 서양의 체스는 글자가 없어서 누구든 쉽게 배울 수 있다고 했다. 더군다나 장기 말도 마두금(馬頭琴. 몽골 전통 현악기로, 악기의 대 위쪽이 말의 모양을 하고 있어 이런 이름이 붙었다)에 새겨진 말과 모양이 거의 비슷하다고 했다. 몽골인들은 말 머리가 조각된 장기를 무척 좋아했다. 천전은 늘 몽골초원에는 아직도 고대 몽골 기마병이 세계를 휩쓸고 다녔던 때의 유물과 증거 그리고 그 영향까지도 여전히 남아 있다는 생각을 했다.

초원민족은 한족보다 더 일찍 체스를 알았고, 더 일찍 국제사회와

접촉했다. 또한 그들은 동양에서 최초로 서양의 전리품을 챙긴 민족이기도 했다. 몽골인들이 전 세계에서 전쟁을 벌이던 시대에는 로마 교황까지도 몽골 조정에 사신을 보내왔다. 몽골인의 강인함이 바로 서양 사람들이 동양을 결코 함부로 얕보지 못하게 하는 요인 중의 하나였다. 천전도 초원에 온 후에 처음으로 목축민들에게서 체스 두는 법을 배웠다.

내몽골 초원의 여름은 낮이 굉장히 길어서, 새벽 3시면 해가 뜨고 저녁 8, 9시가 돼야 날이 저물었다. 양들이 풀밭에 누워 자다가 이슬을 맞아 관절염에라도 걸릴까 걱정이 돼서 아침에는 너무 일찍 우리를 나서지 않고, 오전 8, 9시까지 기다렸다가 태양에 이슬이 다 걷히고 나면, 그때서야 양을 몰고 산으로 나갔다. 그러나 저녁에는 반드시 해가 진 다음에 양 우리로 돌아왔다. 그 이유는 황혼 무렵부터 날이 완전히 저물기까지, 초원의 더위가 흩어지는 그 시간대가 양들이 풀을 가장 활발히 뜯어 먹는 때라서 양을 살찌우는 데 무척 중요하기 때문이다. 그래서 여름철 양 방목은 겨울철보다 시간이 거의 두 배 가까이 길었고, 그런 이유로 초원 양치기들은 누구나 여름을 싫어했다. 아침에 겨우 나이차 한 잔으로 빈속을 달래고 나가서는 저녁 8, 9시까지 내내 배고픈 상태로 버텨야 하는데다가 햇볕도 뜨겁고, 졸리고, 목마르고, 배고프고, 외롭고 그리고 너무 심심했기 때문이다. 한여름이 되어 모기까지 극성을 부리기 시작하면, 초원은 그야말로 창살 없는 감옥이 되었다. 베이징에서 온 학생들은 초원에 온 후에야, 사람들에게도 여름과 비교했을 때 춥고 기나긴 겨울이 편히 살을 찌울 수 있는 행복한 계절임을 새삼스럽게 깨달았다.

모기가 나타나기 전까지 천전이 가장 견디기 힘들었던 건 배고픔과 목마름이었다. 목축민들은 그런 것들을 무척 잘 견뎌냈지만 그 대신 위장병 환자들이 많았다. 지식청년들은 초원에 와서 첫 여름에는 간식용으로 건조식품을 챙겨서 방목을 나가곤 했지만, 그 뒤로는 차츰 이곳 사람들의 생활방식을 따르게 되었다. 마르모트 구이 얘기가 나오자 두 사람 모두 배에서 꼬르륵 소리가 났다.

도르지가 말했다.

"새 목초지에는 마르모트가 정말 많더라. 서쪽 산등성이는 죄다 마르모트 굴이야. 우리 오늘은 우선 샅샅이 정탐부터 하고 내일 방목 때 덫을 열 개 정도 놓자. 점심때쯤엔 아마 몇 마리 걸릴 테니 구워 먹을 수 있을 거야."

천전은 연방 "좋아요, 좋아요"라고 대답하면서, 만일 정말로 마르모트를 잡을 수만 있다면 요기도 되고 낮에 졸리지도 않을 거라고 생각했다. 도르지는 두 무리의 양들이 풀을 먹을 생각을 전혀 않는 것을 보고 천전과 함께 서북쪽 산언덕으로 향했다.

두 사람은 흰 바위 뒤에 엎드렸다. 뒤를 돌아보면 양떼가 보이고 앞쪽으로는 서쪽 산등성이의 마르모트 굴이 보였다.

두 사람은 각자 망원경을 꺼내 전방을 자세히 살폈다. 산등성이는 고요했고, 수십 개의 마르모트 굴 평대 위로 탁 트인 하늘은 석영 모래와 석영 조각 빛으로 반짝이고 있었다. 올론초원의 마르모트는 굴을 몹시 깊이 파는데 그러다 보니 깊은 산속에 묻혀 있던 광석을 꺼내놓는 경우도 더러 있었다. 목축민 중에는 언젠가 마르모트 굴의 입구에서 자수정을 주운 사람도 있었다. 이 일이 국가 탐사대까지 놀라게 해서, 올론초원이 만약 변경에 있지 않았더라면 어쩌면 벌써 광산으로 변했을지도 모른다.

잠시 후, 산등성이에서 "찍찍", "끽끽" 하는 마르모트의 울음소리가 들려왔다. 울음소리는 매우 컸는데 그건 바로 마르모트들이 굴을 나서기 전에 목소리로 주변을 정탐하는 소리였다. 아무런 반응이 없으면 마르모트들은 대거 굴 밖으로 나왔다. 얼마 동안 시끄러운 소리가 이어지더니, 산등성이 이곳저곳에서 한꺼번에 수십 마리의 크고 작은 마르모트들이 튀어나왔다. 거의 모든 평대마다 암컷 마르모트가 한 마리씩 서서 사방을 둘러보며 "찍, 찍, 찍" 박자를 맞추듯이 느리면서도 규칙적인 소리를 냈다. 그러자 새끼 마르모트들도 잽싸게 굴 밖으로 따라 나와 10여 미터 떨어진 잔디에서 신나게 뛰놀며 풀을 뜯어 먹었다. 초원의 독수리가 높고 푸른 하늘에서 빙빙 날아다니는 걸 포착한 어미 마르모트가 경계의 눈빛으로 하늘을 올려다보았다. 천적이 가까이 다가오자 어미 마르모트는 "찍찍찍찍" 긴박한 경보음을 냈고, 굴 밖에 있던 마르모트들은 우르르 굴속으로 숨어버렸다. 그러다 적이 멀리 사라지고 난 다음에 신호에 따라 다시 밖으로 나왔다.

천전이 위치를 살짝 옮기자 움직임이 약간 커졌다. 도르지가 즉시 천전의 등을 꽉 누르며 조용히 말했다.

"저기를 봐, 제일 북쪽에 따로 떨어져 있는 저 굴 아래쪽에 늑대 한 마리가 있어. 사람이랑 늑대가 같은 생각을 한 거야. 둘 다 마르모트를 노리고 있는 거지."

늑대라는 소리에 천전은 졸음이 싹 가셨다. 정신을 바짝 차리고 목표물을 바라보았다. 수컷 마르모트 한 마리가 두 발을 가슴 앞에 세운 채 사방을 두리번거리기만 할 뿐 감히 평대를 내려와 풀을 뜯어 먹지 못하고 있었다. 초원의 마르모트들은 수컷과 암컷이 따로 살았다. 암컷은 새끼 수달들과 한 굴에서 살고, 수컷은 혼자서 따로 굴을 파고 살았다. 수컷 마르모트 굴의 평대 아래쪽으로 긴 풀들이 무더기로 있었는데, 미풍에 풀잎이 흔들리면서 그 아래로 회황색 돌덩이가 몇 개 드러났다. 풀들이 불규칙하게 움직였기 때문에 그 속에 뭐가 있는지 구체적으로 식별할 수는 없었다. 천전이 말했다.

"난 아직도 늑대가 어디 있는지 모르겠는데. 돌덩이만 몇 개 보여."

도르지가 말했다.

"그 돌 옆으로 늑대 한 마리가 보이잖아. 내 추측엔, 저 늑대는 벌써 저곳에 한참 엎드려 있었던 것 같아."

천전은 도르지가 일러준 곳을 자세히 보았다. 한참 지나서 반쯤 드러난 늑대 몸통을 어렴풋이 알아차렸다.

"형은 눈이 정말 좋구나. 난 아무리 눈을 크게 떠도 안 보이던데."

도르지가 말했다.

"늑대가 어떤 식으로 마르모트를 잡는지 그 방법을 모른다면, 아무리 시력이 좋아도 늑대를 찾을 수가 없어. 늑대가 마르모트를 잡으려면 아무 소리도 내지 않고 바람처럼 접근하지. 그러고는 마르모트 굴 아래 풀 속에 꼼짝 않고 엎드려 기다리는 거야. 그런데 늑대도 마르모트 한 마리 잡는 게 마냥 쉽지만은 않은 모양이야. 그래서 기왕이면 몸집이 큰 수놈 마르모트를 잡으려 하는 거지. 봐, 저 마르모트만 해도 얼마나 큰지 거의 새끼양만 하잖아. 한 마리만 잡아도 실컷 배를 채울 수 있지 않겠어. 만일 늑대를 찾고 싶다면 먼저 수놈 마르모트가 혼자 사는 굴을 찾아봐. 그러고 나서 그 굴 아래 길쭉길쭉하게 자란 풀 속을 자세히 보라고……"

천전이 진심으로 기뻐하며 말했다.

"오늘 또 한 수 배웠네요. 저 마르모트는 계속 저러고 있나요? 늑대가 어떻게 마르모트를 잡을지 정말 기대가 돼요. 저긴 온통 마르모트 굴이잖아요. 늑대가 머리를 내밀면, 마르모트가 곧장 아무 곳이나 가장 가까운 굴로 들어가버리면 그만 아닌가요?"

도르지가 말했다.

"멍청한 늑대라면 당연히 마르모트를 잡을 수가 없지. 똑똑해야 잡을 수 있는 거야. 우두머리 늑대들은 기발한 방법을 가지고 있어서, 절대로 마르모트가 굴 안으로 들어가지 못하게 만들지. 기다려, 저 늑대가 어떻게 하는지 그 능력을 한번 구경해보라고."

두 사람은 뒤돌아서 양떼가 아직 그대로 엎드려 있는지 확인한 다음 다시 늑대를 지켜보았다. 도르지가 말했다.

"안타깝게도 오늘은 개를 안 데리고 왔구나. 만약 개를 데리고 왔더라면, 저 늑대가 마르모트를 잡는 걸 보고 있다가 곧장 개를 풀어서 쫓도록 하는 건데. 말을 타고 늑대를 뒤쫓으면 마르모트를 뺏을 수 있을지도 모르고. 그럼 우리 둘이서 한 끼 든든히 먹는 건데 말이야."

천전이 말했다.

"이따가 우리 시험 삼아 말 타고 한번 따라가보기로 해요. 따라잡을 수도 있잖아요."

도르지가 말했다.

"따라잡을 리가 없어. 생각해봐, 늑대는 산등성이에 있잖아. 늑대는 밑으로 내려가고 우리는 올라가야 하는데 무슨 수로 따라잡겠어? 늑대가 산등성이를 넘어가면 그것으로 늑대를 찾겠단 생각은 접어야 돼. 산에 마르모트 굴이 너무 많이 있어서 말을 타고는 함부로 달릴 수 없기 때문에 더더욱 따라잡기가 힘들다고."

천전은 마음을 접는 수밖에 없었다.

도르지가 말했다.

"그냥 내일 덫을 놓기로 하자. 오늘 내가 미리 너를 데리고 와서 보여주긴 했지만, 이제 늑대가 마르모트를 잡는 것도 보름밖에 안 남았어. 비가 내려서 모기가 활개 치기 시작하면 늑대는 더 이상 마르모트를 잡을 수가 없거든. 왜 그런 줄 알아? 늑대는 모기를 아주 몹시 싫어해. 모기들은 늑대의 코, 눈, 귀를 골라가며 물지. 모기한테 물리면 정신을 못 차리고 겅중겅중 날뛰는데 어떻게 그런 상태로 매복을 할 수 있겠어? 늑대가 조금만 움직여도 마르모트는 당장 내뺄걸. 그러니 그때가 되면 늑대는 이제 양떼나 말떼를 괴롭힐 수밖에 없는 거지. 사람들이랑 가축들은 그때부터 또다시 괴로운 날이 시작되는 것이고."

수컷 마르모트는 다른 마르모트들이 푸릇푸릇한 풀을 맛있게 먹는 모습을 바라보고 있었다. 그러더니 드디어 평대 아래로 뛰어내려서 10여 미터 떨어진 풀밭으로 달려가 잽싸게 풀을 뜯어 먹기 시작했다. 그렇게 몇 입을 먹다가는 또 득달같이 평대로 뛰어올라가 크게 소리를 냈다.

도르지가 말했다.

"저것 봐, 마르모트는 바로 자기 집 옆에 있는 풀은 먹지 않아. 굴을 막기 위해서 저 풀을 남겨두는 거야. 초원에 사는 야생동물들은 살아남기가 정말 쉽지 않아. 깜빡하는 사이에 목숨을 잃게 되지."

천전은 긴장을 늦추지 않고 늑대를 지켜보았다. 늑대가 잠복해 있는 위치에서는 마르모트를 직접 눈으로 살필 수는 없고, 단지 청각에 의존해서 마르모트의 동정을 판단하고 있을 것이라고 추측했다. 그래서 아마도 늑대는 가능하면 낮은 자세로, 거의 땅속으로 파고들어가기라도 할 것처럼 바짝 엎드려 있을 것이다.

마르모트는 뛰쳐나갔다 되돌아오기를 몇 번 반복하는 동안 아무런 위험이 없다는 것을 확인한 듯했다. 곧 경계를 늦추더니 유난히 잘 자란 풀밭을 향해 달려가 마음 놓고 풀을 뜯어 먹기 시작했다.

그렇게 5분 정도 지났을까? 숨어 있던 늑대가 갑자기 일어났다. 천전이 놀랐던 것은, 늑대가 곧장 마르모트를 잡으러 쫓아가지 않고 주변에 있는 돌을 그러모았기 때문이었다. 늑대는 그 돌들을 비탈 아래로 굴렸다. 돌들이 산비탈을 굴러 내려가는 소리는 아마도 결코 작지 않았을 것이다. 천전이 유심히 보니, 자기 굴에서 20미터쯤 떨어져 있던 마르모트는 무슨 소리가 들려오자 놀라서 막 자기 집으로 도망치려 하고 있었다.

그때, 이미 오랫동안 기다리고 있던 늑대가 눈 깜짝할 사이에 평대 위로 솟구쳐 올라갔고, 마르모트와 거의 동시에 굴 입구에 다다랐다. 마르모트는 다른 굴로 피하려 했지만 때는 이미 늦었다. 늑대는 곧바로 마르모트의 목덜미를 물어 평대 위에 내동댕이친 다음 다시 목덜미를 물었다. 마르모트를 입에 문 늑대는 고개를 높이 쳐들고 바람처럼 산등성이를 넘어갔다. 늑대가 공격에 나서서 사냥감을 포획하기까지의 시간은 30초도 채 걸리지 않았다.

산비탈에 있던 마르모트들이 순식간에 흔적을 감췄다. 두 사람도 몸을 일으켜 앉았다. 천전은 눈앞에서 늑대가 번개처럼 옮겨 다니며 마르모트를 잡는 동안 그저 넋을 잃고 그 모습을 물끄러미 바라볼 수밖에 없었다. 늑대의 오묘한 지혜는 정말 그 깊이를 이루 다 헤아릴 수가 없이 신비로울 뿐이었다. 천전은 예전에 《종의 기원》을 읽은 적이 있었는데, 그가 생활에서 직접 목격한 모든 현실과 기적들을 도저히 책으로는 다 해석할 수가 없었다.

뜨겁던 햇볕이 조금 부드러워졌다. 두 무리의 양떼도 풀을 뜯어 먹으면서 서북 방향으로 벌써 1, 2리가량 이동해 있었다. 두 사람은 몇 마디 잡담을 나누며 양떼를 데리고 집으로 돌아갈 준비를 했다. 그러려면 우선 양떼의 방향을 집 쪽으로 돌려놓아야 했다. 두 사람이 말을 타려고 막 일어나려는 찰나, 천전은 자신의 양떼에 경미한 소동이 일어나고 있음을 알아차리고 얼른 망원경을 꺼냈다. 양떼 왼쪽의 황금빛 노란 꽃 무더기에서 몸집이 큰 늑대 한 마리가 쏜살같이 튀어나와 양 한 마리를 순식간에 덮쳐누르더니 바로 물어뜯기 시작했다. 하얗게 질린 천전이 자리에서 일어나며 막 고함을 치려는데, 도르지가 강하게 그를 저지하며 눌러 앉혔다. 천전은 목구멍까지 다 나온 고함을 도로 삼키고 다시 망원경을 집어 들었다.

늑대는 벌써 양의 허벅지를 뜯어 맛있게 먹고 있었다. 초원의 면양은 피를 흘리면서도 소리를 지르지 못하는 그저 순하기만 한 하등동물이었다. 목에서 피가 쏟아져 나오자 양은 앞발을 마구 휘저으며 필사적으로 몸부림을 치면서도 산양처럼 큰 소리를 내어 울거나 구원을 청할 줄도 몰랐다.

도르지가 말했다.

"우리는 지금 양떼와 너무 멀리 있어서 달려간다 해도 양을 구하기엔 이미 늦었어. 일단 잡아먹게 내버려두자고. 배가 불러서 잘 뛸 수가 없게 되면 그때 올가미로 잡기로 하고."

도르지는 무척 침착했다.

"네 이놈 늑대야, 감히 내 눈앞에서 양을 가로챘겠다. 두고 보자!"

두 사람은 너무 일찍 늑대를 놀라게 할까봐 살그머니 바위 옆에 주저앉았다.

분명, 그 굶주린 늑대는 겁이 없는 게 틀림없었다. 양치기들이 오랫동안 양떼에게서 멀리 떨어져 있는 틈을 타 길게 자란 국화를 방패 삼아 살살 기어서 양의 무리 가까이 간 다음 기습 공격을 펼쳤을 것이다. 늑대는 이미 산등성이에 두 사람이 있다는 걸 알면서도 바로 도망치지 않고 있었던 것이다. 늑대는 한 눈으로는 양치기들을 주시하면서 사람과의 거리와 시간을 정확히 계산한 다음 먹을 수 있는 만큼 최대한 먹어두고 있었다.

천전은 자기 집에 있는 새끼늑대가 먹이를 먹을 때 마치 적진으로 돌격하는 것처럼 급하게 먹는 이유를 어쩐지 알 것 같았다. 초원에서, 늑대에게 시간은 곧 고기와 같았다. 천천히 꼭꼭 씹어 먹다가는 굶어 죽기 십상이었다.

천전은 양치기가 양으로 늑대를 얻었다는 이야기를 들은 적이 있다. 지금의 이런 조우전遭遇戰과 같은 상황이라면 그 전법을 택할 수밖에 없을 것이다. 단지 양 한 마리로 큰 늑대 한 마리와 맞바꿀 수만 있다면 꽤 많이 남는 장사인 셈이다. 늑대 한 마리가 일 년에 양을 최소한 열 마리는 먹고, 또 망아지와 말을 해치는 경우도 적지 않으니까. 양은 잃었지만 대신 늑대를 얻었다고 하면 대대의 비판이나 처벌을 받지 않을 뿐만 아니라 오히려 상을 받을 수도 있었다.

그러면서도 한편으로는 늑대도 잡지 못하고 애꿎은 양만 잃는 게 아닐까 걱정이 되었다. 그럴 경우 그에게 돌아올 피해는 적지 않을 것이다. 그는 망원경을 꽉 쥐고 늑대를 뚫어지게 바라보았다. 1분도 채 안 되어, 양의 다리 하나가 거의 통째로 늑대 배 속으로 들어갔다. 어차피 저 양은 이제 살아남기 힘들 것이다. 천전은 굶주린 늑대가 양 한 마리를 남김없이 전부 먹어주기를 바랄 뿐이었다. 두 사람은 조용히 말이 있는 곳으로 가서 마음 졸이며 기다렸다.

면양은 얼마나 모자라고 멍청한지, 처음에 늑대가 나타나 덮쳤을 때는 주위에 있던 수십 마리의 양들이 놀라 어쩔 줄 몰라 허둥대면서 사방으로 뿔뿔이 도망쳤었다. 그러나 바로 얼마 지나지 않아 양떼는 평온을 되찾았다. 심지어 몇몇 양들은 멍청하게 늑대 옆으로 다가가서 늑대가 친구를 잡아먹는 모습을 빤히 쳐다보고 있었다. 그것이 늑대에게 항의하는 건지, 아니면 재미있는 구경거리로 생각하는 건지 알 수가 없었다.

양들이 소리도 내지 않고 늑대의 식사를 구경하는 동안, 10여 마리의 양들이 더 몰려와 주위를 빙 둘러싸고 쳐다보았다. 나중에는 결국 100마리도 넘는 양들이 늑대와 피투성이가 된 양을 직경 3미터 정도의 둘레로 빽빽하게 에워싼 채 목을 빼고 서로 밀쳐가며 신나게 구경을 하고 있었다. 그 꼴이 꼭 '늑대가 널 물어뜯든 말든 내 알 바가 아니야' 혹은 '네가 죽으니 대신 난 안 죽겠지'라고 말하는 것 같았다. 양떼는 두려움에 떨면서도 동료의 재앙을 오히려 기뻐하고 있음이 틀림없었다. 어느 한 놈 늑대에게 맞설 엄두를 차마 내지 못했다.

천전은 온몸이 흠칫 떨려오면서 부끄럽고 분한 마음을 견디기 어려웠다. 그 어이없는 광경을 보면서, 순간 그는 루쉰의 글을 떠올렸다. 중국의 우매한 민중들이 일본 야쿠자가 중국인을 살해하는 광경을 빙 둘러서서 구경만 하고 있더라는 내용이었는데 지금의 상황과 너무나도 똑같았다. 그래서 유목민족이 한족을 면양에 비유했던 것인가. 양을 잡아먹는 늑대가 악하고 혐오스러운 건 물론이다. 그러나 양들처럼 이기적이고 겁 많고 나약하고 의식이 마비된 군중이야말로 더욱 두렵고, 사람의 마음을 찢어질 듯 아프게 만드는 것이다.

도르지도 조금 난처한 표정을 짓고 있었다. 전 대대에서 이름난 사냥꾼이 양떼를 방치한 채 지식청년과 함께 늑대가 마르모트 잡는 걸 구경하다가 대낮에 늑대한테 양을 빼앗겼으니 말이다. 어미양이 없어졌으니, 이제 그 새끼양은 젖을 먹지 못해 살을 찌우지도 겨울을 나기도 어려울 것이다. 이것은 목축대대 입장에서 보면 틀림없는 업무상 과실 사고였다.

천전이 우선 비판의 대상이 될 것은 물론이지만, 도르지도 결코 그로부터 자유로울 수 없을 것이다. 더 큰 문제는, 계급투쟁이나 노선투쟁을 들먹이며 새끼늑대를 기르는 이 두 사람을 비판하는 사람들이 분명히 있을 것이라는 점이었다. 하필이면 이런 사고가 왜 늑대를 기르는 이들에게 벌어졌겠느냐고 하면서. 그들은 천전과 도르지가 양에게서 마음이 멀어져 제대로 돌보지 않았을 것이라고, 늑대를 기르는 사람은 반드시 늑대의 보복을 당하게 될 것이라고 비난할 것이다. 새끼늑대 기르는 것을 반대해온 모든 사람들이 이 사건을 크게 문제 삼아 떠들 것은 의문의 여지가 없어 보였다. 천전은 점점 두려워졌다.

망원경으로 늑대를 쭉 지켜보고 있던 도르지가 뭔가 확신이 선 듯 말했다.

"저 죽은 양은 내가 배상하겠어. 대신에 늑대 가죽은 내 몫이야. 내가 늑대 가죽을 바오순궤이에게 바치기만 하면 그 사람은 우리 둘에게 오히려 상을 내릴 거야."

늑대는 포악한 눈으로 사람들을 보아가면서, 속도를 더욱 올려 고기를 갈기갈기 찢어 미친 듯이 입속으로 쑤셔 넣고 있었다.

도르지가 말했다.

"아무리 영리한 늑대라도 배가 너무 고프면 얼빠진 짓을 할 수밖에 없어. 잠시도 쉬지 않고 저렇게 먹어대고서야 어떻게 뛸 수가 있겠어? 아마도 저놈은 멍청해서 십중팔구 마르모트 한 마리 못 잡아먹고 며칠 동안 굶주렸을 거야."

순식간에 이미 양을 반쯤 먹어 치운 늑대의 배가 원통처럼 둥글게 부풀어 올랐다. 그것을 본 천전이 물었다.

"이제 슬슬 손을 써야겠죠?"

도르지가 대답했다.

"서두를 거 없어. 조금만 더 기다려. 몇 입 더 급하게 먹고 나면 달릴 수 없을 거야! 그런 다음 늑대를 북쪽으로 몰아가면 그쪽에 있는 양치기들이 늑대를 가로막아서 우릴 도와줄 거야."

도르지는 잠시 늑대를 지켜보더니, 마침내 입을 열었다.

"말에 올라타!"

두 사람은 몸을 날려 말에 올라탔다. 양떼가 있는 언덕 아래 남쪽으로 득달같이 달려갔다. 늑대는 사람들이 달려오는 것을 보더니 아무 때라도 도망칠 준비를 하고 있었다는 듯 급하게 몇 입을 더 뜯어 먹고 나서 반쯤 남은 양을 버려두고 북쪽으로 달아나기 시작했다. 그러나 몇십 미터를 전력을 다해 뛰던 늑대가 갑자기 중심을 잃고 한 번 비틀거렸다. 그제야 자신이 큰 실수를 했다는 걸 알아챈 늑대는 바로 그 자리에 멈춰 서더니 몸을 잔뜩 구부렸다.

도르지가 크게 외쳤다.

"이런, 더 빨리! 늑대가 먹은 걸 토해내려고 해!"

과연 늑대는 허리를 숙이고 배에 힘을 주더니 방금 삼켰던 양고기를 토해내기 시작했다. 두 사람은 이때를 놓치지 않고 맹렬히 쫓아가 단번에 늑대와의 거리를 좁혔다.

천전은 늑대들이 배 속에 있던 음식을 꺼내 새끼에게 먹인다는 건 알고 있었지만, 빨리 도망치기 위해 이런 방법으로 몸을 가볍게 만들 거라고는 생각지도 못했다. 배가 고파 잠시 이성을 잃긴 했지만 결코 멍청하지는 않았던 것이다. 만일 늑대가 신속하게 배를 비우지 않았더라면 정말 일이 크게 났을 것이다.

다급해진 천전은 말을 재촉하며 날듯이 달렸고, 도르지는 더욱 빨리 달렸다. 그는 소리를 질러 늑대를 위협하는 한편 북쪽 산봉우리에 있는 양치기들을 큰 소리로 불렀다. 도르지가 점점 가까이 다가가자, 늑대는 하는 수 없이 토하던 걸 멈추고 죽을힘을 다해 뛰기 시작했다. 그 속도가 조금 전보다 단숨에 배로 빨라졌다. 천전은 늑대를 뒤쫓아 가면서 늑대가 방금 전 풀밭에 쏟아놓은 핏덩이 한 무더기를 발견했다. 그 양이 정말 엄청났다. 천전은 숨 쉴 틈도 없이 더욱 말을 몰아 달렸다.

아마 늑대 배 속에는 아직도 적지 않은 양고기가 남아 있을 것이다. 하지만 새로 삼킨 음식물이 체력으로 전환되기에는 시간이 좀 더 걸려야 하기 때문에, 늑대가 비록 빨리 달린다고는 하나 평소의 최고 속력을 낼 수는 없을 것이다. 도르지의 말이 점점 늑대의 속도를 따라잡았다. 그러자 늑대는 적을 따돌릴 수 없다는 것을 간파했는지, 갑자기 험한 비탈 쪽으로 방향을 바꿔 위험을 무릅쓴 모험을 시도했다.

이때, 양치기 상지에가 언덕 뒤에서 투마간을 휘두르며 뛰쳐나와 단번에 늑대의 퇴각로를 막았다. 늑대가 깜짝 놀라 몸을 부들부들 떨면서, 잠시 멈칫하더니 곧 방향을 다시 바꾸어 가장 가까이 있는 양떼를 향해 돌진했다. 천전은 늑대가 양떼를 어지럽혀서 적을 떼어내려 한다는 걸 알고, 의외의 상황에 또 한 번 놀라지 않을 수 없었다. 아마도 늑대는 쫓아오던 말들이 양떼에 막혀서 제대로 달릴 수 없을 것이고, 투마간도 제대로 휘두르지 못할 테니 그 혼란을 틈타 돌파구를 뚫어보려는 생각이었을 것이다.

그러나 늑대가 잠시 주춤하는 사이, 도르지의 말이 재빨리 순발력을 발휘해서 늑대 가까이까지 날렵하게 접근했다. 상지에도 양떼를 향해 정면으로 달려갔다. 늑대가 막 방향을 틀려고 하자 도르지가 재빨리 긴 투마간을 뻗어 올가미를 들이댔다. 투마간은 정확히 늑대의 짧고 굵은 목을 옭아맸다. 늑대가 머리를 움츠려 목을 빼내기 전에, 도르지가 다시 밧줄을 있는 힘껏 늑대 귀 뒤의 살가죽 안쪽까지 단단히 조여 늑대의 목을 졸랐다. 도르지는 늑대가 숨 돌릴 틈을 주지 않고 갑자기 말의 방향을 틀더니, 투마간을 거꾸로 멘 채 늑대를 끌고 그대로 달렸다.

늑대도 더 이상 반항할 힘을 완전히 잃었고, 무거운 몸뚱이는 오히려 올가미를 더욱 바짝 죄게 만들었다. 늑대는 목이 더욱 심하게 조여오자 마침내 혀가 밖으로 비어져 나오면서, 피 묻은 입을 있는 대로 벌리고 필사적으로 호흡을 거칠게 내쉬었다. 입 안은 온통 피거품으로 가득 차 있었다. 도르지가 말에 채찍질을 하며 산비탈을 오르자 늑대의 목은 더욱 세게 조여졌다. 천전은 커다란 늑대가 온몸을 격렬하게 떨면서 최후의 발악을 하는 모습을 뒤에서 지켜보았다.

천전은 마침내 안도의 숨을 내쉬었다. 이제 이번 사고에 대해 책임져야 한다는 중압감에서 완전히 벗어날 수 있게 된 것이다. 그러나 그는 조금도 흥분되지 않았다. 그는 눈을 크게 뜨고 처참한 늑대의 모습을 계속 바라보았다. 늑대는 얼마 안 가 몇 분 안에 초원에서 영원히 사라지게 될 것이다.

초원은 무엇에도 비할 바 없이 잔혹한 곳이었다. 그곳에서 살아가는 모든 생명의 생존 능력에 대한 초원의 요구는 너무도 가혹해서, 조금이라도 굼뜨거나 미련하면 무정하게 도태될 수밖에 없었다. 천전은 오히려 몹시 안타까운 마음이 앞섰다. 그가 볼 때 그 늑대는 나름대로 대단히 똑똑하고 용감했다. 만일 사람들에게 이 정도의 지력과 용기만 있어도 결코 도태되지는 않을 것이다.

말이 산비탈을 반쯤 올라갔을 때, 늑대는 전혀 움직이지 않았지만 여전히 피를 흘리면서 얕은 숨을 헐떡이고 있었다. 도르지는 말에서 뛰어내리면서 두 손으로 신속하게 투마간을 힘껏 잡아당겨 늑대가 일어나지 못하게 만들었다. 늑대를 좀 더 가까이 끌어당긴 다음 팔에 차고 있던 말채찍을 손에 쥐고 늑대의 머리를 세게 내리쳤다. 그러고 나서 승마화 속에서 몽골칼을 뽑아 단칼에 늑대의 명치를 찔렀다.

천전이 말에서 뛰어내렸을 때, 늑대는 숨이 완전히 끊겨 있었다. 도르지는 늑대의 다리를 발로 툭툭 차보고 아무런 반응이 없자, 곧 얼굴 가득히 송골송골 맺힌 땀을 훔치면서 풀밭에 털썩 주저앉았다. 그러고 나서 천천히 담배를 꺼내 입에 물었다.

상지에도 바로 달려와 늑대가 죽은 걸 확인하고서 도르지에게 몇 마디 칭찬의 말을 건넸다. 상지에는 도르지를 도와 그의 양떼를 집으로 몰아주었다. 천전도 자신의 양떼를 한데 모아서 집 쪽으로 향하게 한 뒤, 도르지가 늑대 가죽 벗기는 것을 지켜보기 위해 다시 산비탈로 뛰어 올라갔다. 무더운 여름에는 늑대 가죽에서 악취가 많이 나기 때문에 가죽을 통으로 벗기지 않고 양가죽을 벗길 때처럼 넓게 펼쳐놓았다. 천전이 말에서 내렸을 때 이미 도르지는 다 벗겨낸 늑대 가죽을 그늘진 풀밭에 펼쳐놓고 말리고 있었다.

천전이 물었다.

"늑대에게 올가미를 씌워 잡는 걸 직접 본 건 이번이 처음이에요. 형은 어디서 그런 확신이 들었던 거예요?"

도르지가 헤헤 웃으며 대답했다.

"난 저 늑대가 약간 멍청하다는 걸 진작 알아챘지. 아마도 약삭빠른 놈이었다면 올가미에 걸려들자마자 머리를 흔들고 목을 움츠려서 빠져나갔을 거야."

천전이 말했다.

"형 실력은 알아줘야겠어요. 정말 감탄했어요. 저는 3년이고 5년이고 아무리 연습을 하더라도, 형만큼 실력을 쌓지 못할 것 같아요. 게다가 제 말도 별로 빠르지 않고요. 내년 봄에는 일단 좋은 망아지 몇 마리를 훈련시켜야겠어요. 초원에서는 말이 빠르지 않으면 아무것도 할 수가 없잖아요."

도르지가 말했다.

"바투에게 좋은 말로 골라서 한 마리 달라고 부탁해봐. 바투는 큰형이니까 분명히 줄 거야."

천전은 문득 도르지가 기르는 새끼늑대가 생각나서 다시 물었다.

"요즘 너무 바빠서 형네 집에 가보지 못했네요. 새끼늑대는 잘 커요? 누가 뭐라고 안 해요?"

도르지가 고개를 저으며 말했다.

"말도 마, 사흘 전에 때려 죽였어."

천전은 가슴이 철렁했다. 그가 얼른 다시 캐물었다.

"아니, 형이 늑대를 죽였다고요? 뭣 때문에요? 무슨 일이 있었어요?"

도르지가 한숨을 내쉬며 대답했다.

"나도 너처럼 쇠사슬로 늑대를 묶어서 길렀어야 했는데. 우리 집 늑대는 네 것보다 몸집도 작고 그다지 거칠지도 않아서 그냥 강아지들 사이에 풀어놓고 함께 길렀거든. 한 달 넘게 기르다 보니 강아지나 큰 개들과도 제법 잘 어울리더라고. 모르는 사람들은 새끼늑대를 강아지라고 생각할 정도였어. 그러다 새끼늑대는 강아지보다 빨리 자랐고, 자랄수록 뚱뚱해져서 벌써 새끼 셰퍼드만큼 덩치가 커진 거야. 우리 가족 모두가 늑대를 많이 예뻐했지. 새끼늑대는 특히 네 살배기 우리 막내아들하고 노는 걸 아주 좋아했고. 아들애도 늑대를 무척 좋아했어. 그런데 그끄저께 그놈이 우리 아들하고 놀다가 갑자기 배를 물어버린 거야. 살점이 조금 뜯기고 피도 났어. 아들애는 완전히 질려서 거의 기절할 정도였고, 우리 집은 온통 난리가 났지. 늑대 이빨이 보통이 아니거든. 개 이빨보다 훨씬 날카롭지. 나는 너무 놀라서 그 자리에서 몽둥이로 늑대를 때려 죽였어. 그러고는 당장 아이를 안고 샤오펑한테 달려가서 주사를 두 대 맞혔지. 다행히 큰일은 벌어지지 않았지만 아직도 아들애의 배가 많이 부어 있어."

천전은 당황해서 급히 말했다.

"아직은 절대 방심해선 안 돼요. 얼른 광견병 예방주사를 맞혀야 해요. 그래야 안심할 수 있지요."

도르지가 말했다.

"그건 목축민들도 다 알고 있어. 개에게 물려도 최대한 빨리 주사를 맞아야 하는데, 늑대에게 물렸으니 말할 것도 없지. 늑대는 개와 다르니까, 초원 사람들 모두가 늑대를 기르는 건 있을 수 없는 일이라고 말하고 있어. 내가 볼 때도 늑대를 기르는 건 정말 어려운 일인 것 같아. 늑대의 야성은 절대 변하지 않거든. 조만간 네게도 큰일이 생길지 모르니 충고할게. 너도 늑대 기르는 걸 그만 포기해라. 네 늑대는 몸집도 크고 성격도 거친 데다 이빨도 훨씬 날카롭던데, 잘못했다가 물리기라도 하면 큰일이잖아. 아무리 묶어놓고 기른다고 해도 결코 안전을 장담할 수는 없어."

천전은 조금 두려운 표정으로 잠시 생각하고 나서 말했다.

"제가 알아서 조심할게요. 어떻게 해서 이만큼 키워놓았는데, 정말 아까워서 그래요. 전에는 늑대를 제일 싫어하던 가오젠종도 요즘에는 좋아하게 되어서 매일같이 늑대와 노는 걸요."

양떼가 주인도 없이 이미 저 멀리 앞서 가고 있었다. 도르지는 늑대 가죽을 잘 접어서 안장에 묶은 다음 말에 올라, 양떼를 몰고 집으로 돌아갔다.

천전은 내심 새끼늑대가 걱정되었다. 집으로 돌아가는 길에 늑대에게 잡아먹혀 반만 남은 양을 찾았다. 주머니에서 접이식 칼을 꺼내 늑대가 갈기갈기 찢어놓은 부분은 잘라내고, 창자도 끄집어내어 버렸다. 다만 심장과 허파는 버리지 않은 채, 죽은 양을 깨끗하게 수습한 후 말 안장의 끈에다가 양의 머리를 묶었다. 집으로 가져가 새끼늑대에게 먹일 생각이었다. 말에 올라탄 천전은 근심으로 내딛는 발길이 걸음걸음 태산처럼 무거웠다.

다음 날, 도르지가 양으로 늑대를 잡았다는 소문이 전 대대에 퍼졌다. 바오순궤이는 늑대 가죽을 받고 입에 침이 마르도록 도르지를 칭찬하며 목장 차원에서 표창을 하겠다고 선언하고 상으로 탄알 30발을 주도록 했다.

그로부터 며칠 후, 3조의 한 젊은 양치기가 양떼를 미끼 삼아 늑대를 잡아볼 요량으로 일부러 양떼에서 멀찌감치 떨어져 있어 보았다. 그러나 그 결과는 노련하고 영악한 우두머리 늑대에게 걸려 완전히 실패하고 말았다. 늑대가 재빨리 양의 허벅지만 적당히 뜯어 먹고 배가 터질 정도로는 먹지 않는 바람에, 도망치는 속도에 영향을 거의 미치지도 않았고 오히려 더욱 힘차고 빠르게 달려서 도저히 따라잡을 수가 없었던 것이다. 그 양치기는 대대 회의에서 빌게 노인에게 호되게 훈계를 받은 뒤, 벌로 한 달 동안 집에서 양을 잡아먹지 못하게 되었다.

22

작은 스승

만주족과 다우월, 오로촌, 에벤키의 일부 샤먼은 검은 늑대신을 숭배했다. 늑대신은 용감무쌍하고, 악을 원수처럼 미워하는 샤먼의 수호신이자 조수祖獸이다. 사람들은 한밤에 출몰하여 맹위를 떨치는 흉험하고 교활한 마귀들을 만날 때면, 늑대신이 지혜와 용기로 그것들을 어둠 속에서 삼켜버리기를 기도한다. 늑대는 악한 마귀를 물리치는 정의의 사도였기 때문이다. _푸위광 《샤먼론》

천전이 야간 순찰을 돌 차례가 돌아왔다. 이랑이 양떼를 잘 지켜주었기 때문에 보초를 서면서도 그는 게르 안 등불 아래서 책을 읽고 글을 쓸 수가 있었다. 두 동료의 수면을 방해하지 않기 위해, 그는 조그만 탁자를 게르 문 옆으로 끌어다 놓고, 두꺼운 책 두 권을 세워 등불을 가렸다. 초원은 적막했고, 늑대 울음소리도 들리지 않았다. 개 세 마리는 한 번도 짖지 않았지만, 귀를 쫑긋 세우고 경계를 늦추지 않은 채 밤을 지켰다. 천전은 중간에 나와 양떼 주위를 한 차례 돌아본 것 말고는 내내 게르 안에 있었다. 특히 이랑은 주인이 안심할 수 있도록 양떼의 서북쪽을 든든히 지켜주고 있었다. 그는 고마움의 표시로 이랑의 머리를 정답게 쓰다듬어주었다. 그렇지만 천전은 게르로 들어와서도 신경이 쓰여 계속 눈을 붙이지 못했고, 늦은 새벽까지 책을 보다가 간신히 잠이 들었다. 이튿날 아침, 잠에서 깬 천전이 가장 먼저 한 일은 새끼늑대에게 밥을 주는 일이었다.

새 목초지로 이사 온 뒤로, 새끼늑대는 사냥감을 기습 공격하려고 매복 중인 사냥꾼처럼 날이 밝기만 하면 매일같이 게르의 나무문을 뚫어져라 쳐다보면서 자기의 밥그릇을 노려보고 있었다. 새끼늑대의 눈에는 그 밥그릇이 살아 있는 사냥감이나 마찬가지였다. 그래서 놈은 마치 노련한 늑대처럼 인내심을 가지고 기회를 노리며 기다리다가 사냥감이 눈앞에 다가오기만 하면 사정없이 달려들었다. 때문에 입으로 들어가는 먹이는 뭐든 절대로 사람이 거저 준 것이 아니라 자신이 사냥한 것이 된다. 이렇게 새끼늑대는 늑대 본연의 기질을 그대로 보존하고 있었다. 천전 역시 일부러 무서워하는 척하면서, 냉큼 몇 발짝 뒤로 물러나곤 했지만 매번 웃음을 참기 힘들었다.

내몽골 고원에는 여름 장마가 오기 전에 항상 폭염을 동반한 가뭄이 한차례 들었다. 그해는 기온이 예년에 비해 훨씬 높은 듯했다. 천전은 몽골에서는 해가 일찍 뜰 뿐 아니라, 중국 내지에서보다 지면과 더 가까운 것 같다고 생각했다. 아침 10시밖에 되지 않았는데도 기온은 벌써 관내로 치면 한여름의 정오만큼이나 올라가 있었다. 강렬한 태양은 게르 주변의 파란 풀들을 말려 오그라들게 만들었다.

아직 모기는 나타나지 않았지만, 풀밭에 있던 구더기가 자라서 생긴 똥파리들이 마치 야생 벌떼처럼 무섭게 나타나서 사람과 가축들을 에워싸고 전면 공격을 해왔다. 파리들이 가장 좋아하는 공격 대상은 사람과 가축들의 머리로 특히 눈과 콧구멍, 입가나 상처에 있는 분비물이었고, 게르 안에 걸어둔 핏기 어린 양고기 또한 훌륭한 대상이 되었다. 그래서 사람과 개, 새끼늑대는 너나없이 모두 한시도 쉬지 않고 머리를 흔들어대며 손발을 있는 대로 휘저어야 하니 그 괴로움은 이루 말할 수가 없었다. 민첩한 황황은 자주 번개 같은 동작으로 눈앞에서 날아다니는 똥파리를 한입에 물어서 죽인 다음에 도로 뱉어냈다. 그래서 황황이 있는 곳 주변에는 수박씨 같은 죽은 파리들이 적잖이 쌓여 있었다.

태양빛은 갈수록 강렬해졌고, 지표면은 열기로 후끈거렸다. 분지 전체가 찻잎을 덖는 거대한 솥단지처럼 뜨겁게 달궈져, 땅 위에 가득한 풀잎들이 금방이라도 마른 찻잎이 될 지경이었다. 개들은 게르 북쪽의 좁디좁은 반원형 그늘에 들어가 입을 크게 벌리고 혀를 길게 뺀 채 엎드려 헐떡이고 있었다. 개가 헐떡일 때마다 뱃가죽이 빠르게 요동쳤다.

천전은 그늘에 이랑이 없는 것처럼 보여서 두어 번 큰 소리로 불러보았지만 나타나지 않았다. 강가에 나가 시원한 바람을 쐬고 있는 것인지 아니면 어딘가를 어슬렁거리고 있는지 알 수 없었다. 이랑은 야간 경비를 설 때면 아주 빈틈없이 성실하게 자기 책임을 다했기 때문에 이제 더 이상 떠돌이 개라고 불리거나 무시당하지 않았다. 그리고 날이 밝아 '퇴근'한 뒤에는 어디든 상관없이 가고 싶은 곳은 어디든 다 갈 수 있었다. 황황과 이르가 낮에도 충성스레 집을 지키는 것과는 대조적이었다.

새끼늑대의 처지로 본다면 이때가 가장 딱했다. 지독한 태양 아래 뜨겁게 달궈진 쇠사슬에 묶여 숨을 곳도 피할 곳도 없이 뙤약볕을 있는 그대로 고스란히 쬐어야 했다. 원 안에 나 있던 풀들은 늑대에게 짓밟혀서 일찌감치 흔적도 없이 원형 모래밭으로 변해 있었다. 그 뜨거운 늑대 원은 마치 밑바닥이 평평한 솥단지를 뜨거운 불 위에 놓은 것과 같았다. 새끼늑대는 금방이라도 껍질이 터질 것 같은 밤송이처럼 바짝바짝 타들어가고 있었다. 그저 감방에 갇혀 있는 단순한 죄수가 아니라, 매일같이 뜨겁게 달궈지는 무서운 형벌에 시달리는 중죄인인 셈이다.

문이 열리자 새끼늑대가 두 뒷다리를 바짝 쳐들며 일어서려 했다. 하지만 쇠사슬과 목을 단단히 졸라맨 목걸이 때문에 두 앞다리로 허공을 휘저었다. 그 순간 늑대에게 가장 절박했던 건 시원한 그늘이나 물이 아니고 오직 배불리 먹을 수 있는 밥이었을 것이다. 늑대에게 가장 소중한 것은 바로 먹이였기 때문이다. 늑대는 아무리 더워도 밥을 거르거나 남기는 일은 절대 없었다. 며칠 사이 날씨가 더워지면서 천전은 늑대의 위가 오히려 점점 커지고 있다는 느낌을 받았다. 늑대가 앞발을 정신없이 휘젓는 것은 밥그릇을 자기 손이 닿는 곳까지 가져다달라는 뜻이었다. 그렇게 사냥하듯이 밥그릇을 재빠르게 낚아채서 제 앞에 놓고 나면 새끼늑대는 천전을 사납게 쫓아냈다.

점차 본격적인 여름으로 접어들면서 천전은 점점 걱정이 더해갔다. 목축민들의 전통적인 식습관에 따르면 여름에는 유제품을 주식으로 하고 고기는 거의 먹지 않았다. 매일 차 한 잔에 식사는 한 끼뿐으로 쇼우바로우는 구경도 할 수가 없었다. 주식은 각종 면류, 좁쌀, 메기장과 함께 나이더우푸, 요구르트, 버터, 치즈와 같은 온갖 유제품으로 바뀌었다.

목축민들은 여름철의 신선한 유제품을 좋아했지만, 지식청년들은 아직 우유로 다양한 음식을 만들 줄 몰랐다. 고기를 대체한 유제품에 아직 제대로 적응되지도 않았거니와, 우유로 음식을 만드는 데 소요되는 과정이 너무 고되기도 했다. 새벽 세 시경에 일어나 네다섯 시간을 들여 짠 우유를 요구르트 통에 넣은 뒤에 쉬지 않고 천천히 저어야 한다. 웬만큼 발효가 되려면 아마도 수천 번은 저어야 할 것이다.

그뿐 아니라 오후 대여섯 시경 젖소들이 집으로 돌아오면 또다시 서너 시간씩 우유를 짜야 한다. 다음 날엔 그 우유를 끓이고, 응고시키고, 자르고, 말리는 등의 과정을 모두 거쳐야 했으니, 이런 수고는 누구에게도 쉬운 일이 아니었다. 대부분의 지식청년들은 좁쌀밥에 채소만 먹는 한이 있더라도, 유제품을 만드는 일만큼은 딱 질색으로 여겼다. 그래서 여름에 목축민들이 유제품을 만들고 있을 때면 지식청년들은 나가서 산마늘, 달래, 부추, 국화, 명아주, 민들레 그리고 둥베이에서 온 사람들이 '하라가이'라고 부르는 시금치같이 생긴 매운맛이 나는 산나물을 따왔다. 어쨌든 목축민들과 지식청년들은 무더운 여름이 되면서부터 차츰 입맛을 바꿔야 했다. 그러다 보니 누구보다 고통스러운 것은 바로 천전과 새끼늑대였다.

초원 사람들은 여름에는 양을 거의 잡아먹지 않았다. 그 첫째 이유는 양 한 마리를 잡아서 먹고 남긴 고기를 보관할 방법이 없었기 때문이다. 날씨는 무덥고 파리가 많아서, 이틀만 지나면 부패가 시작되면서 악취가 나고 구더기가 생기기 일쑤였다. 그래서 목축민들이 사용한 방법은, 막 잡은 양고기를 엄지손가락 굵기로 잘라서 밀가루에 묻혀 파리가 알을 낳지 못하게 한 다음, 게르 안 그늘진 곳에 걸어두고 말려서 육포로 만들었다. 그 육포를 국수를 삶을 때 두어 줄을 떼어 넣으면 고기 맛이 살짝 나면서 단백질을 섭취할 수 있었다. 그러나 육포로 만들어도 흐린 날씨가 며칠간 계속되면 금세 양고기에 곰팡이가 끼고 냄새가 나면서 역시 변질이 되고 구더기가 자랐다.

두 번째 이유는, 여름은 양이 한창 물살이 오르는 계절이기 때문이다. 물살이 충분히 오른 다음에는 또 가을까지 비계를 찌워야 했다. 이렇게 여름철에는 완전히 살이 오르기 전이라 양은 거의 뼈밖에 없어 고기가 부실할 뿐만 아니라, 기름도 적고 맛도 시원찮아서 목축민들부터 외면했다. 게다가 털을 깎은 지 얼마 되지 않은 때여서 양을 잡더라도 가죽의 질이 별로 좋지 않았다. 그래서 이때의 양가죽은 겨우 봄가을에 걸치는 얇은 겉옷을 만드는 데 사용될 뿐이어서 가격 또한 제대로 받을 수가 없었다.

빌게 노인은 여름에 양을 잡는 것이야말로 좋은 물건을 공연히 망치는 일이라고 했다. 이처럼 목축민들이 여름에 양을 잘 잡지 않는 것은 봄에 농민들이 아무리 배가 고파도 밀의 새순을 베어 허기를 달래지 않는 것과 같은 이치였다.

올론초원에는 사람 수는 적고 기르는 가축은 많지만 원칙적으로 목축민들이 가축을 잡아 고기로 먹는 것을 허용하지 않았다. 전국적으로 볼 때 고기의 공급량이 절대적으로 모자라서 국민들의 단백질 섭취량이 턱없이 부족한 상황이었다. 그러다 보니 정부 입장에서는 양 한 마리 한 마리가 모두 귀한 자원이었다.

가을부터 겨울, 봄까지 내내 육식을 풍족하게 즐겼던 지식청년들은 갑자기 고기를 먹을 수 없게 되자 금방 힘겨워했다. 그래서 그들은 지금까지의 관례에서 벗어나는 것을 용인해달라고 무던히 요구했다. 지청들이 양을 잡을 수 있게 해달라고 목축조에 몇 번이고 신청을 했지만 거의 대부분 퇴짜를 맞았다. 가스마이는 언젠가 집에 찾아온 천전에게 활짝 웃으면서 향이 짙은 버터와 설탕을 넣고 버무린 맛있는 메기장을 직접 떠먹여주었다. 그리고 매번 양을 잡을 수 있게 해달라는 요구를 거두게 할 생각으로 천전의 게르에 신선한 유제품 한 보따리를 선물로 주었다. 그리고 어쩌다 요구가 받아들여져 양 한 마리를 잡게 될 때면 그중 절반은 조금씩이나마 고기 맛을 볼 수 있도록 다른 조의 친구들에게 나눠주었다.

그럼, 사람은 그렇다 치더라도 새끼늑대는 어찌할 것인가?

그날, 천전은 먼저 늑대 밥그릇에 썩은 고기 조각을 조금 넣어주고 가볍게 늑대를 달래준 후에 빈 그릇을 게르로 가지고 들어와 방법을 궁리했다. 혼자서 아침을 대충 먹으면서 그는 솥에 들어 있는 조그만 양고기 육포를 바라보았다. 그는 잠깐 머뭇거리다가 결국 육포를 꺼내서 늑대 밥그릇에 담았다. 늑대는 개와 달라서, 고기 맛이 나지 않는 좁쌀죽이나 좁쌀밥은 먹지 않았다. 고기나 뼈다귀가 없으면 늑대는 안절부절못했다. 때로는 심하게 신경질을 내면서 쇠사슬을 씹어 먹으려 들었다.

천전은 부추 절임을 곁들여 육포탕면 두 그릇을 먹고 나서 반쯤 남은 면을 늑대 밥그릇에 부었다. 그리고 나무막대로 휘저은 다음 바닥에 붙어 있던 양고기 조각이 새끼늑대 눈에 잘 띄도록 위에다 올려놓았다. 천전이 그릇을 들어 냄새를 맡아보았지만 여전히 고기 냄새가 별로 나지 않는 것 같았다. 궁리 끝에 그는 등에 불 붙일 때 쓰는 양기름을 약간 붓기로 했다. 날이 더워지면서, 항아리 안의 응고된 양기름도 벌써 조금씩 물러지고 냄새가 변하기 시작했다. 다행히 늑대는 부패한 고기도 잘 먹기 때문에, 양기름 또한 늑대에게 해로운 음식이 될 것 같지는 않았다.

그 양기름은 겨울부터 큰 항아리 두 개에 보관해온 것으로 그와 양커가 저녁에 책을 읽을 때를 대비해 준비해두었던 등유였다. 이걸로 늦가을까지 버틸 수 있을지는 아직 알 수 없었다. 그러나 여름철은 새끼늑대가 발육하는 데 매우 중요한 시기였으므로, 안타깝지만 그가 책 읽는 시간을 조금 줄이게 되더라도 어쩔 수 없었다. 그렇지만 매일같이 책을 읽어온 습관 또한 버리기가 쉽지 않으니, 만약 모자라게 되면 결국은 미안하더라도 가스마이에게 조금 덜어달라고 부탁하는 수밖에 없겠다고 생각했다.

빌게 노인과 가스마이는 분명 천전이 책 읽는 데 기름이 부족하다고 하면 줄 수 있을 만큼은 내어줄 것이다. 여름은 몹시 바쁘고 쉽게 지치는 계절이라, 천전은 노인과 이런저런 이야기를 나눌 기회가 많지 않았다.

천전은 항아리에서 양기름을 큰 숟가락으로 하나 가득 퍼내서 따뜻한 밥에 부은 뒤 골고루 휘저어 기름이 자르르하게 만들었다. 그가 냄새를 맡아보니 양기름 냄새가 솔솔 풍기는 것이 늑대 식사로 전혀 손색이 없었다. 이번에는 좁쌀죽 반 솥을 개 밥그릇에 부었다. 그러나 개 밥에까지 양기름을 넣는 것은 너무 아까워서 그만두었다. 초원의 개들은 어차피 고기가 적은 여름철 보릿고개를 이미 여러 차례 지냈을 것이 아닌가.

게르 문을 여니, 밖에는 일찌감치 개들이 에워싸고 있었다. 천전은 먼저 개들부터 밥을 먹였다. 깨끗이 그릇을 비운 개들이 게르 뒤 그늘로 물러난 후에 천전은 새끼늑대에게 밥그릇을 들고 갔다. 그는 늑대에게 다가가면서 평소처럼 다정하게 소리쳤다.

"늑대야, 늑대야, 밥 먹자."

늑대는 아까부터 눈을 벌겋게 뜨고, 매우 흥분해서 날뛰고 있었다. 천전은 밥그릇을 잽싸게 늑대의 원 안에 밀어주고는 얼른 두어 발자국 뒷걸음질을 쳤다. 그러고 나서 늑대가 양기름이 섞인 밥을 다 먹을 때까지 꼼짝하지 않고 지켜보았다. 보아하니, 늑대는 이번 메뉴에 아주 만족하는 듯했다.

새끼늑대를 먹이려고 날마다 공부해서 정성스럽게 준비했고, 끼니마다 소리를 질러야 했다. 천전은 새끼늑대가 자신을 보살펴준 은혜를 기억해주기를 바랐다. 그리고 서로 겉모습은 다르지만 최소한 새끼늑대와 진심으로 우정을 나눌 수 있는 친구가 될 수 있기를 바랐다. 자신이 나중에 결혼해서 자식이 생기더라도 이만큼 아껴주기란 쉽지 않을 것 같았다.

그는 늑대에게 특별한 마력이 있다고 믿었다. 먹을 것 하나 없는 삼림초원에서도 암늑대는 버려진 인간의 아이를 기를 수 있다고 했다. 늑대 무리가 아이를 보호해주면서 또 늑대로 키워주는 것이다. 만약 인류와 늑대 사이의 종을 뛰어넘는 그러한 마력이 없었다면 그 수많은 신화들이 만들어지지도 않았을 것이다. 천전은 늑대를 키우기 시작한 후로, 신화 같은 몽상이나 환상에 자주 빠져들었다.

소학교 다닐 때, 그는 늑대에 관한 소련 소설을 읽은 적이 있었는데 그때의 감동이 지금까지도 잊히지를 않았다. 한 사냥꾼이 부상당한 늑대의 상처를 정성껏 치료해준 뒤 숲으로 돌려보냈다. 그로부터 얼마 후, 사냥꾼이 이른 아침에 집을 나서기 위해 문을 열자 문 앞에 큰 토끼 일곱 마리가 놓여 있었고, 눈 위에는 늑대의 발자국이 선명하게 찍혀 있었다는 이야기였다.

그것은 천전이 처음으로 알게 된 인간과 늑대의 우정에 관한 이야기로, 그때까지 보아왔던 늑대에 관한 다른 책이나 영화와는 그 주제와 내용이 전혀 달랐다. 그전에 읽었던 책들은 대부분 늑대가 새끼양을 잡아먹거나 어린아이의 간을 빼먹는 것으로 묘사되는 등, 무섭고 잔인한 이야기 일색이었다. 심지어 루쉰의 책에서도 전통적으로 늑대는 잔학한 모습으로 그려졌다. 그래서 그는 어렸을 적에 읽었던 그 소련 소설을 세월이 흘러도 잊을 수가 없었다. 그는 가끔씩 자신도 그 사냥꾼처럼, 수북이 쌓인 눈을 밟고 숲 속으로 들어가서 늑대 친구들과 함께 즐겁게 노는 모습을 꿈꾸기도 했다. 큰 늑대와 눈밭에서 같이 구르기도 하고, 등에 업혀 설원을 달리기도 하는 상상을…….

그런데 기적처럼 지금 그에게도, 그 자신만의 늑대가 있는 것이 아닌가. 직접 쓰다듬어줄 수도 있고, 함께 놀 수도 있는 늑대가. 배불리 먹여주기만 하면, 푸른 초원 위에서 아무 때나 새끼늑대를 끌어안고 함께 구를 수도 있다. 그는 자주 늑대와 함께 뒹굴며 놀았다. 그러니 그의 꿈의 절반이 벌써 실현된 셈이었다. 그러나 나머지 절반의 꿈은 아직은 감히 욕심을 낼 수 없었다.

새끼늑대가 다 자라면, 그에게 늑대개 가족을 만들어준 다음 초원의 늑대 무리로 돌아가게 해주는 것이 그의 남은 꿈이었다. 언젠가 꿈속에서 그는 말을 타고 초원 깊숙이 들어가 황야와 산속을 향해 소리쳤다.

"늑대야, 늑대야, 밥 먹자! 내가 왔다, 내가 왔어!"

그러자 마침내 아득한 황혼녘에 위풍당당한 기개를 자랑하며 푸른 왕늑대가 한 무리의 늑대를 데리고 나왔다. 오랜만의 재회가 아주 반가운 듯 늑대는 큰 소리로 울부짖으며 그에게로 달려왔다……. 그러나 안타깝게도 이곳은 초원의 목장이지 그 꿈속의 숲이 아니었다. 대대에는 사냥꾼과 사냥개, 총과 투마간이 있다. 그러니 늑대가 다 자라고 나면 자연으로 돌아갈 수 있을지는 몰라도, 나중에 게르 문 앞에 토끼 일곱 마리를 선물로 가져다 놓는 일은 절대로 있을 수 없는 일이다.

천전은 자신의 몸속에 목축민의 피가 힘차게 흐르고 있음을 발견했다. 비록 그의 할아버지와 아버지는 전형적인 농민이었지만, 그는 자신이 순수한 농경민족의 후예가 아니며 중국민족의 유학자들이나 농민들처럼 현실적이고, 실용적이고, 실리적이지도 않다고 믿었다. 그는 기왕에 위험을 무릅쓰고 절반의 꿈을 이루어냈으니, 그 용기로 훨씬 더 어려울지도 모를 나머지 절반의 꿈을 마저 이루고 싶었다. 그는 이곳 초원이 오랫동안 잠자고 있던 자신의 꿈과 모험 정신을 일깨워주기를 진정으로 바랐다.

새끼늑대가 마침내 밥을 깨끗이 다 먹었다. 훌쩍 자라 키가 벌써 50센티미터나 되는 늑대는 배가 불러오자 그 모습이 훨씬 더 크고 위엄있어 보였다. 다른 강아지들에 비해 키가 머리 하나 정도는 더 자라 있었다. 천전은 밥그릇을 문 옆에 갖다놓고 나서 늑대에게 다시 다가갔다. 이제 책상다리를 하고 앉아서 새끼늑대와 놀 시간이 된 것이다. 그는 잠시 새끼늑대를 가만히 안아주었다. 그러고는 새끼늑대의 배가 위로 향하도록 자기의 다리 위에 눕혀놓고, 배를 살살 쓰다듬어주었다.

초원에서 개와 늑대가 싸울 때면 언제나 가장 중요한 공격 목표가 되는 게 뱃가죽이었다. 뱃가죽이 찢어진다는 것은 곧 죽음을 의미했다. 그렇기 때문에 개와 늑대는 믿을 수 없는 상대에게는 같은 개끼리 혹은 늑대끼리라 할지라도 절대로 배를 보여주지 않았다. 비록 도르지의 늑대는 아이를 물었다는 이유로 맞아 죽었지만, 그래도 천전은 새끼늑대가 자기 손가락을 깨물고 놀도록 내버려두었다. 새끼늑대가 자신만큼은 물지 않으리라고 믿고 있었다. 새끼늑대가 자신의 손가락을 깨무는 것은 늑대 형제들끼리 서로 좋아서 무는 것과도 같다고 생각했다. 실제로 이제껏 늑대가 자신의 손가락에 상처를 낸 적은 한 번도 없었다. 늑대가 자신의 뱃가죽을 안심하며 내보이는데, 그가 손가락을 늑대의 입에 넣지 못할 이유가 어디 있겠는가? 새끼늑대의 눈빛에서는 따뜻한 우정과 믿음이 느껴졌다.

정오가 가까워지자 고원의 뙤약볕이 또다시 풀밭에 뜨거운 칼날을 겨누었다. 새끼늑대도 다시 괴로워하기 시작했다. 입을 크게 벌린 채 계속 헐떡거리면서 끊임없이 침을 흘렸다. 천전은 게르를 덮고 있던 펠트를 지붕까지 젖혔다. 그러자 게르도 시원한 정자나 커다란 새장처럼 사방으로 바람이 통했다. 그는 책을 읽으면서도 안타까운 마음에 새끼늑대를 자주 쳐다보았지만 도와줄 방법이 없어 막막할 뿐이었다.

초원의 늑대는 원래 극한의 날씨를 두려워하지 않는다. 추위든 더위든 극한 상황을 이겨내지 못하는 늑대들은 초원에서 철저하게 도태되었다. 그래서 초원에서 살아남은 늑대들은 하나같이 강철처럼 단단한 놈들이었다. 그러나 만약 날씨가 몹시 더울 때면 초원의 늑대들은 선선한 바위 뒤로 숨어들었다. 언젠가 빌게 노인이 말하기를, 여름에 양을 방목하다가 시원한 곳을 발견했다고 해서 당장 그 자리에서 양을 쉬게 하지 말고, 주변 수풀 속에 혹시 늑대가 있는지 반드시 먼저 살피라고 했다.

천전은 더위에 지친 새끼늑대를 어떻게 도와주어야 할지 몰랐다. 그는 우선 늑대가 더위를 얼마나 잘 참아내는지를 관찰하기로 했다. 게르로 불어오는 바람도 어느새 뜨거워지기 시작했다. 분지 초목지에 있던 소들도 풀은 뜯지 않고 강가에서 꼼짝 않고 누워 있었다. 멀리 있는 양떼도 대부분 바람이 불어오는 곳을 향해 드러누워 오후의 낮잠을 즐기고 있었다.

산꼭대기에는 삼각형 천막이 세워졌다. 양치기들이 투마간을 마르모트 굴에 박아놓고 흰 옷을 벗어 장대에 걸고서 돌로 양쪽 끝자락을 눌러놓아 임시로 태양을 피할 수 있는 장막을 마련한 것이다. 천전도 그 안에서 더위를 피해본 적이 있었는데 제법 도움이 되었다. 임시 장막 안에는 보통 양치기가 두 명씩 있어서, 한 사람이 잠을 자는 동안 나머지 한 사람이 양을 지켰다. 그런 삼각형 흰 장막이 초원에 나타나는 것은 여름 중에서도 가장 더울 때 일시적으로 볼 수 있는 일이었다. 천전도 너무 더워서 도저히 앉아 있을 수가 없었다.

새끼늑대는 뙤약볕 때문에 서지도 눕지도 못하는 모습이었다. 모래땅에서 열기가 무섭게 올라왔다. 늑대는 바닥에 발을 대고 있기가 괴로운지 겅중겅중 번갈아 디디고 다녔다. 새끼늑대는 주위를 두리번거리며 강아지들을 찾았다. 강아지 한 마리가 수레 그늘 아래 편히 숨어 있는 걸 보고는 더욱 미친 듯이 쇠사슬을 벗어나려고 몸부림쳤다.

천전은 서둘러 게르에서 나왔다. 태양이 이렇게 강하게 내리쬐면 혹시 늑대가 군밤이라도 되어버리는 건 아닌지 몹시 걱정이 되었다. 혹 열사병에라도 걸릴 경우, 장부의 수의사가 늑대를 치료해줄 리 만무했다. 어쩐다? 초원은 원래 바람이 너무 세서 비가 오더라도 우산 대신에 비옷을 입기 때문에 햇빛을 가려줄 만한 우산도 없었다. 그러면 수레 하나를 끌어다가 그늘을 만들어줄까? 하지만 수레는 구조가 너무 복잡해서, 잘못했다가 새끼늑대의 목에 있는 쇠사슬이 바퀴에 걸리기라도 하면 목 졸려 죽을지도 모를 일이다.

가장 좋은 방법은 양치기들이 만든 것과 같은 삼각형 장막을 만들어 주는 것이지만, 그로서는 감히 그렇게 할 수도 없었다. 밖에 나가 있는 사람들과 가축들 모두 내리쬐는 태양 아래 있는데 유독 늑대를 위해 그늘을 만들어준다면 누군가는 '계급 정서'니 뭐니 하며 들먹일 것이다. 그렇게 되면 늑대 사육에 반대해온 목장 사람들과 지식청년들까지도 모두 말들이 많아질 것이다. 최근에는 모두들 바빠서 새끼늑대를 거의 잊고 있었는데, 굳이 그런 식으로 공공연히 상기시킬 수도 없는 노릇이다.

천전은 물차에서 깨끗한 물을 떠다가 새끼늑대 앞에 내밀었다. 늑대는 대야에 머리를 처박더니 단숨에 물을 다 마셔버렸다. 그러고는 재빨리 천전의 그림자로 들어와 태양을 피했다. 그러면서 애타게 그의 다리를 붙잡으며 못 가게 하는 것 같아 그 모습이 너무 불쌍해 보였다. 그래서 한동안 그 자리에 가만히 서 있을 수밖에 없었다. 그러나 곧 목뒤로 뜨거운 통증이 느껴졌다. 좀 더 있다가는 살이 다 타버릴 것만 같았다.

그는 하는 수 없이 늑대에게서 물러나면서 대신에 늑대 주위에 물을 뿌려주었다. 마치 만두 찜통처럼 모래땅에서 뜨거운 김이 올라왔다. 땅의 온도가 좀 내려간 걸 알아챘는지 새끼늑대는 곧 드러누웠다. 벌써 몇 시간 째 계속 서 있었으니 새끼늑대는 다리가 무척 아팠을 것이다. 그러나 얼마 지나지 않아 땅이 말라버리면, 새끼늑대는 또다시 뜨거운 모래땅을 안타깝게 서성거려야 할 것이다.

천전으로서는 정말 방법이 없었다. 그렇다고 늑대에게 계속 물을 뿌려주고 있을 수도 없었다. 그가 집에 있을 때는 그렇게 한다 치더라도, 양을 돌보러 나갈 때는 어떻게 할 것인가?

게르로 돌아와서도 천전은 책이 눈에 들어오지 않았다. 새끼늑대가 더위를 먹지는 않을까, 더 자라지도 못한 채 비쩍 말라버리는 건 아닐까, 아니면 혹시 죽는 건 아닐까, 온갖 걱정이 다 되었다. 새끼늑대를 묶어 기르는 것은 사람들과 가축들의 안전은 몰라도 늑대 자신의 생명과 안전은 보장해주지 못했다. 만일 한군데 오래 정착해 살았더라면, 늑대를 묶어 기르더라도 최소한 한쪽 벽의 그늘은 얻게 해줄 수 있었을 것이다. 과연 원시유목의 여건 아래서는 정말로 늑대를 키울 수 없단 말인가? 늑대를 키우는 일에는 빌게 노인도 문외한이었기 때문에 누구도 천전이 참고할 만한 경험을 가지고 있지 않았다.

천전은 한참 동안 새끼늑대를 바라보며 갖은 궁리를 다 해보았지만 정말이지 뾰족한 수가 떠오르지 않았다.

새끼늑대가 계속 원을 맴돌고 있었다. 그러면서 뭔가 골똘히 생각하고 있는 것 같았다. 늑대가 갑자기 원 바깥의 풀밭을 바라보았다. 풀밭은 아무래도 늑대가 서 있는 모래땅보다는 온도가 상당히 낮았다. 새끼늑대는 뒷발을 뻗어 풀밭을 몇 번 밟아보고, 별로 뜨겁지 않음을 확인하고는 곧 원 밖의 풀밭으로 몸을 뻗은 채 누웠다. 다만 머리와 목은 하는 수 없이 원 안의 뜨끈뜨끈한 모래땅 위에 둔 채였다. 새끼늑대가 목줄을 최대한 끌어당기자 줄이 팽팽해지면서 비록 온몸은 아니었지만 제법 편한 자세로 쉴 수 있게 되었다. 여전히 작열하는 뙤약볕 아래인 것은 마찬가지였지만, 최소한 구이 신세가 되는 것만은 면할 수 있었다.

천전은 너무 기뻐서 새끼늑대에게 달려가 뽀뽀를 해주었다. 새끼늑대의 이런 영리한 행동이 천전에게 한 가닥 희망을 가져다주었다. 늑대의 그런 모습에서 힌트를 얻은 그는 마침내 한 가지 방법을 생각해냈다. 즉 날이 너무 더워지면 풀이 있는 곳으로 늑대를 옮겨주면 될 일이었다. 그리고 만약 늑대가 한곳에 오래 머물러 그 자리가 바싹 마르게 되면 또다시 그 옆으로 옮겨주면 될 것 아닌가.

천전은 늘 인간이 생각하는 것보다 늑대의 생존 능력이 훨씬 더 뛰어나다는 데 새삼 감탄했다. 보살펴주는 어미도 없는 새끼늑대가 자신의 어려움을 스스로 이렇게 해결할 정도이니, 집단행동을 하는 늑대 무리의 생존 능력이야말로 말할 나위가 없을 것이다. 천전은 반쯤 누워서 다시 책을 읽기 시작했다.

게르 밖에서 말발굽 소리가 요란하게 들려왔다. 말 두 마리가 모래 먼지를 일으키며 게르에서 20미터 정도 떨어진 수레 길을 따라 급히 달려오고 있었다. 천전은 그저 지나가는 말치기들이겠지 하고 주의를 기울이지 않았다. 그런데 뜻밖에도, 거의 게르까지 다가오던 말들이 갑자기 방향을 바꾸면서 새끼늑대 쪽으로 돌진했다. 새끼늑대가 놀라서 뒷걸음질 치자 목줄이 팽팽히 당겨졌다. 앞에 있던 사람이 투마간으로 새끼늑대의 머리를 훌쳐 재빨리 잡아당기는 바람에 새끼늑대는 공중에서 세차게 내팽개쳐졌다. 투마간을 휘두르는 힘으로 보아 늑대를 완전히 죽일 심산이었던 것 같았다. 그 사람은 쇠사슬을 끌어당겨 단번에 늑대의 목을 부러뜨리려 했다.

늑대가 털썩 하고 땅에 쓰러졌다. 그러자 뒤에 있던 사람이 또다시 투마간에 달린 올가미로 늑대를 잔인하게 내리쳤고, 늑대는 또 한 번 심하게 나뒹굴었다. 앞 사람이 말을 세우고 말채찍을 다른 손에 바꿔 쥐면서 뛰어내리더니 다시 공격할 태세를 했다. 천전이 기겁해서 고함을 지르며 미친 듯이 뛰쳐나갔다. 그러자 두 사람은 놀라서 재빨리 말을 타고 먼지를 일으키며 도망쳐버렸다. 둘 가운데 하나가 큰 소리로 욕하는 소리가 들려왔다.

"말 잡아먹는 늑대를 키우다니! 진작에 저 늑대를 죽였어야 했는데!"

황황과 이르가 맹렬히 짖으며 쫓아가다가 오히려 투마간으로 한 대씩 얻어맞았다. 그들은 말 무리가 있는 방향으로 달아났다.

천전은 그 둘이 누군지 정확히 알 수는 없었지만, 한 사람은 언젠가 빌게 노인에게 혼났던 양치기 같았고, 나머지 한 사람은 아마도 4조의 말치기일 것이라고 추측했다. 조금 전 두 사람의 기세로 봐서 새끼늑대를 죽이려 했던 것이 분명했다. 천전은 몽골 기병들의 전광석화와 같은 공격이 얼마나 무서운 것인지 몸소 체험한 것이다.

천전은 새끼늑대에게 뛰어갔다. 늑대는 겁에 질려서 반쯤 죽은 듯 다리를 떨면서 제대로 서지도 못했다. 새끼늑대는 천전을 보자마자 고양이에게 쫓기다 겨우 살아온 병아리가 어미 닭에게 달려가듯 비틀거리면서 달려들었다. 천전도 온몸을 부들부들 떨면서 새끼늑대를 안았다. 마음도 몸도 아픈 사람과 늑대의 떨림은 곧 하나가 되었다.

그는 얼른 새끼늑대의 목을 만져보았다. 다행히 목뼈가 부러지진 않았지만 올가미에 묶였던 부분은 털이 거의 다 빠졌고 속으로 깊은 상처가 나 있었다. 새끼늑대의 심장이 팔딱팔딱 뛰고 있었다. 천전이 계속 쓰다듬어주었지만, 새끼늑대는 쉽게 진정되지 않았다. 그는 게르로 가서 육포 한 조각을 가져다 새끼늑대에게 주었다. 새끼늑대가 육포를 다 먹고 난 다음에도 천전은 늑대의 얼굴을 가슴에 안고 계속 쓰다듬어주었다. 늑대의 심장이 점점 평온을 되찾는 듯했다.

새끼늑대가 천전을 물끄러미 바라보았다. 한참을 쳐다보던 새끼늑대가 갑자기 천전의 아래턱을 한 번 핥는 게 아니겠는가. 천전은 적잖이 놀랐다. 늑대가 자신을 핥은 것은 이번이 두 번째였지만, 감사의 표현으로 늑대의 뽀뽀를 받아본 것은 이번이 처음이었다. 역시 목숨을 구해준 은인에게 늑대가 토끼 일곱 마리를 물어다주었다는 이야기가 완전히 허황된 것만은 아니었던 모양이다.

그러나 천전은 여전히 마음이 무거웠다. 줄곧 걱정했던 일이 드디어 일어난 것이다. 그는 늑대를 기르는 일로 처음부터 목축민 다수의 반감을 산 데다 날이 갈수록 그들이 자신을 점점 더 멀리하고 냉대한다는 것을 느끼고 있었다. 심지어 빌게 노인도 그들의 게르를 찾는 횟수가 눈에 띄게 줄었다. 천전은 목축민들이 자신을 바오순궤이나 민공들처럼 초원의 질서를 망가뜨리는 생각 없는 외지인 취급을 하고 있다는 느낌을 지울 수 없었다.

늑대는 초원민족에게 정신적으로는 토템이지만, 육체적으로는 사나운 적이었다. 정신적, 육체적 측면을 막론하고 초원의 목축민은 모두 늑대를 키우는 것을 허용하지 않았다. 늑대를 키우는 것은 정신적인 모독이고, 육체적으로는 적과 내통하는 일이었다. 그는 초원의 법도를 어긴 것이고, 초원민족과 초원 문화의 금기를 건드린 것이다. 그러니 그가 계속 새끼늑대를 보호해줄 수 있을지, 더 키워야 할지도 의문이었다. 그러나 그는 정말로 '늑대토템, 초원의 혼'에 담긴 비밀과 가치에 대해 좀 더 관찰하고 연구해보고 싶었다.

한때 세계와 중국 역사에 큰 영향을 미쳤던 늑대토템과 초원의 유목생활이 마치 초원 사람들의 육체가 가루로 변해 사라지듯 점차 흔적도 없이 자취를 감추는 것을 그냥 보고만 있을 수는 없었다. 어쩌면 이번이 마지막 기회일지도 모른다. 결국 천전은 자신의 의견을 소신껏 밀고 나가는 것만이 유일한 방법이라 판단했다.

그는 사방으로 이랑을 찾아보았지만 아직까지 집에 돌아오지 않고 있었다. 만약에 이랑이 지키고 있었더라면, 다른 조의 목축민들뿐 아니라 같은 조 목축민들 또한 감히 쉽게 찾아오지 못했을 것이다. 낯선 사람의 말을 보고 이랑이 놀랄 만큼 광분해서 무섭게 쫓아냈을 것이기 때문이다. 순간, 방금 말을 타고 왔던 두 사람이 보통 예리한 사람들이 아니었다는 생각이 들었다. 그들은 분명 이랑이 집에 없는 것을 확인하고서 갑자기 습격해왔던 게 틀림없었다.

한여름 더위가 최고조에 이르면서 초원의 분지는 모든 열기를 새끼늑대의 보금자리로 몰아넣고 있었다. 새끼늑대의 몸통 아래쪽으로는 풀밭이라 조금 나았지만 머리와 목은 뜨거운 모래밭에 그대로 노출되어 있었다. 게다가 목에는 상처까지 입었으니 가만히 누워 있기가 힘든 모양이었다. 자리에서 일어난 늑대가 몇 바퀴 돌다가 또다시 풀밭에 눕기를 반복했다.

날이 너무 더워 책을 읽는 일도 쉽지 않았다. 그래서 대신 집안일을 하기로 하고, 천전은 부추와 물오리 알을 밀가루와 함께 반죽하여 밀전병을 구웠다. 다른 데 한눈 팔지 않고 정신없이 요리를 하다 보니 어느새 30분이 훌쩍 지나 있었다. 요리를 마치고 고개를 들어 늑대를 쳐다본 순간 천전은 깜짝 놀랐다. 새끼늑대는 엉덩이와 꼬리를 치켜들고 열심히 모래밭을 파고 있었다. 굴을 파는 중인 듯했다. 흙과 모래가 불꽃처럼 사방으로 튀었다. 천전은 얼른 손을 씻고 게르 밖으로 나가 호기심 어린 눈으로 늑대를 관찰하기 시작했다.

새끼늑대는 무더위에 아랑곳 않고 있는 힘을 다해 열심히 굴을 파고 있었다. 벌써 몸이 절반쯤 들어갈 정도로 제법 깊이 파 들어갔다. 꼬리를 흔들면서 쉬지 않고 계속 모래흙을 파내던 늑대가 얼마 후 굴속에서 나오더니 앞에 잔뜩 쌓여 있는 모래흙을 앞발로 뒤쪽으로 밀쳐놓았다. 늑대의 온몸은 흙투성이였다. 잠깐 천전을 쳐다보는 늑대의 눈빛이 야성과 열정으로 가득 차 있었다. 마치 금은보배라도 캐는 양 흥분한 와중에도 욕심과 초조함이 느껴졌다.

도대체 뭘 하려는 거지? 그늘진 곳으로 옮겨 가고 싶은 걸까? 그러나 그게 아니었다. 위치로 보아, 쇠사슬을 묶고 있는 나무말뚝을 파내려는 것은 아니었다. 게다가 나무말뚝은 아주 깊게 박혀 있어서 빼내려면 웬만큼 파지 않고서는 안 될 일이었다. 새끼늑대는 말뚝을 등지고, 북쪽에서 햇빛이 비쳐오는 남쪽을 향해 굴을 파 들어가고 있는 중이었다. 그걸 확인한 천전은 놀람과 기쁨을 감출 수가 없었다. 새끼늑대의 의중을 이해할 수 있었기 때문이다.

새끼늑대는 다시 굴속으로 들어가 모래흙을 파냈다. 상기된 표정으로 입을 반쯤 벌리고 바쁘게 왔다 갔다 하면서, 한동안은 땅을 파다가 또 한동안은 밖에 나와 그 흙을 옮기는 일을 계속했다. 초롱초롱 빛나는 눈빛은 좀처럼 천전을 상대해주지 않았다. 보다 못한 천전이 작은 소리로 늑대를 불렀다.

"늑대야, 늑대야, 천천히 파라. 다리 다치지 않게 조심해서."

새끼늑대가 천전을 쳐다보았다. 늑대의 눈에는 밝은 미소가 가득했다. 늑대는 자신의 행동에 대해 아주 득의양양한 모습이었다.

굴이 조금씩 깊어졌고 그 안의 모래흙은 얼마간 습기까지 배어 있어 굴 밖의 흙보다는 훨씬 시원했다. 천전이 막 파낸 흙을 한 움큼 쥐어보니 진짜로 축축하고 차가웠다. 천전은 새끼늑대가 정말로 똑똑하다고 느꼈다. 늑대는 햇빛과 사람과 위험을 피할 수 있는 시원한 동굴 겸 은신처를 스스로 만들고 있었던 것이다. 틀림없었다. 새끼늑대는 틀림없이 그런 생각으로 땅을 파고 있었던 것이다.

동굴 안은 시원하고 그늘져서 약간 어두운 편이었다. 굴은 방향도 정확하게 북쪽에서 파 들어가 남쪽을 향했다. 직사광선은 굴속으로 들어오지 못하기 때문에 흙을 파기 시작한 지 얼마 지나지 않았지만 새끼늑대는 이미 태양을 피하고 있었다.

깊이 파 들어갈수록 굴은 조금씩 어두워졌다. 늑대는 어둠의 기쁨을 맛볼 수 있게 되었고, 자신의 목표에도 점점 가까워지고 있었다. 새끼늑대는 어둠이 무척 좋은 듯했다. 어둠은 곧 시원함과 안전과 행복을 의미했다. 늑대는 이제 더 이상 덩치 크고 무서운 소나 말, 사람들의 위협과 공격을 받지 않을 것이다. 그래서 새끼늑대는 땅을 파면 팔수록 기쁘고 힘이 나는지 그 동작이 더욱 빠르고 경쾌해졌다. 20분쯤 더 지나자, 새끼늑대의 몸 전체가 시원한 동굴 속으로 다 들어갔고, 밖으로는 신난 듯 날렵하게 움직이는 늑대 꼬리밖에 보이지 않았다.

천전은 다시 한 번 늑대의 비범한 생존 능력과 지혜에 놀라지 않을 수 없었다. 그는 "용은 용을 낳고 봉황은 봉황을 낳듯이, 새끼쥐는 굴을 팔 수 있다"라는 속담을 떠올렸다. 그러나 새끼쥐가 굴을 팔 줄 아는 것은 최소한 부모 쥐가 굴을 파는 것을 본 적이 있었기 때문일 것이다.

그러나 이 새끼늑대는 눈도 뜨지 못했을 때 어미와 헤어졌는데 누구에게서 굴 파는 것을 배웠다는 말인가? 땅을 팔 줄 모르는 개들이 늑대에게 굴 파는 법을 가르쳐주었을 리는 없지 않은가? 그러면 굴을 파는 능력은 누구에게서 어떻게 받은 것일까? 더구나 굴을 파는 방향이 조금의 오차도 없이 정확했다. 그리고 그 위치 또한 아주 적합한 곳이었다. 만일 나무말뚝으로부터 거리가 너무 멀었더라면 쇠사슬의 길이 때문에 굴을 깊이 팔 수가 없었을 것이다. 그러나 새끼늑대가 선택한 굴의 위치는 마침 나무말뚝과 적당한 거리에 있어, 쇠사슬의 절반쯤은 굴 안까지 넉넉히 들어갈 수가 있었다.

이 모든 것을 새끼늑대가 어떻게 판단했을까? 이런 능력은 아마 초원의 큰 늑대들에게도 있을 것 같지 않은데, 어떻게 이런 걸 생각해냈을까?

천전은 그저 놀라울 뿐이었다. 겨우 3개월밖에 안 된 새끼늑대가, 그것도 어미에게서 배운 적도 본 적도 전혀 없는 상황에서 제 스스로 생존 문제를 해결한 것이다. 늑대는 개와 비교했을 때는 말할 것도 없고, 사람과 비교해도 전혀 손색이 없을 만큼 영리했다. 늑대 조상의 유전자가 이런 경지에 이를 정도로 지혜롭고 강하단 말인가?

천전은 자신의 관찰을 통해서 유전이란 그저 기본 토양일 뿐이고, 이 새끼늑대의 지능이 유난히 뛰어난 때문이라고 결론을 내렸다. 배울 만큼 배운 성인이라 여겼던 자신도, 이렇게 뙤약볕이 내리쬐는 한나절 동안 새끼늑대에게 태양을 피할 수 있는 굴을 만들어줄 생각을 못하고 있었다. 시대를 앞서 간다는 지식청년이 고난도의 생존 능력을 발휘하는 한 마리 작은 늑대의 모습을 멍하니 바라보면서 그저 감탄만 하고 있을 뿐이었다.

천전은 새끼늑대의 지혜가 자신을 크게 뛰어넘는 데 대해 놀라면서, 자기를 바라보는 늑대의 조소를 서운하게 받아들여서는 안 된다고 생각했다. 어쩐지, 새끼늑대와 장난치며 놀 때면 왠지 모르게 그와 늑대가 '평등'하다는 느낌이 자주 들곤 했었다. 그러나 지금은 늑대가 오히려 천전의 존재 따위를 안중에 두고 있지 않은 것 같았다. 늑대의 길들여지지 않은 눈빛 속에는 언제나 두려움을 느끼게 하는 어떤 의미가 숨어 있었다. '나보다 크다고 우쭐대지 마. 내가 다 큰 다음에 보자고.' 천전은 늑대가 다 자라고 나면 자신을 어떻게 대할지 점점 더 두려워졌다.

그러나 다른 한편으로 천전은 무척 기뻤다. 그는 늑대를 보면 볼수록, 자신이 동물을 키우는 것이 아니라 오히려 작지만 훌륭한 스승을 모시고 있다는 느낌을 자주 받았다. 그는 어린 새끼늑대가 자신에게 훨씬 더 많은 것을 가르쳐주고 있다고 확신했다. 용감함과 지혜, 강인함과 인내 그리고 생활을 사랑하고 생명을 사랑하는 법, 영원히 만족하지 않고 끝까지 굴복하지 않는 정신, 혹독한 환경을 이겨내는 법, 강한 자아의 실현 등을 말이다.

그는 중화민족이 용토템뿐 아니라 늑대토템까지 함께 가졌더라면 얼마나 좋았을까 생각해보았다. 그 두 가지 토템을 함께 가졌을 경우에도 중화민족이 그렇게 많은 망국의 순간들을 경험했을까? 또 지금처럼 민주, 자유, 부강의 위대한 부흥을 제대로 실현하지 못해 백성들을 분노하게 만들었을까?

꼬리를 꼿꼿이 세운 새끼늑대는 몹시 흥분된 모습이었다. 깊게 파들어 갈수록 더욱 시원함을 느끼고, 마치 갓 태어났을 때의 어두운 환경과 진흙의 기운을 맡은 듯 더욱 흐뭇해했다. 천전은 새끼늑대가 단순히 시원한 피서지나 몸을 피할 은신처를 파고 있는 것이 아니라 어린 시절의 아름다운 기억을, 어미와 형제자매들에 관한 아련한 추억을 캐내고 있다고 생각했다. 천전은 늑대가 굴을 팔 때의 표정을 상상해보았다. 아마도 흥분과 기대, 기쁨과 아픔이 교차되는 복잡한 표정이었으리라…….

천전의 눈가에 이슬이 맺혔다. 새삼 양심의 가책을 크게 느꼈다. 천전은 새끼늑대를 점점 더 사랑하게 됐지만, 오로지 자신의 이기심을 충족시키기 위해 자유롭고 화목한 늑대의 가정을 깨뜨렸다는 생각을 떨쳐버릴 수가 없었다. 자신이 아니었더라면 새끼늑대는 가족과 함께 이곳저곳을 마음껏 활개 치며 다니고 있었을 것이다.

천전은 문득 이 수준 높은 새끼늑대가 어쩌면 바로 흰 왕늑대의 자식일지도 모른다는 생각이 들었다. 만일 늑대 무리 안에서 무수한 전쟁을 겪으며 자랐다면, 훗날 전체 초원늑대의 왕이 될 가능성도 전혀 배제할 수는 없었으리라. 그러나 안타깝게도, 늑대 무리의 밝은 앞날은 멀리서부터 침입해온 욕심 많은 한족에 의해 철저하게 부서지고 만 것이다.

새끼늑대는 이미 더 팔 수 없을 만큼 파 들어갔다. 목에 걸린 쇠사슬이 최대한 당겨졌지만 천전은 목줄을 더 길게 해줄 마음은 없었다. 땅은 부드럽고 잘 부서지는 모래흙이었고, 늑대 굴을 받치고 있는 천장은 고작 약간의 뿌리가 얽혀 있는 얇은 잔디 한 장 뿐이었다. 그러니 더 깊게 파 들어갔다가 만일 말이나 소가 밟게 된다면 새끼늑대는 그날로 생매장당할지도 모를 일이다. 굴을 파 내려가며 느꼈던 극도의 흥분이 갑자기 깨지자 화가 났는지 새끼늑대는 시끄럽게 울부짖으며 굴 밖으로 나와 쇠사슬을 마구 들이받았다. 목줄이 목에 난 상처를 건드려 몹시 아플 텐데도 새끼늑대는 지칠 때까지 소란을 멈추지 않았다. 그러다 늑대는 새로 생긴 흙더미 위에 엎드려 잠시 숨을 돌리면서 휴식을 취했다. 쉬는 동안에도 늑대는 목을 빼고 굴 안을 물끄러미 들여다보고 있었다. 천전은 늑대의 머리에서 또 어떤 새로운 아이디어가 떠오를지 궁금해졌다.

잠시 후, 호흡이 안정되자 새끼늑대가 다시 굴속으로 들어갔다. 얼마 지나지 않아 굴 밖으로 또다시 모래흙이 튀어나오기 시작했다. 천전은 궁금해서 몸을 구부려 굴을 들여다보았다. 새끼늑대는 깊이 파려는 생각은 포기한 대신 더 넓게 파고 있었다. 새끼늑대는 어미나 형제들을 위한 공간이 아니라 단지 자신만을 위해 넓은 공간을 만들고 있었다. 몸 전체를 누일 수 있는 안락한 공간이었다.

천전은 멍하니 바라보고만 있었다. 그는 도무지 제 눈을 믿을 수가 없었다. 위치를 정하고 동굴을 파는 모든 과정이 설계에서부터 완공까지 단 한 번에 성공적으로 이루어지고 있었다. 과정 중에는 반복도 시행착오도 없었다. 천전은 정말이지 늑대의 이런 재능이 도대체 어디서 나온 것인지 이해할 수가 없었다. 직접 보지 않은 사람들에게 도저히 이해시킬 수 없는, 그래서 아마도 그들은 불가사의라고 말할 것이다. 이렇듯 상상을 초월하는 늑대의 뛰어난 능력 때문에 초원민족은 오랜 옛날부터 늑대를 토템의 위치에까지 올려놓은 것이리라.

새끼늑대의 피서지 겸 방공호가 마침내 완성되었다. 새끼늑대는 자신만의 새 보금자리가 더할 나위 없이 편했는지 천전이 아무리 불러도 나올 생각을 하지 않았다. 그가 굴속으로 얼굴을 들이밀고 보니 늑대의 동그란 눈이 퍼렇게 번쩍이고 있었다. 음산한 늑대의 눈빛이 두려움을 느끼기에 충분했다. 그것은 완전히 야생늑대의 눈빛이었다.

늑대는 자신이 좋아하는 어둡고 축축한 흙냄새를 만끽하고 있었다. 마치 고향에 돌아온 듯, 어미의 품속으로 돌아온 듯, 형제자매들의 곁에 돌아온 듯 편한 모습이었다. 늑대는 하루하루를 사람과 가축 사이에서 불안에 떨며 보내야 했던 뜨거운 모래땅을 벗어나 마침내 자신만의 보호막이자 늑대만의 세계로 몸을 숨겼다. 늑대는 이제야 안심하고 단잠을 잘 수 있었다. 천전은 늑대 굴 앞의 흙을 평평하게 다져주었다. 드디어 늑대에게 안전한 새집이 생겼고, 이 뜻밖의 쾌거로 천전도 늑대의 생존 능력에 대한 믿음을 다시 한 번 확인할 수 있었다.

해질 무렵, 가오젠종과 양커가 집으로 돌아왔다. 두 사람은 게르 문 앞에서 멀지 않은 곳에 늑대 굴이 생긴 것을 보고 크게 놀랐다.

양커가 말했다.

"사람도 따가운 햇볕에 살갗이 타고 목이 말라 죽을 지경이니, 새끼 늑대가 여름을 견디지 못하면 어쩌나 했더니 이런 재주가 있었구나. 진짜 대단한 놈이야."

가오젠종이 말했다.

"앞으로 정신 똑바로 차리고, 신경 많이 써야겠다. 쇠사슬이나 말뚝, 목줄 같은 것들 말이야, 하루에 한 번씩은 꼭 점검해야겠어. 저러다 결정적인 순간에 늑대가 우리의 허를 찌를지도 모르니까. 그런 날이 와서 우리를 비웃게 되기를 다른 목축민들이나 친구들이 은근히 기다리고 있잖아."

세 사람은 낮에 천전이 만든 밀전병을 각자 자기 몫에서 반씩 남겨 늑대에게 주기로 했다. 늑대는 양커가 밥 먹으라고 부르는 소리에 굴 속에서 잠시 밖으로 나오더니, 밀전병만 낚아채 가지고 도로 안으로 들어가버렸다. 늑대는 벌써 그곳이 자신만의 구역이라고 못 박아두고 그때부터 아무도 감히 그곳을 넘보지 못하게 했다.

어디서 빈둥거리느라 온종일 보이지 않던 이랑이 집에 돌아왔다. 뭘 잡아먹었는지 배가 팽팽하게 불러 있었고, 입가는 기름기로 번질번질 했다. 황황과 이르와 강아지 세 마리까지 모두가 이랑에게 다가가 입가에 묻은 기름기를 다투어 핥았다. 오랫동안 기름기 있는 음식을 맛보지 못한 탓이다.

이랑의 소리를 들은 새끼늑대가 굴에서 뛰쳐나왔다. 이랑이 늑대에게 다가가자, 새끼늑대 역시 냄새를 맡았는지 이랑의 입가를 부지런히 핥아댔다. 이랑은 새끼늑대의 새집이 신기한 듯 주위를 몇 바퀴 둘러보았다. 그러고는 늑대 굴 앞에 쭈그리고 앉더니 긴 코를 동굴 안으로 집어넣고 냄새를 맡느라 킁킁거렸다. 새끼늑대는 기뻐서 목의 통증도 잊은 채 아빠처럼 넓은 이랑의 등 위로 뛰어올랐다가 내리기를 반복하면서 즐거워했다.

해가 지면서 차츰 열기도 가시고 제법 시원한 바람이 불어왔다. 양커는 두툼한 상의를 걸치고 양떼가 있는 곳으로 향했다. 천전도 함께 가서 그가 양을 몰고 돌아오는 것을 도왔다. 풀을 실컷 뜯어 배가 부른 양떼는 빨리 움직이는 걸 싫어했기 때문에 두 사람은 산보하듯 천천히 몰기로 했다. 여름이 되면서 큰 양들은 게르 뒤에 있는 공터에서 밤을 지냈다.

여름밤에 야간 경비를 서는 일은 고생스럽고 위험했지만 두 사람은 조금도 소홀히 할 수가 없었다. 역시 가장 걱정스러운 것은 늑대 무리가 새끼늑대를 발견하고 복수하지 않을까 하는 것이었다.

늑대의 하루는 밤에 시작되었다. 새끼늑대는 쇠사슬을 맨 채로 즐겁게 뛰어다니면서, 자신의 힘으로 지은 멋진 집이 자랑스러운 듯 수시로 감상했다. 두 사람은 늑대집 주변에 앉아 어둠 속의 늑대와 푸른 보석 같은 두 눈을 바라보았다. 그들은 늑대 무리가 이미 새끼늑대의 냄새를 맡았을지, 혹은 자식을 잃은 어미늑대가 멀지 않은 산골짜기에 숨어 있을지 알지 못했다.

천전은 양커에게 그날 있었던 일들을 얘기해주면서 말했다.

"아무래도 고기를 구할 방법을 생각해봐야겠어. 그렇지 않으면 늑대가 잘 자라지 못할 테고, 이랑도 아마 마음 놓고 집을 지키지 못할 거야. 그러면 너무 위험하잖아."

그러자 양커가 대답했다.

"오늘 산에서 마르모트 고기를 먹었어. 도르지가 잡은 거였어. 도르지에게 부탁해서 만일 마르모트를 많이 잡게 되거든 한 마리만 달라고 해서 개들과 늑대에게 먹이자. 그런데 양치기나 양떼 때문에 마르모트를 잡기가 쉽지는 않겠더라."

천전은 걱정스럽게 말했다.

"난 지금 무엇 하나 걱정되지 않는 게 없어. 내가 가장 우려하는 건 늑대 무리가 밤에 양을 훔쳐가지나 않을까 하는 거야. 어미늑대는 세상에서 가장 모성애가 강한 동물이라, 자식을 잃고 난 뒤로 복수심이 아마 최고에 달해 있을 거야. 만에 하나 어미늑대가 한밤중에 늑대 무리를 끌고 와서 기습적으로 양떼를 물어 죽이기라도 하면 우리는 끝장이야."

양커가 한숨을 내쉬며 말했다.

"목축민들 얘기로는 어미늑대가 반드시 우릴 찾아낼 거라는 거야. 올해 사람들이 꺼낸 새끼늑대만도 수십 배가 되는데, 모든 어미늑대들이 호시탐탐 복수할 기회를 노리고 있다는 거지. 그래서 목축민들은 우리가 새끼늑대를 죽이길 바라고 있어. 그리고 다른 조의 지식청년들도 모두 늑대를 키우는 걸 반대하고. 오늘 샤오펑네 집에서도 이 문제로 싸움이 날 뻔했어. 샤오펑네는 만일 새끼늑대 때문에 무슨 일이 생긴다면 대대의 모든 지식청년들에게 불이익이 돌아갈 거라는 거야. 지금 우리는 사면초가의 상황에 빠져 있어. 내 생각엔 아무래도 새끼늑대를 조용히 돌려보내는 게 좋을 것 같아. 새끼늑대가 목걸이를 끊고 도망갔다고 하면 별문제 없겠지 뭐."

양커가 새끼늑대를 끌어안고 머리를 쓰다듬으며 말했다.

"그렇지만 새끼늑대를 떠나보내게 되면 정말 마음이 아플 거야. 난 동생한테도 이렇게 다정히 대해준 적이 없었는걸."

그러자 천전이 말했다.

"중국 사람들은 소심해서 무슨 일을 하든 지레 겁부터 먹는 게 문제야. 우리는 늑대 굴까지 들어가서 어렵게 새끼늑대를 구해왔어. 기왕 이렇게 된 이상, 이제 와서 그만둘 순 없어. 이만큼 힘들게 길렀으니 끝까지 가봐야지."

양커가 급히 말했다.

"책임지는 게 두려워서가 아냐. 무엇보다 새끼늑대가 온종일 목줄에 묶여 있는 게 너무 가엾어서 그래. 늑대는 자유를 가장 사랑하는 동물이라는 걸 알잖아. 그런데 지금은 줄곧 족쇄에 묶여 있어. 넌 그걸 참을 수 있어? 나도 이미 마음속으로는 늑대를 토템으로 숭배하고 있어. 빌게 노인이 왜 네가 늑대를 키우는 걸 반대하는지 알 것 같아. 이건 신령에 대한 모독이야."

자신도 마음이 걷잡을 수 없을 만큼 복잡한 천전이지만 말만은 애써 강하게 했다. 그는 고집스럽게 양커를 향해 쏘아붙였다.

"나도 늑대를 산으로 돌려보내고 싶지 않은 건 아냐. 하지만 아직은 일러. 지금도 풀리지 않은 문제들이 많이 남아 있잖아. 여기 있는 한 마리의 새끼늑대가 지금은 자유를 속박 받고 있지만, 만일 훗날 늑대가 한 마리도 남지 않게 된다면, 그때도 늑대의 자유를 말할 수 있겠어? 그런 날이 오게 되면 우리 모두가 후회하게 될 거야."

양커는 잠시 곰곰이 생각하더니 결국 천전의 의견에 타협할 수밖에 없었다. 그가 머뭇거리면서 말했다.

"그래, 알았어. 그럼…… 우리 그냥 계속 기르자. 늑대들이 화약 터지는 걸 가장 무서워하니까 우선 폭죽을 구할 방법을 찾아볼게. 이랑이 늑대들이랑 싸우는 소리가 나면 내가 먼저 폭죽에 불을 붙인 다음 네가 던지면 틀림없이 늑대들을 물리칠 수 있을 거야."

천전이 부드러워진 말투로 말했다.

"사실 네가 나보다 담력이 더 크잖아. 야, 그런데 너 진짜 나중에 몽골 아가씨랑 결혼할 거야? 암늑대보다 더 무섭다는 몽골 여자랑?"

양커가 급히 손을 내저으며 말했다.

"제발 떠벌리고 다니지 마. 그러다 어떤 몽골 아가씨가 어린 암늑대처럼 쫓아다니면 난 막아내지 못할 거야. 그리고 최소한 내 게르 정도는 먼저 장만할 수 있어야지."

23

백조의 호수

동중서董仲舒가 말했다. "진나라는 신자申子와 상자商子가 만든 법도를 본받고, 한비자의 말을 따랐다. 제왕이 인仁을 베푸는 것을 반대하고 형벌은 가혹해야 한다고 보았다……." _사마광 《자치통감·한세종효무황제상지상漢世宗孝武皇帝上之上》

양커는 떠들썩하고 복잡한 작업 현장을 뒤로하고 분지 가운데의 백조호수를 조용히 바라보고 있었다. 그는 차마 작업 현장으로 눈을 돌릴 수가 없었다. 바오순궤이가 백조를 잡아먹은 다음부터 양커는 밤마다 꿈을 꾸었다. 백조호수에서 핏물이 흘러나와 그 파란 수면을 붉은 선혈로 물들이는 꿈을…….

내몽골 농업지대에서 온 30명이 넘는 민공들이 새로운 목초지에 자리 잡았다. 그들은 순식간에 자기들이 머무를 튼튼한 토담집을 뚝딱뚝딱 지어 올렸다. 장기적으로 혹은 계절에 따라 목축지역에 와서 일을 하던 그들의 할아버지 세대는 목축지역의 목축민이었고, 아버지 세대는 한인과 몽골인이 섞인 반농반목지역의 일꾼이었다. 그러나 지금 대부분의 목초지가 쓸모없는 척박한 농토로 개간된 그들 세대에 와서는 토지는 더 이상 그들을 먹여 살릴 수가 없었다. 그래서 그들은 철새처럼 이곳 초원으로 옮겨 온 것이다.

그들은 중국어와 몽골어 둘 다를 유창하게 잘했고, 농민 출신이면서도 목축업에 대해서 잘 알고 있었다. 초원에 대해서도 내지에서 농사만 짓다 온 한인들보다 훨씬 더 많이 알고 있었다. 또, 현지의 자원을 활용해서 농경에 필요한 시설을 짓는 데에도 뛰어난 능력을 보였다.

천전과 양커는 호숫가에서 양들에게 물을 먹이고 돌아올 때마다 민공들이 있는 쪽으로 들러 이야기를 나누곤 했다. 양커는 작업이 매우 바쁘고 기간도 무척 촉박해서 민공들이 호수의 백조들에게 눈 돌릴 짬조차 없다는 걸 알았다. 바오순궤이가 장마철이 오기 전까지 임시 창고와 약욕장 공사를 마치도록 명령했기 때문이다.

양커와 천전은 최근 며칠간 고대 중국의 한족 정부가 실시했던 개간정책과 강제이주 정책 그리고 청대 후기에 황무지 개간을 위해 실시했던 이민 모집 정책에 대해 자주 이야기를 나누었다. 이렇게 초원을 잠식하고 유목민들을 밀어내는 정책이 지금까지도 계속 이어져오고 있었던 것이다. 양커는 모든 신문과 방송매체 들을 이해할 수가 없었다. 흐루시초프가 초원을 마구잡이로 개간한 결과 대규모의 사막화를 초래했고, 그 결과 초원에 사는 사람들에게 엄청난 고통을 가져다준 일에 대해서는 그렇게 비판하면서도 자기 나라에 똑같은 일이 벌어지고 있는 것에 대해서는 왜 한마디 언급도 않는 것일까?

최근 몇 년 동안 〈개간군가〉 소리가 커지면 커질수록 상황은 점점 더 악화되어갔다. 양커는 애초에 둥베이나 신장 등의 농지개간병으로 가지 않고 결국 초원을 선택했다. 그 이유는 양커가 러시아의 삼림과 초원에 관한 소설, 영화, 그림, 무용, 노래를 보고 들으며 자랐기 때문이다. 러시아의 위대한 작가, 감독, 화가, 음악가와 무용수 들이 러시아의 삼림과 초원에 대해 품었던 무한한 사랑이 일찍부터 양커를 그 속에서 살아가야 하는 동물과 같은 존재로 만들어놓았다. 그러나 그가 농지개간병에서 빠져나왔다고 해서 농지개간을 막을 수는 없었다. 농경민족의 개간에 대한 집착은 전국의 모든 초원을 사막으로 만들기 전에는 결코 쉽게 사라질 것 같지 않았다.

민공들의 집 짓는 실력에 양커는 입이 떡 벌어졌다. 맨 처음 갔을 때 한낱 평지에 불과했던 곳이, 이튿날에는 두툼한 담이 사람 키 높이만큼이나 올라가 있었다. 양커는 말을 타고 주위를 몇 바퀴 돌면서 집 짓는 것을 유심히 살폈다. 노동자들은 수레 두 대를 이용해 호숫가로 가서 커다란 삽으로 흙벽돌을 파내고 있었다. 흙벽돌은 만리장성의 성벽돌보다도 훨씬 크고 두꺼웠다. 호숫가 습지의 남회색 알칼리성 점토는 점성이 아주 좋았다. 게다가 흙벽돌은 속이 풀뿌리들로 꽉 차 있어서 완전히 마르기만 하면, 그 강도가 점토와 자갈을 넣고 쌓은 담보다도 훨씬 튼튼한 벽이 될 수 있었다. 또한 흙벽돌은 무궁무진하게 파낼 수 있었기에, 민공들은 보통 벽보다 훨씬 더 두껍게 쌓을 수 있었다. 양커는 구탈을 신은 채로 벽돌담을 한번 걷어차 보았다. 벽은 마치 철근 콘크리트로 만든 토치카처럼 단단했다.

민공들이 수레를 끌고 몇 번 왔다 갔다 하더니 금방 한 층이 쌓아졌다. 풀이 있는 면을 아래로, 뿌리 쪽을 위로 하여 가지런히 쌓아올린 후에 삽으로 평평하게 한 다음, 그 위에 다시 흙벽돌을 쌓았다. 세 팀의 일꾼들은 교대도 하지 않고 밤낮 쉴 새 없이 일해서, 이틀 만에 토담집의 벽체를 모두 완성했다. 그들은 벽이 마르기를 기다렸다가 기둥을 세우고 지붕을 잇는 등 다음 공정으로 넘어갔다. 집을 짓는 동안 새 목초지 비탈 아래의 커다란 풀밭은 모내기 전의 논처럼 진흙과 풀이 뒤섞인 진흙탕이 되어 있었다. 그래서 소나 말, 양 들이 물을 마시러 갈 때면 길을 돌아가야만 했다.

새 목초지에 불쑥 토담집들이 들어서자, 양커에게는 그 집들이 마치 눈에 들어간 모래보다 더 거슬렸다. 아름다운 새 목초지에 하얀 게르가 세워졌다고 해서 천연목장의 아름다움을 훼손하지는 않았다. 그러나 갑자기 나타난 이 회색 토담집은 마치 〈백조의 호수〉 무대 세트에 돼지 축사를 그려 넣은 것처럼 도무지 어울리지를 않았다. 양커는 도저히 참을 수가 없어서 민공들의 대표 격인 왕씨를 찾아가 토담벽을 하얀 석회로 칠해서 게르 색깔처럼 만들면 안 되겠느냐고 부탁해보았다. 양커의 부탁에 왕씨는 능글맞게 웃으며 답했다.

"당신이 석회 살 돈을 준다면 당장 칠하도록 하지."

양커는 열이 머리끝까지 올랐지만 어쩔 도리가 없었다.

산비탈의 채석갱도 그 규모를 더해갔다. 몽골초원의 작은 산들은 보통 잔디와 자갈을 한두 자 정도 파 들어가면 그 밑으로 풍화된 석편과 석판, 돌덩이가 쉽게 드러났다. 멜대로 지레질을 하면 돌을 바로 캐낼 수 있었기 때문에 망치나 끌, 폭약 등이 전혀 필요가 없었다. 일고여덟 명의 민공들이 동굴 안에서 밖으로 석재를 실어 날랐다. 푸른 산언덕에는 거대한 무덤처럼 보이는 누런 돌무더기 서너 개가 새로 생겨났다.

며칠 지나지 않아 공사가 본격적으로 시작되면서, 20명 남짓한 노동자들이 더 들어왔다. 그들이 타고 온 이륜 짐수레에는 처자식들과 함께 눈에 거슬릴 정도로 울긋불긋한 짐짝들이 가득 실려 있었다. 그중에는 둥베이 지방의 집거위를 안고 있는 사람도 보였다. 그들 대부분은 이곳에 안정적으로 정착해 아예 초원에 뿌리를 내릴 참인 듯했다. 양커가 마음 아파하면서 원망하듯 말했다.

"이렇게 아름다운 목장이 둥베이나 화베이의 농촌 같은 더럽고 시끄러운 시골 동네가 되게 생겼어. 이 귀한 백조호수도 얼마 못 가서 거의 연못이 되어버릴 거야."

천전이 괴로운 얼굴로 대답했다.

"인구가 많은 민족에겐 목숨을 부지하는 것만큼 중요한 일도 없겠지. 생명을 유지해 나가는 것이 급급한 판에 호수가 뭐 그리 중요하겠어?"

그 후 양커는 그들로부터 이번에 몰려든 민공들이 대부분 바오순궤이의 고향 마을에서 온 사람들이며, 더 많은 사람들이 옮겨 오지 않아서 그가 안타까워했다는 사실을 알게 되었다.

그로부터 또 며칠이 지났다. 양커는 민공 가족 몇몇이 토담집 앞에 도랑을 파기 위해 땅을 갈아엎는 모습을 목격했다. 그렇게 만들어진 네 줄의 깊은 도랑이, 10여 무의 채소밭을 둘러싸고 있었다. 얼마 후에는 그 밭에 배추, 양배추, 무, 향채, 오이, 양파, 마늘 등 각종 채소가 재배되었다. 모든 대대의 지식청년들이 초원에서 쉽게 볼 수 없었던 한족의 야채를 사러 바쁘게 모여들었다.

구불구불 자연적으로 생겨났던 수레 길은, 트랙터로 몇 번 힘껏 밀고 지나가자 곧게 펴졌다. 길이 좋아지자 양모를 깎고, 살구 씨를 줍고, 약초를 캐고, 부추를 따기 위해 더 많은 사람들이 몰려들었다. 보배 같은 땅이 한번 문을 여니, 농업지대의 떠돌이들이 벌떼처럼 몰려들어 어디를 가든 둥베이 말투가 섞인 몽골식 중국어가 떠들썩하게 들려왔다.

천전이 양커에게 말했다.

"한족의 농경 문명은 2, 300년 동안 청조의 만주족을 동화시켜버렸어. 만주족의 고향인 동북삼성(지린성, 랴오닝성, 헤이룽장성을 일컬음)에는 기름진 흑토가 넓고 두껍기 때문에 농경 문화와 같은 뿌리로 쉽게 동화될 수 있었던 거지. 그래서 만주족의 동화는 별로 힘들지 않게 이루어질 수 있었던 거야. 하지만 한족 문화가 지층이 얇은 몽골초원까지 동화시키려 든다면, 그때는 황사만 남게 되겠지."

바오순궤이는 날마다 작업장에 머물러 진두지휘를 했다. 그는 이곳의 발전 잠재력에 대해서 너무도 잘 알고 있었다. 그는 다음 해에 4개 대대 전부를 이곳으로 옮겨 오리라 생각하고 있었다. 새로운 목초지는 4개 대대의 여름 목초지로 쓰고, 예전 목장 구역 내에서 쓸 만한 몇 군데는 경작지로 개간해서 농업 발전에 활용할 계획이었다. 그렇게 하면 나중에 곡식은 곡식대로, 가축은 가축대로 수확을 거둘 수 있을 것이고, 언젠가는 그렇게 만들어진 자본으로 고향의 사랑하는 친척과 친구들을 더 많이 데려와서 거대한 바오 씨 농목장을 만들 수 있을 것이라는 상상을 하고 있었다. 바오순궤이는 공사 진척과 관련해서 민공들에게 무리한 요구를 많이 했지만, 누구도 투덜대는 사람은 없었다.

빌게 노인과 몇몇 나이 든 목축민들은 채소밭 주위에 새로 만든 도랑을 다시 메우라며 매일간이 민공들과 다투었다. 밤길에 말들이 발을 헛디뎌 벌써 몇 마리나 도랑에 빠졌기 때문이다. 도랑이 일단 다시 메워지기는 했지만, 대신에 얼마 지나지 않아 사람 키의 절반 정도 높이의 토담이 생겨났다. 울지는 수심에 잠겼다. 근심으로 가득한 그의 얼굴은 새로운 목초지를 개척한 것을 조금은 후회하고 있는 것 같았다.

시끌벅적한 작업장을 등진 상태라, 양커는 눈앞의 경치에 집중하는 데 많은 시간이 걸렸다. 그는 오래오래 백조호를 감상하면서, 아름다운 기억을 조금이라도 더 오래 더 많이 간직하고 싶은 마음밖에 없었다. 최근 며칠 동안 백조호에 대한 양커의 미련은 초원늑대에 대한 천전의 애정을 훨씬 넘어서고 있었다.

양커는 큰 걱정이 되었다. 일 년도 못가서 강기슭 호숫가의 습지와 풀언덕에는 나머지 3개 대대의 어마어마한 목축들과 더 큰 작업장과 더 많은 민공들이 몰려들 것이다. 만약 백조호 주변을 감싸고 있는 갈대들까지 깨끗이 베어낸다면 백조들은 더 이상 푸른 장막 속에 몸을 숨길 수 없게 될 것이다.

양커는 혹시 새끼백조들이 헤엄치고 있지는 않을까 싶어 말을 타고 호숫가를 둘러보았다. 계절로 보면 암컷 백조가 알을 품고 있을 시기였다. 운 좋게도 호숫가에는 소 몇 마리를 제외하고는 가축떼가 없었다. 깨끗한 강물에 가축떼가 더럽힌 물이 씻겨 내려가고, 저 멀리 깊은 산속에서 광천수가 흘러와 호숫물은 유리처럼 투명하고 깨끗했다. 그는 물새들이 잠시나마 편안히 쉴 수 있기를 간절히 바랐다.

그런데 갑자기, 갈대밭에서 물새들이 놀라서 시끄럽게 우는 소리가 들려왔다. 물오리와 기러기들이 수면에 바짝 붙어 급히 동남쪽으로 날아가고, 백조들은 하늘로 빠르게 날아올라 늪지가 있는 북쪽 상공을 향해 날아갔다. 양커는 즉시 품에서 망원경을 꺼내 갈대숲을 살폈다. 설마 누군가 호수에 들어가 백조를 잡은 것은 아니겠지?

10여 분이 지나자, 멀리 수면에서 무언가가 움직이기 시작했다. 그의 망원경에 나타난 것은 놀랍게도 중일전쟁 시기에 백양정안령白羊淀雁翎 부대가 사용했던 것과 같은 위장 뗏목이었다. 뗏목이 갈대숲 속에서 천천히 빠져나오고 있었다. 뗏목 위에는 두 사람이 머리에 갈대를 만든 큰 위장모와 도롱이를 걸치고 있었다. 게다가 뗏목에는 갈대를 가득 쌓아서 꼭 살아 움직이는 갈대숲 같았다. 만일 주의 깊게 살피지 않았더라면 주위의 갈대밭과 거의 구분할 수가 없을 정도였다.

양커가 보기에 뗏목에 탄 사람들은 이미 뭔가 수확을 얻은 게 틀림없었다. 그중 한 사람은 위장모를 막 벗으려 하고 있었다. 다른 한 사람은 뜻밖에도 손에 삽을 들고 있었는데, 삽으로 노를 삼아 천천히 강기슭을 향해 저어오고 있었다.

뗏목이 점점 더 가까이 다가왔다. 뗏목은 타이어 여섯 개와 목판 몇 장을 묶어서 만든 것이었다. 그리고 뗏목에 타고 있는 사람들도 알아볼 수 있었다. 한 사람은 왕씨였고 그리고 다른 한 사람은 그의 조카인 얼순이었다. 얼순이 뗏목 위에 있던 갈대들을 치우자, 그 밑에서 큰 양철 대야가 드러났다. 그 안에는 크고 작은 새알로 가득 차 있었는데, 중앙에 크기가 참외만큼 커서 유난히 눈에 띄는 커다란 알 두 개가 보였다. 알의 표면이 아름답게 빛나는 것이 꼭 양지옥(羊脂玉. 윤택이 나는 흰 백옥)을 갈아서 만든 보물 같았다. 양커는 소스라치게 놀라, 순간 심장이 멎는 듯했다.

'백조 알이다!'

그리고 이어서 그를 더욱 떨리게 만든 것은 갈대 도롱이 밑으로 백주가 조금 비어져 나오면서 피로 흥건히 젖어 있는 새하얀 날개를 보게 된 것이다. 양커는 피가 거꾸로 솟는 듯했다. 당장 쫓아가서 뗏목을 뒤집어버리고 싶은 심정이었지만 잠시 끓어오르는 분노를 강하게 억누르는 수밖에 없었다. 죽은 백조는 살아 돌아올 수가 없겠지만 저 백조 알만큼은, 무슨 일이 있어도 다시 제자리에 돌려놓아야 한다고 생각했다.

뗏목이 드디어 물가에 닿았다. 양커가 큰 소리로 외치며 달려갔다.

"누가 당신들에게 백조를 죽이고, 백조 알을 훔치라고 했어요? 갑시다! 나랑 인민공사 본부로 갑시다!"

왕씨는 몸집은 그다지 크지 않았지만, 매우 영리하고 똑 부러진 사람이었다. 그는 얼굴에 몽골식과 중국식을 혼합해놓은 듯한 검은 수염을 덥수룩이 기르고 있었다. 그는 양커를 한번 흘끗 쳐다보더니 입을 열었다.

"바오 장장이 시킨 거라네. 그런데 자네가 무슨 상관이지? 기건대 사람들이 이렇게 야생동물을 먹어주면 대신 자네 대대에는 그만큼 양고기나 소고기가 많이 돌아갈 텐데?"

양커는 더욱 언성을 높였다.

"중국인이라면 '두꺼비가 백조 고기를 먹으려 한다'는 속담을 누구든 다 알아요! 당신이야말로 그렇게 자기 분수를 모르는 사람 아닌가요? 그러고도 당신이 중국인인가요?"

그러자 왕씨가 차갑게 웃으며 응수했다.

"백조를 러시아 코쟁이들한테 날아가지 못하게 한 건 중국인이 아닌가? 자네는 백조를 서양 놈들 먹으라고 넘겨주고 싶다는 건가?"

양커는 여러 곳을 떠돌아다닌 민공들의 말솜씨가 만만치 않다는 것을 잘 알고 있었지만, 왕씨의 대꾸에 순간 말문이 막혀버리고 말았다.

강기슭에 올려놓은 백조를 보고 양커가 더욱더 놀랐던 것은 가슴팍에 꽂혀 있는 화살 때문이었다. 두꺼운 대나무판으로 만든 뗏목 위에는 대나무 활과 아직 쓰지 않은 조그만 화살들이 더 있었다.

'어쩐지 총소리가 나지 않더군…….'

조금 전까지 그는 의문을 가지고 있던 터였다. 두 사람이 총도 없이 어떻게 백조를 잡았는지 도무지 이해가 가지 않았다. 그런데 이제 보니 그들은 가장 원시적인 무기를 사용했던 것이다. 총포의 시대에 살면서 그는 새삼스럽게 활과 화살을 보았다. 그 활은 백조의 생명을 앗아갈 만큼의 살상력을 가지고 있었다. 어떤 면에서는 총보다도 오히려 효과가 더 강력했고, 다른 백조나 새들을 크게 놀라게 하지 않아서 밀렵을 하는 데 자주 사용되었다. 양커는 속으로 이 두 사람을 절대 얕봐서는 안 되겠다고 스스로 마음을 다잡으며, 힘이 아닌 머리를 써야 한다고 판단했다.

양커는 애써 마음을 가라앉히고, 억지로 표정을 바꾸어 활을 들어보면서 말을 건넸다.

"오, 이 활 아주 좋은데요? 정말 이걸로 백조를 잡았나요?"

양커의 말투가 변한 것을 보고 왕씨가 뽐내듯 말했다.

"그럼 뭘로 잡았겠어? 이 활은 내가 장부의 펠트 집에서 양털을 압축할 때 쓰던 대나무 활을 개조해 만든 거지. 활이 워낙 강력해서 사람 죽이는 것도 식은 죽 먹기일걸."

양커가 화살 하나를 빼들며 말했다.

"저도 한번 쏘아볼 수 있을까요?"

강기슭의 돌 위에 앉아 얼순이 포획물을 옮기는 것을 지켜보던 왕씨가 담배를 꺼내 물고 대답했다.

"화살 만드는 데 얼마나 힘이 많이 드는데. 나도 아주 아껴 쓰고 있어. 한 번만 쏘아보시게. 많이 쏘면 안 되고."

양커는 활과 화살을 자세히 살펴보았다. 활을 만든 죽판은 엄지손가락 굵기만 했고, 넓이는 손가락 세 개 정도였다. 활시위는 몇 가닥의 얇은 소가죽을 꼬아서 만든 것으로, 연필 두께만 했다. 화살대는 버드나무 줄기를 깎아서 만들었고, 화살깃은 이곳에 서식하는 기러기 털이었다. 양커가 가장 큰 충격을 받은 것은, 화살촉이 통조림 뚜껑의 철판으로 만들어졌다는 것이었다. 거기에는 얼핏 '매운맛……'이라고 적힌 글자가 보였다. 양커는 화살 끝에 손가락을 살며시 대보았다. 작은 창처럼 무척 단단하고 날카로웠다. 그는 화살대를 들고 무게를 가늠해 보았다. 화살 자체는 그리 무겁지 않았지만 화살 끝이 무겁기 때문에 화살을 쏘았을 때 바람에 날리는 일은 없을 것이다.

활은 아주 단단해서 힘을 잔뜩 실어야 했다. 그는 활에다 화살을 끼운 다음 십몇 미터 떨어진 곳을 조준했다. 있는 힘을 다해 활시위를 당기자, 화살은 풀숲 옆으로 날아가 땅속 깊숙이 박혔다. 그 순간 양커는 자신이 말을 타고 활을 쏘던 옛날 몽골초원의 무사로 돌아간 듯한 기분이 들었다. 양커는 달려가서 조심스레 화살을 빼냈다. 흙 속에 단단히 박혔는데도 화살 끝은 여전히 날카로웠다.

양커가 왕씨에게 다가가 물었다.

"활을 쏠 때 백조와의 거리는 어느 정도였나요?"

"아마 일고여덟 걸음쯤 되지 않았나 싶군."

"그렇게 가까이 있었는데 백조가 눈치 채지 못하던가요?"

왕씨는 담뱃대를 땅에다 톡톡 치며 말을 이었다.

"그저께 백조 둥지를 찾으러 갈대연못에 들어갔을 때 한나절을 걸려서 간신히 하나를 찾아냈지. 그래서 우리 둘은 오늘 새벽 댓바람부터 나와서 갈대모자까지 쓰고서 그리로 노를 저어 갔어. 운 좋게도 오늘은 안개가 짙어서 백조가 우리를 보지 못한 거야. 백조 둥지는 사람 키 정도 되는 높이에 있었는데 갈댓잎으로 엮어놓았더군. 암백조는 둥지 안에서 알을 품고 있었고, 수백조가 옆에서 지켜주고 있었지."

"그럼 당신이 쏜 건 암백조였나요, 아니면 수백조였나요?"

"우리들은 바짝 엎드려 있었기 때문에, 둥지를 품고 있는 놈은 쏠 수가 없었어. 선택의 여지없이 수백조를 기다릴 수밖에 없었지. 한참을 기다리고 있었더니 수백조가 우리 뗏목 쪽으로 헤엄쳐 오기에 내가 놈의 심장을 한 방에 맞혔지. 날개를 몇 번 파닥파닥거리더니 금방 숨을 거두더군. 암백조는 그 소리를 듣자 바로 도망쳐 날아갔고. 그래서 우리는 둥지에 있던 이 알 두 개를 빼왔지."

양커는 속으로 이 유랑민들의 생존 능력과 파괴력이 보통을 넘는다고 생각했다. 총알이 없으면 활과 화살을 만들고, 배가 없으면 뗏목을 만들고, 정말 대단한 재주였다. 위장할 줄도 알고, 긴 시간을 잠복할 줄도 알며, 첫 발에 명중시키는 실력도 있었다. 만약 그들에게 총알이나 탄약 그리고 트랙터가 있었다면, 벌써 초원을 파괴했을지도 모를 일이었다. 그들의 선조는 목축민이었지만, 한족의 농경 문화에 정복되고 동화된 이후로 몽골초원과는 적이 되어 있었다. 천 년에 걸쳐 중국인들은 늘 자신들은 다른 민족의 비범한 능력을 잘 흡수할 수 있다며 큰소리를 쳐왔다. 그러나 중국인은 자신보다 문명 수준이 낮은 민족의 것만을 흡수할 수 있었을 뿐이고, 흡수한 후에 일어난 온갖 부작용들의 단면에 대해서는 일체 함구해왔다. 양커는 제 눈으로 이런 모습들을 직접 지켜보면서 가슴에 피가 맺히는 것만 같았다.

얼순은 뗏목을 깔끔하게 정리해놓고 휴식을 취하고 있었다. 양커에게 가장 관심 있는 것은 두 개의 백조 알이었다. 어미백조가 아직 죽지 않았으니 어떻게든 저 백조 알을 둥지에 되돌려놓아서 백조 두 마리가 태어날 수 있게 해야 한다. 어미와 함께 머나먼 시베리아까지 날아갈 수 있도록.

양커는 억지웃음을 지으며 왕씨에게 말을 꺼냈다.

"정말 대단하네요. 앞으로 그 멋진 솜씨를 한번 배워보고 싶군요."

왕씨는 의기양양하게 웃으며 말했다.

"다른 건 몰라도 내가 새나 마르모트를 잡거나 늑대 덫을 놓는 일, 그리고 약초 캐기, 버섯 따기 같은 일들은 전문이라네. 사실 이런 일들은 원래 고향에서부터 하던 일이거든. 언제부턴가 관동 땅으로 한족이 많이 넘어오면서부터 농지가 모자라게 되었지. 당신네 한족은 야생동물까지 모두 잡아먹었어. 그래서 하는 수 없이 고향을 등지게 됐지만 다행히 내가 가진 기술을 잊지 않은 덕분에 초원을 떠돌면서도 그럭저럭 밥벌이 정도는 할 수 있었던 거라네. 우리가 같은 몽골족이라고는 하지만 집을 떠나 낯선 타지에서 사는 것이 결코 쉬운 일은 아니었지. 그런데 당신네 지식청년들은 베이징에서 왔으면서도 이곳의 호적도 가지고 있지 않은가. 앞으로 이곳 몽골족들이 우리 같은 외지인을 내쫓지 않게 대신해서 말 좀 잘해주게. 이곳 사람들은 자네들 부탁이라면 모두 들어줄 수 있을 것처럼 보이더군. 그렇게만 해준다면 내가 자네한테 한 수 가르쳐주기로 하지. 일 년에 몇천 위안 정도는 거뜬히 벌 수 있는 돈벌이야."

양커가 대답했다.

"그럼 제가 스승으로 모시지요."

그러자 왕씨가 양커의 곁에 바싹 다가서면서 또 다른 부탁을 해왔다.

"듣자 하니 자네들이나 목축민들 집에는 양기름이 그렇게 많다던데 나한테 좀 나눠줄 수 있을까? 우리는 사오십 명이나 되는 사람들이 매일같이 죽도록 일하고, 식량은 암시장에서 비싸게 구해 겨우 먹고산다고. 게다가 만날 풀 나부랭이만 먹으니 배 속에 기름 한 방울 남아 있질 않고. 그런데 당신들은 양기름으로 등불을 켠다고 하니, 그거 너무 낭비 아닌가. 그래서 말인데 자네가 내게 양기름을 좀 싸게 파는 것은 어떨까?"

양커는 웃었다.

"그야 문제없죠. 우리 집에도 양기름이 두 항아리나 있거든요. 그런데 제 눈에는 저 백조 알이 너무나 아름다워 보이는데……. 그럼 이렇게 하는 건 어때요? 양기름 반 항아리하고 저 알 두 개를 맞바꿉시다. 괜찮겠지요?"

왕씨가 대답했다.

"괜찮고말고! 이 알 두 개는 내가 가져가서 부쳐 먹으려던 것인데, 오리 알로 치면 대여섯 개는 될 거라고. 가져가시게!"

양커는 재빨리 웃옷을 벗어 백조 알을 조심스레 감싸며 왕씨에게 말했다.

"내일 바로 양기름을 가져다 드릴게요."

"당신들 베이징 사람은 한번 약속하면 꼭 지키는 걸 내 잘 알지. 믿겠네."

양커는 한숨 돌리고 나서 말을 이었다.

"아직 시간도 이르고 하니, 저 뗏목을 좀 빌려 타고 백조 둥지를 좀 구경해보고 싶은데……. 아까 백조 둥지가 사람 키만큼 높이 있더라고 했는데 아무래도 궁금해요. 직접 가서 한번 보고 싶군요."

왕씨는 양커의 얼굴을 한번 흘끗 보더니 대답했다.

"그래, 좋아. 그럼 이렇게 하자고. 내가 뗏목을 빌려줄 테니, 자네는 내게 말을 좀 빌려줘. 백조를 집으로 옮겨야 하거든. 이 백조 무게가 양만큼 나가는 것 같아."

양커가 몸을 일으키며 말했다.

"좋습니다. 그럼 그렇게 하세요. 아, 그리고 백조 둥지가 어디쯤 있는지 좀 가르쳐주시죠."

왕씨가 몸을 일으켜 갈대 길을 가리켜 보이며 말했다.

"동쪽으로 끝까지 가서 북쪽으로 꺾어지면 갈대가 뗏목을 누를 정도로 많은 곳이 나올 텐데, 계속 그 물길을 따라서 가다 보면 틀림없이 보일 거야. 그런데 뗏목을 저을 줄은 아나?"

양커는 뗏목에 올라 삽으로 노를 몇 번 저어 보았다. 매우 안정감이 있었다.

"전 베이징의 북해공원에서 배를 많이 타봤고, 수영도 잘해요. 몇천 미터도 거뜬히 할 수 있는걸요. 물에 빠져죽는 일은 절대 없을 거예요."

왕씨가 마지막으로 당부했다.

"돌아오거든 원래 있던 곳에 뗏목을 잘 묶어두게."

말을 마친 후 왕씨는 죽은 백조를 말안장에 얹고 자신은 말 엉덩이에 걸터앉은 뒤에 천천히 작업장으로 향했다. 얼순이 양동이를 들고 낑낑대며 그 뒤를 따랐다.

양커는 두 사람이 멀어지기를 기다렸다가 뗏목에 올랐다. 그는 옷으로 둘둘 싸맨 백조 알을 뗏목 위에 올려놓은 뒤 서둘러 동쪽의 갈대숲을 향해 저어가기 시작했다.

넓은 호수면 위에는 새하얀 구름이 떠 다녔고, 수면은 햇빛이 반사되어 눈부실 정도로 반짝였다. 겁 없는 기러기와 물오리 들이 북쪽의 저습지에서 날아오고 있었다. 물 위에 비친 물새들은 구름을 가르고 안개를 걷으며 날다가, 또 금방 물속에 있는 흰 구름 위로 사뿐히 내려앉기도 했다.

양커는 호수로 들어가자 자연스럽게 속도를 줄이면서, 짙푸른 갈대숲 속으로 서서히 빠져 들어갔다. 갈대 길 사이사이에서 호수와 갈댓잎의 청정한 내음이 코를 자극했고, 안으로 들어갈수록 호수는 더욱더 푸르고 맑았다. 정말 환상 속 백조의 호수에 온 듯한 기분이었다. 양커는 천전과 장지웬을 이곳으로 초대해 함께 백조호수를 구경할 수 있다면 정말 좋겠다는 생각이 들었다. 세 사람 모두 호수의 아름다움에 푹 빠져 밖으로 나가려 하지 않을 것이다. 뗏목에 기대어 물이 흘러가는 대로 몸을 맡긴 채, 하루 종일 혹은 밤새도록 이곳에 머무르고 싶어 할 것이다.

뗏목이 점점 호수 동쪽의 갈대숲에 가까워졌다. 이곳은 작은 강이 지나고 있어서 호수가 잔잔하게 물결치고 있었다. 강물은 북쪽으로 흘렀는데, 강 한가운데는 물이 깊은 편이어서 갈대가 거의 자랄 수가 없었지만 양옆으로는 울창하게 들어서 있었다. 뗏목은 물길을 따라서 북쪽으로 천천히 흘러갔다. 수면 위에는 흰색, 회색, 갈색, 노란색, 황록색, 흑갈색 등등 갖가지 색의 깃털들이 흩날리고 있었다. 때때로 갈대 길 안에서 오리들이 튀어나왔다가 사람을 보고 급히 갈대숲 속으로 도망쳐 들어가기도 했다. 깊은 곳의 양쪽에 우거진 갈대 길은 물새들의 조용한 산실이자 새끼새들의 안전한 낙원이었다. 한낮의 뜨거운 햇살도 갈대 길 속에서는 피할 수가 있었다. 그러다 한 줄기 상쾌한 바람이 불어와 양커의 이마에 맺혀 있던 땀을 씻어주었다.

갈대 길은 또 한 번 꺾였고, 좀 더 나아가자 물줄기가 둘로 갈라졌다. 잠시 손 놓고 고민하던 양커는 한쪽 갈래에 갈대 몇 줄기가 꺾여 있는 것을 발견하고는 그쪽으로 방향을 돌렸다. 수면이 계속해서 넓어지더니, 드디어 그의 앞에 숨겨져 있던 호수 안의 호수가 나타났다. 동북쪽에 닿아 있는 호수면 위에 꺾여 나간 갈대 줄기들이 떠 있었고, 새로 만들어진 듯한 물길이 눈에 들어왔다.

양커가 눈으로 그 물길을 따라가니, 시든 갈대가 쌓여 있는 뒤로 누런색과 녹색이 한데 섞인 거대한 갈대 더미가 불쑥 모습을 드러내었다. 높이가 족히 2미터는 되어 보였고, 둘레도 직경 1미터 이상은 될 것 같았다. 양커의 심장이 천둥 치듯 마구 뛰기 시작했다. 저거야! 바로 태어나서 한 번도 본 적이 없는, 그리고 영화나 사진에서조차 본 적이 없었던 백조 둥지였다. 정말이지 믿을 수가 없어 그는 눈을 비벼보았다.

호흡은 빨라지고 두 손도 떨렸다. 양커는 떨리는 가슴을 달래가며 백조 둥지를 향해 노 저어 갔다. 수면에 떠 있는 갈대 줄기들을 삽으로 걷어내면서 조심스럽게 둥지로 다가갔다. 마침내 그 옆에 뗏목을 대는데 성공했다. 숨을 크게 들이쉰 다음 목을 길게 빼고 둥지의 꼭대기를 살폈다. 자식과 짝을 잃은 백조여왕이 아직 둥지 안에 있는지 보고 싶었다. 그러나 둥지가 너무 높아서 볼 수가 없었다. 그의 생각에 둥지가 비어 있는 듯했다.

양커는 멍하니 백조 둥지 앞에 서 있었다. 그저 놀라울 따름이었다. 그것은 그가 본 중에서 가장 크고 높고 특이한 새 둥지였다. 그는 사실 백조 둥지라는 것이, 수면이 그리 높지 않은 갈대숲에 백조가 갈대 가지나 마른 갈대꽃을 모아다가 다른 새들의 그것처럼 그릇 모양으로 만든 것이겠거니 생각했었다. 그러나 눈앞에 있는 백조 둥지는 자신의 상상력의 폭이 얼마나 좁고 평범한 것이었는지를 여실히 깨닫게 해주었다. 새 중의 왕인 백조의 둥지는 왕으로서의 품격을 지니고 있을 뿐만 아니라, 그 형상이나 가공법이 흔히 볼 수 있는 것들과는 확연히 달랐다. 그것은 장인 정신으로 정교하게 만든, 매우 견고한 보금자리였다.

양커는 암백조가 없을 때 가까이 다가가 둥지를 살며시 들여다보기로 마음먹었다. 백조 둥지의 위치는 정말로 기가 막힌 자리였다. 그곳은 호수에서도 갈대가 가장 무성하게 나 있었고, 수심 또한 가장 깊었다. 둥지 옆에는 호수 속 작은 호수까지도 있었다. 백조 부부가 이곳에 둥지를 튼 것은 사람들이나 다른 짐승들 눈에 잘 띄지 않고, 먹이를 구하거나 몸을 씻기에도 편했기 때문이었을 것이다. 또한 이곳은 수백조가 가까이서 지켜주기에도 좋은 곳이었다. 만약 저 민공들이 위장 뗏목을 이용해 몰래 쳐들어오지만 않았더라면, 아마도 이런 왕의 둥지를 발견하고 접근한다는 게 결코 쉬운 일은 아니었을 것이다.

양커는 두 손으로 둥지를 밀어 보았다. 굵기가 1미터가 넘는 단단한 나무를 미는 것처럼 꿈쩍도 하지 않았다. 둥지는 비록 물 위에 떠 있는 듯 보였지만, 그 밑동은 용수나무처럼 휘감기고 엉킨 채로 호수 밑바닥에 깊이 박혀 있었다. 둥지의 구조는 여태껏 본 적이 없는 모양이었다. 그는 조심스럽게 꼼꼼히 살펴본 끝에 백조가 어떤 식으로 둥지를 틀었는지 대략적으로 나마 짐작해볼 수가 있었다.

백조들은 먼저 갈대 더미 속에서 가장 굵고 질긴 갈대 줄기들을 골라냈을 것이다. 그래서 그것들로 둥지의 철근 기둥 역할을 하는 중심축으로 삼은 후, 갈대 더미 밑에서부터 마치 바구니를 짜듯이 엇갈리게 엮어서 차근차근 위로 올라갔을 것이다. 맨 처음 단계에서는 백조 부부가 함께 촘촘하게 엮은 다음 자신들의 체중을 최대한으로 실어 둥지를 물속에 밀어 넣고, 또 그 위로 계속 엮고 누르고를 반복했을 것이다. 그는 삽을 이용해 물의 깊이를 측정해보았다. 대략 1미터쯤 되었다. 그렇다면 수면 위 2미터가량의 몸체 부분까지 합친다면 이 백조 둥지는 거의 4미터 가까이나 되는 것이 아닌가. 이 정도라면 분명 새들의 왕국에서도 특급 공사였을 것이다.

다 자란 갈대는 대나무와 비슷하여 윤기가 나면서 부드럽고 질겨서 병충해에도 강했다. 양커는 가을철 목초지에서 7, 8년쯤 된 오래된 우물을 판 적이 있었다. 그는 그때 모래를 막기 위해 우물 밑바닥 둘레에 깔아두었던 갈대들이 그때까지도 완전히 썩지 않았던 기억이 났다. 그는 삽으로 물 아래 밑동을 찔러보았다. 역시나 아주 크고 단단했다.

이렇게 물속에서 둥지의 기초 작업을 끝내고 수면 위로 올라온 백조 부부는 또다시 한층 한층 엮어서 둥지의 몸체를 쌓아 올렸을 것이다. 두껍고 튼튼한 둥지의 기둥은 가로세로 서로 엇갈리게 짜여 있어 단단했다. 마치 정성껏 엮은 대바구니 같았다. 둥지의 기초 기둥은 갈대 끝에서도 한 자 정도 더 높이 끝맺음이 되어 있었고, 철근 기둥 역할을 했던 갈대 줄기들이 둥지 주위를 촘촘하게 감싸고 있었다. 이 갈대 줄기들은 둥지의 울타리처럼 주위의 갈대들과도 하나로 연결되어 있었다.

양커는 발로 기둥을 후벼서 둥지 벽에 홈을 판 뒤 조심스럽게 기어올라갔다. 그렇게 두 자가량을 올라가자 마침내 백조 여왕의 분만실을 똑똑히 들여다볼 수 있게 되었다. 둥지 바닥은 얕은 접시 모양을 하고 있어서 깊은 사발 모양의 보통의 새둥지와는 차이가 있었다. 안쪽은 가는 갈댓잎으로 한 층 쌓고 그 위에 깃털과 오리털 등을 덮어 아주 부드럽고 따스해 보였다.

양커는 뗏목에 서서 눈앞의 신비한 백조 둥지를 다시 오랫동안 감상했다. 빼어난 자태에 똑똑하고 부지런한 백조들이 건축 역학과 미학에 대해서도 대단한 일가견을 가지고 있어 새삼 감탄하지 않을 수 없었다. 몽골초원은 이처럼 희귀동물의 천국인 동시에 강자와 지혜로운 자들의 왕국이었기 때문에 대부분의 농경민족이 볼 수 없는 수많은 진귀한 보물들이 깊숙이 감추어져 있었다. 백조 둥지는 갈대숲 상단에 높이 솟아 있어 넓은 시야와 시원하게 잘 통하는 바람 때문에 물 위에 있으면서도 건조가 잘되어 전혀 습하지 않았다. 또한 사방으로 갈대 장막에 둘러싸여 외부로부터 보호받을 수 있었다. 썩은 갈대의 퀴퀴한 냄새도 둥지까지는 미치지 않았다. 한여름에는 갈대 숲에서 모기떼의 공격이나 물뱀의 기습을 피할 수 있었다.

만약 새끼백조가 알을 깨고 세상에 나온다면 눈을 뜨자마자 가장 먼저 푸른 하늘과 흰 구름을 볼 수 있을 것이다. 가을이 되어 선선해지면 백조는 눈송이처럼 흐드러진 갈대꽃 수풀 속으로 몸을 숨길 수도 있을 것이다. 겨울이 되어 크고 작은 백조들이 아무리 먼 남쪽으로 날아갔더라도, 해가 바뀌면 이토록 아름답고 낭만적인 고향을 잊을 수가 없어 다시 찾아올 수밖에 없을 것이다.

실바람이 솔솔 불어왔다. 호수를 가득 메운 갈대들이 바람에 살랑살랑 흔들리면서 몸을 눕히고 고개를 숙였다. 그러나 백조 둥지만큼은 조금의 흔들림도 없어, 꼭 황제가 옥좌에 앉아 수천 신하의 절을 받고 있는 듯했다. 양커는 도도한 백조가 세상에서 가장 높이 날 수 있는 새라는 것을 익히 알고 있었지만, 큰 나무 한 그루 없는 초원에서 이토록 높은 곳에 보금자리를 가지고 있을 줄은 상상도 하지 못했었다.

이곳의 백조는 산꼭대기 높은 곳에 둥지를 트는 초원독수리보다 훨씬 더 고고했다. 양커는 산 정상에 둥지를 튼 초원독수리를 여러 차례 본 적이 있었는데, 백조 둥지의 새로운 경험으로 독수리 둥지에 대해 품고 있었던 일종의 신비함과 경외심은 완전히 깨지고 말았다. 그것을 어찌 둥지라고 말할 수 있겠는가. 독수리 둥지는 그저 마른 나뭇가지와 찢어진 양가죽 몇 조각으로 된 조잡하고 허름하기 이를 데 없는 평범한 둥지에 불과했다. 양커는 움막같이 초라한 독수리 둥지 따위를 감히 백조의 그것에 비교도 할 수 없다고 생각했다.

하늘에서 땅으로 날아온 백조들의 그 고귀하고 깨끗한 순결미는 인간들에게 영원히 간직될 것이다. 만일 이 세상에 백조가 없었다면 이 세상에 〈백조의 호수〉라는 무대가 있을 수 있었겠는가? 울라노바와 같은 뛰어난 발레리나가 나올 수 있었겠는가? 차이콥스키가 〈백조의 호수〉를 만들 수 있었겠는가? 양커는 눈을 크게 뜨고 백조의 왕좌를 올려다보면서, 세세한 가닥 하나하나까지 가슴 깊숙이 새기려 애썼다. 그는 진심으로 톈안먼 광장에 높디높은 새 왕의 둥지를 만들고 싶다는 생각이 간절했다. 그리하여 백조와 〈백조의 호수〉를 사랑하는 모든 사람들의 토템 기둥으로 삼고 싶었다. 그러면 백조토템 기둥의 꼭대기에 신성하고 고귀한 백조 한 쌍이 구름 사이로 힘껏 날갯짓할 것이다. 그리고 그 모습은 사랑과 미의 상징이 되어 사람들의 마음속에 영원히 남을 것이다.

호수에 불어오는 바람이 점점 차가워지고 있었다. 갈대의 녹음도 점차 짙어져갔다. 양커는 백조 알 두 개를 두 손에 조심스럽게 들고 가슴속에 품었다. 조금이나마 인간의 온기를 전해주고 싶어서였다.

'비록 이 세상에는 두꺼비 같은 족속들이 계속 늘어가고 홍색낭자군의 칼날이 백조공주님들을 쫓아내고 있지만, 그래도 아직은 너희들을 아끼고 사랑하는 사람이 더 많단다.'

양커는 한 손으로 둥지를 붙잡고서, 나머지 한 손으로 아주 정성스럽게 백조 알 하나를 둥지 안에 넣어주었다. 그러고 나서 나머지 알도 나란히 잘 놓아두었다. 뗏목으로 다시 내려온 양커는 큰 숨을 길게 내쉬었다. 그는 토템 기둥 위에서 보석처럼 빛나는 두 개의 백조 알이, 갈대의 파도 속에서 한 줄기 찬란한 빛을 하늘로 비추어 올려 보내 높은 하늘에서 날고 있을 백조여왕을 불러오리라 굳게 믿었다.

마침내 높은 하늘에 나타난 흰 점 하나가 점점 커지더니 주위를 빙빙 돌고 있었다. 양커는 재빨리 밧줄을 풀고서 뗏목을 살금살금 강가로 밀었다. 그는 뗏목 때문에 구부러지고 밟힌 갈대들을 하나하나 일으켜 세워주고, 삽으로 수면 위의 갈대 줄기들을 건어냈다. 그는 새로운 갈대들이 얼른 자라서, 사람들의 눈에 드러나버린 저 백조 둥지를 다시금 가려줄 수 있기를 간절히 바랐다.

양커는 갈대 길을 다 벗어나기 전에 백조 한 마리가 급히 내려앉는 모습을 보았으나, 기슭에 도착했을 때는 더 이상 보이지 않았다.

양커는 작업장의 취사지로 돌아왔다. 얼순은 그의 삼촌이 말을 타고 제3목축조에 병든 소를 사러 갔다고 양커에게 말해주었다. 취사지 밖의 공터에는 벌써 큰 부뚜막이 만들어져 있었다. 부뚜막에는 큰 솥이 걸려 있었고 땅바닥에는 축축한 백조털이 어지럽게 흩어져 있었다. 뜨거운 김을 내뿜으며 끓고 있는 솥에는 토막 낸 백조 고기가 가득했다. 그리고 펄펄 끓는 물 속에서 백조의 머리가 몸을 뒤틀며 울고 있었다. 한족 옷차림을 한 젊은 여자가 산초 열매와 향료, 양파, 마늘 따위를 한 주먹씩 집어넣더니 고귀한 백조 머리에 싸구려 간장까지 마구 들이부었다. 양커는 순간 어지럼증과 함께 눈앞이 깜깜해져서 수레 위에 털썩 주저앉았다. 젊은 여자가 얼순에게 말했다.

"이 학생을 데리고 들어가요. 조금만 있으면 다 익을 거예요. 백조 고기탕을 먹고 나면 기운을 차릴 수 있을 거예요."

양커는 얼순의 손을 뿌리치며 밀어냈다. 화가 머리끝까지 치민 양커는 솥단지를 당장 뒤집어엎고 싶은 심정이었다. 그는 솥에서 뿜어져 나오는 냄새를 도저히 참을 수가 없었다. 그렇다고 해서 솥을 뒤집어엎을 수도, 화를 낼 수도 없었다. 그 사람들은 모두 가난한 농민들이었고, 자신은 도회지에서 시골로 내려와 재교육을 받는 반동분자였기 때문이다. 그는 가만히 마음을 다스리면서, 언젠가 반드시 그 멧목을 부숴버리리라 결심했다.

땀과 진흙으로 온몸이 범벅이 된 일꾼들이 일을 마치고 하나씩 돌아오고 있었다. 그들은 향긋한 고기 냄새에 침을 흘리며 달려왔다. 그들은 가마솥을 둘러싸고 노래를 부르고 소리를 지르기도 했다.

"두꺼비가 백조 고기를 먹네! 두꺼비가 백조 고기를 먹네!"

"백조 고기를 먹는데도 두꺼비라고 할 수 있나?"

"그럼 뭔가?"

"황제지!"

두꺼비 같은 눈의 한 작달막한 사내가 시끌벅적한 틈을 타 불을 지피고 있는 여자의 엉덩이를 함부로 만지면서 큰 소리로 웃었다.

"두꺼비가 백조 고기를 못 먹는다고 누가 그래? 조금 있으면 입으로 다 들어갈 텐데."

사내는 말을 끝내기도 전에 여자 손에 들려 있던 불갈고리로 한 대 얻어맞고 말았다.

민공들은 고기를 맛볼 기회가 흔치 않았다. 웃옷을 벗어던진 민공들이 더러운 수건을 몸에 걸치고서 호숫가로 달려갔다. 몇몇은 멧목을 타고서 호수로 노를 저어 들어갔고, 물을 좋아하는 몇몇은 옷을 다 벗고 물속으로 뛰어들어 호수 한가운데를 향해서 개헤엄을 쳤다. 풍덩풍덩…… 혼탁해진 물방울이 사방으로 튀었다. 그 장면은 마치 술에 취한 관객이 공연 중인 〈백조의 호수〉 무대 위로 뛰어 올라가 볼썽사납게 휘파람을 불며 같이 춤추고 노래하는 것 같았다. 이제 막 잠잠해졌던 호수면이 다시 시끄러워지면서, 불쌍한 물새들을 도처로 흩어지게 만들었다.

양커는 도무지 이해할 수가 없었다. 같은 몽골족인데도 불구하고, 농촌에서 온 저 사람들은 어떻게 저리도 빨리 몽골민족이 섬기던 물의 신을 잊어버릴 수 있단 말인가.

베이징 지식청년들이 이곳 목장에 도착하기 전, 맹의 본부에 들렀을 때였다. 당시 지식청년들을 보러 온 간부들이 양커를 비롯한 젊은이들에게 초원에 가면 초원 농민들의 관습과 풍속, 종교와 신앙을 반드시 존중해주도록 당부했다. 그러면서 몽골초원에는 물이 부족해서 몽골족은 특별히 물의 신을 경외한다고 했다. 그러니 강이나 호수에서 빨래를 하거나 물장난을 치거나 목욕을 해서는 절대로 안 된다고 일러주었다. 역사적으로도 고대의 몽골민족이 호숫가에서 목욕하는 것을 좋아한 이슬람 민족에 대해 자신들의 신을 모독한다 하여 전투를 벌인 적이 있었는데, 그때 흘린 피가 강을 이룰 정도였다는 이야기도 함께 들려주었다.

그래서 지난 2년 동안 수영을 좋아하는 베이징 지식청년들도 감히 수영할 엄두를 내지 못하고 있었다. 그런데 농촌에서 온 이 몽골 사람들이 자신들의 조상이 만든 초원의 규율을 이렇듯 마음대로 깨뜨릴 줄은 생각지도 못했다. 그들의 행동이 양커로서는 도무지 이해가 되지 않았다.

양커는 도저히 참을 수가 없어서 게르로 돌아가 천전과 대책을 상의하기로 마음먹었다. 막 몇 걸음을 떼었을 때였다. 그는 토담집 담 밑에서 알 수 없는 대여섯 개의 뿌리줄기를 발견했다. 문득 선녀 같은 백작약이 떠올라 그는 또 한 번 가슴이 덜컹 내려앉았다. 양커는 황급히 토담 앞쪽으로 가서 자세히 살폈다. 여태껏 한 번도 본 적이 없는 작약의 덩이뿌리는 면양의 머리만큼 컸고 울퉁불퉁한 모양이 고구마를 연상시켰다. 꽃가지는 모두 잘려나가고 남아 있는 것이라고는 이제 막 연홍색 새순이 돋아난 몇 가지뿐이었다. 가장 큰 덩이줄기 몇 개는 커다란 양철 물통에 담겨져 있었다. 통마다 습한 모래를 반 정도 채워 하나씩 담아 놓았다. 아마도 작약을 키우려는 듯 나름대로 살 만한 환경을 만들어준 것 같았다.

양커가 얼른 얼순에게 물어보았다.

"이거 작약 뿌리 아닌가요? 어디서 캐왔어요?"

얼순이 대답했다.

"네, 백작약이에요. 어차피 산에서 자라는 건데요, 뭐. 그런데 어디서 캐왔는지는 말할 수 없어요. 며칠 전에도 한 트럭 가득 실어다 도시 한약방에 판 걸요."

지난번에 바오순궤이가 파 갔던 반 트럭의 작약 뿌리는 단지 일부분에 불과했다는 사실을 양커는 모르고 있었던 것이다. 민공들이 들어온 후 이곳 목초지의 백작약은 뿌리까지 철저하게 파헤쳐졌다. 자기 고향도 소중하게 생각지 않는 사람들인데, 다른 지방에서야 오죽하겠는가.

집에 돌아온 양커는 천전과 가오젠종에게 그날 겪었던 황당한 일들에 대해서 들려주었다. 얘기를 다 듣고 난 천전 역시 화가 많이 나서 말도 제대로 못할 지경이었다. 겨우 노기를 누그러뜨린 천전이 말을 꺼냈다.

"네 말을 듣고 보니, 몇천 년 동안 동아시아의 유목민족과 농경민족 간 상호 관계의 축소판이구나. 유목민들은 농경민이 된 후에 다시 초원을 공격했어. 결국 양쪽 모두 돌이킬 수 없는 상처를 입었지."

양커는 잘 이해가 가지 않는 듯 물었다.

"어째서 양쪽 다 상처를 입은 거지? 원래 같은 뿌리에서 나온 사람들이 왜 서로 얼굴을 붉히는 거야? 유목민은 유목에 충실하고 농민은 농경만 열심히 했더라면 서로 부딪칠 일이 없지 않았을까?"

천전이 침착하게 말했다.

"우리가 사는 이 지구가 얼마나 큰지 알고 있잖아. 누구나 평화로운 나날을 꿈꾸며 살아가겠지만 인류의 역사는 본질적으로 자신의 생존 공간을 수호하기 위한 투쟁의 과정이었어. 중국의 소농들은 대대로 일평생 머리를 낮추고 눈앞의 작은 농토만을 돌보며 살아왔지. 그러니 당연히 시야가 좁아서 멀리 볼 수 없었던 거야. 우리도 이 초원에 오지 않았더라면, 지금까지 도시에서 어쭙잖은 식견으로 우리가 최고라고 착각하면서 살고 있지 않을까."

문밖에서 개들이 심하게 짖는 소리가 들려왔다.

양커가 말했다.

"왕씨가 말을 돌려주려고 왔나 봐."

사나운 이랑이 물어뜯을 기세로 으르렁대자 겁이 난 왕씨가 말에서 내려오지 못하고 큰 소리로 양커를 불렀다. 양커가 급히 뛰어나가 개를 진정시키고 왕씨를 게르 안으로 먼저 들어가게 한 뒤에 말안장을 내렸다. 말은 온종일 사람을 태우고 다니느라 힘들었는지 땀범벅이 되어 있었다. 말안장의 양털 가죽은 축축이 젖어 있었는데 아직도 뜨거운 기운을 뿜고 있었다.

양커가 게르 안으로 들어갔다. 왕씨는 술기운과 마늘 냄새에 잔뜩 절어 있었고, 입가는 기름기로 번질번질했다. 게다가 연신 백조 고기가 너무 맛있었다는 둥 아무 얘기나 서슴없이 지껄여댔다. 양커는 몹시 화가 났지만 경솔한 행동으로 일을 그르쳐서는 안 된다는 생각에 애써 꾹 참고서 왕씨에게 양기름을 건네주었다. 왕씨는 양기름 항아리를 받아 들고는 신이 나서 돌아갔다. 양커는 오늘 아침까지만 해도 하늘을 자유롭게 날고 있었을 수백조가 지금은 왕씨 배 속에서 고약한 마늘과 함께 뒤섞여 있을 것을 생각하니 마음이 쓰려왔다.

세 사람은 멍하니 한참 동안 서로 아무 말도 하지 않았다. 왜 왕씨에게 한 방 날리지 못했을까. 왜 그에게 뭐라고 한마디 하지 못했던 걸까. 그들은 그 민공들이 질이 좋지 않은 불량배라는 것을 잘 알고 있었기에 함부로 건드릴 수가 없었다. 또 설득하려 한들 쇠귀에 경 읽기였을 것이었다. 정말로 그들의 행동을 바로잡으려면 방법은 단 한 가지, 눈에는 눈 이에는 이뿐이었다. 천전과 가오젠종 모두 왕씨의 멧목을 부수는 데에 찬성했고, 다시는 고칠 수 없도록 아예 산산조각 내기로 했다. 무슨 일이 있어도 새끼백조가 세상에 나와 하늘을 자유롭게 날 수 있도록 보호해야만 한다. 양커가 가슴 아파하며 말했다.

"아무래도 내년 봄에는 백조들이 돌아오지 않을 것 같아……."

순간 세 사람은 침울해졌다.

올론초원에서 제일 먼저 백조를 잡아먹은 사람은 바오순궤이로 늑대 사냥을 나갔을 때였다. 그날 백조 고기에는 마늘도 생강도, 향료나 간장 같은 것도 넣지 않았다. 단지 솥단지에 깨끗한 물과 소금 약간을 넣고 끓인 탕이었다. 그때 양커나 다른 사냥꾼들 누구도 젓가락을 들지 않았다. 백조 고기는 황제의 연회에나 나오는 고급 고기라며 기염을 토하던 바오순궤이는 연회 같은 분위기는커녕 혼자서 쓸쓸히 술을 마셔야 했다. 먹고 난 다음에 그는 백조 고기 맛이 옥수수 뜨물을 먹여서 키운 집거위 맛과 별반 차이가 없다며 툴툴거리기도 했다.

바오순궤이는 일부러 때를 맞춘 듯 취사장에 도착했다. 이번 백조 요리는 한족들이 먹는 갖은 양념을 넣고 불 조절도 적당하게 하여 중국식으로 정성스럽게 한 솥 가득 끓여낸 것이었다. 거기다가 수십 명이 넘는 사람들이 게임을 하고 술도 마시면서 분위기를 한껏 돋워, 정말로 토황제(만주를 주름 잡던 중국 봉계 군벌의 두목 장작림의 별명)의 기분을 맘껏 내면서 먹을 수 있었다.

안타까운 것은 고기는 적은데 '두꺼비'들이 너무 많았던 것이다. 바오순궤이와 왕씨는 고기를 한 접시씩 먹었지만 다른 일꾼들에게는 겨우 몇 점씩밖에 돌아가지 않았다. 백조 고기 파티가 끝나자 바오순궤이는 기름기가 잔뜩 묻은 입으로 정치교육을 해야 한다며 떠났다. 하지만 나머지 일꾼들은 미련을 버리지 못해 솥단지 주위에 몰려 계속 소란을 피웠다. 배 속에 걸신이 들어앉았는지 그들은 사람을 뽑아서 내일 아침이 밝기 전에 다시 갈대숲으로 들어가기로 결정했다. 안전을 위해서 그들은 바오순궤이에게 반자동 보병총까지 빌렸다. 준비를 마친 사람들은 만약에 백조를 잡지 못하면 기러기나 오리라도 잡아서 모두가 배 터지게 먹자며 야단법석을 떨었다.

다음 날 아침, 양커와 천전, 가오젠종은 호숫가에서 들려오는 총소리에 놀라 잠을 깼다. 세 사람은 후회로 발을 동동 굴렀다. 양커는 가장 먼저 말을 몰아 호숫가로 정신없이 달려갔다. 천전도 곰부에게 양을 봐달라고 부탁한 다음 가오젠종과 함께 말을 타고 호수로 내달렸다.

세 사람은 조마조마해하며 뗏목이 기슭으로 나오기를 기다렸다. 눈앞에 펼쳐진 참혹한 광경에 양커와 천전은 마치 불의의 사고로 죽은 가족을 본 것처럼 큰 충격을 받았다. 뗏목 위에는 백조 한 마리와 기러기, 물오리 같은 물새 몇 마리가 놓여 있었다. 어제의 그 백조 알 두 개도 피로 붉게 물들어 있었다. 죽은 백조는 바로 전날 남편을 잃었던 그 어미백조였다. 그녀는 태어나지 않은 사랑하는 두 생명을 위해 이 무시무시한 호수를 떠나지 못하고 있다가, 결국 멀리 남편 곁으로 떠나게 된 것이다. 어미백조는 머리가 폭약으로 산산조각 나 있었다. 남편보다 훨씬 더 참혹한 죽음을 맞은 것이다. 아직 세상의 빛을 보지 못한 새끼들 위에서 죽음으로써 어미백조는 마지막까지 따뜻한 피로써 조금이나마 더 온기를 전해주고자 했다.

양커는 눈물이 앞을 가렸다. 만약 백조 알을 둥지에 돌려놓지만 않았어도, 어미백조가 이토록 잔인한 죽음을 맞지 않았을 것이다.

왕씨가 땅으로 올라오더니 민공들과 목축민, 지식청년 들을 모두 불러 모았다. 왕씨는 득의양양하면서도 표독스러운 모습으로 양커를 바라보며 말했다.

"또 양기름이랑 백조 알을 바꾸자고 할 건가? 이젠 꿈도 꾸지 마시지. 이번에는 이 알을 샤오펑한테 줘야 하거든. 어제 병든 소를 사러 갔다가 샤오펑을 만났는데, 양기름 반 통과 백조 알 두 개를 맞바꿨다고 했더니 내가 손해를 본 거라더군. 난 이미 샤오펑이랑 계약을 끝냈어. 백조 알 하나에 양기름 한 통씩 받기로 말이야. 하하하!"

왕씨가 말하고 있는 사이에 샤오펑이 나타나 숨을 헐떡거리며 말에서 내렸다. 그는 얼른 피 묻은 백조 알을 건네받아 양털로 속을 채운 가방에 넣은 뒤에 다시 말을 타고 연기처럼 사라졌다.

민공들은 명절이라도 맞은 양 한껏 기분을 내며 사냥물을 가지고 취사장으로 돌아갔다. 목축민들은 의혹과 분노를 품고 민공들을 바라보았다. 한족 옷을 입은 저 몽골 사람들은 어떻게 저처럼 초원의 신성한 새에게 잔인할 수 있는지, 어떻게 탱그리로 날아오르는 백조를 잡아먹을 수 있는지 도저히 이해할 수가 없었다. 빌게 노인 역시 이런 경우는 처음이었다. 그는 너무 화가 나 수염이 부르르 떨렸고, 왕씨가 하늘의 도리를 어기고 사람으로서는 못할 짓을 했다며 욕했다.

"샤먼의 신성한 새를 받들어 모시지 않고 몽골족의 근본까지 잊다니! 대체 저것들이 그래도 몽골인이더란 말이냐!"

왕씨도 당하고만 있지는 않고 오히려 큰 소리로 고함을 쳤다.

"샤먼은 무슨 놈의 샤먼! 우리 고향집에서는 불상까지도 산산조각 내버렸는데, 당신은 아직까지 샤먼 따위를 따지고 있구려! 그런 것들은 모두 사구이니, 전부 박살 내야 해요!"

빌게 노인은 몽골초원의 논리로는 왕씨를 누를 수 없음을 알고, 몽골어로 쓰인 빨간 마오쩌둥 어록을 들고 와서 천전에게 물었다.

"저런 악질 녀석들을 다스리려면 어느 부분을 읽어야 하느냐?"

천전과 양커는 한참을 뒤적였지만, 최고의 권위를 가진 어록의 어떤 부분을 읽어야 귀한 동물을 잡아 죽이는 행위를 벌할 수 있을지 마땅한 부분을 찾기가 쉽지 않았다.

민공들은 수가 많아 세력이 크고 배경도 든든했기에 감히 유창한 몽골말로 빌게 노인에게 욕을 해댔다. 목축민들도 몰려들어 소리를 질렀다. 대립하는 양측이 다 몽골족이었으며, 하류의 빈곤한 농민들이었고 목축민들이었다. 민족도 같고 계층도 같았지만, 목축과 농경 사이의 충돌을 조화롭게 처리할 방법이 없었다.

양커와 천전 그리고 일부 지식청년들도 함께 몽골 옷을 입은 대열에 합세해서 한족 옷을 입은 민공들과 서로 욕하며 싸우기 시작했다. 양측은 갈수록 분위기가 험악해지면서 심한 욕에, 거의 주먹다짐까지 할 지경이었다. 성격이 불같은 람자브와 몇몇 말치기가 막 말채찍을 날리려 할 때, 바오순궤이가 황급히 말을 타고 달려왔다. 사람들 속으로 들어간 바오순궤이가 머리 위로 말채찍을 휘두르며 고함쳤다.

"다들 입 닥쳐! 누구든 함부로 폭력을 썼다간 당장 다 잡아넣어서 교육대로 보내버릴 테니까!"

바오순궤이의 호통에 사람들은 전부 입을 다물었다. 그는 말에서 내리더니 빌게 노인 앞으로 가서 말했다.

"백조는 말입니다, 그건 수정주의 소련이 좋아하는 동물입니다. 베이징에서 백조를 연기했던 소련 코쟁이들은 이미 타도당해서 다시는 공연을 할 수 없게 되었어요. 연극의 주연까지 비판 받았다고요. 만약 우리가 여기서 백조를 보호하려 했다가 그 사실이 밖으로 새어 나가면 문제가 아주 심각해집니다. 정치 문제로 직결된다고요. 우리는 혁명의 깃발을 붙들고서 새롭게 추진해야 합니다. 작업 속도를 높이려면 일하는 사람이 고기를 먹어야 해요. 그런데 대대에서는 민공들한테 파는 양을 아까워하지요. 그러니 자기들이 알아서 고기를 구해다 먹겠다고 하면 차라리 잘된 일이 아닌가요?"

바오순궤이는 뒤돌아서 모여 있는 사람들에게 말했다

"한창 바쁠 시기에 지금 여기서 뭣들 하고 있는 거야! 빨리 가서 일이나 해!"

군중은 씩씩거리며 흩어졌다.

양커는 화가 나서 분을 참을 수가 없었다. 그는 게르에서 큰 폭죽 세 개를 가져다가 호수를 향해 던져 연속으로 터뜨렸다.

펑 펑 펑…….

거대한 소리가 하늘을 울렸고, 기러기와 물오리 들 그리고 각종 물새들이 놀라서 사방으로 날아오르기 시작했다. 열을 잔뜩 받은 바오순궤이가 산언덕을 급히 달려 내려왔다. 그러고는 말채찍으로 양커의 얼굴을 가리키며 마구 소리를 질러댔다.

"너 지금 내 안줏거리를 모두 죽이겠다는 거야? 완전히 돌았구나! 너 같은 반동분자들은 모조리 노동개조를 해야 한다는 걸 잊지 마! 넌 빈곤농민 재교육을 받아야 해! 이곳 작업장 사람들은 말이야, 나를 포함해서 다들 빈곤농민들이라고!"

양커가 눈을 크게 치켜뜨고 대들었다.

"저는 초원의 인민공사에 들어왔으니, 빈곤목축민 재교육을 받을 겁니다!"

빌게 노인과 몇몇 말치기들이 양커의 어깨를 감싸고 산 쪽으로 데리고 올라갔다. 노인이 말했다.

"네가 폭죽을 터뜨려 얼마나 내 속이 시원했는지 모른다."

양커는 후에 백조 알과 양기름을 바꾸어 갔던 샤오펑이 특이한 물건을 소장하기 좋아한다는 이야기를 들었다. 샤오펑은 백조 알을 오랫동안 보존하는 방법을 알고 있다고 했다. 그는 대대의 맨발의사(인민공사에 소속되어 의료, 위생 업무를 담당하던 초급 의료 기술자로, 문화대혁명 때 의대생들이 하방되어 활동하던 데서 비롯되었음)였다고 했다.

그는 먼저 주사기로 백조 알의 아랫부분에 작은 바늘구멍을 내어 노른자와 흰자를 모두 빼낸 뒤 고무풀로 구멍을 막았다. 이렇게 하면 알이 썩거나 부패할 염려가 없었다. 그렇게 함으로써 생명은 잃었지만 여전히 아름다운 두 개의 알을 영원히 소중하게 간직할 수 있었다. 그는 장부의 목공소를 찾아가 조그만 유리 상자를 두 개를 만들었다. 상자의 밑 부분에는 노란 비단을 덮은 펠트를 깔고 진귀한 공예품을 다루듯 백조 알을 조심스럽게 그 위에 올려놓았다. 샤오펑은 이 두 개의 보물을 자신의 보석함에 꼭꼭 숨겨두고 다른 사람들에게는 절대 보여주지 않았다.

몇 년 후, 그는 이 귀중한 소장품들을 공농병工農兵 대학생을 모집하기 위해 초원에 온 간부에게 선물로 주었다. 초원의 백조 덕분에 샤오펑은 마침내 도시로 입성해 대학에 다시 들어갈 수 있었다.

사건이 일어난 지 나흘째 되던 날 밤이었다. 소떼를 몰고 집으로 돌아온 가오젠종이 양커와 천전에게 조용히 말했다.

"왕씨가 사왔던 그 병든 소가 늑대에게 잡아먹혔대. 그것도 자기네 집에서 멀지 않은 곳에서 말이야."

두 사람은 어이가 없었다. 양커가 말했다.

"그렇구나, 공민들은 개를 안 키우지. 이번에 그놈들 손해가 막심하겠는걸."

가오젠종이 말했다.

"내가 그 사람들 집에 가봤어. 그 소는 집에서 몇십 보쯤 떨어진 기둥에 매여 있었는데, 머리며 발굽이며 뼈 빼고는 살점이란 살점은 다 뜯어 먹혀서 없더라고. 왕씨는 취사장의 보름치 식비를 들여서 사 온 소라면서 앞으로는 야채만 먹게 생겼다고 소리소리 지르며 난리를 피웠어."

가오젠종이 웃으며 말했다.

"사실 그 소는 별로 심각한 병이 든 것도 아니었어. 배 속에 기생충이 조금 있었을 뿐이었거든. 왕씨가 수의학에 대해서 아는 게 좀 있는 터라 약을 먹여 기생충을 없앴지. 이곳의 좋은 물과 풀로 살을 찌운 후에 잡아먹으려 했던 것인데. 그런데 이제 좀 살을 찌웠다 싶었는데 때맞춰 늑대 배만 채워준 꼴이 된 거지."

양커가 험하게 말을 쏟아냈다.

"농촌에서 온 저 유랑민들한테 목축민 같은 경각심이 있겠어. 밤에도 죽은 돼지처럼 잠만 쿨쿨 잘걸. 올론의 늑대 무리는 정말 영리하단 말이야. 늑대들은 한눈에 외지에서 온 사람들의 집이란 걸 알아보거든. 그런데도 겁 없이 바로 문 앞에서 소를 잡아먹잖아."

양커가 한을 풀었다는 듯이 말을 이었다.

"이게 빈곤농민을 골탕 먹인 게 아니고 뭐겠어? 누구도 하지 못했던 일을 늑대가 해낸 거야!"

천전이 말을 받았다.

"그건 골탕 먹인 게 아니라 복수했다고 해야겠지."

양커가 한숨을 내쉬었다.

"총포 시대가 되면서 늑대들로서는 보복할 수 있는 능력이 이미 많이 사라졌어. 내몽골 초원에 마지막으로 남아 있던 처녀 백조호도 사라졌고 말이야. 내가 나중에 베이징으로 돌아간다 해도 다시는 〈백조의 호수〉를 관람할 수 없을 거야. 〈백조의 호수〉를 볼 때 솥단지 안에 있던 백조 고기와 간장에 절인 탕 속의 백조 머리가 생각날 테니까……. 살아 있을 때 백조는 정말 말 그대로 고귀하고 도도했는데……. 예전에 나는 중국의 농경 문명만 서양 열강에 의해서 늘 침략당하고 괴롭힘을 당한 줄로만 알았거든. 농경 문명이 유목 문명을 파괴한 일 역시 이처럼 잔인하고 흉악한 줄은 몰랐어."

가오젠종이 그의 말을 자르며 말했다.

"남 얘기하듯 실없는 소리 그만 해. 늑대 무리가 집 앞까지 쳐들어온 거야. 우리 게르는 특히 조심해야 돼. 늑대들이 들이닥쳐 우리 게르 문 앞에서 새끼늑대 냄새라도 맡는 날에는 우리는 소도 양도 다 끝장이야."

24

태고의 울음

진목공秦穆公은 열두 융족戎族을 멸망시키고 천 리의 영토를 개척하여 서융의 패주가 되었다. 서주가 멸망한 후, 서주 지역에는 융적戎狄이 뒤섞여 살았다. (…) 서주의 문화는 융적의 풍속과 상商나라의 문화에 의해 파괴되었다. 진나라는 형이 죽으면 동생이 왕위를 잇는 제도를 포함해서 그들의 낙후한 제도와 문화를 모두 받아들였다. 진나라는 이미 대국이 되었지만 중화의 제후들은 융적의 나라로 보고 연맹에 참여하지 못하게 했다. _판원란 《중국통사간편》

내몽골 고원의 여름밤은 눈 깜빡할 사이에 늦가을처럼 추워졌다. 초원의 끔찍한 모기떼가 공격해올 시기가 점점 다가오고 있어, 이 시기는 얼마 남지 않은 평온한 밤이었다. 막 털을 깎은 양떼가 서로 바싹 붙어 웅크리고 누워서 되새김질을 하느라 느릿느릿 풀 씹는 소리를 내고 있었다. 이랑과 황황은 수시로 고개를 들어 살피면서 불어오는 바람에 섞여 있는 냄새까지도 경계심을 늦추지 않았다. 이르도 강아지 세 마리와 함께 양떼 주위를 어슬렁거리며 순찰을 했다.

천전은 손전등과 일인용 침낭 크기의 펠트를 가지고 양떼 곁으로 갔다. 평평한 땅을 찾아낸 그는 펠트를 잘 깔았다. 그리고 얇고 허름한 털두루마기를 어깨에 걸친 다음 혹 잠이 들까 싶어서 드러눕지는 않고 책상다리를 하고 앉았다.

새로운 목초지로 옮겨 온 이후로 양을 방목하고, 야경을 서고, 양털을 깎고, 새끼늑대를 돌보고, 책을 읽고 기록을 남기느라 바빴던 데다 낮이 길고 밤은 짧은 때여서 잠이 많이 부족했다. 그래서 자리에 눕기만 하면 너무 깊이 잠들어 개들이 아무리 시끄럽게 짖어도 일어나지 못할 때가 많았다. 사람들은 모기떼가 날뛰기 전에 많이 자두어야 한다고 했지만, 그는 마음 놓고 잠들 수가 없었다. 초원늑대는 자신들에게 유리한 기회를 포착하는 데 뛰어난 능력을 가졌기 때문이다.

몇 안 되는 늑대들이 작업 현장의 병든 소를 기습하는 데 성공한 후로 그들 세 사람은 신경을 바짝 곤두세웠다. 늑대들이 병든 소를 잡아먹은 것은 늑대 무리의 공격 목표가 가젤이나 마르모트, 들쥐에서 이제 가축으로 옮겨졌음을 알리는 신호나 다름없었다. 이제 새끼가젤들도 어미들처럼 날렵하게 달릴 수 있게 되었고 마르모트도 더욱 경계심을 높여 눈치 빠르게 행동했다.

굶주린 늑대 무리는 쥐만으로는 배고픔을 달래기가 힘들었던 것 같았다. 그래서 방향을 바꾸어 가축을 공격하기 시작한 것이다. 새 목초지에 들어온 지 얼마 되지 않은 터라 아직 모든 것이 제대로 자리 잡지 못한 상태였다. 빌게 노인은 생산회의가 열릴 때마다 여러 차례 각 조의 목축민들과 지식청년들에게 정신 바짝 차리라고 몇 번이고 당부했다. 잠을 자더라도 두 귀만큼은 늑대처럼 반드시 깨어 있어야 한다고 했다. 올론초원은 또다시 사람과 늑대의 전쟁 국면으로 접어들고 있었다.

천전은 매일같이 새끼늑대의 보금자리를 깔끔하게 청소해주었다. 늑대의 똥오줌을 다 치우고 나면 다시 그 위에 모래를 얇게 덮었다. 위생적으로 잘 관리해서 병에 걸리지 않고 건강하게 자라길 바라는 마음에서 한 일이지만, 그보다 더 큰 목적은 새끼늑대의 냄새가 밖으로 노출되지 않도록 하는 데 있었다.

천전은 최근 들어 부쩍 새끼늑대를 굴에서 꺼내온 이후에 겪었던 우여곡절에 대해서 자주 생각하게 되었다. 그럴 때마다 머리가 아프고 걱정은 더해갔다. 아무리 조심하더라도, 어느 부분에선가 생각지도 못한 문제가 터져 결국엔 어미늑대가 새끼를 발견하게 될지도 모른다는 끔찍한 생각이 자꾸 들었다. 특히 전에 살았던 곳에서는 어미늑대가 새끼의 오줌 냄새를 맡고 더 쉽게 찾아낼 수도 있었기 때문에 밤마다 늑대 무리가 습격해와 양떼를 해치고 새끼늑대를 빼앗아 갈까봐 노심초사했었다. 다행스러운 일은, 새 목초지로 옮겨 오는 동안 새끼늑대를 나무로 만든 소똥 상자에 가두고 밖으로 나오지 못하게 했기 때문에 길에다 흔적을 거의 남기지 않았다는 것이다. 그러니 어미늑대가 뒤늦게 옛 보금자리에서 새끼 냄새를 맡게 되더라도 어디로 옮겼는가를 알 수는 없을 것이다.

공기 중에서는 늑대 냄새가 느껴지지 않았다. 토실토실한 강아지 세 마리가 천전의 주변을 뛰어다녔다. 그는 다정하게 한 마리 한 마리 어루만져주었다. 황황과 이르도 천전의 주변으로 달려와 주인의 따스한 손길을 원했다. 오직 이랑만이 충성스럽게 자기 직무를 잊지 않고, 양떼로부터 멀지 않은 곳을 왔다 갔다 하면서 지키고 있었다. 이랑은 평범한 개들보다 늑대의 본성을 더 잘 알고 있었기에 잠시도 경계를 늦추지 않았다.

바람이 점점 쌀쌀해지자 양들은 서로서로 더 바짝 붙었다. 양떼가 차지하는 전체 면적이 4분의 1가량으로 줄어들었다. 강아지 세 마리도 추워서 천전의 해진 털두루마기 안으로 파고들었다. 자정을 넘기자 너무 어두워서 바로 옆에 있는 양도 제대로 보이지 않았다. 바람은 그쳤지만 기온은 더욱 낮아졌다. 천전은 개들을 각자 맡은 자리에서 보초를 서도록 돌려보내고 자신도 일어나 털두루마기를 꽉 여민 후에 손전등을 들고 양떼 주위를 두어 바퀴 돌았다.

천전이 게르로 돌아와 펠트에 막 앉으려 할 때였다. 멀지 않은 산비탈에서 처량한 늑대의 울음소리가 길게 전해져왔다.

오우…… 우…… 우…….

중간 중간 짧게 끊기기도 했지만 길게 끄는 소리는 끝으로 갈수록 떨림이 더했다. 아무런 잡음도 없는 깨끗한 늑대의 울음소리에서는 힘이 느껴졌고, 부드러우면서도 날카로운 침투력이 있었다.

늑대 울음소리는 마지막 떨림이 끝나기 전에 동, 남, 북쪽 삼면의 산에서 낮은 메아리가 되어 울려왔다. 산골짜기와 분지, 호수면도 서서히 일렁이자, 갈대가 미풍에 움직이며 내는 쏴아 하는 소리에 느리고도 처량한 늑대 소리, 갈대 소리, 바람 소리가 섞여 합주곡으로 변환되어 들려왔다. 곡조는 점점 구슬퍼지고 밤은 더욱 쌀쌀해졌다. 천전은 황량한 시베리아를 떠올렸다.

오랜만에 맑은 정신으로 깨어 있게 된 천전은 초원늑대가 부르는 한밤중의 울음소리를 귀 기울여 들었다. 그는 자기도 모르게 몸서리를 치며 털두루마기를 잘 여몄다. 얼음 동굴에서 배어나오는 듯 으스스한 늑대 울음소리는 여전히 털두루마기를 뚫고 근육과 피부 속으로 스며들어 머리끝에서 척추를 지나 꼬리뼈까지 파고들었다. 천전은 옆에 있는 황황을 털두루마기 안으로 끌어당겨 안았더니 조금 따뜻해지면서 마음도 차츰 안정되었다.

음침하고 슬픈 긴 서곡이 끝나자마자 이번에는 큰 수늑대 몇 마리가 우렁차게 합창하듯 울음소리를 냈다. 그 소리는 즉각 대대의 모든 개들에게 반향을 불러일으켰다. 천전 가까이에 있던 크고 작은 개들이 울음소리가 들려오는 서북쪽을 향해 숨 가쁘게 짖어댔다. 이랑도 세차게 짖으며 울음소리가 들려오는 방향으로 돌진하려 했다. 하지만 곧 늑대가 뒷길로 공격해올 것이 걱정되는 듯 양떼 쪽으로 다시 물러섰다. 그러는 사이에도 이랑은 늑대 울음소리가 들려오는 곳을 향해 계속 짖었다. 분지 산비탈을 따라 긴 뱀 모양으로 늘어선 대대의 모든 게르에 불이 밝혀졌다. 100마리도 넘는 개들이 30분 이상 짖어댄 다음에야 차츰 잠잠해졌다.

밤이 깊어가면서 기온이 더 떨어졌다. 개 짖는 소리가 멈추자 초원은 다시 갈댓잎 흔들리는 소리까지 들릴 정도로 조용해졌다. 그러나 얼마 안 있어 조금 전에 선창을 했던 늑대가 두 번째 노래를 시작했다. 이어서 서, 남, 북쪽 삼면의 큰 산으로부터 더 크고 밀집된 늑대의 울음소리가 전달되어 왔다. 삼면에서 울리는 커다란 합창 소리가 대대를 향해 밀고 들어와 개들의 기세를 압도하려는 것 같았다. 이에 질세라 대대의 개들도 더욱 크게 짖었다. 각 게르에서 밤새도록 늑대를 감시하던 여인들도 손전등을 켜고서 늑대 소리가 들려오는 곳을 향해 정신없이 마구 불빛을 비추면서 큰 소리로 외쳤다.

"허어…… 허어…… 어어……."

여인들의 날카로운 외침이 거센 물결처럼 이어지며 더욱 기세 있게 늑대 무리의 소리를 삼켜버렸다. 초원 가수들의 목청도 어쩌면 이처럼 밤에 경비를 설 때 늑대를 쫓으면서 단련한 덕분인지도 모를 일이다.

개들도 사람의 위세에 힘이 나는지, 각 게르의 호전적인 맹견들이 더욱 기고만장하게 소리를 높였다. 여기저기서 울려오는 소리가 뒤섞이면서, 마치 전쟁의 시작을 알리는 북소리처럼 들려왔다. 하늘과 땅을 뒤흔드는 이 소리는 또다시 결전이 임박했음을, 개들이 당장이라도 돌진해서 대참사를 일으킬 수도 있음을 예고하는 것 같았다.

천전도 목청을 돋우어 크게 소리를 질러보았다. 그의 소리는 초원의 여인들과 늑대들이 내는 고주파의 날카로운 소리에 비교하면 송아지 소리에 불과했다. 가냘픈 그의 외침은 입 밖으로 나오는 순간 밤공기 속으로 빨려들었다.

초원에서 소리와 빛만으로 벌이는 대규모의 보위전保衛戰이 일어난 것은 매우 오랜만이었다. 새 목초지에는 게르가 밀집되어 있어 목축민들이 내는 소리나 빛의 반격이 지난번 목초지에 비해 훨씬 집중되었고 강도도 더욱 세었다. 그것은 고요하고 단조롭던 초원의 밤을 더욱 긴장된 열기와 전투 분위기로 휩싸이게 만들었다.

천전은 문득, 만약 초원에 늑대가 없었더라면 초원민족은 그저 조용하고 연약한 민족으로 살다가 이미 도태되었을 거라는 생각이 들었다. 그랬더라면 중국인들 역시 만리장성을 쌓을 필요가 없었을 것이고, 고인 물처럼 적국도 없고 외환도 없는 상태에서 작은 물결만 밀려와도 허망하게 멸망했을지도 모를 일이다.

늑대들의 소리는 매우 빠르게 압도되어버렸다. 울지와 빌게 노인의 머리로 짜낸 집중적인 대대의 배치가 눈에 띄게 효과를 보인 것이다. 늑대들은 대대의 견고한 장벽에 가로막혀 함부로 공격할 엄두를 내지 못했다.

갑자기 쇠사슬이 철커덕거리는 소리가 들려와서 천전은 급히 새끼 늑대에게 달려갔다. 낮 동안 햇빛과 사람을 피해 동굴 안에서 꼼짝 않고 지내던 늑대가 이빨을 드러내고 발톱을 세우며 펄쩍펄쩍 뛰어오르는 모양이, 사람과 늑대와 개들이 벌이고 있는 빛과 소리의 싸움에 극도로 흥분해 있는 게 분명했다. 놈이 쇠사슬에서 벗어나려고 아등바등하는 모습이 마치 당장이라도 뛰쳐나가 자신도 싸움에 참여하고 싶어 하는 것 같았다. 조급해진 새끼늑대는 숨을 더욱 급하게 몰아쉬었다. 전투에 끼지 못하는 게 늑대로서는 고기를 빼앗기는 것보다 더 분한 일일 수도 있었다.

어둠을 사랑하는 늑대로서는 밤이 깊어갈수록 온몸에 충만한 자신의 생명력을 분출하고 싶고, 전투를 즐기는 천성으로 인해 싸우고 싶은 욕구와 충동을 더욱 발산하고 싶을 것 같았다. 어두운 밤은 초원늑대에게 있어 마을을 습격하여 마음껏 가축을 잡아먹고 피를 마시며 전리품을 나눌 수 있는 통쾌한 시간이었다. 그러나 쇠사슬에 묶인 새끼늑대는 좁디좁은 공간에 갇혀, 전쟁 중에서도 특히 야간전투를 좋아하는 천성까지도 타의에 의해 억눌리고 있었으므로 언제 터질지 모르는 배출구 막힌 고온의 보일러와 같았다.

극도로 흥분한 늑대는 끊임없이 쇠사슬을 끊으려 했다. 전투를 원하는 마음을 억누를 수 없었는지, 늑대는 조그만 공처럼 웅크리고 있다가도 갑자기 폭발하듯 한달음에 전장으로 달려들 것처럼 발악했다. 무작정 앞으로 돌진하여 허공을 깨물기도 했고, 갑자기 멈추었다가 다시 텀블링을 하기도 했다. 그러다가 입을 꽉 다문 채 이를 악물고 머리를 흔드는 모습은 마치 거대한 사냥감에 달려들어 죽을 때까지 끈질기게 물어뜯는 바로 그것이었다.

얼마 후 새끼늑대는 최대한 북쪽 방향으로 갔다. 그러고는 조그만 눈을 동그랗게 뜨고 잔뜩 긴장한 자세로 귀를 꼿꼿이 세워 조용히 귀 기울이다가 작은 움직임이 느껴지기라도 하면 곧장 공격할 태세를 갖추었다. 새끼늑대의 전투 본능은 긴장과 공포로 더욱 날카로워져 있었다. 거의 적군과 아군을 구분할 필요 없이 비록 그 상대가 개든 늑대든 다만 전투에 참가하여 이길 수만 있다면 어느 편에 서게 되든 상관없는 것처럼 보였다.

천전의 모습을 본 새끼늑대가 격정적으로 돌진해왔다. 하지만 그에게 닿지를 않자 일부러 몇 발 뒤로 물러나 천전이 자기 쪽으로 다가오도록 유인하려 했다. 천전은 약간 두려운 마음으로 한 걸음 다가갔다. 그가 몸을 굽히자마자 새끼늑대가 번개같이 그의 무릎을 덮쳤다. 다행히도 천전이 직전에 손전등을 새끼늑대의 코에 비추었다. 눈부신 빛이 새끼늑대를 제압하여 입을 다물게 했다. 그는 자신의 뜻대로 맘껏 발산하지 못하고 그렇게 억눌려 있는 새끼늑대가 조금은 안쓰러웠다.

대대의 모든 개들이 또다시 시끄럽게 짖어대기 시작했다. 집에 있던 개들 가운데 몇 마리가 양떼를 에워싸면서 짖고 또 짖었다. 어쩌다 새끼늑대 근처까지 달려갔다가도 얼른 다시 양떼가 있는 북쪽으로 달려가는 사이에 새끼늑대의 존재는 까맣게 잊혀져갔다. 세 마리 강아지들도 흡사 전투에 참가하는 전사들인 양 지척에 있는 새끼늑대를 부들부들 떨게 만들고 싶었는지 아직 젖 냄새 나는 입으로 있는 힘껏 크게 짖어댔다. 새끼늑대는 자기의 본성과 자존심, 전투욕에 큰 상처를 받았다. 오직 천전만이 늑대의 그 고통을 이해할 수 있었다. 어쨌든 늑대는 이날 밤 전투에서 국외자가 된 자신을 감내할 수밖에 없었다.

새끼늑대는 고개를 쳐들고 커다란 개들이 전투적으로 짖는 소리를 질투하듯이 유심히 듣더니, 자신은 개들처럼 사납게 짖을 수 없다는 사실을 깨닫고 스스로 자괴감에 빠졌다. 새끼늑대는 어떻게든 따라 해보고 싶었는지 입을 최대한 크게 벌렸다. 개 짖는 소리를 배우고 싶은 게 틀림없었다. 천전은 미처 생각하지 못한 상황이 벌어지자 새끼늑대 앞에 쪼그리고 앉아 흥미롭게 관찰했다.

새끼늑대는 부단히 숨을 참았다가 주둥이를 크게 벌리고 무척 힘들게 후후 하하 하는 괴성을 토해내 보았지만 개 울음소리를 만들지는 못했다. 새끼늑대는 화가 났을 텐데도 단념하지 않고 끊임없이 개가 짖을 때의 동작을 반복해서 따라 했다. 그러나 여전히 개 같지도 않고 늑대 같지도 않은 소리에 답답해진 늑대는 신경질적으로 제자리를 맴돌았다.

천전은 좀처럼 보기 힘든 신기한 광경을 진지하게 구경했다. 새끼늑대는 아직 어려서 늑대 울음소리도 아직 배우지 못했으면서, 개 짖는 소리를 내려 한다는 자체가 버거운 일이었다. 비록 개와 늑대의 선조가 같다고는 해도 그 둘은 진화의 과정을 거치면서 점차 서로 멀어져 갔다. 대부분의 개들이 늑대 울음소리를 흉내 낼 수 있는 반면에 늑대는 개 짖는 소리를 전혀 내지 못했다. 아마도 늑대들은 굳이 개 짖는 소리를 배워야 할 필요성을 느끼지 못했는지도 모른다. 그런데 개 짖는 소리를 들으며 자란 이 불쌍한 새끼늑대는 지금 개 짖는 소리를 흉내 내기 위해 애쓰고 있었다. 자신이 늑대라는 사실을 아직 모르고 있는 건 아닐까.

새끼늑대는 초조해하면서도 결코 배우기를 포기하지 않았다. 천전은 허리를 숙여 입을 늑대의 귀에다 대고 개 울음소리를 흉내 냈다. 새끼늑대는 주인이 자기한테 가르쳐주려 한다는 것을 알아차린 모양이었다. 학습 진도가 뒤처지는 학생처럼 겸연쩍은 표정을 지으면서 화를 냈다. 이랑이 달려와 새끼늑대 옆에 서서 천천히 한 번씩 짖어주었다.

그 모습이 꼭 인내심 많은 선생님 같았다. 그러자 새끼늑대가 불쑥 "황…… 황……" 하고 짖었다. 박자는 개 짖는 소리와 엇비슷했지만 '왕' 소리는 내지 못했다. 흥분한 새끼늑대가 제자리에서 펄쩍 뛰더니 이랑에게 다가가 마구 핥았다. 이후 새끼늑대는 7, 8분 간격으로 "황황"이라는 소리를 냈고, 그럴 때마다 천전은 웃음을 참을 수가 없었다.

늑대도 개도 아닌 이상한 소리가 신기했는지 작은 강아지들은 물론 큰 개들까지 모여들어 구경을 했다. 즐거워진 천전은 새끼늑대가 "황황" 소리를 낼 때마다 일부러 "당당" 하고 외쳤다. 한밤의 전쟁터에서 "황황, 당당"이라는 생뚱맞은 괴성이 울려 퍼졌다. 얼마 후 모든 개들이 짖기를 멈췄다. 개들의 선창이 없어지자 새끼늑대도 더 이상 짖으려 하지 않았다.

개 짖는 소리가 멈추자 이번에는 삼면의 큰 산에서 늑대 무리의 울음소리가 다시 들려왔다. 그날 밤의 울음소리 전쟁은 결국 서로 간에 정신력 대결이 되었다. 네다섯 번 싸움이 오가자 사람도 개도 모두 지치고 말았다. 원래 조용한 기습에 능한 늑대들은 집단 돌격을 벌일 때도 저승사자처럼 소리 없이 나타나곤 하는데 요란한 울음소리를 낸다는 것은 오히려 공격할 의도가 없는 것처럼 보였다. 삼면에서 늑대 울음소리가 재차 전해져 왔지만 사람들은 이미 고함치는 것을 포기하고 손전등도 대부분 꺼버렸다. 개들조차 힘이 빠졌는지 대충 짖다 말았다. 늑대들은 더욱 기고만장해졌다.

천전은 늑대의 울음소리에 분명히 커다란 음모가 있다고 생각했다. 사람들과 개들이 집중적으로 방어하고 있는 걸 알고 이들의 정신력과 체력이 소진될 때를 기다려 몰래 습격하려는 전술을 쓰려는 게 틀림없었다. 어쩌면 그런 식으로 이쪽을 방심하게 만들기 위한 소리 전쟁이

며칠 밤을 이어갈지도 모른다. 천전은 문득 팔로군 유격대가 즐겨 쓰던 '적이 멈추면 우리가 공격한다'는 전술과, 점화된 폭죽을 기름통에 넣어 기관총 소리를 내어 적군을 놀래는 전술이 생각났다. 초원늑대라면 적을 피로하게 만든 뒤 공격하는 전술을 이미 수만 년 전부터 꿰뚫고 있을 것이다.

천전은 펠트 위에 황황을 엎드리게 한 다음 베개처럼 벴다. 소리를 지르는 사람도 짖어대는 개도 더 이상 없어 그는 늑대들의 울음소리에 귀 기울이면서 늑대의 언어를 자세히 곱씹어 보았다. 초원에 온 후로 천전은 늑대 울음소리에 깊이 빠져 있었다.

늑대 소리는 중국 사람들의 간담을 서늘하게 만드는 공포의 소리였다. 그래서 중국 사람들은 귀신 소리와 늑대가 짖는 소리 중에 어느 것이 더 무서운가에 대해서 얘기하곤 했다.

초원에 온 후 이제는 늑대 울음소리가 귀에 완전히 익었다. 하지만 천전은 아직도 '어우―' 하는 늑대 소리가 왜 실제로 우는 것처럼 처량하고 슬프게 느껴지는지 이해할 수가 없었다. 남편을 잃은 여인이 남편의 무덤에서 슬픔을 참지 못해 눈물을 흘리며 우는 듯 긴 울음소리였다. 천전은 처음 늑대 울음소리를 들은 순간부터 흐느끼는 소리로 들리는 것이 이상하다고 느꼈다.

어째서 천하에 두려울 게 없을 정도로 사나운 초원늑대가 가슴속에 어떤 고통과 슬픔이 있기에 그런 소리를 내는 것일까. 혹시 초원에서의 생활이 처참할 정도로 고통스러운 걸까. 굶주리고 얼어 죽고, 맞아 죽는 자신들의 신세가 한탄스러운 걸까. 천전은 늑대가 무섭고 강인해 보이지만 속은 그와 정반대일지도 모른다고 생각해본 적도 있었다.

그러나 늑대와의 2년이 넘는 교류 속에서, 특히 최근 반년 동안 천전의 그런 생각은 조금씩 달라졌다. 초원늑대는 성질이 모질고 운명은 더욱 모질어 하나하나 강한 존재이기 때문에 싸우다 죽는 한이 있더라도 절대로 고개 숙이거나 포기하지 않았다. 늑대의 사전에서 '연약'이라는 단어는 찾아볼 수 없었다. 설령 사람들에 의해 새끼를 잃거나 다리가 부러지는 상처를 입더라도 그로 인한 고통은 잠시뿐, 슬픔은 오히려 복수심에 불을 질러 늑대들은 호시탐탐 공격할 기회만을 엿보았다.

몇 달간 새끼늑대를 기르면서 천전은 이러한 신념이 더욱 굳어졌다. 그는 지금까지 새끼늑대에게서 연약하거나 기죽은 모습을 단 한 번도 볼 수가 없었다. 졸릴 때 말고는 새끼늑대는 시종 정신을 똑바로 차리고 두 눈을 부릅뜨고서 생기발랄하게 굴었다. 지난번에 말치기들 때문에 하마터면 목 졸려 죽을 뻔했을 때도 얼마 지나지 않아 곧바로 생기를 되찾았다.

다시 들려오는 늑대의 울음소리에서 천전은 대단히 거만하고 위협적인 느낌을 받았다. 늑대는 어째서 그런 식으로 위협하는 것일까? 한동안 늑대들은 별다른 천재지변도 없었고 사람들의 공격을 받지도 않았으니 힘들고 고통스러운 일이 없었을 터였다. 늑대들이 울부짖는 이유가 일부 목축민들의 말처럼 사람들과 가축들을 위협해서 싸우기 전에 스스로 패배를 인정하도록 만들려 하는 건 아닐까? 초원늑대가 설마 서러움을 당하다가 일어선 군대는 반드시 이긴다는 애병필승哀兵必勝의 의미까지 알고 있는 것은 아닐까? 그렇다면 늑대들은 왜 서로를 부르거나 짝을 찾거나 전투 조직을 만들거나 멀리 있는 동료들에게 정보를 전달할 때나 사냥하기 위해 가족을 부르거나 노획물을 함께 나눌 때처럼 심리전과는 아무런 상관없는 경우에도 그런 소리를 내는 걸까?

한참 늑대 소리를 듣는 동안 천전의 머리가 조금씩 맑아졌다. 그는 때로는 비교와 대조가 비밀을 푸는 열쇠라고 여겼다. 그래서 그는 문득 늑대와 개가 내는 소리의 차이에 답이 있을지도 모른다는 생각이 들어 그 둘을 반복해서 비교해보았다.

개가 내는 소리는 짧고, 늑대가 내는 울음소리는 길다. 그런데 이 두 종류의 울음소리가 내는 효과에는 커다란 차이가 있었다. 늑대의 긴 울음은 개의 짧은 울음소리에 비해 훨씬 멀리까지 퍼져 나갔다. 그래서 대대 최북단에 있는 게르에서 들려오는 개 울음소리는 그 근방에서 우는 늑대 울음소리만큼 크게 들리지 않았다. 천전은 멀리 동쪽의 깊은 산속에서 들려오는 늑대 울음소리는 어렴풋하게나마 들을 수 있었지만 만약에 개가 짖었더라면 그렇게 멀리까지 전해질 수 없었을 것이다.

그는 점점 의문이 풀렸다. 아마도 늑대의 처량한 울음소리는 오랜 세월을 이어온 진화 과정에서, 울음소리를 길게 끌어야 초원에서 가장 멀리 가장 넓게 깨끗한 소리를 전달할 수 있었기 때문일 것이다. "피리 소리는 가까운 곳에서만 들을 수 있지만, 퉁소 소리는 멀리까지 전해진다"는 말처럼, 짧게 울리는 피리 소리는 절대로 넓게 퍼져 멀리까지 확실하게 전달되는 퉁소 소리에 미칠 수가 없다. 고대 초원에서 기마병들이 명령을 하달하기 위해 뿔 나팔을 만들어 긴 저음을 냈던 것이나, 사찰의 은은한 종소리가 오래 멀리까지 울린다는 건 모두가 다 아는 사실이다.

초원늑대는 장거리 기습에도 능했다. 보통 때는 따로 흩어져 정탐을 하다가 일단 전투가 시작되면 모두 힘을 합해 집중적으로 기습을 가했다. 늑대는 무리 단위로 싸우는 전형적인 맹수로, 전투나 사냥을 할 때 활동 범위가 엄청나게 넓었다. 그래서 장거리 통신과 단체전을 위해 늑대들은 초원에서 가장 효과적인 연락 신호음을 선택한 것이다. 죽고 죽이는 치열한 전쟁에서는 실질적인 효과가 중요했으므로, 웃음소리든 울음소리든 어떻게 들리는가보다는 얼마나 멀리에서도 들을 수 있는가가 무엇보다 중요했다.

강한 군대는 선진적인 통신수단을 필요로 하고 또 그것으로써 강한 군대를 더욱 강하게 만들 수 있다. 오래전부터 늑대 무리는 이런 효과적인 통신수단을 이용해 전투력을 크게 높일 수 있었다. 그 결과 인간을 제외하고는 초원에서 가장 강한 전투력을 가진 동물이 되어 호랑이나 표범, 곰처럼 자신보다 몸집이 더 큰 맹수들을 초원에서 모두 쫓아낼 수 있었다.

천전은 개가 집짐승으로 전락하여 사람들에게 연약하게 길들여진 가장 큰 이유는 바로 개들의 통신수단이 늑대들보다 못했기 때문이라고 생각했다. 늑대들에게 패한 개들은 결국 사람들에게 의지하여 안주할 수밖에 없었을 것이다. 초원늑대의 자유분방하고 독립적이며 용맹스럽고 강인한 성격은 다른 짐승들보다 훨씬 강한 본성에 기초한 것이다.

그것은 한 국가나 민족에 있어서도 마찬가지다. 어느 민족이든 구성원들의 역량을 굳건히 하나로 묶는 강인한 민족성이 없다면 아무리 민족의 독립과 자유를 원하고 민주와 부강을 꿈꾼다 한들 그것은 단지 공염불에 불과할 뿐이다.

천전은 자기도 모르게 긴 한숨이 나왔다. 늑대가 출중한 능력을 발휘할 수 있었던 것은 그 재능이 뛰어날 뿐 아니라 선천적으로 타고난 대담성 때문이었다. 초원늑대가 사람에게 주는 가르침이 한두 가지가 아니었지만, 지난날 세계를 휩쓸고 다녔던 초원의 기병들이 사용하던 통신수단 또한 바로 늑대에게서 영향을 받은 것이었다. 전장에서 사용되던 긴 우각 소리가 얼마나 많은 초원의 기마병을 불러 모으고 또 얼마나 많은 전쟁을 호령했던가.

늑대 무리의 울음소리가 점차 잦아들었다. 바로 그때였다. 난데없이 양떼와 게르가 있는 뒤편에서 늑대 울음소리가 들려오는 것이 아닌가. 순간 천전은 어찌나 놀랐던지 가슴이 철렁 내려앉는 줄 알았다.

'늑대가 결국 양떼 뒤로 쳐들어온 건가?'

이랑이 다른 개들을 이끌고 소리가 들려온 쪽으로 돌진해 갔다. 천전도 벌떡 일어나서 말채찍과 손전등을 들고 따라 달려갔다. 게르 바로 앞에서 이랑과 크고 작은 개들이 새끼늑대의 보금자리를 에워싼 채 놀란 표정으로 컹컹 짖고 있었다.

천전이 손전등으로 비추어 보았다. 말뚝 옆에 엎드린 새끼늑대가 코를 높게 쳐들고는 하늘을 향해 긴 울음소리를 빼고 있었다. 조금 전에 들었던 그 늑대 울음소리는 놀랍게도 새끼늑대의 것이었다. 그럼 새끼늑대가 정말 늑대 울음을 익힌 것일까?

천전이 새끼늑대의 긴 울음소리를 들은 것은 처음이었다. 그는 새끼늑대가 완전히 큰 다음에야 제대로 울음을 배울 수 있을 거라고 생각했었다. 그런데 태어난 지 불과 넉 달밖에 안 된 이 작은 늑대가 한밤에 갑자기 "우우우, 어우우" 하는 소리를 내다니 정말 놀라웠다. 소리나 동작도 진짜 야생늑대의 것과 똑같았다. 천전은 너무 기뻐서 새끼늑대를 가슴에 꼭 끌어안고 뽀뽀라도 해주고 싶은 심정이었다. 그러나 무엇보다 새끼늑대의 흥분에 싸인 첫 노래를 방해하고 싶지 않았다. 또한 자신의 작은 보물인 새끼늑대의 목소리를 가장 가까운 거리에서 오랫동안 감상하고 싶은 마음도 있었다.

천전은 젊은 아빠가 자신의 아이한테서 처음으로 아빠 소리를 들었을 때보다 더 떨리는 기분이었다. 그는 벅찬 마음을 누를 길 없어 새끼늑대의 등을 가볍게 어루만져주었다. 새끼늑대도 기분이 좋은지 그의 손을 한 번 핥은 다음, 또다시 소리 높여 노래를 계속 불렀다.

개들은 새끼늑대를 공격해야 할지, 제지해야 할지, 아니면 두고 봐야 할지를 몰라 어리둥절해했다. 공동의 적에 대해 함께 적개심을 불태우던 양치기 개들의 진영에서 갑자기 적의 울음소리가 났으니, 개들 사이에서는 큰 혼란이 일어났다. 이웃 곰부의 개들도 짖기를 멈추었다. 몇 마리는 도대체 무슨 상황이 벌어지고 있는지 궁금해하면서, 여차하면 지원할 생각으로 아예 천전의 집 앞까지 달려왔다. 오직 이랑만이 천전만큼이나 기쁜 마음이었는지, 새끼늑대 곁으로 다가가 머리를 핥아주면서 그 옆에 엎드려 가만히 늑대의 울음소리를 듣고 있었다.

그러나 황황과 이르는 새끼늑대를 무서운 눈초리로 흘겨보고 있었다. 새끼늑대의 울음소리가 아직 미숙하긴 해도 개들 사이에서 몇 달간 불명확한 신분으로 지내온 수상한 놈이, 개가 아니라 사실은 지금 개들이 맞서 싸우고 있는 야생늑대와 다를 바 없는 한 마리의 새끼늑대라는 사실을 자백한 셈이었기 때문이다. 그러나 주인이 웃으며 새끼늑대를 쓰다듬는 것을 보게 된 황황과 이르로서는 더 이상 함부로 짖어댈 수도 없었다. 사람과 개와 늑대가 한데 정답게 어울리는 희한한 광경을 본 옆집 개들도 저 괴상하게 생긴 짐승이 과연 개인지 늑대인지 모르겠다는 듯이 고개를 갸우뚱거렸다. 한참을 의심스러운 눈초리로 지켜보던 개들이 이내 툴툴거리며 제 집으로 모두 돌아갔다.

천전은 새끼늑대 옆에 쭈그리고 앉아 울음소리를 들으며 그 동작을 하나하나 유심히 관찰했다. 새끼늑대는 울기 시작할 때면 검은 코끝을 높이 쳐들어 하늘을 가리켰다. 천전은 새끼늑대의 목구멍에서 나오는 가볍고 부드러운 여음을 음미했다. 그 떨림은, 고요한 달빛 아래 물속에 있던 돌고래 한 마리가 긴 코를 잔잔한 수면 위로 살짝 드러낼 때, 수면에 하나 둘씩 생겨난 물결이 사방으로 고르게 퍼져가는 느낌이었다.

천전은 문득, 늑대가 울 때마다 코를 하늘로 향하는 이유는 소리를 더욱 멀리까지 전달하기 위한 것임을 깨달았다. 코를 하늘 높이 쳐들어야 울음소리가 고르고 넓게 퍼지며, 그래야 이곳저곳에 흩어져 있는 동료들이 한꺼번에 자신의 소리를 들을 수 있기 때문이다. 늑대가 울음소리를 길게 끌거나 코를 높이 쳐드는 것은 늑대들이 초원에서 살아남기 위해 그리고 전쟁에서 이기기 위해 적응해 나가는 동안 자연스럽게 터득한 결과일 것이다. 이렇듯 완벽하게 진화가 이루어졌으니, 초원늑대는 과연 탱그리의 걸작으로 손색이 없었다.

초원 기마병들이 쓰던 우각도 소리가 나는 부분이 하늘을 향하고 있었다. 뿔로 만든 그 나팔이 하늘을 향해 소리 나는 것은 물론 거기에서 나오는 긴 음조까지 초원늑대와 조금도 다를 바가 없었다. 이것이 과연 우연의 일치라 할 수 있을까? 아마도 고대의 초원 사람들도 일찍이 늑대의 울음소리에 대해 많은 연구를 했을 것이고, 그 덕분에 그와 비슷한 소리를 내는 나팔을 만들어 낼 수 있었을 것이다.

천전의 몸속에서 뜨거운 피가 용솟음쳤다. 초원에 사람의 존재가 없었을 때에도 내몽골의 초원은 가장 깊은 곳에서 늑대의 등을 어루만지며 그 울음소리를 경청했을 것이다. 천전은 새끼늑대에게 바싹 붙어 늑대가 내는 소리를 듣고 있었다. 소리는 매우 맑고 낭랑했다. 보통 늑대들처럼 "오오우…… 어우우……" 하는 소리는 비슷했지만 다른 늑대들의 울음소리에서 느껴지는 슬픈 감정은 조금도 들어 있지 않았다. 오히려 그와 반대로, 자신도 다른 늑대들처럼 노래할 수 있다는 데 흥분한 때문인지 더욱 힘차고 경쾌했다.

지난 몇 달 동안 새끼늑대가 천전을 놀라게 한 일이 한두 가지가 아니었지만, 이번 울음소리는 천전을 다시 한 번 크게 놀라게 했다. 새끼늑대는 개가 짖는 소리는 제대로 배우지 못했지만 늑대 울음소리는 단번에 터득했다. 그리고 처음으로 시도해 보았던 울음소리로 진짜 늑대가 되었다. 그런데 울음소리는 비록 다른 늑대를 모방했다 치더라도 소리를 길게 내기 위해 코를 높이 쳐드는 자세는 어떻게 배웠을까? 다른 늑대들이 어두운 초원에서 우는 모습은 한 번도 본 적이 없었을 터였다.

새끼늑대는 개 짖는 소리를 흉내 낼 때는 힘들어하더니, 늑대 울음소리는 단 한 번에 통과할 수 있었다. 늑대는 개의 소리를 배우는 데에서 시작해 먼 길을 돌아, 마침내 자신의 세계로 돌아온 것이다. 늑대는 가만히 있다가도 이렇게 한 번씩 사람을 놀랬다.

새끼늑대가 다 컸다. 이제 한 마리의 진정한 초원늑대가 된 것이다. 천전은 진심으로 뿌듯한 심정이었다.

그러나 새끼늑대의 울음소리가 점점 더 숙달되고 멀리까지 퍼져가는 사이에 천전의 마음은 새끼늑대의 발톱에 할퀴인 것처럼 갑자기 긴장되었다. 훔쳐온 징과 북을 쳐서는 안 되는 거였는데 훔쳐다 기른 새끼늑대가 있는 힘을 다해 쳐댔다는 사실을 뒤늦게 깨달은 것이다. 더욱 겁나는 것은 초원 사람들과 개들이 대부분 늑대의 존재를 잘 모르고 있다는 것이다. 천전은 자신이 정성을 다해 키운 늑대가 제 스스로 늑대 울음소리를 냄으로써 이제야 비로소 한 마리의 완전한 늑대가 되었다고 잔뜩 흥분해 있던 상태에서 기겁을 하며 깨어났다. 천전은 속으로 괴롭게 소리쳤다.

'나의 사랑스런 늑대, 넌 정말 얼마나 많은 사람과 개들이 너를 해치려고 하는지 잘 모르는구나. 그리고 널 낳아준 엄마늑대가 얼마나 찾아 헤매고 있는지도 잘 모르지? 네가 비록 사람을 피하기 위해 굴을 파고 몸을 숨겼다지만, 이렇게 울어버리면 그 모든 것이 수포로 돌아간다는 걸 모르니? 이건 자살 행위나 마찬가지야.'

천전은 불현듯, 새끼늑대가 이렇게 위험을 무릅쓰고 소리 높여 울음소리를 내는 것이 혹시 엄마 아빠가 자기를 구하러 올지도 모른다는 기대 때문이 아닐까 하는 생각이 들었다. 새끼늑대는 자신만의 소리를 낼 수 있게 되면서, 본능적으로 자신이 "황황" 하고 짖는 개가 아니라 야생의 상태에서 초원을 달리며 긴 울음소리를 내는 '어누운 그림사'들의 일원이라는 것을 알게 되었는지도 모른다. 천전은 사람들과 늑대 무리가 양쪽에서 동시에 자신을 짓눌러오는 듯 거대한 압력을 느끼자 식은땀이 흘렀다.

새끼늑대가 갑자기 온몸의 힘을 모으더니, 자신이 낼 수 있는 가장 큰 소리로 다시 울음소리를 냈다.

처음에는 새끼늑대의 울음소리를 듣고도 천전을 비롯해 초원 사람들과 개들 그리고 멀리 있는 늑대 무리도 별다른 반응을 보이지 않았다. 하지만 얼마 지나지 않아 새끼늑대의 울음소리가 몇 차례 반복되면서 곧 그 모두를 당황하게 만들었다. 그중에서도 가장 빠른 반응을 보인 것은 역시 늑대들이었다. 새끼늑대가 세 번 네 번 길고 높게 이어서 소리를 내자 삼면의 큰 산에 있던 모든 늑대들이 한순간 울음을 멈추었다. 그러면서 동시에 몇몇 늑대들이 바로 조금 전에 냈던 울음소리의 길게 떨려오던 끝자락까지 뚝 끊겼다.

인간의 진영에서 진짜 늑대 울음소리가 전해지는 일은, 초원의 왕늑대를 비롯한 모든 늑대들이 지금까지 단 한 번도 경험해본 적이 없었던 상황일 것이다. 천전은 늑대들이 얼마나 놀랐을지 짐작할 수 있을 것 같았다. 늑대들은 아마도 이렇게 생각하고 있을지도 몰랐다.

'설마 새끼늑대 한 마리가 어미늑대의 말을 듣지 않고 제 마음대로 인간들의 진영으로 들어간 것일까? 그럴 리는 없다. 만약에 새끼늑대가 실수로 인간들이 있는 곳으로 갔다면 곧장 사나운 맹견들에게 물려 죽었을 것이다. 그런데 어째서 새끼늑대의 비참한 최후의 울부짖음이 들려오지 않는 것일까? 새끼늑대의 울음소리가 여전히 들려오고 있으니 아직 안전하게 살아 있다는 의미가 아닌가.'

'만약 저것이 새끼늑대가 아니라면, 그렇다면 늑대 울음소리를 낼 줄 아는 개라도 있다는 말인가?'

천전은 계속 늑대 무리의 입장에서 생각을 이어갔다. 늑대의 울음소리를 개가 이렇게 똑같이 흉내 내는 경우는 늙은 늑대들조차도 본 적이 없을 것이다. 그렇다면 혹시 사람이 새끼늑대를 기르는 것은 아닐까? 그러나 초원에는 지금까지 사람을 기른 늑대는 있었어도 늑대를 기른 사람은 없었다. 그러나 만약 사람이 새끼늑대를 키운다고 하면 어떤 어미의 새끼일까? 봄에 사람과 개들이 늑대 굴에서 새끼늑대들을 수없이 훔쳐가지만 그때는 새끼들이 울 수 없었기 때문에 어미늑대들도 저 소리를 내는 늑대가 누구의 새끼인지 알아낼 수 없을 것이다.

지금쯤 늑대들은 아마도 당황스러워서 제정신이 아닐 것이다. 천전은 늑대들 모두가 다들 놀라서 눈만 멀뚱멀뚱 뜬 채, 누구 하나 소리도 내지 않고 상황을 제대로 파악하고자 애쓰고 있을 것이라 추측했다.

베이징에서 온 지식청년 하나가 초원의 법도를 깨고 저지른 무모한 행동이, 그토록 지혜롭고 경험 많은 늙은 늑대들을 모두 바보로 만들어 버린 것이다. 그러나 어떻게든 늑대들은 머지않아 그것이 진짜 늑대임을 알게 될 것이다. 그리고 지난봄에 자식을 잃은 어미늑대들은 분명 빼앗긴 자식을 다시 찾을 수 있다는 한 가닥 희망에 불을 지필 수 있을 것이다. 새끼늑대 스스로가 자신을 드러내면서, 그동안 걱정해왔던 일이 결국 천전의 눈앞에 벌어지기 시작했다.

늑대들 다음으로 새끼늑대의 울음소리에 반응을 일으킨 것은 대대의 개들이었다. 막 휴식을 취하던 개들은 후방에서 늑대의 울음소리가 들려오자 모두 깜짝 놀랐다. 개들은 사람과 개가 지쳐 있는 틈을 타 늑대들이 어느 집의 양떼를 기습했다고 판단했다. 모든 대대의 개들이 떼로 몰려들면서 마구 짖기 시작했다. 마치 책임을 다하지 못한 것이 부끄러워 더욱 기를 쓰며 크게 짖는 것 같았다. 서서히 새벽녘이 다가오는 초원에 개들이 짖어대는 소리로 가득 찼다. 개들은 목숨을 건 일전을 각오하는 한편, 늑대들이 전면공격을 해왔으니 서둘러 전투태세를 갖추라고 주인들에게 경계경보를 내리고 있었다.

가장 늦은 반응을 보인 것은 역시 사람들이었다. 야경을 서던 여인들 대부분이 피곤해서 깜빡 잠든 탓에 새끼늑대의 울음소리는 직접 듣지 못했지만, 개들이 유난히 크게 짖는 바람에 놀라 모두 잠을 깼다. 게르를 지키던 모든 여인들이 다 같이 날카로운 소리를 내기 시작했고, 무수한 손전등 불빛이 하늘과 산비탈을 쓸고 지나갔다. 누구도 모기떼의 대규모 공격이 오기 전에 늑대가 먼저 공격해올 것이라고는 생각지 못했다.

천전은 하늘이 떠나갈 듯 짖어대는 개들의 소리에 머리가 멍해졌다.

모두 자신이 불러들인 화였다. 날이 밝으면 전 대대의 질책을 어떻게 받아야 할지 두려웠다. 가장 두려운 일은 목축민들이 그의 집으로 찾아와서 새끼늑대를 탱그리로 던져버리는 것이었다. 그러나 새끼늑대는 여전히 흥분을 가라앉히지 못한 채 멈추지 않고 계속 울었다. 때때로 물을 몇 모금 마셔 목을 축여가면서 길고도 큰 울음소리를 끝없이 이어갔다.

하늘은 이미 어둠이 물러가고 있었다. 야경을 서지 않은 여인들은 이제 곧 자리에서 일어나 우유를 짜기 시작할 시간이었다. 천전은 다급한 마음에 새끼늑대를 오른팔로 꽉 끌어안았다. 그리고 왼손으로 새끼늑대의 긴 주둥이를 꽉 잡아 더 이상 소리를 내지 못하게 했다.

주인에게 난데없이 괴롭힘을 당하게 된 새끼늑대는 기를 쓰며 발버둥을 쳤다. 늑대의 몸은 벌써 절반도 넘게 훌쩍 자라 있는 상태였다. 천전은 새끼늑대의 힘이 그렇게 셀 것이라고는 생각지도 못했다. 그는 오른팔만으로는 힘이 달려 계속 붙잡고 있기가 힘겨웠다. 그렇다고 해서 늑대의 주둥이를 잡은 왼손 역시 함부로 뗄 수도 없었다. 손을 뗐다가는 당장 새끼늑대의 날카로운 이빨에 물리고 말 것이다.

새끼늑대는 악착같이 반항을 하는 사이에 돌변하여 주인도 아랑곳하지 않고 살기 넘치는 눈빛으로 노려보았다. 새끼늑대는 천전이 주둥이를 놓아주지 않자 두 발로 젖 먹던 힘을 다해 버둥거렸다. 날카로운 발톱에 천전의 옷이 찢기고 오른손 손등과 손목에도 몇 군데씩 상처가 났다.

천전은 너무도 고통스러워서 큰 소리로 양커를 불렀다. 양커가 맨발로 뛰어나왔다. 두 사람이 힘을 합쳐서 간신히 새끼늑대를 제압할 수 있었다. 새끼늑대는 씩씩거리더니 두 앞발로 모래를 마구 파헤치며 엉뚱한 곳에 화풀이를 했다.

천전의 손등에서 피가 계속 흘러나왔다. 두 사람은 하나, 둘, 셋 하는 구령과 함께 손을 떼는 동시에 늑대 곁에서 재빨리 떨어졌다. 새끼늑대는 쉬지 않고 날뛰었고 그럴수록 쇠사슬은 더욱 늑대의 목을 조였다. 양커가 급히 게르로 가서 윈난백약(윈난雲南 지역에서 나는 백작약으로 출혈 등에 뛰어난 효과가 있다고 함)과 붕대를 가지고 와서 처치를 해주었다. 가오젠종도 자다가 놀라서 깨어나 문밖으로 뛰어나오며 버럭 화를 냈다.

"저, 멍청한 늑대 놈! 매일같이 떠받들며 돌봐주는데도 알아보지도 못하고 결국 너를 물었구나. 너희들이 말리지만 않는다면 저놈을 당장 죽여버릴 거야!"

천전이 급히 손을 내저었다.

"안 돼, 안 돼. 이번 일은 늑대 잘못이 아니야. 내가 주둥이를 잡고 놓아주지 않으니 화가 나지 않았겠어?"

하늘이 조금씩 밝아왔다. 새끼늑대는 아직도 분을 삭이지 못하고 있었다. 늑대는 숨을 헐떡거리면서 펄쩍펄쩍 뛰다가, 금세 또 바닥에 쪼그리고 앉아 눈이 빠지도록 서북쪽을 쳐다보면서 고개를 들고 코를 높여 길게 울부짖을 자세를 취했다. 그러나 뜻밖에도 늑대는 아직 완전히 익숙해지지 않은 늑대 울음소리를 벌써 까먹었는지 좀 전과 같은 소리를 내지 못하고 있었다. 몇 차례 시도해보았지만 아무 소리도 내지 못하더니, 결국 "황황, 화화" 하는 이상한 소리를 냈다. 옆에서 지켜보던 이랑이 재미있다는 듯 옆에서 꼬리를 흔들었고, 세 사람도 기가 막혀 소리 내어 웃었다. 새끼늑대는 뜻대로 되지 않자 화가 났는지, 뜻밖에도 아빠 같은 이랑을 향해 코를 찡그리며 이빨을 드러내 보였다.

천전이 걱정하며 말했다.

"아까 새끼늑대가 우는 법을 배워서 초원늑대랑 똑같은 울음소리를 냈어. 대대 사람들도 모두 들었을 거야. 문제가 커질 텐데, 이를 어쩌지?"

가오젠종이 강하게 말했다.

"지금이라도 저놈을 죽여버리자. 그렇지 않으면 앞으로 늑대들이 밤마다 양떼를 에워싸고 울부짖을 텐데, 100마리도 넘는 개들이 따라 짖으면 사람들이 시끄러워서 어떻게 잠잘 수 있겠어? 그리고 만약 양떼가 피해라도 입게 된다면, 너는 절대 그 책임에서 벗어날 수 없을 거야."

양커가 다시 의견을 내놓았다.

"그렇다고 죽일 수는 없어. 그러니 몰래 새끼늑대를 놓아주면 어떨까? 늑대가 쇠사슬을 끊고 도망쳤다고 하면 되잖아."

그러나 천전은 이를 악물면서 결연하게 말했다.

"죽일 수도 놓아줄 수도 없어! 일단 한번 부딪쳐보자. 놓아주더라도 지금은 아니야. 개들이 많아서 놓아주면 금방 물려 죽을 거야. 앞으로 한동안 네가 낮에 양을 돌봐줘. 내가 밤에 양을 지키고, 낮에는 새끼늑대를 지킬게."

양커가 말했다.

"그럼 이렇게 하자. 만약 대대에서 죽이라고 명령을 내린다면 늑대를 죽일 수밖에 없을 것 아냐? 그럼 그때 새끼늑대를 개가 없는 곳까지 멀리 데리고 가서 풀어주는 거야."

그러자 가오젠종이 콧방귀를 뀌었다.

"너희 둘은 정말 한심한 생각만 하고 있구나. 기다려봐, 조금 있으면 목축민들이 줄지어 쫓아올 테니. 나도 저놈 때문에 시끄러워서 잠을 깼어. 잠을 제대로 못 자서 머리가 아파 죽을 지경이야. 정말 죽이고 싶었다니까!"

아침 차를 마시기도 전에 문밖에서 말발굽 소리가 들렸다. 천전과 양커가 놀라서 밖으로 나갔다. 문 앞에 울지와 빌게 노인이 와 있었다. 그들은 말에서 내리지 않은 채 게르 주위를 돌면서 새끼늑대를 찾고 있었다. 두 바퀴를 돌고 나서 두 사람은 쇠사슬이 굴 안으로 연결되어 있는 것을 발견했다.

빌게 노인이 말에서 내려 굴 안을 들여다보며 말했다.

"어쩐지 보이지 않더라니, 여기 숨어 있었구나."

천전과 양커는 급히 말고삐를 건네받아 말들을 수레바퀴에 묶었다. 두 사람은 말 한마디 꺼내지 못한 채 그저 명령이 떨어지기만을 기다리고 있었다.

울지와 빌게는 늑대 굴 밖에 쪼그려 앉아 안을 들여다보았다. 옆으로 누워 쉬고 있던 새끼늑대는 낯선 사람의 방해가 몹시 못마땅했는지 훡훡 하고 위협하는 소리를 내면서 날카로운 눈빛으로 쏘아보았다.

빌게 노인이 말했다.

"오, 조그맣던 녀석이 벌써 이렇게 많이 컸구나. 야생에서 자라는 새끼늑대보다 훨씬 더 큰걸."

노인은 고개를 돌려 천전에게 말했다.

"네가 늑대를 정말로 아끼는 모양이구나. 더위를 피할 수 있게 시원한 굴도 파고. 뜨거운 태양 아래 늑대를 내버려 두어서 사람들이 죽일 필요도 없이 햇볕에 저절로 죽게 만드는 것은 아닐지 한동안 걱정했단다."

천전이 조심스럽게 입을 열었다.

"아버지, 이 굴은 제가 파준 게 아니라 새끼늑대가 스스로 판 거예요. 어느 날 햇볕이 너무 뜨거워 죽을 지경이 되니까 제 혼자 한참 생각한 끝에 땅을 파기 시작하더군요."

노인은 놀라운 눈빛으로 잠시 새끼늑대를 바라보다가 입을 뗐다.

"어미가 없어 아무것도 배우지 못했을 텐데 새끼늑대가 스스로 동굴을 팠다고? 탱그리는 늑대가 죽는 걸 원치 않았나 보구나."

울지가 말했다.

"보다시피 늑대 머리가 개보다 훨씬 더 낫지. 어떤 경우에는 사람보다도 더 똑똑하다고."

천전은 심장이 두근거리며 가라앉지 않자 숨을 한 번 크게 내쉰 다음 말했다.

"저도…… 저도, 저렇게 작은 늑대가 어떻게 이런 일을 해낼 수 있는지 정말 궁금했어요. 처음 굴에서 꺼내왔을 때만 해도 아직 눈도 못 뜰 만큼 어려서 어미늑대를 본 적이 없을 텐데요."

노인이 말했다.

"늑대에겐 탱그리가 내려준 특별한 능력이 있다. 어미늑대가 아니라도 탱그리가 새끼늑대를 가르치는 거지. 어젯밤 내내 새끼늑대가 하늘을 향해 우는 걸 보았을 게다. 초원의 소, 양, 말, 개, 여우, 가젤, 마르모트는 하늘을 향해 짖지 않아. 오직 늑대만이 하늘을 향해 짖는데 그 이유를 알겠니? 내가 전에 말한 적이 있었지. 늑대는 탱그리의 귀중한 보배이기 때문에 늑대가 어떤 어려움에 직면해서 하늘을 향해 울부짖으면 탱그리께서 반드시 도와주신다고 말이다. 늑대의 수많은 능력들은 전부 탱그리에게 구해서 얻은 거야. 초원의 늑대는 오래전부터 '아침에 청하면 밤에는 보답을 받는다'는 진리를 알고 있었던 거지. 초원 사람들도 큰 문제가 생기면 고개를 들어 탱그리에게 간청하지 않니? 초원의 만물 중에서 탱그리를 섬길 줄 아는 것은 오직 인간과 늑대뿐이란다."

노인은 온화한 눈길로 오래도록 새끼늑대를 바라보더니 다시 입을 열었다.

"초원 사람들이 탱그리를 숭배하는 것도 역시 늑대를 따라 배운 거야. 몽골 사람들이 초원에 나타나기 전부터 늑대는 밤낮으로 고개를 들고 탱그리를 향해 길게 울부짖었지. 초원에서의 생활이 너무 힘들어서 늑대의 심성이 더욱 독해진 거야. 초원의 노인들은 밤에 늑대의 울음소리가 들려오면 때때로 마음이 아파 눈물을 흘리곤 한단다."

천전의 마음에 진한 감동이 전해져 왔다. 그가 알기에도, 아득히 넓은 초원 위에서 사람과 늑대만이 하늘을 향해 울부짖고 마음속 기도를 해왔다. 사람과 늑대는 아름답지만 척박하기 그지없는 초원에서 살아가기가 너무 힘겹거나, 눈앞에 도저히 해결하기 어려운 문제가 닥치면 하늘을 향해 괴로운 속마음을 털어놓곤 했다. 천전은 늑대가 하늘을 향해 길게 울부짖는 것이 비록 자신의 상황을 더욱 멀리 전달하기 위한 것이라 하더라도, 지금은 빌게 노인의 해석을 그대로 받아들이고 싶었다. 인생에 만약 어떤 신성한 버팀목이 없다면, 살아가는 데 아무런 희망도 없을 것이다.

노인이 천전을 뒤돌아보면서 말했다.

"얘야, 손을 숨기지 마라. 새끼늑대가 할퀸 게지? 지난밤에 다 들었다. 넌 내가 이 늑대를 죽이러 왔다고 생각했던 게로구나……. 안 그래도 오늘 아침에 말치기와 양치기 들이 우리 집에 우르르 몰려와서는, 너에 대한 일들을 모두 일러바치면서 대대에서 새끼늑대를 죽여야 한다고 하더구나. 그래서 나와 울지 장장이 함께 의논해보았지. 결론은 일단 네게 늑대를 기를 수 있는 기회를 계속 주자는 거였다. 그러니 더욱 조심해야 해. 정말이지 너처럼 늑대에 푹 빠진 한족은 지금까지 본 적이 없구나."

천전은 잠시 얼빠진 듯 그대로 서 있다가 되물었다.

"정말로 늑대를 계속 길러도 괜찮을까요? 저도 진심으로 대대에 손실을 입힐까 두려웠고, 더구나 아버지께 폐를 끼칠까봐 몹시 걱정이 됐어요. 그래서 지금 막 새끼늑대에게 가죽으로 입마개를 씌워서 소리를 내지 못하게 하려던 참이었어요."

울지가 말했다.

"이미 늦었어. 어미늑대들이 벌써 너희 집에 새끼늑대가 있다는 것을 알았을 게다. 내 생각엔 오늘 밤에 늑대들이 쳐들어 올 것 같구나. 그러나 각 조의 게르가 간격이 이렇게 가깝고, 사람과 개와 총이 많으니 제아무리 큰 늑대 무리여도 어떻게 할 수는 없을게다. 다만 내가 걱정하는 건, 나중에 가을 목초지로 돌아가 다시 널찍널찍하게 흩어지게 되면 너희 게르가 위험해질 수도 있을 거다."

천전이 말했다.

"그때쯤 되면 저희 집 강아지 세 마리가 다 자라 있을 거예요. 그럼 저희 집엔 큰 개만 다섯 마리가 될 것이고, 늑대개인 이랑까지 있는걸요. 야경 돌면서 만약의 경우에는 폭죽을 터뜨릴 수도 있을 테니 늑대는 두렵지 않습니다."

노인이 말했다.

"그건 그때 가서 다시 생각해보자꾸나."

그래도 안심이 안 되는 천전이 궁금하기도 해서 물었다.

"아버지, 그렇게 많은 사람들이 아버지께 새끼늑대를 죽이는 명령을 내려달라고 했는데, 그들을 어떻게 설득하신 건가요?"

노인이 말했다.

"요 근래 늑대들이 자꾸 망아지들을 해치면서 아주 큰 피해를 주고 있단다. 만약 새끼늑대가 늑대 무리를 이곳으로 불러들일 수만 있다면 손실을 줄일 수 있을 테고, 말치기들도 조금 편히 지낼 수 있겠지. 아무튼 말떼에 더 이상 문제가 생기면 곤란해."

울지가 천전에게 말했다.

"네가 새끼늑대를 기르는 게 알려졌으니, 말 무리에 가해지는 늑대 무리의 압력이 덜어질 수 있다는 이점도 있다는 거지. 그렇지만 절대로 새끼늑대에게 물려서는 안 돼. 물리면 정말 큰일이야. 얼마 전에 어떤 민공이 밤에 목축민 집으로 마른 소똥을 훔치러 갔다가 그 집 개한테 물려서 광견병에 걸려 죽을 뻔했었어. 그래서 샤오펑에게 장부에 가서 약을 더 받아오게 했단다."

빌게와 울지는 말들이 있는 곳을 향해 사라졌다. 말떼에 분명 또 무슨 일이 일어난 모양이었다. 천전은 말없이 누렇게 일어난 흙먼지를 바라보며 서 있었다. 그는 자신의 마음이 홀가분한지 긴장되어 있는지 알 수 없었다.

25

초원의 총괄자

진晉나라는 원래 융적의 유목 지역이었다. 성왕成王은 아우인 숙우叔虞를 당후唐侯로 봉했는데, 당唐은 '변방은 융적의 법으로 다스린다(《좌전左傳》 정공定公 4년)'는 정책을 시행했다. 즉 주周나라 법에 따라 농경지를 분배한 노나 위나라와는 달리, 융적의 관례에 따라 방목지를 분배했다. 훗날 숙우의 아들 섭燮이 국호를 진晉으로 고쳤다.
_판원란 《중국통사간편》

천전은 마지막 남은 고기 두 조각에 양기름을 조금 둘러 걸쭉한 고기죽을 끓여 새끼늑대에게 주었다. 새끼늑대의 식사량은 나날이 늘어나 이제는 고기죽 한 그릇으로는 배를 채울 수 없게 되었다. 앞으로 늑대를 먹일 일이 걱정되어 한숨이 절로 나왔다. 천전은 게르로 들어가 잠시 눈을 붙이기로 했다. 지난밤보다 더욱 위험한 야간전투에 대비하기 위해서는 미리 원기를 보충해 두어야 할 필요가 있었다.

낮 1시쯤 되었을까, 어디선가 말이 울부짖는 소리가 들려와 천전은 놀라 잠을 깼다. 그는 서둘러 자리에서 일어나 급히 밖으로 뛰쳐나갔다.

장지웬이 말에 탄 채 게르 앞에 서 있었다. 말에 무언가가 실려 있었고, 말의 몸통에는 피가 잔뜩 묻어 있었다. 개들이 여기저기서 몰려와 말 주위를 에워싸고는 꼬리를 심하게 흔들어댔다. 천전은 아직 졸음이 덜 가신 눈을 비비다가 눈앞에 펼쳐진 광경을 제대로 본 후에 깜짝 놀랐다. 장지웬의 말안장에는 부상당한 망아지 한 마리가 실려 있었다. 그는 얼른 앞으로 나서서 굴레를 끌어당겨 말을 진정시켰다. 망아지는 고통을 참을 수가 없는지 고개를 쳐들고 몸부림을 쳤다. 가슴과 목 여러 군데에 상처가 나 있었다. 상처에서 계속 피가 흘러나와 말안장과 그 아래 있는 말의 몸통까지 벌겋게 물들이고 있었다. 말도 질겁했는지 눈을 부릅뜬 채 콧구멍으로 거친 숨을 가쁘게 몰아쉬었다. 앞발 하나는 계속해서 부들부들 떨면서 다른 한쪽 발로 자꾸 땅을 파댔다.

장지웬은 말안장 뒤의 엉덩이에 걸터앉아 있었다. 그 상태로는 말에서 내리기도 어렵고 또 피투성이가 된 망아지를 떨어뜨려 말을 놀라게 할까봐 조심스러워하고 있었다. 천전은 얼른 한 손을 뻗어 망아시의 앞발 하나를 꽉 붙잡았다. 장지웬은 낑낑대며 말에서 힘들게 내리다가 하마터면 땅에 고꾸라질 뻔했다.

두 사람은 말의 양쪽에 서서 망아지를 위로 들어 올렸다가 천천히 땅에 내려놓았다. 말이 고개를 돌려 큰 눈으로 망아지를 애처롭게 바라보았다. 망아지는 고개를 제대로 가누지 못한 채 검고 예쁜 눈망울로 애원하듯 사람들을 바라보고 있었다. 입에서 가르랑가르랑 하는 신음 소리가 흘러나왔다. 앞발로 땅을 짚어보았지만 일어서지도 못했다.

천전이 물었다.

"살릴 수 있을까?"

장지웬이 말했다.

"바투가 상처를 살펴보고 그러는데, 살 가능성이 전혀 없대. 우리 오랫동안 고기를 못 먹었잖아. 아직 살아 있을 때 어서 죽이는 편이 나을 거야. 샤츠룽도 조금 전에 다친 망아지 한 마리를 빌게 아저씨 댁으로 가져갔어."

천전의 심장이 마구 뛰었다. 그는 장지웬이 손을 씻을 수 있도록 물을 떠다주며 급히 물었다.

"말들에게 또 무슨 일이 생긴 거야? 피해가 컸어?"

장지웬이 풀 죽은 목소리로 말했다.

"말도 마. 어젯밤에 바투와 내가 관리하는 망아지 두 마리가 늑대한테 잡아먹혔고, 한 마리는 물려서 크게 다쳤어. 샤츠룽네 말은 더 심각하대. 요 며칠 사이에 대여섯 마리나 당했다고 하더라. 다른 집 말들은 어떤지 아직 잘 모르겠지만, 아마도 피해가 적지는 않을 거야. 대대 사람들 모두가 자기네 말들을 살펴보러 갔어."

천전이 말했다.

"어젯밤에 늑대들이 우리 대대 주위를 에워싸고 밤새도록 울었어. 분명히 이 근처에 몰려 있었는데, 어떻게 말들이 있는 데까지 간 거지?"

장지웬이 말했다.

"그게 바로 늑대들의 전략이었던 거야. 놈들은 그야말로 성동격서의 전술로 서로를 엄호해 가면서 위장 공격과 주공격을 병행한 거지. 이때다 싶으면 곧장 공격하고 그렇지 않을 때는 상대의 병력을 견제하는 식으로. 그렇게 적으로 하여금 머리만 보고 꼬리는 보지 못하게 하고, 또 이쪽만 살피고 저쪽은 살피지 못하게 하는 거지. 늑대들의 이런 전술은 병력을 한곳에 집중해서 각개격파 하는 것보다 훨씬 더 효과적이라고."

장지웬은 손을 다 씻은 후 계속해서 말했다.

"빨리 가서 망아지를 잡자. 잡기 전에 먼저 죽으면 고기에 피가 엉겨 붙어서 빠지지 않고, 그러면 맛도 없어지거든."

천전이 말했다.

"말치기들 성격이 늑대와 가장 비슷하다더니, 그 말이 맞는 모양이구나. 이젠 너도 제법 말치기 태가 나는데? 말투도 점점 거칠어지고, 험상궂은 고대 초원의 무사 같은걸."

천전은 손잡이가 구리로 된 몽골칼을 장지웬에게 건네주며 말했다.

"네가 하는 게 낫겠다. 이렇게 예쁜 망아지를 내 손으로 도저히 죽일 수가 없겠어."

장지웬이 말했다.

"이 망아지는 늑대가 죽이는 거지 사람이 죽이는 게 아니잖아. 착하고 나쁜 거랑은 아무 상관없다고……. 됐어, 그럼 내가 할게. 대신에 난 잡기만 할 테니까, 나머지 배 가르고 가죽 벗기는 건 네가 다 하는 거다."

천전이 그러겠다고 했다.

장지웬은 칼을 건네받았다. 그는 망아지의 가슴 한쪽을 한쪽 발로 꾹 누르고, 한 손으로는 망아지 머리를 눌렀다. 초원의 전통에 따라 망아지의 눈은 탱그리를 향하게 한 다음, 단칼에 목을 찔러 경동맥을 끊었다. 이미 피를 많이 흘린 상태라 피가 심하게 뿜어 나오진 않았지만, 그래도 계속 흘러나왔다. 장지웬은 도살당한 양을 보는 것처럼 망아지가 몸부림치며 죽어가는 모습을 지켜보았다. 개들이 침을 흘리며 꼬리를 흔들어댔다. 강아지들은 앞으로 튀어나가 바닥에 있는 말의 피를 핥아먹었다. 새끼늑대도 피 냄새를 맡았는지 굴에서 뛰쳐나왔다. 쇠사슬을 세차게 당기는 늑대의 눈빛이 예사롭지 않았다.

장지웬이 말했다.

"며칠 전에도 망아지 한 마리를 잡았는데, 이것보다 덩치가 작았어. 그때 말치기 몇 명이서 함께 망아지 고기로 만두를 빚어서 두 끼를 모두 그걸로 때웠지. 어찌나 부드럽고 맛있던지. 여름철에는 초원 목축민들도 어쩔 수 없이 망아지만두를 먹지. 망아지만두는 이제 초원의 명물 요리가 다 되었어."

장지웬이 손을 씻고 와서 물차의 끌채에 걸터앉아, 천전이 말가죽을 벗기는 모습을 지켜보았다.

통통하고 부드러운 고기를 가르며 천전이 흥에 겨워 말했다.

"이놈 몸집이 꽤 큰데? 다 자란 수양만 한 것 같아. 한 달 내내 고기를 못 먹었더니 맛을 다 잊어버린 것 같아. 새끼늑대한테도 계속 고기를 못 먹였고. 누군가 내게 그러더군. 앞으로 계속 고기를 안 먹이면 얼마 안 가 늑대도 양처럼 매— 하며 울 거라고 말이야."

장지웬이 말했다.

"요 망아진 올해 태어난 망아지들 중에서도 제일 일찍 태어난 놈이었어. 그리고 아빠 엄마의 몸집이 크니 이놈도 큰 게 당연하지. 너희들이 맛있다면 며칠 있다가 한 마리 더 실어올게. 해마다 여름이면 말의 수난기잖아. 이맘때가 바로 암말이 새끼를 낳는 때라서, 늑대들이 가장 손쉽게 얻을 수 있는 게 바로 망아지거든. 말 무리마다 사흘이 멀다 하고 한두 마리씩 늑대에게 잡아먹히니, 정말 속수무책이야. 출산기가 이제 막 지나서 한 무리마다 망아지 수가 거의 150마리 정도씩 늘었어. 올론초원은 풀도 좋고 암말들이 젖도 많아서 망아지들의 성장 속도가 엄청 빠른데다, 또 하나같이 얼마나 말썽꾸러기들인지 정말 관리하기 어렵다니까."

천전은 머리와 가슴, 목 등 늑대에게 물린 부위를 잘라낸 다음 도마

위에 놓고 조각을 냈다. 진작부터 천전 곁을 에워싸고 있던 여섯 마리 개 중에서 다섯 마리는 가을바람에 흔들리는 갈대처럼 꼬리를 계속 흔들어댔다. 오직 이랑만이 긴 꼬리를 반듯한 긴 칼처럼 곧게 뻗은 채 천전이 고기 써는 모습을 꼼짝 않고 지켜보았다. 오랫동안 신선한 고기 맛을 보지 못했던 새끼늑대도 피 냄새를 맡고 나자 계속 원을 빙글빙글 돌면서 "황황, 화화" 하고 개 짖는 소리를 흉내 냈다.

고기와 뼈를 큰 것으로 세 덩이, 작은 것으로 세 덩이로 나누었다. 천전은 망아지 머리 절반과 목의 절반을 이랑에게 주었다. 이랑은 꼬리를 흔들며 다가와 고기를 덥석 물고는, 달구지 아래 시원한 그늘로 가져가 오랜만의 훌륭한 식사를 즐겼다. 황황, 이르와 강아지 세 마리도 각각 자기 몫을 챙겨 수레와 게르 근처 그늘진 곳으로 갔다. 천전은 개들이 뿔뿔이 흩어지자, 미리 골라두었던 가슴살과 가슴뼈를 잘게 다져 새끼늑대의 밥그릇에 가득 담아주었다. 그러고 나서 망아지 흉강에 남아 있던 피를 그 위에 뿌려주었다. 식사 준비가 끝나자 그는 바로 늑대를 부르며 다가갔다.

"늑대야, 늑대야, 밥 먹자!"

이제 목이 튼튼하게 단련된 새끼늑대는 피 묻은 신선한 고기를 보고는 목에 묶인 쇠사슬이 죄어오는 것에도 아랑곳없이 앞으로 달려 나갔다. 입에서는 벌써 침이 줄줄 흘러내리고 있었다. 천전이 밥그릇을 앞에 내려놓자마자, 새끼늑대는 살아 있는 망아지를 공격하는 초원늑대처럼 잽싸게 그릇을 덮쳤다. 그러고는 천전에게 빨리 사라지라는 듯 날카로운 이빨을 드러내고 으르렁거렸다.

천전은 죽은 망아지가 있는 곳으로 다시 돌아와 뼈와 살을 발라냈다. 그는 고기를 손질하면서도 곁눈으로 새끼늑대 쪽을 흘깃흘깃 훔쳐보았다. 새끼늑대는 고기를 게걸스럽게 먹어대면서 주변에 있는 사람과 개들을 경계의 눈초리로 쏘아보았다. 몸을 활처럼 둥글게 말고서, 여차하면 고기를 물고 굴로 들어갈 수 있는 준비 태세를 갖추고 있었다.

천전이 장지웬에게 물었다.

"목축민들은 망아지 내장을 먹니?"

장지웬이 말했다.

"늑대에게 물렸던 망아지의 내장은 안 먹어."

천전은 우선 망아지의 위와 대장, 소장을 꺼내 난로 잿더미 옆에 놓아두고 개들이 마음껏 가져가 먹을 수 있도록 했다. 그러고 나서 게르에서 쟁반 두 개를 들고 나와 망아지의 심장, 간, 폐, 콩팥과 기관지 등을 가득 담았다. 그는 쟁반을 게르로 가져가 다음 끼니에 새끼늑대와 개들에게 주려고 찬장 아래 서늘한 곳에 두었다.

천전이 물었다.

"너희 말치기들은 그냥 그렇게 아무런 손도 못 쓰고 있는 거야? 무슨 뾰족한 수가 없어?"

장지웬이 대답했다.

"근 2년간 말치기를 해오면서 느낀 건데, 내가 볼 때 초원에서 유목생활을 하는 데 가장 취약한 부분이 바로 말떼 관리야. 한 무리가 4, 500마리 정도인데 단 두 사람이 관리하고 있거든. 지금은 지식청년 한 명이 더 늘긴 했지만, 그거 가지고 되겠어? 그리고 두세 사람이 돌아가며 밤낮으로 지키지만, 한 사람이 많은 말을 돌본다는 자체가 무리지."

그러자 천전이 또 물었다.

"그럼 왜 말치기들을 더 많이 배치하지 않는 거지?"

장지웬이 자세하게 그 이유를 설명했다.

"말치기는 초원의 파일럿이라 할 수 있을 정도로 고난이도의 기술이 필요한 직업이거든. 문제는 말치기 한 명이 필요한 기술을 제대로 익히려면 훈련에 엄청난 시간이 걸린다는 거야. 그리고 초원에선 일정 수준에 못 미치는 말치기에게는 절대로 말을 맡기지 않아. 자칫 잘못하다간 일 년도 안 되는 사이에 절반이 넘는 말을 잃어버릴 수도 있거든. 게다가 말치기들은 고되고 힘든 데다 위험까지 감수해야 해. 겨울밤에 백모풍이 불면 기온이 영하 30도에서 40도까지 내려가는데, 그땐 가죽옷을 세 겹씩 껴입어도 발가락이 떨어져 나갈 것만 같다니까. 여름에는 또 모기떼가 달려들어 피를 있는 대로 훔쳐가니, 말치기들은 대부분 한 10년 정도 지나면 더 이상 일을 할 수 없게 되는 거야. 너무 힘이 들어 업종을 바꾸는 경우도 종종 있고, 부상을 당해서 아예 일을 그만두어야 하는 경우도 있어.

원래 우리 대대에는 지청 말치기가 모두 네 명이 배치됐었는데 2년도 못 되어 나 하나만 남았잖아. 이렇게 말치기 양성이 쉽지 않은 데다 자꾸 결원까지 생기니, 아무리 말떼에 인원을 많이 배치하고 싶어도 달리 방법이 없는 거야. 그리고 말들은 워낙에 잘 돌아다니고 몸이 날래잖아. 그중에서도 망아지나 암말 그리고 악대말은 겁이 많아서 쉽게 놀라고 잘 날뛰거든. 한번 말들이 놀라면 말떼 전체가 뒤죽박죽이 되면서 통제를 할 수 없게 되어버려. 그러다 보니 간이 게르에서 밥 짓는 그 짧은 동안에 말떼가 흔적조차 없어지는 황당한 경우도 종종 있어. 그럴 땐 말떼를 찾는 데 많게는 며칠씩도 걸려. 끼니도 거르면서 말이야. 게다가 늑대들은 그때를 놓칠세라 망아지를 마음껏 잡아먹는 거야. 지난번에 4조 말치기는 말이 발을 헛디뎌 넘어지는 통에 머리를 다쳤거든, 그런데 그 하룻밤 사이에 말떼가 국경을 넘어가버렸지 뭐야.

장부에서 국경수비대를 통해 말떼를 데려오는 데 무려 10여 일이나 걸렸어. 그동안 말떼를 관리하는 사람이 없다 보니, 그 피해는 이루 말할 수 없이 컸지."

천전이 물었다.

"두 나라 관계가 이렇게 악화되어 있는 상황인데 소련에서 왜 말들을 돌려준 거지?"

장지웬이 말했다.

"양국 간에 협정을 맺었거든. 말떼가 국경을 넘은 시간과 지점, 수량, 특히 말떼를 이끄는 수말의 수와 털 색깔을 국경수비대에 정확히 보고만 하면, 말들을 데려올 수 있게 되어 있어. 물론 우리 쪽도 마찬가지고. 그렇지만 도중에 말떼가 늑대에게 물려 죽거나 잡아먹히는 것에 대해선 쌍방의 국경수비대 모두 책임질 필요가 없지. 언젠가 120마리가 국경을 넘어왔다는 보고가 들어온 적이 있었는데, 우리 쪽에서 이틀 동안 찾은 말은 겨우 90여 마리밖에 안 됐어. 실종된 말들 대부분은 늑대에게 잡아먹힌 거지."

천전은 생각난 김에 놓치지 않고 물었다.

"근데 여태껏 풀리지 않는 의문이 하나 있는데, 말들은 만날 왜 그렇게 기를 쓰고 달리는 거야?"

장지웬이 말했다.

"이유야 많지. 겨울엔 너무 추우니까 몸에 열기를 돋우려 달리고, 봄에는 털갈이를 하려면 반드시 땀을 내야 하니까 그래서 또 달리고. 또 여름엔 극성스런 모기를 피하기 위해 바람을 맞으며 달리고, 가을엔 소와 양의 목초지에 난 좋은 풀들을 훔쳐 먹느라 달리는 거지. 그렇지만 무엇보다 가장 큰 이유는 늑대들의 공격을 피하기 위해 일 년 내내 젖 먹던 힘까지 다해 달리는 거야. 밤에는 말치기가 개들의 도움이 없이 혼자서 밤을 새우는데, 그 겁 많은 말들을 다 돌본다는 게 어디 쉬운 일이겠니? 그래서 달이 없는 밤이면 늑대들이 곧잘 기습을 시도하지. 만일 늑대 무리가 크지 않으면 말치기와 수말들만으로도 말떼를 지켜낼 수도 있어. 그렇지만 늑대 수가 많으면 말들이 당황해서 수습할 수 없을 정도로 날뛰는데, 그럴 땐 말치기와 수말만으로는 도저히 역부족이야."

장지웬이 계속 이어서 말했다.

"칭기즈칸의 기병들이 하루에 천 리씩 달렸다는 말이 전해 내려올 정도이니 얼마나 빠르게 이동했었는지 이제 조금 알 것 같아. 그건 몽골말들이 늑대 덕분에 밤낮을 가리지 않고 빨리 달리기와 장거리 달리기 등으로 체력과 끈기를 끊임없이 단련했기 때문이지. 매일 말 옆에 붙어 지내다 보면 말과 늑대가 목숨을 걸고 벌이는 잔혹하고 치열한 전투를 자주 목격하게 되는데, 정말이지 끔찍해. 늑대들은 컴컴한 밤만 되면 말떼를 쫓아다니며 공격하는데 정말 장난이 아니야. 나는 듯이 달려들어 끊임없이 싸움을 거니 말들은 숨 돌릴 겨를도 없어. 그러니 늙고, 병들고, 느리고, 왜소한 말들이나 망아지, 새끼를 밴 암말들은 무리에서 뒤처지는 순간 바로 늑대들에게 포위당해 잡아먹힐 수밖에 없는 거야.

넌 말떼가 목숨을 걸고 달릴 때의 그 불쌍한 모습을 한 번도 본 적이 없지? 그럴 때 말들의 입에서는 거품이 부걱부걱 나오고 전신은 땀으로 흠뻑 젖지. 발악할 힘마저 다 떨어져서 마지막 한 발을 내딛고는 바로 고꾸라져 죽는 말도 있어. 언뜻 보기엔 멀쩡하게 달리다가 허망하게 죽는 거지. 아주 빠른 말들은 잠깐 숨 돌릴 틈이 생기는 사이사이에 얼른 풀을 뜯어 먹기도 하지. 배고픔이 극에 달하면 아무 풀이든 마구잡이로 먹기도 하는데, 심지어 마른 갈대까지도 씹어 먹을 정도야. 또 갈증을 견디기 어려우면 물도 닥치는 대로 마셔. 더럽든 말든 냄새가 나든 말든. 소나 양이 오줌을 싼 웅덩이 물도 상관하지 않아. 그러다 보니 체력과 끈기, 소화력, 병에 대한 저항력이나 추위와 더위에 대한 인내력에 있어서는 아마도 몽골말이 세계 제일일걸. 그렇지만 몽골말의 이런 능력들이 모두 늑대 덕분에 단련되었다는 사실을 알고 있는 건 말치기들밖에 없을 거야……."

천전은 장지웬의 이야기에 푹 빠져들었다. 그는 망아지 고기와 뼈다귀를 게르에 들여다 놓고 가죽은 게르의 지붕 위에 펼쳐놓았다. 그가 말했다.

"말치기 경력 2년에 완전히 전문가가 다 됐는걸. 네 얘기가 정말 재미있다. 아, 너무 덥다. 우리 게르 안으로 들어가자. 넌 얘기나 계속해. 만두소를 다지는 거랑 만두피 미는 건 내가 다 할 테니까."

두 사람은 게르로 들어갔다. 천전은 목축민들이 즐겨 먹는 호쇼르를 만들기 위해, 먼저 파를 다듬고 밀가루를 반죽한 다음 만두소를 만들어 산초기름에 튀길 준비를 시작했다.

장지웬은 시원한 차를 한 대접 마시고는 다시 얘기하기 시작했다.

"요즘 이 말치기께서 줄곧 말에 대한 생각만 하는데 말야. 내 생각엔, 몽골초원의 늑대야말로 세계에서 가장 큰 인내력과 끈기를 가진 몽골말은 물론이고, 세계를 뒤흔든 흉노, 돌궐, 몽골의 강인한 기병들까지도 길러낸 주역이었다는 결론을 얻었어. 한혈마, 이리말, 아랍말, 돈강말도 모두 세계적인 명마이지. 그렇지만 서역과 중앙아시아의 기병들을 비롯해서 러시아 기병, 아랍 기병이나 유럽의 튜턴 기사들은 어째서 하나같이 몽골 기병들에게 패했을까? 몽골 기병은 페르시아, 헝가리, 오스트리아를 거쳐 이집트 문턱까지 나아갔었지. 흉노 기병은 전체 유럽을 휩쓸며, 지금의 프랑스 오를레앙까지 진출했었어. 세계에서 어느 나라 어느 민족의 군마가 이렇게 강인한 체력과 인내력을 가질 수 있었겠어?"

천전이 끼어들며 말했다.

"역사책을 보면, 고대의 몽골초원에는 인구는 적었어도 말들을 많이 길렀다는 거야. 그래서 출병할 때면 기병 한 사람당 네다섯 마리에서 대여섯 마리까지 말을 끌고 가서 바꿔가며 탔다고 하더라. 그러니 하루에 천 리도 가뿐히 갈 수 있었겠지. 그래서 몽골 기병들은 원시 기계화 부대로 번개같이 빠른 기동전을 펼칠 수 있었던 거지. 말이 많으니 부상당한 말은 군량으로 사용할 수도 있었지. 배고프면 말고기를 먹고, 목이 마르면 말의 피를 마시고. 그러니 후방 지원도 필요 없었던 거지."

장지웬이 웃으며 고개를 끄덕였다.

"그래 맞아. 네가 전에 말했었잖아. 견융, 흉노, 선비, 돌궐에서부터 현재 몽골족에 이르기까지 몽골초원에서 살아가며 전투를 펼친 초원 민족은 모두 늑대의 신비함과 그 가치를 잘 알고 있었다고. 그 말이 정말 일리가 있는 것 같아. 몽골초원의 늑대들은 초원 사람들에게 강인한 정신력과 탁월한 전투 능력 그리고 가장 출중한 군마를 공급해주었지. 이 세 가지가 바로 몽골초원 사람들이 세계를 뒤흔들 수 있었던 이유이자 비결이었던 거야."

천전이 힘껏 밀가루를 반죽하며 말했다.

"몽골 군마의 탁월한 전쟁 수행 능력이 모두 몽골늑대의 훈련에서 나왔다는 너의 견해는 정말 대단한 것 같은걸. 난 여태까지 초원 사람들의 용감무쌍한 성격과 군사적 지혜가 어디서 비롯되었는지를 설명해주는 게 늑대토템이라고만 생각했거든. 그런데 늑대가 기마민족을 위해 세계 일류의 군마를 훈련시키는 조련사 역할까지 했으리라는 생각은 전혀 못 했어. 뛰어난 능력을 가진 몽골 군마를 소유함으로써 몽골 기병은 호랑이가 날개를 단 격으로 더욱 강인해진 거지. 자식, 너 말치기 생활을 허투루 보내지는 않았나 보구나."

장지웬이 웃으며 말했다.

"그게 다 너 같은 늑대 열혈 팬을 친구로 둔 덕분이 아니겠어? 2년 동안 네가 그 많은 서적에 담겨 있는 역사를 공짜로 강의해주었으니, 나도 너에게 살아 있는 교재를 제공하는 게 당연하지."

천전도 웃으며 응수했다.

"이거 아주 괜찮은 거래 같지? 좋아! 그런데 아직도 잘 모르는 게 있는데, 늑대들이 말떼를 쫓아다니는 것 외에 다른 방법으로 망아지를 죽이기도 하니?"

장지웬이 대답했다.

"방법이야 수없이 많지. 말떼가 풀이 길게 자란 곳이나 지형이 복잡한 지역으로 들어설 때마다 얼마나 긴장되는지 몰라. 늑대는 도마뱀붙이처럼 땅에 착 붙어서 슬금슬금 기어 다니거든. 고개도 들지 않고 코와 귀만으로 사냥감의 위치를 포착해내는 거야. 어미말이 망아지를 부르는 작은 소리만으로도 늑대는 망아지의 대략적인 위치를 파악해낼 수 있어. 그런 다음 천천히 사냥감에게로 접근하는 거지. 그러다 망아지 주변에 수말이 없으면 곧장 뛰어올라 망아지를 덮쳐서 한입에 목덜미를 물어뜯는 거야. 그러고는 망아지를 안 보이는 곳으로 끌고 가서 먹어 치우지. 그러다 어미말이나 수말 눈에 띄게 되면 일단 재빨리 도망치는 거야. 말들이 죽은 망아지를 데려가지는 못하니까. 그렇게 숨어서 기다리다가 말떼가 가버린 다음에 다시 돌아와 식사를 계속하는 거지. 정말로 교활한 늑대는 망아지를 꾀어 내기도 해. 만일 행렬을 따라가는 망아지가 눈에 띄었는데 어미말이 그 옆에 있다. 그런 상황이면 늑대는 포복 자세로 주변의 키 큰 풀숲으로 들어가 일단 숨지. 그리고 얼굴이 위로 향하게 드러누운 다음, 몸통은 풀숲에 숨긴 채로 네 다리를 풀 밖으로 뻗어서 살랑살랑 흔드는 거야. 살짝살짝 흔들리는 늑대 발을 멀리서 보면 꼭 산토끼의 기다란 귀나 마르모트 아니면 다른 작은 동물들처럼 보이지, 절대로 개나 늑대처럼 보이지는 않거든. 세상에 막 나온 망아지는 호기심이 정말 많아서 자기보다 작은 것이 살아서 움직이는 걸 보면 궁금한 나머지 십중팔구 달려가곤 하지. 새끼를 말리려고 어미가 뒤따라간다 해도 이미 한발 늦는 거지. 늑대가 이미 망아지의 목덜미를 물어뜯은 뒤거든."

장지웬이 들려주는 얘기에 흠뻑 빠져 있던 천전이 한마디 했다.

"가끔…… 늑대는 동물이 아니라 요귀 같다는 생각이 들어."

그러자 장지웬이 대꾸했다.

"그래 맞아, 정말 요귀야! 생각해봐. 밝은 대낮이라도 말떼가 넓게 흩어지면 말치기가 있다 해도 통제가 불가능한데다, 언제 어디서 무슨 일이 발생할지 알 수가 없단 말이야. 그러니 밤에는 오죽하겠어. 늑대들은 더욱 활개 치며 맘껏 사냥을 즐기는 거야. 몰래 훔칠 수 있으면 훔치고, 싸워서 빼앗을 수 있으면 빼앗고. 혼자서 안 되면 그땐 여럿이 힘을 합쳐 강공을 펼치기도 하지. 그럴 때 수말들은 어미말과 망아지를 무리 한가운데로 모아 보호하면서 방어선 바깥을 에워싸고 있는 늑대들과 싸우는 거지. 그래서 늑대 무리가 보통 10여 마리가 넘는 수말들의 연합 방위선을 뚫기란 결코 쉽지 않아. 자칫 수말의 발길질에 채여 죽거나 물어뜯길 수도 있거든. 그렇지만 날이 궂거나 굶주린 늑대 무리를 만나게 되면 수말들도 속수무책으로 당할 수밖에 없어. 그럴 땐 말치기들도 함께 싸움에 나서야 하는데, 아무리 불빛을 비추고 총을 쏴도 소용없어. 늑대들은 끝내 말떼를 뚫고 망아지들을 쫓아가 죽이고 말지. 매년 이맘때쯤 되면 늑대 무리의 새끼늑대들이 부쩍 자랄 때여서 식사량이 폭발적으로 늘어나는데, 가젤이나 마르모트는 잡기가 쉽지 않으니 망아지가 새로운 표적이 될 수밖에 없는 거야."

천전이 물었다.

"그럼 해마다 늑대에게 잡아먹히는 망아지가 얼마나 되는 거야?"

장지웬이 대략 추산해보더니 말했다.

"바투와 내가 맡고 있는 말떼의 경우, 작년에 110여 마리 정도가 태어났거든. 그런데 올여름까지 살아남은 망아지는 고작 40마리가 조금 넘는단 말이야. 70마리 가까이 늑대들한테 잡아먹힌 거지. 그러니 태어난 지 1년 사이에 손실률이 60퍼센트나 되는 셈이야. 하지만 전 대대의 말떼 네 개 중에서는 그래도 나은 편이야. 제4목축조만 보더라도, 작년에 새로 태어난 망아지 중에 겨우 10마리 정도밖에 살아남지 못했다더라. 그렇다면 연간 손실이 80퍼센트가 넘는 거지. 울지 장장에게 매년 목장 전체의 망아지 손실률을 물어봤더니, 평균 70퍼센트 정도는 된다고 하던데."

천전이 깜짝 놀라며 말했다.

"망아지 사망률이 그렇게나 높아? 말치기들이 늑대를 그토록 싫어하는 이유를 알 것 같아."

장지웬이 말했다.

"그게 다가 아니야. 망아지는 세 살이 넘어야 간신히 대항할 힘이 생기기 때문에 그 이전에는 늑대의 공격 대상이 될 수밖에 없어. 하지만 굶주린 늑대를 만나면 역시 힘을 못 쓰기는 마찬가지야. 그러니 우리 말치기들이 얼마나 힘든지 알겠지? 일 년 내내 집 밖에서 죽을힘을 다해 일한다고 해도 겨우 3, 40퍼센트밖에는 살려내지 못하거든. 그나마 대충 일해봐, 그해는 완전히 망하는 거야."

천전은 묵묵히 만두피를 밀기 시작했다.

장지웬은 손을 씻고 와서 천전을 거들며 말했다.

"그렇지만 우리가 아무리 힘들고 피곤하더라도 늑대가 없어선 절대로 안 돼. 바투도 늑대들이 없으면 말들의 능력이 훨씬 떨어질 거라고 했어. 만약 초원에 늑대가 없었다면, 말들은 분명히 게으르고 뚱뚱해져서 잘 뛰지 못했을 거야. 몽골말은 원래 몸집이 작은 편에 속해서, 빠른 속도와 강한 인내력을 빼면 시장가치가 별로 없어. 군대의 기병부대에서조차 군마로 쓰지도 않겠지. 또 다른 문제는 늑대가 없을 경우, 말들의 수가 기하급수적으로 늘어날 거라는 거야. 말 무리마다 망아지가 일 년에 백 수십 마리씩 태어나잖니. 그런데 대부분이 살아남는다고 치면 일 년 만에 전체 말의 수가 2, 30퍼센트씩은 증가한다는 거지. 더구나 매년 새로 가임 연령이 되는 어린 암말까지 더하면 증가율은 더욱 높아지겠지. 이런 식으로 3, 4년만 지나면 전체 말의 숫자가 지금보다 두 배 이상으로 많아질걸. 말은 보통 네다섯 살은 돼야 내다 팔 수 있으니까 그보다 어린 말들은 그냥 기르는 수밖에 없어. 그런데 말은 가축 중에서도 목초지를 가장 심하게 초토화시키잖니? 울지도 들쥐와 산토끼를 빼면 목초지를 가장 많이 훼손시키는 주범은 말들이라고 했어. 그리고 몽골말은 특히 배가 커서, 말 한 마리가 일 년 동안 먹는 풀이 양 수백 마리가 먹는 양과 같다는 거 아냐? 요즘 목축민들이 가장 싫어하는 것이 바로 말 무리가 소와 양들의 목초지로 들어가 풀을 빼앗아 먹는 거야. 말떼가 늘어나는 걸 그냥 놔둔다면 몇 년 안 돼 소와 양이 먹을 풀이 한 포기도 남지 않게 될 거야. 그리고 올론초원도 점점 사막이 되겠지……."

천전이 밀대로 도마를 탁 치면서 말했다.

"말하자면, 초원 목축민들은 늑대들을 통해 말떼의 가족계획을 실행하는 동시에 몽골말의 재능까지 향상시키는 거로구나."

장지웬이 말했다.

"물론이지. 초원 사람들은 '초원의 변증법'에 정통한 고수거든. 특히 진정한 중용이 무엇인지를 알고, 중용의 도리를 초원에 적용시켜 그대로 실천하며 살아가는 거지. 쉽게 극단으로 치닫는 한인들과는 달라. 이곳 사람들은 초원에서 일어나는 여러 가지 갈등을 양쪽에 이익이 되는 범위 내에서 균형 있게 조절할 줄을 알거든. 일거양득인 셈이지."

그러자 천전이 말했다.

"이런 식의 균형 조절은 정말 잔혹한 방법이긴 해. 봄이면 말치기들이 많게는 수십 개의 굴에서 갓 태어난 새끼늑대를 훔쳐다가 죽이는 게 거의 1, 200마리씩 되잖아. 멸종만 간신히 면할 정도지. 그리고 여름엔 반대로 늑대 무리가 망아지들을 죽여서, 망아지들의 7, 80퍼센트가 목숨을 잃게 되고. 균형 조절의 대가로 무수히 많은 생명들이 피를 흘려야 하지만 그건 목축민들이 절대로 경계를 늦춰서는 안 될 전투나 마찬가지야. 이들의 중용은 한족의 중용보다 훨씬 전투적이고, 진리에 접근해 있어."

장지웬이 말했다.

"지금 아무것도 모르는 농업지역 출신 간부들이 오로지 수량 증대에만 혈안이 되어 '수량! 수량!' 하고 외치잖아. 그러면 일거다득一擧多得이 아니라 일거다실一擧多失의 결과만 나올 게 뻔한데도. 결국은 늑대가 사라지고, 몽골말을 찾는 사람들도 없어지겠지. 그리고 내몽골의 내초원은 황사로 눈을 뜨지 못할 지경이 될 게 뻔하고. 소나 말은 모두 굶어 죽고 말겠지. 그땐 우리도 베이징으로 돌아가야 할지 모르고……."

천전이 걱정스러운 듯 말했다.

"베이징은 역사적으로 자주 초원 기병에 의해 함락당하고, 또 초원 민족 정권의 수도가 되었잖아. 초원 기병도 막지 못했는데, 과연 초원 기병보다 억만 배나 더 강력한 황사의 모래먼지를 막을 수 있을까?"

장지웬이 말했다.

"그건 우리가 어떻게 할 수 있는 문제가 아니야. 지금 중국은 수억에 달하는 농민들이 살아가기 위해 악착같이 농경지를 개간하고 있어. 일 년에 한 개 성省의 인구에 맞먹는 사람들이 늘어나는데, 그 많은 인구가 초원으로 돌진한다면 누가 막을 수 있겠어?"

천전이 길게 한숨을 내쉬었다.

"막을 수 없으니 정말 답답한 노릇이지. 중국의 유가는 본질적으로 농경 황제와 소농 의식 체계에 바탕을 두고 있어. 황제는 대 부농이요, 농민은 한 집안의 주인이자 작은 황제지. '황제 자리는 돌고 도니, 내 일은 내 차례네', '물은 배를 띄우기도 하지만 뒤집을 수도 있다'라는 말이 있잖아. 누구든 농경 백성이라는 망망대해의 조류를 거슬렀다가는, 배가 뒤집혀 익사당하고 말지. 농토는 황제만 낳았을 뿐 황제와 백성들에게 평화를 보장해주지는 않거든. 물이 배를 띄울 수도 있고 전복시킬 수도 있다는 말은 사실 농민이 황제를 만들 수도, 버릴 수도 있다는 뜻이야. 결국 물 위에 뜨는 것도, 물 아래로 가라앉는 것도 황제지. 수천 년 동안 중국에서는 인구가 과도하게 늘어나면 반드시 전란이 일어났고, 전란으로 인한 희생으로 다시 인구는 감소되곤 했어. 그때마다 황제도 바뀌었고. 그러면 다시 원점으로 되돌아가고, 그런 순환이 계속 반복되어왔지. 농경 문명이 발전단계에 있을 때는 군주와 백성이 하나 되어 농경에만 힘쓰는 것이 나선형적 발전역량이 되었지만, 그것이 정점에 이르고 난 순간부터는 그 역량이 다시 나선형으로 하강해서 새롭게 싹트는 생산관계의 맹아를 짓밟는 제초기로 전락하게 되었던 거야……."

장지웬이 연방 고개를 끄덕였다. 그는 말린 소똥을 한 움큼 난로에 넣고 만두를 찜통에 담아 불에 올렸다. 여름용 진흙화로 앞에 앉아 만두가 익기를 기다리는 동안, 대화의 분위기도 점점 무르익어갔다.

천전이 말했다.

"오늘 네 말을 듣고 보니, 기마민족이 어째서 말이 아니라 말의 적수인 늑대를 민족의 토템으로 삼게 되었는지 그 의문이 많이 풀렸어. 충분히 납득이 가는 이론이야. 이런 비정상적인 논리 안에는 심원한 초원의 논리가 바탕에 깔려 있어. 몽골말은 초원늑대와 초원 사람들이 함께 길들인 학생이나 다름없는데, 어떻게 학생이 감히 선생님으로부터 숭배 받는 종교적 스승이나 토템이 될 수 있겠어? 그리고 초원늑대는 단 한 번도 사람들에게 길들여진 적이 없었어. 오히려 사람들은 수천 년 동안 노력했음에도 늑대가 가진 본성과 수많은 능력을 아직도 다 배우지 못했지. 늑대는 가장 높은 곳에 올라서서 복잡하게 뒤얽힌 관계들을 통제하며 초원의 모든 것을 총괄하고 있는 셈이야……."

장지웬이 심각한 표정으로 말했다.

"무엇보다 견융족과 흉노족이 사라진 건 정말 안타까워. 얼마나 우수한 민족이었는데. 늑대를 가장 먼저 토템으로 삼은 것도 그들이었고. 늑대토템은 그들이 사라진 오늘날까지도 면면히 전승되고 있잖니."

천전이 말했다.

"늑대토템의 정신은 한족의 유가 정신보다 훨씬 오래 이어져왔고, 그 안에 천연의 연속성과 생명력을 지니고 있어. 예를 들어 삼강오륜 같은 유가사상 체계의 강령들은 이미 부패된 지 오래지만, 늑대토템의 기본 바탕은 세계에서 가장 발달된 선진 민족들에 의해 오늘날까지 지속되면서 여전히 작동하고 있어. 몽골 초원민족의 늑대토템은 전 인류의 귀중한 정신적 유산이야. 중국인들이 만약 민족정신에서 유가의 부패한 부분을 도려내고, 그 자리에다 진취적인 늑대토템 정신이라는 묘목을 이식해 평화주의를 따르고 교육을 중시해온 유가적 전통과 결합시켜 국민성을 새롭게 빚어낼 수만 있다면, 중국의 미래는 아마도 대단히 밝을 거야.

다만 한 가지 아쉬운 점이 있다면, 늑대토템은 문자로 기록되지 못한 순수한 정신 체계일 뿐이고, 초원민족은 문자와 문화의 낙후라는 치명적 결함을 갖고 있다는 점이야. 초원민족과 수천 년 동안 교류해왔던 유가 사학자들 역시 늑대토템 문화는 기록으로 남길 가치가 없다고 생각했겠지. 이건 순전히 내 생각이지만, 늑대를 증오했던 유생들이 사서에 기록되어 있던 것들까지도 고의로 없앴을지 모른다는 의심이 들어. 때문에 현재 중국 역사책에서는, 늑대토템에 관한 자료를 찾는 게 바다에 빠진 바늘을 찾는 거나 마찬가지야. 우리가 가져온 수백 권의 책들도 그런 점에선 아무짝에도 쓸모없고. 다음에 집에 가면 좀 더 다양한 책을 구할 수 있는 방법을 생각해봐야겠어."

장지웬은 마른 소똥을 난로 속으로 더 집어넣으며 말했다.

"친척 중에 제지공장에서 일하는 분이 계시는데, 그 공장에는 각 가정에서 압수해온 책들이 잔뜩 쌓여 있대. 공장 사람들은 곧 펄프가 될 고서적들로 담배를 말아 핀다더라. 그래서 책을 좋아하는 사람들이 담배를 사주면서 바꿔가기도 한다는 거야. 말치기 한 달 봉급이 70여 위안 정도 되잖아. 그 정도면 수입이 괜찮은 편이니, 내가 담배를 사서 책이랑 바꿔올게. 그렇지만, 건국 이후로 정부에서는 쭉 늑대를 잡도록 장려해왔고, 늑대를 많이 잡는 사냥 영웅이 새로운 초원의 영웅으로 등극할 판이야. 하지만 몽골의 젊은이들, 특히 소학교와 중학교를 다닌 양치기나 말치기는 곧 늑대토템이 뭔지도 모르게 될 거야. 그런 마당에 우리가 이런 것들을 연구한다는 게 무슨 소용이 있을까?"

천전이 찜통 뚜껑을 한 번 열어본 후에 다시 말했다.

"진정한 과학 연구는 호기심과 흥미로부터 출발하는 거지, 쓸모가 있든 없든 따져보고 나서 시작하는 건 아니잖아. 게다가 지금껏 정말 풀리지 않던 문제도 많이 풀렸으니, 쓸모없다고 단정 지을 수도 없어."

다 익은 만두에서 김이 모락모락 났다. 천전은 손을 바꾸어가며 만두를 식힌 후, 한 입 덥석 베어 먹었다. 입에서 감탄사가 절로 나왔다.

"음, 맛있다, 정말 맛있어! 입에서 살살 녹는걸! 물린 망아지가 있거든 다음에도 꼭 가져와야 한다."

장지웬이 대답했다.

"다른 조에서도 부탁했기 때문에 거기부터 준 다음에 또 가져올게."

그러자 천전이 다시 부탁했다.

"그럼 다음번엔 늑대에게 물린 부위도 가져다줘. 새끼늑대한테 먹이게."

두 사람은 순식간에 찜통을 다 비웠다. 천전이 만족스러운 표정으로 일어나며 말했다.

"늑대가 남긴 음식을 먹는 게 벌써 몇 번째인지 모르겠다. 나가자! 고기만두로 늑대를 한 대씩 때려줄까?"

천전과 장지웬은 신이 나서 각자 식은 만두 한 개씩을 손에 들고서 게르 밖으로 나갔다. 늑대 굴 앞에 가서 천전이 크게 외쳤다.

"늑대야! 늑대야! 밥 먹자!"

그들이 던진 만두 두 개가 늑대의 머리와 몸통에 살짝 맞았다. 늑대는 화들짝 놀라 꼬리를 말더니 쏜살같이 굴로 들어갔다. 땅에 떨어진 만두는 황황과 이르가 잽싸게 채갔다. 두 사람은 어이가 없어 잠시 멍하니 서 있었다. 천전이 너털웃음을 웃으며 말했다.

"우리도 참 바보다. 새끼늑대는 만두를 본 적도 없고 더구나 먹어본 적도 없는데. 그러니 처음 보는 물건을 던지니까 도망가는 것도 당연하지. 늑대는 워낙 의심이 많아서 주인인 나도 잘 안 믿거든. 분명히 돌멩이인 줄 알았을 거야. 요즘 꼬마 녀석들이 지나가면서 흙덩이를 던지는 일이 꽤 많았거든."

장지웬이 웃으며 늑대 굴 앞으로 갔다.

"정말 재미있는걸. 나도 늑대를 한번 안아 보고 싶고, 좀 친해지고 싶구나."

천전이 말했다.

"저 녀석이 알아보는 사람은 나랑 양커뿐이야. 우리만 안아볼 뿐이지 가오젠종도 아직 한 번도 만져보지 못했다니까. 살짝 쓰다듬기만 해도 당장 물려고 달려들 테니 그냥 포기해라."

장지웬은 늑대 굴 앞에서 머리를 숙여 안쪽을 들여다보면서 새끼늑대를 몇 번 불러보다가 말했다.

"늑대야, 너한테 맛있는 망아지 고기를 가져다준 사람이 바로 나란 말이야. 배불리 먹고서 모른 척하기냐?"

장지웬이 몇 번 더 불러보았다. 새끼늑대는 눈을 부릅뜬 채 노려보기만 할 뿐 좀처럼 나오지를 않았다. 그래서 그는 쇠사슬을 살살 당겨 끌어내보려 했다. 그러나 쇠사슬에 손을 대자마자 갑자기 새끼늑대가 굴 밖으로 풀쩍 뛰쳐나오면서 입을 크게 벌리고는 그를 덮치려 했다. 장지웬은 그만 뒤로 나자빠지고 말았다. 다행히 천전이 재빨리 늑대의 목을 껴안았다. 천전은 늑대가 흥분을 가라앉힐 때까지 머리를 다정하게 쓰다듬어주었다. 장지웬이 몸에 묻은 흙먼지를 털며 일어났다. 그가 얼굴 가득 미소를 띠며 말했다.

"이 정도면 훌륭한데! 야생늑대와 별로 다를 바 없어. 늑대가 개처럼 고분고분해지면 재미없잖아. 다음에 또 망아지 고기를 가져다줘야겠어."

천전은 장지웬에게 늑대가 어제 울음소리를 내는 바람에 불러일으켰던 위험한 상황에 대해서도 자세히 들려주었다. 장지웬은 지난번에 빌려갔던 《바다늑대》를 《세계통사》와 바꿔가면서 천전에게 말했다.

"내 경험에 따르면 오늘 밤에 분명 늑대들이 습격해올 거야. 조심해. 특히 절대로 우리 귀여운 새끼늑대를 채가지 못하게 해야 해. 늑대는 폭약을 제일 무서워하니까, 양떼를 공격해오면 우선 2연발 폭죽을 던져. 지난번에 내가 한 묶음 가져다준 폭약은 다시 한 번 점검해야 할 거야. 습기 차면 터지더라도 소리가 안 날 수 있거든."

천전이 말했다.

"양커가 파라핀지에 잘 싸서 나무상자에 넣어 게르에서 제일 높은 곳에 올려놨으니 습기가 차진 않았을 거야. 며칠 전에 양커가 떠돌이 인부들이랑 실랑이를 벌였었거든. 그때 세 개를 꺼내다 불을 붙였는데 천지가 떠들썩할 정도로 잘 터지더라."

장지웬은 서둘러 말떼에게로 돌아갔다.

26

소통할 수 없는 대화

이에 대해 사마광은 이렇게 말했다. "……무제(한 무제)가 네 오랑캐를 공격할 때는 죽음마저 무릅쓴 용맹한 인재가 조정에 충만하였습니다. 그리하여 국토를 개척하고 땅을 넓히는 데 마음먹은 대로 되지 않은 일이 없었습니다. 또한 뒤에 가서는 백성을 휴식시키고 농업을 중시하여, 백성들도 그 이로움을 입었습니다. 한 명의 군주가 나아가는 바와 좋아하는 바를 달리하면 인재들은 바로 이에 호응하여, 진실로 무제가 삼왕三王의 도량을 겸하여 상나라와 주나라 시절처럼 잘 다스려지는 시대를 부흥시킬 수 있었을 것입니다……." 사마광이 이렇게 말했다. "효무(한 무제)는…… 진시황과 다른 점이 몇 가지 없다." _사마광 《자치통감 · 한세종효무황제하지하》

저녁 식사 후, 바오순궤이는 빌게 집을 나와 천전의 게르로 갔다. 그는 흥분된 표정으로 천전과 양커에게 건전지 여섯 개가 들어가는 커다란 손전등을 건네주었다. 그 손전등은 과거에는 말치기만 사용할 수 있었던 도구이자 무기였다. 바오순궤이는 그들에게 특별히 당부했다.

"만약 늑대들이 양떼 가까이 공격해오거든 곧바로 이 손전등을 켜게. 그 대신 절대 폭죽을 터뜨려선 안 돼. 그리고 자네들 집의 개들이 늑대를 에워싸도록 하게. 내가 이미 이 근처의 몇 집에도 지시해 두었네. 자네들 집에서 불빛이 보이면 개들을 풀어서 늑대를 에워싸라고 말이야."

바오순궤이가 웃으며 말했다.

"자네들이 새끼늑대를 기르는 게 이렇게 쓸모 있을 때가 있군그래. 이번에 어미늑대와 나머지 늑대들을 이쪽으로 끌어들여서 그중에 일고여덟 마리만 죽일 수 있어도 다시 한 번 엄청난 승리를 얻는 셈이지. 하긴 암늑대 한두 마리만 죽여도 우리가 이기는 거지만. 다들 오늘 밤에 분명히 어미늑대들이 올 거라고 확신하더군. 목축민들은 나더러 새끼늑대를 죽여서 가죽을 벗기고 그 시체는 들판에 버려 어미늑대들이 단념하게 하라고 했지만, 내 생각은 달라. 난 오히려 늑대가 오지 않을까 걱정이라고 말했지. 새끼늑대를 이용해 큰 늑대들을 유인하는 데 이만한 방법이 또 어디 있겠어? 그렇지만 이번에는 늑대들의 공격이 만만치 않을 것이네. 그러니 두 사람 다 조심하게. 이렇게 큰 손전등은 사람들도 몇 분만 보고 있으면 마치 눈이 먼 것처럼 앞이 안 보인다네. 물론 늑대들로서는 더 눈이 부시겠지. 그리고 쇠몽둥이랑 삽도 잘 챙겨두게. 만일에 대비해서."

천전과 양커는 그의 말을 들으면서 몇 번이고 고개를 끄덕였다. 바오순궤이는 곧장 다른 게르로 갔다. 그는 게르들을 돌며 각 집에 할당된 임무를 숙지시켰다. 또한 총을 쏴서 늑대를 놀래거나 불을 질러 사람이나 가축을 다치게 하는 일이 없도록 하라고 단단히 일렀다. 그는 총총히 게르를 떠났다.

새끼늑대를 이용해 어미늑대들을 끌어들이는 미증유의 유인 작전은 그 결과를 예측하기가 대단히 어려웠지만 무미건조하기 짝이 없는 방목 생활에 큰 스릴을 가져다준 것만은 확실했다. 유난히 늑대를 미워해서 오랫동안 한 번도 찾아온 적이 없었던 젊은 말치기와 양치기, 소치기 들까지도 상황을 파악하고 지형을 익히기 위해 천전을 찾아왔다. 그들은 지금껏 한 번도 시도해본 적이 없었던 사냥 방법을 매우 흥미진진해했다. 한 양치기가 말했다.

"어미늑대는 새끼를 끔찍이 아끼니까, 여기 있다는 걸 알면 반드시 올 거야. 매일 밤마다 암늑대가 몇 마리씩 와준다면 좋을 텐데. 그러면 매일 늑대를 잡을 수 있잖아."

그러자 한 말치기가 대꾸했다.

"늑대는 한 번 당하고 나면, 다시는 넘어가지 않아."

또 다른 양치기가 말했다.

"그런데 만약 엄청난 수의 늑대들이 한꺼번에 달려들면 어떡하지?"

조금 전의 그 말치기가 말했다.

"그래봤자 개보다 많을 리는 없어. 정 안 되겠다 싶으면 사람하고 개가 한꺼번에 덤벼서 손전등도 켜고 소리도 지르고 폭죽도 터뜨리면 되지."

사람들이 모두 돌아갔다. 천전과 양커는 무거운 마음으로 새끼늑대로부터 멀지 않은 곳의 펠트에 앉았다. 두 사람은 깊이 양심의 가책을 느끼고 있었다.

양커가 먼저 입을 뗐다.

"만약 어미늑대를 유인하는 이번 계획이 성공하게 된다면, 그건 정말 야비한 짓이야. 남의 굴을 파헤쳐 새끼를 빼앗은 것도 모자라서 그 모성애를 미끼 삼아 죽이기까지 하다니……. 그럼 우리 두 사람은 정말 한평생 후회하며 살아가야 할지도 몰라."

천전이 고개를 숙이며 말했다.

"난 이제 스스로에게 회의가 들기까지 해. 애초에 이 새끼늑대를 기르겠다고 했던 게 과연 옳았던 건지. 이 늑대 한 마리를 기르기 위해서 벌써 새끼늑대 여섯 마리의 목숨을 빼앗았어. 그리고 앞으로도 또 얼마나 많은 늑대의 생명을 빼앗게 될지도 알 수 없는 일이고……. 하지만 난 이제 여기서 빠져나갈 수도 없어. 과학 실험이라지만 어떤 땐 도살이나 다를 게 없는 것 같아. 빌게 아버지도 초원을 주재하시는 일이 참 힘겨우실 거야. 심리적인 중압감이 얼마나 클까? 가축들이 늑대들 때문에 죽어나가는 슬픔도 참아야지, 그러면서 늑대를 끊임없이 죽여야만 하는 고통도 참아야 하니까. 그 두 가지 모두 피를 봐야만 하는 일이잖아. 하지만 아버지는 초원과 초원 사람들을 위해서, 마음을 굳게 먹고 초원을 이루고 있는 여러 구성 요소들 간의 평형을 유지하기 위해 애써야 하니 정말 힘든 일을 하고 계시는 셈이지. 난 오늘 밤에 어미늑대들이 오지 않게 해달라고, 그리고 내일 밤에도 오지 말라고, 절대로 늑대들 스스로 화를 자초하지 않게 해달라고 탱그리에 빌고 싶은 마음이야. 나에게 시간을 조금만 더 준다면, 이 새끼늑대를 잘 키워서 다시 어미늑대 품으로 돌려보낼 텐데……."

밤이 되자 빌게 노인이 들러 천전과 양커의 준비 상황을 다시 한 번 점검했다. 노인은 두 사람 곁에 앉아서 묵묵히 담배를 피웠다. 연속으로 두 대를 피운 후에야 노인은 두 자식을 위로하듯이 그리고 자신을 위로하듯이, 낮은 소리로 입을 열었다.

"이제 곧 모기떼가 몰려오면 말들은 또 한차례 큰 수난을 겪어야 할 게다. 그러니 이번에 늑대들을 죽이지 않는다면 올해엔 망아지가 단 몇 마리도 살아남기 어려울 거야. 탱그리도 아마 그것은 용납하지 않을 게다."

양커가 물었다.

"오늘 밤에 어미늑대들이 오긴 올까요?"

노인이 대답했다.

"글쎄다. 사람이 키운 새끼늑대로 어미늑대를 유인한다는 건 이 나이 먹도록 한 번도 시도해본 적이 없는 방법이야. 물론 들어본 적도 없고. 지금이라도 바오 장장을 말려서 늑대 사냥을 못 하게 해서 결국 많은 망아지들이 죽게 된다면, 바오 장장이나 말치기들이 또 다른 방법으로 늑대를 죽여서 화를 풀고자 할 텐데 그걸 어떻게 막을 수 있겠니?"

말을 마친 후 빌게 노인은 돌아갔다. 분지에 자리 잡은 목초지에는 적막감만 흘렀다. 양들이 우적우적 풀을 씹는 소리와 간혹 큰 양들이 모기떼를 쫓기 위해 귀를 흔들 때 나는 푸드드 하는 소리가 들려올 뿐이었다. 첫 번째 모기떼가 벌써 초원에 모습을 나타냈다. 그러나 아직까지는 소형 정찰기 수준일 뿐 초대형 폭격기로 퍼붓는 본격적인 공세는 시작되지 않았다.

천전과 양커는 잠시 이야기를 더 나누다가, 교대로 잠을 자기로 했다. 천전이 먼저 잠들었다. 양커는 야광시계를 계속 들여다보면서 커다란 손전등을 움켜쥐고 사방의 움직임을 살폈다. 또 만일의 사태에 대비하기 위해 폭죽 반 묶음이 든 가방을 목에 걸고 있었다.

망아지 고기로 포식을 한 새끼늑대는 어두워지기 전부터 쇠사슬을 팽팽히 조인 채, 말뚝의 서북쪽에 웅크리고 앉아 있었다. 목을 길게 빼고 귀는 빳빳이 세운 채 꼼짝 않고 온 정신을 집중해 그 소리를 기다리고 있었다. 먼 산을 뚫어져라 쳐다보는 늑대의 눈빛은, 보육원에서 가족을 간절히 기다리는 어린아이의 눈빛보다 더 안타까워 보였다.

자정이 지나자마자 바로 늑대들의 울음소리가 들려왔다. 늑대 무리는 또다시 상대를 피곤하게 만드는 파상 공격을 시작한 것이다. 삼면의 산자락은 늑대 울음소리로 가득했고, 그 기세 또한 맹렬했다. 대대의 개들도 곧 반격을 시작했다. 그 거대한 소리가 자신들을 향해 덮쳐오자 늑대들은 순간적으로 멈칫했다. 그러나 개들의 소리가 잠시 끊어진 틈을 타서 늑대들의 울음소리는 다시 시작되었다. 이번에는 아까보다 훨씬 더 격하게 전해졌다. 이렇게 몇 차례 대결이 오간 후, 이미 지난밤 내내 우짖었던 개들은 늑대들이 허세를 부리는 걸로 판단했는지 아니면 목소리를 아끼기 위해서인지 소리도 낮추고, 그 횟수도 처음보다 많이 줄였다.

시끄러워 잠에서 깬 천전은 부랴부랴 양커와 함께 새끼늑대 곁으로 갔다. 희미한 별빛 아래서 그들은 새끼늑대를 살폈다. 새끼늑대는 아까부터 빙글빙글 원을 돌며 초조해하고 있었다. 쇠사슬에서 계속 찰그랑찰그랑 소리가 났다. 전날처럼 늑대 울음소리를 따라 하고 싶은데 개들의 울음소리가 자꾸 방해하는 것 같았다. 특히 가까이에 있던 이랑, 황황과 이르의 울음소리 때문에, 결국 자신의 의지와는 상관없이 다시 개들의 소리로 돌아왔다. 새끼늑대는 또다시 "황황, 화화" 하는 이상한 소리를 냈다. 답답해서 화가 났는지 늑대는 머리를 마구 흔들어댔다. 몇 달 동안 아침저녁으로 개들과 함께한 탓에, 새끼늑대의 머릿속에는 제대로 따라 하지는 못하면서도 개들이 짖는 소리가 완전히 주입되어 있었다. 그러니 늑대가 자신의 원래 소리를 찾기란 결코 쉬운 일이 아니었다.

긴장된 모습으로 개들을 이끌고 양떼의 서북쪽으로 갔던 이랑이 적을 발견했는지 이리 뛰고 저리 뛰며 쉬지 않고 짖어댔다. 얼마 지나지 않아 서북쪽 방향에서 늑대들의 울음소리가 다시 들려왔다. 이번에는 천전의 양떼로부터 훨씬 더 가까이에서 들려오는 듯했다. 다른 조의 개들이 짖는 소리는 점점 약해졌다. 늑대 무리가 서서히 천전의 게르가 있는 서북쪽 산비탈로 모여드는 듯한 기운을 느낄 수 있었다.

천전이 입술을 가볍게 떨며 낮은 소리로 말했다.

“늑대 무리의 목표는 우리 새끼늑대야. 늑대들의 기억력은 정말 대단해.”

커다란 손전등을 움켜쥐고 있는 양커도 역시 약간 겁에 질려 있었다. 양커는 가방 안에 든 폭죽을 만지며 말했다.

“만약 늑대들이 한꺼번에 달려들면 넌 곧바로 경보를 울려. 난 곧장 폭죽을 던질 테니까.”

개들이 드디어 짖기를 멈추었다. 천전이 작은 소리로 말했다.

“빨리! 빨리 와서 봐, 이제 새끼늑대가 우는 소리를 낼 거야.”

개들의 방해가 없어지자, 새끼늑대는 늑대들의 울음소리를 제대로 들을 수 있게 되었다. 가슴을 쭉 펴고 귀를 세우고 입을 꽉 다문 채 먼저 조용히 소리에 귀 기울였다. 새끼늑대는 참으로 영리했다. 무작정 입만 벌리고 마구잡이로 소리를 내는 게 아니라, 우선은 듣는 연습에 몰두하고 있었다. 어둠 속에 전해오는 소리를 충분히 귀에 익힌 다음, 제대로 울음소리를 내기로 한 모양이었다.

늑대들의 울음소리는 여전히 새끼늑대를 향하고 있었다. 새끼늑대는 소리의 방향을 분간하기에 바빴다. 북쪽에서 울음소리가 들리면 바로 북쪽으로 고개를 돌렸고, 서쪽에서 들려오면 바로 서쪽으로 고개를 돌렸다. 사방에서 한꺼번에 들려올 때는 제자리에서 마구 맴돌았다.

천전도 귀를 기울여보았다. 확실히 그날 밤의 늑대 소리는 전날 밤의 것과는 달랐다. 전날 밤의 울음소리는 비교적 단순했고, 그저 겁주기 위해 내는 소리에 지나지 않았다. 그런데 그날 밤의 울음소리는 그 변화가 다양했다. 높게 또는 낮게 변화를 주는 것이 꼭 이쪽에 무언가를 물어오는 것 같기도 했고, 반응을 떠보는 것 같기도 했다. 또 어찌 들으면 간절히 자식을 부르는 어미늑대의 소리 같기도 해서 천전은 온몸에 소름이 돋았다.

초원에는 어미늑대가 새끼를 아끼고 보호한 일화가 무척 많이 전해 내려온다. 어미늑대는 새끼에게 사냥하는 법을 가르치기 위해 새끼양을 산 채로 잡기도 했으며, 굴속의 새끼를 보호하기 위해서 기꺼이 사냥꾼들과 대결을 벌이기도 했다. 또 새끼의 안전을 위해서 매일 밤마다 이 굴에서 저 굴로 옮겨 다니기도 했다. 새끼를 먹이기 위해 자기가 먼저 배가 터질 정도로 먹은 다음에, 굴로 돌아와 배 속의 음식을 다 토해내기도 했다. 늑대 가족의 공동의 이익을 위해서, 새끼를 모두 잃은 어미늑대는 자신의 젖을 다른 늑대들의 새끼에게 먹여 함께 키우기도 했다.

천전은 언젠가 빌게 노인에게서 들은 이야기가 생각났다. 아주 오래전에, 한 늙은 사냥꾼이 어미늑대 세 마리가 공동으로 새끼늑대들을 먹여 키우는 모습을 봤다는 얘기였다. 당시 그 노인은 봄이 되어 깊은 산속에서 새끼늑대가 들어 있는 굴을 찾고 있었다. 어느 따스한 산비탈에 어미늑대 세 마리가 몸을 둥그렇게 하고 누워 있는 모습을 발견했다. 한 어미늑대의 배 주위에 두세 마리씩 붙어서, 모두 일고여덟 마리 정도 되는 새끼늑대들이 젖을 먹고 있었다는 것이다. 결국, 노인과 사냥꾼들은 차마 그 새끼들을 빼앗아 올 수 없었다고 한다.

빌게 노인은 또 몽골초원의 사냥꾼들은 새끼늑대를 꺼내오더라도 전부 다 죽이지는 않는다는 이야기를 해준 적도 있었다. 그때 살아남은 새끼늑대는 유모가 되어줄 어미늑대가 많아서 오히려 젖을 충분히 먹을 수 있기에 더욱 튼튼해질 수 있다고 한다. 그래서 몽골늑대는 세계에서 가장 몸집이 크고 총명하다는 이야기였다.

천전은 그때 이렇게 덧붙이고 싶었다. 그것이 전부가 아니고, 늑대의 모성애는 자신의 종족 범위마저도 뛰어넘는다고. 자신이 가장 두려워하는 인간의 자식마저도 젖을 먹여 키웠다는 얘기가 전해오지 않는가. 이렇듯 어미늑대의 포악함 뒤에는 사람이 감히 상상할 수도 없는 세상에서 가장 감동적인 박애정신도 있는 것이다.

그날 밤, 지난봄에 새끼를 잃은 어미늑대들은 가슴속에 비통함과 함께 한 가닥 희망을 품고서 새끼늑대가 제 자식인지 여부를 알아보기 위해 달려왔다. 늑대들도 이곳이 올론초원에서 게르가 가장 밀집돼 있어서 사람과 개, 무기가 가장 많은 위험지역이라는 것을 분명히 알고 있었을 것이다. 그렇지만 어미늑대들은 그런 모든 위험을 감수하고서라도 제 자식을 찾기 위해 가장 가까운 곳까지 접근해왔던 것이다.

천전은 그 순간 정말로 새끼늑대의 목줄을 풀어주고 싶은 마음이 간절했다. 새끼늑대와 어미늑대가 만나서 모자간에 서로를 알아보고 다시 함께 살 수 있게 해주고 싶었다. 하지만 그럴 수는 없었다. 새끼늑대가 어미늑대를 찾아 달려 나가는 순간 이웃집 개들은 물론 그동안 함께 살았던 자기네 집 개들까지도 뒤늦게 야생늑대라는 걸 알고 우르르 몰려가 물어 죽일 게 뻔했다. 그렇다고 자신이 한밤중에 새끼늑대를 안고 직접 멀리까지 가서 풀어준다는 것도 생각할 수가 없었다. 그렇게 되면 광분해 있는 암늑대들의 소굴로 제 발로 걸어가는 셈이니 그런 위험천만한 일을 어떻게 감당할 수 있겠는가.

새끼늑대는 전날 밤과는 사뭇 다른 소리에 민감하게 반응하면서 공중에 대고 희한한 소리를 내지르다가도 어찌할 바를 몰라 갈팡질팡하는 모습이었다. 새끼늑대는 복잡하게 변화하는 특이한 울음소리가 도대체 무슨 뜻인지, 또 자신은 어떻게 반응해야 할지 몰랐다. 새끼늑대로부터 대답이 들려오지 않자 늑대들의 울음소리가 점차 잦아들었다. 전날 밤만 해도 분명히 들려오던 새끼늑대의 울음소리가 왜 들려오지 않는지 이해할 수 없었을 것이다.

바로 그때, 새끼늑대가 몸을 바로하고 앉더니 서북쪽을 향해 울음소리를 내기 시작했다. 고개를 숙이고는 늑대 울음에 있어서 첫 번째 관문인 우우우 하는 소리를 냈다. 그게 성공하자 숨을 참고 천천히 고개를 들어, '우' 소리에서 마침내 '오' 음까지 끌어냈다.

"우우우…… 오우…… 오우……."

완벽하지는 않았지만 새끼늑대는 마침내 늑대 울음소리와 엇비슷한 소리를 힘들게 완성했다. 삼면에서 들려오던 늑대들의 울음소리가 일시에 뚝 그쳤다. 늑대 무리는 "우우우…… 오우…… 오우……" 하는 소리가 도대체 무슨 뜻인지 알 수 없어서 당황스러웠는지 조용히 듣고만 있었다. 그렇게 잠시 시간이 흘러갔다.

갑자기 늑대 무리로부터 새끼늑대의 울음소리를 완벽하게 모방한 소리가 흘러나왔다. 아마 반쯤 자란 늑대가 내는 소리인 듯싶었다. 천전이 보기에는 새끼늑대 또한 저쪽에서 도대체 뭘 물어오는 건지 알 수가 없어 어리둥절해하는 것 같았다. 새끼늑대는 아직 남들이 하는 말도 알아듣지 못하고, 또 자신이 하고 싶은 말도 제대로 하지 못하는 농아와 같았다. 손짓 발짓이라도 하고 싶었겠지만 날은 어둡고 상대방을 볼 수도 없었다.

기다려도 아무런 대꾸가 없자, 새끼늑대는 힘을 모아 자기가 먼저 다시 한 번 시도했다. 고개를 낮추고 숨을 참았다가 고개를 들면서 긴 소리를 토해냈다. 드디어 지난밤에 가장 훌륭하게 냈던 정도의 소리를 완전하게 다시 만들어냈다.

"우…… 오우……."

특히 길게 퍼지는 "오우……" 소리에는 앳된 티가 묻어났다. 또 퉁소나 짧은 뿔 나팔을 불 때와 같이 긴 여운이 남았다. 새끼늑대는 스스로도 대단히 흡족했던 모양이었다. 무리의 대답을 기다리지도 않고 곧바로 그 긴 울음소리를 연이어 실컷 냈는데, 마음이 급했는지 울음소리의 끝자락이 조금씩 짧아졌다. 늑대는 감정이 고조되어 갈수록 고개를 점점 높이 치켜들었고, 그러다 보니 자연스럽게 코끝이 탱그리를 향하게 되었다. 울음소리도 갈수록 숙련되어서 거의 야생늑대의 울음에 가까워갔다. 그리고 우는 자세 역시 다 자란 늑대와 꼭 같았다.

길게 울 때면, 그 긴 주둥이를 클라리넷같이 원통형으로 오므려서 배 속의 저음을 고르게 뽑어내 소리를 만들었다. 속에 담고 있던 격정을 다 끌어낼 때까지 소리를 길게 빼다가, 다 뱉어내고 나면 다시 숨을 크게 들이마신 뒤 계속해서 길고 길게 울었다. 아이러니하게도, 새끼늑대는 몹시 흥겹게 슬픈 가락을 흐느꼈고, 귀곡鬼哭 같은 늑대들의 노래를 매우 신바람이 나서 불렀다. 흥분한 늑대는 더욱 설레는 마음으로 초원을 향해 자신의 아름다운 노랫가락을 맘껏 선보였다. 새끼늑대의 앳된 소리는 매끄럽고 순수했으며 맑고 아름다웠다. 은은한 가운데 꺾임과 바이브레이션까지 넣어 자유롭게 변화를 주었다.

천전은 취한 듯이 그 소리에 빠져들었고, 양커는 자기도 모르게 새끼늑대의 노랫소리를 나지막이 따라 불렀다.

천전이 양커에게 조용히 속삭였다.

"지금 한 가지 알아낸 게 있어. 늑대들의 긴 울음소리를 들으니, 몽골족의 민가民歌가 왜 그렇게 음을 늘이고 긴 떨림음을 내는지 알 것 같아. 몽골 민가의 분위기는 한족의 민가와는 사뭇 분위기가 다르거든. 내 추측에, 이런 분위기는 늑대토템을 숭상하던 흉노족으로부터 전해져 내려온 것 같아. 역사서에도 그런 기록이 있어. 《위서》의 〈흉노전〉을 보면, 아주 오래전 흉노족 선우에게는 두 명의 아름다운 딸이 있었는데, 작은 딸은 스스로 늙은 늑대에게 시집을 갔어. 그리고 그 늑대와의 사이에 많은 자식들을 낳았지. 원문에는 이렇게 나와 있어. '동생은 스스로 늑대의 아내가 되었고, 아들들을 낳았다. 후에 자손들이 번성하여 나라를 이루었다. 그 나라 사람들은 목소리를 늘여서 길게 빼고 노래하는 것을 좋아했는데, 그 소리가 늑대의 울음소리와 흡사했다'라고 말이야."

양커가 얼른 되물었다.

"〈흉노전〉에 정말 그런 기록이 있었단 말이야? 네가 나보다 책을 자세히 읽었나 보다. 네 말이 사실이라면, 몽골 민가의 원류를 찾은 것 아냐?"

천전이 대답했다.

"그럼 내가 거짓 인용이라도 했을 것 같아? 내가 〈흉노전〉을 얼마나 많이 읽은 줄 아니? 거기 나오는 훌륭한 문장들을 죄다 외울 수도 있어. 명색이 공부한다는 사람이, 몽골초원에 와서 생활하면서 〈흉노전〉을 제대로 안 읽어서야 되겠어? 이 초원에 늑대토템의 영향이 미치지 않은 곳은 단 한 군데도 없어. 토템은 그걸 믿는 민족의 숭배와 모방의 대상이거든. 그러니 늑대토템을 숭배하는 민족이라면 분명히 늑대의 일체를 모방하는 데 힘썼을 거야. 예를 들어 수렵의 기술이나 소리의 전달, 군사적인 전략 전술, 전투의 성격, 단체정신, 조직성, 규율성, 인내심, 권위에 대한 복종, 가족을 아끼고 초원을 수호하려는 마음, 탱그리 숭배 등등 말이야. 그래서 몽골 사람들의 음악과 노래 역시 늑대가 울부짖는 데에서 영향을 받았다고 생각해. 영향을 받은 정도가 아니라 아마도 일부러 배우고 모방했을 거야. 다른 동물들을 봐. 소, 양, 말, 개, 가젤, 마르모트, 여우…… 초원에 사는 동물 중에 울음소리를 저렇게 길게 끄는 동물이 있니? 그건 오로지 늑대의 울음소리와 몽골 민가에서만 들을 수 있는 특징이야. 다시 한 번 잘 들어봐. 비슷하지?"

양커가 계속 고개를 끄덕이며 말했다.

"비슷해! 들으면 들을수록 비슷한걸. 만약 네가 말해주지 않았더라면 난 생각지도 못했을 거야. 몽골을 찬미하는 〈찬가〉라는 노래 있잖아, 호송화가 부른 노래 말이야. 그 노래 중에서도 특히 그 시작 부분의 창법이 그렇게 길게 끌고 많이 꺾는 게 다 늑대 울음소리를 모방한 것이었나 봐. 몇 년 동안 우리가 그렇게 많은 몽골 민가를 들었는데도, 그중에서 긴 떨림음과 꺾임음, 늘림음이 없는 노래는 거의 하나도 없었잖아. 녹음기가 없는 게 아쉽구나. 늑대 울음소리와 몽골 민가를 녹음해서 비교해본다면 분명 둘 사이의 관계를 정확히 짚어낼 수 있을 텐데."

천전이 말했다.

"우리 한인들 중에도 몽골 민가를 좋아하는 사람이 참 많아. 구슬프고 긴 음색도 그렇고, 특히 노래가 마치 초원처럼 광활한 느낌이 들어 더욱 좋아하지. 하지만 몽골 민가의 원류가 늑대라는 사실을 아는 사람은 거의 없을 거야. 그런데 현재 내몽골에 사는 몽골 사람들은 자신들의 민가가 늑대 울음소리로부터 변형되어 온 것이라는 걸 인정하려고 들지를 않아. 목축민들 여러 명에게 물어보았는데, 어떤 사람들은 아니라고 분명하게 말하고 또 어떤 사람들은 잘 모르겠는지 우물쭈물

하더라고. 그도 그럴 것이 지금 〈홍등기〉에서 '감옥을 지키는 경찰의 소리가 늑대 울음소리 같네'라고 노래하고 있으니, 누가 대놓고 몽골 민가의 원류가 늑대라고 자신 있게 말할 수 있겠어. 그랬다가는 위대한 지도자의 만수무강을 축원한 〈찬가〉까지 바로 매몰될 텐데. 물론 가수도 반혁명으로 몰려 매장당할 것이고. 그렇지만 사실은 사실이야, 절대 우연의 일치가 아니라고."

그러더니 그는 탄식하며 말했다.

"진정으로 몽골초원의 정신을 전해줄 수 있는 소리는 오직 늑대 울음소리와 몽골 민가뿐인데……."

이랑은 두 집의 개들과 함께 서북쪽을 향해 또 한차례 미친 듯이 짖어댔다. 새끼늑대는 개들이 멈추기를 기다렸다가 다시 울음소리를 내기 시작했다. 어느새 개들이 내는 소리에 더 이상 구애받지 않고 능숙하게 정확한 늑대 울음소리를 만들어냈다. 새끼늑대는 대여섯 번 울다가 갑자기 울음을 멈추고는 말뚝 옆에 있는 대야 쪽으로 갔다. 대야에 담긴 물을 몇 모금 마시고 나더니 또다시 서북쪽을 향해 다시 울기 시작했다. 그렇게 몇 번을 울고 나서는 다시 멈추고서 귀를 쫑긋 세워 반응을 기다렸다.

시간이 많이 흘러 늑대 무리의 어지러운 울음소리가 지나간 후, 홀연히 서쪽 산비탈에서 굵고 위엄 있는 늑대 울음소리가 들려왔다. 마치 왕늑대나 우두머리 늑대가 내는 소리처럼 명령조의 음조로 끝소리가 길지 않았고 끊기는 부분이 명확했다. 천전은 그 소리만 듣고도 왕늑대가 체격이 건장하고 가슴이 넓고 등도 널찍하며, 흉강도 넓으리란 것을 느낄 수 있었다. 두 사람은 그 소리에 압도당해 아무 말도 꺼내지 못했다.

새끼늑대는 잠시 얼이 빠진 듯하더니 금방 기뻐 날뛰었다. 늑대는 자세를 바로하고 고개를 조아려 호흡을 가다듬었다. 하지만 도대체 어떻게 화답해야 할지 몰랐다. 그래서 들려온 울음소리를 최대한 따라하는 수밖에 없었다. 소리는 비록 여렸지만, 떨림음이나 맺는 음 그리고 음색은 정확히 따라 했다. 새끼늑대가 몇 번이나 계속 흉내를 냈지만 왕늑대의 위엄 있는 소리는 다시 들려오지 않았다.

천전은 그 대화의 의미와 효과가 무엇이었는지 골똘히 추측해보았다. 아마도 왕늑대가 새끼늑대를 향해 이렇게 물어오지 않았을까?

'넌 도대체 누구냐. 어느 집 자식이더냐. 빨리 대답해라!'

그런데 새끼늑대의 대답은 예상 밖으로 자신의 질문을 똑같이 반복한 것이었다.

'넌 도대체 누구냐. 어느 집 자식이더냐. 빨리 대답해라!'

왕늑대의 위엄 있는 명령조 말투까지 그대로 복창했으니. 왕늑대는 분명 몹시 화가 났을 것이다. 오히려 새끼늑대에 대한 의심이 깊어졌을 것이고, 이런 식의 문답이야말로 아무런 효과가 없음을 분명히 알게 되었을 것이다.

새끼늑대가 늑대 사회의 서열이나 지위 체계에 대해, 특히 서열에 따른 예절에 대해 전혀 모르는 것은 너무도 당연했다. 그래서 새끼늑대가 겁 없이 왕늑대의 질문을 흉내, 내어 그대로 답했을 때 다른 늑대들은 그것이 권위와 연장자를 무시하는 무례한 행위로 여겼을 것이다. 그 때문인지 늑대들은 짧고 급한 울음소리를 냈다. 모두가 잔뜩 화가 났거나, 아니면 자기들끼리 뭔가 시비를 가리는 것 같기도 했다.

잠시 후 늑대 무리가 차츰 냉정을 되찾는 것 같자, 이제는 새끼늑대가 더 애쓰기 시작했다. 새끼늑대는 왕늑대의 질문과 늑대들의 분노를 이해할 수 없었다. 하지만 어둠 속의 그림자들이 자신의 존재를 주시하고 있으며, 자신과의 의사소통을 원하고 있다는 것을 느낄 수 있었다. 절박해진 새끼늑대는 계속 교류를 이어가기를 바랐지만, 자신의 의사를 제대로 표현할 수가 없었다. 다만, 급한 마음에 좀 전에 배운 한마디를 계속 반복하는 수밖에 없었다. 늑대는 또다시 암흑을 향해 한 마디 한 마디 늑대의 언어를 뱉어냈다.

"넌 도대체 누구냐? 어느 집 자식이더냐. 빨리 대답해라!"

큰 늑대들은 상황 파악이 안 되어 매우 난처해하고 있을 것이다. 초원늑대는 몽골초원에서 몇만 년을 생활해왔지만, 단 한 번도 이런 새끼늑대를 본 적이 없을 것이다. 사람들과 개와 양떼 옆에서 희희낙락하며, 아무 생각 없이 마구 내뱉는 이 놈이 과연 늑대인가 아닌가? 만일 늑대가 맞다면 자신의 천적인 사람과 개들과 함께 살아간다는 건데, 도대체 이 무슨 괴이한 관계란 말인가?

새끼늑대의 목소리를 들어보면 늑대 무리와 대화하기를 간절히 원하고 있는 것은 사실이었다. 하지만 새끼늑대는 먹고살아가는 데에 전혀 문제가 없어 보였다. 괴롭히는 사람도, 개도 없었고, 목소리를 낮게 내는 것으로 보아 매우 배불리 먹은 모양이었다. 사람들과 개들이 그렇게 잘 해주는데 대체 무엇을 원하는 것일까?

끝없는 암흑 속에서 멀찌감치 번쩍이는 초록빛 눈을 바라보며, 천전은 입장을 바꾸어 늑대 무리가 어떻게 추측하고 판단할지를 상상해보았다. 늑대 무리와 왕늑대는 푸른 눈을 부릅뜬 채 이 새끼늑대에 대한 의심이 눈덩이처럼 부풀고 있을 것이다.

새끼늑대는 울음소리를 멈추고 어둠 속의 응답을 기다렸다. 안절부절

못하며 발톱을 세운 채 어떤 대답이라도 들려오기를 초조하게 바랐다.

천전은 실망스러운 한편 걱정이 되었다. 힘차고 위풍당당한 왕늑대는 어쩌면 이 새끼늑대의 친아빠일지도 모른다. 하지만 어려서부터 아버지의 사랑을 받지 못한 새끼늑대는 아빠에게 어떻게 어리광을 부리고 또 어떤 식으로 의사소통을 해야 하는지 알 수 없을 것이다. 천전은 이 새끼늑대가 제 아빠의 사랑을 또 한 번 잃는 게 아닐까 염려되었다. 이번 기회를 놓친다면 아마도 다시는 아버지의 사랑을 얻지 못할지도 모른다. 그렇다면 이 외톨박이는 정말로 사람에게, 영원히 천전과 양커에게 속하게 되고 마는 것인가?

갑자기, 또다시 길고 긴 늑대 울음소리가 들려왔다. 이번에는 어미늑대의 것인지 부드럽고 따스해서 더 슬프게 들렸다. 그 속에는 모정의 아픔과 걱정, 기대가 가득 실려 있는 듯했다. 끝소리가 가늘고 길게 떨렸다. 거기에는 참으로 많은 의미와 감정이 담겨 있을 것이다. 천전은 그 울음의 의미가 무엇일지 추측해보았다.

'아가야, 이 엄마를 알 수 있겠니? 내가 네 엄마란다……. 너무 보고 싶구나. 그동안 널 찾느라 얼마나 힘들었는지 모른다. 이렇게 너의 목소리를 듣게 되다니……. 내 새끼, 어서 엄마 곁으로 돌아오렴……. 모두들 널 그리워하고 있어……. 오우…… 오우…….'

어미늑대의 가슴속 깊은 곳에서 나오는 모정의 애상곡은 이 세상에서 가장 구슬픈 소리로 들려왔다. 처량한 울음소리는 기나긴 세월마저 꿰뚫고 어둡고 적막한 초원을 진동시켰다. 천전은 자기도 모르는 사이에 두 눈에 눈물이 고였다. 양커도 목이 메어왔다.

새끼늑대는 끊길 듯 이어지는 비통한 울음소리에 마음이 크게 움직였다. 그 소리가 자신의 가족이 자기를 찾는 소리라는 것을 본능적으로 느꼈는지 새끼늑대가 정신없이 날뛰기 시작했다. 음식을 빼앗으려고 달려들 때보다 더욱 맹렬하게 날뛰는 바람에 쇠사슬 부딪는 소리가 요란했다. 목걸이도 새끼늑대가 혀를 길게 내빼면서 숨을 헐떡일 정도로 강하게 옥죄었다. 어미늑대가 다시 한 번 구슬프게 긴 울음소리를 내자 잠시 후 더 많은 어미늑대들이 그 가락에 함께 동참했다.

초원에 늑대의 슬픈 노랫가락이 가득 퍼졌다. 어두운 밤의 애절한 울음소리는 올론초원 곳곳으로 끝없이 이어져, 천지를 흔들고 귀신도 울리며 사람의 혼까지 빼놓았다. 암늑대들은 마치 천만년 동안 차곡차곡 모아두었던 자식을 잃은 슬픔을 이날 밤 한꺼번에 모두 쏟아내는 듯했다. 어둠이 깔린 광활한 초원은 만 년의 비통함 속으로 서서히 빠져 들어갔다.

천전은 뼛속 깊이 사무쳐오는 한기를 조용히 느끼고 있었다. 양커가 눈물을 글썽이며 천천히 새끼늑대에게 다가갔다. 그는 새끼늑대의 목에 걸린 가죽 목걸이를 쥔 채 머리와 등을 토닥이며 달래주었다.

어미늑대들의 애달픈 울음소리는 점차 수그러들었다. 새끼늑대는 애써 양커의 손을 벗어나더니 어둠 속의 소리가 다시 사라질까봐 서북쪽을 향해 펄쩍펄쩍 뛰어올랐다. 그러고는 몹시 안타깝게 다시 한 번 고개를 쳐들고 자신의 기억력에 의지해서 긴 늑대의 언어를 몇 마디 뽑아냈다. 그 소리를 듣는 순간, 마음이 더욱 무거워진 천전이 나지막이 중얼거렸다.

"이런."

천전과 양커 두 사람 다 분명히 느낄 수 있었다. 새끼늑대의 울음소리와 어미늑대의 그것에는 크게 차이가 났다. 새끼늑대는 모방의 중점을 어미늑대의 그 부드럽고 애처로운 음조에만 맞춘 듯했다. 게다가 금세 숨이 차서 어미늑대처럼 길게 끌지도 못했다. 결국 어설프기 짝이 없는 늑대의 언어가 전해진 후 늑대 무리의 울음소리는 한순간에 전부 사라져버렸다. 초원에는 적막만이 가득했다.

천전은 맥이 빠졌다. 새끼늑대는 암늑대들의 애절함과 안타까움으로 가득 찬 언어들을 우스개로 만들어버린 셈이었다. 모방은 조롱을, 비통은 비웃음이 되었다. 어쩌면 새끼늑대는 우두머리 늑대한테 배웠던 말까지 섞었을지도 있었다. 방금 전에 새끼늑대가 흉내 낸 몇 마디 말들은 아마도 "아가야…… 기억해 너를…… 너는 누구냐, 엄마 곁으로 돌아오렴, 대답해라! 오우…… 오우……" 하는 식으로 뒤죽박죽이었을 것이다.

아니면 천전이 생각한 것보다도 훨씬 못했을 수도 있었다. 아무튼 태어나자마자 늑대의 세계에서 떨어져 나온 새끼늑대가 언어를 배우자마자 이렇게 복잡한 문제를 일으켰으니 정말로 난처한 노릇이었다.

천전은 소리가 뚝 끊겨버린 저 멀리 산비탈을 바라보았다. 자식에 대한 그리움으로 가슴이 찢어질 듯한 어미늑대들로서는 정말 화가 머리끝까지 났을 것이다. 조그만 떠돌이가 감히 자신들의 한없는 슬픔을 오히려 조롱하고 있으니 말이다. 아마도 저 조그만 놈은 절대로 그들이 찾던 가족이 아닐뿐더러, 더욱이 위험을 감수하고서라도 데려와야 할 형제는 더더욱 아니라면서, 늑대 무리 전체가 분노하고 있을지도 모른다. 그리고 한결같은 의심의 눈초리로 관찰하던 늑대 무리는 알 수 없는 새끼늑대의 신분에 대해 더욱 의혹을 품게 되었을지도 모른다.

사냥할 때 덫으로 유인하는 수법을 잘 쓰기로 유명한 초원에서 이 같은 함정에 속아 위기에 빠진 동료들을 많이 보아왔기 때문에 늑대들은 정체 모를 저 새끼늑대가 유목민들이 만들어놓은 함정일 것이라고 단정했을 수도 있다. 대단한 유혹과 살상력을 가졌지만, 어설픈 위장으로 실체를 드러낸 늑대덫처럼.

또 어쩌면 늑대 무리는 이 새끼늑대가 어디서 왔는지 알 수 없는 잡종 늑대라고 생각했을 수도 있다. 초원에는 일찍이 사람이 늑대의 새끼를 기른 선례가 없었다. 매년 봄이면, 말을 탈 줄 아는 다리가 둘 달린 동물들이 어김없이 개들을 데리고 와서 새끼늑대를 꺼내가고 늑대굴에 불을 피우기도 했다. 암늑대들 중에는 먼발치에 숨어서 사람들이 새끼늑대들을 꺼내 곧바로 하늘로 던져 죽이는 것을 목격한 경우도 있었다. 나중에 인간들에 의해 완전히 짓밟혀진 동굴로 돌아왔을 때에는 사방에 피비린내만 가득했던 적도 있었다. 또 어떤 암늑대는 옛 대대의 터에서 땅속에 묻히거나 가죽이 벗겨진 새끼늑대의 시체를 찾은 적도 있었다. 그토록 늑대를 싫어하는 인간들이 어떻게 늑대를 기를 수 있겠는가?

그것도 아니라면, 늑대 무리는 또 다른 판단을 했을 수도 있다. 늑대 울음소리를 내는 것은 늑대가 아니라 개일 것이라고. 올론초원에서 늑대들은 종종 북쪽의 긴 모랫길 부근에서 초록색 옷에 총을 멘 사람들을 보곤 했다. 그들은 언제나 대여섯 마리의 개를 데리고 다녔다. 그 개들은 귀 모양이 늑대처럼 쫑긋 서 있었고 몇몇은 늑대의 울음소리도 흉내 낼 줄 알았다. 그 큰 개들은 몹시 사나워서 개들한테 물려 죽는 늑대가 해마다 몇 마리씩 되었다. 이 늑대 울음소리를 따라 하는 나쁜 놈은 바로 그 늑대 귀를 가진 개의 새끼일 것이다.

천전은 계속해서 또 다른 추측을 이어갔다. 늑대 무리는 새끼늑대를 진짜 늑대라고 믿었을 수도 있다. 왜냐하면 매일 저녁 늑대를 산책시킬 때 꽤 멀리까지 나가는 날이면 새끼늑대가 꼭 산비탈에 오줌을 누었기 때문이다. 아마도 암늑대들 중에는 일찌감치 진짜 새끼늑대의 냄새를 맡은 경우도 있었을 것이다. 그러나 아무리 똑똑한 초원늑대들이라 해도 단박에 이 복잡한 의문을 모두 풀 수는 없을 것이다. 바로 언어상의 장애 때문이었다.

늑대 무리로서는 만약 새끼늑대가 진짜라면, 마땅히 늑대 무리의 다른 자식들처럼 늑대 말을 할 수도, 알아들을 수도 있어서 다른 늑대들과도 소통이 가능해야 한다고 여겼을 것이다. 그러니 늑대 말을 할 줄 모르는 새끼늑대를 인간들에게 완전히 복종해버린 배신자임에 틀림없다고 생각했을 것이다. 어째서 자기가 직접 늑대 무리 쪽으로 오지 않고, 오히려 시종일관 건너오라고 하는 것일까?

수천수만 년 이래로, 초원의 모든 늑대는 죽음을 택할지언정 절대로 항복은 하지 않는 강인한 존재였다. 늑대의 역사가 시작된 이래 단 한 번도 존재하지 않았던 변절자가 어떻게 나올 수 있단 말인가. 늑대를 고분고분 길들이다니, 사람들이 무슨 마술을 부리기라도 했다는 것인가. 어쩌면 초원의 늑대는 한인과 몽골인을 구별할 줄 알아서, 아마 몽골늑대가 한 번도 접촉한 적 없는 일들이 어느새 조용히 초원으로 닥쳐왔을지도 모른다고 인정하고, 한인들이 사는 이곳이 매우 위험하다고 생각했을 수도 있다.

늑대 무리는 완전히 침묵 속으로 빠져들었다.

고요한 초원에서 목에 쇠사슬을 찬 새끼늑대만이 긴 울음을 울어대고 있었다. 하도 울부짖어 목은 소리가 잠길 정도로 부었고 좀 더 심해지면 피까지 토할 것 같았다. 하지만 새끼늑대는 점점 더 알 수 없는 소리만 쏟아내고 있었다. 늑대 무리는 더 이상 어떤 질문도 해오지 않았고, 새끼늑대의 애처로운 부름에도 아무런 대꾸가 없었다. 가련한 새끼늑대는 무리 속에서 말을 배울 수 있는 시간도 기회도 영원히 놓치게 되었다. 그들의 대화는 이렇게 영영 되돌릴 수 없을 만큼 치명적인 실패로 돌아갔다.

천전은 늑대 무리가 마치 돌림병을 피하듯 포위망을 재빨리 해산한 뒤에 공격의 출발지로부터 모두 철수했음을 알 수 있었다.

어둑어둑한 산자락이 차간와라산 북쪽의 장지葬地만큼이나 고요했다.

천전과 양커는 잠이 오지 않아 조용히 토론을 계속했다. 하지만 두 사람은 서로를 설득하지 못했다. 또, 왜 이런 결과가 나오게 되었는지에 대해 납득할 만한 이유를 들어 설명하지도 못했다. 하늘이 밝아오자 새끼늑대는 드디어 그 긴 울음소리를 멈추었다. 새끼늑대는 완전히 절망과 슬픔의 나락에 빠져, 기운이 하나도 없는지 땅바닥에 엎어져 있었다. 눈을 크게 뜨고 안개 자욱한 서북쪽 산비탈을 하염없이 바라보며 '어둠의 그림자'의 진면목을 자세히 보려는 것 같았다.

아침 안개가 조금씩 걷히고 있었다. 초원의 산비탈은 새끼늑대가 매일 바라보던 그대로였다. 그곳에는 '어둠의 그림자'도, 아무런 소리도, 그렇게 그리던 가족도 보이지 않았다. 새끼늑대는 결국 지쳐 쓰러졌다. 철저히 버려진 고아처럼, 눈을 굳게 감고 죽음과 다름없는 절망 속으로 빠져들었다.

천전은 새끼늑대를 가볍게 쓰다듬어주었다. 그는 새끼늑대가 늑대 무리로 돌아가 자유로운 삶을 살 수 있는 가장 좋은 기회를 상실했다는 데 마음속 깊이 아픔과 자책을 느꼈다.

밤새도록 긴장 상태로 있었던 모든 목축조와 대대에도 위험 상황은 전혀 발생하지 않았다. 늑대 무리의 습격을 받은 곳도 없었고, 양떼와 소들도 무사했다. 이러한 결과는 많은 사람들의 예상을 완전히 빗나간 것이었다. 이러한 의외의 상황에 대해 목축민들은 각자의 견해를 이야기하느라 분주했다. 이런저런 생각들은 많았지만 누구도 뾰족한 답을 내놓지 못했다.

새끼를 보호하기 위해서라면 어떤 위험도 무릅쓰던 어미늑대들이 왜 예상과 달리 쉽게 물러난 것일까? 여러 노인들도 고개를 저었다. 천전이 초원에서 생활해온 2년 동안 이번 일만큼 이해할 수 없었던 일은 또다시 없었다.

암늑대들을 유인해서 늑대를 잡아보려 했던 바오순궤이와 양치기, 말치기 들은 완전히 실망했다. 그럼에도 불구하고 바오순궤이는 날이 밝자 곧바로 천전의 게르로 달려가 크게 칭찬하며 치켜세워주었다.

"역시 베이징 학생들은 다르다니까. 싸우지 않고도 적을 무찌르다니. 내몽골 초원에서 이토록 훌륭한 전쟁은 처음이었을 걸세."

그는 지난밤 건네주었던 큰 손전등을 천전과 양커에게 상으로 주었다. 그리고 모든 목장에 그들의 경험을 널리 퍼뜨려야겠다고 말했다. 천전과 양커는 한숨 돌리게 되었다. 최소한 새끼늑대를 계속 키울 수 있게 된 것이다.

아침에는 울지와 빌게 노인이 천전네 게르를 찾아와 함께 차를 마시고 망아지 고기로 만든 만두를 먹었다. 울지는 밤새 눈을 붙이지 못했다고 했으나 안색은 좋아 보였다.

"어젯밤엔 정말 겁나더군. 늑대들이 막 울어대기 시작하니 어찌나 긴장이 되던지. 수십 마리나 되는 늑대들이 삼면에서 우리 게르를 둘러싸고 있었을 텐데. 가장 가까이에 있었던 놈은 100미터 정도 떨어져 있었을걸. 다시 생각해도 정말 아찔하군."

빌게 노인도 말했다.

"만약 너희들이 폭죽을 가지고 있다는 걸 몰랐더라면, 모든 조원들과 개들에게 공격 명령을 내렸을 게다."

천전이 물었다.

"아버지, 늑대들은 왜 양을 공격하지 않았던 걸까요? 왜 새끼늑대를 데려가지 않았을까요?"

노인은 차를 한 모금 마시고 담배도 한 모금 핀 후 입을 열었다.

"네 새끼늑대가 냈던 소리가 완전한 늑대의 언어가 아니었겠지. 중간에 개 짖는 듯한 소리가 함께 섞여 있었으니 늑대들로서는 혼란스러웠을밖에……."

천전이 계속 물었다.

"아버지께서는 늑대에게 영성靈性이 있다는 말씀을 자주 하셨었는데, 그럼 탱그리는 왜 늑대들에게 진실을 말해주지 않은 거죠?"

그러자 노인이 대답했다.

"너희 셋과 개 몇 마리만 있었다면 늑대 무리의 공격에 버틸 수 없었겠지. 하지만 우리 조의 개들이 버티고 있었지 않았더냐. 혹시라도 암늑대들이 마음 독하게 먹고 무리를 따라 공격을 감행했더라면 분명 손해만 입었을 거다. 바오 장장이 짜낸 이번 계책은, 모두를 다 속여도 탱그리만큼은 못 속였던 거다. 탱그리는 늑대들이 큰 피해를 입는 것을 원하지 않았기에, 그래서 흩어지라고 명령했을 게야."

노인의 그 말에 천전과 양커가 웃었다. 양커가 말했다.

"탱그리는 정말 영명한 존재로군요."

천전이 다시 울지에게 물었다.

"울지 장장님, 과학적으로 볼 때 늑대 무리가 왜 공격하지 않았다고 보세요?"

울지는 잠시 생각하더니 입을 열었다.

"이런 일은 한 번도 겪어보거나 들어본 적이 없다. 생각건대, 늑대 무리는 이 새끼늑대를 떠돌이로 여겼던 것 같구나. 초원의 늑대들은 모두 자신의 활동 범위가 정해져 있지. 자신의 근거지가 없는 늑대는 한곳에 오래 머물 수가 없어. 그래서 늑대들은 근거지를 자신의 목숨보다도 더 귀히 여긴단다. 늑대들은 타지에서 온 늑대들과 큰 싸움을 벌이는 일이 자주 있지. 그 세력 다툼이야말로 어떤 전투보다도 치열하단다. 어쩌면 이 새끼늑대가 낸 소리가 이곳의 늑대는 알아듣지 못하는 외지의 언어여서 어미늑대나 늑대 무리가 등을 돌린 것일 수도 있어. 간밤에는 왕늑대까지 왔었지만, 놈은 결코 호락호락하게 속일 수 있는 대상이 아니야. 이게 분명 덫이라고 판단했을 거야. 왕늑대는 전쟁에서의 속임수에 대해서도 꿰뚫고 있기 때문에, 새끼늑대가 사람이나 개들과 가까이 있는 것을 알게 된 순간 의심을 했겠지. 왕늑대는 적어도 70퍼센트의 확신은 있어야 모험을 하지, 제대로 파악하지 못한 상황에서는 절대 부딪치지 않아. 그리고 왕늑대는 암늑대들을 가장 아끼기 때문에, 혹여 암늑대들이 속아서 해라도 입지는 않을까 걱정했을 거야. 그래서 암늑대들을 대신해 친히 상황을 살펴본 후에 아니다 싶으니까 그냥 가버린 거겠지."

천전과 양커는 고개를 끄덕였다.

천전과 양커는 두 노인을 배웅하러 게르 밖으로 나갔다. 새끼늑대는 기분이 몹시 안 좋아 보였다. 매우 초췌한 모습으로, 언짢은 듯 땅바닥에 엎드려 있었다. 앞발 발등에 턱을 비스듬히 얹은 채 두 눈은 멍하니 한곳을 바라보고 있었다. 마치 어젯밤의 단꿈과 악몽 사이에서 아직도 깨어나지 못하고 허우적대는 것 같았다.

새끼늑대를 본 빌게 노인이 걸음을 멈추고 말했다.

"새끼늑대가 참 가엾구나. 늑대 무리에서도 인정받지 못하고, 아빠 엄마도 자기 새끼를 못 알아보다니. 그럼 계속 이렇게 쇠사슬에 묶여 살아갈 수밖에 없는 건가? 너희 한인들이 온 뒤로 초원의 오랜 규율들이 너희들 손에 다 망가져버렸어. 새끼늑대가 무슨 죄가 있다고 이렇게 죄수나 노예처럼 묶여 있는지……. 생각하면 가슴이 너무 아프구나. 늑대는 인내심이 가장 강한 동물이지만, 두고 보거라. 언젠가 이 새끼늑대는 제 스스로 도망갈 거다. 네가 아무리 매일 기름진 양고기를 먹여준다고 해도 늑대의 마음까지 잡아둘 수는 없을 거야."

셋째 날, 넷째 날 밤에도 제2목축조의 숙소 주위에서는 더 이상 늑대 울음소리를 들을 수 없었다. 오직 새끼늑대의 구슬프고 앳된 울음소리만이 조용한 초원을 맴돌며 울릴 뿐이었다. 산골짜기에서 돌아오는 메아리에도 늑대들의 응답은 따라오지 않았다. 그렇게 일주일이 지나자, 새끼늑대는 어느새 의기소침해져서 울음소리를 내는 일이 점점 뜸해졌다.

그 후 얼마 동안, 천전과 양커네를 비롯해서 다른 목축조의 양떼와 소떼도 밤에 늑대의 습격을 받는 일이 한 번도 없었다. 야간 경비를 서는 여자들이 농담처럼 웃으면서 천전과 양커에게 말했다.

"밤마다 어찌나 잠을 편하게 자는지, 해 뜨고 우유를 짤 때까지 잔다니까요."

또, 다른 목축민들도 천전이 늑대를 키우는 것에 대해 이야기할 때의 어조가 꽤 많이 부드러워졌다. 그러나 내년에도 늑대 굴에서 새끼늑대를 꺼내다 길러서 늑대 무리를 위협하자고 말하는 이는 단 한 사람도 없었다.

4조의 나이 든 목축민 중에는 이렇게 얘기하는 사람도 있었다.

"키워보라고 해. 새끼늑대가 자라서 야생성이 나타나면, 그땐 어떻게 하려는지 두고 보자고."

27

네 개의 송곳니

이백李白에게는 돌궐족의 피가 흘렀다. 그것은 그의 두 자녀 이름에서도 알 수 있다. 그 아들은 '파려頗黎'라 불렸는데 그 뜻을 한문으로는 해석할 길이 없다. 이것은 '늑대狼'를 돌궐족의 언어로 음역한 것이기 때문이다. 늑대는 돌궐족의 토템이므로 돌궐족이 '랑狼' 자를 사람 이름으로 쓴 것은 한족이 '용龍' 자를 넣어 이름을 짓는 것과 마찬가지다. 그리고 이백의 딸 이름은 '명월노明月奴'였다. 오늘날 위구르족 가운데는 '아의노아阿衣努兒'라는 이름을 가진 여자 아이가 많은데, '아의'는 달을 뜻하고 '노아'는 빛을 의미한다. 그러므로 명월노의 '월'은 의역이고 '노'는 음역인 것이다. 또한 이백의 눈동자는 돌궐족의 특징을 지니고 있었다. _멍츠베이 《초원 문화와 인류 역사》

장지웬이 자주 망아지 고기를 가져다준 덕분에 한동안 새끼늑대에게 고기를 충분히 먹일 수 있었다. 그러나 천전은 늑대 무리 속에서 어미의 지극한 보살핌을 받으며 자라고 있을 다른 새끼늑대들을 떠올렸다. 자신도 새끼늑대에게 조금이라도 더 좋은 것을 배불리 먹이고 좀 더 많이 데리고 다니면서 운동 시간을 늘려주리라 다짐했다. 그러나 이제 망아지 내장도 겨우 한 끼 분량밖에 남지 않았다. 다른 개들은 진작부터 고기를 입에 댈 수 없었음은 물론이다. 천전은 또다시 근심에 싸였다.

어느 날 저녁, 그는 가오젠종에게서 서남쪽 산에 비가 내리면서 천둥 번개까지 쳤는데, 산머리에서 풀을 뜯어 먹던 악대소 한 마리가 벼락을 맞고 죽었다는 소식을 들었다. 이튿날 아침 일찍, 천전은 몽골칼과 포대를 가지고 산으로 올라갔다. 그러나 이미 늑대 무리가 다녀간 뒤였다. 산비탈에는 덩치 큰 늑대도 씹지 못한 두개골과 대퇴골만 남아 있을 뿐 살점이라고는 흔적조차 없었다. 그는 앙상한 뼈 옆에 쭈그리고 앉아 한참을 유심히 들여다보았다. 뼈의 갈라진 틈에는 새끼늑대의 날카로운 잇자국이 수없이 나 있었다. 큰 늑대가 고깃덩이를 큼직하게 잘라놓으면, 작은 늑대들이 조그만 이빨로 뼈에 붙은 고기를 발라 먹은 모양이었다. 늑대들은 합동으로 큰 소 한 마리를 완벽하게 해치웠다. 파리가 날아와 몇 번 건드려보고는 실망한 듯 윙윙 소리만 어지럽게 내다가 금방 날아갔다. 3조의 나이 든 소치기 한 명도 소식을 듣고 올라왔다가 뼈만 남은 소를 보고는 자기가 데리고 있던 소 같다고 했다. 소치기 노인이 천전에게 말했다.

"늑대 무리가 이제 양을 잡아먹으러 오지 못하게 되니까, 탱그리가 대신 소 한 마리를 늑대들에게 나눠주었나 보군. 보게나, 그 시간도 아침이나 밤에 죽이지 않고 정확히 해질 무렵에 맞춰서 죽이지 않았나? 민공들도 새벽같이 달려와 죽은 소를 끌고 가서 먹으려 했겠지만 이미 때를 놓친 거지. 젊은이, 초원의 법칙은 탱그리가 정하는 것이라네. 그 규칙을 깨면 반드시 응보를 받게 돼 있어."

얼굴빛이 어두워진 노인이 소떼가 있는 산 아래로 천천히 걸어 내려갔다.

천전은 연륜 있는 목축민들이 늘 입에 달고 사는 초원의 법칙이란 것이, 초원의 자연법칙일 수도 있겠다는 생각을 했다. 자연법칙은 당연히 하늘과 우주에서 정한 것이고, 그렇다면 그가 원시 유목의 생활환경 속에서 늑대를 집에서 기르는 일 또한 유목의 생산방식에 혼란을 가져오는 행위임이 분명했다. 새끼늑대는 이미 초원에서 새로운 문제를 수도 없이 일으켰다. 앞으로 또 어떤 새로운 걱정을 안겨줄지 모른다…….

천전은 빈손으로 돌아가는 동안 심란한 나머지 생각을 정리할 수가 없었다. 그는 고개를 들고 탱그리를 올려다보았다. 마치 거대한 게르처럼, 하늘은 천지를 넓게 덮고 있었다. 하늘은 푸르렀고 초원은 끝없이 펼쳐져 있었다. 바람이 불어와 풀 밑을 훑으며 지나갔지만 늑대는 보이지 않았다.

초원의 늑대 무리는 그림자도 없이 왔다가 흔적 없이 사라지는 도깨비불과 같았다. 그것이 내는 소리도 자주 들리고, 그것이 남기고 간 피해도 자주 볼 수 있었지만, 정작 그 실체를 보기는 어려웠다. 사람들의 마음속에서 늑대는 한층 더 은밀하고 훨씬 신비로운 존재로 자리 잡고 있었다. 또 바로 늑대의 그런 점이 천전의 호기심과 연구 의욕을 더욱 자극했다.

직접 새끼늑대를 길러본 후에야 천전은 비로소 살아 있는 늑대를, 늑대토템에 둘러싸여 살아가는 늑대를 진실로 끌어안아 볼 수 있었다. 온갖 고통을 겪고 거듭되는 압력과 위험을 견뎌온 그로서는 이제 그만두고 싶어도 포기할 수 없는 지경에 이르렀다.

천전은 민공들이 묵는 숙소로 달려가 반 자루도 채 안 되는 좁쌀을 비싼 값에 샀다. 양을 잡을 수 있을 때까지 버티려면, 새끼늑대에게 줄 고기죽에 좁쌀의 비율을 늘리는 수밖에 없기 때문이다.

천전이 집에 돌아와 막 낮잠을 자려 하는데, 갑자기 집에 있던 강아지들이 서쪽을 향해 짖으며 신나게 달려 나갔다. 천전이 무슨 일인가 싶어 나가 보니 이랑과 황황, 이르가 산에서 돌아오고 있었다. 머리를 높이 쳐들고 당당히 걸어오는 이랑과 황황의 입에는 꽤나 큼직한 사냥감이 물려 있었다. 황황과 이르 역시 배불리 먹지 못하는 나날을 견디기 힘들었는지, 요즘은 이랑을 따라 산에 가서 먹이를 잡아먹으며 돌아다녔던 것이다. 오늘은 수확이 제법 커서, 자기들 배를 채운 것은 물론이고 강아지들까지 배부르게 먹일 수 있는 정도가 되었던가 보았다.

그는 얼른 개들에게 달려갔다. 강아지 세 마리가 앞 다투어 큰 개들의 입에 물려 있는 먹이를 빼앗으려 들었다. 이랑은 강아지들을 쫓으려고 먹이를 잠시 내려놓았다가 다시 물고서 집을 향해 뛰어갔다. 천전의 눈이 빛났다. 이랑과 황황의 입에 물려 있던 것은 마르모트였다. 이르도 길이가 한 자 정도 되고 덩치는 무만큼 굵은 햄스터 한 마리를 물고 있었다.

자기 집 개들이 사냥감을 물어오는 걸 처음 본 천전은 흥분되어 한번 만져보고 싶었다. 황황과 이르도 자기들의 실력을 자랑하고 싶었는지 얼른 주인의 발아래에 포획물을 내려놓았다. 기분이 좋아진 개들이 천전의 주위를 몇 바퀴 풀쩍풀쩍 뛰어다니며 꼬리를 흔들어댔다. 그중에서도 황황은 앞다리로 마르모트를 가리키는 동작을 반복했다. 주인에게 그 포획물을 잡은 게 자신임을 알리고 싶어서였다. 마르모트의 배에는 부풀어 오른 젖꼭지들이 일렬로 나 있었다. 황황이 잡아온 것은 아직 젖을 먹일 수 있는 암마르모트였던 것이다.

천전은 황황과 이르의 머리를 번갈아 쓰다듬으며 몇 번이고 칭찬해주었다.

"잘했다! 잘했어!"

그런데, 유독 이랑만 천전 앞에 마르모트를 내려놓지 않고 그냥 지나치더니 곧장 새끼늑대 쪽으로 달려가려 했다. 천전은 이랑이 물고 있는 마르모트가 꽤 크고 살진 것을 보고 얼른 몇 발짝 쫓아가 두 손으로 이랑의 꼬리를 붙든 다음 입에서 마르모트를 빼냈다. 이랑은 화내지 않고 그를 향해 꼬리를 몇 번 살랑거렸다.

천전이 마르모트의 뒷다리를 잡아 들어보니 예닐곱 근은 족히 되는 것 같았다. 털가죽이 얇고 윤기가 났다. 여름 동안 갓 살을 찌운 수마르모트였다. 비계는 가을까지 기다려야 생기지만 살은 이미 충분히 붙어 있었다. 천전은 그 마르모트를 오랫동안 초원의 별미를 먹지 못한 세 사람의 게르 식구에게 주기로 했다.

천전은 왼손에는 수마르모트를, 오른손에는 암마르모트와 햄스터를 들고 기쁘게 집으로 돌아왔다. 큰 개 세 마리도 기분이 좋은지 시끌벅적 장난을 치며 주인의 뒤를 따랐다. 천전은 먼저 수마르모트를 게르에 가져다 두었다. 강아지들은 마르모트를 먹어본 적이 없었기에 호기심에 가득 차서 주위를 돌며 구경만 할 뿐 아직 스스로 가죽을 벗겨서 먹을 줄은 몰랐다.

천전은 우선 마른 암마르모트는 강아지 세 마리에게 나눠주기로 했다. 그리고 덩치가 크고 살집도 있는 햄스터는 통째로 새끼늑대에게 주어, 야생늑대들이 가장 좋아하는 먹이를 맛보게 하고 스스로 가죽을 찢어서 고기를 먹는 방법도 익히게 해야겠다고 생각했다.

여름철의 마르모트 가죽은 털은 있지만 부드러운 솜털이 없어서 값도 나가지 않았고, 수매소에서도 사려 들지 않았다.

천전은 몽골칼로 마르모트를 통째로 사등분했다. 세 덩이는 강아지들에게 나눠주었고, 나머지 한 덩이는 다음 끼니 때 늑대에게 먹이려고 남겨두었다. 천전이 큼직한 고기 세 덩이를 강아지들에게 나누어주자 먹는 방법을 가르쳐주지 않았음에도, 바로 자기 몫의 고기를 뜯어 먹기 시작했다. 큰 개 세 마리는 천전이 먹이를 공평하게 나눠준 데 대해 만족한 듯 강아지들을 흐뭇하게 바라보았다.

천전은 잭 런던의 소설《황야의 외침》에서 배운 방법으로 개들을 공평하게 대했다. 그 책은 누군가에게 빌려준 이후로 2개 대대의 지식청년들의 게르를 돌고 있었는데, 아직까지도 제자리로 돌아오지 않고 있었다.

얼마나 포식을 했는지 큰 개 세 마리의 배가 빵빵하게 부풀어 있었다. 전쟁에서 공을 세우면 바로 포상으로 이어지는 것은 모든 시대를 막론하여 전통적인 군사 규율이자 몽골초원의 오랜 규칙이었다. 천전은 게르에서 다바이투 우유사탕 네 개를 꺼내 개들에게 상으로 주었다. 그는 먼저 이랑에게 사탕 두 개를 주었다. 이랑은 사탕을 입에 문 채 주인이 황황과 이르에게는 상을 얼마만큼 주는지 곁눈으로 살폈다. 다른 개들에게 사탕을 하나씩만 주는 걸 확인한 이랑은 금세 의기양양해져서 발톱과 입으로 포장지를 찢어 우두둑 소리를 내며 씹어 먹었다. 황황과 이르는 이랑보다 적게 받긴 했지만, 아무 불만 없이 곧장 먹기 시작했다. 천전은 혹시 개들이 물어온 사냥감을 전부 이랑이 잡고, 황황과 이르는 그저 운반만 도운 건 아닐까 생각해보았다.

새끼늑대는 아까부터 피비린내에 자극을 받았는지 뒷다리를 바짝 세우고 아직 털이 거의 나지 않은 뱃가죽을 내민 채 정신없이 허공을 긁어댔다. 천전은 일부러 늑대에게 곧바로 가지 않았다. 그가 늑대를 쳐다보면 쇠사슬에 묶인 늑대는 더욱 세게 조여질 것이다.

천전은 개와 강아지들이 배불리 먹어 포만감을 느낄 때까지 기다렸다가 햄스터를 처리하러 갔다. 초원에는 쥐의 종류가 매우 많았다. 그중에서 가장 흔히 볼 수 있는 것이 들다람쥐와 햄스터 그리고 초원들쥐였다. 몽골초원에는 어딜 가든 햄스터가 있었고, 게르로부터 5, 6미터도 떨어지지 않은 곳에 쥐굴이 뚫려 있어서 시도 때도 없이 날카로운 소리로 찍찍 울어대기 일쑤였다.

어쩌다 게르를 쥐굴 위에 짓게 되면, 쥐들은 당장 초식에서 잡식으로 바뀌어 곡식을 갉아먹고, 유제품이나 고기를 훔쳐 먹고, 또 식량 포대에 똥오줌을 싸거나 책을 담아둔 상자를 갉아 책을 쏠기도 했다. 간혹 이사를 할 때, 자주 신지 않는 구탈이나 헝겊신 안에 고기벌레처럼 역겨운 쥐새끼들이 꼬물꼬물 들어 있는 것을 발견하기도 했다. 목축민들과 지식청년들은 모두가 쥐를 매우 싫어했다. 천전과 양커는 쥐들이 자신들이 아끼던 고전 대작 두 권을 버려놓아서 더더욱 쥐를 혐오했다. 햄스터는 베이징 서쪽 교외의 산에 사는 다람쥐와 비슷하게 생겼는데, 꼬리가 작아서 그렇지 눈은 다람쥐만큼 크고 회녹색 가죽에 회황색 반점 무늬를 띠고 있으며 털이 굵은 총채 같은 꼬리를 가지고 있었다.

빌게 노인의 말에 따르면, 햄스터는 고대 몽골 아이들이 작은 활을 쏘아 사냥 훈련을 하던 살아 있는 과녁이었다고 했다.

햄스터는 매우 약고 달리는 속도도 무척 빠른 데다 도처에 동굴이 있어서, 화살을 조금만 늦게 쏘면 금방 굴속으로 도망쳐버렸다. 몽골 아이들은 매일 부모가 정해놓은 목표 수량을 다 채워야만 집에 돌아가 밥을 먹을 수 있었다고 했다. 그러나 쥐 사냥은 몽골 아이들에게 즐거운 놀이였고 대초원은 놀이터였다. 사냥에 푹 빠진 아이들은 종종 밥 먹는 것도 잊고 실컷 놀았다.

아이들이 좀 더 큰 후에는 큰 활로 바꿔서 말을 타고 쏘는 연습을 했다. 한때 러시아를 정복한 칭기즈칸의 장수였던 몽골의 명사수 제베도, 바로 그 전통적이고 효과적인 방법으로 훈련했다고 한다. 제베는 빨리 달리는 말 위에서도 100보쯤 멀리 떨어진 햄스터의 조그만 머리를 명중시킬 수 있었다고 했다.

빌게 노인은 몽골인들이 초원을 지켜내고 천하를 지배할 수 있었던 것은 바로 누구에게도 지지 않을 천하제일의 마상궁술 때문이라고 했다. 그런데 그 마상궁술이 바로 가장 작고 약삭빠르고 맞히기 어려운 살아 있는 쥐를 대상으로 훈련하여 얻은 솜씨였다. 만일 쥐를 명중시키는 관문을 통과할 수 있다면 궁술은 백발백중의 단계로 올라섰다. 그때는 가젤이든 여우든 늑대든 아니면 적군의 말이나 적병까지도 단번에 급소를 명중시킬 수 있었다. 한인들의 경우에는 달리는 말이 시원찮아서, 활쏘기를 하더라도 단지 고정 표적으로 연습할 수 있었기 때문에 몽골 기마병과 같은 실력은 절대 기를 수가 없었다. 그러니 두 군대가 전쟁터에서 맞닥뜨린다면, 몽골 기병은 활 두세 발만 가지고도 상대편의 절반을 쓰러뜨릴 수 있었다.

노인은 덧붙여 말하기를, 살아 있는 쥐를 이용해 아이들을 훈련시킨 몽골인의 훈련법도 늑대에게서 배운 것이라 했다. 어미늑대는 새끼에게 사냥을 가르치기 위해 데리고 나가 쥐를 잡는 것부터 시작한다. 재미도 있고 신체 반응과 실전 능력도 동시에 기를 수 있으며 덩달아 배까지 채울 수 있는 훌륭한 방법이었다. 그래서 늑대들의 쥐 사냥은 몽골 어린이들의 훈련 방법에 대한 아이디어를 제공해주었을 뿐 아니라, 또한 쥐를 잡아줌으로써 초원에 발생하는 엄청난 피해를 줄일 수도 있었다.

옛날에 새끼늑대들과 어린아이들이 그렇듯 즐겁게 쥐를 잡고 놀았으니, 해마다 훌륭한 늑대와 훌륭한 병사가 얼마나 많이 키워졌겠는가? 덕분에 얼마나 많은 쥐들이 죽고 또 많은 목초지를 보호할 수 있었을까? 천전은 몽골인들에게 초원이라는 훌륭한 사관학교와 늑대라는 뛰어난 교관이 있었다는 사실에 대해 늘 감탄해왔다.

몽골인들은 하늘과 인간만이 합일되는 것이 아니라 하늘과 동물, 인간과 초원, 모두가 하나라고 믿었다. 이것은 중화 문명에서 말하는 천인합일天人合一의 관념보다도 훨씬 심오한 가치가 있는 믿음이다. 하다 못해 쥐처럼 초원을 망가뜨리는 적들까지도 몽골인들의 세계에서는 다른 무엇으로 대체될 수 없는 중요한 역할을 맡고 있었다.

천전은 햄스터 꼬리를 잡고서 자세히 관찰해 보았다. 그는 양을 방목하면서 커다란 수햄스터를 본 적이 많았는데, 이렇게 몸길이가 한 자가 넘고 우유병보다 두꺼운 몸집을 가진 큰 놈은 처음이었다. 산속의 기름진 풀밭에서는 이렇게 큰 햄스터가 자랄 수 있을 것이다. 그는 초원의 늑대들이 햄스터 고기를 좋아하는 건 분명 기름지고 부드럽기 때문일 거라고 생각했다. 그는 새끼늑대가 햄스터의 상처에서 나는 피 냄새를 맡으면 금방 달려들 것이고, 망아지 고기를 먹을 때처럼 통째로 집어삼키는 모습을 상상해보았다.

천전은 햄스터의 꼬리를 붙잡고 있었고, 상처에서 흘러나오는 피는 계속 햄스터의 코끝에서 모래밭 위로 뚝뚝 떨어지고 있었다. 천전은 늑대에게 다가가 큰 소리로 외쳤다.

"늑대야, 늑대야, 밥 먹자!"

늑대는 눈을 크게 뜨고 생전 처음 보는 먹이를 쳐다보았다. 먹어본 적은 없었지만 피 냄새가 정말 맛있는 먹이라는 걸 말해주고 있었다. 새끼늑대는 연달아 몇 번 허공으로 뛰어올랐고, 그때마다 천전도 조금씩 더 높이 들어 올렸다. 안달이 난 새끼늑대는 살진 햄스터만 바라볼 뿐 천전에게는 눈길도 주지 않았다. 천전은 늑대가 한 번이라도 자기 눈을 마주본 다음에 먹이를 줄 생각이었다.

그러나 천전은 왠지 자신의 뜻대로 되기 힘들 것 같다는 생각이 들었다. 늑대는 햄스터를 보자마자 평소와 달리 포악한 야생늑대로 돌변했던 것이다. 늑대는 발톱을 치켜세우고 송곳니를 드러내며 포악한 표정을 지었다. 입을 최대한 크게 벌리자 송곳니 네 개와 붉은 잇몸이 그대로 드러났다.

늑대의 흉악한 모습이 천전을 겁먹게 했다. 천전은 눈을 마주치려고 몇 번 더 애써보았지만 새끼늑대는 눈길을 주려 하지 않았다. 그는 하는 수 없이 햄스터를 늑대에게 던져주고 말았다. 그는 늑대의 원 밖에 쭈그리고 앉아 포악해진 늑대가 햄스터를 갈기갈기 찢어 꿀꺽꿀꺽 삼키는 모습을 지켜볼 준비를 했다.

그러나 햄스터를 건네받은 다음에 새끼늑대가 취한 일련의 동작과 표정은 천전의 예상을 완전히 벗어났다. 미처 예상하지 못했던 늑대의 그런 행동들을 그는 두고두고 잊을 수가 없었고 그 의미를 해석할 수도 없었다. 새끼늑대는 마치 시뻘겋게 달궈진 쇳덩어리라도 문 것처럼 햄스터를 입에 물자마자 곧바로 땅바닥에 내동댕이쳤다. 그리고 잽싸게 1미터 정도 뒤로 물러나더니 놀란 것처럼 고개를 비죽 내밀고 쳐다보기만 했다. 늑대는 그렇게 3분가량 쳐다보고 난 후에야 비로소 눈빛이 안정되었다.

그러나 늑대는 긴장을 늦추지 않고 허리를 움츠려 그 자리에서 잰걸음으로 일고여덟 차례 발을 구르더니 갑자기 위로 뛰어올라 햄스터를 덮쳐서 한 번 깨물고는 다시 뒤로 내뺐다. 그렇게 잠시 지켜보다가 햄스터가 움직이지 않으면 다시 달려들어 물고, 또다시 멈추는 행동이 반복됐다. 늑대는 이런 식으로 서너 번을 반복하더니 갑자기 얌전해졌다.

이때 천전은, 뭔지 모를 경건함으로 충만한 새끼늑대의 눈빛을 보았다. 흉악한 눈빛을 띠고 있던 방금 전과는 전혀 다른 모습이었다. 새끼늑대는 천천히 햄스터에게 다가가 햄스터의 왼쪽에 잠시 서 있었다. 그러다가 느닷없이 너무도 공손하게 오른쪽 앞다리를 꿇더니 또 왼쪽 앞다리까지 꿇었다. 그런 후 자신의 오른쪽 옆구리를 햄스터의 몸에 바싹 붙이고 털을 비비더니 옆으로 공중제비를 돌았다. 늑대는 다시 벌떡 일어나 몸에 붙은 흙을 털어낸 다음 몸에 묶인 쇠사슬을 따라 햄스터의 오른쪽으로 뛰어갔다. 이번에는 왼쪽 앞다리와 오른쪽 앞다리 순서로 무릎을 꿇고, 다시 햄스터와 서로 몸을 맞대고 털을 비비고는 또 공중제비를 돌았다.

천전은 긴장한 채 호기심 어린 눈으로 늑대의 행동을 바라보았다. 그는 새끼늑대가 무엇을 하는 것인지, 또 이런 동작들을 어디서 어떻게 배운 것인지 알 수 없었다. 햄스터의 양옆에서 번갈아 공중제비를 도는 게 대체 무슨 의미인지는 더더욱 알 수 없었다. 새끼늑대의 행동은 어린 사내아이가 처음으로 통닭 한 마리를 통째로 손에 넣었을 때 먹기가 아까워서 이리저리 굴리는 것 같은 모습을 연상케 했다.

새끼늑대는 복잡한 동작을 모두 마친 후, 몸을 흔들어 흙을 털고 얼크러진 쇠사슬을 푼 뒤에 다시 햄스터의 왼쪽으로 뛰어가더니 똑같은 동작을 반복하기 시작했다. 왼쪽에서 세 번, 오른쪽에서 세 번, 전부 합해 여섯 차례나 똑같은 동작을 했다.

천전은 순간 멍해졌다. 그리고 생각했다. 지금까지 그렇게 자주 맛있는 고기를 주었고, 더구나 어떤 때는 피가 뚝뚝 떨어지는 신선한 고기를 주었음에도 늑대가 이런 행동을 보인 적은 단 한 번도 없었다. 어째서 새끼늑대는 살진 햄스터를 보자마자 평소와 달리 이런 특이한 반응을 보이는 것일까? 혹시 늑대들이 먹이를 잡았을 때 자신의 기쁨을 표현하기 위한 행동 가운데 하나가 아닐까? 아니면 사냥해온 먹이를 먹기 전에 벌이는 의식이었을까? 그 경건함과 엄숙함이란 성찬의 전례를 모시는 신자의 모습처럼 진지했다.

천전의 의문은 한참 생각하고 난 다음에야 어렴풋이 풀렸다. 그가 지금까지 주었던 먹이와 이번에 준 먹이는 본질적으로 다른 것이었다. 예전에 주었던 먹이들이 아무리 좋은 것이었다 해도 그것들은 모두 칼로 자른 고깃덩이였거나 아니면 사람의 손을 한 차례 거친 가공식품이었다.

그러나 이번의 먹잇감은 완전히 순수한 자연 그대로의 것이었다. 소나 양 같은 다른 동물들처럼 머리와 꼬리가 있는 몸통에다 발톱, 가죽, 털까지 다 있는 온전한 먹이였다. 무엇보다도 자신처럼 살아 있는 생명체였던 것이다. 늑대들은 아마도 이렇게 온전한 형태를 갖춘 먹이나 살아 있는 생명체는 서열 높은 늑대들만이 누릴 수 있는 최고급의 먹이로 여길지도 모른다. 그리고 원래의 형태를 잃은 고깃덩이와 부서진 뼛조각은 아무리 맛이 좋다 해도 사람들이 먹다 남긴 것에 불과하므로, 그런 먹이를 먹는 것이 고귀한 늑대의 신분에 걸맞지 않는다고 생각할지도 모른다. 설마 사람들이 소나 양, 돼지, 오리 등의 바비큐 요리를 최고의 음식으로 여기고, 먹기 전에 성대한 의식을 거행하는 것에서 영향을 받은 것은 아닐까? 아니면 사람과 늑대가 원래부터 차이가 없었던 걸까?

천전은 새끼늑대가 난생처음 고귀하고 온전한 음식물을 대하게 되자 자신도 모르게 천성이 저절로 불러일으켜서 그렇게 경건하고 엄숙한 행동이 나오게 된 것이라고 생각했다.

그렇다면 새끼늑대는 늑대 무리가 행하는 어떤 의식도 본 적이 없는데도 어떻게 세 가지 동작을 그것도 순서 한 번 틀리지 않고 완벽히 재현해낼 수 있었던 것일까? 동작 하나하나가 엄격한 교관의 지도 아래 무수히 훈련을 반복한 결과 숙련된 것처럼 정확해 보였다. 천전은 아무리 생각해도 그 답을 찾을 수가 없었다.

잠깐 숨을 돌린 후 새끼늑대는 안정되었다. 여전히 고기를 먹으려 들지는 않았다. 늑대는 몸을 흔들어 털을 깨끗이 정돈한 후, 갑자기 발톱을 치켜들고서 햄스터의 주위를 맴돌다 원을 그리며 천천히 뛰기 시작했다. 눈을 크게 뜨고 벌어진 입에 혀를 반쯤 내밀고서, 천천히 다리를 들었다가 다시 내려놓았다. 마치 소련의 서커스단에서 재주를 부리는 백마처럼, 연출의 의미가 분명한 느린 동작을 또박또박 펼치고 있었다. 모래땅에 늑대의 발자국이 무수하게 찍히면서, 아주 완벽한 하나의 원이 그려지고 있었다.

천전은 머리가 마비되는 것 같았다. 그는 순간적으로 지난봄에 늑대들이 군마의 사체 더미 주위에 만들었던 신비하고 두려운 원이 떠올랐다. 그때 수십 마리의 늑대들이 말의 사체가 가장 밀집된 곳을 에워싸고 돌면서 원을 그렸었는데, 마치 귀신이 그려놓은 것 같았다. 노인들은 그것이 초원의 늑대가 탱그리를 향해 지시를 바라고 감사를 표하는 편지라고 했었다……. 그때 늑대들이 그려놓았던 원은 거의 완벽에 가깝게 둥글었고, 지금 새끼늑대가 그려낸 원도 꽤 둥글었다. 또 두 원의 중앙에 놓인 것은 모두 털가죽이 온전히 붙어 있는 사냥감이었다.

설마 새끼늑대도 신선하고 맛있는 먹잇감을 구하게 되면 감히 곧바로 먹어 치우지 못하고, 그 늑대들과 마찬가지로 원을 그려서 탱그리에게 감사를 표하는 의식을 거쳐야만 하는 것일까?

무신론자인 천전도 신화 같은 현실 혹은 현실 속에 벌어진 신화에 맞닥뜨리면서, 단순히 본능이나 선천적 유전이라는 단어만으로는 늑대의 그런 기괴한 행동을 해석할 수 없다고 생각했다. 그는 초원늑대의 행동에는 인간의 사유 방식으로는 해석할 수 없는 경우가 많다는 것을 이미 여러 차례 늑대들에게서 배워왔다.

새끼늑대는 여전히 흥분한 채로 원을 그리며 달리고 있었다. 늑대는 하루 종일 고기는 한 점도 먹지 못한 채 이렇게 돌고만 있으니 얼마나 배가 고플까? 보통의 배고픈 늑대는 피 묻은 고기를 보면 순식간에 난폭해진다. 그런데도 새끼늑대는 어떻게 허기진 상태에서도 난폭해지기는커녕 오히려 독실한 신도에게서나 찾아볼 법한 이처럼 진지한 행동을 보일 수 있단 말인가? 늑대는 놀랍게도 배고픔을 잘 견디면서, 번잡하고 형식적인 종교의식을 줄줄이 행하고 있었다.

혹시 늑대의 세계에도 종교라는 게 있는 것일까? 또 이렇게 강한 정신적 힘이 초원의 모든 늑대 무리의 행동을 지배하고 있는 것은 아닐까? 그렇다면 심지어 눈도 뜨지 못한 채 무리를 떠난 새끼늑대까지도? 천전은 스스로에게 물었다. 원시인들이 가졌던 원시종교는 동물계에서 인간세계로 넘어온 게 아닐까? 혹여 머나먼 상고 시대에는 초원의 원시인과 원시 늑대 사이에 종교의 교류가 있었던 것은 아닐까? 신비한 초원에는 인간이 밝혀내야 할 숙제들이 아직도 너무나 많이 남아 있었다.

그칠 줄 모르던 늑대의 의식이 마침내 멈추었다. 늑대는 햄스터 앞에 쪼그리고 앉아 호흡이 가라앉기를 기다리며 숨을 가다듬었다. 잠시 후, 늑대는 혀로 입가를 두 번 핥으면서 야성적 탐욕과 식욕으로 이글거리는 눈빛을 내뿜더니, 원시종교의 경건한 신자에서 어느새 한 마리 굶주린 야생늑대로 급변했다. 햄스터를 향해 달려들어 두 앞발로 움켜잡은 늑대가 가슴을 물고서 머리를 세게 흔들자 털가죽이 뜯겨지면서 붉은 속살이 먹음직스럽게 드러났다. 늑대는 세차게 온몸을 떨며 먹이를 찢고 삼켰다. 한쪽을 다 뜯어 먹고 나자 오장육부가 쏟아져 나왔다. 늑대는 쏟아져 나온 내장까지도 몽땅 집어삼켰다.

먹는 동안 새끼늑대는 더욱 거칠어졌다. 흥분이 되는지 박자에 맞춰 흥흥거리며 콧소리를 내기까지 했다. 새끼늑대의 먹는 모습은 점점 꼴사납고 야만스러워졌다. 늑대는 뭐 하나 빼놓지 않고, 고기와 뼈와 살가죽 심지어는 담낭과 방광까지도 남김없이 맛있게 먹었다. 눈 깜짝할 사이에 그 커다란 햄스터가 머리와 짧은 꼬리와 솜털만 남기고 사라져 버렸다.

새끼늑대는 여기서 멈추지 않았다. 두 앞발로 햄스터의 머리를 잡아 입으로 가져가더니, 머리의 앞부분을 옆으로 기울여 반쯤 집어넣고는 몇 번 우적우적 씹다가 그대로 삼켜버렸다. 그러고는 가장 딱딱한 이빨조차도 내뱉지 않았다. 새끼늑대는 남은 절반을 또 몇 입 만에 꿀떡 삼켰다. 털만 많고 살은 거의 붙어 있지도 않은 꼬리까지도 남기기 아까웠는지, 이빨로 두 동강을 낸 다음 모조리 해치웠다.

모랫바닥에는 핏자국과 오줌 자국만 조금 남아 있었다. 새끼늑대는 그렇게 먹고도 양이 안 차는지 잠시 천전을 뚫어져라 쳐다보았다. 몇 걸음 천전에게 다가온 늑대는 그의 손에 아무것도 없는 것을 확인하고는 실망스러운 듯 그만 땅바닥에 엎드렸다.

천전은 새끼늑대가 보통의 먹이와는 다르게 초원의 햄스터를 확실히 더 좋아하고 있음을 발견했다. 초원의 햄스터는 놀랍게도 늑대의 잠재된 본능을 불러일으켰다. 그러고 보면 올론초원에 수만 년 동안 한 번도 햄스터로 인한 대규모 피해가 없었던 것은 당연한 결과였다.

천전의 마음속에 새끼늑대에 대한 사랑과 동정심이 용솟음쳤다. 그는 거의 매일 새끼늑대가 연출하는 재미난 공연을 관람할 수 있었다. 그것도 무척 생동감 있고 심오하며 교훈적이기까지 한 연극이었다. 그 볼거리들은 그를 늑대의 충실한 열혈 팬으로 만들었다. 다만 한 가지 안타까운 것은 무대가 너무 작다는 것이었다. 만일 늑대가 몽골의 대초원을 자신의 무대로 삼았더라면 분명 위풍당당하고 웅장하며 살아 있는 공연을 펼쳤을 것이다.

그러나 초원늑대 무리가 천년만년 몽골초원에서 펼쳤던 수많은 정극正劇은 이미 사라진 지 오래였다. 현재 남아 있는 늑대 군단도 이미 국경선 일대로 밀려났다. 중국인들은 엄청난 눈요깃감을 놓쳤고, 늑대의 가르침을 받을 기회 또한 잃었다.

새끼늑대는 아직도 뼈다귀를 물어뜯고 있는 강아지들을 눈이 빠지게 쳐다보고 있었다. 천전은 게르 안으로 들어가 마르모트의 가죽을 벗겼다. 개에게 물린 목덜미 부위와 머리는 저녁에 새끼늑대에게 먹일 생각으로 따로 두었다.

천전은 마르모트의 배 속을 깨끗이 비우고 칼로 잘게 자른 다음 솥에 넣고 마르모트 쇼우바로우를 끓였다. 여름내 살을 찌운 마르모트는 솥으로 절반이나 되어서, 세 사람이 한 끼 식사를 하기에 넉넉한 분량이었다.

해질 무렵, 새끼늑대는 얼굴을 서쪽 하늘로 향한 채 모랫바닥 위에 얌전히 앉아, 서서히 반원형으로 변해가는 태양을 초조하게 바라보고 있었다. 그러다 여린 풀들이 자라난 산비탈 꼭대기에 석양이 마지막 빛줄기를 비추자, 늑대는 갑자기 몸을 게르의 문 쪽으로 확 돌리더니 앞뒤로 몸을 구르며 북을 치는 것 같기도 하고 먹이를 잡으려는 것 같기도 한 온갖 괴상한 동작과 자세를 해보였다. 그러다가는 쇠사슬로 일부러 찰캉찰캉 소리를 내며 천전이나 양커에게 지금은 자기에게 내주어야 할 시간이라는 걸 상기시키려는 듯했다.

천전은 자기부터 먼저 마르모트 고기를 먹고서, 늑대를 묶은 쇠사슬과 말채찍을 손에 쥐고 산책에 나섰다. 이랑과 황황도 함께 따라나섰다. 매일 황혼 무렵의 산책은 비록 절반의 자유나마 느낄 수 있어 짧지만 늑대가 가장 행복해하는 시간이었다. 늑대는 먹을 때보다도 이 시간을 더 행복해하는 것 같았다. 그러나 늑대를 산책시키는 일은 군인들이 늑대개를 끌고 다니는 것과는 완전히 달랐다. 천전도 하루 중에 늑대와 함께 산책하는 시간이 가장 즐겁긴 했지만, 한편으로는 가장 피곤하고 힘이 많이 드는 중노동이기도 했다.

새끼늑대는 매일 엄청나게 먹고 마셨고, 하루가 다르게 몸집이 커져갔다. 몸길이는 벌써 같은 또래의 강아지보다 머리 하나 정도가 더 길었고, 몸무게는 1.5배나 더 나갔다. 솜털은 이미 완전히 빠지고 그 대신 윤기 흐르는 회황색 털이 길고 가지런하게 났다. 등에는 검은색에 가까운 갈기가 길고 빳빳하게 자라나 야생늑대와 별 차이가 없게 되었다. 새끼늑대가 처음 왔을 때의 둥그렇던 정수리는 약간 평평해졌고, 회황색 얇은 털 위에는 양모붓 끝 같은 하얀 점이 나 있었다. 새끼늑대는 얼굴이 앞으로 길어지기 시작했고, 촉촉하게 젖어 있는 검은 코는 고무액처럼 딱딱하면서도 질겼다.

천전은 항상 늑대의 코끝을 손가락으로 잡는 것을 좋아했다. 그런데 코를 잡으면 늑대는 머리를 흔들며 재채기를 했다. 새끼늑대는 천전의 이런 친밀한 행동을 매우 싫어했다. 두 귀도 뾰족한 국자 모양으로 딱딱하고 빳빳하게 자라나, 멀리서 보면 새끼늑대는 이미 초원의 전형적인 야생늑대로 성장한 모습이었다.

눈은 늑대의 얼굴에서 가장 매력적인 부분이었다. 늑대의 눈은 둥글면서도 양쪽 끝이 위로 치켜져 있었다. 만일 내외 안각의 각도가 일직선으로 쭉 뻗어 거의 45도까지 되었다면 분장한 경극 배우들의 눈매보다 훨씬 또렷했을 것이고, 그러면 늑대의 눈은 더욱 교활하게 보였을 것이다.

천전은 늑대의 눈을 보고 있으면 '미인의 곧은 눈썹柳尾'이나 눈이 치켜 올라간 흰이마호랑이가 생각났다. 늑대의 눈썹은 옅은 회황색이라서, 눈썹은 분노를 표시하거나 위협할 때 아무런 역할도 하지 못했다. 그래서 포악한 표정은 대개 끝이 치켜 올라간 부리부리한 눈으로 지어내는 수밖에 없었다. 일단 늑대의 눈이 곧추세워지면 그 위협하는 힘은 결코 흰이마호랑이에 뒤지지 않고, 미녀 귀신보다도 훨씬 무서웠다. 가장 근사한 것은 화가 났을 때 코의 양끝을 찡그리면 같은 각도로 주름이 자잘하게 잡히는데, 이 주름이 치켜 올라간 눈을 더욱 무섭게 부각시켜주는 것이었다.

새끼늑대의 눈동자는 사람이나 다른 동물의 것과 달리, 눈의 흰자가 마노 황색을 띠었다. 자동차의 안개등 역시 노란색을 선택하는데, 그것은 노란색이 안개 속에서 가장 투과력이 높기 때문이다. 천전은 마노 황색의 눈을 가진 늑대도 역시 사람이나 다른 동물의 심리를 꿰뚫는 특별한 투시력을 지녔을 거라고 생각했다. 새끼늑대의 동공은 상당히 작아서, 마치 소설 《셜록 홈스》에 나오는 독침 파이프의 조그만 구멍에서 독이 나오는 것처럼 시커멓고 음침한 독기로 사람을 쏘아붙였다. 천전은 새끼늑대가 화를 낼 때는 정면으로 시선을 마주치지 못했다. 늑대 눈에서 언제 두 줄기 독침이 뿜어져 나올지 모르기 때문이다.

새끼늑대를 기르는 동안 서로 친해진 후, 천전은 새끼늑대가 기분이 좋을 때면 두 귀를 붙잡아 얼굴을 움켜쥐고서 얼굴과 얼굴, 코와 코를 맞댄 채 살아 있는 늑대의 얼굴 생김새 하나하나를 세심하게 감상했다. 그가 거의 매일 늑대의 얼굴을 보며 표정을 읽어온 지도 벌써 백 일이 넘었다. 천전은 이제 새끼늑대의 얼굴 표정을 읽어내는 데 무척 익숙해졌다. 물론 늑대가 사랑스럽게 웃는 모습도 자주 볼 수 있었지만, 때때로 험악한 표정을 지을 때도 있었는데 그를 위협하기에 충분했다.

그는 늑대의 눈을 보면서 간담이 서늘해질 때도 있었다. 더구나 늑대가 입을 크게 벌려 코브라의 독니보다 더 두껍고 날카로운 송곳니를 드러내기라도 하면 등골이 오싹해졌다. 천전은 자주 늑대의 입을 벌려 손가락으로 늑대의 송곳니를 튕겨보았다. 그러면 강철을 두드릴 때 나는 것 같은 소리가 울렸는데 그것으로 늑대 이빨이 얼마나 단단한지를 알 수 있었다. 또, 손끝으로 송곳니를 살짝 눌러보면 가죽신 밑창을 뚫는 송곳보다도 날카로웠고, 이빨 표면의 법랑질도 사람의 것보다 훨씬 딱딱했다.

탱그리는 초원늑대를 편애하는 것이 확실했다. 탱그리가 늑대에게 위엄 있고 아름다운 외모와 가공할 만한 무기를 준 것을 보면 알 수 있었다. 늑대의 표정과 송곳니는 무기의 일부였다. 초원의 수많은 동물들은 감히 늑대에 대적하지 못했다. 초원늑대가 가진 무기의 위력에 눌려 자진하여 패배를 인정했던 것이다. 갈수록 날카로워지는 새끼늑대의 송곳니 네 개가 조금씩 천전을 불안하게 만들고 있었다.

다행히 산책은 늑대가 가장 즐거워하는 시간이었고, 기분이 좋을 때는 절대로 무기를 드러내지 않았다. 깨무는 것은 늑대들이 친근감을 표현하는 주된 방식 중의 하나였다. 천전 역시 늘 손가락을 늑대 입속에 넣어 마음대로 깨물고 핥게 해주었다. 늑대가 천전의 손가락을 깨물며 놀 때는 한 가족의 새끼늑대들이 놀 때처럼 최대한 살짝 물어서 결코 상처가 나서 피가 날 정도로는 힘주지 않았다.

최근 한 달간 새끼늑대의 성장 속도는 놀랄 만큼 빨라서, 체력도 체중에 비해 훨씬 빠르게 늘었다. 날마다 늑대를 산책시킨다고는 하지만, 사실상 그건 늑대를 끌어당기는 정도여서 어찌 본다면 사람이 늑대에게 끌려 다닌다고 봐도 좋았다. 새끼늑대는 묶여 있던 말뚝에서 벗어나기만 하면 곧장 악대말이 수레를 끄는 것처럼 천전을 끌고 힘차게 풀밭으로 뛰쳐나갔다.

천전이나 양커는 새끼늑대의 다리 근육을 단련시키기 위해 자주 늑대를 데리고 나가 함께 뛰었다. 하지만 사람이 더 이상 뛸 수 없을 정도가 되어도 새끼늑대는 있는 힘껏 잡아끌었다. 그렇게 한번 잡아끌기 시작하면 30분에서 한 시간까지도 끌고 다녔다. 천전은 늑대에 끌려 다니느라 손도 아프고 팔도 저리고 온몸에 땀이 쏟아져 하루 종일 중노동을 한 것보다 더 힘이 들었다.

내몽골 고원의 산소는 베이징 평원보다 훨씬 희박하기 때문에, 늑대에게 끌려 다니다 보면 천전은 대뇌에 산소가 부족해져서 얼굴이 하얗게 질리고 두 다리에 경련이 일어나기도 했다. 처음 시작할 때는 그도 새끼늑대와 함께 장거리 달리기를 연습해서, 초원의 사내들같이 건장한 체력을 키우기로 다짐했었다. 그러나 잠재돼 있던 늑대의 달리기 실력이 속속 왕성하게 터져 나오면서 그는 완전히 자신감을 상실했다.

늑대는 초원의 장거리 달리기 명수이고, 몽골에서 제일 빠른 말도 이기지 못하는데, 어떻게 자신 같은 한인이 두 다리만으로 늑대와 겨루겠는가? 천전과 양커는 늑대가 다 자라고 나면 산책을 어떻게 시켜야 할지 슬슬 걱정되기 시작했다. 잘못했다간 새끼늑대가 그들을 늑대무리가 있는 곳으로 끌고 달려갈지도 모를 일이었다.

가끔 늑대가 잡아끌어서 천전이나 양커가 풀밭에 넘어지기라도 하면 멀리 몇몇 게르에서 여인들과 아이들이 그 모습을 보고 배꼽을 잡고 웃어댔다. 목축민들은 늑대를 기르는 걸 두고 공연한 짓이라 치부했지만 그러면서도 다들 구경하고 싶어 했다. 대대의 목축민들은 공정한 탱그리가 베이징 학생이 벌이고 있는 이른바 과학 실험에 대해 적절한 제제와 훈계를 내려주기를 바랐다. 러시아어를 조금 할 줄 아는 어떤 젊은 목축민이 천전에게 이런 말을 했다.

"사람은 늑대를 길들일 수 없어. 과학으로도 물론 마찬가지고!"

천전은 변명하며 말했다.

"전 그저 늑대를 관찰하고 연구하려는 게 목적이지, 늑대를 길들이고 싶은 생각은 조금도 없어요."

아무도 그의 변명을 믿으려 하지 않았고, 그가 늑대를 이용해 늑대개를 교배시키려 한다는 소문은 이미 목장 전체에 퍼져 있었다. 그와 양커가 늑대를 산책시키면서 도리어 늑대에게 끌려 다니거나 곤두박질친 일들은 목축민들의 술자리에서 웃음거리가 되고 있었다. 사람들은 늑대가 암캐를 잡아먹었다는 이야기가 들려오기만을 기다리고 있었다.

새끼늑대는 흥분해서 계속 뛰어다녔고, 천전은 숨을 헐떡거리며 뒤를 좇았다. 한 가지 이상한 점은, 예전에는 산책을 나가면 아무 방향으로나 마구 뛰어다니는 걸 좋아하더니, 요즘 들어서는 항상 서북쪽으로 달려가고 싶어 한다는 거였다. 그쪽은 그날 밤 암늑대들의 울음소리가 가장 많이 들려왔던 방향이었다.

호기심이 발동한 천전은 어떻게 되는지 한번 보고 싶었다. 그는 새끼늑대를 따라 아주 멀리까지 달려서, 예전에 달렸던 거리보다 훨씬 더 먼 곳까지 나갔다. 새끼늑대는 천전을 끌고 산골짜기 하나를 넘어 완만한 산비탈까지 갔다. 천전이 고개를 돌려 둘러보니, 게르에서 벌써 3, 4리나 떨어져 있었다. 그는 조금 걱정이 되긴 했지만 이랑과 황황이 보호해주고 손에 말채찍도 들고 있었기 때문에 새끼늑대의 방향을 되돌리지 않았다. 다시 200미터쯤 더 달려 나가다 새끼늑대는 발걸음을 늦추고 이리저리 냄새를 맡으며 돌아다녔다. 풀밭에 있는 소똥이나 흙더미, 뼈다귀, 풀 한 포기에서 돌 하나까지, 돌출되어 있는 것이라면 무엇 하나 그냥 지나치지 않았다.

계속 냄새를 맡아 나가던 새끼늑대가 어느 띠풀 더미 앞까지 갔다. 코를 내밀어 냄새를 한번 맡더니 갑자기 온몸을 격렬하게 떨면서 등줄기의 갈기가 가시나무의 가시처럼 바싹 곤두섰다. 늑대의 눈이 놀람과 기쁨의 빛으로 반짝였다. 늑대는 냄새를 맡고 또 맡더니 아예 머리를 파묻으려 했다. 새끼늑대가 갑자기 머리를 들고는 서쪽 하늘의 저녁놀을 바라보며 길게 울부짖기 시작했다. 울음소리는 처량하고 구슬펐다. 처음 울음소리를 냈을 때 보였던 흥분과 기쁨은 찾아볼 수 없었다. 그 울음에는 모성애와 가족에 대한 그리움과 갈망이 가득 차 있었고, 몇 달 동안 죄수처럼 쇠사슬에 묶여 지냈던 고통까지도 한꺼번에 통곡으로 배어 나왔다.

이랑과 황황도 머리를 숙여 띠풀 더미에서 냄새를 맡더니 갈기를 빳빳이 세우고 마구 땅을 파헤치면서 줄곧 서북쪽을 향해 사납게 짖어댔다. 순간, 천전은 그 상황을 이해할 수 있었다.

'아, 늑대와 개들이 늑대의 오줌 냄새를 맡았구나.'

천전도 풀숲을 헤치며 살펴보았다. 한곳의 띠풀 줄기는 아랫부분이 이미 늑대 오줌 때문에 누렇게 변했고 퀴퀴한 지린내가 코를 찔렀다. 천전은 약간 당황했다. 왜냐하면 오줌을 눈 지 얼마 되지 않은 것 같았다. 짐작컨대 어젯밤에도 늑대들은 여전히 대대 부근에서 활동했던 것으로 판단되었다. 저녁놀이 점점 퇴색하면서, 산비탈은 온통 암녹색 그림자로 덮였다. 산들바람이 불어오자 풀들이 파도처럼 물결치는 모습이 꼭 그 속에서 많은 늑대들이 움직이는 것 같았다. 천전은 몸을 한번 움찔했다. 그는 이곳에 숨어 있던 늑대 복병을 마주치게 되는 건 아닐까 갑자기 두려워졌다. 아직까지 단념하지 않은 어미늑대가 어디선가 튀어나올 것도 같았다. 그는 얼른 새끼늑대를 끌고 집으로 돌아가고 싶을 뿐 다른 아무 생각도 들지 않았다.

바로 그때였다. 새끼늑대가 갑자기 한쪽 뒷다리를 들더니 띠풀 더미에다 오줌을 누었다. 천전은 깜짝 놀라서 늑대를 세게 잡아당겼다. 어미늑대가 아직까지 새끼를 기억하고 있다면, 죄수처럼 지내던 새끼늑대가 어미에게 중요한 단서를 남기는 셈이 될 것이다. 만일 새끼늑대가 어미와 다시 만나게 된다면……. 그 이후의 일은 상상조차 하기 싫었다. 천전은 힘을 주어 세차게 늑대를 잡아당겼다. 천전이 끌어당기는 바람에 새끼늑대는 오줌을 누다가 말았다. 새끼늑대가 어미를 찾기 위해 애타는 마음에서 시도했던 계획이 강제로 중단된 것이다.

새끼늑대는 화가 나서 마구 날뛰다가, 갑자기 눈을 치켜뜨더니 뒷다리를 웅크렸다 폭발적으로 힘을 발휘해 마치 진짜 야생늑대처럼 천전을 거세게 덮쳤다. 천전은 본능적으로 급히 뒤로 물러서다가 풀숲에 걸려 넘어지고 말았다. 새끼늑대가 입을 크게 벌리고 달려들어 천전의 종아리를 매섭게 물었다. 천전은 "악" 하고 외마디 비명을 질렀다. 심장을 찌르는 듯한 아픔과 공포가 온몸을 뒤흔들었다. 늑대의 날카로운 이빨이 바지를 뚫고 들어와 그의 살 속 깊이 파고들었다. 천전은 얼른 일어나 앉으며 말채찍으로 늑대의 코를 힘껏 후려쳤다. 그러나 새끼늑대는 완전히 미친 것처럼 끝까지 물고 늘어지며 꽉 다문 입을 절대로 떼지 않았다. 살점이라도 떼어내야 분이 풀릴 기세였다.

황황과 이랑이 놀라서 달려왔다. 황황은 새끼늑대의 뒷목을 물고 잡아당기느라 안간힘을 썼다. 이랑이 격분해서 늑대의 머리에 대고 크게 한 번 짖었다. 그 소리가 새끼늑대의 귀에는 천둥소리처럼 울렸는지 놀라서 부들부들 떨며 겨우 입을 떼었다.

천전은 너무 놀라서 허탈하기까지 했다. 그는 자기가 직접 키운 새끼늑대의 송곳니에서 자신의 피를 보았다. 이랑과 황황은 여전히 새끼늑대를 공격하고 있었다. 그는 얼른 늑대의 목덜미를 끌어다 품에 꽉 안았다. 그러나 새끼늑대는 독화살 같은 눈을 부릅뜬 채 이빨을 드러내며 으르렁거렸고, 계속 성질을 부리면서 발버둥 쳤다.

천전이 개들에게 멈추라고 소리쳤다. 개들은 즉시 공격을 멈추자 새끼늑대도 그제야 발악을 멈추었다. 그가 손을 떼자 늑대는 몸을 덜덜 떨면서 두어 발짝 물러나더니 야생늑대의 독기 어린 눈빛으로 천전을 계속 쏘아보았다. 곧추선 갈기털이 도무지 가라앉을 기미가 보이지 않았다. 천전은 화도 나고 무섭기도 해서 숨 가쁜 목소리로 늑대에게 말했다.

"늑대야, 늑대야, 너 눈이 어떻게 된 거야? 네가 감히 날 물어?"

익숙한 목소리에 새끼늑대는 비로소 화산처럼 폭발했던 야수의 성질을 차츰 누그러뜨리고 제정신으로 돌아왔다. 늑대는 고개를 갸웃거리며 눈앞에 있는 사람을 훑어보았다. 자기 앞에 있는 사람이 천전이라는 걸 알아차린 것 같았지만 반성하는 눈빛은 털끝만큼도 보이지 않았다.

새끼늑대에게 물린 상처에서 계속 피가 흘러나와 이미 헝겊신발에까지 스며들었다. 천전은 얼른 일어나서 말채찍을 가까이 있던 마르모트 굴에다 쑤셔 박고서 그것을 임시 말뚝 삼아 쇠사슬 끝부분의 고리를 걸었다. 그는 새끼늑대가 피를 보게 되면 나쁜 마음을 먹을까봐, 몇 발짝 앞으로 가서 늑대를 등지고 앉아 신발을 벗고 바지를 걷었다.

종아리에는 네 개의 작은 구멍이 나 있었고 피가 흘러나오고 있었다. 다행히 데님이 얇은 범포만큼 두꺼워서 웬만큼 막아주었기 때문에 상처가 생각보다 깊지 않았다. 천전은 급히 초원 목축민들의 민간요법을 생각해냈다. 그는 우선 있는 힘껏 피를 짜내 몸속의 깨끗한 피를 흘러나오게 해서 독을 씻어냈다. 대략 주사기 절반 정도의 피를 뽑아낸 다음 그는 셔츠를 찢어 상처를 꽉 동여맸다.

다시 몸을 일으킨 천전은 늑대를 끌고 게르로 돌아가기로 했다. 그는 게르에서 나오는 밥 짓는 연기를 가리키며 큰 소리로 말했다.

"늑대야, 늑대야, 밥 먹자, 물 마시자."

이것은 천전과 양커가 찾아낸 방법으로, 산책을 마치고 늑대의 발길을 집으로 돌릴 때 하는 말이었다. 새끼늑대는 "밥 먹자, 물 마시자"라는 말을 듣자마자 혀끝에 침이 흘렀고, 방금 전에 있었던 일은 깡그리 잊은 듯 천전을 끌고서 집으로 뛰어갔다.

집에 도착한 새끼늑대는 곧장 밥그릇 앞으로 달려가, 밥과 물이 담겨지기만을 간절히 기다렸다. 천전은 쇠사슬을 말뚝에 걸고 빗장을 잘 채운 후 마르모트의 목덜미 부분과 시원한 물 반 바가지를 퍼다 주었다. 새끼늑대는 목이 무척 말랐었는지 곧장 물그릇에 얼굴을 박고 단숨에 절반이나 마셨다. 산책을 마친 후에 늑대를 집으로 데려오기 위해서는 온종일 물을 먹이지 말아야 한다. 산책하는 동안 입에 땀이 가득해질 정도로 뛰어서 목도 마르고 배도 고파질 즈음에는 '물'이라는 말만으로도 착하게 집으로 돌아올 수 있었던 것이다.

천전은 게르로 들어가 약을 찾았다. 상처를 보고 놀란 가오젠종이 천전에게 주사를 맞으라고 재촉했다. 늑장 부릴 일이 아니었기에 천전은 서둘러 말을 타고 제3목축조 게르로 달려가 맨발의사인 샤오펑에게 광견병 백신 주사를 놓아달라고 부탁했다. 그러면서 새끼늑대가 물었다는 얘기는 절대로 아무에게도 하지 말아달라고 당부했다. 그 대신 샤오펑이 빌려갔다가 잃어버린 책 《중국의 붉은 별》에 대해서 책임을 묻지 않는 것은 물론이고 오히려 《나폴레옹전》과 《고리오 영감》까지 빌려주겠노라고 약속했다. 샤오펑은 마지못해 그러마고 대답하고 나서 투덜거리듯 말했다.

"장부의 위생원에서는 광견병 백신을 한 번에 서너 개밖에 주지 않아. 그런데 어떤 민공이 목축민이 기르는 개한테 물려서 벌써 두 개나 써버렸거든. 날이 이렇게 더운데 다시 장부까지 힘들게 다녀올 일이 걱정이구먼."

천전은 계속 이런저런 말로 아부를 떨고 있으면서도 자기가 무슨 소리를 하고 있는지 몰랐다. 그의 머릿속엔 온통 새끼늑대를 어떻게 보호해야 할지 그 생각뿐이었다.

'새끼늑대가 결국 사람을 물었다.'

초원의 규율은 엄격해서, 개가 양을 물어 상처를 내도 즉각 죽였고, 더더욱 사람을 물면 바로 그 자리에서 죽였다. 그러니 늑대가 사람을 물었다면 용서 받을 일말의 여지도 없었다. 늑대를 기르는 것 자체도 초원의 도리를 크게 거스르는 일이었는데 이제 사람에게 상처까지 입혔으니 늑대의 목숨은 바람 앞의 등불인 셈이다. 천전은 말에 올라 상처에 대한 걱정은 잊고 새끼늑대를 지킬 방법을 궁리하느라 머리를 쥐어짰다.

천전이 집에 돌아오니, 양커와 가오젠종이 사람을 물기 시작한 늑대를 어떻게 처리할 것인지를 놓고 논쟁을 벌이고 있었다. 가오젠종이 소리 지르듯 말했다.

"저 늑대 새끼, 천전을 물었으니 이제 누군들 못 물겠어! 누가 뭐래도 무조건 죽여야 돼! 앞으로 또 사람을 물면 어떻게 할 거야? 가을에 목초지를 옮기면 각 조 간의 거리가 4, 50리나 6, 70리씩 떨어질 테니, 그때는 주사 맞기도 힘들 거야. 그때 독니에 감염이라도 되면 어쩔 거야. 광랑병은 광견병보다 더 위험해서 정말 목숨이 왔다 갔다 한단 말이야!"

양커가 나지막이 말했다.

"앞으로 장부에서 우리한테 광견병 백신을 놔주지 않을까봐 걱정돼. 광견병 백신은 흔한 게 아니라서, 늑대에게 물리는 걸 예방하거나 예기치 못하게 개가 사람을 물었을 때만 쓰는 건데, 늑대를 기르는 사람한테 그걸 놔 주겠어? 내 생각엔 말이지…… 내 생각엔 아무래도 늑대를 얼른 풀어주는 수밖에 없을 것 같아. 더 늦었다간 아마 대대에서 사람을 보내 늑대를 죽일 거야."

가오젠종이 말했다.

"사람을 물었는데 아직도 넌 늑대를 놓아줄 생각이야? 동화에 나오는 동곽 선생이 따로 없군. 말도 안 되는 소리 그만 해!"

그 순간 천전은 오히려 정신이 바짝 들었다. 그가 이를 악물며 말했다.

"난 이미 결심했어. 죽이지도 않을 거고 풀어주지도 않을 거야. 만일 죽인다면 내가 늑대에게 물린 게 헛수고가 돼버리고, 그동안 흘린 피땀도 완전히 물거품이 되고. 그리고 만일 풀어준다면 방생放生이 아니라 방사放死가 될 거야. 새끼늑대가 안전하게 늑대 무리로 돌아간다 하더라도, 우두머리 늑대가 새끼늑대를 떠돌이 취급하거나 첩자로 오해라도 하면 불쌍한 늑대가 어떻게 살아갈 수 있겠어?"

"그럼 어떻게 하지?"

양커가 근심 어린 말투로 물었다. 그러자 천전이 대답했다.

"지금 할 수 있는 유일한 방법은 늑대의 이빨을 손보는 거야. 펜치로 늑대 송곳니의 뾰족한 부분을 잘라버리는 거지. 늑대 이빨은 날카로워서 무서운 거니까, 무뎌진다면 이빨 빠진 호랑이나 다름없지. 사람을 물어도 상처가 나지 않을 테니 백신 주사를 맞지 않아도 될 거야…….
그 대신 앞으로 늑대에게 밥을 줄 때는 고기를 잘게 썰어서 주면 돼."

양커는 고개를 저으며 말했다.

"그 방법이 통한다 해도, 그렇게 되면 너 역시 늑대를 죽이는 거나 마찬가지야. 송곳니가 없는 늑대가 앞으로 어떻게 초원에서 살아갈 수 있겠어?"

천전이 고개를 푹 숙였다.

"나 역시 달리 방법이 없어. 어쨌든 나도 늑대에게 물리는 걸 원치 않았지만, 그렇다고 사소한 일로 계획을 망쳤다고 해서 중간에 그만둘 수는 없어. 송곳니는 나중에 또 자랄지도 모르잖아? 우선 급한 불부터 끄자고."

가오젠종이 빈정거리듯 말했다.

"차라리 호랑이 이빨을 뽑지! 너 늑대한테 또 물리고 싶구나?"

다음 날 아침, 양떼가 우리 밖으로 나가기 전에 천전과 양커는 늑대에게 수술을 해주었다. 먼저 배불리 먹여 늑대를 기분 좋게 해준 뒤, 양커가 양손으로 늑대의 뒤통수를 붙잡고 두 엄지손가락으로 양쪽 뺨을 눌러 늑대 입을 벌리게 했다. 늑대는 저항하지 않았다. 평소에 두 사람과 장난치는 것에 이미 익숙해져서 이번에도 재미있는 놀이의 하나라고 생각했던 모양이었다.

두 사람은 늑대 입을 하늘을 향해 벌리게 하고 자세히 들여다보았다. 늑대의 송곳니는 약간 투명해서 이빨 안쪽의 치수관齒髓管까지도 보였다. 다행히 치수관이 송곳니의 중간까지만 있어서, 날카로운 끝부분만 제거하면 치수를 상하게 하지 않을 것 같았다. 그러면 신경을 건드리지 않을 테니까 늑대가 통증을 느끼지 못할 것 같았다. 이렇게 하면 새끼늑대는 송곳니 네 개를 모두 온전히 보전할 수 있고, 또 어쩌면 얼마 안 가서 다시 날카로운 이빨이 새로 날지도 몰랐다.

천전은 먼저 늑대에게 펜치 냄새를 맡게 하고 그걸 가지고 놀게 했다. 펜치에 대한 경계심이 사라졌을 즈음 양커는 늑대의 입을 벌렸다. 천전은 조심스럽게 그러나 최대한 빨리 송곳니 네 개의 날카로운 부분을 싹둑싹둑 잘라냈다. 얼추 이빨의 4분의 1정도를 잘라냈는데, 잘려진 조각이 흡사 나사 끝 부분 같았다. 두 사람은 늑대 이빨을 뽑는 일이 호랑이 이빨 뽑기만큼이나 어려울 거라고 생각해서 각오를 단단히 하고 수술 준비를 철저히 했다. 하지만, 수술은 의외로 늑대를 다치게 하지도 않았고 1분도 채 안 걸려 끝났다. 늑대는 뭉툭해진 이빨을 핥아 보았지만 뭐가 없어졌는지도 모르는 것 같았다. 두 사람은 늑대에게 상으로 맛있는 걸 줄까 하다가 상처에 닿으면 아플까봐 그만두기로 했다.

천전과 양커 모두 한숨을 돌렸다. 앞으로 다시는 늑대가 사람을 물어 상처 낼 일은 없을 것이다. 그러나 두 사람은 며칠 동안이나 기운을 차리지 못했다. 양커가 말했다.

"아무래도 늑대의 송곳니를 없앤 게 거세시킨 것보다 더 잔인한 일 같아."

천전도 망연자실한 표정으로 말했다.

"우리가 처음 늑대를 기르기로 했을 때 가졌던 초심에서 점점 멀어지는 것 같지 않아?"

샤오펑은 연거푸 세 권의 책을 빌려갔고, 두 사람은 몹시 아까워했다. 전 목장에 있는 100여 명의 지식청년 중에서 봉자수(封資修. 봉건주의·자본주의·수정주의)의 유명한 사상서들을 몇 상자씩 가지고 있는 건 천전과 양커뿐이었다. 2년 전 광포한 정치 폭풍이 최고도로 몰아치고 지나간 뒤로, 지식청년들은 무미건조하고 단조로운 양치기 생활 속에서 몰래 금서를 읽기 시작했다. 때문에 일단 책을 빌려주고 나면 돌려받을 수 있을 거라는 생각은 단념해야 했다. 하지만 천전의 입장에서는 빌려주지 않을 수가 없었다……. 만일 늑대가 사람을 물었다고 소문이 돌면 바오순궤이가 분명히 새끼늑대를 죽이려 들 것이기 때문이다. 과연 책을 빌려준 효과가 있었는지, 아주 오랫동안 대대 사람들 가운데 아무도 천전이 늑대에게 물렸다는 사실을 알지 못했다.

28

황연, 하늘을 덮다

세민(世民. 당 태종)이 군사를 일으킨 이래 수십 번의 전투가 있었는데, 늘 병사들에 앞장서 말을 타고 적진에 깊숙이 들어갔고 누차 위태한 상황이 있었으나, 화살이나 칼에 다친 적은 없었다.

……세민이 수십 명의 적군을 죽이는 동안 두 개의 칼은 이가 나가고 소매는 온통 피로 물들었지만, 모두 떨쳐내고 전투를 계속했다. 이연李淵의 병사도 다시 사기를 떨치고 일어났다.

황제(당 태종)가 이르기를, "……군사를 이끄는 도리는 상황이 유리할 때는 신속히 나아가고, 상황이 불리해지면 신속히 물러서야 한다." _사마광 《자치통감》

큰 비가 몇 차례 지나간 후, 올론초원의 모든 하천마다 물이 가득 불어났고 새 목초지의 호수면도 엄청 넓어졌다. 호숫가의 잔디는 습지로 변해서, 새끼오리들이 나는 연습을 하거나 먹이를 찾는 낙원이 되었다. 이와 동시에, 예전에는 볼 수 없었을 만큼 무시무시한 모기떼가 돌연히 변경 초원에 나타났다.

베이징 지식청년들에게는 초원의 모기떼가 눈보라나 가뭄, 폭풍, 화재, 질병 그리고 늑대보다도 더 무서운 천재지변이었다. 올론초원의 모기떼는 공기와도 같아서, 그 어디든 다 있었다. 방충모를 쓰지 않고서는 함부로 숨을 쉴 수도 없었다. 방충모 없이 숨을 들이쉬었다가는 콧속으로 모기가 몇 마리씩이나 빨려 들어갔다.

내몽골 중동부 변경지역의 초원은 아마도 이 세상에서 모기떼의 규모가 가장 크고 밀집된 구역일 것이다. 이곳에는 하천과 호수가 많고 풀이 무성한 데다 모기들이 편안히 겨울을 날 수 있는 마르모트 굴이 수없이 많았기 때문이다. 또 모기들에겐 늑대와 사람, 소, 양, 말에서부터 쥐와 토끼, 뱀, 마르모트, 몽골가젤 등에 이르기까지 아무리 빨아 먹어도 바닥나지 않는 피가 있었다. 모기떼가 벌써 사람들을 괴롭히기 시작하고 있었다. 바로 얼마 전에는 열여섯 살의 어린 지식청년이 모기에 시달리다 못해 결국 정신이상을 일으켜서 베이징으로 돌려보내진 일도 있었다. 늑대 피를 빨아 먹기 때문인지 모기떼는 초원의 늑대보다도 더욱 광적인 야성을 지녀서, 열혈과 냉혈을 가리지 않고 초원의 모든 동물들을 무자비하게 공격했다.

새 목초지에는 지난겨울을 안전하게 난 모기들이 더 많았기 때문에 모기떼로 인한 피해가 더욱 심각했다.

그날 오후, 천전은 게르의 모기장 속에서 책을 읽다가 모기에게 포위되어 공격당하고 있을 새끼늑대가 걱정되어 나가 보았다. 양봉할 때 쓰는 것 같은 방충모를 머리에 쓰고 손에는 말총으로 만든 총채를 쥔 채, 물샐틈없이 완벽하게 밀폐되어 있는 게르 문을 조심스럽게 열고 밖으로 나갔다. 하루 중에서도 이 시간이 모기떼가 총공격을 개시할 준비를 하는 때였다. 천전이 게르 밖을 나서자마자 공습경보보다 더 무서운 모기들의 윙윙거리는 소리로 요란했다.

올론초원의 노랑모기는 지혜로는 늑대만 못해도 죽음을 불사하는 공격성만큼은 조금도 뒤지지 않았다. 동물 냄새를 맡기만 하면 아무런 탐색이나 망설임 없이 화살이 날아가 꽂히듯 무자비하게 돌진해서 피를 빨아댔다. 거기엔 어떤 전술이나 전략도 필요 없었다. 먼저 공격한 놈들이 휘두르는 말꼬리나 소꼬리에 채여 아무리 죽어나가도 다른 모기떼가 그 뒤를 이어 끊임없이 달려들었다. 그 후속부대는 꼬리에 맞아 터진 다른 모기의 피 냄새에 더욱 자극을 받을 뿐이다.

천전의 얼굴을 덮은 방충모에 셀 수 없이 많은 모기들이 순식간에 따닥따닥 달라붙었다. 유심히 보니, 모기들이 촘촘한 망의 구멍마다 들러붙어서 바늘 같은 대롱을 들이밀고 있었다. 천전이 총채로 한 번 쳐내자 수십 마리의 모기들이 우수수 떨어졌지만 눈 깜짝할 사이에 다른 놈들이 다시 달라붙었다. 눈앞의 물체를 보려면 부채질하듯 쉴 새 없이 쓸어내려야만 했다.

천전이 고개를 들어 하늘을 올려다보았다. 머리로부터 2미터도 안 되는 공중에서 모기떼가 한참 전투준비를 하는지 빽빽이 모여들어 날고 있었다. 하늘에는 노란 연기가 두껍게 한 층 덮여 있어서 마치 불길이 거세게 일어나는 모습을 방불케 했다.

'아무리 무서운 낭연도 초원의 모기떼가 만들어내는 황연黃煙을 당해내지 못 하는군. 그러니 이 계절에는 사람들이나 가축들 모두가 목숨을 걸고 모기와 전쟁을 치를 수밖에.'

천전은 고개를 들어 모기들의 동정을 살폈다. 이날은 모기떼가 유난히도 밀집돼 있을 뿐 아니라 그 규모가 놀랄 만큼 컸다. 모기들이 쉴 새 없이 날갯짓을 하고 있어서 날개는 잘 보이지 않고 몸통만 보였는데, 그 몸집이 말린 새뱅이만큼 컸다. 천전은 자신이 지금 물속에서 위를 올려다보고 있는데 수없이 많은 어린 새우들이 떼 지어 헤엄쳐 다니고 있는 것 같았다.

굴레를 씌워둔 천전의 백마는 언덕에서 풀을 뜯어 먹을 생각은 일찌감치 포기한 채 텅 빈 양똥받이 위에 서 있었다. 그곳은 바닥에 양들의 똥만 넓게 깔려 있고 풀이라고는 한 포기도 나지 않아서 모기가 비교적 적었다. 그럼에도 역시 말의 몸에는 모기들이 두껍게 덮여 있어, 마치 온몸에 쌀겨가 들러붙어 있는 것 같았다. 주인이 총채로 모기를 쫓아주자 백마는 절룩거리며 천전 옆으로 다가왔다. 천전은 허리를 숙여 백마의 굴레를 풀어서 모기가 적은 달구지 옆으로 끌고 가 그곳에 다시 묶어두었다.

말은 쉴 새 없이 고개를 위아래로 움직이고 꼬리로는 배와 다리, 옆구리를 후려쳐서 몸에 붙은 모기를 쫓고 있었다. 그러나 앞가슴과 앞다리, 앞쪽 옆구리는 입으로 쫓아낼 수밖에 없었다. 수많은 모기들이 말의 털을 헤쳐서 인정사정없이 피를 빨아 먹었다. 얼마 지나지 않아 모기의 배는 불룩해지고, 대신 말의 몸통에는 모기에 물린 자국이 마치 구기자처럼 붉게 타원형으로 부풀어 올랐다. 말은 안간힘을 쓰며 모기를 쫓느라 꼬리로 자기 몸을 쳐댔는데 그럴 때마다 모기 피가 묻어서 꼬리에 엉겨 붙을 정도였다. 말의 꼬리는 나름대로 제 기능을 최대한 발휘하고 있었다. 그러나 이때의 백마의 형상은 바로 엄청난 늑대들의 공격을 피해 허겁지겁 도망쳐온 꼴이었다.

천전은 총채로 말의 몸뚱이에 들러붙은 모기들을 쫓았다. 천전이 등과 앞다리를 힘껏 털어주자 말은 고개를 끄덕이며 주인에게 연방 감사의 표시를 했다. 그러나 모기떼는 갈수록 더 무섭게 몰려들었다. 한번 쫓고 나면 다시 숨 돌릴 틈도 없이 또 한바탕 몰려드는 바람에, 말은 내내 '쌀겨'와 '구기자'로 몸살을 앓았다.

천전은 새끼늑대가 몹시 걱정되어 서둘러 늑대 굴로 달려갔다. 늑대 굴 안에 빗물이 반쯤 들어차서 늑대는 안으로 들어가지 못하고 있었다. 늑대의 얇은 털만으로는 모기떼의 공격을 막아낼 도리가 없었다.

더군다나 털이 적거나 아예 없는 코나 귓불, 눈꺼풀, 얼굴, 두피, 뱃가죽과 네 발은 더욱 직접적으로 노출되어 있었다.

새끼늑대는 이미 모기에게 얼마나 시달렸는지 거의 제정신이 아니었다. 초원의 모기떼는 늑대 피가 무슨 보약이라도 되는 줄 아는 모양이었다. 새끼늑대는 초원에서 가장 짙고도 강렬한 '황색 연기'에 온몸을 쏘여 따끔거리자 참기 힘든지 그 자리에서 계속 뒹굴고 있었다. 그러다가 또 빙글빙글 원을 그리며 미친 듯이 날뛰었다. 몇 바퀴 돌고 나자 금세 열이 났지만, 늑대는 모기떼가 입으로 들어갈 수 있으니 혀를 함부로 내놓지 못했다. 더구나 입을 크게 벌려 숨 쉴 엄두는 더더욱 내지 못했다.

새끼늑대는 그렇게 한동안을 뛰고 나도 별 도움이 안 된다고 생각했는지, 이젠 제자리에 앉아 꼼짝도 않고 몸을 움츠렸다. 털이 적은 뒷다리는 몸 안으로 밀어 넣고 두 앞발로는 코를 가렸다. 천전은 초원의 패왕인 늑대가 이렇게 몰매 맞은 거지꼴로 모기에게 업신여김을 당하는 낭패를 보리라고는 상상도 하지 못했다. 새끼늑대는 여전히 고집 세고 거칠어 보였지만 날카롭고 생기 있는 눈빛만큼은 잃지 않고 있었다.

시간이 갈수록 날씨는 더욱 무더워졌다. 모기떼가 머리 위에서 떼지어 날아다녔는데 저기압 때문인지 흩어지기는커녕 자꾸만 모여들었다. 천전은 총채로 새끼늑대에게 몰려드는 모기들을 쫓으면서 손으로는 늑대의 머리와 몸을 쓰다듬어 주었다. 한 번 쓰다듬을 때마다 '쌀겨'가 한 줌씩 쓸려 나왔고 손에는 피가 잔뜩 묻어났다.

천전은 마음이 몹시 아팠다. 그 피는 모두 그동안 자신이 늑대에게 바쳤던 시간과 정성이었다. 그러나 새끼늑대는 오히려 즐거워하며 천전의 손바닥에 있는 자기 피를 핥았다. 그러면서 머리가 가려운지 천전의 무릎에 대고 마구 비볐다. 얼마나 비벼댔는지 천전의 무릎에 검붉은 늑대 털이 잔뜩 묻어났다. 늑대는 천전이 물에 빠진 자신이 붙잡아야 할 지푸라기라도 되는 것처럼 꽉 붙들고 놓아주지 않았다.

천전은 들판에 있을 늑대들을 생각해보았다. 대대 주위에는 가축들이 거의 다 뜯어 먹어 풀이 없는 편이지만, 산속에는 풀이 워낙 많아서 모기들이 훨씬 더 많을 것이다. 그렇다면 산속에 있는 늑대 무리는 여기 있는 새끼늑대보다 틀림없이 더 고통스러울 것이다. 굴 안으로 피해 들어가면 모기떼도 따라 들어갈 것이고, 바람이 불어오는 방향을 향해 뛰어도 여전히 또 다른 모기떼가 그 앞에 버티고 있을 것이다. 마르모트는 잘 잡히지도 않을뿐더러, 설령 어찌어찌해서 겨우 한 마리를 잡는다 해도 모기에게 빼앗긴 피를 보충하기에는 턱없이 모자랄 것이다.

빌게 노인은 모기떼가 한차례 지나가고 나면 늑대들이 본격적으로 공격을 개시할 것이라고 했다. 그동안 모기떼가 늑대들을 굶주리고 반쯤 미치게 만들었기 때문에, 대신에 사람과 가축들이 재앙을 당하게 될 것이라는 것이다. 초원에서는 특히 재앙이 한꺼번에 겹치는 것을 가장 두려워했는데, 그중에서도 모기떼와 늑대 무리가 그랬다. 그런 이유로 며칠 사이 전 목장의 인심이 크게 흉흉해졌다.

새끼늑대는 모기떼에 시달려 무척 지쳐 보이긴 했지만, 몸은 조금도 야위지 않았다. 매일 밤 모기떼의 공격을 조금이나마 피하려다 보니 운동량은 늘었지만 먹는 양이나 입맛에는 전혀 영향을 미치지 못했다. 게다가 모기떼로 인해 병든 가축이 늘어나면서, 천전은 늑대에게 양고기를 자주 먹일 수 있었다. 늑대는 배로 늘어난 식사량 덕분에 모기떼의 끝없는 착취와 정신적 괴롭힘을 견뎌낼 수 있었다.

그렇게 큰 재해가 닥쳤음에도 늑대는 여전히 잘 자라고 살이 찌고 있어서 천전은 자식들에게 공부하라는 잔소리나 응석을 받아줄 필요가 없는 마음 편한 부모 심정이었다. 새끼늑대는 매끼 배불리 먹여주면 그걸로 족했다. 먹을 고기와 마실 물만 있으면 어떤 고난과 재해도 잘 견뎌냈다.

천전은 새끼늑대를 길러본 사람은 아마도 자기 자식들에게 너무 높은 기대를 하지 않을 것 같다는 생각을 했다. 중국의 모든 부모들은 아이가 자라서 용처럼 높고 귀한 사람이 되기를 바라지만, 용은 말할 것도 없고 늑대만큼 되기를 바라는 것도 사실은 지나친 욕심이 아닐 수 없다.

갑자기 새끼늑대가 신경질적으로 날뛰기 시작했다. 어떤 용감한 모기가 늑대의 배 아래쪽으로 파고들어 생식기를 문 모양이었다. 얼마나 아팠던지 새끼늑대는 아무 생각 없이 몸을 움츠리고 있던 방어 자세를 급히 풀었다. 그러고는 뒷다리를 높이 쳐들어 머리를 배 아래쪽으로 넣어 물린 곳을 이빨로 긁으려고 했다. 그러나 뒷다리를 들자마자 이번에는 수백 마리의 굶주린 모기들이 몰려들어 새끼늑대의 아랫배를 뒤덮어버렸다.

천전은 새끼늑대를 그대로 놔두고, 버드나무 광주리를 메고 낫을 챙겨 서둘러 쑥을 캐기 위해 서쪽 산골짜기로 갔다. 작년에는 모기가 그다지 많지 않았기 때문에 가스마이를 따라 한 번 가본 게 전부였다. 호수 주변의 새 목초지로 이사온 후로 비가 자주 내리기에 천전은 일찌감치 쑥이 많이 자라는 곳을 알아두었다. 비는 모기떼를 불러오기도 했지만 초원의 무성한 쑥도 안겨주었다. 모기떼가 가장 극성을 부릴 때쯤이면, 마침 산골짜기의 다 자란 쑥도 약초 냄새를 짙게 풍겼다. 천전은 고개를 들어 탱그리를 바라보았다. 그는 초원에 만일 쑥이 없었다면 초원민족이 과연 이곳에서 살아남을 수 있었을까 생각해보았다.

개들은 풀 속의 모기가 무서운지 천전을 따라가지 않고, 모기가 비교적 적은 달구지 아래서 햇볕을 피해 엎드려 있었다. 천전이 서쪽 산골짜기로 가보니 멀리 자기네 조의 양떼가 산등성이에 모여 있는 것이 보였다. 그곳은 풀이 적고 바위는 많으면서 바람이 잘 부는 곳으로 양떼는 간신히 버티고 있는 것 같았다. 그리고 양치기들은 다들 머리에 방충모를 쓰고 있었다. 날이 더워서 숨쉬기조차 힘들었지만, 양치기 중에 누구도 용감하게 모자를 벗어던지지는 못하고 있었다.

산골짜기로 들어가자 키 큰 풀들이 우거져서 모기가 많을 뿐만 아니라 바람도 거의 통하지 않아, 천전의 온몸은 땀으로 축축이 젖었다. 수없이 많은 모기들이 딱딱한 침을 이용해 땀에 젖은 작업복 속을 뚫으려 했지만 옷이 워낙 두꺼워서 침을 반쯤 찔렀다가 더 이상 밀어 넣지도, 그렇다고 다시 빼내지도 못했다. 그래서 천전의 옷에는 침을 꽂은 채 움직이지 못하는 모기들이 다닥다닥 붙어 있었다. 천전은 일일이 털어내기도 귀찮고 해서 제풀에 죽도록 내버려두었다.

쑥밭이 가까워지자 모기떼가 눈에 띄게 줄어들었다. 쑥밭에는 키가 1미터 남짓 되는 쑥들이 가득 자라고 있었다. 남회색 줄기와 가느다란 잎은 얇은 솜털로 덮여 있었고, 풀은 연하고 즙이 많았다. 쑥은 쓴맛이 나서 가축들이 잘 먹지 않기 때문에 마음껏 자랄 수 있었다.

높이 자란 쑥밭으로 들어선 천전은 반사적으로 발걸음을 늦추고 낫을 움켜쥔 손에 힘을 주면서, 허리를 굽혀 경계태세를 갖췄다. 초원의 나이 든 양치기들은 젊은 지청들에게 여름에 방목할 때는 쑥밭을 제일 조심해야 한다고 늘 일깨워주었다. 쑥밭은 풀이 길쭉길쭉 높이 자라고 모기가 적어서 늑대가 몸을 숨기기에 가장 좋은 장소였다. 늑대는 모기를 쫓기 위해 일부러 쑥밭에서 뒹굴기도 한다고 했다. 온몸에 쑥 냄새를 묻히는 것은 방충복을 입는 셈이었다.

천전은 개를 데려오지 않았기 때문에 대뜸 깊이 들어가지 못했다. 그는 쑥밭 밖에서 소리를 몇 번 지른 후에 잠시 기다려보았다. 별다른 반응이 없는 것을 확인한 다음 그는 천천히 쑥밭으로 들어갔다. 천전은 생명을 구해줄 신선초라도 발견한 것처럼 가장 무성하게 자란 덤불 속으로 달려가 쑥을 허겁지겁 잘라서 광주리에 담았다. 쑥이 잘리며 스며 나온 즙 때문에 낫은 녹색으로 물들고, 진한 약초 냄새는 바람을 타고 공중으로 퍼져나갔다. 천전은 자신의 몸 구석구석까지 쑥 냄새를 배게 하려는 심정으로, 입을 크게 벌리고 숨을 있는 대로 들이마셨다.

커다란 광주리에 넘쳐날 만큼 쑥을 베어 담은 다음 천전은 서둘러 집으로 향했다. 그는 연한 쑥 한 줌을 으깨어 즙을 내서 손등에 발랐다. 신체 중에서 유일하게 모기에 노출되어 있던 손도 이제는 큰 걱정을 하지 않아도 좋았다.

게르로 돌아온 후, 천전은 난로에 마른 소똥을 많이 집어넣어 불을 세게 올렸다. 그러고는 다시 짐수레 위의 광주리에서 그동안 모아두었던 일고여덟 개의 낡은 세숫대야를 모두 꺼냈다. 그중에서 우선 가장 큰 것을 골라 불이 붙은 소똥 몇 덩이를 넣은 다음, 그 위에 다시 쑥 한 줌을 올려놓았다. 대야에서 진한 쑥 향기와 함께 흰 연기가 피어올랐다.

천전은 연기가 나는 대야를 들고 밖으로 나가 늑대를 향해 바람이 불어오는 쪽에 놓았다. 가벼운 바람이 불어오자 흰 연기가 나풀거리며 늑대 우리를 감쌌다. 쑥불 연기가 퍼지는 곳마다 모기들이 기겁해서 도망쳤다. 늑대 주위를 맴돌던 모기들이 거의 순식간에 종적을 감추었다.

쑥불 연기가 자기를 곤경에서 구해주었음에도 새끼늑대는 오히려 불꽃과 흰 연기를 보고 놀라서 갈기를 치켜세우며 몸을 떨었다. 공포에 가득 찬 눈으로 마구 날뛰면서 뒷걸음질 치다가 쇠사슬 때문에 더 이상 물러날 수가 없게 되자 그 자리에서 발버둥을 쳤다. 새끼늑대는 모든 야생늑대들이 그러하듯 불과 연기를 무서워했다. 그래서 모기떼에 시달렸던 방금 전까지의 고통 따위는 모두 잊은 듯 겁에 질려서 연기가 없는 쪽으로 필사적으로 도망가 숨으려 했다.

천전은 초원의 늑대들이 수천수만 년 동안 연기와 들불을 겪으면서 생겨난 두려움이 선험적으로 새끼늑대의 몸속에도 남아 있으리라 추측했다. 천전은 쑥불 연기가 늑대를 완전히 덮을 수 있도록 대야의 위치를 옮겨 놓거나 쑥을 더 넣기도 했다. 그는 새끼늑대가 불과 연기에 잘 적응할 수 있도록 훈련시켜야겠다고 생각했다. 그것만이 늑대가 고통스러운 모기떼로부터 벗어날 수 있는 유일한 방법이었기 때문이다. 야생의 들판에서 어미늑대가 새끼들을 산꼭대기나 쑥 덤불로 데려가 모기를 피할 수 있게 해주듯 천전이 대신 어미늑대가 되어 모기를 쫓아주어야 했다.

흰 연기가 끊임없이 피어오르자 새끼늑대는 쇠사슬이 목을 조이는데도 아등바등 다른 곳으로 피하려 애썼다. 그렇지만 천전은 마음을 모질게 먹고 계속 쑥불을 지폈다. 새끼늑대는 결국 지쳤는지 더는 버둥대지 못하고 연기 속에서 부들부들 떨면서 제자리에 꼼짝 않고 서 있었다. 새끼늑대는 처음에는 흰 연기에 대한 공포에 휩싸여 두려워했지만,. 그 덕분에 자기를 지겹게 쫓아다니며 물어뜯던 모기떼가 더 이상 귀찮게 굴지 않자 마음이 조금은 편안해진 듯했다. 늑대는 고개를 이리저리 돌리며 둘러보아도 조금 전까지 자기 배에 새까맣게 붙어 있었던 지긋지긋한 모기들이 모두 사라진 것을 확인하고는 금방 활기를 찾는 것 같았다.

그러다가도 흰 연기가 다시 크게 용솟음치면, 새끼늑대는 그때마다 몸을 움츠렸다. 또 대야 안에서 갑자기 불꽃이 일면 늑대는 기겁을 하면서 연기가 날아오지 않는 우리의 가장자리 쪽으로 도망을 쳤다. 하지만 흰 연기에서 벗어나자마자 또다시 모기떼에 둘러싸이면서 맹렬한 공격을 받았다. 늑대는 정신을 차리지 못하고 그 자리에서 펄쩍펄쩍 뛰었다. 도저히 더 이상 견딜 수가 없는지 늑대는 또다시 말뚝을 중심으로 원을 그리면서 미친 듯이 뛰기 시작했다.

열 몇 바퀴를 돌고 난 후 늑대는 속도를 서서히 줄여갔다. 이제 모기가 많은 곳과 적은 곳의 차이를 어렴풋하게나마 알아차린 것 같았다. 이상하게도 연기 속으로 들어가기만 하면 몸에 들러붙어 있던 모기들이 도망가고, 연기 밖으로 나오면 바로 어김없이 코부터 몇 방씩 물렸다. 새끼늑대는 눈을 동그랗게 뜨고 흰 연기를 신기한 듯 바라보았다. 그러면서 갈수록 연기 속에 머무는 시간이 길어졌다. 영리한 새끼늑대는 빠르게 머리를 굴려가며 눈앞에 있는 연기에 대해서 궁리하기 시작했다. 그러면서도 아직은 연기가 무서운지 연기가 있는 곳과 없는 곳 사이를 오가며 꽤나 망설이고 있는 것처럼 보였다.

여태껏 비교적 모기가 적은 달구지 아래서 졸고 있던 개 몇 마리가 하얀 모깃불 연기를 발견했다. 초원의 개들은 쑥불에 대해서 잘 알고 있던 바여서 눈을 빛내며 강아지들을 데리고 바로 연기 속으로 뛰어들었다. 연기 속으로 들어가자마자 개들의 몸에 붙어 있던 모기들이 모두 사라졌다. 큰 개들은 연기가 너무 강하지도 옅지도 않은 곳을 차지해 바닥에 엎드렸다. 개들은 편안한 자세로 기지개를 켜면서 부족한 잠을 보충하려 했다. 강아지들은 한 번도 쑥불 연기를 경험해보지 못했지만 어미개를 따라 아무 생각 없이 연기 속으로 뛰어들었다. 강아지들은 좋아서 어쩔 줄 몰라 하며 서로 좋은 자리를 차지하려 들었다. 직경 4미터 정도의 좁은 자기만의 공간에 여섯 마리나 되는 개가 순식간에 들어와 드러눕자 새끼늑대가 오히려 어리둥절해했다.

늑대는 개들이 한꺼번에 자기 집을 찾아온 것이 매우 기뻤는지 눈가에는 웃음을 띠고 입도 헤벌쭉 벌어졌고 꼬리도 끝이 말려 올라갔다. 평소에는 두 발을 들어 휘두르며 놀러 오라고 해도 거들떠보지도 않던 개들이었다. 더구나 자기를 싫어하던 이르까지 여섯 마리 전부가 출동했으니, 새끼늑대는 정말로 의외의 기쁨과 흥분을 느끼고 있었다. 살진 쥐 여섯 마리를 얻은 것보다도 기뻐했다.

새끼늑대는 두려움을 잊고 연기 속으로 뛰어들어 이랑의 등 위에 올라가 폴짝폴짝 뛰기도 하고 어린 암캉아지와 한데 어울려 뒹굴기도 했다. 외롭던 늑대에게 대가족이 생긴 셈이었다. 늑대는 마치 전 가족이 감옥으로 면회를 와준 것처럼 반가워하며 한 마리 한 마리에게 다가가 한껏 냄새를 맡고 입을 맞추고 핥아댔다. 천전은 새끼늑대가 그토록 기뻐하는 모습을 본 적이 없어 코끝이 찡했다.

개 여섯 마리에 늑대 한 마리까지 모여 있으니 쑥불 연기가 조금은 모자란 듯싶었다. 엄연히 새끼늑대가 주인임에도 불구하고 개들이 주인 행세를 하는 바람에 늑대가 오히려 연기 바깥으로 밀려났다. 강아지들은 여전히 좋은 자리를 차지하려 서로 다투고 있었다. 수캉아지 두 마리는 반갑다고 다가오는 새끼늑대를 되레 연기 밖으로 거침없이 밀어냈다. 자기 마음을 몰라주는 강아지들이 한편으로 서운했던 새끼늑대는 쑥불 연기가 미치지 않는 곳에서 모기떼에게 물려가며 개들의 행동을 곰곰이 지켜보았다.

잠시 후, 새끼늑대의 눈에서 드디어 물음표가 사라지고 뭔가 깨달은 듯 눈빛이 반짝였다. 새끼늑대는 결국 모든 상황을 제대로 파악할 수 있게 되었다. 개들은 자기를 보러 온 게 아니라 흰 연기를 찾아온 것이다. 새끼늑대를 두려움에 떨게 했던 흰 연기는 지독하게 괴롭히는 조그만 벌레들을 쫓는 무기였고, 원래 주인이 자신을 위해 특별히 준비해준 것이다. 어떤 경우에도 결코 손해 보는 법이 없는 늑대로서는 그제야 모든 걸 알아차리게 되자 잔뜩 화가 치밀었다.

그러자 늑대는 고기를 빼앗듯이 연기 속으로 달려들어 과격하게 수캉아지 두 마리를 밖으로 쫓아냈다. 강아지 한 마리가 악착같이 바닥에 엎드려 움직일 생각을 않자 늑대는 난폭하게 그 강아지의 귀를 물어 매몰차게 쫓아냈다. 새끼늑대는 마침내 연기를 적당히 쐴 수 있는 좋은 위치에 자리를 잡고 편안히 엎드려 모기로부터 해방된 즐거움을 여유롭게 누릴 수 있었다. 호기심과 지식욕, 연구심이 강한 늑대는 꼼짝도 하지 않고 연기가 나는 대야를 흥미진진하게 바라보고 있었다.

잠시 후, 아무래도 궁금했는지 갑자기 벌떡 일어선 새끼늑대가 연기가 나는 대야 쪽으로 다가갔다. 그러다 몇 발짝 못 가서 숨을 쉬다가 그만 진한 연기에 사레들려서 연방 재채기를 해댔다. 잠시 몇 발 뒤로 물러서긴 했지만, 그렇다고 쉽게 포기하지 않고 다시 다가갔다. 늑대는 연기가 적은 땅바닥에 머리를 바짝 대고서 대야까지 살금살금 기어갔다. 대야에 가까이 다가가 머리를 막 쳐들었을 때였다. 하필 그때 불똥 하나가 바람에 날려와 새끼늑대의 코에 떨어졌다. 늑대는 너무 뜨거워서 불붙은 폭탄처럼 펄쩍펄쩍 뛰며 법석을 피우다가 이내 땅에 떨어졌고, 갈기털이 전부 바깥으로 내뻗쳤다. 늑대는 놀란 나머지 꼬리를 바짝 말아 올리고 이랑 곁으로 달려가 품속으로 파고들었다. 이랑은 뭐가 뭔지도 모르고 어리바리하게 구는 늑대가 안쓰러웠는지, 혀로 늑대의 코를 다정하게 핥아주었다.

새끼늑대는 바닥에 얌전히 엎드려 멍하니 대야를 쳐다보기만 할 뿐 한 발짝도 다가갈 엄두를 내지 못했다. 얼마나 지났을까, 새끼늑대는 졸린 갓난아기처럼 눈을 껌벅거리더니 이내 잠이 들었다. 며칠 동안 모기떼에게 밤낮으로 괴롭힘을 당했던 늑대가 비로소 편안한 잠을 잘 수 있게 되었다. 그러나 천전은 깊은 잠에 빠진 새끼늑대의 귀가 조금씩 떨리고 있음을 주목했다. 늑대의 귀는 여전히 외부를 향해 경계를 늦추지 않고 있었다.

그때 천전은 딸각거리는 말발굽 소리를 들었다. 백마도 연기를 쐬고 싶은 듯했다. 천전은 얼른 가서 고삐를 풀어준 후, 늑대 굴 가까이 데려와 다시 고삐를 채웠다. 말의 온몸을 두껍게 덮고 있던 '쌀겨'가 윙 소리와 함께 날아갔다. 백마는 길게 숨을 고르더니 고개를 숙이고 눈을 반쯤 감은 채 졸기 시작했다.

무시무시한 모기떼 속에서 쑥불 연기의 효과는 정말 대단했다. 마치 오랫동안 눈 속에 갇혀 추위에 떨다가 시뻘겋게 불붙은 연탄 한 장을 얻었을 때처럼 새끼늑대와 백마와 여섯 마리의 개를 고통에서 구해줄 수 있었다. 여덟 마리의 생명은 모두가 천전이 아끼는 보배이자 친구였기에 제때에 적절한 도움을 줄 수 있어서 얼마나 다행인지 몰랐다. 아직 철없는 새끼늑대와 세 마리 강아지는 어린애들처럼 감사할 줄도 모르고 단잠에 빠져 있었지만, 큰 개 세 마리와 백마는 시도 때도 없이 고맙다는 눈빛으로 꼬리를 흔들어 보였다.

동물들의 감사 인사는 초원만큼이나 진실했다. 동물들은 구구절절

말로는 다 표현하지 못했지만 천전은 그것만으로도 충분히 감동했다. 똑똑한 새끼늑대가 다 자라고 나면, 분명 개들보다도 그와 더 교류할 수 있을 거라고 천전은 생각했다. 큰 재해를 겪으면서, 천전은 갈수록 자신이 동물 친구들에게 없어서는 안 될 중요한 존재가 되어간다는 사실에 가슴이 벅찼다. 대야에 마른 소똥과 쑥을 조금 더 넣고서, 그는 서둘러 소똥을 말리러 갔다.

모기 재해가 시작된 지 얼마 안 되었기에 산골짜기에는 아직 쑥이 많이 남아 있었다. 그래서 재해에 제대로 대처할 수 있을지 여부는 마른 소똥을 얼마큼 마련하느냐에 달려 있었다. 누가 재촉하지 않아도 모든 여인들과 아이들은 강렬한 태양 아래 열심히 소똥을 말렸다.

올론초원의 유목민족에게 소와 양의 똥은 중요한 연료였다. 겨울에는 마른 소똥을 주로 불을 지피기 위한 불쏘시개로 썼고, 주 연료로는 양똥을 사용했다. 집집마다 양 우리 안에 양똥받이를 두었다가 매일 양떼가 우리를 나서면 양똥을 거두어들였다. 바람 불고 햇볕 나는 날에 며칠 말리면 아주 좋은 연료로 쓸 수 있었다. 그렇게 만들어진 양똥 연료는 소똥보다도 훨씬 더 잘 탔다. 그러나 여름에는 양똥에 수분이 너무 많아서 목축민들은 게르에서 양똥 대신 말린 소똥을 많이 태웠다. 그러나 소똥 역시 여름철에는 소들이 즙이 많은 연한 풀을 먹는 데다 물을 많이 마셔서 수분이 많은 편이었다. 그래서 다른 계절처럼 딱딱하게 모양이 굳어지지 않아 일부러 신경을 써서 햇볕에 말려야만 했다.

여름에 소똥을 말리는 작업은 번거롭고 고된 일이었다. 게르의 여인들과 아이들은 시간이 날 때마다 틈틈이 대대 주위의 풀밭에서 소똥을 한 더미씩 말렸다. 나무갈퀴를 이용해서 소똥을 일일이 뒤집어가며 골

고루 햇볕을 쬐게 했다. 그런 다음 다시 며칠 전에 말렸던 소똥을 세 덩이씩 한데 모아 통풍이 잘되는 곳에 세워두고 햇볕에 한 번 더 말렸다. 그보다 며칠 앞서 말린 소똥은 광주리에 담아 게르 옆 땔감 더미에 옮겨 놓았다.

초원에서는 한 가정의 주부가 살림을 잘하는지는 여름철 게르 앞에 쌓아둔 소똥 더미의 높이를 보면 알 수 있었다. 지식청년들이 처음 자신들의 게르를 만들었을 때는 미리 준비를 해두지 않아서 장마철에도 불을 피우지 못하거나 혹은 연기는 나는데 불은 붙지 않아 다른 목축민들에게 마른 소똥을 얻어서 겨우 장마철을 나기도 했다. 그로부터 2년이 지난 올여름에는 모두 말린 똥의 중요성을 잘 알고 있었기 때문에 게르 문 앞에 쌓아둔 땔감 더미의 양도 다른 목축민들에 비해 결코 뒤지지 않았다.

천전과 양커는 원래 자질구레한 집안일을 탐탁지 않게 여겼다. 그런 잡다한 일들은 은근히 책 읽는 시간을 너무 빼앗을뿐더러 그들을 귀찮고 짜증나게 만들었다. 그러나 새끼늑대를 기르기 시작한 후로는 끝도 없이 생겨나는 그런 집안일들에 대한 생각이 많이 달라졌다. 새끼늑대를 잘 기르기 위해서는 우선 집안일이 원만하게 이루어져야 해서, 집안 살림살이가 한순간에 전쟁의 승패를 결정짓는 중요한 후방지원 업무로 승격되었다. 두 사람은 땔감, 곡식, 기름, 소금, 고기, 분뇨, 차 등 일곱 가지를 구하는 데 열을 올리기 시작했다.

평소 사용량을 생각해보면, 천전네 게르 앞에 쌓아둔 땔감 더미는 여름을 나기에 충분한 분량이었다. 그러나 모기떼가 지난해보다 훨씬 심하게 법석을 부리면서 사용량이 배로 늘어나 땔감이 빠른 속도로 줄고 있었다. 천전은 힘들고 짜증스럽지만 땔감을 확보하기 위해 갖은 애를 다 썼다.

고원의 햇빛이 갈수록 강렬해지면서, 천전의 두껍고 무거운 옷차림이 그를 더욱 숨 막히게 만들었다. 무거운 소똥 광주리를 두세 번 나르다 보면, 더워도 더위지만 산소 부족으로 어질어질하면서 나중에는 걷는 일조차 쉽지 않았다. 방충복이 땀으로 젖었다가 마르고, 말랐다가 다시 젖기를 반복했다. 옷에 땀의 소금기 때문에 생겨난 흔적이 하얗게 여러 층을 이루고 있었다. 그러나 천전은 연기 속에서 불안하게 잠자고 있는 새끼늑대와 강아지들과 큰 개들 그리고 백마를 바라보면서 억지로라도 힘을 내기로 했다.

천전은 반쯤 젖은 소똥보다도 더 무거운 또 다른 압력을 어깨에 짊어지고 있었다. 천전이 힘든 가운데 고생을 감수하는 것은 새끼늑대와 개들뿐 아니라 양떼를 위한 것이기도 했다. 2천 마리나 되는 거대한 양떼는 천전과 양커 두 사람의 노동으로 빚어낸 결실이었다. 지난 2년 동안, 그들이 직접 받아낸 새끼양의 수가 2천 마리를 넘어서 벌써 두 무리로 나누기도 했다. 그들은 칼바람과 눈, 모기떼와 폭염, 매일 밤낮으로 늑대와 싸워가며 낮에는 양을 치고 밤에는 야간경비를 서면서 스물네 시간 맞교대로 2년을 보내왔다.

양떼는 집단의 재산이기 때문에 피해를 입히게 되면 조그만 실수라도 엄격한 비판을 받아야 했다. 그런데 하필 지금 눈앞에 가장 무서운, 그것도 두 가지를 동시에 만난 상황에서 만일 조금이라도 소홀했다가는 두 사람에게 정치적으로 큰 재난이 닥치게 될 것이다. 이렇게 큰 양떼를 보호하기 위해서는 매일 밤 대여섯 대야씩 연기를 피워야만 했다.

만일 쑥불 연기가 양떼 전체를 감싸주지 못하게 되면 양들은 모기떼에 물려 정신없이 날뛰게 될 것이다. 그럴 땐 야간보초를 서는 한 사람만의 힘으로 양들을 통제하는 것은 사실상 역부족이었다. 혹여 양떼가 산속으로 도망이라도 친다면 매복해 있던 늑대에게 습격당하게 될 것이고, 그렇게 될 경우 양치기들은 그 책임에서 벗어날 방법이 없었다. 더군다나 그런 일이 만약 천전과 양커에게 일어나기라도 한다면 대대 사람들 중에는 망할 놈의 늑대를 키우기 때문이라고 말하는 사람들이 적지 않을 것이라는 점이었다.

그러나 그런 압박과 위험은 오히려 천전에게 각오를 새로이 다질 수 있는 계기가 되어주었다. 또, 늑대의 용감함과 지혜, 완강함, 인내심, 신중함과 모험 정신이 그로 하여금 늑대에 대한 관심과 애정을 지속해 나갈 수 있도록 해주었으며, 동시에 초원늑대 같은 굳세고 고집스런 개성을 그에게 길러주고 있었다. 천전은 불현듯 자신도 모르게 강한 힘과 의지가 끊임없이 솟구치고 있음을 느꼈다.

천전은 육체적 피로와 심리적 장애라는 한계를 극복하고 나자 오히려 홀가분함을 느꼈다. 그는 노동의 강도를 지혜롭게 조절해가면서 쉬지 않고 일했다. 양을 치는 것은 물론이고, 소똥을 날라다 말리면서도 목표가 있는 노동의 유쾌함을 점점 크게 느끼고 있었다. 또 늑대를 키우는 것도 처음에는 단지 늑대에 대해 연구해보겠다는 흥미에서 비롯되었지만 시간이 흐르면서 지금은 진정한 사랑으로 바뀌었고, 부모 형제 같은 책임감도 점점 커간다는 것을 깨닫게 되었다.

새끼늑대는 거칠고 포악하고 사나운 본성을 가진 짐승이지만, 그가 우유든 죽이든 고기든 일일이 직접 먹여가며 키운 자신의 자식이었다. 천전의 마음 밑바닥에 감춰져 있던 인간과 동물 사이의 그 신비하고 헤아릴 수 없이 강렬하고 원시적인 감정은 갈수록 늑대에 몰입하게 만들어, 남들에게 이해할 수 없는 사람으로 낙인찍혀 냉대를 당하다시피

했다.

그러나 천전은 반년 동안 오히려 자신의 몸과 마음이 튼튼해지고 혈관 속에 야성적이고 활력 넘치는 피가 끓어오르는 것을 자주 느꼈다. 언젠가 가오젠종이 다른 게르의 지식청년들에게 이런 말을 한 적이 있었다. 게으르고 세상 물정을 전혀 모르던 주자파 반동분자의 자식인 천전이 새끼늑대 한 마리를 키움으로써 부지런한 사람으로 변한 걸 보면 늑대를 기르는 일이 반드시 나쁘다고만 볼 수는 없다는 말이었다.

천전은 끈적끈적하고 더럽고 냄새 나는 소똥 밭에서 힘에 넘쳐 일했다. 그는 광주리로 한가득씩 나르자, 똥 더미가 비 온 뒤에 버섯 자라듯 쑥쑥 불어났다. 이웃 게르의 사람들도 그저 놀란 눈빛으로 그를 바라보았다. 천전이 왜 그렇게 온 힘을 다해 열심히 일하는지 그들이 알리가 없었다.

지식청년 중에 누군가 그런 천전을 비꼬며 말했다.

"똥을 가까이하는 사람에게선 똥 냄새가 나고, 늑대를 가까이하는 사람은 늑대처럼 포악해지는 거야."

저녁때가 되자 양떼가 산속에서 돌아왔다. 목이 다 쉬어버린 양커가 말을 타고 터벅터벅 오고 있었다. 그는 너무 지쳐서 투마간을 휘두를 힘조차 다 바닥난 듯했다. 산속에서 어마어마한 모기들을 끌고 온 양떼는 마치 산불에 몸을 그을린 것처럼 온몸에서 두꺼운 황색 연기를 뿜어내고 있었다. 거의 2천 마리에 가까운 양들이 4천 개의 귀를 필사적으로 흔들어 모기를 털어내자 순간 수많은 모기들이 왱왱거리는 소리가 한꺼번에 울리면서 엄청난 소음이 일었다. 양의 피를 실컷 빤 모기들이 떨어져나가면 공중에서 기다리던 또 다른 대기조 모기떼가 일제히 시간차 공격을 해왔다.

양털을 깎은 지 얼마 되지 않아 살가죽이 다 드러난 양들은 이미 초원에서 하루 종일 가혹한 형벌을 받아 피부가 두꺼비처럼 두툴두툴하게 변해 그 참혹한 모습은 도저히 바라볼 수가 없을 정도였다. 그런 상황에서 굶주린 모기떼가 끊임없이 가해오는 폭격은 양들을 거의 미치게 만들었다. 양들은 마구 울부짖으며 그 자리에서 펄쩍펄쩍 뛰었고, 몇 마리의 큰 양들은 양커의 채찍에도 아랑곳 않고 바람을 안고 서북쪽으로 마구 달려갔다. 천전이 나무 몽둥이를 들고 쫓아가 한바탕 난리법석을 떨고 나서야 겨우 양들을 우리 쪽으로 몰 수 있었다. 그러나 모든 양들은 바람이 불어오는 쪽으로 머리를 향한 채 언제든 바람을 안고 뛰쳐나가 모기를 쫓을 태세였다.

천전은 잽싸게 여섯 개의 대야에 쑥 연기를 피운 다음 바람이 불어오는 서북쪽에다 가져다 놓았다. 여섯 줄기의 짙은 연기가 마치 여섯 마리의 무시무시한 백룡처럼, 득시글거리는 모기떼를 향해 사납게 달려들었다. 그 지독하던 모기떼가 순식간에 더 독한 천룡을 만나기라도 한 것처럼 뿔뿔이 도망쳤다. 생명의 은인인 쑥 연기가 감싸주자 피로에 지친 양들이 한 마리씩 쿵 소리를 내며 무릎을 꿇고 쓰러졌다. 그래도 하루의 형벌을 끝까지 잘 견뎌낸 것이다. 흰 연기 속의 양떼는 너무도 조용했다. 모기떼에게 얼마나 시달렸는지 되새김질할 힘도 남아 있지 않은 듯했다.

양커가 무겁고 피곤한 몸을 말에서 내렸다. 그는 온통 모기로 뒤덮인 말을 끌고 얼른 연기 속으로 들어간 다음, 방충모를 벗고 두꺼운 상의를 풀어헤쳤다. 얼마나 홀가분했던지 그가 크게 소리쳤다.

"아, 이제야 살겠다! 오늘 하루 종일 갑갑해서 죽는 줄 알았어. 내일은 네가 양을 칠 차례이니, 애먹을 각오를 단단히 해둬야 할 거야!"

천전이 말했다.

"나도 집에 있으면서 하루 종일 고생했어. 내일 내가 양을 치고 돌아오기 전까지 너도 대야 여섯 개에 쑥 연기를 피울 준비를 해놔야 하고, 새끼늑대한테도 연기를 피워줘야 해."

양커가 대답했다.

"그쯤이야."

천전이 말했다.

"너 늑대가 궁금하지 않니? 자식이 어찌나 눈치가 빠른지, 연기 속으로 들어가서 잘 자고 있어."

양커가 의아해하며 물었다.

"늑대는 원래 연기와 불을 제일 무서워하잖아?"

천전이 웃으며 대답했다.

"그런데 모기를 더 무서워하더라고. 개들이 자기 연기를 빼앗으니까 연기가 무섭지 않다는 걸 바로 알아채더라. 얼마나 배꼽을 잡고 웃었던지, 네가 그 광경을 못 본 게 진짜 안타깝다."

양커는 얼른 늑대 굴로 가 보았다. 새끼늑대는 옆으로 누워 네 다리를 쭉 펴고 편히 잠들어 있었다. 큰 발자국 소리가 들리자 새끼늑대의 눈꺼풀이 살짝 떨리며 실눈으로 슬쩍 한번 흘겨보는 듯하더니 바로 잠에 빠져들었다

천전은 밤새도록 연기 대야를 지켰다. 30분 간격으로 마른 소똥을 넣고, 연기가 약해질 때마다 쑥도 넣었다. 바람의 방향이 바뀔 때에는 대야를 바로 옮겨 놓았다. 또 자꾸 양떼 사이로 비집고 들어오는 소도 쫓아야 했다. 소는 가죽이 두꺼워 조금 나은 편이었지만, 그래도 코와

눈꺼풀, 귀를 물리기 때문에 마찬가지로 모기를 두려워했다.

천전은 소가 함부로 양떼 속으로 파고들지 못하도록 하는 수 없이 따로 연기 대야 하나를 가져다가 소떼 있는 쪽에 놓아주었다. 쑥 연기가 꾸준히 양과 소, 새끼늑대를 충분히 덮도록 해주느라고 천전은 밤새 거의 눈을 붙이지 못했다. 큰 개 세 마리도 자신들의 책임을 잊지 않고 연기의 가장자리에 각자 흩어져서 양떼를 지키고 있었다.

굶주린 모기들이 엄청난 소음을 내며 발광했지만 감히 연기 속으로 뛰어들지는 못했다. 밤 내내 꼬박 모기떼와 전투를 벌이며 보낸 천전은 자신에게 패한 강적을 보며 마음속으로 승자의 희열을 느꼈다.

그날 밤 대대의 모든 게르에서도 일제히 연기를 피워 올렸기 때문에 백 개도 넘는 연기 줄기로 자욱했다. 백여 줄기의 짙은 연기는 나부낄수록 더욱 굵어져서 마치 거대한 백룡들이 달빛 아래서 춤을 추는 듯했다. 또한 초원이 어느새 공업지역으로 변해버려 빽빽이 들어선 공장 굴뚝에서 희뿌연 연기가 한꺼번에 뿜어 나오는 것처럼 보이기도 했다. 연기는 발광하는 모기들을 완전히 차단시켰을 뿐만 아니라 모기 때문에 가뜩이나 굶주려 있는 늑대들을 두려움에 떨게 만드는 엄청난 힘까지 발휘했다.

천전은 달빛 아래 연기로 자욱한 초원을 바라보며, 2차 세계대전 때의 태평양 해전이 펼쳐지던 모습을 눈앞에 떠올렸다. 당시 수백 수천 척이나 되는 미군 항공모함, 순양함, 구축함과 각종 군함으로 이루어진 세계 최대의 함대는 가장 위협적인 진형을 이루고 끊임없이 짙은 연기를 뿜어내면서, 수만 대의 대포를 위로 향하게 하고 파도를 헤치며 일본을 향해 항진해갔다.

그것은 현대화된 서구 바다늑대가 동방의 왜구 바다늑대를 겨냥한 현대식 사냥이었다. 인류 역사가 지금까지 발전해오는 동안 세계에서 가장 힘이 센 민족은 항상 늑대 정신으로 무장한 민족이었다. 세계라는 잔혹한 경쟁의 무대에서 양은 그저 조용히 안주하기만을 바라지만, 잔혹한 늑대는 잠시도 쉬지 않고 틈을 노렸다. 강한 늑대도 언제나 더 강한 늑대에게 잡아먹힐 위험 속에 살아가야 하는데, 약하고 병든 양이야 더더욱 말할 것도 없다.

그러니 온갖 늑대들이 자신들의 지위를 강화하기 위해 각축을 벌이는 세계라는 숲 속에서 중화민족이 살아남기 위해서는, 근본적으로 농경민족이 가지고 있는 양의 약한 습성과 가축의 소극적인 기질을 철저하게 타파하여 자기 자신을 용맹스러운 늑대로 변화시키지 않으면 안 된다. 그것이 쉽지 않다면 최소한 늑대의 정신과 늑대토템을 공경하고 우러러보는 마음이라도 지니지 않으면 안 된다.

광활한 초원은 짙은 연기를 누그러뜨리는 기능도 가지고 있었다. 모든 대대를 뒤덮은 자욱한 연기가 분지 중앙의 상공까지 날아갔을 때는 이미 망망한 구름바다로 변해 있었다. 구름바다는 모기떼가 창광猖狂하는 하천과 호수 위를 덮으며 주변의 산과 둥근 달을 떠받들고 있었다. 공장의 굴뚝이 사라지면서 초원은 또다시 평온하고 아름다운 원시 상태로 되돌아갔다. 천전은 자신도 모르게 유명한 이백의 시를 읊기 시작했다.

"밝은 달 천산에 솟아, 아득히 구름 사이에 떠 있네.

긴 바람 몇만 리 불어 옥문관을 지나네……."

천전은 소학교 때부터 이백을 아주 좋아했다. 이백은 서역에서 태어나 돌궐족의 영향을 깊이 받았던 낭만적인 시인으로, 그의 몸속에는 자유분방한 늑대의 피가 흐르고 있었다. 원시 초원의 달밤에 이백의 시를 읊으니, 베이징의 학교 교실에서 암송하던 것과는 사뭇 다른 느낌이었다.

천전의 마음에 홀연히 이백의 호방함이 솟아나면서 문득 오랫동안 품어왔던 숙제가 다시 떠올랐다. 중국의 시인들은 모두 이백을 흠모해 왔지만, 그렇다고 이백을 배우거나 본받자고 주장하는 이는 아무도 없었다. 이백 스스로가 자신의 재능을 과신해서 다른 사람을 깔보는 거만한 성격이 있었던 데다 의기가 지나치게 강하고 고집스러워서 아무도 그 호기를 따를 자가 없었다는 게 그 이유였다.

천전은 또 문득 깨달았다. 이백의 호방한 시풍을 배우기 어려운 것은 그가 늑대토템을 숭상하는 돌궐 민족의 영향을 깊이 받은 데다, 그에게는 늑대 무리가 초원을 힘차게 내달리는 것처럼 누구도 본받기 어려운 원대한 포부가 있었기 때문이다. 이백의 시가에서 우러나는 하늘을 찌를 듯한 호탕한 기백은 가히 중국 고전 시가의 정상이라 할 만했다. 어느 한인 유학자가 한마디 말로써 만 리를 날아가게 하고, 한 글자로 구천九天에 오를 수 있게 했던가. "대붕大鵬이 날개를 펴면 바람을 치며 구만 리를 솟아오른다." "그대는 보지 못했는가, 하늘에서 내린 황하의 물이 세차게 흘러 바다에 이르면 다시는 돌아올 수 없음을." "나는 바로 초나라의 미치광이, 봉가鳳歌를 부르며 공자를 비웃노라."

어느 유학자가 감히 공자와 같은 성인을 조롱할 수 있었단 말인가? 또 어느 한인 유학자가 감히 당나라 황제의 면전에서 양귀비에게 벼루를 받쳐 들게 하고, 고력사(高力士. 당 현종의 총신)에게 신발을 벗기도록 시킬 수 있었단 말인가? 아아, 아찔할 만큼 높고도 험하구나! 이백은 과연 하늘만큼 오르기가 힘들구나(이백의 '촉도난蜀道難'이라는 시 가운데 '촉으로 가는 길이 너무 험하여 하늘을 오르는 만큼 힘이 드는구나'라는 구절을 인용한 말)!

과연 중국 역사상 시선詩仙은 오직 이백 한 사람뿐이었다.

천전은 길게 탄식했다.

"중화 문명의 정수에 초원늑대의 성격을 더할 수만 있다면, 아찔할 만큼 높은 수준까지 오를 수가 있을 텐데……."

자정이 넘어가면서, 멀리 몇몇 게르에서는 더 이상 연기가 나지 않았다. 곧이어 야간 순찰을 돌던 여인들과 지식청년들이 양떼를 몰며 고함치는 소리와 양떼가 술렁이는 소리가 함께 어렴풋이 들려왔다. 쑥이 다 떨어졌거나, 양떼 주인이 차마 귀한 소똥을 더 넣기가 아까워서 벌어진 사태일 것이라고 천전은 생각했다.

모기떼가 갈수록 많아지고 움직임도 빨라지면서 모기떼의 울음소리도 점점 더 커져갔다. 거의 절반 가까이 되는 게르에서 평화가 깨지면서, 여기저기 사람들이 소리치고 개들이 짖는 소리로 시끌벅적해졌다. 손전등 불빛도 곳곳에서 번쩍였다. 갑자기, 대대 가장 북쪽에 있는 숙소 쪽에서 개와 사람들이 격렬하게 외치는 소리가 희미하게 들려왔다. 어느 집인지는 몰라도 양들이 모기의 공격을 도저히 참지 못해, 사람들의 저지를 뚫고 바람을 맞으며 물밀 듯이 달려가고 있는 것이 틀림없었다. 반면 마른 똥과 쑥을 충분히 준비해두고, 야경을 도는 사람과 개가 경계를 늦추지 않고 있는 인가는 아직 조용했다.

천전은 멀지 않은 곳에 있는 빌게 노인의 게르를 바라보았다. 그쪽에는 사람들의 목소리도 개 짖는 소리도 나지 않았고, 손전등 불빛도 보이지 않았다. 얼핏 몇 군데서 불씨에 불이 붙었다 꺼졌다 하는 것을 볼 수 있었다. 아마도 가스마이가 불씨를 모으고 있는 중이었을 것이다. 그녀는 불씨를 미리 준비해두었다가 자동적으로 연기를 내는 기발한 방법을 썼다. 양떼의 삼면에 불씨를 두었다가, 어느 쪽에서든 바람이 불기만 하면 금세 불이 붙게 만들었다. 그렇게 하면 얼굴을 찌푸린 채 일일이 입으로 바람을 불어서 불을 붙이는 것보다 훨씬 효과적으로 연기를 낼 수 있었다. 다만 마른 똥이 비교적 많이 소모되는 게 문제였다. 그러나 가스마이는 대대에서 가장 부지런하고 민첩한 여인으로, 양떼의 안전을 위해서라면 무엇이든 절대 아끼지 않았다.

별안간, 대대의 북쪽 끝에서 두 발의 총성이 울렸다. 천전은 가슴이 덜컥 내려앉았다. 늑대 무리가 드디어 또 한 번의 전투 기회를 잡은 모양이었다. 늑대들이 상상조차 하기 힘든 모기떼의 공격을 참다 못해 빈틈을 노려 공격해왔을 것이다. 천전은 이번 늑대의 공격으로 또 누구에게 피해가 갈지 걱정이 되어 절로 한숨이 나왔다. 그러나 한편으로 어떻게 보면 다행이라는 생각도 들었다. 초원늑대에 대해 철저히 알아야 자칫 부주의로 늑대에게 당하는 일이 없을 것이기 때문이었다.

오래지 않아, 초원은 다시 평정을 되찾았다. 새벽녘이 가까워오면서 이슬이 내리자 모기들은 날개가 젖어 마침내 움직일 수 없게 되었다. 쑥 연기도 점점 사그라졌으나 큰 개들은 여전히 경계를 늦추지 않고 양떼 주변을 순찰했다. 천전은 여인들이 우유를 짜러 나올 시간이 되자 늑대들이 철수했을 것이라 짐작했다. 천전은 얇은 털가죽 두 장을 머리에 베고 편안한 마음으로 잠들었다. 하루 중에서 유일하게 네다섯 시간 정도 푹 잘 수 있는 시간이었다.

이튿날 천전은 하루 종일 산에서 양떼와 고된 형벌을 받고 저녁 무렵 집으로 돌아왔다. 온 집안이 꼭 귀한 손님이라도 맞는 것처럼 잔치 분위기로 들떠 있었다. 게르 지붕에는 방금 갈라낸 두 장의 큰 양피가 널려 있었고, 새끼늑대와 개들은 신이 나서 양고기와 뼈다귀를 물어뜯고 있었다. 게르 안으로 들어서자 찬장 위와 벽에 양고기를 잔뜩 걸어놓고 말리는 중이었다. 아궁이에는 솥으로 가득 쇼우바로우가 끓고 있었다.

양커가 천전에게 말했다.

"어젯밤에 대대의 가장 북쪽에 있는 어둔네 양떼가 당했대. 어둔의 가족은 도르지네 가족처럼 외부에서 이주해온 둥베이 몽골족이야. 그 집에서 얼마 전에 반농반목지역 출신의 며느리를 들였는데, 그 집 며느리가 아직까지 습관이 안 들어서 한번 잠들면 해가 중천에 뜰 때까지 자나 봐. 밤에 모깃불을 몇 군데 피워 놓고 양떼 옆에서 잠깐 졸다가 그대로 깜빡 잠들어버린 거지. 그러다 연기가 꺼지면서 모기떼가 다시 덤벼들자 양들이 날뛰기 시작한 거고. 늑대한테 물려 죽은 양이 무려 180여 마리나 된다는 거야. 부상당한 양들은 그리 많지 않지만 너무 피해가 커. 다행히 그 집 개들이 큰 소리로 짖고 문을 긁어서 게르에서 자던 주인을 깨웠다는군. 남자들이 말을 타고 총을 쏘아서 늑대들을 쫓아냈대. 조금만 늦었어도 늑대들이 바람으로 냄새를 맡고 다들 몰려들었을 테고, 그랬더라면 아마 몇 마리 살아남지 못했을 거야."

가오젠종이 말했다.

"그 때문에 오늘 바오순궤이와 빌게 노인이 하루 종일 바빴지. 인력을 동원해 조를 짜서, 죽은 양의 가죽을 벗기는 일과 내장을 비우는 작업을 진두지휘했거든. 180여 마리 중에 절반 정도는 트럭에 실어 장부에 가져가서 헐값에 처리했고, 나머지 죽거나 다친 양들은 대대의 모든 가구를 대상으로 분배했지. 그렇게 한 집에 몇 마리씩 나누어주면서, 돈은 내지 않는 대신 가죽을 내라더군. 우리 집은 죽은 놈 한 마리와 다친 놈 한 마리 해서 두 마리가 왔어. 날이 무더운데 이렇게 한꺼번에 고기가 많이 생겼으니 어떻게 다 먹는다?"

천전은 싱글벙글하며 입을 다물지 못했다.

"늑대를 기르는 집에서 고기가 많다고 걱정하다니, 너도 참 별걱정을 다 한다."

그러더니 이어서 또 물었다.

"그나저나 바오순궤이는 그 사람들을 어떻게 처리한대?"

가오젠종이 대답했다.

"보상하라고 했다던데. 보상 액수를 채울 때까지 달마다 그 집 임금의 반씩을 공제하기로 했대. 가스마이나 다른 여자들은 다들 그 집 시부모를 욕하더라고. 모기 재해가 이렇게 심각한 판에, 어떻게 농촌지역에서 갓 시집온 며느리한테 밤새 양을 지키게 할 수 있느냐는 거지. 우리가 막 초원에 왔을 때를 생각해봐. 그때 가스마이가 두 달 동안이나 지청들과 함께 밤을 새워주고, 나중에 안심이 되니까 지청끼리 야경을 돌게 맡겼었잖아. 바오순궤이도 그 사람들한테 호되게 한마디 해줬어. 둥베이 몽골족 망신이라고 말이야. 그래도 자기 고향에서 온 민공들한테는 그 덕분에 좋은 일을 한 셈이야. 처리되고 나머지 대대에 분배된 양들 중에서도 3분의 1을 전부 왕씨한테 거저 줬거든. 그 사람들 아주 좋아서 어쩔 줄 모르더라."

천전이 말했다.

"그 사람들 늑대 덕에 호강하네."

가오젠종이 차강 아르히(몽골식 배갈. 차강은 '흰', 아르히는 '술'이라는 뜻) 한 병을 따면서 말했다.

"늑대가 먹다 남긴 걸 공짜로 먹으니 술맛이 절로 돋는걸! 자, 다들

이리 오라고. 우리 세 사람, 오늘 배 터지게 먹고 마시자고!"

양커 역시 술이 마시고 싶었는지 웃으며 말했다.

"마시자! 아주 곯아떨어질 때까지 한번 마셔보자고! 새끼늑대를 기르고 나서부터 사람들은 그 결과가 어떨지 우리를 비웃어줄 날만을 기다리고 있어. 하지만 그 사람들을 비웃는 건 우리 쪽이라고. 그 사람들은 우리가 본전도 못 찾을 거라고 하지만, 늑대가 우리에게 얼마나 많은 걸 가르쳐주는가를 그들이 알 턱이 없지."

세 사람은 크게 웃었다.

연기 속에는 배가 팽팽하게 불러 움직이지도 못하는 새끼늑대가 밥그릇 옆에 엎드려 있었다. 이미 배를 채운 야생늑대가 남은 사냥감을 두고 그 자리를 뜨기를 아쉬워하는 것처럼 밥그릇에 남아 있는 고기를 꼭 지키고 있는 것이다. 새끼늑대가 어찌 알겠는가. 그것이 아빠나 삼촌 늑대들이 가져다준 선물이라는 것을.

29

천둥 치는 밤에 온 손님

우리들의 피 속에는, 특히 군주와 귀족의 피 속에는 유목 정신이 흐르고 있다. 그것이 후손들의 기질에 면면히 이어지리라는 것도 의심의 여지가 없다. 우리가 광활한 세계를 향해 끊임없이 개척해 나가는 정신 또한 그러한 기질에서 비롯된 것이다. 그것은 모든 국가가 영토를 확대시켜 나가고, 또한 그들의 이익을 하늘 끝 바다 끝까지 뻗어 나가게 만들어줄 것이다. _H. G. 웰스 《세계사대계》

바투와 장지웬은 말을 네 차례나 바꿔 타면서 꼬박 이틀 동안을 바람을 가르며 말들을 새 목초지 서북쪽의 산등성이로 데려갔다. 산머리로 불어오는 바람이 약하지 않았기에 두 사람은 말들이 바람을 거슬러 날뛰지 않을까 걱정할 필요가 없었다. 두 사람은 너무도 지친 나머지 말안장에서 바로 내려오지도 못하고, 그 위에서 한참 숨을 돌리고 난 다음 겨우 굴러 떨어지듯 내려왔다. 녹초가 되어 풀밭에 널브러진 두 사람은 단추를 풀고 땀으로 흠뻑 젖은 속옷과 조끼를 말렸다.

서북쪽에서 시원한 바람이 불어오고 있었고, 동남쪽에는 큰 분지 중앙의 호수가 있었다. 지친 말떼는 둥그런 산등성이에 흩어져 있었다. 모기들에게 잔뜩 물린 말떼는 바람이 불어오는 방향을 향해 내달려서 모기를 쫓고 싶기도 하고, 갈증이 심하니 우선 물 먼저 마시고 싶기도 해서 이러지도 저러지도 못하며 쩔쩔맸다. 말떼는 지치고 힘든 상태에서도 산등성이를 두어 바퀴 돌았다. 그러고 나서 그중 가장 큰 가족을 거느린 수말 몇 마리가 크게 한 번 울었다. 바람을 포기하고 물을 선택하겠다는 뜻이었는지 말떼는 물오리가 놀고 있는 호수로 달려갔다. 수백 개의 말발굽이 풀숲에 있던 모기떼를 휘저어 놓았다. 그러자 말떼는 또다시 굶주려서 반쯤 미쳐 있던 모기떼의 공격을 받아야 했다. 말들은 모기들의 공격에 마치 소아마비에 걸린 것처럼 비틀거리며 괴로워했다.

바투와 장지웬은 말들이 산 아래로 내려가는 것을 보면서도, 풀어헤친 단추를 채울 새도 없이 죽은 듯이 잠에 빠져들었다. 모기떼가 두 사람의 목을 향해 달려들었지만, 송곳 같은 침으로도 그들을 깨우지 못했다. 두 사람은 모기 재해가 닥친 이후로 일주일 동안 세 시간 넘게 자본 적이 없었다.

모기떼의 무차별 공격으로 말들은 일찌감치 성질이 야생마로 돌변하거나 병들거나 심한 경우에는 미치기도 했다. 주인의 명령도, 채찍이나 투마간도 무서워하지 않을뿐더러, 심지어는 늑대마저도 전혀 두려워하지 않았다. 바람이 없으면 말들은 단체로 경련을 일으켰고, 바람이 불면 바람을 맞으며 전속력으로 달렸다. 며칠 전에는 하마터면 국경을 넘어갈 뻔한 적도 있었다. 갑자기 풍향이 바뀌지 않았더라면 두 사람은 국경수비대에 국제교섭을 요청해야 했을지도 몰랐다.

어느 날 밤에는 두 사람이 겨우겨우 말떼를 그들의 목초지까지 몰고 왔는데 모기들이 공격해오는 바람에 말들이 우리를 박차고 나가 이리저리 흩어져버렸다. 두 사람은 그 다음 날까지 이곳저곳을 헤맨 끝에

십여 마리의 말들을 찾긴 했다. 하지만 말들을 가족별로 모아놓고 수를 세어보니 보이지 않는 말이 스무 마리가 넘었다. 바투는 장지웬에게 말들을 지키게 하고서 빠른 말로 갈아타고 또다시 꼬박 하루를 찾아다닌 끝에 80여 리 떨어진 모래밭에서 어렵사리 나머지 말떼를 찾을 수 있었다. 그러나 함께 있어야 할 망아지가 한 마리도 보이지 않았다. 모기 때문에 완전히 미쳐버린 늑대들이 망아지로 모자란 피를 보충했던 것이다. 바투는 끝내 망아지의 말굽과 말갈기조차 찾지 못했다.

말들은 모래먼지 같은 모기떼에 휩싸인 채로 오리 호수를 향해 내달렸다. 모기들한테 너무 많이 빼앗겨 피가 거의 마르다시피 하고, 더 이상 땀조차 나지 않을 정도로 갈증에 시달렸던 말들은 조금도 망설이지 않고 물속으로 풍덩 뛰어들었다. 말들은 곧장 머리를 처박고 물을 마시기보다, 먼저 물로 모기를 쫓아냈다. 그러고 나서 누가 먼저랄 것도 없이 호수 깊숙한 곳을 향해 들어갔다.

물이 종아리까지 차면서, 종아리 밑으로는 더 이상 따갑지 않았다. 허벅지까지 차오르자, 허벅지에 붙어 있던 흡혈귀들이 모두 떨어져나갔다. 배까지 물에 잠기자, 피를 빨다 미처 대롱을 뽑지 못한 흡혈모기들이 순식간에 물귀신이 되어버렸다. 말들은 점점 더 깊이 들어갔고, 말발굽에 혼탁해진 물이 마침내 말 등까지 다 차올랐다. 그러자 시원한 호수 물은 말에 붙어 있던 모기를 모두 죽였고, 가려움으로부터 말들을 해방시켜주었다. 말들은 기쁨의 울음소리를 내면서 호수 속에서 시원하게 몸을 털었다. 쌀겨 같은 모기들이 호수 위로 샛노랗게 떠올랐다.

마침내 모기로부터의 괴로움에서 벗어나자, 말들은 배가 터지도록 물을 마시기 시작했다. 그런 뒤 흙탕물에 온몸을 담가서 진흙을 보호막 삼아, 물이 배 아래까지 차는 곳으로 다시 나와서 제자리에 선 채 졸기 시작했다. 호수 안에서 고개를 숙이고 조용히 졸고 있는 말들의 모습이 마치 모기와 늑대에게 당해 죽어간 가족들을 추모하는 의식이라도 거행하는 듯했다. 그렇게 산머리의 말치기들과 호수 안의 말들 모두가 깊은 잠에 빠져들었다.

시간이 얼마나 흘렀을까. 말치기와 말들은 배가 고파서 거의 동시에 잠에서 깨어났다. 모두들 며칠 동안 아무것도 먹지 못했다. 바투와 장지웬은 허겁지겁 가장 가까운 게르로 달려가 우선 시원한 차와 산유탕을 얻어 정신없이 마신 다음, 쇼우바로우로 배를 채우고 나서 또다시 잠에 빠졌다. 말들도 풀을 뜯어 먹으러 물 밖으로 나왔다. 강렬한 햇볕에 바짝 말랐던 진흙 보호막이 물 밖으로 나오면서 떨어져 나가자 또다시 모기떼가 들러붙었다. 호숫가의 풀은 일찌감치 소와 양들이 다 뜯어 먹은 뒤여서 굶주린 배를 채우고 체력을 비축해 늑대와 싸우려면 모기떼의 무자비한 폭격을 견디면서 다시 풀이 많이 있는 산등성이까지 올라가는 수밖에 없었다.

대대의 모든 간부들이 빌게 노인 집에 모여 회의를 열었다. 노인이 먼저 말했다.

"하늘의 구름을 봐도 비가 내릴 기미는 보이지 않고 밤이면 더 푹푹 찌니, 요 며칠간 모기들의 극성이 말도 못할 정도요. 모기떼의 피해가 가장 심각한 것이 말들인데, 가축을 돌볼 일손이 워낙 부족한데다 양떼까지 늑대에게 당하고 나니, 인력을 빼내서 말치기들의 일을 대신하게 할 수도 없어요. 그래서 말치기들이 한시도 쉬지 못하고 고생이 이만저만이 아니니, 좋은 방법이 있을지 의논해봅시다."

참석자들의 의견을 차례로 듣고 나서 바오순궤이와 빌게 노인은 다음과 같은 결정을 내렸다. 장부의 간부들 가운데서 인력을 뽑아 양치기 대신 양을 방목하게 하고, 그렇게 교대된 양치기들과 직접적으로 생산에 참여하지 않는 대대의 간부들이 다시 어린 말치기나 지청 말치기와 교대하기로 했다. 그렇게 해서 모기 재해와 늑대 재해가 심각한 어려운 고비를 슬기롭게 넘기기로 했다.

장지웬은 이미 지칠 대로 지치고 몸도 매우 허약해진 상태였는데, 말을 듣지 않는 고집 센 소처럼 어떻게 해서든 말치기 일에서 빠지지 않으려 했다. 이번에 잘만 하면 몽골초원의 정식 말치기가 될 수 있는 좋은 기회라는 것을 잘 알고 있었기 때문이다. 천전과 양커 역시 늑대를 기르는 지청 게르에서 우수한 말치기가 나오기를 바랐기 때문에 장지웬을 격려해주었다.

오후가 되자 날은 더욱 무더워졌다. 시원한 빗줄기는커녕 가랑비조차 내릴 것 같지 않았다. 사실 비가 내려도, 내리지 않아도 걱정은 마찬가지였다. 큰비가 내리는 동안에는 모기들이 날아다니지 못하겠지만 대신에 비가 그치고 나면 훨씬 더 많은 모기가 생겨나기 때문이다. 늑대 피를 맛본 모기들이 늘어갈수록 그 모기들이 생산해내는 새끼들은 더욱더 늑대를 닮은 공격성을 가질 것이다. 올론초원은 이미 지옥으로 변했지만, 장지웬은 말치기들과 함께 지옥불에 뛰어들기로 단단히 마음먹었다.

빌게 노인은 바투, 장지웬과 함께 말 무리를 서남쪽으로 6, 70리가량 떨어진 모래밭으로 몰고 갔다. 그곳은 풀과 물이 적어 모기떼가 그렇게 많지 않았다. 결국 말 무리는 국경으로부터 100리 정도 떨어진 비무장지대에 자리 잡았고, 대대의 나머지 세 말 무리도 빌게 노인의 지휘에 따라 각기 원래 머무르던 곳에서 서남쪽 모래밭으로 옮겼다.

노인이 장지웬에게 설명했다.

"이곳 서남 모래땅은 원래 올론초원의 훌륭한 목초지였단다. 그 당시에는 작은 강이 흐르고 작은 호수도 있었지. 풀도 충분했고 양분도 많아서, 가축들이 가장 좋아했던 곳이었다. 소나 양들은 물로만 배를 채울 필요가 없어 통통히 살을 찌울 수 있었어."

노인은 하늘을 우러러보며 길게 탄식했다.

"겨우 몇 년이 흘렀을 뿐인데 이렇게 변하다니. 강줄기는 모래에 파묻혀 흔적조차 남지 않았구나."

장지웬이 물었다.

"어쩌다 이 지경이 된 거죠?"

노인은 말 무리를 가리키며 말했다.

"말들이 망쳐놓은 거지. 그리고 완전히 망가뜨린 것은 내지에서 온 사람들이고……. 그때는 해방된 지 얼마 안 된 때여서 전국에 자동차가 별로 없었어. 군대에서도 말이 필요했고, 내지에서도 농사를 짓고 물자를 운반하거나 동북지역에서 벌목을 하고 목재를 옮기는 데에 말이 많이 필요했지. 그러니 전국 어디에서나 말이 필요했던 거지. 그런데 그 말들이 다 어디서 나겠니? 당연히 몽골초원에서 조달해갔던 거야. 말들을 많이 생산하고, 또 훌륭한 말을 생산하기 위해, 올론 목장에서는 상부의 명령에 따라 가장 좋은 목초지에서 말을 기를 수밖에 없었어. 그러다 보니 내지 사람들이 말을 고르고, 타고, 사가는 일도 전부 이곳 목초지에서 이루어졌단다. 사람들과 말이 수없이 오가면서 이 목초지는 얼마 안 가서 경마장으로 변해버렸어. 과거 수백 년 동안 어떤 왕도 이처럼 훌륭한 목초지에서는 함부로 말을 기르려 하지 않았었는데. 상부의 뜻대로 몇 년 만에 말의 수는 크게 불어났지만, 대신에 이 넓고 훌륭했던 목초지는 그만 누런 모래벌판이 되어버렸어. 지금에 와서는 이 모래땅이 좋은 점이 있다면, 그것은 모기 재해가 닥쳤을 때 말들이 모기를 피할 수 있다는 딱 한 가지뿐이야. 예전에는 울지 장장이 생존의 위협을 받을 정도가 아니고서는 누구도 이 모래땅을 밟지 못하도록 명령을 내렸었지. 시간이 얼마나 지나야 모래땅이 원래의 목초지로 살아나는지 지켜보려고 했던 거야. 그랬던 것을 올해 재해가 너무나 심각해서 말들이 도저히 버틸 수 없게 되자, 울지도 이곳으로 말들을 옮기는 것에 동의한 거란다."

장지웬이 말했다.

"지금은 자동차나 트랙터가 많이 만들어지고 있고, 전쟁을 하더라도 탱크를 쓰니까 말을 사용할 필요가 없잖아요. 그럼 앞으로는 그렇게 많은 말들이 필요하지 않을 테니, 몇 년 지나면 목초지로 다시 회복되지 않을까요?"

노인은 고개를 저으며 말했다.

"사람과 트랙터가 많아지면 더 큰일이야. 전비戰備 상황이 갈수록 급박해져서, 이곳 초원에 생산건설병단(生産建設兵團. 공산혁명 시기의 독특한 군대 생산조직으로 공병부대 역할은 물론 농업, 임업, 목축업에서 공업 및 관광업에 이르기까지 전 경제활동 분야를 장악했음. 가장 중요한 병단으로는 신장, 헤이룽장, 내몽골, 티베트, 하이난다오 등에 있었음)을 창설하기로 결정이 났단다. 그렇게 되면, 엄청난 사람과 트랙터가 올론초원으로 몰려들겠지."

장지웬은 한동안 멍하니 아무 말도 하지 못했다. 잔뜩 부풀었던 마음이 단번에 가라앉는 기분이었다. 소문으로만 들었던 부대가 이토록 빨리 오게 되리라고는 미처 몰랐던 것이다.

노인이 다시 말했다.

"과거에는 농민들과 호미나 화전이 가장 두려웠다면, 지금은 트랙터가 초원에서 가장 무서운 존재지. 며칠 전 울지가 올론의 나이 든 목축민들과 함께 자치구에 올론 목장을 농장으로 바꾸지 말아달라고 호소하는 편지를 보냈단다. 그게 소용이 있을지는 알 수 없지만 말이야. 바오순궤이는 요즘 아주 들떠 있더구나. 그의 주장은 이렇게 넓은 땅에 풀만 기르고 농작물을 재배하지 않는 건 너무 심한 낭비라는 거지. 조만간 광…… 뭐라더라…… 광적량(廣積糧. 둔전과 논밭을 갈아 식량을 많이 확보하여 창고에 쌓아둔다는 뜻. 원래 주원장이 명나라를 일으킬 때 세운 3대 전략 중 하나였음)인지 뭔지 하는 전략을 쓴다고 그러던데……."

장지웬은 마음속으로 심한 고통을 느꼈다. 트랙터 시대가 오므로써, 풀을 생명처럼 여기는 민족과 풀을 제거해야 살아남는 민족 간의 깊은 갈등이 결국 어떤 결말을 맺게 될지 눈에 뻔히 보였다. 동남쪽에서 불어오는 새로운 농경 바람이 마침내 서북의 유목 바람을 압도하고 말 것이다. 하지만 결국 서북쪽에서 황사라는 거대한 폭풍이 일어나게 되면 동남쪽을 모두 덮어버리고 말 텐지…….

황혼 무렵 나머지 세 무리의 말들이 바얀고비 모래땅으로 속속 옮겨왔다. 이곳은 사방 수십 리가 전부 광활한 모래였고, 모래밭 이곳저곳엔 마른 갈대와 남가새, 오독도기, 명아주, 낙타가시 같은 온갖 풀들이 뒤엉켜 자라고 있었다. 잡초들은 장마철을 지나는 동안 놀랄 만큼 자라 있었다. 초원의 모습은 온데간데없고, 몇 년 동안 버려둔 공사장을 연상시켰다.

빌게 노인이 말했다.

"초원의 목숨은 단 하나뿐이야. 좋은 목초지는 오밀조밀 자리 잡고 있는 풀뿌리들이 나쁜 풀이 자라지 못하도록 빽빽이 틀어막고 있어서 유지되는 건데, 그런 풀뿌리가 한번 훼손되고 나면 나쁜 풀들과 모래만 남게 되는 거란다."

말 무리는 모래땅 안으로 점점 깊이 들어갔다. 말들은 밤에 풀을 먹지 않고서는 살을 찌울 수가 없었지만, 이곳에는 말들이 먹을 만한 풀이 얼마 없었다. 그러나 모래땅에는 모기가 확실히 적어서 휴식을 취하기에는 더할 나위 없는 곳이었다.

바오순궤이와 울지도 말을 타고 달려왔다. 빌게 노인이 그들에게 말했다.

"다른 도리가 없으니 우선 밤에는 말들을 이렇게 둘 수밖에 없겠소. 날이 밝기 전 이슬이 내릴 때쯤 말들을 몰고 저습지로 가서 풀을 먹입시다. 그리고 모기가 활동하기 시작하면 다시 돌아와야지요. 그렇게 하면 통통하게 살을 찌우진 못하더라도 목숨은 이어갈 수 있지 않겠소?"

바오순궤이는 한숨을 쉬며 말했다.

"역시 두 분은 현명하시군요. 덕분에 말들도 이제 살길이 생겼어요. 요 며칠 동안 어찌나 놀랐던지 제가 병이 나서 쓰러질 뻔했다니까요."

울지가 미간을 찌푸린 채 말했다.

"나는 늑대들이 벌써 이곳에서 말들을 기다리고 있지 않을까 그게 걱정이에요. 사람이 생각할 수 있는 일을 늑대가 생각하지 못할 리가 없으니까요."

바오순궤이가 말했다.

"내가 이미 말치기들에게 탄알을 많이 나눠주었어요. 난 오히려 늑대를 찾지 못할까봐 걱정입니다. 늑대가 오는 게 더 좋은 일 아닐까요?"

장지웬이 세 사람과 함께 모래땅 중에서 가장 높은 등성이에 올라가 사방을 살폈다. 빌게 노인 역시 걱정을 떨치지 못하면서 말했다.

"올해는 비가 많이 와서 초목들이 이렇게 자랐으니, 늑대들이 몸을 숨기기에 좋겠어요. 만일 숨어 있다면 막기 어려울 게요."

바오순궤이가 말했다.

"말치기들한테 전부 손전등을 켜고서 힘껏 소리 지르며 부지런히 움직이라고 시켜야지요."

노인이 말했다.

"말들이 사방으로 날뛰지 않도록 진정시킬 수만 있으면, 수말들도 늑대에 맞설 수 있을 거예요."

두 대의 경편마차도 뒤따라 올라왔다. 말치기들은 높은 산등성이 위에 두 개의 천막을 세우고 그 앞에서 차와 양고기 국수를 끓였다.

밤이 되자, 산등성이 모래밭은 공기에 습기가 많아져 상쾌해졌다. 말 무리를 쫓아온 모기떼는 반 넘게 말꼬리에 맞아 죽었다. 모기가 더 이상 몰려들지 않아서 여러 날 피로가 누적되었던 말들도 모처럼 편히 쉴 수 있었다. 한밤중에도 몽골말들은 야전에서의 군마처럼 귀를 민첩하게 움직여가며 완벽한 전투태세를 갖추고 있었다.

말들에게서는 정예화 부대의 모습마저 엿보였다. 재난이 닥치자 스스로 먹는 양을 줄이거나 음식을 가리지도 않았다. 그렇다고 끼니를 거르는 것은 아니었다. 심지어 가시가 돋고 쓴맛까지 나는 풀까지도 거침없이 씹어 먹으며 생명을 유지할 수 있게 해주는 섬유질을 꾸역꾸역 먹었다. 장지웬이 야간 순찰을 도는 동안에도 가장 힘이 좋다는 수말들과 말치기들의 명마들은 무엇으로든 자기 배를 열심히 채우고 있는 모습을 볼 수 있었다.

첫날 밤에는 모기도 적고 늑대도 없어 사람과 말들은 오랜만에 제대로 휴식을 취하면서 재정비에 들어갔다. 이슬이 내릴 무렵에는 모기가 날지 못하기 때문에, 말치기들은 아침 일찍 때맞추어 말들을 비탈 아래 풀이 많은 곳으로 몰았다. 말들이 무성한 풀들을 늑대마냥 게걸스럽게 뜯어 먹었다. 아침 해가 떠오르는 것과 동시에 모기가 활동을 개시하자, 말들은 자동적으로 모래언덕으로 되돌아갔다. 둘째 날 밤도 마찬가지로 보냈다.

셋째 날, 바오순궤이가 사람을 보내 양 두 마리를 마차로 실어오도록 했다. 해질 무렵, 이제 잠을 웬만큼 보충한 말치기들은 고기 냄비를 두고 둘러앉아서 술을 마시며 푸짐하게 먹었다. 모두들 먹고 마시며 힘차게 노래를 불렀다. 노랫소리를 높이는 것은 흥을 돋우기 위한 목적도 있었지만, 늑대를 위협하는 의미도 있었다. 일 년 사이에 장지웬의 주량이 몰라보게 늘어 있었다. 그는 술에 취하면 꼭 노래를 흥얼댔는데, 자신의 노랫가락에도 자못 늑대 울음소리처럼 길게 늘이는 맛이 언젠가부터 생겨났음을 깨달았다.

넷째 날 오전이었다. 장부의 통신원이 급히 말을 달려와 전하기를, 병단兵團의 간부 두 명이 벌써 새 목초지에 도착해서 현황 파악을 위해 울지와 빌게를 찾는다고 했다. 두 사람은 지체 없이 대대로 돌아갔다. 떠나기 전에 빌게 노인은 말치기들에게 잠시도 한눈팔지 말라며 다시 한 번 당부했다.

초원의 노련한 지도자인 두 노인이 떠나자, 몇몇 젊은 말치기들은 하루 종일 애인들 생각으로 싱숭생숭해했다. 그러다 저녁이 되자, 젊은 말치기 세 명이 게르에서 야경을 돌고 있을 아가씨들과 함께 야경을 돌기 위해 말을 타고 득달같이 달려갔다. 올론초원에서는 야경이라는 말에 두 가지 의미가 담겨 있어서, 아가씨들한테 절대로 야경을 함께 돌자는 따위의 농담을 함부로 건네서는 안 된다. 자칫 그런 말을 잘못 했다가는 아가씨들이 정말로 밤새 기다리고 있을지도 모르기 때문이다.

방대한 말 무리들이 모래땅에 듬성듬성 난 쓴 풀들을 앙상한 줄기만 남기고 모두 먹어버려서 그나마도 차지하지 못한 말들은 배고픔에 견디기 힘든 밤을 보냈다. 그러나 수말들은 감옥을 지키는 교도관처럼 자기 가족들을 꽉 붙잡아두고 누구도 언덕 아래 풀밭으로 가지 못하도록 철저히 감시하고 있었다. 그러면서 또 수말들은 늑대의 공격에 대비하느라 배고픔을 참아가며 계속 순찰을 돌기도 했다.

멀리 풀숲에서 인내심을 가지고 숨어 있던 늑대들은 뱃가죽이 이미 홀쭉해진 데다, 특히 초저녁에 초원을 진동시켰던 양고기 냄새를 맡고부터는 더더욱 참기가 힘들었다. 늑대들은 모기가 적은 모래밭에서 슬슬 정신을 되찾고는 은밀히 공격할 기회를 노리고 있었다. 함부로 움직이지 않아서 그렇지, 올론초원의 늑대들 중 절반은 벌써 그 근처에 잠복해 있을 것이라고 바투는 짐작하고 있었다. 말치기들은 제각각 실탄을 장전한 총을 한 대씩 둘러멨고, 용감한 수말들은 무리 주위를 철통같이 지키고 있었다. 힘을 발산할 곳 없는 수말 몇 마리는 암흑 속에 숨어서 지켜보고 있을 늑대 무리를 향해 발굽을 구르며 끊임없이 포효하고 있었다. 그 모습이 꼭 늑대 한 마리를 잡아 하늘로 던졌다가 땅에 떨어지면 다시 발굽으로 머리를 으스러뜨리는 것 같았다. 그러나 들판에 있는 말 무리의 가장 큰 약점은 개가 없다는 것이었다. 초원 사람들은 집 지키는 개까지 말들의 호위병으로 훈련시키지는 않았다.

저녁 식사 후, 바투는 장지웬을 데리고 늑대의 흔적을 찾아 일부러 말 무리에서 멀리 떨어진 풀숲까지 갔다. 둘은 몇 바퀴를 돌며 찬찬히 찾아보았지만 새로 생긴 늑대 발자국은 찾을 수가 없었다. 바투는 은근히 불안했다. 며칠 전 그가 원거리 순시를 나섰을 때 분명히 한두 마리의 늑대 그림자를 보았는데, 잠시 한눈파는 사이에 종적을 감춰버린 적이 있었기 때문이다. 그는 늑대들이 총공격을 개시하기 전에, 일부러 엉뚱한 곳에서 사람들을 헷갈리게 하는 기만전술을 사용한다는 것을 알고 있었다.

장지웬은 평온함 속에서도 알 수 없는 긴장감을 느꼈다. 두 사람은 동시에 고개를 들어 날씨를 살폈다. 서북쪽 하늘에는 별이 하나도 보이지 않았고, 짙게 깔린 구름이 모래땅을 향해 몰려오고 있었다. 두 사람은 지체 없이 말을 돌려 주둔지로 달렸다. 바투는 다른 세 말 무리에서 말치기가 한 명씩 없어진 걸 보고 어찌 된 일인지 다른 말치기들에게 다그쳐 물었다. 장부에 건전지를 가지러 갔다는 사람도 있고, 병이 나서 대대로 돌아갔다는 대답도 나왔다. 바투가 크게 화를 냈다.

"그놈들이 어디 갔는지 안 봐도 뻔해. 만약 오늘 밤에 무슨 일이 생긴다면, 제자리를 지키지 않고 이탈한 놈들은 모두 장부에서 엄한 문책을 받게 할 거야."

그는 다른 말치기들에게 말했다.

"오늘 밤엔 누구도 잠을 자서는 안 돼. 모두들 자기 말 중에서 제일 좋은 말을 탄 채 밤새도록 보초를 선다! 반드시 말 주위를 둘러싸고 풀밭으로 절대 내려가지 못하게 하도록! 틀림없이 늑대들이 오늘 밤에 쳐들어올 거다!"

말치기들은 재빨리 손전등의 건전지를 갈고 탄약을 장전한 다음 비옷을 걸치고 말에 올라탔다. 전투를 벌일 만반의 준비를 한 것이다.

밤이 깊어가면서 모래밭에서 들려오는 말치기들의 고함 소리가 점점 커지고 손전등 불빛도 많아졌다. 용감한 말치기와 수말들은 말 무리를 지키기 위해 갖은 애를 다 썼다. 큰 수말들은 암말과 망아지들을 안전하게 무리 안쪽으로 몰아놓고, 자신들은 바깥쪽에 서서 스스로 보호벽이 되어주었다. 망아지들은 어미말 옆에서 한 발짝도 떨어지지 않으려 했다.

장지웬은 모든 말들의 심장에서 쿵쿵거리는 소리가 들려오는 것만 같았다. 그의 심장도 빠르고 격렬하게 뛰고 있었다.

자정이 지날 무렵 한바탕 바람이 몰아치더니 갑자기 하늘에서 천둥이 내리쳤다. 말 무리 한가운데서 마치 화약고가 폭발하는 것 같은 굉음이 들려왔다. 천지가 진동하는 소리에 2천 마리 가까운 말들이 놀라서 소리를 지르며 날뛰다가 순식간에 뿔뿔이 흩어졌다. 수말들은 뒷발을 곧추세우고서 무리 안쪽을 향해 앞발을 미친 듯이 휘저으며 바깥쪽으로 나오려는 말들을 막느라 정신이 없었다. 말치기들도 수말들을 도와 고래고래 소리를 지르고 때려가며 마지막 방어선을 사수했다.

그러나 하늘에서 또다시 천둥 번개가 이어졌고, 번갯불은 격렬하게 경련을 일으키면서 말들 사이로 파고들었다. 말들은 지진으로 댐이 터진 것처럼 한꺼번에 수말과 말치기들의 방어선을 뚫어버렸다.

엄청난 벼락 소리는 사람들의 함성과 말들의 울음소리 그리고 총성까지 압도해버렸고, 번개의 강한 빛은 손전등 빛줄기를 가볍게 덮어버렸다. 암흑 속에서 잠깐씩 번뜩이는 밝은 불빛 속에서 은회색 늑대들이 사방에서 말 무리를 향해 달려드는 모습이 비쳤다. 말치기들은 모두 하얗게 질렸다.

장지웬이 큰 소리로 외쳤다.

"늑대다! 늑대가 왔다!"

늑대가 왔다고 외치는 그의 목소리가 몹시 떨고 있었다. 그는 늑대 무리가 탱그리의 도움으로 천둥 번개가 몰아치는 기세를 몰아 이렇듯 맹렬하게 집단 공격을 펼치는 모습을 지금까지 한 번도 본 적이 없었다. 늑대 무리는 탱그리가 지명한 정의의 신병神兵으로서, 하늘을 대신하고 초원을 대신하여, 초원을 망치고 땅을 망쳐놓은 원흉들에게 복수하려고 달려들었다.

조금 전의 벼락 때문에 이미 간이 콩알만 해진 데다 또다시 기세등등한 늑대들이 포위해오자 말들은 평소의 단결 정신은 온데간데없이 와르르 무너지고 말았다. 말들에게 남은 최후의 본능은 도망치는 것뿐이었다. 중국의 옛말 가운데 패전한 병사들이 후퇴하는 모습을 산이 무너지는 데 비유한 표현도 있었지만, 이때의 놀란 말들의 모습은 패잔병들보다 더 참담했다.

천둥 번개와 어둠의 엄호를 받으며, 늑대 무리는 쏜살같은 속도로 말 무리의 가운데로 곧장 파고들었다. 단숨에 중앙을 뚫고 나자 곧바로 방향을 틀어 사방으로 공격을 뻗쳐나갔다. 그렇게 해서 말떼를 여럿으로 산산이 갈라놓음으로써 각개격파를 하는 데 가장 유리한 형국으로 만들었다.

늑대 무리의 첫 번째 공격 목표는 망아지들이었다. 한 번도 벼락 소리를 들어본 적이 없는 망아지들은 아까부터 목마처럼 굳어 있었다. 큰 늑대들은 한입에 한 마리씩 빠른 속도로 망아지들을 물어 죽였다. 불과 몇 분 사이에 열몇 마리의 망아지들이 쓰러졌다. 대담하고 기민한 망아지들만이 어미말 옆에 딱 붙어서 정신없이 뛰어다녔다. 어미말을 찾지 못한 망아지는 사납게 날뛰고 있는 아빠말을 찾아가 그 곁에 숨어서 늑대의 공격을 피하기도 했다.

장지웬은 다급하게 그가 가장 예뻐하는 백설공주를 찾았다. 털이 하얀 망아지가 어둠 속에서 눈에 잘 띄어 잘못되지 않을까 걱정되었던 것이다. 두 번째 번개가 쳤을 때, 그는 백설공주를 향해 달려드는 늑대 세 마리를 수말 두 마리가 격렬하게 물면서 공격하는 것을 보았다. 흰 망아지는 수말을 바짝 쫓아 뛰면서도 겁도 없이 때때로 늑대를 향해 뒷발질을 하기도 했다. 늑대 무리는 상황이 여의치 않자 얼른 방향을 틀어 날렵하지 못한 다른 망아지를 찾아 어둠 속으로 들어갔다.

수말들은 있는 힘껏 암말들을 불렀다. 말 무리 중에서는 수말을 제외하고는, 역시 자식을 보호하려는 마음이 강한 암말이 가장 침착하고 용감했다. 수말이 부르는 소리에 암말들은 발길질로 망아지를 보호하면서 수말을 향해 달려갔다. 가장 강인한 수말과 가장 용감한 암말 그리고 망아지들은 천둥 번개와 늑대 무리의 연합 공격 속에서도 신속히 진형을 다시 갖추어 가족부대를 집합시키기 시작했다.

그러나 대부분의 말 무리는 이미 갈가리 흩어진 상태였다. 늑대들은 한 마리 한 마리가 폭탄이었고, 바다에서 넘실대는 거칠고 사나운 파도였다. 살기등등한 굶주린 늑대들의 눈에는 말치기 따위는 들어오지도 않았다. 말치기가 아무리 손전등을 흔들어봤자 번개만큼 눈부시지도 않았고, 투마간을 흔들어봐야 어두컴컴한 밤중에 정확히 맞을 리도 없었으며, 아무리 바락바락 소리를 지르고 심지어 총을 쏜다고 해도 천둥소리에 묻힐 뿐이었다.

말치기들이 가지고 있던 비장의 전법은 모두 효력을 잃었다. 30분쯤 지나자 말치기들 간의 긴밀한 연계도 깨져버렸다. 바투는 다급히 말치기들에게 손전등으로 신호를 보내며 목이 터져라 소리쳤다.

"동남쪽은 놔두고 모두 서북쪽 말들만 쫓아라! 말들이 국경을 넘지 않도록 막아야 돼!"

말치기들은 급히 정신을 차리고 방향을 돌려 서북쪽으로 내달렸다.

천둥 번개가 지나가자 굵은 장대비가 쏟아졌다. 말들이 풀이 많은 저습지로 들어섰지만, 굵은 빗방울 때문에 모기떼는 한창 벌어지고 있는 성대한 피의 만찬에 낄 수가 없었다. 우렛소리는 갈수록 멀어졌지만, 간혹 번개가 하늘에서 번쩍였다. 얼마나 달렸을까. 큰 바람이 불고 지나가자 바투는 하늘의 별을 볼 수 있었다. 그는 멀지 않은 곳에 있는 장지웬과 몇몇 말치기들에게 소리쳤다.

"어서 말들이 앞으로 나가지 못하게 막아! 빨리! 모기들이 이제 곧 움직일 거야!"

말치기들은 채찍으로 말을 치면서 있는 힘껏 달렸다.

전투가 뜻대로 되어가자 늑대들의 야심과 식욕은 더욱 커져갔다. 제대로 기회를 잡은 늑대 무리는 전쟁의 성과를 극대화시키기 위해 온갖 방법을 짜냈다. 늑대 무리는 달리는 속도가 늦거나 어미를 잃은 망아지를 집중적으로 공격하는 한편, 놀라고 당황하여 어쩔 줄 몰라 하는 두 살 혹은 갓 세 살이 된 말들에 대한 공격도 늦추지 않았다. 늑대 무리는 일대일 공격에서 두세 마리의 합동 공격으로 작전을 바꾸기도 하면서 다양한 공격법을 구사했다. 어린 말들이 하나 둘 고꾸라지면서 경동맥이 끊겨 피가 솟구치는 끔찍한 모습을 보고 놀란 말들이 미친 듯 마구 날뛰었다.

그 중요한 고비에, 갑자기 대대 방향에서 말 세 마리가 손전등 불빛을 밝히며 달려왔다. 게르의 아가씨들과 야경을 돌겠다고 대오를 이탈했던 말치기들이었다. 그들은 대대로 가던 도중에 갑자기 날씨가 변하자 방향을 틀어 지름길로 돌아오던 중에 실성한 말 무리에 가로막혔다. 말들은 사람과 불빛을 보자 차츰 정신을 차리고 발걸음을 추슬렀다. 바투를 비롯한 말치기들이 양쪽 뒤편에서 잽싸게 끼어들어 간신히 말 무리를 저지하고 방향을 돌리는 데 성공했다.

우렛소리가 멀어지고 번개도 사라져갔다. 말치기들의 함성과 손전등 불빛이 놀라서 뿔뿔이 흩어졌던 말들의 귀환을 유도했다. 책임감 강한 수말들은 가족들을 찾느라 안간힘을 썼다. 말 무리가 다시 남쪽을 향해 급히 달리고 있는데, 무리에서 이탈했던 말들이 소리를 듣거나 빛을 보고서 속속 무리로 돌아왔다. 3, 40마리의 덩치 크고 강한 수말들이 자동적으로 말떼 앞에 일렬로 서서 우두나찰, 마두나찰 같은 흉악한 모습으로 늑대 무리를 향해 역공을 퍼부었다. 그러자 늑대 무리는 즉시 방향을 돌려 동남쪽을 향해 바람처럼 도망쳤다. 각처에서 달려온 약하거나 어리거나 다친 말들이 구세주라도 만난 것처럼 허겁지겁 말 무리에 합류했다. 또 적지 않은 수말들이 잃었던 가족들을 찾아 이끌고 돌아왔다. 무리 안에서도 아직 가족을 찾지 못한 말들이 여기저기서 큰 울음소리로 서로를 찾고 있었다. 행군을 해나가는 동안 말 무리는 서서히 원래의 가족 대형을 되찾아갔다.

늑대들은 작전상 일시 후퇴하긴 했지만, 침착하고 질서정연하게 행동했다. 땅에 쓰러져 있는 사냥감을 먹는 데 조급해하지 않는 대신 말치기들과 수말들이 대형을 재정비하는 동안 병력을 분산해 동남쪽으로 뿔뿔이 흩어져 있던 말들을 일일이 추격해서 죽였다

바투와 나이가 비교적 많은 말치기 몇몇이 수말의 수를 세어보니, 아직도 3분의 1 정도가 합류하지 않은 상태였다. 바투는 황급히 말 무리의 뒤쪽으로 달려가 네 명의 말치기를 2개 조로 나누어 동남쪽으로 수색 범위를 확대하도록 명령했다. 남아 있는 말치기들에게는 젖 먹던

힘을 다해 말 무리를 최대한 빨리 이동시키도록 했다. 또 장지웬에게는 먼저 동남쪽으로 달려가서 늑대 무리를 계속 쫓도록 지시했다.

서북쪽에서 철수한 늑대 무리는 동남쪽에서 말을 죽이고 있는 늑대 무리와 합류하기 위해 빠른 속도로 달려갔다. 한곳에 집결한 늑대들은 늙고 약하고 병들고 다친 말들을 포위하고서 죽이기 시작했다. 서북쪽으로부터 사람들의 함성과 말 울음소리가 점점 가까워오고 있었지만, 늑대 무리는 차분하고 의연하게 말들을 죽이면서 결코 서두르거나 먹는 데 급급해하지 않았다. 장지웬은 자기 혼자서 늑대들에 맞서기란 아무래도 무리라는 판단이 들어 돌아가 말 무리를 모는 일을 도왔다. 초원의 날씨와 공격의 기회를 완벽하게 연결시키는 초원늑대들은 더욱 유리한 상황을 기다리고 있는 듯했다.

말치기들이 말 무리를 몰아서 이제 모래땅을 3, 4리 정도 남겨둔 지점에 이르렀을 때였다. 저습지 풀밭에서 난데없이 모기떼가 등장하더니 유조차 폭발 후에 퍼지는 짙은 연기처럼 말들을 겹겹이 둘러쌌다. 대단했던 그해의 모기 재해 중에서도 가장 독한 모기들이 총동원된 듯싶었다. 수천수만 개의 독침이 한꺼번에 말들의 몸을 찔러댔다. 천둥번개와 늑대의 공격으로 죽을 고비를 겨우 넘기고 혼이 다 빠져 있는데, 또다시 모기에게 무차별 공격을 받게 되었으니 말들로서는 그야말로 산 넘어 산이었다.

바로 그때, 가장 독하고 가장 무거운 형벌이 말 무리의 수호신인 수말에게 내려졌다. 수말은 체격이 크고 털은 얇으면서 가죽은 질겼다. 여러 날을 심하게 흔들어대는 바람에 말의 꼬리는 이미 피가 덕지덕지 엉겨 펠트 방망이처럼 굳어졌고 모기를 쓸어낼 힘조차 거의 남아 있지 않았다. 모기떼의 독침은 수말을 중점적으로 공격했다. 그중에서도 특히 말의 눈꺼풀이나 아랫배의 음부나 음낭같이 말의 생명을 위협하는 급소들을 골라 찔러댔다. 수말들은 사납고 용감했지만 모기에게 물리는 것은 별개의 문제였다. 급소를 모기에게 물린 수말들은 극심한 고통으로 이성을 잃고 책임감도 잊은 채 펄쩍펄쩍 뛰었다. 하필 바람까지 약해져 모기를 떨쳐낼 수도 없었다. 반쯤 실성한 수말들은 사랑하는 가족마저 저버린 채 바람을 맞으며 미친 듯이 뛰쳐나갔다.

모기가 없는 모래땅에서 지내던 말치기들은 대부분 방충모를 쓰지 않았기 때문에, 머리며 얼굴, 목, 손 할 것 없이 온몸을 모기에게 물렸다. 어떤 말치기들은 눈꺼풀이 부어올라 실눈이 되어버렸다. 얼굴은 열이 나는 것처럼 부어올랐고, 입술은 푸르르 떨리도록 두터워졌다. 손가락도 투마간을 휘두를 수 없을 정도로 두껍게 부었다. 말치기들이 탄 말들도 주인의 명령을 듣지 않았다. 마구 뒷발길질을 해대거나 또 얼마 걷다가 급히 멈춰 서서 머리를 숙인 채 얼굴로 무릎을 긁었다. 그러다가 등 위에 주인이 탔다는 사실을 망각한 채 가려움과 통증을 잊기 위해 그 자리에서 느닷없이 데굴데굴 구르기까지 했다.

사람도 말도 모두들 모기의 바다에 빠지는 문해전술蚊海戰術로 전투력을 상실하고 허우적댔다. 말들은 아무도 제어할 수 없을 정도로 기를 쓰며 날뛰었다. 이곳저곳에 흩어져 있던 말들도 방향을 틀어 바람이 불어오는 서북쪽을 향해 내달렸다.

모기떼는 미친 듯이 보이는 대로 물어대고, 물린 말들은 미쳐서 날뛰었다. 늑대들도 미친 듯 말 무리를 공격했다. 하룻밤 사이에 천둥, 바람, 모기, 늑대 등 온갖 재해가 한꺼번에 올론초원의 말 무리를 덮쳐왔다.

장지웬은 다시 한 번 초원민족의 처절한 고통을 절감했다. 농사를 짓는 농경민족은 누구도 이런 잔혹한 생존 환경을 감당할 수 없을 것이다. 그 역시 독침의 공격에 미쳐서 죽을 것만 같았고, 말의 방향을 돌려 모래땅으로 도망치고 싶은 마음이 굴뚝같았다.

그러나 몽골의 말치기들은 하나같이 세상에 두려울 것 없는 칭기즈칸의 기병들이었다. 그들에게 후퇴란 없었다. 화살이 난무하는 전쟁터에서도 오로지 적진을 향해 공격할 뿐이었다. 그러나 어두컴컴한 밤에 적진으로 돌진하는 것은 기병들에게는 큰 금기 사항이었다. 그것은 맹인이 눈먼 말을 타는 것과도 같아서, 만약 말발굽이 쥐나 토끼, 마르모트 굴에 빠지기라도 하면, 넘어져 다치거나 죽거나 혹은 말에 깔릴 수도 있기 때문이다. 낯빛이 어두워진 바투가 빨리 달리도록 말을 채찍질하며, 모기에 물린 고통을 잊도록 채찍으로 말의 머리를 세게 내리쳤다. 장지웬은 이를 악물고 사투를 벌이는 초원 무사의 맹렬한 기세에 끌려, 자기도 모르게 용기를 내어 돌격해 나갔다.

바투가 말들을 쫓으면서 소리쳤다.

"말들을 서쪽으로 몰아! 그곳에 모래땅이 있어! 몰아! 몰고 가! 말이 국경수비도로 쪽으로 가는 것은 절대로 막아야 해!"

말치기들이 내는 허! 허! 허! 하는 소리에는 아직도 담력과 기백이 충천했다. 그 와중에 장지웬은 누군가의 비명을 들었다. 말이 실족하는 바람에 한 말치기가 안장에서 떨어져 땅으로 내동댕이쳐진 것이다. 그러나 아무도 말에서 내려 구해줄 엄두를 내지 못했다. 말치기들은 속도를 조금도 줄이지 않은 채 계속해서 달렸다.

사람을 태운 말들이 아무리 달리고 또 달려도, 모기에 물리고 굶주린 늑대에게 쫓기는 말들을 따라잡을 수가 없었다. 말치기들이 말들을 서쪽으로 몰기에는 아무래도 역부족일 것 같았다. 최후의 희망마저 사라지고 있었지만, 바투와 말치기들은 끝까지 소리를 지르며 힘껏 쫓았다…….

그때 갑자기, 멀리 산비탈 뒤편에서 불빛들이 등장했다. 바투가 소리 질렀다.

"대대에서 지원군이 왔다!"

말치기들은 열광하며 소리를 질렀고, 일제히 손전등을 켜서 말 무리를 가리켰다. 홀연히 산 뒤편에서 말을 탄 사람들이 함성과 함께 손전등 불빛을 비추며 나타나 도도히 흐르는 강물을 수문을 닫아 막듯이 말들이 도망치는 길목을 차단했다. 그러자 갑자기 장벽에 부딪히게 된 말들이 발길을 되돌려 오던 방향으로 달리기 시작했다. 그들은 일부러 말들이 서로 다닥다닥 붙어서 달리도록 바짝 몰아서 모기가 접근할 수 있는 면적을 최소화시키는 동시에 이미 붙어 있는 모기들을 압사시키도록 유도했다.

빌게 노인은 부락의 추장처럼 원군을 이끌고 가장 중요한 순간에, 또 가장 필요한 지점에 정확하게 나타나주었다. 대대의 원군들은 늙은 왕늑대가 친히 거느리고 나타난 정예부대의 모습으로 진짜 늑대 무리를 향해 뛰어들었다. 늑대들은 새롭게 등장한 함성과 불빛에 당황스러워했다. 진짜 왕늑대는 빌게 노인의 음성을 알아들었는지 급히 발길을 멈추어 퇴각 명령을 내리고 방향을 바꿔 도망쳤다. 늑대들의 목적은 분명했다. 우선 첫 번째 도살장으로 급히 되돌아가 가능한 한 빨리 배를 채운 다음 깊은 산속으로 도망치는 것이었다.

빌게, 바오순궤이와 울지는 열 명이 넘는 양치기, 소치기, 지식청년들을 이끌고 말치기들과 함께 말들을 한데 모아 모래땅으로 몰고 갔다. 그리고 목축민 두 명을 시켜 말에서 떨어져 다친 말치기들을 돌보도록 했다. 천전이 장지웬 옆으로 달려가 밤새 일어난 상황에 대해 물었다. 천전이 빌게 노인과 울지가 늑대가 말 무리를 공격할 것 같다고 예측해서 날씨가 변하기 전에 이미 지원군을 조직해서 달려온 것이라고 말해주었다. 장지웬이 한숨을 쉬며 말했다.

"십 년 감수했어. 까딱 잘못했으면 대대의 말들이 모두 끝장날 뻔했다고."

모래언덕에 도착하자 하늘이 밝아왔다. 흩어졌던 말들을 모두 찾을 수 있었지만 손실이 막대했다. 늙고 병든 말 네댓 마리와 갓 두 살 된 망아지 열두세 마리 정도가 물려 죽었다. 역시 망아지들의 피해가 가장 커서 대략 5, 60마리 정도는 죽은 것 같았다. 그래서 전체 손실은 무려 70여 마리나 되었다. 이번의 대재해는 천둥과 번개, 바람과 모기 등 모두가 살인적이었다. 그러나 가장 직접적인 것은 역시 늑대였다.

말을 타고 시체가 널려 있는 모래언덕과 풀밭을 한 바퀴 둘러본 바오순궤이는 화가 치밀어 소리쳤다.

"내가 진작부터 늑대를 없애는 게 장부의 급선무라고 누누이 말하지 않았소! 그런데 당신들은 그때마다 뭐라 했습니까! 이제 똑바로 봤겠지요. 이게 바로 당신들에 대한 징벌입니다. 앞으로 한 번만 더 늑대 편을 드는 사람이 있다면 그 사람이 누구든 직책을 없애고 사상교육을 시키는 건 물론이거니와, 모든 피해 배상을 하게 할 테니 그리들 아시오!"

빌게 노인은 한 손으로 다른 손의 손등을 덮고 안타까운 얼굴로 파란 하늘을 올려다보았다. 그의 입술이 조금씩 움직이고 있었다. 천전과 장지웬은 노인이 지금 무슨 말을 하고 있는지 짐작할 수 있었다. 천전이 장지웬에게 작은 소리로 말했다.

"초원을 다스리는 건 너무 어려워. 초원을 주재하는 사람이 결국엔 속죄양이 될지도 몰라……."

장지웬이 얼른 바오순궤이에게 다가가 말했다.

"사람의 힘으로는 이렇게 큰 천재지변에 대항할 방법이 없어요. 제 생각에는, 우리 쪽 손실은 그나마 적은 편일 겁니다. 다른 국경공사 목장의 피해는 이보다 훨씬 더 클 거예요. 이번에 대대의 수말과 암말은 물론 망아지도 절반 이상을 지켜냈어요. 우리 말치기들은 끝까지 맡은 바 책임을 다했습니다. 다친 사람은 있어도 도망친 사람은 없어요. 그게 쉬운 일입니까? 또 빌게와 울지가 잘 지휘하고 이끌어주셔서 다행이었지, 두 분이 닷새 전에 전 대대의 말들을 이곳 모래땅으로 끌고 오지 않았더라면 그 전에 다 죽었을 겁니다."

람자브가 말했다.

"그래요. 빌게와 울지가 아니었다면 말 무리는 국경을 넘어갔을 게 분명해요. 그리고 우리 말치기들이 만일 감옥에라도 가게 된다면, 당신도 장장 자리에 계속 남아 있을 순 없을 겁니다."

바투가 말했다.

"원래 매년 어린 망아지들의 절반쯤을 잃어왔어요. 따지고 보면 이번 손실은 그리 큰 것도 아닙니다. 앞으로 우리 말치기들이 좀 더 조심해서 남은 일 년을 잘 보낸다면, 아마도 평년과 크게 다르진 않을 거예요."

바오순궤이가 큰 소리로 말했다.

"당신들이 뭐라고 하든 많은 말들이 늑대에게 물려 죽은 건 사실이오. 모기의 해악이 아무리 크다고 한들 아무렴 늑대보다 더 말들을 해칠 수 있겠소? 진작 늑대들을 없앴더라면 이렇게 큰 사고가 날 수 있었겠느냐는 거요! 군부대의 수장들이 얼마 전부터 장부에 와 있는데, 만약 그들이 이 광경을 직접 봤다면 내 직위도 물론 박탈했을 것이오. 늑대 무리는 해악이 너무 커서, 앞으로 더욱 강력한 방법을 써서 몽땅 없애버리지 않으면 사람과 가축은 영원히 안전할 수가 없어요. 병단이 곧 목장으로 들어올 테니, 여러분이 늑대를 잡지 않겠다면 직접 부대에 부탁하는 수밖에! 군대엔 트럭과 지프와 기관총이 얼마든지 있으니까 늑대를 공략하는 것쯤이야 식은 죽 먹기지!"

목축민들은 어두운 얼굴로 말들의 사체가 있는 현장을 서둘러 정리했다. 몇몇 말치기들이 죽은 망아지 중에서 몸뚱이가 성한 것들을 수레 두 대에 나눠 실으며 양치기들에게 대대로 가져가서 각 집에 나눠주도록 했다. 늑대에게 너무 심하게 물려 형체를 알아보기 힘든 사체는 모래땅에 그대로 버려두는 수밖에 없었다. 초원늑대는 그 와중에도 자기들의 비상식량을 확보한 셈이었다.

살아남은 망아지들은 죽은 망아지를 보고 놀라서 다리를 와들와들 떨었다. 피의 교훈은 망아지들로 하여금 다음에 재난이 닥치면 그때는 더욱 민첩하고, 용감하고, 침착하게 굴어야 한다는 것을 잘 말해주고 있었다.

그러나 천전은 스스로에게 반문했다.

'다음이라…… 과연 다음이 있을까?'

30

야성은 영원하다

494년, 위 왕조 효문제孝文帝는 귀족과 문무백관, 선비족 병사 20만을 이끌고, 평성平城에서 낙양으로 도읍을 옮겼다. 이들의 가족과 노예를 합해 수를 세어보니, 모두 100만이 넘었다. (…) 수당隋唐 시대 황하 유역에 살았던 한족은, 실제 16국 이래 북방과 서북방의 수많은 낙후 민족과 한족이 융화되어 이루어진 한족이었다. _판원란 《중국통사간편》

주자朱子가 다음과 같이 말했다. "당의 원류는 이적夷狄에서 나왔으므로, 규방의 법도와 예의를 잃은 것도 이상한 일이 아니다." _진연각 《당대정치사술논고》

서늘한 가을비가 한차례 내리고 나더니 내몽골 고원의 짧은 여름도 순식간에 지나갔다. 초원을 강타하던 늑대 같은 모기떼도 사라졌다. 천전은 넋을 잃고 가만히 올론초원을 바라보고 있었다. 그는 여름 동안 모기떼와 늑대 무리가 그토록 광분했던 이유를 이해할 수 있을 것 같았다. 초원은 여름이 짧고, 가을은 더 짧아서, 가을이 지나면 곧 반 년이나 이어지는 길고도 긴 겨울이 찾아온다. 동면을 하지 않는 동물들에게 겨울은 죽음의 계절과도 같았다. 마르모트 굴로 숨어 들어간 모기들도 태반이 얼어 죽기 마련이었다. 초원늑대들도 비계와 두꺼운 털 없이는 매서운 겨울을 나기가 불가능하다. 자연히 마르고 늙고 병들고 다친 늑대들은 도태될 수밖에 없었다. 그래서 모기떼는 생장이

가능한 계절의 짧은 동안에 필사적으로 피를 먹어두어야 자신들의 생명을 연장시킬 수 있기 때문에 기를 쓰고 공격한 것이다. 늑대들도 겨울과 이듬해 봄의 가뭄까지 버티기 위해서는 혈전을 마다하지 않고 더욱 치열하게 먹을 것을 구하지 않으면 안 되었다.

천전네 게르에 분배되었던 망아지 한 마리 중에 악취가 나는 앞다리 두 개와 내장이 아직 남아 있었다. 덕분에 새끼늑대는 그동안 배불리 먹으며 즐거운 나날을 보낼 수 있었고, 남은 고기도 며칠 더 먹을 수 있었다. 늑대의 코가 집에 아직도 먹을 게 많다고 일러주고 있어서인지 늑대는 내내 매우 유쾌했다. 새끼늑대는 신선한 피와 고기를 좋아하지만 썩은 고기뿐 아니라 심지어는 썩은 고기에 생긴 구더기까지도 거침없이 먹었다.

그런 늑대를 보고 가오젠종이 말했다.

"늑대가 우리 게르의 쓰레기통이 되어가는군. 우리 게르에서 나오는 쓰레기 대부분이 저 꼬마의 배 속으로 다 들어가는 것 같아."

천전이 가장 의아하게 생각했던 것은, 늑대는 아무리 악취가 심하게 날 정도로 썩거나 더러운 음식 쓰레기를 먹어도 병이 나지 않는다는 것이다. 천전과 양커는 추위와 더위, 배고픔과 갈증뿐 아니라 냄새 나고 더러운 것과 병균에도 잘 견디는 새끼늑대의 능력에 감탄하지 않을 수 없었다. 그것은 수천수만 년 동안 잔혹한 환경을 겪으며 살아남은 결과였다.

천전은 다윈이 내몽골의 올론초원에 와보지 못한 것이 안타까울 따름이었다. 그가 이곳에 와보았다면 몽골초원의 늑대는 그를 완전히 매혹시켰을 것이고, 분명 그의 저서도 지금 남아 있는 것보다 더 길어졌을 것이다.

새끼늑대는 날이 갈수록 몸집이 커져갈 뿐만 아니라 자태 또한 위풍당당해져서 이미 그럴듯한 초원늑대로 자라 있었다. 천전은 늑대 목에 건 쇠사슬을 좀 더 긴 것으로 바꿔주었다. 이름도 바꿔줘야겠다는 생각도 들었다. 이렇게 컸으니 '어른 늑대'라고 부르는 게 당연해 보였기 때문이다.

하지만 늑대는 '새끼늑대'라는 이름만 받아들여서, 천전이 새끼늑대라고 부르기만 하면 기뻐하며 달려와 갖은 애교를 다 부렸다. 그의 손을 핥고, 무릎에 몸을 비비고, 달려와 안기기도 하고, 땅바닥에 드러누워 두 다리를 벌리고 뱃가죽을 내보이며 천전에게 간지럼을 태워달라고도 했다. 그렇지만 '어른 늑대'라고 부르면 다른 놈을 부르는 줄 아는지 들은 체도 안 하고 좌우를 돌아보았다.

천전이 웃으며 늑대에게 말했다.

"이 멍청한 놈아, 늙어 죽을 때까지 새끼늑대라고 불러주랴?"

새끼늑대가 혀를 반쯤 내밀고 바보처럼 가르랑거리며 미소 지었다.

천전은 새끼늑대의 어느 부분도 마음에 들지 않는 곳이 없었다. 최근에는 늑대의 귀를 가지고 노는 게 특히 재밌었는데, 꼿꼿이 서 있는 늑대의 귀는 매우 탄력이 있고 깨끗하고 완벽하면서도 예민했다. 귀는 새끼늑대의 신체 각 부분 중에서도 가장 먼저 성장하는 기준 부위였는데, 새끼늑대의 귀는 이미 완전히 다 큰 늑대의 모습을 갖추고 있었다. 때문에 새끼늑대는 초원늑대의 본능적인 감각까지도 차츰 갖추어가고 있었다.

천전은 새끼늑대와 놀 때면 책상다리를 하고 앉아 항상 늑대의 귀를 어루만져주었는데, 귀를 만지고 노는 데에 새끼늑대는 특이한 조건을 내세웠다. 이유는 알 수 없지만 매번 반드시 먼저 귀뿌리를 긁어주고,

다음엔 목을 긁어주고 그리고 온몸의 가려운 곳을 충분히 다 긁어주고 난 다음에야 귀를 가지고 놀게 해주었다. 천전은 새끼늑대의 귀를 뒤로 젖혀 접었다가 놓는 것이 재미있었다. 귀를 뒤로 접었다가 놓으면 뻑 소리를 내며 금방 원래 모양대로 튕겨져 돌아왔다. 만일 양쪽 귀를 같이 접었다가 동시에 놓으면, 희한하게도 절대로 동시에 튕겨지지 않고 항상 뻑뻑 하는 소리를 연이어 냈는데, 그 소리를 누가 자신을 공격하는 소리라고 생각했는지 가끔 놀라기도 했다.

늠름한 늑대의 귀는, 이랑을 제외하고 집에 같이 사는 개들로부터 부러움과 질투를 샀고, 심해지면 늑대를 적대시하게 만들기도 했다. 천전은 개나 늑대의 귀 연골에는 '기개'에 관한 성분도 있는 건 아닐까 하는 생각이 들었다. 개들 역시 선조 대에는 귀 모양이 늑대와 마찬가지로 곧게 뻗어 있었다가, 훗날 사람들에 의해 길들여진 뒤로 지금처럼 밑으로 축 처져 귓구멍을 덮는 바람에 늑대만큼 귀가 예민하지 못하게 된 것인지도 모를 일이다. 어쩌면 고대의 인류가 개들의 야생성을 싫어해서 개들의 귀를 잡아당기고 비틀어대고, 그런 행동이 오래 반복되면서 개들의 귀가 유연해졌고, 또 개들이 지니고 있던 꿋꿋한 기개까지 사라져, 결국 사람들 앞에서 머리를 숙이고 순종하는 노예로 변했을지도 모른다.

몽골의 말치기들은 말을 길들일 때, 먼저 말의 귀를 꽉 붙들고 머리를 누른 다음에야 말안장을 얹고 말에 올라탔다. 중국에서는 지주의 아내들이 계집종의 귀를 잘 꼬집었는데, 귀를 잡힌다는 것은 노예 혹은 노비의 신분을 다시 한 번 확인시켜주는 일이었다.

새끼늑대의 귀를 유심히 바라보면서, 천전은 동물의 귀가 그의 신분 혹은 지위와 밀접한 상관관계가 있음을 발견했다. 예를 들어 강인한 민족은 강인하지 못한 민족의 귀를 비틀고, 그다지 강인하지 못한 민족은 자기들보다 더 힘없는 민족의 귀를 잡아당기는 것이다. 유목민족 역시 귀를 정복함으로써 들소와 야생말, 야생양과 들개를 노예나 노비로 만들었다. 훗날 강인한 유목민족은 그러한 성공 경험을 다른 부족과 민족에게도 적용시켜 정복된 민족의 귀를 비틀었고, 통치 지위를 점거한 집단은 통치를 당하는 집단의 귀를 비틀었다.

그래서 인류 세계에는 '양치기'와 '양떼'의 관계가 나타나게 되었다. 유비가 서주목(徐州牧. 서주 지방을 다스리던 관리)이었다면 백성들은 곧 서주의 양이었다. 그리고 역사에서 가장 먼저 통치 집단에 의해 귀가 약해진 사람들이 바로 농경민족이었다. 오늘날에도 귀를 잡는 행위, 즉 주도권을 잡는 것은 여전히 많은 사람들과 집단이 애써 추구하는 목표라고 할 수 있다.

"소의 귀를 잡는다執牛耳"는 말이 '지도적 위치에 오르다' 혹은 '주도권을 잡다'라는 뜻으로 아직까지 한인들의 사전에 남아 있다. 그것은 한족의 유목 선조로부터 전해진 유산이지만, 북송 시대 이후의 한족은 끊임없이 남에게 귀를 잡히면서 살아왔다. 지금까지도 "귀를 잡는다"는 문자 자체는 존재하지만, 그 속에 담긴 원래의 정신은 이미 사라지고 말았다. 오늘날에는 어느 민족이 다른 민족을 정복하거나 억압해서는 안 되겠지만, 귀를 잡는 강인한 정복 정신이 없고서는 자신의 귀를 온전히 지켜낼 수 없음도 분명한 일이다.

요즘 들어 천전은 날이 갈수록 빈번하게 나타나는 군용 지프와, 지프가 지나가면서 일으키는 모래먼지를 우울한 눈으로 바라보는 일이 습관처럼 되었다. 어쩌면 그는 처음이자 마지막으로 내몽골 변경 초원의 원시유목 생활을 직접 체험하고 관찰한 한인이 될지도 모른다. 그는 왔다가 잠깐 스쳐 지나가는 기자나 수집가가 아니라, 진정 초원 사람임을 자랑스럽게 내세울 수 있었다. 바로 초원 원시유목의 양치기로서 말이다.

그는 올론초원이라는, 가장 가치 있고 초원 깊은 곳에 숨겨져 있던 원시유목의 터전에서 직접 오랫동안 답사를 했다. 그리고 자기 손으로 직접 늑대 굴에서 새끼늑대를 꺼내 길러보기도 했다. 그는 자신의 관찰과 그동안의 생각들을 마음속 깊이 새겨두고, 아주 작은 부분까지도 오래오래 잊지 않을 것이다. 그래서 훗날, 자신이 이 세상을 떠나는 그날까지 이 이야기들을 자신의 가족과 친구들에게 하나하나 들려줄 것이다. 안타깝게도 염황의 자손들이 선조의 땅인 초원을 떠난 지 오래이고, 전통적인 초원의 원시유목도 얼마 안 가 사라지게 생겼으니, 중국인들은 오늘 이후 다시는 원형 그대로의 모습을 간직한 땅에서 조상들을 만나볼 수 없게 될 것이다…….

천전은 오랫동안 늑대의 귀를 어루만지고 있었다. 그는 새끼늑대의 귀가 참 좋았다. 새끼늑대의 귀는 그가 몇 년 동안 보아왔던 늑대 귀 중에서 가장 완벽한 형태를 갖춘 유일한 귀였기 때문이다. 2년 동안 그는 가까이에서 살아 있거나 죽었거나 가죽이 벗겨진 늑대 등등 많은 늑대의 귀를 봤지만, 단 하나의 예외도 없이 모두 불완전한 것들이었다.

어떤 것은 톱날 모양의 우표 같았고, 어떤 것은 끝부분이 없었으며, 어떤 것은 찢어져 있었고, 어떤 것은 둘 또는 셋으로 갈라져 있었으며, 어떤 것은 두 귀의 길이가 서로 달랐고 또 어떤 것은 아예 떨어져나간 것도 있었다. 늙거나 성격이 사나운 늑대일수록 더 못생긴 귀를 가지고 있었다.

천전이 기억하기에, 완전히 곧게 세워져 있고 흠이 없어 표준이라고 할 만한 늑대의 귀는 한 번도 본 적이 없었다. 천전은 문득, 잔혹한 초원에서는 다치고 불완전한 귀가 어쩌면 표준에 가까운 귀일지도 모른다고 생각했다.

그렇다면, 새끼늑대의 완벽한 귀는 과연 표준이 되지 못하는 걸까? 천전은 조금 우울해졌다. 그는 또 문득 새끼늑대가 가진 완전무결한 귀가 곧 가장 큰 약점일 수도 있다는 생각이 들었다. 늑대는 초원의 투사로서 그 자유롭고 강인한 생명은 원래 사나운 수말과 사냥개, 다른 늑대 무리 또는 잔혹한 인간들과 생사를 건 치열한 전투를 벌임으로써 비로소 얻을 수 있는 고귀한 것이었다. 그렇다면 싸워보지도 못하고 그래서 흠 없이 온전한 귀를 과시하며 살아가는 늑대도 과연 늑대라 할 수 있을까? 천전은 자신의 잔인함을 새삼 뼈저리게 깨달았다. 그는 자기 손으로 새끼늑대에게서 초원늑대들이 가진 자랑스러운 생명을 빼앗고, 그래서 예쁜 귀를 가졌을 뿐 늑대의 생명은 없는, 개만도 못한 죄수로 비굴하게 살아가도록 만들고 있었다.

그렇다면 새끼늑대를 몰래 풀어주어야 하는 걸까? 잔혹하지만 자유로운 초원에 놓아주고 나면, 늑대의 진정한 생명을 되찾을 수 있을까? 하지만 천전은 그럴 수 없다는 걸 곧 깨달았다. 그가 펜치로 새끼늑대의 송곳니 네 개를 자른 이후, 새끼늑대는 초원에서 자유롭게 살아갈 수 있는 무기를 잃고 말았다. 원래 새끼늑대가 가졌던 송곳 같던 이빨은 지금 강낭콩처럼 짧고 뭉툭하게 갈려 개의 이빨보다 오히려 더 무뎠다.

천전을 더욱 마음 아프게 한 것은, 수술할 때 치수관에 직접적인 상처를 내지는 않았지만 최대한 조심했음에도 불구하고 이빨 끝을 집을 때 치아 하나에 아주 가느다란 금이 가면서 치수관에도 미세한 균열이 생긴 것이다. 얼마 지나지 않아 그 이빨 전체가 썩어, 늙은 늑대의 삭은 니처럼 까맣게 색이 변했다는 걸 알게 되었다. 그 후로 천전은 그 시커먼 이빨을 볼 때마다 뭔가로 자신의 심장을 후벼 파는 듯한 고통을 느끼곤 했다. 아마 일 년도 안 되어 그 이빨은 결국 썩어서 빠질 것이다.

초원늑대에게 있어 송곳니는 생명의 근원이나 마찬가지였다. 새끼늑대에게 만약 세 개의 무딘 이빨만 남게 된다면, 하다못해 음식물을 찢는 것도 곤란할 테니 사냥을 해서 짐승을 죽일 수 없게 되었다는 것은 말할 필요도 없을 것이다.

시간이 흐르면서 천전은 자신의 경솔한 결정이 얼마나 심각한 결과를 초래했는지를, 절망스럽지만 똑똑히 보게 되었다. 그는 앞으로도 결코 새끼늑대를 초원으로 돌려보내지 못할 것이고, 그 역시 초원 깊숙이 들어가 새끼늑대의 친구들을 만나볼 수 없게 되었다. 천전의 그 낭만적인 환상은 이미 자신의 잔인한 수술로 철저히 깨졌다. 그와 동시에 그토록 똑똑하고 사랑스러운 새끼늑대의 자유마저도 완전히 앗아버렸다. 더구나 오랫동안 묶여 길러진 새끼늑대는 실전 경험도 전혀 없어서, 올론초원의 늑대 무리가 이 새끼늑대를 본다면 떠돌이 취급을 해서 아예 상대도 않거나 아니면 주저 없이 물어 죽여 없앨 게 틀림없다.

한 달 전 어미늑대가 새끼늑대를 부르던 그날 밤, 차마 늑대를 놓아주지 못했던 것에 그는 더욱 깊은 가책을 느끼고 있었다. 천전은 자신이 더 이상 논리적이고 이성적인 과학 연구원이 아님을 깨달았다. 환상을 비롯해 온갖 미묘한 감정들이 늘 그를 과학 연구에서 멀어지게 만들었다. 새끼늑대는 실험용 흰쥐가 아니라, 천전의 친구이자 스승이었다.

초원 사람들은 모두 안절부절못하며 내몽골 생산건설병단이 초원에 정식으로 들어오는 것을 기다리고 있었다. 빌게와 울지 그리고 몽골 노인들이 서명한 편지 덕에, 올론초원은 여전히 목축업을 위주로 하되 농업도 병행할 수 있도록 결론이 났다. 특히 그중에서도 바오리거 목장은 목축업의 비중이 상대적으로 높게 결정되었다. 그러나 다른 대부분의 목장과 공사는 농업 집단으로 변경되어, 심지어 몽골초원에서 가장 유명한 우젬친 군마의 생산지인 마구하 유역까지도 대규모 농장으로 변하게 되었다. 그리고 극히 일부 목장만 반농반목 집단으로 결정되었다.

병단의 거창한 향후 계획도 이미 올론초원에 전달되었다. 계획의 기본적인 맥락은 이러했다. 가능한 한 빨리 수천 년 동안 이어져온 낙후된 원시유목 생산방식을 종결시키고, 많은 인구가 정착할 수 있는 거주지역을 건설한다. 군대에서 대량의 자금과 설비, 공병대를 들여와 목축민들을 위해 기와집과 견고한 시멘트 축사를 짓고, 모터 펌프 우물을 설치하고, 도로를 만들고, 학교와 병원, 우체국, 강당, 상점, 영화관 등등을 세운다. 농사에 적합한 토지를 개간하여 곡식을 심고, 사료작물과 채소 등을 재배한다. 기계화된 제초대대 및 운수대대를 편성하고 트랙터 창고를 짓는다. 늑대 재해, 쥐 재해, 병해, 충해를 철저히 소멸시킨다. 눈보라와 가뭄, 풍해, 화재, 모기떼 등등에 대비한 재해 대처 능력을 대대적으로 증강시킨다. 수천 년간 열악하고 고된 환경 아래 놓였던 목축민들이 차츰 안정되고 행복한 정착 생활을 할 수 있도록 지원한다…….

지청들과 젊은 목축민들 그리고 많은 여자와 아이들은 군대가 들어와서 빠른 시일 내에 군부대 간부와 빌게가 그린 아름다운 그림이 실현되기를 기대하고 있었다. 그러나 장년층 목축민들 대다수는 입을 굳게 다물고 아무 말도 하지 않았다.

천전은 빌게 노인을 찾아갔다. 노인이 탄식하며 말했다.

"목축민들은 예전부터 아이들이 다닐 학교가 생기고, 병이 났을 때도 달구지나 마차를 타고 기와 맹까지 갈 필요가 없는 날이 오기를 바라왔단다. 올론에 병원이 없어서, 죽지 않아도 될 아까운 목숨들을 얼마나 많이 잃었니? 하지만 초원은 이제 어떻게 될까? 초원은 너무나 약해지고, 가축은 이미 감당할 수 없을 정도로 많아졌어. 초원은 나무 바퀴를 단 달구지와도 같아서, 지금은 이만큼의 사람과 가축들을 끌 수 있지만 더 이상의 많은 사람들과 기계들까지 태운다면 금방 전복되고 말 거다. 초원이 다 망가지면 너희 한인들은 집에 돌아가면 그만이지만, 그럼 목축민들은 어쩌란 말이냐?"

천전이 가장 우려하는 것은 초원늑대의 앞날이었다. 농업지역에서 사람들이 몰려오면 백조나 기러기, 물오리 들은 다 잡아먹히거나 그렇지 않으면 멀리 날아가버릴 것이다. 그러나 초원늑대는 철새가 아니다. 대대로 올론초원에서 살아온 늑대들이 사람들의 무차별적인 공격에 못 이겨 처참하게 멸종당하거나 아니면 국경을 넘어 다른 나라로 떠나가는 비극이 벌어지는 것은 아닐까? 외몽골은 지대가 높고 기후가 한랭한 데다 풀이 적고 사람과 가축도 적어서, 그곳의 곤궁한 늑대는 풍족한 올론의 늑대보다 훨씬 더 포악했다. 그곳에 가면 올론의 늑대들은 곧 떠돌이가 되어 사나운 늑대들 틈에서 괴롭힘을 당할 것이다. 천전은 초원늑대의 최후가 이토록 빨리 오게 될 줄은 생각지도 못했다. 초원늑대에 대한 관찰과 연구가 이제 막 시작되었을 뿐인데…….

해질 무렵, 양커는 양떼를 대대에서 3리 정도 떨어진 곳까지 몰고 온 다음 자기 집 게르를 향해 찾아오도록 방향만 잡아주고는 물을 마시기 위해 먼저 돌아왔다. 목초지를 곧 옮길 예정이라 이제는 양떼가 대대 부근의 새로 자란 풀을 뜯어 먹어도 상관없었다.

양커는 시원한 차를 두 대접이나 벌컥벌컥 마시고 나서 천전에게 말했다.

"아무리 군대가 온다 온다 해도, 이렇게 빨리 올 줄 누가 알았겠어? 내가 가장 싫어하는 건 전시도 아닌데 군사화된 생활을 해야 한다는 거야. 겨우 헤이룽장 생산건설병단에서 빠져나왔나 싶었는데, 이젠 또 내몽골 병단이 시키는 대로 살아야 한다니 정말 한심해. 앞으로 올론은 어떻게 되는 거지? 난 도무지 모르겠어. 아무튼 우리는 하루라도 빨리 초원늑대에 대한 연구를 마쳐야 해……."

두 사람이 말하는 동안 말 한 마리가 수레 길을 따라 날듯이 달려왔다. 어찌나 빨리 달리는지 그 뒤로 100미터가량 누런 먼지가 뭉게뭉게 일었다. 천전과 양커는 말을 본 순간 장지웬이 교대를 마치고 쉬러 돌아왔다는 걸 알 수 있었다. 장지웬은 이제 완전히 번듯한 초원의 말치기가 되어 있었다. 거느리는 말들의 수도 많았으며, 빠르고, 말을 타는 자세도 당당했고, 말의 넘치는 힘도 아끼거나 숨기지 않았다.

가오젠종이 으스대듯이 말했다.

"어이, 너희들, 이 몸 때문에 얼마나 많은 아가씨들이 문밖에 나와 있는지 보라고. 눈빛들이 꼭 어린 망아지가 쫓아 달려오는 것 같지 않아?"

장지웬이 말에서 급히 뛰어내리면서 말했다.

"빨리, 빨리 와봐. 내가 뭘 가져왔는지 보라고."

그는 말안장에서 울퉁불퉁한 자루 하나를 내렸다. 뭔가 꿈틀대는 것이, 살아 있는 동물이 들어 있는 것 같았다.

양커는 자루를 건네받아 만져보고는 웃으며 말했다.

"설마 너 우리 늑대 짝 지어주려고 새끼늑대를 한 마리 더 잡아온 건 아니겠지?"

장지웬이 말했다.

"늑대가 이렇게 작을 리가 있냐? 잘 보라고, 도망치지 않도록 조심하고."

양커가 자루를 풀자 큰 귀가 먼저 보였다. 그가 손을 안으로 집어넣어 살아 움직이는 짐승을 조심스럽게 끄집어냈다. 큰 산토끼 한 마리가 양커 손 안에서 몸을 이리저리 흔들며 앙버텼다. 검은색 털이 군데군데 난 회황색 토끼는 털이 반지르르 광택이 났고, 크기는 집 고양이와 비슷했다. 무게도 족히 대여섯 근은 되어 보였다.

장지웬이 말을 매며 말했다.

"오늘 저녁엔 토끼고기로 찜을 해먹자. 양고기는 만날 먹어서 이제 질렸어!"

그가 말하는 도중에, 일고여덟 발짝 떨어져 있던 새끼늑대가 갑자기 야생성이 살아났는지 난데없이 토끼에게 달려들었다. 만약 쇠사슬로 묶어두지 않았더라면 새끼늑대는 분명 토끼를 낚아챘을 것이다. 쇠사슬에 제지당하여 늑대는 그대로 풀썩 땅에 떨어졌다. 새끼늑대는 한 바퀴 구르더니 잽싸게 다시 일어나 두 앞발톱을 치켜세웠다. 혀는 목걸이에 조여서 반 넘게 나왔고, 튀어나온 두 눈빛은 잔인하게 번뜩였다. 늑대는 토끼를 산 채로 한입에 삼키지 못해 몹시 아쉬운 모양이었다.

집에 있던 개들도 한 번쯤은 토끼처럼 빨리 달려서 잡기 힘든 짐승을 본 적이 있었을 것이다. 개들은 호기심에 가득 차 산토끼를 둘러싸고 냄새를 맡아보기는 해도 감히 발을 뻗어 낚아채지는 못했다.

새끼늑대의 탐욕스러운 얼굴을 보고 있던 양커가 새끼늑대 쪽으로 몇 걸음 다가가 손에 쥐고 있던 토끼를 그 앞에서 살살 흔들어 보았다. 새끼늑대의 앞발이 토끼의 다리에 닿자, 늑대는 즉각 얼굴에 살기를 가득 띤 야생늑대의 모습으로 변했다. 피 맛이 보고 싶었는지 혀를 날름거리며 입 언저리를 계속 핥았고, 매섭게 치켜뜬 검은 눈동자는 형체 없는 독침을 쏘아대는 모습이 유난히 사나워보였다. 매달려 있던 토끼가 다시 양커 쪽으로 넘어가자 새끼늑대는 사람과 개들을 독살스럽게 쏘아보았다. 몇 달간 쌓아온 따뜻한 우정과 감정이 자취 없이 사라지면서, 늑대와 인간 사이의 한계가 분명하게 그어지는 느낌이었다. 새끼늑대의 눈은 천전과 양커 그리고 자신을 가장 아껴주었던 이랑까지도, 그 순간만큼은 적으로 보고 있었다.

양커는 놀란 나머지 무의식적으로 세 발짝 정도 뒷걸음질을 쳤다. 그는 마음을 진정시키고 말했다.

"내 생각인데, 새끼늑대가 이만큼 클 때까지 아직 살아 있는 짐승을 직접 죽여본 적이 한 번도 없었잖니? 그러니 늑대의 천성을 한 번쯤 만족시켜줄 필요가 있다고 생각해. 난 토끼고기를 포기할래. 그 대신 산 토끼를 새끼늑대에게 주고, 오늘은 야생늑대가 어떻게 토끼를 잡아먹는지 보는 게 어때? 가까이에서 생동감 있게 늑대의 본성을 감상할 수 있지 않겠어?"

천전이 반색을 하며 찬성의 뜻을 밝혔다.

"토끼고기는 사실 별로 맛도 없어. 메추라기랑 같이 삶아 먹어야 그나마 먹을 만하지. 올여름에는 새끼늑대가 야간 보초를 같이 서준 덕분에 양을 한 마리도 잃지 않았잖아. 그러니 마땅히 상을 줘야지."

가오젠종이 머리를 끄떡이며 말했다.

"새끼늑대는 양떼만 지켜준 게 아니라 우리 소들도 안전하게 지켜줬어. 나도 찬성에 표를 던질래."

장지웬은 침을 꿀떡 삼키더니 마지못해 말했다.

"그럼, 그렇게 하자. 나도 사실은 우리 새끼늑대한테 아직 야생성이 남아 있는지 보고 싶었거든."

네 사람은 흥분을 감추지 못했다. 인간의 내면 깊숙이 잠재되어 있던 짐승의 성질이, 고대 로마의 원형 경기장에서 죄수와 맹수들의 싸움을 지켜보며 환호하던 것과 같은 잔학성이, 정당하고 합리적인 변명을 통해 막힘없이 표출되어 나왔다. 늑대와 매, 여우, 사냥개 등 천적이 득실대는 초원에서도 추격을 피해 힘들게 살아남았던 산토끼는 이렇게 네 명의 베이징 지청들에 의해 가볍게 목숨을 잃게 되었다. 그나마 산토끼는 초원의 파괴범이라는 악명을 갖고 있었고, 토끼굴 때문에 종종 말치기들을 다치게 했다는 죄도 지었기에, 양심상 부담 없이 토끼에게 사형을 선고하기로 했다. 네 사람은 투수鬪獸의 규칙을 상의하기 시작했다.

초원은 탁 트인 곳이라 마땅히 투수장으로 쓸 곳이 없었기 때문에 야생늑대가 산토끼를 쫓아가는 장면을 보지 못할까 다들 안타까워했다. 결국 네 사람은 토끼의 앞다리와 뒷다리를 따로 단단히 붙들어 매서 뛸 수는 있되 완전히 도망치지는 못하게 해놓았다.

장지웬이 잡아온 토끼는 잔혹한 생존 환경에서 온갖 시련을 겪어왔던 게 분명했다. 양커는 토끼의 다리를 묶으려다가 힘 좋은 녀석에게 발로 한 대 얻어맞았다. 굴 파는 데 능숙한 산토끼의 삽처럼 생긴 작고 날카로운 발톱이 있어, 양커의 손등에 심한 상처를 몇 줄 남겼다. 그는 너무 아파서 찬 공기를 훅 하고 들이키면서 말했다.

"토끼도 급하면 사람을 문다지만 발톱으로 물 줄은 몰랐네. 이거 장난이 아닌걸. 그렇지만 토끼야 이놈, 너무 좋아하진 말라고. 내가 곧 새끼늑대더러 널 통째로 잡아먹게 할 테니까!"

천전은 얼른 게르에서 윈난백약과 붕대를 가져다 장지웬의 손등을 처치해주었다.

네 사람이 달려들어 한바탕 난리를 피우고서야 토끼의 다리를 단단히 묶을 수 있었다. 토끼는 땅바닥에 누워 꼼짝하지 않았지만 두 눈에서는 매섭고 교활한 눈빛을 쏘아내고 있었다. 장지웬은 토끼의 입을 벌려 이빨을 살펴보더니 말했다.

"너희들도 이리 와서 봐. 이놈은 늙은 토끼인가 봐, 이빨이 누렇구나. 대형 짐차 주인이 그랬어. '사람이 늙으면 간사해지고, 말이 늙으면 교활해지고, 토끼가 늙으면 매도 낚아채기 힘들어진다'고 말이야. 늙은 토끼가 그만큼 대단하다는 말일 테니, 잘못하다간 새끼늑대가 고생깨나 하겠는걸."

천전이 고개를 갸우뚱하며 장지웬에게 물었다.

"야, 그런데 왜 매가 늙은 토끼를 잡기 힘들다는 건데?"

장지웬이 대답했다.

"늙은 매가 토끼를 잡을 때는 공중에서 급강하해서 먼저 왼쪽 발톱으로 토끼의 엉덩이를 잡아채는데, 그러면 토끼가 아파서 몸을 돌리기 때문에 몸이 가로로 놓이게 되겠지. 그럼 매가 다른 발톱으로 힘껏 토끼의 등을 낚아채는 거야. 그렇게 되면 토끼는 도망칠 수가 없어. 그런 다음 매가 토끼를 꽉 붙든 채로 하늘 높이 올라갔다가 땅으로 떨어뜨리면 그대로 죽게 되지. 그런 다음 죽은 토끼를 산꼭대기로 가져가서 쪼아 먹는 거야. 그런데 노련한 늙은 토끼는 매가 쉽게 손을 쓰지 못하게 만들거든. 먼저 늙은 토끼는 엉덩이를 세게 붙잡혀도, 그리고 아무리 아파도 절대 몸을 틀지를 않아. 오히려 매를 끌고 전속력으로 가까운 풀숲으로 들어가는 거야. 늙은 토끼 한 마리가 매를 끈 채로 위성류 나무가 많은 숲으로 달려 들어가는 걸 내 눈으로 직접 본 적이 있었어. 그런데 빽빽이 우거진 나뭇가지에 걸려서 매의 깃털이 다 뽑히는 거야. 늙은 매가 아파서 정신을 차릴 수 없게 되자 하는 수 없이 토끼를 그냥 놓아주더라고. 그러더니 완전히 기가 꺾여서, 닭싸움에서 진 쌈닭처럼 풀숲에서 한참을 꼼짝 못 하고 서 있다가 그만 힘없이 날아가고 말았어."

양커가 눈에 초점을 잃고 물끄러미 쳐다보며 듣고만 있다가 말했다.

"그럼, 우리도 생각을 잘 해봐야겠는걸."

천전이 말했다.

"그래도 어디 한번 토끼를 새끼늑대에게 던져줘보자. 한쪽은 교활하기 그지없는 늙은 토끼고, 한쪽은 어리고 아는 것도 없는 데다 이빨까지 성치 못한 새끼늑대야. 또 한쪽은 다리가 묶여 있고 한쪽은 쇠사슬에 묶여 있으니, 이 정도면 꽤 공평한 싸움이 아닐까?"

양커가 말했다.

"너희도 《스파르타코》라는 소설을 읽어봐서 알겠지만, 로마 경기장의 규칙대로라면 만약 늙은 토끼가 승리할 경우 토끼에게 자유라는 상을 줘야 옳은 거야!"

세 사람이 거의 동시에 대답했다.

"그래, 좋아!"

양커는 토끼에게 혼잣말로 중얼거렸다.

"그러게 누가 너더러 그렇게 많은 굴을 파서 초원을 망가뜨리래? 아무튼 미안하게 됐다."

그러고는 새끼늑대에게 큰 소리로 고함쳤다.

"늑대야, 늑대야, 밥 먹자!"

그 말과 동시에 산토끼를 늑대 우리 안으로 던져 넣었다. 땅에 떨어져 떼굴떼굴 구르던 토끼가 몸을 뒤집어 일어나더니 곧 껑충 뛰어올랐다. 새끼늑대는 달려들면서도 바로 입을 대지는 않고, 앞발톱으로 토끼를 한 번 세게 쳐보았다. 토끼는 바로 땅바닥에 나동그라지더니 몸을 둥글게 웅크렸다. 꽤나 놀랐는지 숨을 가쁘게 몰아쉬면서 온몸을 와들와들 떨고 있었다. 그러나 둥글고 커다란 눈만큼은 놀라우리만치 침착하게 새끼늑대의 동작 하나하나를 쏘아보고 있었다. 분명 이 토끼는 늑대와 매의 발톱 아래서 수도 없이 도망쳐본 모양이었다.

토끼는 일부러 오들오들 떨며 계속 몸을 웅크리더니, 결국 핵폭탄처럼 단단해 보이는 주먹 모양으로 웅크렸다. 그런 다음 무기를 소매 속에 숨기듯이 날카로운 발톱까지 오그라뜨리고서, 결정적인 위치를 찾고 있었다.

새끼늑대는 크고 살진 쥐를 먹어본 적이 있어서, 산토끼를 전에 먹었던 쥐보다 조금 더 큰 들쥐로 아는 것 같았다. 늑대는 걸신들린 것처럼 침을 질질 흘리며 앞으로 다가가 냄새를 맡았다. 토끼는 여전히 떨고 있었고, 늑대는 앞발을 내밀었다. 토끼를 쇼우바로우처럼 고분고분하게 누르려는 것이었다. 늑대는 이쪽저쪽 눌러보고 냄새를 맡아가면서 어디부터 먹을지 먼저 입을 댈 만한 곳을 찾고 있었다.

계속 떨고 있던 토끼가 별안간 동작을 뚝 그쳤다. 마침 그때 새끼늑대의 머리는 토끼의 뒷다리에 가 있었다.

"안 돼!"

네 사람이 거의 동시에 외쳤지만, 이미 너무 늦었다. 늙은 산토끼는 지뢰가 폭발하듯이 있는 힘을 다해서 뒷발을 뻗어 새끼늑대의 머리를 찼다. 산토끼의 날카로운 발톱이 정통으로 늑대 머리에 맞았다. 늑대는 외마디 비명을 지르며 뒤로 나가떨어졌고, 가까스로 일어났을 때는 이미 머리는 피로 범벅이 되어 있었다. 늑대는 귀에 큰 상처를 입었고, 머리에도 몇 군데 긁힌 상처가 났다. 오른쪽 눈은 하마터면 실명할 뻔했다.

천전과 양커는 순식간에 얼굴색이 변하면서 그 자리에서 벌떡 일어났다. 양커는 늑대에게 약을 발라주려고 황급히 백작약이 든 병을 꺼내왔다. 천전은 마음을 모질게 먹고 양커를 막으며 말했다.

"초원에 저만한 상처 하나 없는 늑대가 어디 있겠어. 우리 새끼늑대에게 상처 입는 게 어떤 것인지 겪게 해주자."

이 정도로 크게 혼나본 적이 없는 새끼늑대는 몸을 둥글게 움츠리고 얼굴에는 공포와 분노로 가득 찼지만, 그러면서도 호기심 어린 눈으로 산토끼를 바라보고 있었다. 늙은 토끼는 작전이 성공하자, 곧 늑대에게서 벗어나려고 필사적으로 발버둥치기 시작했다. 몸을 돌려 절름거리는 발로 풀쩍풀쩍 뛰면서, 늑대 우리 밖으로 벗어나려고 애를 썼다. 그 모습을 본 개들이 화가 나는지 늙은 토끼를 향해 사납게 짖어댔다. 특히 이랑은 도저히 참을 수 없다는 듯 늑대 우리로 달려가 토끼를 물려고 했지만, 천전에게 저지당하고 말았다.

늙은 토끼는 싸움터 바깥을 향해 조금씩 움직여갔고, 새끼늑대는 그 뒤에서 어느 정도의 거리를 유지하고 있었다. 그러다가 토끼가 뒷발을 조금만 크게 움직여도 늑대는 독전갈에 물린 것처럼 후다닥 뒷걸음질치곤 했다.

양커가 말했다.

"이번 결투는 늙은 토끼가 이긴 거야. 만약에 들판에서 싸웠다면 방금 전과 같은 공격은 새끼늑대를 엄청 당황하게 만들었을 테고, 토끼는 그 틈을 타서 진작 도망쳤겠지. 이 녀석은 단 20분 사이에 사람 한 명과 늑대 한 마리에게 부상을 입힌 거야. 그러니 보통내기가 아니지. 내 생각엔 아무래도 놓아주는 게 낫겠어. 중국 사람들은 농경민족이니 같은 초식동물인 셈인데, 만약 한인들에게 저 초원의 늙은 토끼가 가진 정도의 투쟁 정신만 있었어도 아마 식민지로 전락하진 않았을 거야."

천전이 제안했다.

"늑대에게 마지막으로 한 번만 더 기회를 주는 게 어때? 만일 토끼가 이 원 밖으로 나오면 이긴 걸로 칠게. 만일 빠져나오지 못한다면 그땐 다시 한 번 겨루기로 하자."

양커가 말했다.

"좋아. 이 선으로 승패를 결정짓는 거다."

늙은 토끼는 살아날 희망을 발견한 것처럼 구르고 기며 원 밖을 향해 아주 조금씩 움직였다. 새끼늑대는 화가 많이 나 있었다. 눈앞의 먹이가 자기 영역 안에 있다가 이제 거의 빠져나갈 판이었기 때문이다. 조급해진 늑대는 펄쩍펄쩍 뛰면서도 고슴도치를 대할 때처럼 함부로 물거나 붙잡지는 못했다. 그러나 어느 순간 기회가 오자 앞발로 토끼를 안쪽으로 끌어다 놓고는 재빨리 발을 뺐다. 토끼는 새끼늑대가 발을 떼자 다시 원 밖으로 나가려고 기를 썼다.

이런 식으로 밀고 당기기를 몇 차례 한 끝에, 선천적으로 사냥성이 강한 새끼늑대는 마침내 늙은 토끼의 약점을 찾아냈다. 늑대는 토끼의 뒷다리를 피해 머리 앞쪽으로 가서 '귀 잡기' 전술을 사용하기로 맘먹었다. 적절한 때를 골라 한입에 토끼의 긴 귀를 물어 안쪽으로 끌어당겼다가 버둥거리면 바로 입을 뗐다. 새끼늑대는 그 위력적인 토끼 뒷다리가 자기한테까지 닿지 않는다는 것을 깨달았다. 그러자 대담하게 토끼의 귀를 물더니 나무말뚝 바로 옆까지 거침없이 토끼를 끌고 왔다. 토끼는 놀라서 두려운 눈으로 계속 허공을 걷어차며 잠시도 멈추지 않고 아등바등 애썼다. 그 모습이 꼭 낚싯줄에 걸려 뭍으로 나와 파닥거리는 잉어를 연상시켰다.

천전은 늑대에게 힌트를 주기 위해 크게 소리쳤다.

"늑대야, 늑대야, 밥 먹자."

그 소리에 새끼늑대가 잠시 멈칫했다. 하지만 그의 외침은 새끼늑대에게 식욕을 불러일으킨 동시에 늑대를 싸움꾼에서 배고픈 늑대로 바꿔놓았다. 새끼늑대는 토끼 머리를 꽉 누르고 우직 소리와 함께 이빨로 토끼의 귀 한 짝을 물어뜯은 다음 삼켜버렸다. 귀가 뜯겨진 자리에서 솟구치는 피를 본 새끼늑대는 눈이 커지더니 드디어 본성이 폭발했다. 늑대는 나머지 귀마저 물어뜯어서 꿀꺽 삼켰다. 두 귀를 잃어버린 산토끼는 커다란 마르모트 같았다. 토끼는 풀쩍풀쩍 뛰며 필사적으로 반항했다. 머리가 피범벅이 된 새끼늑대와 산토끼가 늑대의 영역 안에서 한 덩어리가 되어 그야말로 피 튀기는 싸움을 벌였다. 늑대의 원은 피비린내 가득한 전쟁터로 변했다.

그러나 새끼늑대는 어떻게 토끼를 물어 죽여서, 여유 있게 고기를 뜯어 먹을지 그 기술은 아직 알지 못했다. 그저 한 입씩 산 채로 두서없이 깨물어 먹으며 방법을 찾을 뿐이었다. 새끼늑대의 이빨이 많이 무디긴 했지만, 펜치만큼의 힘은 있어서 토끼를 물고 고개를 한 번 흔들 때마다 가죽이 쫙쫙 찢겨져 나갔다. 늑대는 단번에 목 부근의 급소를 끊는 방법은 몰랐지만, 본능적으로 또 다른 급소인 배를 공격하기 시작했다.

불쌍한 늙은 토끼는 결국 새끼늑대에 의해 뱃가죽이 찢겼고 내장이 밖으로 나왔다. 그렇게 밖으로 튀어나온 것들은 바로 초원늑대가 가장 좋아하는 음식이었다. 내장은 연하면서 털이 없고 피가 섞여 있기 때문이었다. 새끼늑대는 두 눈을 번뜩이며 창자와 심장, 폐, 간, 콩팥까지 몽땅 집어삼켰다. 늙은 토끼는 끝까지 싸우다 심장까지 다 잃은 후에야 비로소 반항을 멈추었다.

천전은 드디어 새끼늑대에게 진정한 늑대로 살아갈 수 있는 길을 열어준 셈이다. 이로써 새끼늑대는 마침내 완전한 늑대로 다시 태어났다. 얼굴과 귀를 다치는 대가를 치름으로써 초원늑대의 표준에 가까운 귀도 갖게 되었으며, 실전 이력까지 쌓은 초원늑대로 거듭났다. 그러나 천전은 그저 기뻐할 수만은 없었다. 그가 원했던 대로 새끼늑대가 이기긴 했지만, 늙은 토끼에 대한 애석하고 비통한 마음 또한 금할 수가 없었다.

그 불쌍한 토끼는 죽는 순간까지도 자신의 온 힘을 다했고, 죽을 때까지 포기하지 않아 깊은 인상을 남겼다. 토끼는 비록 자신만큼 영특하고 용맹하고 완강한 새끼늑대에게 죽임을 당했지만, 정신적으로는 결코 패한 것이 아니었다.

몽골초원에서 생명을 가진 모든 동물은, 면양을 제외하고 육식동물이나 초식동물에 상관없이, 모두 초원 어머니에게서 받은 용감하고 강인한 정신을 가지고 있었다. 그 강인함이야말로 바로 유목 정신의 바탕인 것이다.

양떼는 무사히 우리로 돌아왔다. 천전과 양커는 오늘만큼은 새끼늑대를 데리고 나가 바람을 쐬어주는 일은 생략하기로 했다. 새끼늑대는 흥분에 휩싸여 있어서, 매일 저녁 맛볼 수 있던 자유에 대해서도 까맣게 잊은 모양이었다.

네 사람은 오랜만에 함께 저녁 식사를 했다. 덕분에 게르의 분위기는 한층 따뜻하고 화목했다. 천전이 장지웬에게 차를 따라주며 물었다.

"너, 토끼를 어떻게 잡은 거야?"

장지웬이 꼭 초원의 노련한 말치기들처럼 뜸을 들이며 말했다.

"아, 아까 그 산토끼? 늑대가 내게 준 선물이었어."

세 사람은 어안이 벙벙했다. 장지웬이 잠깐 쉬었다가 다시 말했다.

"오늘 점심에 바투와 함께 말을 찾으러 가던 길이었어. 어떤 언덕을 넘으니 멀리서 늑대 한 마리가 엉덩이랑 꼬리를 내놓고 흙을 파고 있는 게 아니겠어. 마침 우리는 꽤 빠른 말을 타고 있던 터라 쏜살같이 달려갔지. 그런데 우리를 본 늑대가 얼른 언덕을 넘어 도망쳐버렸어. 늑대가 흙을 파던 곳에 가봤더니 조그만 굴이 있었는데 그 옆에는 새로 파낸 흙이 꽤 쌓여 있었어. 굴이 워낙에 잘 안 보이는 곳에 감춰져 있더라고. 긴 풀에 덮여 있어서, 만일 굴 밖에 새로 파낸 흙이 없었더라면 아마 눈에 띄지 않았을 거야. 바투는 그게 토끼굴이라는 걸 한눈에 알아봤지. 하지만 그건 토끼의 원래 보금자리가 아니라 임시 은신처라고 하더군. 초원의 산토끼는 서너 개 정도가 아니라 자신의 활동 범위 내에 수십 곳의 임시 은신처를 파 놓는다더라. 그러다 적을 만나면 곧장 가장 가까운 은신처로 피한다는 거지. 그 굴들이 바로 말치기들이 가장 두려워하고 혐오하는 것 아니겠어? 람자브네가 키우던 가장 좋은 사냥말도 작년에 토끼 굴에 걸려서 앞다리가 부러졌잖니? 우리는 이놈의 토끼를 꼭 꺼내서 잡기로 하고 말에서 내렸지. 토끼 굴은 깊이가 1미터가 조금 넘었는데, 투마간으로 쿡쿡 찔러보니 물컹한 것이 닿는 거야. 정말 그 굴속에 살아 있는 토끼가 있었어. 늑대는 굴을 넓게 판 다음 토끼를 꺼내려던 참이었지. 그렇지만 늑대는 이미 달아났고, 우리가 무엇으로 굴을 파겠어? 그러자 바투가 자기한테 좋은 방법이 있다고 하면서, 투마간에 이어 붙였던 짧은 장대를 분리해냈어. 거기에 칼로 조그맣게 흠집을 내더니, 그 사이를 억세고 굵은 풀로 틀어막아 갈고랑이처럼 만들었어. 그걸 굴속에 집어넣어서 천천히 더듬더니 장대 끝으로 토끼털을 집었어. 털을 집고 나서는 더 이상 비틀어지지 않을 때까지 바짝 비틀어서 털만이 아니라 가죽까지 비틀었어. 그런 다음 장대를 조금씩 당기면서 굴 밖까지 끌어냈어. 토끼 머리가 나오자마자 내가 그놈 귀를 확 붙잡았지."

세 사람이 감탄사를 연발했다.

"대단하구나, 정말 대단해!"

가오젠종이 말했다.

"지난번에 나도 토끼 한 마리가 굴속으로 들어가는 걸 봤는데, 아무리 해도 끌어낼 수가 없었어. 오늘 좋은 방법을 하나 배웠네. 그러고 보면 너희들 말이 맞아. 목축민들이 농민들보다는 훨씬 용감하고 똑똑해. 그러니 직업이 사람을 만든다는 말도 맞는 말이야. 난 지금껏 중국인들이 도대체 어디가 모자라 안에서는 잘 싸우다가도 외부의 적과는 싸우기만 하면 지는지 그 이유를 몰랐어. 나라가 이렇게 크고 인구도 많은데, 그 조그만 일본에게 8년이나 점령당했잖아. 소련이 지원군을 보내지 않았거나 미국이 원자탄을 터뜨리지 않았더라면 몇 년이나 더 강점당했을지 모를 일이었어. 그런데 소일본이 패배한 지 몇 년 안 돼서, 외신에서는 또 그네들이 경제적으로 일류강국이 됐다고 떠들더구먼. 그 소일본 해적 놈들, 어휴, 그 민족성만큼은 정말 어떻게 못 말린다니까."

세 사람이 모두 웃었다. 장지웬이 천전에게 말했다.

"먹과 가까이하면 검게 물든다더니, 이제 가오젠종까지 너한테 물들었구나."

네 사람은 작은 탁자에 둘러앉아 찐 좁쌀밥과 버섯 가루를 넣고 삶은 양고기, 그리고 부추 절임을 곁들여 저녁을 맛있게 먹었다.

양커가 장지웬에게 말했다.

"넌 발 빠른 소식통이잖아. 병단 일이 어떻게 돼가는지 들은 얘기 있어?"

장지웬이 말했다.

"우리 장부는 이미 군대가 된 거나 다름없어. 간부 몇 명이 벌써 내려왔는데, 반은 몽골족이고 반은 한족이라더라. 병단의 첫째 임무는 아마도 늑대 소탕이 될 거야. 병단 간부들은 늑대 무리가 망아지들을 그렇게 많이 물어 죽였다는 보고를 받고, 다들 화가 단단히 났다는 거야. 그 사람들 말이 과거에 군대가 초원에 들어왔을 때, 제일 먼저 했던 일이 목축민들과 함께 토비를 토벌하는 일이었다는 거지. 그런데 이번에도 제일 먼저 할 일이 늑대를 토벌하는 거라면서, 정예병을 선발해 목축민들에게 해를 끼치는 늑대들을 다 없애주겠다는 거야. 그 사람들이야 좋은 뜻으로 하는 말이라지만, 몽골 노인들은 속앓이만 할 뿐 아무 말도 못하고 있어. 농민 출신 군인들한테 늑대의 이점을 구구절절이 얘기해봐야 쇠귀에 경 읽기 아니겠어? 그리고 이제 늑대털이 부드러워질 때라, 늑대 가죽을 팔면 돈도 꽤 될 거야. 병단 간부들도 사실 월급이 얼마 안 되서, 참모나 간사가 한 달에 고작 6, 70위안 정도 받는다더라. 그런데 늑대 가죽은 한 장에 20위안씩은 받을 수 있고 거기다 표창까지 받을 테니, 간부들이 더 적극적으로 나설 수밖에 없을 거야."

양커가 탄식하며 말했다.

"몽골초원의 늑대들아, 이렇게 영웅의 말로를 보는구나. 대세는 이미 판가름 났으니, 어서 외몽골로라도 도망가거라."

31

위험한 손님

이연李淵은 귀족 출신이었다. (…) 어머니는 선비鮮卑의 귀족 독고신獨孤信의 딸로, 수 문제의 황후와 자매간이었다. _장전새 《중국고대사강》

모계의 혈통을 보자면, 당 왕조의 창업 및 초기 군주들, 예를 들어 고조 이연의 어머니인 독고씨나 태종 이세민李世民의 어머니 두竇씨, 고종 이치李治의 어머니인 장손長孫씨 모두 한족이 아닌 오랑캐 출신이었다. 당 황실의 모계 혈통에 호족의 피가 섞였다는 것은 세상이 다 아는 사실이다. _천인커陳寅恪 《당대정치사술논고唐代政治史述論稿》

이른 아침, 무개 지프 두 대가 천전네 게르로부터 멀지 않은 곳에 멈춰 섰다. 거대한 차체와 뿜어져 나오는 낯선 휘발유 냄새는 새끼늑대를 놀라게 하기에 충분했다. 늑대는 잽싸게 자기 굴로 뛰어 들어갔다. 큰 개와 강아지들이 몰려나와 지프를 빙 둘러싸고 미친 듯이 짖어댔다. 천전과 양커가 급히 게르에서 나와 개들을 조용히 시키고 멀리 쫓았다.

차 문이 열리고 바오순궤이와 함께 네 명의 건장한 군인들이 내렸다. 그들은 차에서 내리더니 곧장 늑대 굴로 향했다. 천전과 양커, 가오젠종은 영문도 모른 채 황망히 따라갔다. 천전은 두근거리는 가슴을 진정시킨 다음, 앞으로 가서 일행에게 인사를 했다.

"바오 장장님, 새끼늑대를 보러 오셨군요."

바오순궤이가 살짝 웃으며 말했다.

"자, 이분들을 소개하지."

그는 손을 활짝 펼쳐 서른 살가량 되어 보이는 군인 두 명을 가리키며 말했다.

"이분들은 상급부대에서 선발대로 내려오신 참모님들이시라네. 여기 계신 분은 쉬 참모이시고 이분은 바투어 씨, 바 참모이시지."

그는 또 두 명의 운전기사를 가리키며 말했다.

"이쪽은 유씨, 그리고 이쪽은 샤오왕이야. 앞으로 초원에서 뿌리박고 살겠다는군. 이곳에 새집이 지어지는 대로 가족들을 데리고 올 예정이라네. 이번에 병단에서 늑대 잡는 걸 도와주려고 파견되어 온 걸세."

천전의 심장은 구사일생으로 살아남은 늑대처럼 쿵쿵 뛰었다. 그는 군인들과 악수를 나눈 뒤 목축민들 방식대로 손님들에게 차를 대접하겠노라고 청했다.

바오순궤이가 말했다.

"아냐, 우선 늑대부터 봐야겠네. 빨리 늑대를 좀 나오게 해보게. 두 분 참모님께서는 일부러 늑대를 보러 여기까지 오신 거라네."

천전은 억지웃음을 지으며 말했다.

"늑대에 대해 관심이 많으신가 봐요?"

샨시성 말투를 쓰는 쉬 참모가 부드럽게 말했다.

"이곳 늑대들이 보통 날뛰는 게 아니라는 소리를 듣고 우리 병단 사령관님께서 늑대를 소탕하라는 명령을 내렸어요. 또 어제는 이 부사령관님까지 직접 대대로 내려오셨지요. 그런데 우리 두 사람은 아직 초원늑대를 본 적이 없어요. 마침 바오 장장께서 늑대를 보여주겠다고 해서 온 겁니다."

둥베이 억양의 바 참모가 말했다.

"바오 장장께서 여러분이 늑대를 아주 많이 연구했다고 말씀하셨어요. 늑대 굴에서 새끼를 꺼내는 실력도 상당하시다고요. 게다가 새끼 늑대를 직접 키우기까지 하면서 습성을 연구한다니, 보통 대담한 게 아닌 것 같군요. 식견도 많이 갖추었을 테고요. 늑대 소탕 작전할 때 많은 협조 부탁드립니다."

두 참모의 친절한 말투에서는 전혀 허세 같은 건 느껴지지 않았다. 천전은 그들이 새끼늑대를 죽이러 온 게 아니라는 걸 알고 나서 마음이 놓였다. 그가 더듬거리며 말했다.

"느, 늑대…… 에 관한 학문은 어마어마하게 방대하죠. 몇 날 며칠 밤을 새며 이야기해도 마칠 수 없을 겁니다. 이쪽으로 와서 직접 늑대를 보시지요. 조금 있다가 몇 발짝 뒤로 물러서세요. 절대로 여기 이 원 안으로는 들어가지 마시고요. 낯선 사람을 보면 물지도 몰라요. 저번에 맹에서 나온 간부 한 분도 하마터면 물릴 뻔했어요."

천전은 게르에서 쇼우바로우 두 조각과 낡은 도마를 가져와 조용히 굴 입구로 다가갔다. 그는 도마를 굴 옆에 놓은 다음 큰 소리로 늑대를 불렀다.

"늑대야, 늑대야, 밥 먹자."

새끼늑대가 잽싸게 뛰어나오더니 쇼우바로우를 향해 달려들었다. 천전은 재빨리 도마로 굴 입구를 막고 나서, 원 밖으로 빠져나왔다. 평소 늑대의 식사 시간은 오전과 오후여서, 이렇게 일찍부터 먹이를 준 적이 없었다. 군인들 덕분에 새끼늑대는 분명 뜻밖의 횡재를 한 셈이다. 늑대는 뼈다귀에 붙은 고기를 번개 같은 속도로 먹기 시작했다.

천전이 손짓을 하자, 사람들은 원에서 1미터쯤 떨어진 곳까지 다가와 반원형으로 빙 둘러 웅크리고 앉았다. 초록색 군복 차림을 한 사람이 한둘이 아닌데다 그들에게서 낯선 냄새까지 짙게 전해지자 새끼늑대는 당황스러운지 평소와는 판이한 행동을 취했다. 평소 같으면 낯선 사람을 보면 사정없이 달려들었을 텐데, 오늘은 어찌 된 일인지 꼬리를 축 내리고 몸을 웅크린 채 고깃덩이를 물고 한쪽 구석으로 가져갔다. 구석에 고기를 안전하게 내려놓고 나서 남은 하나를 마저 물어갔다. 늑대는 갈기를 세우고 이쪽저쪽 눈치를 살피면서 허겁지겁 먹기 시작했다. 그러면서도 많은 사람들이 자기를 주시하고 있는 것이 영 마음에 걸리는 모양이었다. 한참 맛있게 먹는가 싶더니 늑대가 느닷없이 태도를 바꿨다. 험상궂게 코를 찡그리고 입을 크게 벌려 날카로운 이를 드러내면서, 갑자기 군인들을 향해 달려들었다. 예기치 못한 재빠른 동작과 사나운 모습에 어찌나 놀랐던지, 네 사람 중에 세 명이 엉덩방아를 찧었다. 다행히 늑대가 쇠사슬에 묶여 있어 앞으로 나오지는 못했지만, 커다란 늑대의 입과 군인들과의 거리는 불과 1미터도 되지 않았다.

바 참모가 손에 묻은 먼지를 털고 다시 책상다리를 하고 앉으며 한마디 했다.

"대단하군, 대단해! 부대에서 보았던 늑대개보다 훨씬 사나운걸. 쇠사슬이 없었더라면 살점이 뜯겨져 나갔겠어."

쉬 참모가 말했다.

"올해 태어난 새끼가 이렇게 크다니, 다 큰 늑대개와 비교해도 별 차이가 없군요. 바오 장장께서 오늘 우리에게 늑대를 보여주시길 잘하셨어요. 정말 전쟁터에 와 있는 기분입니다."

그가 다시 바 참모를 바라보면서 말했다.

"늑대의 동작은 개보다 훨씬 순발력이 뛰어나고 은밀하군요. 특히 공격할 때의 속도는 정말 빠른데요."

바 참모는 연방 고개를 끄덕였다. 늑대는 다시 몸을 돌려 고기 옆으로 다가가서 그르렁그르렁 하는 소리로 사람들을 위협하면서 재빨리 먹어치웠다.

두 참모는 멀찍이 서서 손가락으로 늑대의 머리와 후반신의 비율을 대충 잰 다음 가죽과 털도 자세히 살펴보았다. 두 사람은 늑대의 머리나 측면에서 앞가슴 아랫부분을 조준하면 가죽이 상하지 않게 한 방에 죽일 수 있을 거라는 데 의견이 일치했다.

바오순궤이가 만면에 웃음을 지으며 말했다.

"모든 목축민들과 대다수 지식청년들이 늑대 사육에 반대했습니다만, 난 찬성했어요. 지피지기면 백전백승이라고 하질 않습니까? 올여름 내내 얼마나 많은 간부들을 데리고 와서 늑대를 보여줬는지 몰라요. 한인들은 물론이고 늑대를 무서워하던 사람들까지도 많은 이들이 늑대를 보고 싶어 한답니다. 가까이서 볼 수 있으니 동물원에 있는 늑대보다 더 볼 만하다고 하더군요. 몽골초원에 왔다고 해도 이렇게 가까운 거리에서 살아 있는 몽골늑대를 보기란 쉬운 일이 아니지요. 내몽골 초원을 다 뒤져도 이놈 한 마리뿐일 겁니다. 나중에 병단 사령관님께서 시찰을 나오시면, 가장 먼저 이곳으로 모시고 와서 이 유명한 몽골늑대를 보여줄 생각입니다."

두 참모는 사령관이 그 말을 들으면 기꺼이 보러 올 거라고 대답했다. 쉬 참모는 천전에게 신신당부하듯 말했다.

"쇠사슬과 나무말뚝을 수시로 점검하도록 하세요."

바오순궤이가 시계를 보면서 천전에게 말했다.

"자, 이제 본론으로 들어가볼까. 우리가 꼭두새벽부터 달려온 이유가 있다네. 하나는 늑대를 보기 위해서였고, 또 다른 하나는 자네들 중에 한 명이 우리와 함께 늑대 사냥을 가줬으면 해서야. 여기 있는 두 참모님은 기병 출신으로 군의 특등 사수지. 병단 사령관님께서 특별히 늑대를 토벌하기 위해 이 두 분을 보내셨고. 쉬 참모님은 어제 이곳으로 오는 도중에도 매를 한 마리 잡았다네. 매가 하늘을 날 때면 겨우 녹두알만 한데도 한 발에 명중시킨 거지……. 아, 자네들 중에 누가 갈 텐가?"

천전의 심장이 주체할 수 없을 정도로 쿵쾅거렸다.

'이번에야말로 올론초원의 늑대들이 제대로 된 적수를 만났구나. 군용 지프에다 기병 출신 특등 사수까지 갖췄으니……. 농경 인구의 급팽창이 끝내는 이렇게 국경지역까지 밀어닥치고야 말았군.'

천전이 얼굴을 찌푸리며 말했다.

"야생늑대에 대해선 저희보다 말치기들이 훨씬 더 잘 알아요. 어디로 가면 늑대를 찾을 수 있는지도 알 거예요. 그러니 말치기들한테 안내해 달라고 해보세요."

바오순궤이가 말했다.

"늙은 말치기들은 부탁해봤자 가려 하지 않을 테고, 어린 말치기들은 별 쓸모가 없단 말이야. 그리고 경험이 많은 말치기들은 다들 말떼를 데리고 산으로 들어갔는데, 말들로부터 잠시도 떨어질 수가 없으니 문제이지. 그러니 오늘은 어쩔 수 없이 자네들 중 한 명이 가줘야겠어. 두 참모님도 어렵게 오셨으니. 오늘 하루만 부탁하네."

천전이 다시 말했다.

"도르지한테 부탁해보지 그러셨어요. 그 사람만 한 늑대 사냥꾼도 없잖아요."

그러자 바오순궤이가 말했다.

"도르지는 일찌감치 이 부사령관님께서 데리고 나갔지. 부사령관님도 사격 솜씨가 아주 훌륭하신 데다, 사냥이라면 자다가도 벌떡 일어날 정도로 좋아하시거든. 그분은 소련제 가즈 트럭을 몰고 다니는데, 차가 워낙 빠르고 편해서 지프로 사냥하는 것보다 훨씬 적중률이 높지."

바오순궤이가 시계를 흘끗 보면서 다시 말했다.

"시간 낭비 그만 하고, 빨리 가지!"

더 이상 거절할 수 없자 천전이 양커에게 말했다.

"그럼, 네가 가라."

그러자 양커는 다시 천전에게 미뤘다.

"나보다 네가 더 늑대에 대해 잘 알잖아. 네가 가는 게 낫지 않겠어?"

바오순궤이가 짜증나는 듯 말했다.

"그럼, 내가 정하지. 천전 자네가 가주게! 그런데, 절대로 농간 부릴 생각을 해서는 안 돼! 빌게 노인처럼 늑대를 놔줘서 헛수고하게 만든다면 가만있지 않겠네. 그땐 이놈의 새끼늑대를 대신 죽일 거야! 자, 쓸데없는 소리들 그만 하고 빨리 가세!"

천전이 백지장처럼 창백해져서 무의식중에 늑대를 막아서며 말했다.

"알았어요, 제가 갈게요. 제가 간다구요."

무개 지프 두 대가 서쪽으로 쏜살같이 달렸다. 지프가 지나가는 길목마다 거대한 모래 용이 꿈틀거리며 일어났다.

초가을 햇빛이 어찌나 강렬한지 천전은 눈을 뜰 수가 없었다. 그는 지프차 보조석에 앉아 있었는데 바람이 강하게 불어 모자를 제대로 쓰고 있을 수가 없었다. 아무리 빠른 말을 탔다 해도 이처럼 숨이 막힐 정도로 거센 바람을 맞지는 않을 것이다. 두 대의 지프차는 팔라딘의 고급 자동차여서 소음이 거의 없었고, 커브도 자연스럽고 마력이 높아 힘도 아주 좋았다. 두 운전사들은 운전 경력이 꽤 되는 듯 솜씨가 좋았다. 기복이 심한 산길을 마치 평지를 달리는 것처럼 숙련된 솜씨로 안정되고도 빠르게 차를 몰았다.

천전은 벌써 2년이 넘도록 지프차를 탄 적이 없었다. 만약 그가 늑대에 빠지지 않았더라면, 그리고 막 초원에 온 풋내기여서 2년여 동안 초원과 초원늑대로부터 깨우침과 교육을 받지 못했더라면 분명 이처럼 현대식 장비로 늑대 사냥의 기회를 잡은 것을 크게 기뻐했을 것이다. 앞이 탁 트인 군용 지프를 타고 푸른 초원 위를 바람처럼 가르며 몽골늑대를 쫓는 데서 오는 자극과 희열은 그 무엇에 비교할 수 없을지도 모른다. 개들을 데리고 말 위에서 호각을 불며 여우 사냥을 하는 영국의 귀족보다, 눈 덮인 숲 속에서 곰 사냥을 하는 러시아 귀족보다 그리고 목란위장(木蘭圍場. 청조 황실 사냥터)을 내달리며 사냥했던 만몽滿蒙 황실 귀족보다 조금도 못지않을 것이다.

그러나 이때 천전은 내심 지프차가 고장이라도 나길 은근히 바라고 있었다. 그는 자신이 마치 군대를 이끌고 친구를 잡으러 가는 배신자라도 된 듯한 기분을 느끼고 있었다. 천전은 그러한 자신의 마음을 바오순궤이가 이미 훤히 꿰뚫고 있다는 것을 잘 알고 있었다. 그렇기 때문에, 천전은 새끼늑대와 다른 초원의 늑대들을 지켜낼 묘안을 생각해 내려 애써보았지만 아무런 방법이 떠오르지 않았다.

초원에서는 벌써 대대적인 늑대소탕 운동이 전개되고 있었다. 고대의 군사편제 조직을 간직한 최후의 군대이자 흉노와 돌궐, 선비, 칭기즈칸 몽골 시대의 전략과 전술을 보유한 살아 있는 화석이나 다름없는 늑대군단이 드디어 현대화된 무기로 중무장한 군대에 포위되어 전멸 위기에 처한 것이다. 게다가 온갖 악명과 오명을 뒤집어쓰고 그동안 이루 헤아릴 수도 없이 쌓아놓은 공적마저 철저하게 말살당한 채 자신들로부터 크나큰 은혜를 입은 중국인들의 손에 의해 국경 밖으로 쫓겨나가 마침내 역사의 무대 뒤로 퇴장할 처지에 놓여 있었다. 천전의 슬픔은 빌게 아버지와 늑대토템을 숭배하는 초원 사람들과, 그리고 게르에서 동고동락하는 두 친구만이 이해할 수 있을 것이다.

올론초원은 5리만 떨어져도 바람이 다르고, 비가 내리는 곳에서 10리만 벗어나면 비가 오지 않을 정도로 기후가 제각각이었다. 지프차가 젖은 흙길로 들어섰다. 차가 달리면서 만들어 내는 시원한 가을바람 소리에 정신이 또렷하게 맑아졌다. 어찌 됐든 천전은 그들에게 늑대를 보여줘야 한다. 그러나 반드시 늑대가 숨거나 도망치기 좋은 곳으로 가야만 한다.

천전은 고개를 돌려 뒷좌석에 앉은 바오순궤이에게 말했다.

"늑대가 있는 곳을 알고 있기는 한데, 가파른 비탈이거나 갈대로 뒤덮인 지역이라 지프차로는 올라가기 힘들 것 같아요."

바오순궤이가 그를 째려보며 대답했다.

"자네 나를 속이려는 겐가? 요즘 갈대숲에 얼마나 모기가 들끓고 있는데 늑대가 거기 들어가 앉았겠나. 반년이나 늑대를 쫓아다녔는데 설마 내가 그것도 모를까."

천전이 헛기침을 하며 말을 바로잡았다.

"그러니까 제 말씀은, 산이나 갈대숲엔 들어갈 수가 없으니 모기가 적은 모래언덕이나 완만한 비탈을 찾아가야 된다는 말씀이었어요."

바오순궤이는 천전을 또다시 다그쳤다.

"지난번 모래언덕에서 사고가 난 이후로, 말치기들이 그곳에 있던 늑대들을 다 쫓아낸 게 언제인데 그런 소릴 하나. 어제만 해도 그곳을 몇 바퀴나 돌았는데, 늑대라고는 코빼기도 보이지 않았어. 자넨 오늘 우리에게 눈 가리고 아웅할 생각인가 본데, 똑똑히 들어두게. 난 한다면 하는 사람이야! 그리고 어제도 하루 종일 한 마리도 잡지 못해서, 여기 있는 사람 모두 이만저만 성질이 난 게 아니라고."

바오순궤이는 담배를 꺼내 피워 물더니, 천전의 뒤통수에다 대고 담배 연기를 훅 뿜었다.

천전은 밑바닥부터 산전수전을 겪으며 살아서 눈치가 빤한 사람을 대충 속여 넘길 수는 없다는 것을 깨닫고 하는 수 없이 말했다.

"늑대들이 자주 출몰하는 모래벌판을 알고 있어요. 사간와랍산 서북쪽인데, 거긴 바람이 많이 불고 모래땅이 넓어서 풀도 별로 없는 곳이에요. 들쥐나 들다람쥐가 엄청 많고, 마르모트도 꽤 있지요. 늑대들은 망아지 사냥이 힘들어지면 마르모트나 들쥐가 있는 곳으로 이동하거든요."

천전은 목장에서 가장 서북단에 위치한 메마른 목초지로 그들을 데려가기로 마음먹었다. 그곳은 모래와 풀이 뒤섞여 있어 모기떼를 피해 말을 풀어놓기가 좋은 장소였지만, 국경과 너무 가까워서 말치기들은 그곳을 꺼렸다. 천전은 오로지 늑대들이 사람들 눈에 띄게 되면 국경 수비도로를 넘어 도망치길 바라는 마음뿐이었다.

바오순궤이가 곰곰이 생각해보더니 웃으며 말했다.

"맞아. 그곳이라면 정말 늑대가 있을 만하지. 왜 여태껏 거기를 생각하지 못했을까. 유씨, 곧장 북쪽으로 가세나. 자, 속도를 내보자고!"

천전이 덧붙여 말했다.

"늑대를 잡으려면 걸어가는 편이 낫지 않을까요? 지프차의 움직임이 너무 큰 데다, 차 소리가 들리면 늑대들이 당장 풀숲으로 도망칠 겁니다. 올해는 비가 많이 와서 풀들이 웃자랐거든요. 늑대들이 그리로 숨어들면 찾기 힘들 거예요."

쉬 참모가 말했다.

"그냥 늑대를 보여주기만 하면 돼요. 나머지는 우리가 알아서 할 테니."

천전은 왠지 큰 실수를 저지른 느낌이 들었다.

두 대의 지프차는 목축민들이 목초지를 이동할 때 다니는 오래된 흙길을 따라 서북쪽으로 내달렸다. 가축들이 풀을 다 뜯어 먹어 허허벌판이 되어버렸던 봄철 출산용 목초지는 가을풀이 벌써 허리만큼 가지런히 자라나 가을 국화와 함께 바람을 따라 물결치고 있었다. 잘 자란 목초지에서 나는 짙은 풀 향기가 코끝에 확 끼쳐왔다. 어디선가 제비 몇 마리가 날아오더니, 지프차에 화들짝 놀라 도망가던 나방과 곤충들을 잡아먹었다. 제비들은 금방 지프차에 뒤처졌지만, 앞에서 또 몇 마리가 날아오면서 차를 가운데 두고 자줏빛 아치를 만들었다.

천전은 가을 풀꽃 향기를 취하도록 흠뻑 들이마셨다. 눈앞에 펼쳐진 풀밭은 내년 봄이면 양들이 새끼를 낳을 곳이었기에, 말치기로서 목초지의 풀들이 얼마나 잘 자라고 있는지 더욱 관심이 갈 수밖에 없었다. 목장에서는 연수입의 70퍼센트를 살아 있는 양과 양모의 판매로 벌어들이기 때문에 출산용 목초지는 황금밭인 동시에 생명줄이나 다름없었다. 천전이 바라보니 풀은 관리인이 정성스럽게 기른 것처럼 잘 자라 있었다. 그러나 대대가 여름 목초지로 옮겨간 이후로 이곳에는 게르 하나 세워진 적이 없을 정도로 사람의 손길이 닿지 않은 곳이었다.

천전은 늑대들과 말치기들에게 고마운 마음을 또 한 번 크게 느꼈다. 늑대 무리가 없었더라면 풀 향기 가득한 목초지는 일찌감치 가젤과 산토끼, 들쥐 들에 의해 쑥대밭이 되었을 것이다. 초원늑대들은 고맙게도 여름 내내 초원의 풀도둑들이 활개 치지 못하게 도와주었던 것이다.

무성하게 우거진 풀밭엔 말치기들의 피땀도 서려 있었다. 그들은 밤낮으로 폭염과 모기떼도 아랑곳 않고 엄청난 식욕과 무서운 발굽을 가진 말떼를 통제했다. 통제 불능의 식욕을 채워주기 위해 산속 깊이 끌고 들어가 억센 풀을 먹이거나, 소와 양이 먹다 남긴 풀을 먹이면서도, 출산용 목초지에는 얼씬하지 못하게 막았다. 기마민족은 말을 자신의 피붙이처럼 끔찍이 여겼다. 그러나 방목할 때만큼은 말들이 마치 강도나 메뚜기떼라도 되는 듯이 철저히 경계했다. 말치기들이 없었더라면, 목축민의 목숨이 걸린 목초지는 사방 천지가 말똥으로 뒤덮이고, 말 오줌에 누렇게 변색되거나 말라 죽은 풀 더미로 가득 찼을 것이다. 그러나 농경지역 출신의 병단 간부들이 초원과 목축업의 이처럼 오묘한 관계를 과연 이해할 수 있을까?

지프차가 전속력으로 달리는데도 더 이상 누런 먼지는 일어나지 않았다. 사람들의 발길이 뜸해지면서 여름 동안 휴식을 취한 흙길에는 어느새 파란 풀들이 삐죽빼죽 자라 있었다. 원래 유목은 척박하고 얕은 풀밭이 최대한 잘 보존될 수 있도록 한 해씩 걸러서 머물렀다. 수천 년 동안 초원민족은 이렇듯 가장 원시적이지만 또 가장 과학적일 수 있는 방식으로 몽골초원을 보존해왔다.

천전은 골똘히 생각하다가 쉬 참모에게 말을 건넸다.

"목초지 좀 보세요. 정말 보존이 잘되어 있지 않나요? 올봄에 양떼의 출산 준비로 전 대대 사람들이 이곳에 왔었는데, 그때 외몽골에서 가젤이 수만 마리나 넘어왔어요. 사람들이 아무리 총으로 쏘아대도 쫓을 수가 없었지요. 낮엔 도망갔다가도 밤만 되면 어디선가 다시 돌아와서 새끼를 낳아야 할 암양들의 풀을 다 먹어치우는 거예요. 그런데 다행히도 나중에 늑대 무리가 와서, 단 며칠 만에 가젤들을 깨끗이 몰아내주었답니다. 늑대들이 아니었더라면 아마 어미양들은 먹을 게 없어 굶었을 거예요. 새끼 먹일 젖도 다 말라버렸을 테고요. 그랬더라면 그 많은 새끼양들이 다 굶어 죽었을지도 모르죠. 목축업은 농업과는 비교가 안 됩니다. 농업은 흉년이 들면 기껏해야 한 해 농사를 망칠 뿐이지만, 목축업은 한 번의 재해로 10년, 아니 평생 메울 수 없을 커다란 손실이 날 수도 있어요."

쉬 참모는 고개를 끄덕이며, 독수리 같은 눈빛으로 눈앞에 펼쳐진 목초지를 탐색하듯 둘러보았다. 잠시 아무 말이 없던 그가 말했다.

"그런데 가젤 잡는 걸 늑대에게 맡기다니, 너무 뒤떨어진 발상입니다. 목축민들이 가진 총이나 사격술에 문제가 많아요. 거기다 여긴 트럭도 없으니 더하겠지요. 내년 봄에 우리가 하는 걸 보면 알게 될 겁니다. 튼튼한 차 안에 앉아서 자동소총과 기관총으로 사격을 하면 수만 마리가 몰려온대도 전혀 겁날 게 없죠. 나도 전에 내몽골 서쪽에서 가젤 사냥을 해본 적이 있었어요. 가젤을 잡는 가장 좋은 방법이 밤에 자동차 헤드라이트를 켜고 있는 거랍니다. 가젤은 천성적으로 어두운 걸 무서워하기 때문에 불빛을 보면 모여들게 돼 있어요. 기다렸다가 불시에 총을 쏘면서 차를 앞으로 몰고 나가면 돼요. 그러면 하룻밤에 수백 마리쯤 거뜬히 죽일 수 있습니다. 여기도 가젤이 있다니 정말 잘됐군요! 가젤이야 많으면 많을수록 좋지요. 그래야 병단의 병사들과 농업 집단 사람들이 먹을 고기가 생길 테니 말입니다."

"저것 봐!"

바오순궤이가 작은 소리로 외치며, 왼쪽을 가리켰다. 천전이 망원경을 들어 쳐다보고 나서 다급히 말했다.

"여우예요. 빨리 쫓아가보세요."

바오순궤이가 확인해보더니 맥 풀린 목소리로 말했다.

"여우라면 쫓을 필요가 없지."

그가 총을 겨누고 있는 쉬 참모를 보며 말했다.

"아서요, 아서! 늑대 귀가 얼마나 밝은데. 자칫 총성을 듣고 놀라서 도망가면 늑대 사냥은 물 건너 간다고요."

쉬 참모가 기분이 썩 좋은 얼굴로 자리에 풀썩 앉으며 말했다.

"오늘은 운이 좋을 것 같군요. 여우가 있다면 늑대도 있지 않겠습니까?"

지프차가 모래 목초지에 가까워질수록, 산비탈 이곳저곳에 눈에 띄는 야생동물이 점점 많아졌다. 모래제비, 모래닭(메추라기), 모래여우, 모래쥐처럼 전부 이름 앞에 모래라는 말이 들어가는 동물들이었다. 그중에서도 갈홍색의 모래닭이 제일 많았다. 사막꿩이라고도 불리는 모래닭들은 떼를 지어 날아다니는데, 날개를 펄럭일 때마다 호루라기 소리가 났다. 천전이 멀리 보이는 낮고 완만한 산등성이를 가리키며 말했다.

"저기만 넘으면 곧 목적지입니다. 노인 분들께서 하시는 말씀이 그 모래땅은 원래 커다란 목초지였대요. 큰 우물도 많았구요. 그런데 몇십 년 전에 가뭄이 계속되면서 호수가 다 말라버리고 강줄기도 끊어졌대요. 물론 우물도 말라버렸고요. 그렇지만 그 와중에도 몇몇 샘구멍에서는 물이 조금씩 나왔다는 거예요. 그래서 당시 올론초원의 양, 소, 말 들이 다 그곳에 가서 물을 마셨는데, 아침부터 저녁까지 많지 않은 그 물을 마시려고 줄 서서 기다렸고, 기다리는 동안 주위에 있는 풀을 다 뜯어 먹고 밟는 바람에 2년도 못 돼 목초지가 완전히 모래밭이 되어버리고 말았다는 거예요. 하지만 정말 다행히도 샘구멍은 완전히 말라붙지 않아서, 덕분에 목초지도 서서히 원상으로 회복되고 있는 중이에요. 물론 완전히 회복되기까지는 수십 년을 더 기다려야 하겠지만요. 초원은 정말 약해요. 동물의 수가 감당할 수 있는 한계를 넘어서면 목초지는 바로 사막이 되어버리거든요."

그때 쥐떼가 찍찍거리며 달려오다가 차바퀴 앞에서 재빨리 사방으로 흩어졌다. 천전은 쥐들을 가리키며 말했다.

"그 동물들 중엔 쥐도 포함돼요. 쥐들은 가축들보다 초원을 훨씬 많이 훼손시키거든요. 그런데 늑대 무리가 바로 동물들의 수를 통제해주는 일등공신이랍니다. 늑대를 잡게 되거든 배를 갈라서 보여드릴게요. 요즘 같은 때엔 늑대 배 속에 햄스터며 두더지들이 가득할 겁니다."

쉬 참모가 말했다.

"늑대가 쥐를 잡아먹는다는 소리는 금시초문인걸. 아니, 개도 안 잡는 쥐를 늑대가 잡는다는 거요?"

천전이 말했다.

"제가 기르는 새끼늑대도 쥐를 얼마나 좋아하는데요. 쥐꼬리까지 남김없이 먹는걸요. 올론초원에 지금까지 쥐로 인한 재앙이 닥치지 않은 건 목축민들이 늑대를 멸종시키지 않았기 때문이에요. 만약 늑대를 다 잡아 없앤다면 쥐들이 활개를 칠 거예요. 그때는 정말로 올론초원이 초토화되겠죠…….”

바오순궤이가 말을 자르며 말했다.

“쓸데없는 말 그만 하고, 늑대가 있는지 잘 살펴보라고!”

지프차가 서서히 산등성이로 다가가자 쉬 참모가 잔뜩 긴장하기 시작했다. 그는 잠시 지형을 살피더니 핸들을 왼쪽으로 꺾으라고 지시하며 말했다.

“이 모래땅에 정말 늑대가 있다면 곧바로 진입해선 안 됩니다. 먼저 외곽에 있는 정찰병부터 잡아야지요.”

지프차는 완만한 비탈에 동서쪽으로 난 산골짜기로 들어갔다. 왼편은 산이고, 오른편은 모래언덕으로 길이 매우 좁았다. 쉬 참모가 고배율 군사 망원경으로 양쪽 목초지를 탐색하더니 목소리를 낮추며 말했다.

“좌측 전방 산비탈에 늑대 두 마리가 있어요!”

그는 즉시 고개를 돌려 뒤에 따라오는 차량을 향해 손짓을 했다. 천전의 눈에도 늑대가 보였다. 늑대들은 약 3, 4리쯤 떨어진 곳에서 천천히 서쪽으로 뛰어가고 있었다.

쉬 참모가 유씨에게 말했다.

“바로 진입하지 말고 흙길을 따라 갑시다. 속력을 유지하다가 늑대와 나란히 달리게 되면, 그때 쏘는 거야.”

유씨가 곧장 대답했다.

“알겠습니다! 늑대가 달리는 방향으로 몰면서 속도를 서서히 내도록 하죠.”

천전은 쉬 참모가 실전 경험이 풍부한 특등 사수라는 것을 알 수 있었다. 그런 식으로 차를 몰면 늑대와의 거리를 줄일 수도 있을뿐더러 늑대가 착각하게 만들 수도 있을 것이다. 지프가 자신들을 공격하는 게 아니라 단순히 지나가는 차라고 생각할 것이기 때문이다. 올론초원의 국경수비대에는 특수한 상황이 아니면 순찰지프에서 절대로 사격을 하지 못하도록 엄격히 규제하고 있었다. 국경 부근에서는 순찰이 은밀하게 이루어져야 하기 때문이다. 그래서 올론초원의 늑대들은 군용 지프차에 이미 익숙해져 있었다.

흙길에는 짧은 풀들이 많이 자라 있었고 풀 밑의 모래도 젖어 있었기 때문에, 차 소리는 그리 크지 않았다. 늑대들은 여전히 너무 서두르지도 그렇다고 너무 느리지도 않게 달리면서, 수시로 멈춰 서서 자동차를 쳐다보다가 다시 서쪽으로 계속 종종걸음을 쳤다. 그러나 늑대는 길을 산기슭에서 산허리로 조금씩 비껴 올라가고 있었다.

천전은 늑대들의 의도를 간파할 수 있었다. 만일 지프차가 그냥 지나가는 거라면 늑대들은 가던 길을 계속 가면서 순찰을 돌 것이다. 그러나 만일 지프차가 자신들을 향해 돌진한다면 늑대들은 즉시 가속을 붙여 산등성이를 넘어갈 것이다. 그렇게 되면 지프차도 더 이상 늑대를 추격할 수 없을 것이다.

늑대들은 뛰면서도 나름대로 계산을 하고 있었다. 올론초원의 늑대들은 사냥꾼들이 가진 보병용 소총의 유효 사정거리를 잘 알고 있었다. 그래서 늑대들은 사정거리 밖에서는 약을 올리거나 일부러 자신을 추격하도록 유인해서 차가 전복되거나 말이 넘어지기 쉬운 위험한 곳으로 끌어들였다. 만일 근처에 다른 늑대들이 있을 땐 무리를 보호하기 위해 일부러 사람들을 잘못된 길로 이끌기도 했다.

늑대들이 속력을 더 내지 않자 목숨을 잃게 될지도 모른다는 불길한 예감에 천전은 내심 불안해지기 시작했다. 이 지프차들은 단순한 순찰차가 아니라 정말 늑대를 잡으러 온 사냥용이고, 게다가 올론의 늑대들이 한 번도 만나보지 못한 특등 사수 두 명이 타고 있었다. 이들은 목축민들이 엄두도 낼 수 없는 먼 거리에서도 거뜬히 명중시킬 수 있다고 하지 않던가.

지프차가 점점 늑대와 평행으로 달리게 되었다. 차와 늑대와의 거리는 1,500미터에서 7, 800미터 정도로 줄어들었다. 늑대는 그제야 긴장이 되는지 속도를 조금 높였다. 그러나 흙길을 달리는 차들이 꾸준히 같은 속도를 유지하며 움직였기 때문에 그다지 경계하는 눈치는 아니었다. 천전은 그 늑대들이 혹시 다른 임무를 수행하고 있거나, 일부러 지프차들을 유인하려는 꿍꿍이가 있는 건 아닐까 생각했다.

그때, 두 사수가 늑대를 향해 총부리를 겨누고 조준을 했다. 천전은 심장이 터질 것처럼 쿵쾅거렸다. 그는 긴장된 눈길로 쉬 참모의 동작을 주시하며, 그들이 총을 쏠 때 차가 멈춰버렸으면 좋겠다는 생각을 했다.

지프차가 드디어 늑대와 거의 평행으로 달리게 되었다. 거리도 4, 500미터 정도로 좁혀졌다. 늑대들은 잠시 멈춰 서서 고개를 돌려 차를 쳐다보더니, 갑자기 전속력으로 산등성이를 향해 비껴 달리기 시작했다. 차에 있던 총을 본 것이 분명했다. 그와 동시에 탕, 탕, 두 발의 총성이 울렸다. 뒤에 가던 늑대가 조금 먼저였지만, 늑대 두 마리가 거의 동시에 땅에 쓰러졌다. 바오순궤이가 환호성을 질렀다

"명중이에요, 명중!"

천전은 온몸에 식은땀이 흘렀다. 흔들리는 차 속에서, 그것도 두 사수가 모두 첫 발에 명중시키다니, 천전은 물론 초원의 늑대들도 미처 상상하지 못했던 결과였다.

두 특등 사수는 식전에 가볍게 한잔 마셨던 술이 막 취기가 올라오는 모양이었다. 쉬 참모가 유씨에게 명령했다.

"빨리 차를 모래밭으로 몰아요! 빨리!"

그러더니 뒤에 오는 차를 향해 두 손으로 둥글게 손짓을 했다. 지프차 두 대가 무섭게 속도를 내며 도로를 벗어나 오른쪽 모래언덕으로 내달렸다.

유씨는 쉬 참모의 지휘에 따라 단숨에 산비탈을 넘어 탁 트인 모래 풀밭으로 들어갔다. 그러고는 신속하게 가장 가까운 고지대로 올라섰다. 쉬 참모는 손잡이를 붙들고 일어서서 넓은 모래밭을 쭉 훑어보았다.

저 멀리 두 무리의 늑대가 눈에 들어왔다. 늑대들은 이제 막 서북쪽과 정북쪽 방향으로 무리를 나누어 뛰어가고 있었다. 천전이 망원경으로 보니 정북쪽으로 향하는 늑대 무리는 네다섯 마리 정도였는데 모두 몸집이 컸다. 서북쪽으로 가는 늑대 무리는 여덟아홉 마리 정도로, 큰 늑대 두세 마리를 빼고는 모두 체구가 중간쯤 되는 새끼늑대들이었다.

쉬 참모가 유씨에게 다시 명령했다.

"정북쪽 방향의 늑대를 쫓아요!"

쉬 참모는 뒷차를 향해 서북쪽 늑대들을 쫓으라는 신호를 보냈다. 두 대의 지프차는 제각기 목표물을 맹렬히 추격했다.

모래와 풀 반반씩에 적당히 기복도 있는 모래 풀밭은 지프차가 달리기에 전혀 무리가 없는 이상적인 전쟁터였다.

유씨가 큰 소리로 외쳤다.

"손잡이 꽉 붙들고 잘들 보세요! 총 없이도 몇 마리 깔아뭉개 드릴 테니!"

지프차가 무서운 속도로 돌진했다. 순간 천전의 뇌리에 '사망속도'

라는 네 글자가 스쳐 갔다. 초원에서는 가젤을 제외하고는 이 속도를 당해낼 만한 동물이 없었다. 그 빠르다고 하는 사냥말이나 초원늑대가 아무리 죽도록 달린다 한들 지프차의 속도를 당할 수는 없었다. 지프차는 마치 저승사자처럼 집요하게 늑대 무리를 추격했다. 20여 분 정도 쫓아가자 깨알만큼 작아 보이던 늑대들이 점점 녹두알만 하게, 콩알만 하게 커져갔다. 그러나 쉬 참모는 그때까지도 조준할 생각을 않고 있었다. 천전은 속으로 생각했다.

'아니, 하늘 높이 나는 녹두알만 한 독수리도 명중시켰다면서, 왜 방아쇠를 당기지 않는 거지?'

바오순궤이가 말했다.

"이제 쏘셔야죠?"

그러자 쉬 참모가 침착하게 대답했다.

"이렇게 멀리서 쏘아 늑대들이 뿔뿔이 흩어지게 해선 안 돼요. 좀 더 가까이 접근한 다음에 쏘면 두 마리는 더 잡을 수 있을 텐데, 굳이 지금 쏠 필요가 없지요. 또 그래야 가죽도 온전하지 않겠어요?"

유씨가 흥분해서 말했다.

"오늘 목표보다 몇 마리 더 잡아서, 큼직한 늑대 가죽을 한 사람당 한 장씩 나눠 가질 수 있었으면 좋겠어요."

쉬 참모가 매섭게 소리쳤다.

"운전이나 신경 써요. 차가 뒤집히기라도 하면 우리는 전부 늑대 밥이 될 거요!"

유씨는 흠칫 놀라 아무 소리도 못 하고 있는 힘껏 액셀을 밟았다. 그런데 작은 모래언덕을 막 넘자마자 바로 난데없이 커다란 소의 뼈와 뿔 그리고 뼛조각들이 수없이 나타났다. 그것은 마치 총이나 창을 꽂아놓은 것 같기도 하고, 고대 전쟁터에서 적군의 말을 막기 위해 울타리처럼 촘촘하게 박아놓던 사슴뿔을 연상시키기도 했다. 늑대들은 이런 곳을 종횡무진으로 뛰어다닐 수 있었지만, 지프차로서는 넘기 힘든 바리케이드나 마찬가지였다. 당황한 유씨가 핸들을 급하게 꺾었다. 그 바람에 차체가 홱 도는 동시에 오른쪽 바퀴 두 개가 공중에 붕 뜨면서 거의 뒤집힐 뻔했다. 차에 타고 있던 사람들도 순간적으로 공중으로 떠오르면서 차 밖으로 튕겨나갈 뻔해서 비명을 질러댔다. 다행히 차는 소뼈에 살짝 긁혔을 뿐이고 일행은 그곳을 무사히 통과했다. 천전은 질겁해서 혼이 다 빠져나가는 줄 알았다. 그는 차가 다시 안정을 찾은 뒤에도 한참 동안 정신을 차릴 수가 없었다.

천전은 늑대들이 지형과 지물을 적절히 활용하여 대응하고 있음을 알 수 있었다. 늑대들이 순간적으로 유도한 간단한 작전에 걸려들어 하마터면 추격자 모두가 큰 사고를 당할 뻔했다. 얼굴이 새파래진 바오순궤이가 고함을 질렀다.

"속도를 줄여! 줄이란 말이야!"

유씨가 이마의 식은땀을 닦으며 속도를 줄였다. 늑대들과의 거리가 다시 조금 벌어졌다. 그러자 이번에는 쉬 참모가 큰 소리로 외쳤다.

"속도를 더 내시오!"

지프차가 다시 속도를 높여 달리기 시작했다. 갑자기 쌀보리가 우거진 수풀이 나타났다. 천전이 다급하게 외쳤다.

"앞에 움푹 팬 곳이 있어요. 아까보다 더 위험하다고요. 차가 뒤집힐지도 몰라요. 빨리 속도를 줄여요!"

천전은 그곳에서 양을 방목한 적이 있어 지형을 어느 정도 알고 있었다. 그러나 쉬 참모는 천전의 말을 귓전으로 흘렸다. 그는 두 손으로 손잡이를 꽉 붙잡고는 몸을 옆으로 튼 채 긴장된 눈빛으로 전방을 쏘아보았다. 그가 계속 유씨를 다그쳤다.

"속도를 내! 더 내라고!"

액셀을 끝까지 밟자, 지프차는 미친 듯이 앞으로 튀어 나갔다. 바퀴 네 개가 모두 공중에 붕 떴다가 착지할 때마다 차체는 부서지는 듯한 소리를 냈다. 천전은 이를 꽉 물고 손잡이를 힘껏 붙잡았다. 오장육부가 전부 뒤집히는 것 같았다.

천전은 늑대들이 지형을 교묘히 이용해가면서 마지막 스퍼트를 내고 있음을 알았다. 움푹 꺼진 저지대에만 다다르면, 지프차도 더 이상 쫓아오지 못하리란 걸 잘 알고 있는 듯했다. 운전기사 유씨가 마구 욕을 지껄였다.

"미친 늑대 새끼들! 어디 이런 거지 같은 곳으로 우릴 끌어들여!"

쉬 참모가 냉정하게 소리쳤다.

"정신 차려요! 이건 연습이 아니야! 실전이라고, 실전!"

그렇게 7, 8리 정도를 더 쫓아가자, 눈앞에 움푹 꺼진 저지대가 나타났다. 그곳엔 나무 그루터기 같은 굵고 단단한 풀 더미가 가득했다. 그러나 지프차와 늑대 무리의 거리는 이미 목축민 사수의 사정거리 안에도 들 만큼 가까워져 있었다. 쉬 참모가 소리쳤다.

"비껴가! 비껴가라고!"

유씨가 핸들을 살짝 틀었다. 지프차는 마치 전함처럼 옆으로 기울어지면서 장애물을 슬쩍 비껴갔다. 늑대 무리는 이제 뒷자리에 앉은 쉬 참모의 총구 바로 앞에 있었다. 바로 그때 탕 소리와 함께 무리 중에서 가장 큰 늑대 한 마리가 비명을 지르며 땅에 고꾸라졌다. 탄환은 머리에 적중했고, 나머지 늑대 무리는 혼비백산하여 흩어졌다. 총성이 또

한 발 울리자, 두 번째 늑대가 또 머리를 처박으며 쓰러졌다. 그와 거의 동시에 나머지 늑대들은 모두 움푹한 저지대의 수풀 속으로 숨어들어 더 이상 총을 쏠 수가 없었다. 늑대들은 국경수비도로로 향하는 풀숲 속으로 사라졌다. 지프차가 비탈면과 저지대 사이에 멈춰 섰다. 서북쪽에서 들려오던 총성도 더 이상 들려오지 않았다.

쉬 참모가 이마에 난 땀을 닦아내며 말했다.

"여기 늑대들은 교활하기가 짝이 없군요. 다른 곳 늑대들 같았으면, 몇 마리는 더 잡을 수 있었을 텐데요."

바오순궤이가 양 엄지손가락을 세워 보이며 말했다.

"아주 속이 다 시원합니다! 30분도 채 안 돼서 세 마리나 잡다니, 정말 대단해요. 나 같으면 반년을 쫓아다녀도 한 마리나 제대로 잡을 수 있을지 모르겠군요."

쉬 참모가 아직 흥이 가시지 않은 말투로 말했다.

"이곳은 지형이 매우 복잡해서 늑대 무리가 게릴라전을 벌이기에 딱 좋겠군요. 이곳에 늑대 피해가 왜 줄어들지 않는지 그 이유를 알 만해요."

지프차가 늑대들이 쓰러져 있는 쪽으로 천천히 움직여갔다. 두 번째 늑대는 가슴 옆쪽에 총을 맞아 가을 풀을 피로 붉게 물들이고 있었다. 바오순궤이와 유씨가 육중한 늑대의 사체를 들어다 지프차 뒤쪽으로 옮겼다. 유씨가 늑대를 발로 툭툭 차며 말했다.

"어이구, 무거워. 무거워 죽겠구먼. 10인분은 충분히 나오겠어요."

그가 트렁크를 열더니 천으로 만든 가방을 꺼내 뒷좌석에 놓았다. 그러고는 큰 포대를 꺼내 죽은 늑대를 담아 트렁크에 실었다.

천전은 늑대의 배를 갈라 군인들에게 보여주고 싶었지만 그들은 당장 가죽을 벗길 마음이 없어 보였다. 천전이 물었다.

"설마 늑대 고기도 드실 생각이세요? 그 맛이 얼마나 시큼한데요. 목축민들은 늑대 고기라면 입에도 대지 않아요."

유씨가 말했다.

"늑대 고기가 시큼하다고요? 말도 안 되는 소리. 내가 고향에서 몇 번이나 먹어봤는데, 개고기랑 별반 차이가 없었어요. 아니, 어떻게 보면 개고기보다 더 맛있지요. 요 통통한 살 좀 봐요. 늑대 고기는 조리법도 개고기랑 똑같아요. 우선 찬물에 하루 동안 담가두었다가 비린내가 없어진 다음에 마늘이랑 고추를 듬뿍 넣고 푹 고면 그만이지요. 맛이 아주 기막히답니다. 우리 고향에선, 어느 집에서 늑대 고기를 삶았다 하면 온 동네 사람들이 모여들었어요. 늑대 고기가 기력 회복에도 좋고 화병에도 그만이라는 얘기 들어보지 못했나요?"

천전이 약이 나서 쏘아붙였다.

"이곳 목축민들의 풍속 가운데 천장天葬이란 게 있어요. 사람이 죽으면 수레에 시체를 싣고 장지에 옮겨서 늑대들이 먹도록 하는 거지요. 그렇게 사람 시체를 먹은 늑대를 다시 사람이 먹다니요?"

유씨는 개의치 않는다는 듯 말했다.

"그건 나도 알아요. 그러니 위나 창자는 안 먹으면 되잖소. 개가 사람 똥을 먹는다고 해서 개고기를 더럽다고 하는 사람 봤어요? 그리고 채소밭에 인분을 거름으로 준다고 해서 채소를 안 먹나요? 우리 한인들은 누구나 개고기며 채소를 좋아하잖아요! 병단에 많은 사람이 한꺼번에 내려왔으니, 어차피 양고기만으로는 모자랄 거예요. 초원에 와서 오랫동안 고기를 못 먹으면 다들 안달이 나겠지요. 이깟 몇 마리 끌고 가봤자 누구 코에 붙이겠어요? 먹겠다고 덤벼드는 사람이 많을 테니 정작 코딱지만큼 먹을 수 있겠지."

유씨가 큰 소리를 내어 웃었다. 쉬 참모도 껄껄 웃으며 말했다.

"여기 온다니까 벌써 병단 본부에서는 나한테 늑대 고기를 예약까지 했어요. 그래서 오늘 저녁에 당장 그리로 보내줘야 해요. 또 누가 늑대 고기가 기관지염에 좋다고 했는지, 나한테 부탁해온 환자들도 벌써 꽤 된다니까요. 이러다 병원 간판까지 내걸게 생겼어요. 그러니 늑대 사냥이야말로 정말 훌륭한 선행이 아닌가요? 첫째, 인민에 대한 해악을 제거해주고, 둘째로 훌륭한 가죽을 얻을 수 있으며, 셋째는 아픈 사람 병까지 고쳐주고요. 그리고 넷째로는 고기에 굶주린 중생들도 구제해주니 일거사득一擧四得이지요, 일거사득!"

천전은 자기가 늑대의 배를 갈라 그 안에 든 쥐들을 보여주더라도 그들은 눈 하나 깜짝하지 않을 거라는 생각이 들었다.

유씨가 차를 몰아 맨 처음 쓰러진 늑대를 찾아갔다. 늑대의 머리가 완전히 산산조각 나 있었다. 탄환은 뒤통수 측면을 뚫고 들어가 얼굴의 절반을 완전히 뭉개놓았다. 뇌척수액과 피가 범벅이 되어 땅바닥을 흥건히 적시고 있었다. 천전이 얼른 늑대의 몸통을 살펴보았다. 다행스럽게도 목과 가슴에는 흰 털이 보이지 않았다. 왕늑대가 아니라는 걸 알고서 천전은 안도의 숨을 내쉬었다. 그러나 이 늑대가 적어도 우두머리 늑대인 것만은 확실했다. 대장으로서 무리를 안전하게 보호하기 위해 발 빠른 늑대 몇 마리를 데리고 추격자들을 유인했던 것이다. 안타깝게도 그 늑대는 지프차와 특등 사수와 늑대 사냥의 새로운 장비와 낯선 무기에 대해 전혀 경험이 없었다. 그렇기 때문에 아무런 방비도 못한 채 사고를 당하고 말았던 것이다.

유씨와 바오순궤이는 풀을 뜯어 늑대 피와 뇌척수액을 닦아내고는 홍에 겨워서 늑대를 자루에 집어넣었다. 두 사람은 무거운 자루를 트렁크 뚜껑 위에 얹고 떨어지지 않도록 쇠사슬로 꽁꽁 묶었다. 유씨가 신이 나서 말했다.

"이놈은 몸집이 송아지만 하네요."

두 사람은 풀을 뜯어 손을 대충 닦은 다음 차에 올라탔다. 그들은 바 참모가 있는 곳으로 차를 몰았다.

중간에서 두 지프차는 서로 마주보며 멈춰 섰다. 바 참모가 탄 지프차 뒷좌석에 불룩한 자루 하나가 놓여 있었다. 바 참모가 큰 소리로 말했다.

"이쪽엔 버드나무가 너무 많아서 도저히 차가 들어갈 수 없었어요. 세 발을 쐈는데 겨우 새끼 한 마리 잡았어요. 제가 쫓은 무리는 암늑대와 새끼늑대들이었는데 아마 한 가족이었던 것 같아요."

쉬 참모가 감탄하며 말했다.

"여기 늑대들이 보통 영악한 게 아니에요. 수컷들이 암늑대와 새끼들에게 최상의 퇴각로를 만들어주었군요."

바오순궤이가 흥분한 목소리로 말했다.

"또 한 마리 늘었군요! 대승이에요, 대승! 오늘은 정말 내가 목장에 온 지 일 년 만에 가장 기쁜 날입니다. 갑시다! 내가 아주 좋은 술과 안줏거리를 가져왔어요. 아까 두 마리가 뻗어 있던 곳으로 가서 신나게 마십시다."

천전은 바 참모가 잡았다는 새끼늑대를 보고 싶었다. 그는 서둘러 차에서 내려서 자루를 풀어보았다. 죽은 새끼늑대는 생김새는 그가 기르는 새끼늑대와 흡사했지만 체구는 조금 더 컸다. 성심성의껏 키우고 먹인 자신의 늑대보다 야생늑대의 체구가 큰 것은 의외였다. 야생늑대는 채 한 살이 안 되었는데도 스스로 사냥을 해서 먹이를 찾을 수 있을 정도로 성숙해 있었다. 그렇게 이제 막 제 힘으로 살아갈 수 있게 된 새끼늑대의 생명이 사냥꾼의 총부리에 완전히 짓밟히고 만 것이다.

천전은 자신의 새끼늑대를 쓰다듬는 것처럼 죽은 늑대의 머리를 몇 번이고 쓰다듬어주었다. 그는 자기가 키우는 새끼늑대를 지키기 위해 또 하나의 자유로운 어린 생명을 희생시킨 것 같아서 마음이 너무도 쓰렸다.

지프차 두 대가 남쪽을 향해 내달렸다. 천전은 처량한 눈빛으로 국경의 목초지를 돌아보았다.

'한 무리의 주력 부대가 한 시간도 안 걸려 사라지다니. 이렇게 빠르고 치명적인 공격은 처음 당하는 것이겠지. 나머지 늑대들은 국경 너머로 도망가서 다시는 돌아오지 않을 거야. 그렇지만 무리를 지켜주었던 용감한 우두머리와 주력 부대를 잃었으니 도망간들 어떻게 살아남을 수 있을까? 빌게 아버지 말씀이 터전을 잃어버린 늑대들의 삶이란 상갓집 개보다도 훨씬 비참하다고 하셨는데…….'

지프차는 정찰병 늑대 두 마리를 처음 쓰러뜨렸던 장소로 이동했다. 건장한 늑대 두 마리가 피바다가 된 땅바닥에 축 늘어져 있었다. 파리 떼가 그 위를 날며 열심히 피를 핥고 있었다. 천전은 그 처참한 모습을 더 이상 보고 있을 수 없어 자리를 피했다. 그는 풀밭에 앉아 저 멀리 국경 너머 창공을 멍하니 바라보았다. 자기가 지프차 두 대를 끌고 와 늑대들을 해친 사실을 알게 된다면, 빌게 아버지는 어떻게 생각하실까? 그동안 늑대에 관해 수없이 많은 것들을 가르쳐주셨는데, 결국 이렇게 늑대를 죽이는 데 써먹었으니 얼마나 마음 아파하실까? 천전의 마음은 육중한 저울추에 짓눌린 것 같으면서도 또 한편으론 가슴 한구석이 허전했다. 이제 어떻게 초원 노인들의 얼굴을 볼 수 있단 말인가……. 밤이 되면, 암늑대들과 새끼들은 분명 그들의 남편과 아버지를 찾으러 돌아올 것이다. 그들은 남겨진 핏자국을 발견하겠지……. 오늘 밤 초원은 늑대들의 망부곡으로 가득 찰 것이다…….

유씨와 샤오왕은 포대 두 자루를 지프차 뒷좌석 바닥에 실었다.

풀밭에 탄약을 쌌던 크라프트지 몇 장이 깔리고, 그 위에 차강 아르히 서너 병과 오향땅콩 한 봉지, 오이 십여 개, 갈비찜 통조림 두 통, 주둥이가 널찍한 유리병에 담긴 돼지고기 조림 세 병, 그리고 쇼우바로우 한 접시가 놓였다.

바오순궤이가 술 한 병을 들고 쉬 참모와 함께 천전의 곁으로 오더니 잔칫상으로 그를 끌고 갔다. 바오순궤이가 천전의 어깨를 두드리며 말했다.

"천전, 오늘 정말 수고했네. 아주 큰 공을 세웠어. 자네가 없었더라면, 특등 사수 두 분도 실력을 발휘할 기회를 잡지 못했을 거야."

쉬 참모와 나머지 군인 세 명이 술잔을 가져와 천전에게 따라주었다. 쉬 참모는 진심 어린 눈빛으로 천전을 보며 말했다.

"자, 들어요. 첫 잔은 특별히 천전을 위해 주는 겁니다. 직접 늑대를 키우면서까지 연구하더니, 정말 전문가가 다 됐군요. 한걸음에 우리를 늑대 소굴로 안내해주다니 얼마나 고마운지 몰라요. 어제 바오 장장께서 백 리도 넘게 우리를 데리고 돌아다녔지만 한 마리도 구경할 수가 없었거든요. 자, 어서 들어요. 오늘 정말 수고했어요."

천전은 안색이 창백해졌다. 그는 무슨 말인가를 하고 싶었지만 입 안에서 맴돌 뿐이었다. 술잔을 받아 단번에 비워낸 그는 어디론가 멀리 가서 목 놓아 울고만 싶은 심정이었다. 사실 한인이나 군인의 입장에서 보면 쉬 참모는 진정한 사내대장부였다. 천전이 처음 초원에 왔을 때, 그는 좀처럼 초원의 기준에 적응할 수가 없었다. 그러나 이제 겨우 익숙해진 원시유목 생활이 군인들의 총부리에 종결될 날이 당장 눈앞에 다가왔다. 한인들은 이곳에 뿌리박은 후 초원이 사막으로 변해 가는 모습을 똑똑히 지켜보게 될 것이다.

천전은 아무 생각 없이 오이 하나를 집어 우걱우걱 씹어 먹었다. 민공들이 얼마 전에 초원을 뒤엎고 채소밭을 일구는가 싶더니 벌써 오이를 수확한 것이다. 그는 2년 만에 처음으로 신선한 오이를 맛보았다. 한인들의 채소나 과일은 역시 맛이 좋았다. 아무리 해도 한인들의 농경적인 성격은 못 버리는 탓일까. 눈앞에 여러 가지 음식이 있는데도 하필 오이를 집어 들다니. 그것을 깨달은 순간, 신선했던 오이가 돌연 씁쓰름하게 느껴졌다…….

쉬 참모가 천전의 등을 치며 말했다.

"천군, 오늘 우리가 늑대를 많이 죽였다고 너무 상심하지 말게……. 늑대를 기르면서 늑대에 대해 남다른 감정도 생겼을 테고, 또 유목민들한테서 많은 영향도 받았겠지. 천군 말대로 늑대들이 토끼며 쥐, 가젤이나 마르모트 따위를 잡아먹어서 초원에 큰 도움이 되는 것도 사실이오. 하지만 그건 너무 원시적인 방법이에요. 지금이 어떤 세상인가요. 인공위성을 쏘아 올리는 마당에, 우리도 좀 더 과학적인 방법으로 초원을 보호해야 하지 않겠소. 병단에선 지금 쥐를 소탕하기 위해 초원에 독약과 독이 든 미끼를 뿌리려고 비행기까지 동원할 준비를 하고 있어요. ……"

천전은 순간 멍해졌으나 곧바로 정신을 차리고 소리쳤다.

"안 돼요, 안 돼! 독약에 죽은 쥐를 다시 늑대나 여우, 독수리가 먹기라도 해보세요. 초원의 모든 동물들이 멸종되지 않겠어요?"

바오순궤이가 말했다.

"쥐가 완전히 없어지면 늑대가 무슨 쓸모가 있겠어?"

천전은 사납게 쏘아붙이며 말했다.

"늑대가 얼마나 유용한지 아무리 말씀드려도 잘 모르시겠지만 최소한 가젤이나 산토끼, 마르모트의 수는 줄일 수 있잖아요."

유씨가 어느새 취기가 올랐는지 불콰해진 얼굴에 큰 소리로 웃으며 말했다.

"그 맛있는 가젤이나 산토끼, 마르모트를 우리 사람들이 먹기도 아까운데 늑대들까지 먹게 하자고요?"

32

원치 않은 배반

사람+야수성=서양인 (…) 물론 중국인들의 얼굴에서 야수성을 느낄 수 없는 것은 본래부터 없었던 것인지, 아니면 세월이 흐르는 동안 제거된 것인지에 대해서는 더 이상 논할 필요가 없게 되었다. 만일 후에 제거되었다면, 그것이 점점 사라져서 인간성만 남은 것인가 아니면 점차 길이 든 것에 불과한 것인가. 들소가 집소로 바뀌고, 멧돼지가 집돼지로 되고, 늑대가 개로 변한다면 야성이 제거될 수 있을 것이다. 그러나 그것은 그것들을 기르는 사람을 기쁘게 해줄 수는 있어도 자신에게는 아무런 이득도 돌아오지 않는다. 사람은 사람다운 것이 물론 가장 이상적이겠지만, 그러나 부득이 다른 성질을 갖춰야 한다면 나는 가축성보다는 야수성을 띠는 것이 더 나을 것이라고 생각한다. 다음의 수식에 들어맞는 것은 오히려 의미가 없다. 사람+가축성=어떤 종류의 사람 _루쉰《이이집而已集·중국인의 얼굴에 대하여》

술자리가 끝난 후 바오순궤이와 쉬 참모는 몇 마디 소곤거렸다. 일행이 올라타자 지프차 두 대는 동북쪽으로 달렸다. 의아해진 천전이 다급히 물었다.

"이 방향이 아니에요. 원래 왔던 길로 돌아가야 빠를 텐데요."

바오순궤이가 말했다.

"돌아가려면 어차피 140리는 가야 하는데, 그냥 가면 기름이 아깝잖아."

쉬 참모가 바오순궤이의 말을 받았다.

"방금 전에 사냥했던 세 곳을 피해서 다른 길로 돌아가기로 했어요. 늑대를 또 잡을 수 있을지도 모르니까. 뭐 늑대는 못 잡더라도 여우라도 잡게 된다면 그것도 괜찮은 전과이겠지요. 기왕의 기세를 몰아 전쟁을 계속하여 전과를 높임으로써 우리 군의 영광스러운 전통을 발양하는 길이지요."

지프차는 빠른 속도로 광활한 겨울 목초지로 들어섰다. 천전의 눈앞에 끝없는 띠풀 초원이 펼쳐졌다. 띠풀은 겨울철에 훌륭한 목초로 쓰였는데, 풀잎의 길이가 두 척이나 되고 줄기와 이삭을 합치면 1미터도 넘을 정도로 다른 계절의 목초보다 훨씬 크게 자랐다. 그래서 겨울철에 눈이 오더라도 웬만한 폭설이 아니고서는 줄기와 이삭이 절반 이상 드러났다. 띠풀은 가축들이 좋아하는 사료로, 특히 양들은 풀줄기를 따라 눈을 파 들어가서 밑에 있는 풀잎까지 뜯어 먹었다. 올론초원의 겨울은 7개월 정도나 길게 이어졌으므로, 대대의 모든 가축들이 살을 통통히 유지하면서 무사히 겨울을 날 수 있을지의 여부는 순전히 이 겨울철 목초지에 달려 있었다.

가을바람에 풀이 파도처럼 일렁였다. 국경에서부터 밀려온 풀의 물결이 천천히 지프차를 향해 밀려오다가 마침내 차의 네 바퀴를 덮었다. 두 대의 자동차는 물결을 가르는 쾌속정처럼 빠르게 풀바다를 헤엄쳐 나갔다. 천전은 속으로 생각했다.

'풀들이 이렇게 우거졌는데……. 여기서 늑대를 찾아내는 건, 천체망원경으로 본다고 해도 불가능한 일이야.'

천전은 다시 한 번 초원늑대와 말치기들에게 감탄했다. 초원이 간직하고 있는 원시적인 아름다움은 초원늑대와 말치기들이 일 년 내내 흘린 피땀으로 지켜진 것이었다. 그 아름다움 속에는 얼마나 많은 늑대와 사람들의 노력이 배어 있던가. 눈이 오면 목축민들은 서둘러 가축들을 겨울철 목초지로 이동시키면서, 그때마다 늘 늑대들이 그들에게 베풀어준 고마움을 뼈저리게 느끼곤 했다. 목축민들이 종종 늑대 울음소리 같은 긴 가락을 뽑아낼 때면 천전은 항상 마음이 확 트이고 유쾌해졌다.

지프차 두 대는 계속 빠르게 질주했다. 사수들은 취기가 올랐지만 손에서 망원경을 놓지 않고 늑대의 가죽과 고기를 찾기 위해 이곳저곳을 샅샅이 둘러보고 있었다.

천전은 계속 자신의 깊은 상념에 빠져 있었다. 그는 사람과 가축의 발길이 아직 닿기 전에 시원스럽게 펼쳐진 겨울철 목초지의 원시적인 아름다움을 이렇게 여유 있게 감상해본 것은 처음이었다. 드넓은 초원에는 연기 한 줄기 보이지 않았고, 소나 말 그리고 양 한 마리도 볼 수 없었다.

반년 가까이 휴식을 취한 겨울용 목초지는 푸릇푸릇한 띠풀만 무성할 뿐, 봄철 출산용 목초지와는 달리 아무런 인공적인 시설도 없는 자연 그대로였다. 봄철 목초지에는 돌이나 흙을 쌓아 만든 축사와 창고, 우물 등등 목초지 여기저기에 사람들의 흔적이 널려 있었다. 그러나 겨울철 목초지에는 눈이 많이 내려서 물을 얻기 위해 우물을 팔 필요도 없었고, 또 겨울이면 새끼양이나 송아지들도 웬만큼 자랐기 때문에 울타리를 치거나 축사를 지을 필요도 없었다. 다만 수레나 이동이 가능한 울타리 또는 펠트 등을 이용해 바람을 막을 수 있는 반원형 벽만 만들어도 양 우리로서 충분했다.

그래서 초가을에 펼쳐진 조용한 겨울용 목초지는 사람이나 가축의 흔적은 물론 그 어떤 인공적인 시설물이 전혀 없어 어찌 보면 황량하기까지 했다. 오로지 바람에 물결치는 띠풀만이 광활한 초원을 가득 채우고 있어서 가장 원시적이고 자연스러운 모습을 그대로 간직하고 있었다. 만일 그 순간 검은 양가죽으로 만든 커다란 코사크 전통 모자를 쓴 그레고리가 갑자기 이 목초지에 나타났다면, 천전은 한 치의 의심도 없이 그들 뒤에 있는 풍경이 사람들을 흠뻑 빠지게 만드는 돈 강의 초원이라고 그대로 믿었을 것이다.

중학교에 다니던 시절, 천전은《고요한 돈 강Tikhii Don》을 소설과 영화로 각각 두세 번씩이나 보았다. 훗날 베이징을 떠나 올론초원에 올 때도, 그는《고요한 돈 강》을 초원을 그린 또 다른 소설들과 함께 가지고 왔다.

《고요한 돈 강》은 천전을 초원으로 오도록 만들어준 계기 중 하나이기도 했다. 돈 강 초원에 대한 천전의 동경은 그레고리와 나탈리아, 아크시냐와 같이 초원을 사랑하는 인물들에게서 시작되었다. 그리고 또 몽골초원에 매혹됐던 것은 자유를 사랑하고 또 목숨을 바쳐 자유를 지켜내는 초원늑대와 초원 사람들로부터 비롯되었다.

초원은 어디서 이토록 강한 자기장을 내뿜어서 그의 감정 나침반으로 하여금 바늘을 늘 한 방향으로만 가리키게 만드는 것일까? 천전은 초원의 땅속 깊은 곳에서부터 그와 초원 사이에 영혼의 공진共振을 일으키는 울림과 부름을 자주 느낄 수 있었다. 그것은 자식과 어미 사이에 일어나는 것보다 훨씬 신비롭고 심오한 것이었다. 어머니를 넘고 할머니, 증조할머니와 고조할머니를 뛰어넘어 더 오랜 시조모始祖母와 이어지는 영혼의 감응으로, 그가 이제껏 감지하지 못했던 태고의 감정을 저 깊은 곳에서부터 불러일으켰다.

천전은 황량하고 적막한 초원을 바라보며 꿈나라에 빠진 듯 몽롱해졌다. 마치 유사 이전 태초에 인류의 조상이 그의 눈앞에 꿈결처럼 나타난 것만 같았다.

위대한 지도자는 일찍이 사람들에게 이렇게 말했다.

"직립과 노동이 인류를 창조했다."

그렇다면, 유인원은 과연 삼림 속에서 직립해 일어난 것인가 아니면 초원에서 일어선 것인가? 이것은 선조의 땅과 관련된 더욱 심오한 질문으로 대두되었다.

천전이 초원의 맹수와 이미 2년이 넘는 시간을 교류해오면서 얻은 결론에 의하면 유인원은 결코 삼림 속에서 일어설 수가 없었다. 삼림 속에서는 유인원에게 있어 앞발이 더욱 중요하고, 또 그만큼 더욱 발달했을 것이기 때문이다. 또, 삼림에서는 멀리 보기 위해서는 반드시 높은 곳에 올라가야 했다. 맹수로부터 피하기 위해서는 더 높은 곳으로 올라가야 했다. 그런데 높은 곳으로 기어 올라가기 위해서는 반드시 앞발에 힘을 주어야 하고, 나무에 달린 열매를 따기 위해서도 앞발을 써야 했다. 그리고 유인원이 숲 속에서 빠른 행동을 할 수 있었던 것도 바로 앞발로 달렸기 때문에 가능했던 것이 아닐까? 유인원은 앞발의 기능이 이처럼 중요했기 때문에 뒷다리는 오히려 발달할 수가 없었고, 다만 앞발의 보조적인 기관에 머물렀을 뿐이다. 그래서 삼림 속에서는 유인원의 직립보행이 불가능했을 뿐만 아니라, 어쩌면 그럴 필요성도 느끼지 못했을 것이다.

그 뒤 많은 동물들이 번식하면서 삼림에는 동물의 수는 많아지고 먹을 것은 점차 줄어들었을 것이다. 이 같은 환경의 변화는 일부 유인원들을 삼림 밖으로 내몰 수밖에 없었다. 삼림 밖으로 쫓겨난 유인원들은 초원까지 밀려났고, 새로이 접하게 된 냉혹한 초원의 환경은 곧 유인원의 앞발의 기능을 개조하도록 만들었다. 먼저, 초원에서는 비록 위험한 상황에 놓이더라도 높이 올라갈 만한 곳이 없었기 때문에, 유인원들은 멀리 적이나 사냥감이 나타나는지를 똑바로 살피기 위해서는 일어설 수밖에 없었다. 또 다른 하나는, 초원에는 앞발로 몸을 지탱해야 할 사물, 즉 오를 나무 같은 것이 없었으므로 빠른 달리기를 가능케 했던 유인원들의 앞발이 점차 퇴화되면서 결국 무용지물이 되었다. 그 대신 초원은 유인원들의 뒷다리가 점점 강해지도록 단련시켰다. 수십만 년 동안 이렇게 뒷다리를 빈번하게 사용하면서 유인원의 척추골과 다리뼈가 조금씩 펴지게 되었고, 그에 따라 가슴과 뒷다리를 똑바로 펼 수 있게 되었다. 직립보행을 통해 유인원은 사람들이 의미하는 진짜 다리를 가질 수 있게 되었으며, 이와 함께 모든 동물들이 두려워하는 손을 가지게 되었다. 손을 활용함으로써 대뇌 지능의 개발이 촉진되었고, 그를 통해 모든 맹수들을 물리치고 뭇 짐승의 왕이 되었다. 그리고 마침내 사람으로 진보하게 된 것이다.

돌도끼와 횃불을 가졌던 원시인들은 전투태세를 취하면서 일어서게 되었다. 돌도끼는 처음에는 들짐승과의 격투에서 사용하던 무기였다가 나중에는 음식물을 얻기 위한 생산도구로 바뀌었다. 전투가 생존을 가능하게 했고, 생존 이후에는 노동이 필요했다. 그래서 직립보행과 노동만이 사람을 창조한 것이 아니라, 직립이 빨리 이루어지도록 만들었던 무수한 전투들이야말로 진정으로 인간을 창조한 요인이었다고 할 것이다. 직립을 거부하고 계속 네 다리로 달렸던 유인원들은 끝내 호랑이나 표범, 사자, 늑대와 같은 맹수들만큼 달릴 수 없었으므로 결국은 모두 도태되고 말았다. 수년간의 관찰과 사고 그리고 직관을 통해 천전은 이렇게 결론짓고 있었다.

'유인원은 초원에서 직립을 이룰 수 있었다. 또한 초원늑대야말로 유인원이 일어서서 직립할 수 있도록 핍박을 가한 중대한 요소 중의

하나였다.'

그래서 잔혹함과 아름다움을 함께 지닌 초원은 단지 중국민족의 뿌리일 뿐만 아니라 모든 인류의 요람이었다. 초원은 인류가 직립을 하게 되면서 전 세계로 나아간 출발지였던 셈이다. 초원의 대지는 인류 태초의 어머니였다. 천전은 초원에 존재하는 풀잎 하나하나에, 모래 한 알 한 알에 오래되고 따스한 혈육의 정이 솟아나와 그를 꽉 감싸오는 것을 느꼈다. 그와 동시에 사그라지지 않는 깊은 분노와 번민이 오래도록 가슴을 조여왔다. 그는 초원을 파괴하여 화전을 일구고 황무지를 개간하여 농사를 짓는 사람들이야말로 가장 우매하고 잔인한 사람들이라는 생각을 멈출 수가 없었다.

지프차는 키 작은 풀들이 자라고 있는 오래된 길을 따라 동쪽으로 달렸다. 그 길은 모래가 많고 단단했지만 목축민들이 이사를 오가면서 가축들이 분뇨를 많이 남겨 풀들이 비록 키는 작아도 튼튼하고 색도 짙푸르렀다. 멀리서 보면 짙은 초록빛 도랑이 초원 깊은 곳을 향해 뻗어나가는 것처럼 보였다.

천전은 가까운 풀 더미에서 세 개의 흑점을 발견할 수 있었다. 큰 여우 한 마리가 앞발을 가슴 앞에 세우고 뒷다리로 일어서서, 상반신을 풀숲 밖으로 드러낸 채 멀리서 다가오는 지프차를 주시하고 있었다. 한낮의 등황색 태양이 여우의 눈처럼 하얀 목덜미와 앞가슴털의 빛깔을 살짝 노란빛으로 물들이고 있었다. 그 모습이 옅은 노란색 띠풀 이삭과 어울리면서 쉽사리 구분할 수 없도록 만들었다. 그러나 목 위로 드러난 세 개의 흑점은 반대로 더욱 선명하게 보였는데 그것은 바로 여우의 코와 한 쌍의 귀였다.

함께 여우사냥을 갈 때 빌게 노인은 그에게 늘 특히 겨울철에 눈이 많이 쌓인 곳에서는 세 개의 흑점을 잘 보라고 가르쳤다. 경험 많은 사냥꾼들은 그 세 개의 흑점을 조준해 총을 쏜다는 것이다. 약삭빠른 초원의 여우가 아무리 위장을 하고 대담하게 굴어도 초원의 사냥꾼을 속여 넘길 수는 없다. 하지만 오히려 매의 눈을 가졌다는 특등 사수는 눈뜬장님으로 만들어버렸다. 천전은 더 이상 피를 보고 싶지 않았기 때문에 아무런 말도 하지 않았다. 게다가 간사하면서도 아름다운 여우 또한 초원에서 쥐를 잡아주는 동물이 아니던가. 지프차가 점점 세 개의 흑점을 향해 다가가자, 흑점은 슬그머니 풀 더미 속으로 사라졌다.

또 한참을 달려가자, 풀 더미 속에서 일어서서 지프차를 주시하고 있는 큰 산토끼 한 마리가 보였다. 토끼는 얼마 패지 않은 이삭 사이에 섞여 있었는데, 토끼의 앞가슴털은 색깔이 풀이삭과 엇비슷했지만 그 큰 귀가 위장을 망치고 있었다.

천전이 소리를 낮춰 말했다.

"앗, 앞에 통통한 토끼 한 마리가 있어요. 초원을 망치는 몹쓸 놈인데, 잡을까요?"

바오순궤이가 내키지 않는 투로 대답했다.

"아직은 안 돼. 우선 늑대가 더 있는지 보고, 토끼는 나중에 잡자고."

산토끼는 조금 전보다 키를 더 높였다. 토끼는 전혀 두렵지 않은지 빤히 쳐다보고 있다가, 지프차가 10여 미터 앞까지 다가가자 그제서야 목을 움츠리고 사라졌다. 풀 향기가 더욱 짙어지고, 띠풀은 바다처럼 세차게 솟구쳤다.

사수들은 겨울용 목초지에서는 더 이상 별다른 사냥감을 발견하지 못할 것 같은 생각이 든 모양이었다. 지프차는 방향을 바꾸어 남쪽을 향해 달렸다. 띠풀 초원을 벗어나면서 언덕에 있는 가을철 목초지에 당도했다. 그곳의 풀들은 비교적 짧게 자랐으나, 목축민들은 아주 오랜 세월 동안 이곳을 가을용 목초지로 사용해왔다. 언덕의 목초지에 특히 풀 열매가 많았기 때문이었다. 가을이 되면 지방이나 단백질 등의 성분을 많이 함유한 보리이삭이나 거여목, 콩꼬투리 같은 각종 풀이삭과 열매들이 모두 익었다. 양떼는 이곳에 오면 검은콩이나 보리 사료를 먹는 것처럼 고개를 들어 입으로 열매를 훑어서 먹었다.

올론의 양떼가 가을철이면 등꼬리 부위에 셋째 손가락 두께만큼의 비계를 찌울 수 있는 것도 다 이곳에 나는 귀한 풀 열매들 때문이었다. 그러나 이런 원시과학의 진수를 제대로 이해하지 못하는 외지 출신들은 양떼의 살을 충분히 찌우지 못해서 양들이 겨울을 제대로 나지 못하는 경우가 많았다. 겨울은 어떻게 넘겼다 해도 봄에 암양이 젖이 나오지 않아 새끼양들이 떼죽음을 당하는 경우도 자주 있었다. 물론 빌게 노인에게서 2년 동안 초원의 상식을 전수받은 천전으로서는 거의 전문가 수준이 다 되어 있었다. 그는 허리를 굽혀 손으로 열매를 한 움큼 훑었다. 손바닥 위에 올려놓고 비벼보니, 열매가 한참 무르익어가고 있었다. 대대도 이제 가을철 목초지로 옮길 준비를 해야 할 때가 되었음을 알 수 있었다.

두 대의 지프차는 시야가 탁 트인 초원을 계속 질주해 갔다. 그러다 갑자기 흙길에서 뭔가를 발견했는지 바오순궤이가 속도를 늦추도록 지시했다. 눈 지 얼마 안 된 늑대 똥 몇 덩이를 발견한 것이었다. 사수들은 또다시 흥분과 긴장에 휩싸였고, 천전의 마음은 조마조마해지기 시작했다. 아까 사냥을 하면서 총소리가 울렸던 곳으로부터 벌써 6, 70리 달려왔으니 이곳까지 총성이 들렸을 리가 없다. 만일 이곳에 늑대들이 있다면, 사람이라고는 구경도 할 수 없는 북쪽으로부터 자동차 두 대가 갑자기 들이닥쳤으니 늑대들은 미처 아무런 대비도 하지 못하고 있을 터였다.

지프차가 완만한 비탈을 넘어서는 찰나, 차에 타고 있던 세 사람이 동시에 조용히 외쳤다.

"늑대다! 늑대야!"

천천이 눈을 들어 바라보니, 전방 300미터 앞에 표범만 한 커다란 늑대 한 마리가 뛰어가는 것이 보였다. 무서운 힘과 빠른 속도를 가진 올론초원의 큰 늑대는 종종 무리에서 이탈해 단독으로 활동하는 경우가 있었다. 언뜻 보면 혼자 다니며 사냥감을 잡아 독식하는 것 같지만, 실제로 그것은 늑대 무리의 특수병으로 무리를 대신해서 사냥 기회를 물색하러 다니는 것이었다.

큰 늑대는 낮잠을 자다가 차 소리에 적잖이 놀라 풀이 우거진 산골짜기를 향해 전속력으로 도망치고 있었다. 유씨가 액셀을 밟으며 외쳤다.

"제까짓 게 뛰어봤자 벼룩이지!"

지프차가 순식간에 늑대가 도망치는 길을 가로막았다. 늑대는 황급히 몸을 돌려 앞에 있는 언덕으로 내달렸다. 거의 가젤만큼 빠른 속도를 내고 있음에도 불구하고, 늑대는 금방 바 참모의 지프차에 또다시 가로막히고 말았다. 지프차 두 대가 협공 태세로 늑대를 향해 돌진했다. 늑대는 벌써 전속력으로 뛰고 있었지만, 지프차의 액셀은 아직 끝까지 밟지 않은 상태였다.

두 특등 사수가 웬일인지 서로 쏘라며 양보했다. 먼저 쉬 참모가 큰 소리로 말했다.

"그쪽 위치가 좋으니, 바 참모가 쏘세요!"

그러자 바 참모가 말했다.

"쉬 참모 사격술이 더 정확하니, 당신이 쏘는 게 낫겠어요!"

그러고 있는데, 바오순궤이가 손을 흔들며 외쳤다.

"쏘지 마세요! 아무도 쏴선 안 돼요! 우리 오늘 총구멍 안 난 늑대 가죽 한 장 만들어 봅시다. 산 채로 늑대 가죽을 벗겨보자고요. 그러면 가죽이 훨씬 부드럽고 털 색깔도 좋아서 값을 최고로 받을 수 있거든!"

"옳거니!"

두 사수와 운전사 두 명이 일제히 소리쳤다. 유씨는 또 바오순궤이를 향해 엄지손가락을 내밀며 말했다.

"잘 보세요. 내가 늑대를 따라잡아 차로 들이받을 테니!"

샤오왕도 말했다.

"피를 토할 때까지 쫓아가주지!"

풀이 낮게 자란 완만한 언덕은 지프차가 제 힘을 발휘할 수 있는 지형인데다 이렇게 가까운 거리에서 차 두 대가 늑대 한 마리를 쫓고 있으니 빠져나갈 방법이라고는 전혀 없었다. 늑대는 거품을 토하며 달렸고, 긴장되고 위험한 늑대 사냥이 어느 순간 가벼운 오락으로 변해버렸다. 천전은 초원에 온 뒤로 사람이 늑대에 대해서 이렇게 큰 차이로 우세를 점할 수 있으리라고는 생각해본 일이 없었다. 그러나 수만 년 동안 초원을 제패해온 몽골초원의 늑대는 그 순간 산토끼보다 더 가련한 신세로 변해 있었다. 천전의 머릿속에 문득 "낙후는 곧 도태이며, 앞서 가는 자만이 적을 물리칠 수 있다"는 말이 스치고 지나갔다. 탱그리의 대자연까지도, 설마 정말로 그토록 매정한 것은 아니겠지?

지프차 두 대는 운전기술이 남다른 두 사람의 손에 맡겨져 급하지도 느리지도 않게 늑대를 뒤쫓아 달렸다. 늑대가 빨리 달리면 속도를 내고, 늑대가 느려지면 속도를 줄였다. 그러면서 귀에 거슬리는 클랙슨 소리로 늑대가 속도를 더 내도록 다그쳐가면서, 늑대와의 거리를 꾸준히 5, 60미터 정도 유지하고 있었다. 늑대의 속도가 아직 크게 처진 것은 아니었지만, 20리가 넘는 거리를 쫓기면서 그만큼 체력 소모 또한 컸던 모양이었다. 늑대는 헐떡거리며 흰 거품을 마구 토해냈다. 입을 끝까지 벌렸으면서도 심호흡조차 제대로 하지 못했다.

천전은 차에 앉아 늑대가 달리는 모습을 말없이 지켜보는 수밖에 없었다. 이렇게 오래 늑대를 뒤쫓는 건 처음이었다. 초원늑대도 이처럼 숨 돌릴 틈 없이 추격당하기는 처음일 것이다. 천전은 차마 볼 수가 없어서 눈을 질끈 감았다가도 걱정이 되어 금방 또 눈을 뜨고 초조하게 지켜보았다. 그는 늑대가 좀 더 빨리 뛸 수 있기를 얼마나 간절히 바랐는지 모른다. 아니면 전설로 전해 내려오는 비랑飛狼처럼 정말로 구름을 뚫고서 하늘로 날아올라 갔으면 싶었다. 그도 아니라면 예전에 자기가 새끼늑대를 꺼내러 들어갔던 것 같은 깊은 늑대 굴을 찾아 그 속으로 들어가기를 바랐다. 그러나 늑대는 하늘을 날 수도, 굴을 찾을 수도 없었다. 초원에 전해 내려오던 늑대의 신화도, 선진 과학기술을 앞세운 장비 앞에서는 아무런 힘을 쓰지 못했다.

그러나 눈앞의 늑대는 그럼에도 여전히 자신의 모든 의지를 다해 열심히 뛰고 있었다. 뒤쫓아 오는 적이 없어도 계속 그렇게 달릴 것만 같았다. 천전은 당장이라도 차 앞에 큰 구덩이나 도랑, 커다란 소뼈 같은 장애물이 불쑥 나타나주기만을 바라고 또 바랐다. 장애물에 걸려 자신이 차에서 내동댕이쳐지더라도 상관없었다…….

차에 타고 있는 두 사냥꾼은 그토록 위엄 있고 아름다운 늑대를 마주친 데 무척 감격한 모습이었다. 득의양양해진 두 사람의 얼굴에는 술을 마셨을 때보다 더 붉은빛이 감돌았다. 바오순궤이가 크게 외쳤다.

"저 늑대는 우리가 이제껏 잡았던 어느 늑대보다도 큰데요. 저거 한 마리 가지고도 늑대 담요 한 장쯤은 충분히 만들 수 있겠어요. 여러 장을 잇댈 필요가 없겠어요."

그러자 쉬 참모가 말했다.

"저 좋은 걸 팔다니요. 병단 사령관께 드리는 게 어떨까요?"

바 참모가 맞장구를 쳤다.

"그래요! 사령관께 보내드리면 그쪽에서도 여기 늑대가 얼마나 큰지, 늑대 때문에 피해가 얼마나 심각한지 잘 알 수 있을 거예요."

유씨가 손으로 핸들을 치며 말했다.

"내몽골초원에서는 석유도 나오니 일 년만 있으면 우리도 도회지 사람보다 더 부자로 편히 살 수 있어요."

그 순간 천전은 자기도 모르게 주먹을 불끈 쥐었다. 그는 정말 유씨라는 작자의 뒤통수를 한 대 갈기고 싶었다. 그러나 문득 집에 있는 새끼늑대가 떠올라 금방 팔에 힘이 풀리고 온몸과 머리가 모두 굳어버렸다.

지프차가 드디어 늑대를 길고 평탄한 비탈로 몰고 갔다. 이제 산골짜기도 없고 높은 산꼭대기나 움푹 꺼진 저지대도 없어, 늑대가 이용할 만한 지형이라고는 아무것도 없었다. 두 대의 지프차에서 동시에 클랙슨을 울려댔다. 그 소리가 너무 커서 귀가 먹먹할 정도였다. 늑대는 하도 달려서 정신이 없고 사지가 경련을 일으킬 지경에 이른 모양이었다. 마침내 가련한 늑대는 더 이상 빨리 달리지 못하게 되었다. 속도가 확실히 떨어졌고, 게거품도 토하지 않았다. 두 운전수가 아무리 클랙슨을 눌러대도 도무지 속도를 내지 못했다.

바오순궤이가 쉬 참모의 총을 건네받아 늑대 머리보다 15센티미터가량 위를 조준해서 연속으로 두 발을 쏘았다. 탄알은 늑대 털을 거의 그을릴 뻔했다. 늑대가 가장 무서워하는 이 소리가 마지막 남은 힘마저도 전부 끄집어내어 달리게 만들었다. 늑대는 그렇게 2, 300미터를 더 내달리다 허파 꽈리가 터질 것 같은 고통을 느꼈는지 갑자기 멈추어 섰다. 그리고 마지막 남은 힘으로 몸을 돌려 쭈그리고 앉더니 최후를 맞을 자세를 취했다.

지프차들은 늑대로부터 3, 4미터 떨어진 곳에 급히 섰다. 바오순궤이가 총을 들고 차에서 뛰어내렸다. 그는 그대로 잠시 서 있다가 늑대가 움직이지 않자 대검을 꽂은 다음 마음을 굳게 먹고 천천히 늑대 쪽으로 다가갔다. 늑대는 온몸에 경련을 일으키면서 눈이 풀어지고 동공이 확대되어 있었다.

바오순궤이가 가까이 다가갔는데도 늑대는 여전히 꿈쩍도 하지 않았다. 그는 총부리에 달린 대검으로 늑대 입을 쿡쿡 찔러보고, 그래도 늑대가 움직이지 않자 크게 웃으며 말했다.

"늑대가 완전히 맛이 갔군."

그러더니 손을 뻗어 개를 만지는 것처럼 늑대의 머리를 만져보았다. 그는 아마도 천만년 이래 몽골초원에서 살아 있는 늑대 바로 앞에 쪼그리고 앉아 머리를 만져본 첫 번째 인물일 것이다. 늑대는 여전히 아무런 반응이 없었다. 그가 다시 늑대의 귀를 만지는 순간, 늑대는 천년 석상이 굉음을 내며 무너지는 것처럼 그 자리에 풀썩 쓰러졌다…….

천전은 죄인이 된 심정으로 집에 돌아왔다. 그는 선뜻 게르 안으로 들어갈 수가 없었다. 그는 잠시 머뭇거리다 겨우 문을 열고 안으로 들어갔다.

안에서는 장지웬과 양커, 가오젠종이 병단에서 벌이는 늑대 소탕 작전에 대해 한창 애기를 나누는 중이었다. 장지웬이 점점 열을 올리며 말했다.

"지금 병단에서는 늑대를 잡아 가죽을 벗기는 데 혈안이 되어 있어. 사수건 민병들이건 너나 할 것 없이 트럭이나 소형차를 타고 늑대 사냥을 나가지. 기름이나 탄약을 충분히 공급해주고 있으니 더욱 그럴 수밖에. 이제는 아예 병단의 의사들까지도 나섰어. 그 사람들이 베이징에서 색깔도 냄새도 없는 맹독성 극약을 구해 가지고 올 거라는 거야. 그걸 주사기로 죽은 양의 골수에 주입한 다음 들판에 미끼로 던져놓는 거지. 그렇게 되면 얼마나 많은 늑대들이 죽어가겠어? 더 지독한 건 병단을 따라 들어온 도로정비대 민공들이야. 그 잔인한 놈들은 십팔반十八般 병기를 전부 끌어온 걸로도 모자라 폭파술까지 이용한다는 거지. 산에서 채석할 때 쓰는 폭탄의 뇌관을 양의 대퇴골 골관 속에 집어넣은 다음, 그 위에 양기름을 발라 늑대들이 출몰하는 곳에 둔다더군. 늑대가 뼈를 한 입 깨물자마자 폭탄이 터져서 머리를 날려버린다는 거지. 민공들이 양뼈 폭탄을 하도 여기저기 뿌리고 다니는 바람에 목축민들이 키우는 개들이 벌써 얼마나 많이 죽은 줄 알아? 초원늑대는 완전히 인민전쟁의 소용돌이에 휘말린 거야. 도처에서 이런 노래가 들린다니까. '자자손손 싸워 나가자, 승냥이와 늑대를 다 때려잡기 전엔 결코 전장에서 물러서지 말라' 듣자 하니 목축민들이 군부에 그 사람들을 고발했다고 하더라."

가오젠종이 말했다.

"우리 대대의 민공들도 요즘 장난이 아니야. 한 번에 커다란 늑대를 대여섯 마리씩이나 잡았다니까. 그 사람들처럼 목축민에서 농민으로 바뀐 사람들이 늑대를 훨씬 더 잘 잡더라. 그래서 도대체 어떻게 잡는지 하도 궁금해서 배갈 두 병을 들고 찾아가서 겨우 비법을 알아냈지. 그 사람들도 늑대덫을 놓더라구. 근데 이곳 목축민들이 쓰는 방식보다 훨씬 더 악랄해. 여기 사냥꾼들은 항상 죽은 양 옆에 덫을 놓기 때문에 이제는 늑대들도 그걸 다 알아버렸지. 그래서 늑대들은 들판에 죽은 양이 있으면 먼저 경계부터 하고 섣불리 건드리질 않아. 코가 가장 예민한 우두머리가 덫 냄새를 맡고 그걸 다 파내고 나서야 입을 대지. 그런데 저 민공들은 그런 방법은 쓰지 않더라. 그 사람들은 늑대가 많은 곳이면 어디든지 덫을 놓는 거야. 죽은 양이나 뼈 같은 미끼는 쓰지도 않고 그냥 맨바닥에다가 말야. 그 사람들이 무슨 미끼를 쓰는지 알아맞혀볼래? 너희들은 죽어도 못 알아맞힐걸……. 먼저 말똥을 양기름에 담가서 충분히 냄새가 밴 다음 건져내서 말린 다음 비벼서 가루를 내는 거야. 그리고 그걸 늑대덫을 놓은 근방에 뿌리는 거지. 어디에 뿌리든 그 냄새를 맡고 가보면 결국은 늑대덫까지 연결되도록 말이지. 그게 바로 미끼가 되는 거야. 늑대들이 그 근처를 지나갈 때 양기름 냄새가 날 거 아냐. 그렇지만 죽은 양도, 뼈다귀도 없으니 쉽게 경계를 늦추고 이곳저곳 냄새를 맡으며 다니겠지. 냄새를 따라가다보면 바로 덫에 걸리는 거고. 정말 악랄한 수법 아니니? 완전히 날로 먹는 거잖아. 왕씨 말이, 그 방법으로 자기네 고향의 늑대들을 전부 잡았다며 자랑하더라고……."

천전은 얘기를 계속 듣고 있을 수가 없었다. 그는 밖으로 나가 새끼늑대에게 가서 살며시 "늑대야, 늑대야" 하고 불러보았다. 하루 종일 보지 못했으니 새끼늑대도 그가 보고 싶었을 것이다. 새끼늑대는 천전이 저만치 올 때부터 원 가장자리까지 나와 꼬리를 흔들며 그를 반갑게 맞이했다. 천전은 쪼그리고 앉아 새끼늑대를 꼭 껴안은 채 자기 얼굴을 새끼늑대의 머리에 대고서 오랫동안 떼지 않았다.

서리같이 하얀 달이 초원의 가을밤에 처량하게 걸려 있었다. 드넓은 새 목초지에는, 초원늑대의 길게 떨리는 울음소리가 벌써 저만치 멀어져갔다……. 천전은 더 이상 어미늑대들이 새끼늑대를 빼앗아 갈까 걱정하지 않아도 되었다. 지금은 오히려, 어미늑대들이 새끼늑대를 데리고 국경 북쪽으로 무사히 넘어가주기를 간절히 바랐다…….

발걸음 소리가 천전의 등 뒤에서 멈추더니, 양커의 목소리가 들렸다.

"람자브한테 들었는데, 흰 왕늑대가 늑대 무리를 이끌고 국경수비도로를 넘어가는 걸 봤다고 하더라. 병단의 그 가즈 트럭으로도 따라잡지 못했다는 거야. 내 생각에, 흰 왕늑대는 올론초원으로 두 번 다시 돌아오지 않을 것 같아."

그날 밤, 천전은 뜬눈으로 지새웠다.

33

신성불가침의 자유

13세기 초부터 15세기 말까지 3세기 동안은 기독교의 쇠퇴기였다. 그 대신 이 시기는 몽골족의 시대였다. 중앙아시아에서 건너온 유목민족이 기존의 세계 질서를 바꾸어 놓았다. 그때 중국을 비롯해서 인도, 페르시아, 이집트, 북아프리카, 발칸 반도, 헝가리와 러시아까지 통치한 것은 몽골인과 그와 같은 종족인 돌궐족에서 유래한 투르크인 그리고 그들의 전통이었다. _H. G. 웰스 《세계사대계》

곰이나 호랑이는 끌고 다닐 수 있다. 그리고 사자와 코끼리도 역시 잡아끌 수 있다. 그러나 몽골초원의 늑대는 끌 수가 없다.

새끼늑대는 차라리 목이 졸려 죽을지언정 절대로 이사 가는 소달구지에 묶여서 끌려가지 않으려 기를 썼다.

대대의 모든 소떼와 양떼가 날이 밝기 전에 일찌감치 길을 나섰다. 이삿짐을 실은 수레들의 끝없는 행렬은 이미 서쪽의 산등성이를 넘어가고 있었다. 각 조별로 가을철 목초지를 향해 출발했지만, 2조 지식청년들의 수레 여섯 대는 아직도 출발하지 못하고 있었다. 빌게 노인과 가스마이가 벌써 두 번이나 사람을 보내 재촉해왔다.

장지웬은 이사를 돕기 위해 일부러 시간을 내어 며칠간 집에 돌아와 있었다. 그러나 고집 세고 사나운 새끼늑대 앞에서 천전과 장지웬은 속수무책이었다. 천전은 반년 가까이 새끼늑대를 키우면서 온갖 고비를 잘 넘겼지만, 이사하면서 이렇게 골치를 썩게 될 줄은 꿈에도 생각해본 적이 없었다.

봄철 목초지에서 이사 올 때만 해도 새끼늑대가 젖을 뗀 지 얼마 되지 않았고, 몸집이 워낙 작아서 마른 소똥을 담는 나무상자에 넣어 왔었다. 그러나 봄이 지나고 여름이 지나는 동안 쑥쑥 크더니, 초가을에는 중간 정도 체구의 건장한 늑대로 자랐다. 천전네 게르에는 몸집이 커진 늑대를 담을 만한 상자나 철제 우리가 없었다. 설사 그럴 만한 상자가 있었다 해도 도저히 그 안에 집어넣을 수도 없었을 것이다. 게다가 수레에는 그것을 실을 만한 여유도 없었다.

애초에 지식청년들이 가진 수레로는 살림살이를 싣기에도 부족했기 때문이다. 천전과 양커의 책을 담은 상자 몇 개만으로도 벌써 절반 넘게 찼다. 여섯 대의 수레 모두가 이미 중량이 초과되어, 이번 같은 장거리 이동 중에 자칫 수레가 뒤집히거나 고장이라도 난다면 여간 난감한 일이 아닐 수 없었다. 목초지 이동 날짜는 주로 날씨에 따라 결정되었다. 대대에서 비가 오기 전에 이사를 마쳐야 한다면서 갑자기 날짜를 앞당기는 바람에 천전은 속수무책이 되어버린 것이다.

장지웬이 초조한 나머지 땀을 비 오듯 흘리며 소리쳤다.

"야! 너 여태까지 뭘 한 거야? 미리미리 수레로 새끼늑대를 끄는 훈련을 시켜놨어야지."

천전이 언짢게 되받아쳤다.

"내가 훈련을 안 시켰겠어? 어렸을 때는 무게가 가벼우니까 끌면 잘 따라다녔지만, 지금은 누가 재를 끌 수 있겠어? 올여름엔 늑대가 내내 나를 끌고 다녔지, 내가 끌어본 적은 단 한 번도 없었다니까. 그렇다고 억지로 세게 잡아당겼다가는 사람을 물어버릴 것이고. 늑대는 개가 아니잖아. 아마 네가 때려죽인대도 말을 듣지 않을 거야. 늑대는 호랑이나 사자가 아니야. 너, 서커스단에서 늑대가 공연하는 거 봤어? 아무리 대단한 조련사가 훈련시킨다고 해도 늑대를 길들일 순 없어. 소련의 그 유명하다는 여자 호랑이 조련사를 모셔 와도 소용없을걸. 넌 나보다 늑대를 더 많이 봐왔으면서 아직도 그렇게 모르니?"

장지웬이 이를 악물면서 말했다.

"내가 다시 한 번 해볼게! 그래도 안 되면 내 이놈을 가만두지 않겠어!"

그는 말채찍을 들고 새끼늑대 앞으로 다가갔다. 천천에게서 쇠사슬 고리를 받아 든 그가 늑대를 힘껏 잡아끌기 시작했다. 그러자 곧바로 새끼늑대는 그에게 날카로운 이빨을 드러내 보이며 매섭게 으르렁거렸다. 늑대는 목을 꼿꼿이 세우고 네 발은 그대로 둔 채 몸의 중심을 뒤로 이동시킨 상태에서 온몸에 힘을 실어 한 발짝도 움직이려 들지 않았다. 장지웬이 줄다리기하듯 있는 힘을 다해 당겨보았지만 늑대는 꿈쩍도 하지 않았다. 그는 이번에는 돌아서서 쇠사슬을 어깨에 걸친 다음, 마치 장강 포구에서 밧줄로 배를 끄는 인부처럼 몸을 앞으로 숙인 채 젖 먹던 힘까지 다해 끌어당겼다. 그러자 늑대가 조금씩 끌려오기 시작했다. 늑대가 안간힘을 쓰며 버티느라 땅에 바짝 붙인 네 발이 끌리면서 두 줄의 골이 생겨났다.

늑대는 화가 나서 더 이상 참을 수가 없었는지, 갑자기 중심을 앞으로 옮기며 공격 자세를 취했다. 장지웬은 늑대가 갑자기 힘을 풀어버리자 그대로 땅바닥에 곤두박질치고 말았다. 그가 넘어지면서 늑대도 함께 곤두박질을 치는 바람에 둘은 한데 엉켜 흙먼지를 잔뜩 뒤집어썼다. 늑대의 입이 장지웬의 목덜미와 겨우 15센티미터 거리에 있는 걸 보고 기겁한 천전이 앞으로 달려가 늑대를 힘껏 부둥켜안았다. 천전의 겨드랑이에 낀 늑대는 장지웬을 물어뜯지 못해 분한 듯 날카로운 이빨을 드러내며 발톱을 마구 휘둘렀다.

두 사람은 너무 놀라서 얼굴이 하얗게 질렸다. 그들은 한숨을 크게 내쉬었다. 장지웬이 말했다.

"이거 정말 이만저만 골치 아픈 게 아닌데? 가을철 목초지로 이동하려면 한 2, 3일은 족히 걸릴 거라고. 하루 정도 걸리는 거리면 늑대를 여기에 두었다가 다음 날 빈 수레를 끌고 와서 어떻게 해볼 텐데. 그렇지만 2, 3일씩 걸리는 거리라면 오가는 데 4, 5일이 걸린다는 말이잖아. 그리고 양모창고 관리인들과 민공들이 아직 출발하지 않았다는 게 더 큰 문제야. 늑대만 덩그러니 묶어두면 그 사람들이 이때다 싶어 당장 죽일 테지. 그 사람들이 아니더라도 병단의 늑대 사냥꾼들 역시 가만두지 않을 것이고. 어떻게든 새끼늑대를 움직이게 하는 수밖에 없어. 아, 맞다! 우리 달구지로 한번 끌어볼까?"

천전이 말했다.

"달구지? 내가 며칠 전에 해봤는데 소용없었어. 까딱했더라면 목 졸라 죽일 뻔했다고. 어찌나 고집을 부리던지, 정말 속이 타더라."

장지웬이 말했다.

"그래도 내 눈으로 직접 봐야 되겠어. 암캉아지 한 마리를 데리고 와서 시범을 보이면 어떨까?"

천전은 고개를 절레절레 저었다.

"그렇게도 해봤어. 그렇지만 아무 소용없던걸."

장지웬이 믿기지 않는다는 듯 말했다.

"암튼, 다시 한 번 해보자."

말이 끝나기가 무섭게 그는 짐을 가득 실은 달구지를 끌고 왔다. 가죽 줄 한쪽 끝에는 암캉아지 목을 묶고, 다른 한쪽 끝은 달구지의 횡목에 묶었다. 그는 달구지를 끌고 새끼늑대 주위를 돌아다녔다. 강아지는 얌전하게 달구지를 졸졸 따라다녔다.

장지웬이 나긋나긋한 목소리로 늑대를 달래며 말했다.

"우린 이제 아주 좋은 데로 갈 거야. 이렇게 달구지만 따라가면 돼. 잘 보고 배워. 얼마나 쉽다고. 넌 강아지보다 훨씬 똘똘하잖니. 근데 왜 걷는 것도 못 하고 그래. 응? 자자, 잘 봐……."

새끼늑대는 이해를 못하겠다는 듯 암캉아지를 한참 쳐다보았다. 그렇지만 이내 머리를 쳐드는 모양이 강아지를 완전히 무시하는 투였다. 천전은 달래고 어르면서 늑대가 암캉아지를 따라가도록 끌었다. 새끼늑대가 마지못해 몇 걸음을 따라 걸었지만, 사실은 천전이 늑대에게 끌려가고 있었다. 늑대는 단지 암캉아지가 좋아서 쫓아가는 거지, 자기가 정말 걷고 싶어서 따라가는 게 아니었다. 한 바퀴 더 돌고 나서, 천전은 새끼늑대가 달구지를 쫓아가기만을 간절히 빌면서 늑대의 쇠사슬을 달구지 끝에 단단히 묶었다. 쇠사슬을 수레에 묶자마자, 늑대는 역시 기를 쓰면서 끌어당기기 시작했다. 평소에 말뚝을 끌어당길 때보다 훨씬 더 힘을 쓰니, 무거운 짐을 실은 수레가 금방이라도 뒷걸음칠 것 같았다

천전은 모두가 떠나고 없는 텅 빈 목초지를 바라보았다. 게르도 전부 떠나고, 양 한 마리 남아 있지 않았다. 그는 마음이 급해져서 입이 바짝바짝 말랐다. 한시바삐 길을 나서지 않으면 날이 어두워지기 전에

임시 야영지에 도착하지 못할 것이다. 조가 워낙 여러 개로 나뉘었고 갈림길도 많아서, 만일 길이라도 잃게 된다면 양커의 양떼와 가오젠종의 소떼는 어디서 야영을 할 것인가? 또 그 둘은 끼니를 어떻게 때운단 말인가? 더욱 위험한 것은 밤이 되면 둘 다 녹초가 될 텐데, 개 한 마리도 없이 어떻게 밤새 가축들을 안전하게 지킬 수 있단 말인가? 만일 양떼에게 무슨 일이라도 생기면 결국 늑대 때문에 생긴 불상사라는 게 밝혀질 것 아닌가? 그러면 자신은 온갖 비난의 화살을 피할 수 없을 것이고, 그때는 정말 새끼늑대도 끝장이었다.

다급해진 천전은 마음을 모질게 먹고 말했다.

"늑대를 여기다 떼놓아서 죽든, 억지로 끌고 가다 목이 졸라 죽든 어차피 마찬가지야. 가자! 어떻게 해서든지 끌고 가보는 거야! 네가 맨 앞에서 달구지를 몰고, 네 말은 나를 줘. 내가 말을 타고 뒤에서 새끼늑대를 보면서 갈게."

장지웬이 땅이 꺼지도록 한숨을 내쉬며 말했다.

"정말이지 이런 유목 환경에서 늑대를 키운다는 건 무리야."

천전은 암캉아지와 새끼늑대를 묶은 달구지를 수레 행렬의 맨 뒤에다 배치했다. 그는 첫 번째 수레에서부터 차례대로 한 것처럼 다섯 번째 달구지 뒤쪽 횡목에 마지막 수레의 밧줄을 연결한 다음 큰 소리로 외쳤다.

"출발!"

장지웬은 맨 앞에서 천천히 소를 끌며 걷기 시작했다. 달구지들은 앞의 수레를 따라서 차례차례 출발했다. 마지막 수레가 출발하자 암캉아지도 순순히 따라 걸었다. 그러나 새끼늑대는 약 3미터가량 되는 쇠사슬이 팽팽해지면서 서서히 목을 조여 오는데도 움직일 생각을 하지 않았다. 이번 이사에 동원된 여섯 마리의 악대소는 가오젠종이 가장 튼튼하고 빠른 소로 골라준 것이었다. 그리고 장거리 이사를 위해 초원의 방식대로 악대소들을 사흘 동안 한곳에 가만히 묶어둔 채 사료는 적게 먹이고 대신 물을 많이 먹여서 배 속을 약간 비워두었다. 그렇게 해야 수레를 끌기 좋은 최적의 컨디션이 유지될 수 있기 때문이다. 여섯 마리의 소가 차례로 움직이면서 힘차게 수레를 끌었다. 제아무리 새끼늑대라 해도 버텨낼 재간이 없었을 것이다. 새끼늑대는 자세도 제대로 취해보지 못한 상태에서 수레가 움직이자 그대로 크게 곤두박질 치고 말았다.

늑대는 당황스럽고 화가 치밀었는지 네 발을 마구 허우적대며 얼른 몸을 뒤집어 일어났다. 그러더니 곧장 몇 발짝 앞으로 뛰어가 얼른 네 발을 땅에 딱 붙이고서 또다시 버티는 동작을 취했다. 수레가 도로로 올라서자 속도가 붙기 시작했다. 새끼늑대는 목을 빳빳이 세운 채 비틀거리며 10여 미터를 버티다가 다시 벌렁 뒤집어지고 말았다. 목에 맨 끈은 죽은 개를 끌듯이 새끼늑대를 질질 끌었고, 풀뿌리와 그루터기에 늑대의 몸이 긁히면서 털이 한 움큼씩 빠져나갔다. 늑대는 땅에 벌렁 드러누운 상태로 계속 끌려가게 되자, 뒷목에 더 이상 힘을 줄 수가 없었다. 가죽 목걸이가 점점 더 목을 조여오자 혀가 밖으로 튀어나오고, 눈은 뒤집혀 흰자위만 보였다.

천전은 수레를 잠깐 세워달라는 말이 목구멍까지 올라왔다. 바로 그때, 새끼늑대가 필사적으로 땅을 헤집으며 발버둥을 치더니 결국 뒷발로 땅에 돌출되어 있는 돌부리를 박차면서, 앞으로 튕기듯이 몸을 굴려 일어섰다. 새끼늑대는 쇠사슬이 목을 조여 오기 전에 다시 후다닥 앞으로 뛰어갔다. 천전은 늑대가 조금 전보다 두어 발짝 더 앞으로 나간 걸 눈치 챘다. 그것은 더 효과적인 저항의 자세를 취하기 위해 나름대로 시간을 벌려는 의도였다. 새끼늑대는 쇠사슬이 팽팽해지기 전에 몸을 뒤로 젖히면서, 몸의 중심을 뒤쪽에 두었다. 쇠사슬이 팽팽히 당겨졌는데도 새끼늑대는 고꾸라지기는커녕 더욱 강하게 목을 세우고 발에 힘을 주어 땅을 짚을 수 있었다. 그러나 몸이 앞으로 끌려가면서 갈퀴 같은 네 개의 발톱이 풀을 그러모았고, 가득 낀 풀 때문에 미끄러워서 그만 또다시 곤두박질치고 말았다. 그러나 늑대는 포기하지 않고 곧장 다시 일어나 앞으로 뛰어가더니 또다시 버티고 섰다.

암캉아지가 고개를 돌려 동정 어린 눈빛으로 새끼늑대를 쳐다보더니, 컹컹 소리를 내며 늑대를 향해 한 발을 내밀었다. 마치 '그만 하고 이제 나처럼 그냥 걸어가지그래, 안 그러면 목 졸려 죽을지도 몰라'라고 말하는 듯했다. 그러나 새끼늑대는 강아지를 거들떠보지도 않았다. 그렇게 고집스럽게 버티다 곤두박질치게 되면 돌부리든 뭐든 땅에 솟아 있는 것을 짚고 일어나 다시 몇 발짝 앞으로 나가 버티는 자세를 취하곤 했다. 또 목이 졸려 넘어져도 필사적으로 일어서기를 반복했다…….

천전은 새끼늑대가 달구지를 따라가지 못해서 저렇듯 고생하는 게 아니라, 단지 개처럼 끌려가기 싫어서 목을 조이는 고통까지 감수해가며 저항한다는 걸 알 수 있었다. 순순히 끌려가는 것과 끌려가는 것에 대한 강한 반발, 그것은 개와 늑대를 구분할 수 있는 차이점이었다. 또한 사자나 호랑이 혹은 곰과 코끼리를 늑대와 구분해주는 것이기도 했고, 대부분의 사람과 늑대를 구분 짓는 근본적인 차이점이기도 했다.

초원에는 이와 같이 자신의 본성을 벗어나 사람에게 쉽사리 굴복하는 늑대는 단 한 마리도 없을 것이다. 복종을 거부하고, 끌려가는 것에 저항하는 완강한 태도야말로 진정한 몽골초원의 늑대가 당연히 갖춰야 할 절대적인 자세였다. 또한, 그것은 늑대 무리 속에서 자라지 않은 새끼늑대에게도 마찬가지로 적용되는 천성이었다.

새끼늑대의 고집스러운 저항이 계속되고, 늑대의 발이 사포처럼 단단한 모래 알갱이들과 마찰되면서 발바닥에서 피까지 배어나오기 시작했다. 그 모습을 지켜보는 천전의 마음은 찢어질 것만 같았다.

수만 년 동안 초원민족을 지배해온 정신적인 토템으로서, 초원늑대는 사람들로 하여금 부끄러움과 경외심을 느끼게 하는 무한한 내면적인 힘을 가지고 있었다. 이렇게 초원늑대처럼 어떤 상황에도 꺾이지 않고 자신의 의지대로 살아가는 사람들은 많지 않다. 더군다나 목숨을 내놓는 것조차 두려워하지 않고, 외부의 힘에 대항할 수 있는 사람은 더욱 찾아보기 힘들다.

천전은 초원늑대에 대한 자신의 이해가 얼마나 모자랐는지 새삼스럽게 깨달았다. 그는 오랫동안 늑대를 탐욕스럽게 먹고 남을 해치는 짐승으로 치부해왔지만, 그것은 사실이 아니었다. 늑대를 잘 안다고 자부했던 그 역시도 사람들의 편견에서 크게 벗어나지 못했던 것이다.

초원늑대에게 있어 식탐과 전투는 그 자체가 목적이 아니라, 자신에게 주어진 신성불가침의 자유와 독립 그리고 자신의 존엄성을 지키기 위한 수단이었다. 그렇게 지켜진 신성함 때문에 진정으로 늑대를 숭배하는 초원의 목축민들은 기꺼이 신비스러운 자연장을 치름으로써 자신의 영혼도 초원늑대의 영혼처럼 자유로이 비상할 수 있기를 기대했던 것이리라…….

고집 센 새끼늑대는 4, 5리를 그렇게 힘들게 끌려갔다. 털이 이미 반이나 빠진 뒷덜미에서 피가 흐르고 있었다. 두껍고 질긴 발바닥도 단단한 모래땅에 긁혀 온통 피투성이가 되었다. 이미 체력을 다 소진해버린 늑대는 또 한 번 곤두박질친 후에는 더 이상 몸을 일으키지 못했다. 사냥터에서 빠른 말과 투마간에 끌려 죽음에 임박한 늑대처럼 움직이지도 못하고 숨만 헐떡였다. 그러다 끝내, 늑대는 피거품을 토해내기 시작했다. 목의 가죽끈이 심하게 죄인 나머지 인후가 파열된 것이다.

천전은 기겁해서 장지웬에게 멈추라고 소리를 지르고는 황급히 말에서 내렸다. 땅바닥에서 경련을 일으키고 있는 늑대를 안고 재빨리 앞으로 걸으면서 목을 조금 느슨하게 해주었다. 그러나 늑대는 계속 숨을 헐떡거리며 천전의 손바닥에 피를 토했다. 늑대 입에서는 피가 끝도 없이 쏟아져서 금방이라도 숨이 끊어질 것만 같았다. 너무 고통스러운지 늑대가 발톱으로 천전의 손을 꽉 움켜쥐었다. 하지만 발톱이 이미 다 무뎌져서 아무런 상처도 나지 않았다. 발바닥도 벗겨져서 연붉은 살이 보였다. 천전은 코끝이 찡했다. 그의 눈물이 늑대의 피 위로 떨어졌다.

천전의 고함 소리를 듣고 뛰어온 장지웬이 피범벅이 된 늑대를 보더니 눈이 휘둥그레졌다. 그는 당황해 어찌할 바를 몰라 했다.

"이 자식, 왜 이렇게 고집이 센 거야? 아주 죽으려고 환장했구나. 그나저나 이 일을 어떻게 하지?"

천전은 새끼늑대를 꼭 안고 있을 뿐 어떻게 하면 좋을지 모르기는 마찬가지였다. 늑대의 고통스러운 몸부림이 그의 마음을 더욱 아프게 했다.

장지웬은 이마에 난 땀을 훔치면서 잠시 생각에 잠기더니 말했다.

"겨우 생후 6개월밖에 안 된 놈도 이렇게 끌고 가기가 힘드는데, 만약 어렵사리 가을철 목초지까지는 데려간다고 해도 바로 한 달만 지나면 또다시 이사를 가야 한다고. 그때는 지금보다 더 자라 있을 텐데 어떻게 데리고 가지? 그래서 말인데, 저기…… 음…… 우리 그냥 여기다…… 여기다 그냥 늑대를 풀어주는 게 어때? 자기 살길은 스스로 알아서 찾으라지…….”

얼굴이 새파래진 천전이 장지웬에게 소리쳤다.

“아무리 네가 직접 키우지 않았다고 해도 어쩌면 그렇게 쉽게 말할 수 있니? 알아서 살길을 찾으라고? 그건 늑대더러 죽으란 소리나 마찬가지야! 이제 와서 그렇게 할 수는 없어. 난 무슨 일이 있어도 이 늑대를 계속 기를 거야! 어떻게 해서든 살려낼 거야!”

천전은 뭔가 작정한 듯, 잡동사니와 마른 소똥을 실은 달구지로 성큼성큼 다가갔다. 씩씩거리며 소의 머리에 묶인 줄을 푼 다음, 달구지를 수레 행렬의 뒤쪽으로 끌고 가더니 지체 없이 밧줄을 풀어 버드나무 광주리를 열어젖혔다. 그러고는 뒤도 돌아보지 않고 수레의 태반을 차지하고 있던 소똥을 전부 쏟아버렸다. 그는 이미 빈 소똥 광주리를, 죄수를 호송할 때 쓰는 수레나 임시 감옥으로 용도를 바꾸기로 결심한 것이다.

미처 막지 못한 장지웬이 불같이 화를 내며 큰 소리로 말했다.

“너 미쳤어? 갈 길이 까마득한데, 도착할 때까지 밥이랑 차는 무엇으로 끓여 먹을 거야? 가다가 만약 비라도 만나면 우리 넷은 끼니도 못 챙길 거라고. 그리고 새 목초지에 도착하고 난 다음에도 며칠은 이것으로 버텨야 할 거 아냐? 너, 너 이런 식으로 소똥을 버리고 대신 늑대를 데려간다면, 보나마나 목축민들한테 욕먹을 거야! 가오젠종도 가만있지 않을걸!”

천전은 정신없이 짐을 내리면서 이를 악물고 말했다.

"야영지에 도착하는 대로 가스마이한테 소똥을 얻어올 테니 걱정하지 마. 그리고 도착하는 대로 바로 소똥을 모아서, 너희들 밥 굶기는 일은 절대 없도록 할 테니까 걱정하지 말라고!"

죽을 고비까지 다 갔던 새끼늑대가 조금씩 기력을 회복하기 시작했다. 그런데 겨우 정신을 차리자마자, 몹시 아플 텐데도 아랑곳 않고 아픈 발로 모래땅을 꿋꿋이 밟고 다시 일어섰다. 네 다리는 떨고 있었고, 입에서는 여전히 핏방울이 떨어지고 있었다. 그러나 늑대는 목을 뻣뻣하게 세우고 달구지가 갑작스럽게 출발하지는 않을지 계속 경계하는 모습이었다. 늑대는 눈을 동그랗게 뜨고 죽음도 불사하는 전투태세를 취하고 있었다. 수레에 네 발과 네 다리가 모두 깔려 뼈가 드러나더라도 전혀 상관없다는 투였다.

천전은 마음이 저려왔다. 그는 무릎을 꿇고 새끼늑대를 끌어안은 뒤 발이 땅에 닿지 않도록 평평한 곳에 눕혔다. 그는 얼른 약상자를 뒤져 윈난백약을 꺼내 새끼늑대의 네 발과 뒷덜미에 발라주었다. 입에서는 아직도 피가 나고 있었기 때문에 방추형의 윤이 반들반들 나는 삶은 소고기 두 덩이를 가져다 그 위에 백약을 바른 다음 늑대에게 먹이기로 했다. 늑대는 소고기를 단번에 꿀떡 삼켜버렸다. 천전은 오로지 백약이 늑대 목구멍에 난 상처를 지혈시켜주기만을 바랐다.

천전은 수레에 잡동사니들을 다시 실은 후, 수레의 대부분을 차지한 늑대 우리의 칸막이를 낡은 도마와 널빤지를 이용해 만들고, 바닥에는 양가죽을 깐 다음 그 위를 펠트로 덮었다. 그럭저럭 늑대를 실을 준비는 되었지만, 정작 늑대를 어떻게 그 안으로 들어가게 할 수 있을지가 문제였다. 늑대는 당할 만큼 당한 터라, 달구지 근처에는 얼씬하지 않을 태세였다.

천전은 일단 소매를 걷고 수레에서 쇠사슬을 푼 다음, 새끼늑대를 안아서 들어 올렸다. 그러나 달구지 쪽으로 한 발짝 옮기자마자 늑대는 마구 으르렁대며 버둥거리기 시작했다. 천전은 그냥 재빨리 뛰어가서 늑대를 광주리 안에 넣으려 했지만, 수레에 다가가기도 전에 천전의 팔뚝을 앙다물고 놓아주지 않았다. 천전은 자기도 모르게 "아야" 하는 비명을 질렀다. 그는 온몸에 식은땀이 흘렀다. 늑대는 다시 땅에 내려놓은 뒤에야 비로소 천전의 팔뚝에서 입을 뗐다. 천전은 아파서 연방 팔을 털었다. 상처를 보니 피는 나지 않았지만, 축구장에서 넘어져 징이 박힌 축구화에 밟힌 것처럼 네 개의 자주색 피멍이 잡혀 있었다.

장지웬이 하얗게 질려서 말했다.

"네가 전에 송곳니 끝을 잘라버렸으니 망정이지, 안 그랬으면 네 팔뚝은 완전히 결딴났을 거야! 아무래도 더 키우는 건 어렵지 않겠어? 어른 늑대로 다 자라고 나면, 무딘 이빨로도 네 팔뚝을 충분히 끊어버린다고!"

천전이 불같이 화내며 말했다.

"이빨 잘라낸 얘기 좀 그만 할 수 없어? 그때 그 짓만 안 했더라도 진작 초원으로 돌려보냈을 거야. 그렇지만 지금 이렇게 불구가 돼서 내 팔뚝에 제대로 된 상처 하나 입히지 못하는데, 무책임하게 초원으로 돌려보내면 이 불쌍한 늑대가 어떻게 살아남겠니? 내가 늑대를 이렇게 만들었으니 늙어 죽을 때까지 책임지고 보살펴줘야지. 이제 병단이 왔고, 그들 말대로라면 게르 대신 집을 짓는다며? 정말로 한곳에 정착하게 된다면 늑대한테도 돌을 쌓아 제대로 된 우리를 만들어줄 거야. 쇠사슬은 버리고……."

장지웬이 말했다.

"알았어, 알았다고. 한 번만 더 말을 꺼냈다가는 아주 목숨 걸고 덤비겠구나. 그래, 빨리 출발할 채비나 하자! 그런데 늑대를 어떻게 수레에 태울 거야? 넌 다쳤으니까 내가 한번 해볼까?"

천전이 말했다.

"그래도 내가 하는 게 나아. 늑대가 널 못 알아보잖아. 그러니 잘못해서 물린다면 나처럼 가볍게 끝나진 않을걸. 아마 고개를 쳐들어 네 코를 확 물어버릴지도 몰라. 그럼, 이렇게 하자. 내가 다시 한 번 늑대를 광주리에 넣어볼 테니, 네가 펠트를 들고 있다가 재빨리 덮는 거야."

장지웬이 소리치며 말했다.

"너 진짜 죽고 싶어 환장했구나! 저 상태에서 늑대를 또 안으려 했다가는, 아마 늑대가 눈이 뒤집혀서 죽도록 물어뜯을 거야. 까딱했다간 너도 몰라보고 정말로 목덜미를 물지도 몰라!"

천전이 잠시 생각하더니 말했다.

"물리더라도 안아서 실어야 해! 비옷 한 벌 버리면 되지 뭐."

그는 짐짝이 실려 있는 수레로 달려가 한쪽은 녹색 범포 천이고, 또 다른 한쪽은 검정 베로 된 군용 우비를 꺼냈다. 그는 먼저 새끼늑대에게 고기 두 덩이를 던져주어서 경계를 흩뜨렸다. 그는 정신을 가다듬고 가늘게 떨리는 손을 가까스로 진정시킨 뒤, 늑대가 고기를 먹는 틈을 타서 비옷을 활짝 펼쳐 늑대를 덮어씌우고는 꼭 싸맸다. 늑대가 비옷 속에 갇혀 어디를 물어뜯을지 갈피를 잡지 못하는 사이에, 천전은 마치 폭탄을 끌어안은 것처럼 비옷 속에서 발버둥치는 늑대를 안고 수레로 달려가 비옷을 씌운 채로 우리 속에다 던져 넣었다. 장지웬이 재빨리 그 위를 펠트로 덮었다. 그들은 말갈기로 만든 긴 줄로 펠트 덮개를 단단히 묶은 후, 수레와 함께 한 번 더 묶었다.

천전은 크게 한숨을 내쉬었다. 땀이 비 오듯 흐르고 있었다. 그는 손가락 하나 까딱할 힘이 없을 정도로 녹초가 되어 땅바닥에 털썩 주저앉고 말았다. 그러나 늑대가 우리 안을 한 바퀴 도는 소리가 들리자 다시 벌떡 일어났다. 늑대가 펠트를 찢고 광주리를 뚫고 나오지 못하도록 단단히 막을 필요가 있었다.

수레 행렬이 곧 다시 출발하려 하고 있었다. 천전은 허술한 버드나무 광주리로는 아무래도 사납게 몸부림치는 맹수를 얌전히 가둬놓지 못할 것 같은 생각이 들었다. 그는 늑대를 달래고 어르며 커다란 쇼우바로우도 몇 덩이씩 안으로 던져주었다. 또 부드러운 목소리로 늑대를 위로하며, 모든 개와 강아지들을 불러 늑대와 함께 가도록 했다.

장지웬은 선두 수레에 걸터앉아서, 소를 채찍질하며 길을 재촉했다. 천전은 또 수레에서 뭉툭한 나무 막대 하나를 찾아냈다. 늑대가 심하게 반항할 때마다 광주리를 칠 생각이었다. 그는 말을 타고 수레 뒤에 꼭 붙어서 따라갔다. 늑대가 일부러 얌전히 있는 척하다가, 자기가 수레에서 멀리 떨어지기라도 하면 그 사이에 광주리를 물어뜯고 나오지 않을까 걱정이 돼서 그는 절대로 반걸음 이상 수레를 벗어나지 않았다. 쇠사슬에 묶인 것도 참기 어려워하던 늑대가 아예 사방이 꽉 막힌 좁은 공간에 갇혔으니 얼마나 참기 어려울까? 천전은 조심스럽게 늑대 뒤를 따라갔다.

그러나 천전의 예상은 완전히 빗나갔다. 행렬이 움직이기 시작했지만 늑대는 아무런 반항 없이 얌전히 있었다. 오히려 늑대의 눈에서는 천전이 이제껏 보지 못한 당황스럽고 두려운 기색마저 보였다. 늑대는 겁이 났는지 엎드리지도 못하고, 머리를 숙이고 등을 구부린 채 꼬리도 다리 사이로 감추고서는 뒤따라오는 천전을 빤히 바라보고만 있었다. 천전은 광주리 틈 사이로 늑대를 유심히 들여다보았다. 마치 놀란 고슴도치처럼 늑대는 몸을 웅크린 채 흔들리는 수레 위에 완전히 얼어붙어 있었다. 전혀 먹지도 마시지도 않고, 또 소란을 피우거나 광주리를 물어뜯지도 않았다. 멀미를 하는 죄수처럼 늑대는 일체 반항 능력을 상실하고 있었다.

천전은 늑대의 예상 밖의 행동에 의아해하면서도, 나무 막대를 손에 꽉 쥔 채 수레에 꼭 붙어서 산등성이 하나를 넘었다. 그가 광주리 안을 다시 들여다보았을 때 늑대는 미동도 하지 않았다. 두 눈은 두려움에 가득 차서 꼬리를 감춘 채 잔뜩 웅크리고 있었다. 늑대는 천전이 지금껏 본 적 없는 불쌍하고 낯설고 긴장된 눈빛으로 주인을 쳐다보고 있었다. 기력이라고는 조금도 남아 있지 않은 듯했고, 입에서는 여전히 피가 조금씩 흘러나오고 있었다. 그 순간에도 늑대의 눈빛과 머리는 예전과 다름없이 맑게 깨어 있는 듯이 보였다. 하지만 겁에 질려서인지 편히 누워서 쉬지는 못하고 있었다.

늑대는 어쩌면 지면에서 떨어진 달구지의 흔들림에 대해 본능적인 두려움을 갖고 있는지도 몰랐다. 천전은 반년 동안 한 번도 본 적이 없는 늑대의 이러한 수수께끼 같은 행동에 대해 갖가지로 생각해보았다. 하지만 어떻게 해석해야 좋을지 도무지 그 답을 찾을 수가 없었다.

악대소들은 있는 힘껏 앞서 간 일행들을 뒤쫓아 갔다. 수레 행렬은 아무 일 없이 빠른 행진을 계속했다. 말 위에 앉아 천전은 또다시 깊은 생각에 빠져들었다. 조금 전까지만 해도 그렇게 과격했던 늑대가 한순간에 두려움에 벌벌 떠는 연약한 존재가 되다니, 이건 초원늑대의 성격과는 전혀 어울리지 않는 결과였다. 세상의 어떤 영웅도 저마다의 어쩔 수 없는 약점을 가지고 있기 때문일까? 과연 세상에는 진실로 완벽한 영웅이란 없는 것일까? 그렇다면 천전이 지금까지 가장 완벽하게 진화된 존재라고 믿어왔던 초원늑대 역시 치명적인 결함이 있단 말인가?

천전은 새끼늑대를 뚫어지게 바라보았다. 얼른 떠오르지는 않았지만 새끼늑대가 누군가와 매우 닮았다는 생각이 들었다. 사람이 아니고 어떤 사물인 것 같기도 했다. 천전은 머리에서 쥐가 날 정도로 골똘히 생각하다가 문득 머릿속에 섬광이 스쳐 지나갔다.

바로 그리스 신화에 나오는 영웅 안타이오스였다. 그렇다면 초원늑대 역시 안타이오스처럼 치명적인 약점을 가지고 있는 걸까? 그리스 신화에서 안타이오스는 천하무적의 영웅이었지만 그에게는 한 가지 치명적인 약점이 있었다. 그것은 바로 그를 낳아주고 길러준 대지모신大地母神인 가이아에서 떨어지기만 하면 모든 힘을 잃고 마는 것이었다. 그 약점을 알아챈 그의 적수 헤라클레스는 안타이오스를 공중으로 들어 올린 다음 목 졸라 죽였다고 했다.

설마 초원늑대도 지면에서 떨어져 그를 낳아주고 길러준 초원 어머니에게서 벗어나기만 하면, 여태까지 보여주었던 용맹함과 절개를 다 잃어버리고 한갓 무력한 존재로 전락해버리는 것인가? 초원늑대는 어머니에게 그렇게 많이 의존하고 연연해하는 나약한 존재였단 말인가? 그렇다면 늑대의 강인함과 용맹함은 초원 어머니가 내려준 은총이었던가?

천전은 또 불현듯, 영웅 안타이오스와 대지모신 가이아의 신화가 오히려 늑대에게서 연유한 것은 아닐까 하는 의구심이 들었다. 그럴 가능성도 충분한 것이, 유목 혈통을 가진 아리안 그리스인들이 초기 유목 생활 중에 새끼늑대를 키운 적이 있었다고 했다. 그들도 늑대를 운반하다가 늑대에게 불가사의한 약점이 있음을 발견하고, 거기서 영감을 얻어 이 같은 유명한 신화를 창조해냈을지도 모른다. 안타이오스와 가이아 신화에서 볼 수 있는 철학은 일찍이 수많은 동서양인들의 정신과 신념에 지대한 영향을 끼쳤다. 《소련공산당사》에서도 이 신화의 철학을 전체 서적의 결어로 삼아 전 세계의 공산당인들에게 경고한 바 있었다.

"우리들은 절대로 대지모大地母인 인민을 떠나서는 안 된다. 그렇지 않으면, 아무리 강하고 무적인 당이라 할지라도 적에 의해 공중에서 목이 졸려 죽고 말 것이다."

천전은 《소련공산당사》의 마지막 두 페이지에 적힌 신화의 가르침을 일찍이 마음속에 깊이 새기고 있었다. 그런데 놀랍게도 몽골초원에서 그 위대한 신화의 근원이자 원형을 마주하고 있는 것인지도 모른다니…….

그리스 신화는 생겨난 지 겨우 2천 년이 지났을 뿐이지만, 초원늑대는 그보다 훨씬 전부터 대대로 이어져온 개성과 약점을 지니고 있었을 것이다. 초원늑대는 살아 있는 화석으로서 인류 선진민족이 가졌던 정신의 기원과 발전 과정을 현대인들이 탐색하는 데 있어 무척 중요한 가치를 지녀왔다. 천전은 로마의 상징물인 위대한 암늑대와 그 늑대의 젖을 먹고 자란 두 형제를 떠올렸다. 그 두 형제가 훗날 로마를 세웠지…….

늑대가 동서양인의 정신세계에 끼친 영향은 실로 무궁무진한 것이었다. 오늘날까지도 늑대 정신의 철학은 여전히 선진민족을 지도하고 있지 않은가. 그렇지만 현실 속의 늑대는 오히려 우매한 사람들에 의해 매정하게 죽어가고 있으니…….

팔에 입은 상처가 다시 쑤셔오기 시작했다. 그러나 천전은 늑대를 원망하기는커녕 새끼늑대가 그때그때 새로운 깨달음을 주는 데 감사했다. 그는 무슨 일이 있어도 늑대를 온전히 길러서, 반드시 후대를 남길 수 있도록 해줄 것이라고 굳게 다짐했다.

철학적 이치는 무한히 넓고도 심원했지만, 천전은 다시 눈앞의 현실로 돌아올 수밖에 없었다. 역시 가을과 겨울철의 빈번한 이사 때 늑대를 어떻게 할 것인지가 가장 큰 문제였다. 특히, 늑대가 다 큰 다음에도 늑대를 광주리에 넣어둘 수 있겠는가? 광주리에 실을 수 없다고 해서, 늑대를 운반할 수레를 따로 마련할 것인가? 겨울 이사 때는 육류식품을 실으려면 수레 한 대가 통째로 필요하기 때문에 오히려 지금보다 더 수레가 모자라게 된다. 그리고 이동 중에 소똥이 없으면 어떻게 불을 피우고 차를 끓이고 밥을 지을 것인가? 매번 가스마이에게 손을 벌릴 수도 없는 노릇 아닌가? 천전은 이런저런 생각에 머릿속이 몹시 복잡했다.

내리막길에 이르자, 여섯 마리의 악대소는 다른 소들의 냄새를 맡았는지 더욱더 속도를 내어 멀리 깨알같이 보이는 이사 행렬과의 거리를 점점 줄여가기 시작했다.

수레 행렬이 여름 목초지의 산 입구를 막 벗어났을 때였다. 맞은편에서 소형 가즈트럭 한 대가 흙먼지를 일으키며 달려왔다. 달구지가 길을 비켜주기도 전에 가즈트럭은 길 가장자리로 솜씨 좋게 지나쳐 갔다. 차가 바로 옆을 스쳐 지나갈 때, 천전은 차 안에 타고 있는 총을 멘 군인 두 명과 장부 직원 몇 명 그리고 몽골식 홑두루마기를 입은 목축민을 볼 수 있었다. 목축민이 그를 향해 손을 흔들었다. 천전은 그가 도르지임을 한눈에 알아보았다. 늑대 사냥의 명수인 도르지와 목장에서 늑대 사냥으로 이름을 날리고 있는 소형 가즈를 보자 그의 가슴이 다시 두근두근 뛰기 시작했다. 얼른 앞으로 달려간 그가 장지웬에게 물었다.

"도르지가 또 늑대 사냥을 하러 나가는 거 아냐?"

장지웬이 말했다.

"그쪽은 전부 산지이고 중간에 큰 호수랑 작은 강들까지 있어서 트럭이 힘을 쓸 수 없을걸. 늑대 사냥은 무슨……. 아마도 창고의 짐을 옮기는 걸 도와주러 가는 게 아닐까?"

비탈을 다 내려섰을 때였다. 소조의 수레 행렬에서 말 한 마리가 빠르게 달려왔다. 다름 아닌 빌게 노인이었다.

노인이 가쁜 숨을 몰아쉬며 새파랗게 질린 얼굴로 물었다.

"방금 차에 타고 있던 사람 중에 도르지도 있었지?"

두 사람이 그렇다고 대답했다. 그러자 노인은 다급히 천전에게 말했다.

"나와 함께 예전 대대에 다시 한 번 다녀오자꾸나."

노인은 다시 장지웬에게 말했다.

"먼저 가거라. 우리도 곧 따라갈 테니."

천전이 장지웬에게 작은 목소리로 말했다.

"늑대가 얌전히 있는지 자주 돌아봐줘. 늑대가 난리를 쳐서 수레가 부서지더라도 일단은 건드리지 말고, 알았지?"

말을 마친 후, 천전은 노인과 함께 왔던 길을 되돌아갔다. 노인이 말했다.

"도르지 그놈은 아마 늑대를 잡으러 가는 길이었을 게다. 요즘 들어 그놈의 사냥 실력이 여기저기서 쓰이는 모양이야. 중국어도 곧잘 해서 병단의 늑대 사냥 참모가 됐다더구나. 소떼는 동생한테 맡기고, 자기는 하루 종일 사냥꾼들을 데리고 소형 트럭을 몰고 늑대를 잡으러 다니는가 보더군. 상하급 관리들과도 친해져서, 며칠 전에는 병단의 고위관리를 데리고 큰 늑대를 몇 마리나 잡았다더라. 병단의 늑대 사냥 영웅이 된 게지."

천전이 물었다.

"그렇지만 그쪽엔 산과 강밖에 없는데, 어떻게 사냥을 하지요? 이해가 되질 않아요."

노인이 말했다.

"말치기 하나가 일러주더구나. 도르지가 사람들을 데리고 예전 대대로 간다고 말이야. 그곳으로 간다면 그놈이 뭘 하려는지 뻔해."

천전이 물었다.

"뭘 하러 가는 걸까요?"

빌게가 말했다.

"아마도 우리가 살던 곳으로 가서 독약이나 덫을 놓으려고 하겠지. 늙었거나 병든 늑대들은 스스로는 먹잇감을 구할 수 없는 아주 불쌍한 놈들이야. 그런 늑대들은 동료 늑대들이 먹다 남긴 뼈를 주워 먹으며 겨우 목숨을 부지한단다. 그러다 사람들이 이사를 가고 나면 사람이나 개가 먹다 버린 음식으로 간신히 끼니를 때우는 생활을 하는 거지. 썩은 양가죽이며 냄새 나는 뼈다귀, 먹다 남은 음식, 우유 찌꺼기는 물론이고, 사람들이 매장한 개의 시체나 병든 양이나 송아지를 파내서 먹는 거지. 올론초원의 나이 든 목축민들은 다 알고 있는 일이야. 이사할 때 깜빡 물건을 잊고 와서 다시 찾으러 가보면 그런 광경을 자주 목격할 수 있어. 목축민들은 다들 라마교를 믿는 선량한 사람들이야. 그래서 사람들이 살던 곳에 와서 먹을 걸 찾는 불쌍한 늑대들을 가엽게 생각해서 독이나 덫을 놓는 경우는 절대 없어. 오히려 어떤 노인들은 이사 갈 때 일부러 먹을 걸 놔두고 가기도 한단다."

노인이 한숨을 쉬면서 말을 이어갔다.

"그렇지만 외부 사람이 초원에 들어온 후부터 달라지기 시작했지. 그들이 초원에 점점 익숙해지면서 요령을 터득한 거야. 도르지 일가는 그의 아버지 때부터 이사를 가면서 약이나 덫을 넣은 죽은 양을 늑대에게 남겨두는 짓을 해왔어. 그리고 하루 이틀 지난 다음 다시 돌아가 늑대의 가죽을 벗기는 거지. 그 사람들이 어째서 다른 집보다 더 많은 늑대 가죽을 파는 줄 아니? 그건 그 사람들이 라마교를 믿지 않고, 늑대를 아끼는 마음이 조금도 없기 때문이란다. 그러니 어떤 악랄한 수법을 다 써서라도, 심지어는 늙고 병든 늑대들까지도 죽이려 드는 게지. 이러고도 늑대의 마음이 사람보다 흉악하다고 할 수 있을지……."

노인의 눈은 슬픔으로 가득했고, 수염도 부르르 떨리고 있었다.

"요즘 들어 그놈들이 얼마나 많은 늑대를 죽였는지 아니? 그래서 똑똑한 늑대들은 꼭꼭 숨어서 먹이를 구하러 나오지도 않는단다. 내 짐작에 아무래도 사람들이 떠나자마자 똑똑한 늑대들까지도 먹을 걸 찾아 예전 대대 터로 나올 것만 같구나. 도르지는 늑대보다 훨씬 간교한 녀석이야……. 이렇게 계속 무자비하게 사냥을 하다간 올론초원의 사람들은 이제 죽더라도 텡그리로 올라가지 못할 게다. 올론초원도 이제 끝장이 가까워오는 거야."

천전은 마지막 유목 세대가 될지도 모를 노인의 상처를 위로해줄 방법이 없었다. 어느 누구도 비정상적으로 팽창하고 있는 농경인구의 증가를 막을 길이 없고, 초원에 대한 농경민의 침탈을 저지할 수도 없기 때문이다. 그는 어떻게 노인을 위로해야 할지 몰라서 다만 이렇게 말했다.

"걱정 마세요. 제가 오늘 덫을 전부 뒤집어놓을 게요."

두 사람은 산마루를 넘어, 대대의 가장 가까운 곳으로 향했다. 대대와 가까워오자 역시 차바퀴 자국이 여기저기 많이 나 있었다. 트럭은 속도가 무척 빨라 이미 산비탈을 넘어간 뒤였다. 두 사람은 대대 가까이 가긴 했지만 무턱대고 들어갈 수는 없었다. 철제 덫에 말발굽이 잘려 나갈지도 몰랐다. 두 사람은 일단 말에서 내렸다. 주위를 둘러보던 빌게 노인이 탄재가 쌓여 있는 곳을 구덩이를 가리키며 말했다.

"도르지 솜씨가 보통이 아니군. 저기 시커먼 재가 보이니? 보기에는 바람에 날려와 쌓인 것 같지만 사실은 사람이 뿌려놓은 거란다. 그 밑에 덫이 숨겨져 있는 거지. 그 옆에는 일부러 양 발굽을 두 개나 놓아두었구나. 만일 양고기를 던져놓았다면 오히려 늑대들의 의심을 사겠지만, 비쩍 말라비틀어진 양 발굽은 원래 쓰레기 더미에서 나오는 것들이기 때문에 늑대들이 쉽게 속아 넘어가거든. 아마 도르지는 덫을 놓을 때 제 손에다 재를 묻혀서 사람 냄새를 지웠을 게다. 아무리 늙은 늑대라도 후각이 유달리 민감하다면 냄새를 맡을 수 있을 테니까 말이야."

천전은 경악을 금치 못했다. 너무 화가 치밀어 말도 나오지 않았다.

노인은 또 송아지 똥 옆에 놓인 반쯤 잘린 병든 양의 시체를 가리키며 말했다.

"저 양에는 틀림없이 독약이 묻었을 게다. 그놈들이 베이징에서 아주 강한 독약을 구해 왔다는데 늑대들이 그 냄새를 맡지 못한다는 거야. 먹자마자 바로 죽는다던데……."

천전이 말했다.

"제가 못 쓰는 우물에다 양을 버리고 올게요."

노인이 말했다.

"혼자서 할 수 있겠니? 한두 곳도 아니고."

두 사람은 말을 타고 네다섯 곳을 더 둘러보았다. 도르지가 모든 곳에 손을 쓴 것은 아니었다. 독을 바른 고기만 있는 곳도 있고, 덫만 놓은 곳도 있었다. 또 어떤 곳은 둘 다 있거나 아예 아무것도 없는 곳도 있었다. 함정은 아주 교묘하고 그럴듯하게 꾸며져 있었다. 한 군데 걸러 하나씩 함정을 만들면서도, 중간에 산비탈이 있어 경계를 이룬 곳에는 연속으로 놓았다. 그렇게 해두면 한 곳에서 덫에 걸리거나 독을 먹고 죽어도, 다른 곳에 있는 늑대는 그걸 알아채지 못하고 또다시 계략에 말려들 수 있기 때문이다.

두 사람이 보니 덫보다는 독을 더 많이 이용하고 있었다. 덫을 놓더라도 재구덩이에 놓으면 됐기 때문에 새로 구덩이를 팔 필요도 없었다. 그런데 도르지의 행동이 어찌나 민첩했던지, 대대 전체의 주둔지에 함정을 놓는 데 반나절도 채 걸리지 않은 듯했다.

그들은 더 이상 앞으로 나아갈 수가 없었다. 더 갔다가는 도르지 일행에게 발각될지도 모를 일이었다.

빌게 노인이 말 머리를 돌리며 혼잣말처럼 중얼거렸다.

"늑대를 구하려면 이 방법밖엔 없구나."

두 사람은 함정이 놓인 곳으로 다가갔다. 말에서 내린 노인이 조심스럽게 썩은 내를 풍기는 양의 다리가 놓여 있는 곳으로 갔다. 노인은 품에서 조그만 양피 주머니를 꺼내 속에 든 회백색 가루를 양의 다리에다 뿌렸다. 천전은 노인의 의도를 바로 알아차렸다. 그 가루는 목장의 공급판매합작사에서 파는 질이 떨어지는 쥐약으로, 독성이 약하고 냄새가 많이 났다. 아주 멍청한 늑대나 여우가 아니고, 웬만한 늑대들이라면 다 그 쥐약 냄새를 맡을 수 있을 것이었다. 아무리 독한 약일지라도 그 위에 가루약을 뿌려놓는다면 도르지의 노력은 헛수고가 되고 말 것이다.

천전은 역시 경험이 풍부한 빌게 노인이 도르지보다 한 수 위라는 생각이 들었다. 그가 잠시 생각하고 나서 물었다.

"혹시 약 냄새가 바람에 날려 흩어져버리진 않을까요?"

그러자 노인이 말했다.

"괜찮아. 냄새가 흩어지면 사람들은 맡지 못해도 늑대들은 다 맡을 수 있으니까."

노인이 또 덫이 놓인 장소를 몇 군데 더 찾아냈다. 그는 천전에게 양의 대퇴골 몇 개를 가져오게 한 다음 힘껏 던지도록 했다. 땅바닥에 뼈가 내동댕이쳐지는 순간 찰칵 하고 덫이 채워지는 소리가 났다.

두 사람은 다른 곳도 더 둘러보았다. 빌게 노인의 쥐약이 다 떨어진 후에야 두 사람은 말을 타고 돌아갔다.

천전이 말했다.

"아버지, 만약에 도르지 일행이 돌아오는 도중에 덫이 뒤집어진 것을 보게 되면 어떡하죠?"

노인이 대답했다.

"그놈들은 분명히 다른 길로 돌아서 또 다른 곳으로 사냥하러 갔을 거야. 그러니 볼 수가 없을 게다."

천전이 또 물었다.

"그럼, 며칠 지나서 확인하러 올 때는 누군가 덫을 건드려놓았다는 걸 알게 될 텐데, 그땐 어떡하죠? 이건 늑대소탕운동을 방해하는 행위잖아요. 이러다 혹시 아버지 입장이 난처해지는 건 아닐까요?"

노인이 대답했다.

"내가 아무리 곤란해진다고 해도 올론초원의 늑대들만큼이겠니? 늑대가 사라지고 나면 들쥐며 산토끼가 바글바글할 테고, 그럼 초원은 완전히 끝장이다. 초원이 사라지면 그놈들이라고 무사하겠니. 누구도 그 재앙으로부터 벗어날 수 없는 거란다……. 몇 마리일지라도 내가 늑대를 구할 수 있다면 그걸로 된 거야. 올론의 늑대들아, 어서 도망가거라. 사람들의 손길이 닿지 않는 곳으로 멀리멀리 도망가라……. 도르지가 이 일로 나를 찾아온다면 차라리 더 잘된 일이지, 뭐. 지금까지 난 너무 참아왔어……."

산마루에 오르자, 기러기 몇 마리가 슬피 울며 날고 있었다. 기러기들은 외로운 듯이 원을 빙빙 그리며 동료들을 찾고 있었다. 빌게 노인은 말고삐를 조이며 하늘을 올려다보면서 길게 탄식하듯 말했다.

"따뜻한 남쪽으로 날아가는 기러기들조차 떼를 지어 날아가지 못하는구나. 다들 도르지 같은 놈들한테 잡아먹혔겠지……."

노인은 뒤돌아 직접 자신의 두 손으로 일군 목초지를 하염없이 내려다보았다. 그의 흐릿한 두 눈에 눈물이 그렁그렁 맺혀 있었다.

천전은 빌게 노인과 함께 처음으로 이 목초지에 들어섰을 때의 아름답던 풍경을 떠올렸다. 겨우 여름 한철이 지났을 뿐인데, 그 아름답던 백조호의 새 목초지는 백조와 기러기, 물오리 그리고 초원늑대들의 무덤으로 변하고 말았다. 그가 입을 열었다.

"아버지, 우린 좋은 일을 했잖아요. 그런데 결과는 어째서 이럴까요? 아버지, 저 정말로 울고 싶어요……."

노인이 말했다.

"울고 싶으면 울어라, 참지 말고. 나도 정말 울고 싶구나. 늑대들이 몽골 노인들을 하나하나 다 데려가면서, 왜 이 늙은이는 데려가지 않는 것인지……."

노인은 눈을 들어 텡그리를 바라보았다. 눈물이 하염없이 흘러내리고 있었다. 그는 늙은 우두머리 늑대처럼 흐느꼈다. 천전의 눈에서도 눈물이 한없이 흘러내렸다. 그날, 두 사람의 눈물이 올론초원을 적셨다.

새끼늑대는 고통을 꾹 참아내며, 비좁은 감옥 안에서 장장 이틀을 버텼다. 둘째 날 저녁, 이윽고 천전과 장지웬은 가을풀이 무성하게 자란 평탄한 언덕에 수레를 세웠다. 이웃 곰부네 집 식구들이 한창 게르를 세우고 있었다. 가오젠종은 소떼와 함께 일찌감치 목초지에 도착하여, 빌게 노인이 게르를 설치하도록 정해준 곳에서 친구들을 기다리고 있었다. 양커의 양떼도 거의 다 도착했다. 천전과 장지웬, 가오젠종은 능숙하게 게르를 설치했다. 가스마이는 바야르에게 달구지 한 대를 몰고 가서 소똥 두 광주리를 가져다 달라고 부탁했다.

이틀 동안의 길고 고생스러운 여정을 마친 세 사람은 이제야 불을 피워 차도 마시고 밥도 지을 수 있게 되었다. 저녁 식사를 하기 전에 양커가 도착했다. 뜻밖에도 양커는 길에서 주웠다며 썩어빠진 수레 끌채를 말굴레에 매어 끌고 왔다. 그 정도면 두 끼 정도는 거뜬히 해 먹을 수 있는 양이었다. 소똥을 버리고 온 천전에게 잔뜩 화가 나서 그동안 무뚝뚝하게 굴던 가오젠종도 결국 화를 풀었다.

천전과 장지웬, 양커는 늑대를 가둬둔 수레로 갔다. 광주리를 덮었던 두꺼운 펠트를 걷어낸 순간 세 사람은 깜짝 놀랐다. 광주리 한쪽에 축구공만 한 구멍이 나 있었다. 늑대의 그 무딘 이빨과 발톱으로 그만큼이나 뜯어낸 것이다. 다른 두 벽에도 긁어대고 물어뜯은 흔적이 가득했다. 낡은 군용 우비 위에는 버드나무 부스러기가 어지럽게 흐트러져 있었다.

천전의 심장이 쿵쿵 뛰었다. 그것은 지난밤 달구지가 멈춰 있던 하룻밤 사이에 일어난 것이 분명했다. 만일 조금만 늦게 발견했더라면 새끼늑대는 밖으로 뛰쳐나갔을 수도 있었다. 그러나 늑대를 묶어둔 쇠사슬이 여전히 수레 뒤쪽 횡목에 걸려 있었기 때문에, 그랬다가는 자칫 목이 졸려 죽거나 수레에 끌려가다가 죽거나 혹은 달구지 바퀴에 깔려 죽었을 수도 있었다. 천전이 자세히 들여다보니 버드나무 부스러기 위에 적지 않은 피가 묻어 있었다. 그는 냉큼 장지웬과 함께 광주리 한쪽 끝을 들고서 반대쪽으로 기울였다.

늑대가 풀밭 위로 튀어나오자 천전은 얼른 다른 쪽 쇠사슬을 풀어 새끼늑대를 게르 옆으로 데리고 갔다. 양커가 서둘러 구덩이를 파고 나무 말뚝을 박은 뒤 쇠고리를 걸고 거멀쇠를 댔다. 어두컴컴한 광주리 안에서 잔뜩 겁을 집어먹고 있던 늑대는 땅에 내려온 후에도 여전히 어지러운지 제대로 서 있지를 못했다. 늑대는 이제는 더 이상 흔들리지 않는 안전한 풀밭에 얌전히 옆으로 드러누웠다. 이제 딱딱한 곳을 밟지 않아도 되니까 발바닥도 더 이상 고통스러울 염려가 없었다. 늑대는 많이 피곤했던지 고개 한번 들지 않고 가만히 누워만 있었다.

천전은 두 손으로 늑대의 뒤통수를 감싸 안은 다음 입을 크게 벌려 보았다. 목구멍의 상처에서는 거의 피가 나오지 않았지만 망가진 이빨의 치근에서 여전히 피가 스며 나오고 있었다. 그는 늑대 머리를 꽉 움켜쥔 채 양커에게 이빨을 한번 만져보라고 했다. 양커가 검게 변한 이빨을 살살 흔들어 보더니 말했다.

"치근이 흔들리는 걸 보니 완전히 상한 거 같아."

그 말을 듣는 순간, 천전은 자신의 생니를 뽑힌 것보다 더 마음이 아팠다. 늑대는 이틀 내내 자신을 가두고 강제로 끌고 가는 것에 거의 목숨을 걸고 대항했기 때문에 한 군데도 멀쩡한 곳이 없었다. 그런데도 이빨이 상하는 것을 아랑곳 않고 광주리를 물어뜯었던 것이다. 천전이 잡고 있던 손을 놓아주자 늑대는 아픈 이빨을 계속 핥았다. 몹시 고통스러워 보였다. 양커가 조심스럽게 늑대의 네 발에 약을 발라주었다.

저녁 식사를 마친 후, 천전은 먹다 남은 국수에 다진 고기와 고깃국을 넣고 늑대가 씹지 않고도 삼킬 수 있도록 유동식을 만들었다. 늑대는 무척 배가 고팠었는지 눈 깜짝할 사이에 한 그릇을 다 비웠다. 그러나 여느 때처럼 힘차게 먹는 것이 아니라 먹는 중간 중간 트림을 하면서 피가 나는 이빨을 계속 핥았다. 다 먹고 나서는 갑자기 연거푸 기침을 하기 시작했는데 목구멍에서 피가 섞인 음식 찌꺼기들이 튀어나왔다. 천전의 가슴은 한없이 무거워졌다.

"이빨만 상한 게 아니라 목구멍, 식도도 많이 다쳤나 봐, 어떡하지……. 그런데 어떤 수의사가 늑대를 치료하러 와주겠어?"

양커가 걱정스러운 표정으로 천전에게 말했다.

"늑대가 왜 이렇게 고집이 세고 남에게 절대로 굴복하지 않는지, 그 이유를 알 것 같아. 그건 늑대 무리에 첩자라든지 겁쟁이가 없어서가 아니고, 냉정한 초원의 환경 속에서 살아남으려다 보니 열성 형질들은 오래전에 다 도태되고 우성 형질만 남았기 때문일 거야."

천전은 고통스러워하는 늑대를 보며 매우 애처로운 듯이 말했다.

"불쌍한 우리 늑대…… 불복종의 대가치고는 손실이 너무 커…….

'인간은 세 살이면 자신의 개성에 대해 파악할 정도로 성숙해지고, 일곱 살이면 미래에 대해 사고할 정도로 늙는다'고 말하지만 내가 보기엔 '늑대는 3개월이면 자신의 주관대로 행동할 정도로 성숙해지고, 7개월이면 늙는다'고 해도 무방할 것 같아."

다음 날 아침, 천전은 여느 때처럼 늑대 우리를 청소하러 갔다가 늑대 똥이 원래의 희끄무레한 회색이 아니라 시커멓게 변해 있는 것을 발견했다. 그는 놀라서 재빨리 늑대의 입을 벌리고 안을 들여다보았다. 목구멍의 상처에서 여전히 피가 흘러나오고 있었다. 그는 양커를 불러 늑대의 입을 크게 벌리게 하고는, 작은 펠트 조각에 백약을 묻힌 다음 젓가락으로 집어 목구멍에 발라주었다. 그러나 목구멍 깊숙이까지는 손이 닿지 않았다. 두 사람은 할 수 있는 모든 방법을 다 찾아보기로 했다. 결국 민간요법으로 응급처치를 해주었다. 둘은 왜 진작 수의학을 공부하지 않았는지 내내 후회스러워했다.

넷째 날이 되자 늑대의 똥 색깔이 많이 옅어졌다. 늑대도 다시 활기를 찾기 시작했다. 두 사람은 그제야 한숨을 놓았다.

34

잔혹한 미래

> 오랜 역사를 살펴보면, 모든 문명은 군주정치의 제도 위에서 성장하고 발전해왔다. 우리는 군주가 바뀌고, 왕조가 바뀔 때마다 어떤 필연적인 과정을 발견하게 된다. 즉, 처음에는 성심으로 나라를 다스리는 데 힘쓰다가 곧 실속 없는 화려함으로 이어지고, 점점 정사에 태만해져서 이내 쇠퇴하게 되고, 종국에는 진취적 기상을 가진 사막이나 초원의 세력에 의해 복속되고 만다. (…) 동서고금의 모든 유목민족들의 본성은 정착민족에 비해 훨씬 호방하고 적극적이며 의지 또한 굳다. _H. G. 웰스 《세계사대계》

빌게 노인은 더 이상 병단에서 열리는 생산회의에 초청되지 않았다. 천전은 그가 집에서 한가로이 지내는 모습을 자주 볼 수 있었다. 그는 주로 게르에 들어앉아 묵묵히 여러 가지 가죽용품을 만들었다.

여름과 가을의 장마철을 지나면서 말치기, 소치기, 양치기 들의 말굴레나 말고삐, 말재갈, 올가미 등이 자주 빗물에 젖어서 눅눅해졌다. 그러다 보니 박추로 무두질했던 것들이 모두 풀려버렸다. 그 상태에서 뜨거운 햇빛을 받으면 가죽이 바짝 마르면서 딱딱해지고 갈라지면서 모든 마구馬具의 강도가 크게 떨어졌다. 그래서 말들이 고삐를 끊고 제멋대로 돌아다니는 경우까지 생겨났다.

빌게 노인은 이제 시간이 많아져서, 가족이나 소조의 말치기들 그리고 지식청년들을 위해 여러 가지 가죽 용구들을 만들어주었다. 천전, 양커, 가오젠종도 틈틈이 노인의 게르로 찾아가 일을 배웠다. 10여 일쯤 지나자, 그들 역시 그럴듯한 말굴레와 말채찍을 만들 수 있게 되었다. 더욱이 양커는 가장 만들기 힘들다는 말고삐도 만들었다.

노인의 널찍한 게르는 완전히 가죽 공장이 되었다. 작업장 안에는 희고 보드라운 소가죽 제품들로 발 디딜 틈이 없었고, 독한 박초 냄새가 코를 찔렀다. 게르 안에 있는 가죽 제품들은 모두 마지막 공정만 남은 상태였는데, 그것은 가죽에 마르모트 기름을 바르는 일이었다.

마르모트 기름은 초원에서 최고로 치는 동물성 기름이었다. 내몽골 겨울의 혹독한 추위 속에서 양기름, 윤활유, 디젤유, 기계유는 응고되기 일쑤였다. 그러나 마르모트 기름은 농도와 점도가 높아서 영하 30도의 혹한 속에서도 액체 상태를 유지했다.

마르모트 기름은 초원의 특산품이자 목축민들의 보배로서 집집마다 필수품으로 갖추고 있었다. 엄동의 백모풍 속에서도, 마르모트 기름을 얼굴에 바르고 나가면 코가 얼어서 떨어져 나가거나 동상이 걸릴 위험이 전혀 없었다. 또 마르모트 기름으로 만드는 몽골식 튀김과자는 노릇노릇 윤기가 흐르면서 그 맛이 일품이었다. 그래서 결혼 피로연이나 귀한 손님을 대접할 때면 빠지지 않고 식탁에 올랐다. 마르모트 기름은 화상 치료에도 쓰였는데 오소리 기름에 비해서 그 효과가 조금도 떨어지지 않았다.

마르모트의 기름과 가죽은 목축민들의 주요한 부수입원 중 하나였다. 가을은 마르모트의 털이 가장 두껍고 살이 최고로 통통하게 찌는 계절이었다. 그래서 매년 가을이 되면 목축민들은 모두 마르모트를 잡으러 산으로 올라갔다. 그들은 고기는 가족들과 먹고, 가죽과 기름은 수매소나 공급판매합작사에 가서 전차磚茶, 비단, 건전지, 구탈, 사탕 등의 일용품과 교환했다.

큰 마르모트 가죽 한 장의 가격은 4위안, 마르모트 기름 한 근은 약 1위안 정도였다. 마르모트 가죽은 여성용 가죽코트의 최고급 원료로 쓰여 전부 해외로 수출되었다. 다 큰 마르모트는 지방이 두꺼워서 두 근 정도 되는 기름을 얻을 수 있었다. 그래서 큰 마르모트 한 마리를 잡게 되면 고기 이외에도 5, 6위안 정도 되는 부수입을 얻을 수 있었다. 따라서 가을 한철 동안 100마리를 잡는다고 하면 5, 600위안이나 되는 큰돈을 벌 수 있었다. 이 돈은 양치기의 일 년 임금보다도 훨씬 많은 것이었다.

그래서 올론초원의 목축민들은 대부분 유목과 수렵을 겸하고 있었다. 비록 주업은 목축이라고 하지만, 대다수 목축민 가정의 주 수입원은 사실상 수렵으로부터 얻어졌다. 그래서 마르모트 사냥을 업으로 삼는 사람들이 양을 치는 사람들보다 훨씬 많았고, 늑대나 여우, 가젤 등등으로 얻는 또 다른 부수입까지 합치면 훨씬 많은 돈을 벌 수 있었다. 당시 목축민들의 생활수준은 베이징에 사는 중간 간부 가정보다 부유해서 거의 모든 가정이 도시 사람들이 들으면 놀랄 만한 액수의 예금을 갖고 있었다.

그러나 수렵으로 얻을 수 있는 수입은 매년 일정하지 않은 게 흠이었다. 초원의 야생동물들은 내지의 과수나무처럼 수확이 좋을 때가 있는가 하면, 아주 나쁠 때도 있었다. 그것은 기후나 풀이 우거진 정도 혹은 재해 등의 요인에 따라 결정되었다. 다행히 올론의 목축민들은 수렵의 정도를 스스로 조절할 줄 알았다. 그들에게는 매년 몇 퍼센트씩 목표치를 증가시켜야 한다는 등의 절대 불변의 규칙은 없었다. 야생동물 수가 많으면 그만큼 사냥을 많이 했고, 다른 해보다 줄어들면 그만큼 사냥을 적게 했다. 또 야생동물이 아주 희소해질 경우엔 아예 잡지를 않았다. 그랬기 때문에 수천수만 년이나 사냥을 해오면서도 지금까지 동물들이 그대로 남아 있어 변함없이 매년 사냥을 할 수 있었다.

목축민들은 마르모트를 잡으면 그 가죽은 기본적으로 내다 팔았지만, 마르모트 기름만큼은 팔기를 아까워했다. 마르모트 기름은 용도가 다양했고 소모량 또한 컸기 때문이다. 여러 용도 가운데서도 가죽을 가공할 때 가장 많이 사용되었다. 마르모트 기름을 가죽에 바르면 색상이 진갈색을 띠면서 매우 아름답고 부드러워졌다. 또한 장마철에 마구에다 자주 발라주면 수명도 길어지고, 사고 발생의 위험도 크게 줄일 수 있었다. 마르모트 기름의 쓰임새가 이렇듯 다양하다 보니, 매년 목축민들 집에 남겨둔 기름이 도저히 다음 해 마르모트 사냥 때까지 남아나질 않았다.

노인은 펠트 위에 가득 벌여놓은 가죽들을 보며 천전에게 말했다.

"집에 마르모트 기름이 반병 정도밖에 안 남은 데다 마르모트 고기도 먹고 싶구나. 요즘이 바로 고기 맛이 최고로 좋을 때라는 걸 아니? 옛날 왕족들도 이맘때의 고기는 먹어보지 못했을 게다. 내일은 내가 마르모트를 잡으러 가려고 하는데 데려가주지."

가스마이가 말했다.

"지금 마르모트 기름을 만드는 중이니까, 조금 기다렸다가 튀김과자를 먹고 가렴."

천전이 말했다.

"저희야 좋죠. 그렇지만 올해는 저희 집에도 마르모트 기름이 제법 많이 남아 있는데, 만날 여기 와서 뻔뻔하게 먹고 갈 수는 없지요."

가스마이가 웃으며 말했다.

"늑대를 키우기 시작한 다음부터는 얼굴도 잊어버리겠어. 몇 달 동안 우리 집에 와서 밥 먹은 게 몇 번이나 되니?"

천전이 말했다.

"형수님은 저희 조의 조장이시잖아요. 제가 늑대 키우는 것 때문에 가뜩이나 폐를 많이 끼치고 있는데 뵐 낯이 없어서요."

그러자 가스마이가 말했다.

"내가 만약 널 변호해주지 않았더라면, 네 늑대는 진작 다른 조의 말치기들한테 맞아 죽었을 거야."

천전이 물었다.

"그 사람들을 어떻게 설득하셨는데요?"

가스마이가 웃으면서 대답했다.

"한인들은 늑대를 너무나 싫어해서 그 고기까지도 먹지만, 천전과 양커는 늑대를 진심으로 사랑한다. 그 새끼늑대는 애지중지 키우는 자식이나 마찬가지다. 늑대에 대해 다 깨닫고 나면 둘 다 우리 몽골 사람들과 똑같아질 거다. 그런 식으로 말했지 뭐."

천전은 너무나 고마워서 연거푸 감사를 표했다.

가스마이는 명랑한 목소리로 웃으며 말했다.

"어떻게 감사할 건데? 말로만 고맙다 하지 말고 '음식점' 요리 좀 만들어주지 않을래? 너희 한인들이 잘 먹는 그 뭐이냐…… 대바…… 대파양고기전병인지 하는 음식이 먹고 싶은데 말이야."

천전은 그 말을 듣자 무척 반가웠다. 가스마이는 그에게 눈짓으로 내내 심기가 불편해 있는 노인을 슬쩍 가리키며 말했다.

"아버님도 너희들이 먹는 '전병'을 무척 좋아하신단다."

천전이 기뻐하게 말했다.

"마침 장지웬이 얼마 전에 장부에서 파를 엄청 많이 사왔는데 아직도 반 다발이나 남아 있어요. 오늘 저녁에 만들어드릴 테니, 아버지랑 어머니랑 가족 모두 마음껏 드세요."

입가에 잔잔한 미소를 지으며 노인이 말했다.

"양고기는 가져올 필요 없다. 우리 집에서 방금 한 마리 잡았거든. 가오젠종이 만든 전병이 시내 식당에서 파는 것보다 훨씬 맛있더구나. 양커와 가오젠종도 오라고 해서 술도 한잔하자꾸나."

그날 저녁, 가오젠종은 가스마이에게 갖가지 종류의 전병 만드는 법을 가르쳐주었다. 다들 흥겹게 먹고 마시고 노래도 불렀다. 불쑥, 노인이 그릇을 내려놓으며 물었다.

"병단에서는 목축민들의 질병 발생률을 낮추고 방목으로 인한 수고를 덜어준다면서, 앞으로 목축민들을 한곳에 정착시킬 모양인데, 너희들은 어떻게 생각하지? 너희 한인들은 정착 생활을 더 좋아하지 않니?"

그러자 양커가 대답했다.

"수천 년 동안 유목 생활을 유지해왔는데, 과연 생활방식을 바꾼다는 게 그리 쉬울지 모르겠네요. 제가 보기에는 쉽지 않을 것 같은데요. 초원은 흙이 너무 얇아서 조금만 밟아도 쉽게 망가지잖아요. 그 많은 사람과 가축이 한두 달에 한 번씩 다른 곳으로 옮기는 이유도 다 그 때문이고요. 정착을 한다면 사방 몇 리는 일 년도 못 되어 모래밭으로 변하고 말 거예요. 나중에 집이 늘어나 점차 그런 땅들이 이어지다 보면 아마 목초지 전체가 사막이 될 날도 멀지 않았어요. 또, 정착을 한다면 어디에 할 건지도 문제이지요. 부지를 선정하는 문제도 쉽지 않을 것 같아요."

노인이 고개를 끄덕이면서 말했다.

"몽골초원에 정착 생활이라니, 그건 말도 안 되는 소리야. 농업지역에서 온 사람들은 초원을 몰라도 너무 몰라. 자기네가 좋다고 해서 남까지 강제로 정착시키려고 하는데 그건 안 될 일이지. 누군 한곳에 정착해서 사는 게 편한 줄 모르겠나? 그러나 몽골초원에서는 대대로 정착 생활을 해오지 않았어. 그것은 바로 탱그리가 정해준 규칙이기 때문이야. 목초지만 봐도 알 수 있지 않니? 사계절 목초지가 각기 그 나름대로의 용도가 따로 있단다. 봄철의 출산용 목초지는 풀은 좋지만 짧게 자라는데, 만약 그런 곳에 어느 한 가족이 눌러 산다고 해보자. 겨울에 폭설이 내리면 그 풀들은 전부 눈 속에 파묻히고 말겠지. 그러면 겨울 동안 가축들은 뭘 먹고살라는 거니? 그래서 겨울철 목초지의 선택 기준은 풀이 얼마나 높이 자라느냐에 달렸어. 폭설이 내려도 완전히 묻힐 염려가 없어야 하니까. 그렇지만 그곳에서 봄, 여름, 가을까지 다 보낸다고 하자. 겨울까지 남아 있는 풀이 있을까? 또, 여름철 목초지를 고를 때는 물과 가까운지도 살펴야 한단다. 그렇지 않으면 가축들이 목말라서 다 죽을지도 모르거든. 그런데 물과 가까운 목초지는 대부분 산속에 있거든. 만약 그곳에 정착한다면 아마 겨울에 가축들이 다 얼어 죽고 말겠지. 가을철 목초지는 열매가 많은 곳이어야 하는데, 사계절 내내 가축들을 풀어놓아 봄, 여름 동안 다 뜯어 먹으면 열매가 열리기나 할까? 각 계절의 목초지는 나름대로 여러 가지 단점들이 있지만, 그곳만이 가지고 있는 장점이 한 가지씩은 반드시 있어. 유목이라는 게 그런 거란다. 목초지의 단점들을 피하고, 반드시 필요한 그 하나의 장점을 취하는 거지. 만약 한곳에 정착한다고 하면, 다른 모든 단점들 때문에 가장 중요한 장점 한 가지도 묻혀버리게 될 거야. 그런 여건에서는 방목이 제대로 이루어질 리가 없지."

천전, 양커, 가오젠종은 동의하는 뜻으로 연방 고개를 끄덕였다. 천전은 정착을 하면 늑대를 기르는 데는 편할 테니 한 가지 장점은 있다고 생각했지만, 감히 그 말을 입 밖에 꺼내지는 못했다.

노인은 평소보다 술도 많이 마셨고, 양고기 전병도 네 장이나 먹었다. 그러나 그의 기분은 더 우울해진 듯했다.

다음 날 이른 아침, 양커와 근무 순서를 바꾼 천전은 빌게 노인과 함께 산으로 올라가 마르모트 덫을 설치했다. 노인의 말안장 뒤에는 올가미 수십 개가 담긴 자루가 묶여 있었다. 마르모트를 잡기 위한 올가미의 구조는 매우 간단했다. 15센티미터가량 되는 나무쐐기에다가, 가는 철사 여덟 줄을 새끼처럼 꼬아 만든 올가미를 묶으면 끝이었다.

올가미를 설치할 때는 나무쐐기를 마르모트 굴 옆에 박고 올가미가 굴 입구로 가도록 했다. 이때 올가미가 완전히 땅에 닿아서는 안 되고 지면에서 둘째 손가락 길이 정도는 떨어져 있어야 했다. 그렇게 해야 마르모트가 굴에서 나올 때 목이나 뒷샅을 낚을 수 있기 때문이다. 천전도 그런 식으로 마르모트를 잡아본 적이 있긴 했지만 몇 마리 안 되고, 또 거의가 새끼 마르모트였다. 그는 이번 기회에 요령을 좀 더 배워야겠다고 마음먹었다.

말 두 마리가 동북쪽을 향해 빠르게 달려갔다. 가을 풀은 이미 윗부분의 절반 정도가 누렇게 변해 있었다. 그러나 아직도 나머지 절반의 줄기와 잎은 푸릇푸릇했다. 마르모트는 이 무렵에 가장 활발하게 굴을 드나들었다. 겨울이 오기 전에 마지막으로 살을 조금이라도 더 찌우기 위해서다. 그러고 나면 마르모트들은 7개월간의 동면에 들어가는데,

지방이 충분하지 않으면 이듬해 봄까지 버틸 수가 없었다. 따라서 이 무렵이 바로 마르모트의 살이 가장 통통하고, 고기 맛도 좋은 시기였다. 천전이 물었다.

"지금까지 제가 사용했던 올가미들은 다 아버지께 빌린 거였는데, 어째서 큰 마르모트는 한 마리도 못 잡았을까요?"

"내가 아직 덫 놓는 비결을 말해주지 않았었나? 사실 올론초원의 사냥 기술은 외지인들에게는 웬만해선 가르쳐주지 않는단다. 그랬다가 마구잡이로 동물들을 잡아들일까봐 걱정돼서 말이야. 얘야, 나도 이젠 늙었으니 너에게 그 비결을 전수해주마. 외지인들이 놓는 덫은 모두 죽은 덫이나 다름없어. 다 큰 마르모트들은 엄청 약삭빨라서 몸을 바싹 움츠리고 올가미를 빠져나가지. 그렇지만 내가 놓는 올가미는 탄성이 있어서 살짝 건드리기만 해도 조여든단다. 목덜미든 뒷샅이든 꽉 물어서 옴짝달싹 못하게 만들지. 올가미를 놓을 때는 우선 철사 줄을 살짝 조였다가 다시 벌리는 거다. 그 상태에서 손을 떼면, 탄력으로 덫이 원래 모양으로 돌아가려고 하겠지?"

"그럼 그걸 어떻게 고정시키나요?"

"철사를 구부려 작은 돌기를 만든 다음, 올가미의 앞부분을 그 튀어나온 부분에 살짝 걸어놓는 거야. 그렇다고 너무 살짝 해서는 안 돼. 바람이 휙 하고 지나가서 조이게 되면 말짱 도루묵이거든. 또 너무 세게 걸어놓아도 올가미가 잘 아물리지 않기 때문에 마르모트가 걸릴 수가 없지. 알맞게 잘 고정시킨 덫이야말로 살아 있는 덫이란다. 마르모트의 몸이 절반 정도 빠져나간 상태에서도 철사를 건드리기만 하면 순식간에 걸리니, 이 방법대로만 하면 큰 마르모트도 열에 예닐곱 마리는 거뜬히 잡을 수 있지."

천전이 감탄했다.

"우와! 정말 기가 막힌 방법이네요! 왜 그렇게 안 잡히나 했더니, 제 덫이야말로 죽은 덫이었군요. 그러니 마르모트가 자유자재로 드나들 수밖에요."

노인이 다시 말을 이었다.

"조금 있다 내가 직접 시범을 보여주마. 그렇게 쉽지만은 않단다. 굴의 크기도 고려해야 하고, 마르모트가 얼마나 큰지 발자국 크기도 미리 봐두어야 하거든. 올가미를 놓을 때 더 중요한 요령이 있는데, 그건 내가 직접 놓으면서 보여주마. 한 번 보면 너도 금방 알 수 있을 거야. 그렇지만 이 방법들은 너 혼자만 알고 있어야지, 절대로 다른 사람들에게 알려주어선 안 된다."

"그럼요. 약속할게요."

"애야, 한 가지 더 명심할 게 있다. 다 자란 수마르모트나 새끼가 없는 암컷만 잡아야지, 새끼를 밴 어미나 새끼 마르모트는 혹시 잡게 되더라도 놓아주어야 한다. 우리 몽골인들은 수백 년 동안 사냥을 하면서 고기도 먹고 가죽도 팔고 기름도 만들어 사용해왔지만, 절대로 조상 대대로 내려오는 규율을 어기지는 않았단다. 마르모트가 초원을 망치기도 하지만, 그만큼 몽골인들에게 많은 도움을 주는 것도 사실이거든. 예전에 초원의 가난한 목축민들은 마르모트를 잡아서 겨울을 났지. 마르모트가 얼마나 많은 가난한 목축민들을 살려냈는지 너희 한인들이 어찌 알겠니."

두 마리의 말이 우거진 가을 풀 사이로 빠르게 달렸다. 말발굽이 풀숲에 있던 분홍, 주황, 파랑, 흰색의 불나방과 초록, 노랑 그리고 여러 색깔이 섞인 메뚜기와 가을벌레들을 수없이 날려 보냈다. 그러자 서너 마리의 자줏빛 제비가 몰려와 그들 주위를 맴돌면서 춤추며 노래했다. 제비들은 말의 허리를 스치고 지나더니 어느새 창공을 향해 날아오르면서 말들이 선사하는 벌레 잔치를 즐겼다. 말 두 마리가 수십 리를 질주하는 동안 제비들도 그 곁에서 함께 날았다. 배불리 먹고 난 제비들이 다른 곳으로 날아가면, 어디선가 또 새로운 제비들이 행렬에 가담해서 춤추고 노래했다.

빌게 노인이 말채찍으로 정면에 보이는 큰 산을 가리키며 말했다.

"저 산이 바로 올론초원의 큰 마르모트 산이란다. 저기에 사는 마르모트 수가 엄청나거든. 크기도 무척 크고 비계도 두꺼운 편이야. 또 털가죽에 윤기도 자르르 흐르고. 한마디로 우리 대대의 보물산이란다. 남쪽과 북쪽으로 작은 마르모트 산이 두 곳이 더 있는데, 거기도 꽤 많이 있지. 며칠 있으면 사람들이 저기로 사냥하러 많이 올 거야. 올해는 마르모트가 많이 잡힐 테니까."

"그걸 어떻게 알지요?"

노인은 눈빛을 흐리며, 길게 한숨을 내쉬었다.

"올가을에 늑대가 많이 줄어들었으니, 마르모트가 그만큼 많이 잡힐 거야. 늑대들은 가을에 통통하게 살진 마르모트를 실컷 먹고 살을 불려 월동 준비를 하지. 그러니 마르모트 없이는 겨울을 제대로 날 수가 없어. 그렇지만 늑대는 마르모트를 잡아도 다 자란 것만 잡지, 절대로 새끼들은 잡지 않아. 그래서 늑대들이 마르모트를 매년 먹을 수 있는 거야. 그러니 몽골 목축민과 몽골늑대만이 탱그리가 정한 초원의 규칙을 제대로 이해하고 있는 셈이란다."

두 사람은 큰 마르모트 산에 조금씩 가까워졌다. 산의 움푹 팬 곳에 이르렀을 때 범포 천막 두 개가 세워져 있는 것이 보였다. 천막에서는 밥 짓는 연기가 피어오르고 있었고, 그 옆에는 큰 차와 물차가 서 있었다.

"큰일이군!"

그들은 앞 다투어 달려갔다. 빌게 노인의 낯빛이 붉으락푸르락했고, 눈에서는 불이 났다. 그는 잔뜩 화난 얼굴로 천막으로 향했다.

두 사람이 천막에 가까이 가기도 전에 마르모트 고기와 마르모트 기름 냄새가 진하게 풍겨왔다. 두 사람은 천막 앞에 다다라 급히 말에서 내렸다. 천막 밖의 큰 솥에는 갈색 마르모트 기름이 부글부글 거품을 내며 끓고 있었다. 푹 삶아서 기름기는 빠지고 살코기만 남은 마르모트 몇 마리가 이미 노릇노릇하고 바삭하게 튀겨져 있었다. 젊은 민공 한 명이 바삭하게 튀겨진 마르모트를 건져내면서, 가죽을 벗기고 내장을 깨끗이 발라낸 다른 마르모트 한 마리를 또 집어넣으려고 했다. 왕씨와 젊은 민공은 다 낡아빠진 나무 상자 옆에 앉아 있었고, 상자 위에는 된장과 초염(산초 열매와 소금 등을 볶아 만든 조미료), 생파가 담긴 그릇들이 놓여 있었다. 두 사람은 술병을 앞에 놓고 튀긴 마르모트 고기를 안주 삼아 술을 마시며 유쾌하게 웃고 있었다.

큰 솥 옆에는 커다란 양철통이 하나 있었는데, 그 안에는 가죽을 벗겨낸 마르모트들이 가득 담겨 있었다. 그중 대부분이 손바닥만 한 새끼들이었다. 풀밭에는 판자 몇 개와 식탁만 한 버드나무 광주리가 10여 개가 놓여 있었는데 그 위에 족히 1, 200장은 되어 보이는 크고 작은 마르모트 가죽이 널려 있었다. 천전이 노인을 따라 천막 안으로 들어갔다. 바닥에는 말린 마르모트 가죽이 사람 키의 반쯤 되는 높이로 쌓여 있었다. 족히 100장은 넘는 것 같았다. 천막 중앙에는 1미터가 넘는 높이의 기름통이 놓여 있었는데, 이미 마르모트 기름이 반이나 차 있었다. 바닥에는 마르모트 기름이 담긴 작은 주전자와 통들이 어지럽게 널려 있었다.

노인은 다시 천막 밖으로 뛰쳐나가 양철통 옆으로 갔다. 말채찍으로 곁에 있는 새끼 마르모트 몇 마리를 들추니 그 아래로 기름기가 거의 없는 암마르모트들이 보였다.

노인은 말채찍으로 양철통을 후려치며, 왕씨에게 고함을 질렀다.

"누가 당신에게 암마르모트와 새끼까지 잡으라고 하던가? 이건 우리 대대의 재산이자, 올론초원의 목축민들이 대대로 힘써 노력한 끝에 겨우 보존한 마르모트들이야. 대대의 동의도 없이 이렇게 많은 마르모트들을 멋대로 잡아 죽이다니!"

술이 거나하게 취한 왕씨가 계속 마르모트 고기를 씹고 술을 들이키면서 별일 아니라는 듯 태연하게 말했다.

"영감님 구역이라면 제가 어떻게 사냥을 했겠어요. 그렇지만 여긴 영감님 구역이 아니지 않습니까? 그리고 영감님 대대는 병단에 귀속되지 않았나요? 우리로 말할 것 같으면 병단에서 사냥을 하라고 보낸 사람들입니다. 순 참모가 그럽디다. 마르모트들이 목초지를 망치고 있다고요. 마르모트는 늑대들이 겨울을 날 수 있게 해주는 주식이기도 하니 전부 없애버리면 늑대들이 겨울을 나지 못할 것 아니냐고요. 그래서 병단에서는 늑대뿐 아니라 마르모트까지 한꺼번에 소멸시키라는 명령을 내린 겁니다. 그리고 군병원 의사가 말하기를 마르모트가 흑사병을 전염시킨다던데, 많은 사람들이 이곳에 들어왔다가 전염병에라도 걸리면 영감님이 책임질 겁니까?"

꾹 참고 있던 빌게 노인이 큰 소리로 외쳤다.

"병단에서 명령을 내렸다고 해도 안 돼! 당신네들이 마르모트들을 다 잡아버리면, 목축민들은 뭘 가지고 가죽 제품들을 만들지? 굴레나 고삐가 끊어지면 말이 놀라서 사람들이 다칠 텐데 그 책임은 누가 질 텐가? 자네들은 목축 생산을 망치고 있어!"

왕씨가 술기운에 말했다.

"상부에서 잡으라고 했으니, 누군가가 책임지겠죠, 뭐! 능력 있으면 높은 분들한테 가서 말씀하시지요. 우리 같은 막일꾼한테 아무리 야단을 쳐봤자 무슨 소용이 있겠어요?"

왕씨는 노인의 말안장 위에 걸린 자루를 흘깃 보더니 다시 말했다.

"영감님도 마르모트 사냥을 나오신 거 아닌가요? 영감님은 잡아도 되고, 우리는 잡으면 안 된다는 겁니까? 야생동물들을 영감님 집에서 기른 건 아니잖아요? 잡는 사람이 임자지."

노인은 화를 못 이겨 수염이 파르르 떨렸다.

"가만히 기다리고 있게. 내가 말치기들을 데리고 와서 가죽이며 기름을 몽땅 대대로 가지고 갈 테니!"

왕씨가 말했다.

"이것들은 모두 병단의 식당에서 주문한 거라고요. 내일까지 가져다줘야 해요. 영감님이 꼭 사람을 불러다 빼앗아 가시겠다면, 맘대로 하시죠. 하지만 나중에 무슨 일이 생겨도 절 원망하진 마세요. 이 가죽들도 예전부터 높은 분이 구해놓으라고 시킨 거라고요. 얼마나 높은 분이면 바오 장장이 직접 가져다드리기로 했겠어요."

노인은 말문이 막혀 손을 떨구고 한참 동안 침묵을 지키고 있었다.

대신 천전이 냉랭하게 말했다.

"정말 능력이 대단하시네요! 한 번에 이렇게 많은 마르모트를 잡다니! 어미든 새끼든 닥치는 대로 잡고 아예 보금자리까지 다 들어냈으니, 내년엔 뭘 잡으실 건가요!"

왕씨가 말했다.

"너희들은 우리를 대책 없는 떠돌이라고 부르지 않나? 그런 막무가내 떠돌이들이 내년까지 생각할 안목이 있을라고? 먹을 게 있으면 또 그리로 옮겨 가는 게 우리네 인생이야. 우리는 하루하루 겨우 풀칠이나 하며 사는 놈들이라고. 마르모트는 그리 걱정해주면서, 우리 같은 놈들은 누가 거들떠보기나 하냐고?"

천전은 이런 불량스럽기 그지없는 사람들에겐 논리가 안 통한다는 걸 깨달았다. 그는 도대체 이자들이 어떤 방법으로 이렇게 많은 마르모트들을 잡았는지 궁금했다. 그들도 노인이 말한 살아 있는 덫을 이용했을까? 천전은 조금 부드러운 말투로 고쳐 물었다.

"그나저나 어떤 방법을 썼기에 이렇게 많이 잡을 수 있었지요?"

왕씨가 으스대며 말했다.

"우리한테 한 수 배우고 싶은가 보지? 한발 늦었어! 이 산엔 마르모트 굴도 이제 몇 개 안 남았어! 그끄저께 벌써 마르모트 고기와 기름을 차로 한 대 가득 실어 병단에 보냈거든. 어떻게 잡았는지 알고 싶은 건가? 그럼 산에 한번 올라가보라고. 조금만 늦어도 물 건너 갈 거야."

말에 오르는 노인을 천전이 부축해주었다. 두 사람은 곧장 산으로 올라갔다. 가장 동북쪽에 위치한 구릉에서 네다섯 명이 허리를 구부리고 한창 작업을 하고 있었다. 두 사람은 전속력으로 내달렸다. 노인이 큰 소리로 외쳤다.

"그만두지 못해! 그만두라고!"

민공들은 일을 멈추고 일어서서 두 사람을 빤히 쳐다보았다. 두 사람은 말에서 내렸다. 천전은 눈앞에서 벌어지고 있는 상황에 분노와 놀라움으로 온몸이 마비되는 듯했다. 구릉 꼭대기에는 대여섯 개의 마르모트 굴이 있었는데, 그것들이 모두 서로 이어져 있다는 것을 알 수 있었다. 그러나 가장 중심이 되는 굴과 보조 굴 하나 이외에 나머지 네 개의 굴은 이미 토석이 무너져 있었다.

그를 가장 소름끼치게 만든 것은 대장으로 보이는 민공의 손에 들린 새끼 마르모트가 빠져나오려고 발버둥치고 있는 모습이었다. 끔찍하게도 꼬리에는 커다란 폭죽까지 묶여 있었다. 그 짧은 꼬리에는 밧줄 하나가 더 매어져 있었는데, 밧줄의 한끝은 또 주먹만 한 낡은 펠트가 묶여 있었다. 펠트에는 빨간 고춧가루가 듬뿍 뿌려져 있었고, 방금 휘발유를 뿌렸는지 기름 냄새가 코를 찔렀다. 그 옆에는 성냥을 든 민공이 서 있었다. 조금만 늦었더라면 그들은 새끼 마르모트를 굴속에 넣고 불을 붙여 터뜨려서 연기가 나도록 했을 것이다.

빌게 노인이 급히 뛰어가 한 발로 굴 입구를 막았다. 그런 다음 굴 옆에 앉아서 큰 소리로 민공을 꾸짖으며 손에 들고 있는 것들을 모두 내려놓도록 했다. 몇몇 민공이 여름내 그들을 관리했던 책임자 앞에서 찍 소리도 못 하고 얼른 줄을 내려놓았다.

천전은 초원에 온 뒤로 이렇게 탐욕스럽고 악랄한 사냥 방식을 단 한 번도 본 적이 없었다. 이거야말로 연못의 물을 빼서 고기를 몽땅 잡는 것보다도 훨씬 더 잔인했다. 새끼 마르모트가 점화된 폭죽에다 고춧가루와 휘발유가 묻어 있는 펠트를 가지고 굴로 들어갔다면 마르모트 가족 전부가 참사를 당했을 것이다. 마르모트 굴은 초원동물들의 굴 중에서도 가장 깊고 가파르며 내부 구조가 복잡했다. 또한 연기를 막기 위한 장치도 마련되어 있었다. 사람들이 동굴 안으로 연기를 피우면 마르모트는 신속하게 동굴 속 좁은 길에 흙을 쌓아 굴을 막아버렸다. 그러나 반농반목 지역에서 온 민공들이 이런 악랄한 수법으로 사냥을 한다면, 마르모트들은 미처 손쓸 겨를도 없이 모조리 잡히고 말 것이다. 동굴 안으로 들여보내진 새끼 마르모트는 놀란 나머지 동굴 가장 깊숙이에 있는 가족에게로 달려갈 것이다. 매운 폭죽 연기와 함께. 굴속에 있던 마르모트들이 미처 굴을 막기도 전에 폭죽은 중심부에서 터질 것이다. 그렇게 연속으로 터지는 폭죽과 짙은 매운 연기는 그 안에 있던 마르모트들을 모조리 굴 밖으로 뛰쳐나오게 만들 것이다. 출구를 하나밖에 남겨놓지 않았기 때문에, 밖으로 빠져나온 마르모트들을 기다리는 것은 오직 몽둥이와 마대 자루뿐이다. 이런 잔인한 수법은 매우 간단하기까지 해서, 먼저 올가미를 가지고 미끼로 쓸 새끼 마르모트 한 마리만 잡으면 끝이었다. 단 며칠 동안에 이 몰상식한 작자들은 수천 년 동안 내려온 마르모트 산을 훼손시키고, 마르모트를 거의 멸종 위기에 처하게 만들었다.

빌게 노인은 말채찍으로 땅을 힘껏 내리쳤다. 돌 조각이 부서지며 사방으로 튀었다. 노인이 눈을 부릅뜨고 호통을 쳤다.

"당장 그 시뻘건 폭죽을 잘라내지 못해! 고춧가루를 묻힌 줄도 잘라! 새끼 마르모트는 굴속으로 냉큼 돌려보내!"

민공들은 꾸물거리며 줄을 풀었다. 그러나 새끼 마르모트를 놓아주지는 않았다.

그때 왕씨가 마차를 몰고 달려왔다. 이제는 술에서 깼는지 마차에서 뛰어내린 그가 만면에 웃음을 지으며 노인에게 공손히 담배를 권했다. 그러고는 몸을 돌려 동료들에게 욕을 퍼부었다. 그는 민공에게서 마르모트를 건네받아 묶여 있던 줄을 칼로 자르고 노인 옆으로 다가가 말했다.

"영감님, 일어나세요. 제가 이렇게 놓아주지 않았습니까."

노인이 천천히 일어나 옷에 묻은 흙을 털어내며 말했다.

"다시는 우리 대대의 생활 토대가 되는 짐승을 잡으려 하지 말게."

왕씨가 웃는 낯으로 말했다.

"어휴, 그럼요. 그렇지만 저희도 명령을 따르다 보니 이런 일이 생기는군요. 마르모트를 몰살시키지 않으면 늑대들이 빠져나갈 구멍을 남겨두는 것이니까요. 이것도 모두 인민을 위해서 해악을 없애자고 하는 일 아니겠습니까. 그러나 영감님 말씀도 맞습니다. 마르모트 기름이 없으면 말굴레와 재갈이 부실해져서 사고가 날 위험도 다분하니, 목축민들에게도 마르모트를 적당히 남겨줘야겠지요……."

새끼 마르모트는 굴 앞 평대에 내려놓자마자 쏜살같이 안으로 들어가버렸다.

왕씨가 한숨을 쉬며 말했다.

"말이 나왔으니 말인데, 사실 마르모트를 잡는 일도 쉬운 게 아니랍니다. 오늘도 간신히, 그것도 달랑 새끼 마르모트 한 마리를 겨우 잡았다니까요. 요즘 폭죽을 하도 터뜨리다 보니 마르모트들이 놀라서 아예 밖으로 나올 생각을 안 하더라고요."

그의 말이 끝나기도 전에 노인이 가로막았다.

"이걸로 끝난 게 아냐! 여태까지 잡은 것들은 전부 대대로 가져가게! 람자브나 다른 말치기들이 이 일을 알게 되면, 당장 자네들의 그 잘난 차와 천막을 다 때려 부술 걸세!"

왕씨가 말했다.

"아, 예. 얼른 챙겨서 가겠습니다. 바오 장장님한테 보고도 드려야 하니까요."

노인은 시계를 흘끗 보았다. 그는 북쪽의 작은 마르모트 산이 걱정되어 왕씨에게 한마디 했다.

"잠깐 사람 좀 찾으러 갔다가 금방 돌아오겠네."

두 사람은 말을 타고서 서둘러 국경수비도로를 향해 달렸다.

구릉 두 개를 넘었을 때였다. 난데없이 등 뒤에서 폭죽 터지는 소리가 희미하게 들려오더니 이내 잠잠해졌다. 노인이 말했다.

"이런! 또 속았어!"

두 사람은 말을 돌려 되돌아갔다. 산 정상에 도착해보니 왕씨가 젖은 수건으로 얼굴을 반쯤 덮고서 사람들에게 마르모트를 죽이라고 지시하고 있었다. 굴 밖에는 이미 죽은 마르모트들이 수북하게 쌓여 있었다. 마르모트 굴에서는 코를 찌르는 매운 연기가 끊임없이 뿜어져 나왔다. 마지막으로 탈출한 마르모트 몇 마리는 굴을 빠져나오자마자 몽둥이찜질을 당해 죽어갔다. 빌게 노인은 매운 연기에 심하게 기침을 했다. 천전은 노인을 부축해 바람이 불어오는 쪽으로 가서 계속 등을 두드려주었다.

젖은 수건을 쓰고 있던 사람들은 마치 악명 높았던 강양江洋의 도적떼처럼 재빨리 10여 마리의 마르모트 새끼들을 자루에 챙겨서 득달같이 차를 몰아 산을 내려갔다.

천전이 말했다

"도무지 모르겠어요. 저 사람들은 어떻게 그렇게 빨리 새끼 마르모트 한 마리를 또 잡을 수 있었던 걸까요?"

노인이 말했다.

"저놈들이 두 마리를 잡아서 한 마리는 자루 안에 숨겨뒀겠지. 그래서 우리가 못 보았을 거야. 아니면 긴 막대로 폭죽을 굴 아래로 쑤셔 넣어서 마르모트들을 나오게 했거나. 저런 날도둑 같은 놈들! 저놈들은 예전에 초원의 말을 훔치던 도적놈들보다 더 악랄하고 가혹한 것들이야!"

노인은 나무 막대를 짚고 일어나, 폐허가 된 마르모트 굴을 바라보며 하염없이 눈물을 흘렸다.

"저놈들, 분명히 천벌을 받을 게야! 이 마르모트 굴은 내가 잘 알고 있던 거란다. 어렸을 적에 아버지를 따라서 이 굴 앞에다 덫을 치곤 했었지. 선조 때부터 대대로 얼마나 많은 사람들이 이 굴에서 마르모트를 잡았는지 몰라. 그러나 이 굴에 사는 마르모트가 씨가 마른 적은 단 한 번도 없었어. 매년 크고 작은 마르모트들이 찍찍거리는 소리가 흘러 나왔지. 이 굴은 최소한 백 년 남짓 됐을 게야……. 누가 생각이나 했겠니? 백 년이나 된 굴이 한순간에 폐허가 되어버릴 줄을……."

천전도 슬픔에 겨워 말했다.

"그만 고정하시고, 돌아가서 대책을 세워보세요."

노인은 걱정이 되어 마음을 놓을 수가 없었다. 그가 불쑥 말을 꺼냈다.

"그런데, 어째서 도르지는 안 보이는 거지? 아무래도 그놈이 사람들을 데리고 북쪽의 작은 마르모트 산으로 갔나 보구나. 그놈들은 차도 있으니 우리보다 한발 앞선 게 분명해! 우리도 빨리 가보자꾸나!"

두 사람은 지체 없이 북쪽을 향해 달렸다. 완만한 비탈을 몇 개 넘자 외몽골의 거대한 산맥이 한눈에 들어왔다. 국경선은 산맥 바로 아래에 있었다.

노인은 저 멀리 보이는 회녹색 산언덕을 가리키며 말했다.

"예전에는 저기서 마르모트를 잡고 그랬는데, 요즘은 상황이 좋지 않아서 접근이 금지되어 있단다. 요즘은 모기도 적으니까, 늑대들은 틀림없이 마르모트를 잡으러 저기로 갔을 거야. 물론, 도르지도 늑대들과 똑같은 생각을 했겠지."

천전이 물었다.

"국경수비대에서 그들을 제지하지 않았을까요?"

노인이 말했다.

"그쪽에는 산이 하도 많아서 국경수비대도 쉽게 발견하지 못할 거야. 그리고 발견된다 하더라도 모두 군부대에 소속된 차들이니 몇 마디 주의만 주고 통과시키겠지."

힘차게 달리던 말들이 갑자기 속도가 줄기 시작했다. 말들은 때때로 고개를 숙이고 푸릇푸릇한 풀을 한입 가득 뜯어 먹었다. 천전은 말들이 질겅질겅 씹고 있는 풀이 새로 옮긴 가을 목초지의 풀보다 훨씬 푸르고 싱싱하다고 생각했다. 게다가 뿌리도 하나같이 굵고 단단해서 목초로는 최상급에 속했고, 이삭과 열매도 가득 달려 있었다. 다시 내려다보니 풀 더미 아래 또 다른 풀들이 무리를 이루어 옹기종기 깔려 있었는데, 그 모양이 마치 까치집 같았다.

천전은 이것들이 모두 초원의 들쥐들이 물어다 놓은 월동 식량이라는 것을 금방 깨달았다. 풀을 굴 입구에 쌓아놓고 햇볕에 말리는 중이었는데, 다 마르면 하나씩 물어 굴로 가져가는 것이다. 이 무렵 초원의 다른 가을 풀들은 반 이상 누렇게 변해 있었지만, 초원의 들쥐들이 물어다 놓은 풀들은 초록색이 완연했다. 아마도 누렇게 시들어가기 직전에 미리 뜯어다 놓은 듯했다. 그래서 말들도 당연히 향긋한 냄새를 풍기는 이 좋은 풀을 그냥 지나칠 수가 없었을 것이다.

노인은 고삐를 조여 풀 더미가 가장 많이 쌓여 있는 곳으로 가면서 말했다.

“좀 쉬었다 가자꾸나. 말들도 쉬면서 들쥐들이 물어다 놓은 풀 좀 뺏어 먹게 두자고. 늑대들이 사라지자마자 쥐들이 아주 살판났구나. 들쥐 풀 더미들을 보니 올해엔 작년 가을보다 몇 배나 더 많은걸.”

두 사람은 말에서 내려, 말들이 마음껏 풀을 먹을 수 있도록 재갈을 풀어주었다. 홀가분해진 말들은 입으로 겉에 있는 마른 풀들을 헤쳐서 속에 있는 아직 마르지 않은 신선한 풀만 골라서 먹었다. 오래간만에 특식을 즐기는 말들의 입가로 초록빛 풀즙이 흘러내렸다. 말들은 연방 투레질을 해댔고, 한입 한입 깨물 때마다 진한 풀 향기가 얼굴을 덮쳐왔다.

노인이 풀 더미 하나를 발로 치웠더니, 풀 더미 옆에 찻잔 주둥이만 한 들쥐 굴이 나왔다. 그리고 얼마 지나지 않아, 그 안에서 들쥐 한 마리가 고개를 배꼼이 내밀고 탐색을 했다. 들쥐는 자기네 양식을 건드리는 것을 보더니 금세 쫓아 나와 노인의 신발 끝을 잽싸게 깨물고, 얼른 도로 뛰어 들어가 찍찍거리며 시끄럽게 울었다.

잠시 후, 등 뒤에서 말안장이 심하게 달그락거리는 소리가 들려서 뒤돌아보았다. 아니, 이럴 수가! 커다란 들쥐 한 마리가 굴에서 튀어나와서 풀을 먹고 있던 말의 코를 물어뜯었다. 말의 코에서 피가 흘렀다. 주위에서 찍찍거리는 소리가 더 많이 들려왔다.

노인이 화를 내며 소리를 질렀다.

“뭐가 잘못돼도 한참 잘못됐어. 쥐가 말을 물다니, 이게 말이 되나! 늑대들이 없어지고 나면, 이놈들이 나중엔 사람도 잡아먹겠구나!”

천전은 얼른 달려가 말들을 가까운 곳에 끌어다 놓았다. 다행히 코의 상처는 그리 심하지 않았다. 말들은 다시 머리를 숙이고 조심스럽게 풀을 먹었는데, 이제 눈치가 생겼는지 먼저 발굽으로 쥐구멍 입구를 차서 흙을 무너뜨리거나, 아예 그 큰 발굽으로 구멍을 막고서 마음껏 먹기 시작했다.

노인은 풀 더미를 하나씩 발로 차며 말했다.

"일고여덟 발짝마다 한 더미씩 있군. 쥐들이 제일 좋은 풀만 죄다 뜯어다 놓았네그려. 교배소에서 나온 신장 개량 양들도 아마 이렇게 좋은 풀은 못 먹어봤을 거야. 쥐들 솜씨가 제초기보다 더 뛰어나구나. 제초기는 좋은 풀이건 나쁜 풀이건 몽땅 뽑아내지만, 요놈의 쥐들은 좋은 풀만 쏙쏙 골라서 뽑아놓으니, 원. 올겨울에는 굴속에 풀이 풍족하게 저장되어 있을 테니 얼어 죽거나 굶어 죽는 쥐는 거의 없겠구나. 그러니 내년 봄에 암쥐들은 새끼를 많이 낳고 젖도 그만큼 많이 나겠지. 그럼 그 많은 놈들이 풀을 훔치거나 땅에 구멍을 뚫고 돌아다닐 테지. 내년이면 초원이 쥐들의 천국이 되겠구먼. 봐라, 초원에 늑대가 줄어드니 쥐들이 몰래몰래 다니지도 않잖니. 완전히 날강도로 변했어……."

천전은 곳곳에 셀 수도 없이 쌓여 있는 풀 더미들을 보면서 슬픔과 두려움을 함께 느꼈다. 매년 가을이 되면 올론초원에서는 사람들과 쥐들이 벌이는 한판 전쟁이 시작된다. 그러나 아무리 약삭빠르더라도 초원의 들쥐들에겐 치명적인 약점이 있었다. 그것은 쥐들이 가을에 월동 준비를 위해 굴을 깊이 파고 양식을 많이 준비하려면 반드시 먼저 풀을 햇볕에 말려야 했다. 습기 찬 풀을 굴속으로 가져가면 쉽게 부패해서 오래 저장할 수가 없기 때문이다. 그래서 쥐들이 매년 가을 암암리에 벌이는 악행이 오히려 위치를 노출시키는 것에 다름없어서 사람들에게 소탕의 빌미를 제공해주었다.

목축민들은 어느 목초지에서 대량의 풀 더미가 발견되면 곧바로 경보를 울렸고, 생산소조에서는 즉시 양떼와 소떼, 말떼까지 전부 끌고 가서 풀들을 먹어 치우게 했다. 그때는 목초지가 이미 누렇게 변할 무렵이라 가축들은 상대적으로 싱싱하고 향긋하고 열매도 많이 달려 있는, 쥐가 마련해놓은 풀을 뒤도 돌아보지 않고 먹어버렸다. 그러다 보면 쥐들이 애써 모아 말리던 풀은 단 며칠 만에 동이 나고, 쥐들은 겨울 동안 먹을거리가 없어서 굶어 죽거나 얼어 죽을 수밖에 없었다. 이것이 몽골 목축민들이 오래전부터 초원의 쥐 피해를 예방하는 효과적인 방제책이었다.

그러나 가을철의 쥐 소탕작전에는 사람과 가축의 연합은 물론 늑대의 협조도 절대적으로 필요했다. 늑대의 역할은 우선 쥐를 잡아먹어 숫자를 통제하는 것이다. 가을은 쥐들이 가장 통통하게 살찌는 시기여서 늑대들이 쥐를 잡아먹기에 가장 좋은 계절이기도 했다. 풀을 뜯어 옮기는 쥐들의 행동이 굼떠서 잡히기 십상일뿐더러, 굴 밖에 쌓아놓은 풀 더미가 어느 곳의 쥐가 가장 크고 많은가를 정확하게 알려주었다. 그래서 이맘때쯤이면 쥐들의 피해가 막심할 수밖에 없었다. 더욱이 월동 준비를 위해 가장 중요한 시기에 늑대들이 무서워 마음대로 굴 밖으로 나갈 수가 없다 보니 월동 식량이 모자라 엄청난 수의 쥐들이 굶어 죽는 일도 있었다. 늑대들이 이렇게 쥐들이 풀을 뜯지 못하도록 막는 동안, 사람과 가축들은 열심히 쌓아둔 풀 더미들을 없앴다.

오랜 세월 동안 늑대와 사람 간에 맺어진 이러한 암묵적인 역할 분담이 쥐 피해를 효과적으로 억제할 수 있었다. 쥐들이 쌓아놓은 풀 더미는 목초의 변색 시간을 연장해주는 효과가 있었으므로, 가축들이 거의 열흘 정도는 더 살을 찌울 수 있었다. 결국 이런 식으로 사람과 가축, 늑대의 연합작전은 일거다득의 큰 효과를 거둘 수 있었다. 한편 그보다 멀리 있는 겨울용 목초지는 사람과 가축의 손길이 닿기 어려워서 주로 늑대들이 쥐를 없애거나 풀을 많이 뜯지 못하게 막아주었다. 초원에 처음 발을 디딘 농민들이, 어찌 이렇게 초원의 운명이 달린 오묘한 전쟁의 진리를 이해할 수 있겠는가?

두 마리의 말들은 경쟁하듯이 풀을 먹더니 30분도 채 안 걸려서 배가 불룩해졌다. 그러나 눈앞에는 아직도 풀 더미들이 너무 넓게 깔려 있었다. 이 정도면 대대의 가축을 전부 동원해도 다 먹어 치울 수 없을 듯했다. 막막한 상황을 어찌해야 할지 고민하던 노인이 한참 만에 말문을 열었다.

"말떼를 데려왔으면 좋겠지만 그럴 수도 없으니 이를 어쩐다? 이곳은 소와 양의 초지라 말을 데려오는 건 규칙에 어긋나니 말이야. 이렇게 많아서야 제초기로 없애지도 못할 테고. 흐음, 이러다 초원에 큰 재해가 닥치겠어……."

천전은 분노로 치를 떨며 말했다.

"이건 분명히 인재人災예요!"

두 사람은 근심 걱정에 싸여서 다시 말을 타고 북쪽으로 달려갔다. 가는 길에도 드문드문 밀집되었거나 성근 풀 더미들이 나타나면서 국경수비도로까지 이어졌다.

작은 마르모트 산이 얼마 멀지 않은 지점에 이르렀을 때 난데없이 산속에서 땅, 땅, 하는 소리가 들려왔다. 소총 소리도, 그렇다고 폭죽 터지는 소리도 아니었다. 소리는 한 번 울리고 난 다음에는 다시 쥐 죽은 듯이 고요해졌다. 노인은 한숨 섞인 어조로 말했다.

"병단에서 도르지를 늑대 사냥 참모로 삼은 건 그 사람들 입장에서는 최고의 적임자를 찾아낸 셈이야. 늑대가 있는 곳엔 항상 그놈이 있으니까. 늑대들에게 남은 마지막 안식처조차 그냥 두지를 않는구나."

두 사람은 말을 재촉했다. 산골짜기 맞은편에서 군용 지프차 한 대가 다가오고 있었다. 그들은 말고삐를 조였고, 지프차도 그들 앞에 섰다. 차에는 특등 사수 두 명과 도르지가 타고 있었다. 쉬 참모가 직접 차를 몰고 도르지는 뒷좌석에 앉아 있었는데, 그의 발아래 피로 얼룩진 커다란 마대 하나가 놓여 있었다. 트렁크에도 뭔가를 잔뜩 실었는지 뚜껑이 제대로 닫히지 않았다.

노인의 눈길은 바 참모의 손에 쥐어져 있는 총부리가 긴 총에 쏠렸다. 노인은 그렇게 특이한 총을 한 번도 본 적이 없었기에 내내 뚫어져라 쳐다보고 있었다.

두 참모는 얼른 노인에게 인사를 했다.

"사잉바이노, 사잉바이노(안녕하세요)?"

바 참모가 말했다.

"두 분도 마르모트 잡으러 가시는 길인가요? 그렇다면 가지 마세요. 제가 두 마리 드리지요."

노인이 눈을 부릅뜨고 말했다.

"왜 가지 말라는 거요?"

바 참모가 말했다.

"굴 밖에 있던 마르모트들은 저희가 다 잡아서 이제 없거든요. 그리고 굴속에 있는 마르모트들은 무서워서 나오려고 하질 않아요."

노인이 물었다.

"자네 손에 든 게 대체 뭐 하는 물건이야? 뭣 땜에 총부리가 그렇게 긴 건가?"

바 참모가 말했다.

"아, 이건 물오리 전용 새총인데요. 마르모트 사냥에도 제격이네요. 총구가 작아서 가죽에 상처도 별로 내지 않거든요. 한번 보시겠어요?"

노인은 총을 건네받아 상세히 들여다보고 탄알도 어떻게 생겼는지 살펴보았다.

바 참모는 노인에게 총의 장점을 직접 보여주기 위해, 차에서 내려서 다시 총을 건네받고는 사방을 두리번거렸다. 20여 미터 정도 떨어진 산비탈 위에 쥐 한 마리가 풀 더미 위에 올라서서 찍찍거리고 있는 게 눈에 들어왔다. 대충 조준을 마친 그가 땅 하고 한 방을 쏘았다. 그 순간 쥐의 머리가 날아가고, 몸통은 동굴 밖에 고꾸라졌다. 그 광경을 지켜보던 노인이 몸서리를 쳤다.

쉬 참모가 빙그레 웃으며 말했다.

"늑대들이 전부 외몽골로 가버린 모양이에요. 오늘 저희가 도르지와 함께 온종일 돌아다니면서 눈을 씻고 찾아봐도 보이지 않더라고요. 그나마 이 새총 덕분에 마르모트는 많이 잡았답니다. 여기 마르모트들은 어찌나 바보 같은지, 사람들이 열 발짝 앞까지 다가가도 동굴로 도망쳐 들어갈 생각은 않고 완전히 날 잡아 잡수세요 하고 총 맞기를 기다리더라니까요."

도르지가 거들먹거리며 말했다.

"이 두 분은 워낙 솜씨가 좋은 사수들이잖아요. 50미터 앞에 있는 마르모트도 한 방에 명중시킨다니까요. 그래서 눈에 띄는 대로 모조리 다 잡았답니다. 덫을 놓아 잡는 것보다 훨씬 더 쉽더라고요."

바 참모가 말했다.

"좀 있다 어르신 집에 들러서 큰 놈으로 두 마리 드릴 테니 이만 돌아가시지요."

노인이 아직까지 그 신식 무기의 위력에 놀라움을 금치 못하고 있는 동안, 지프차는 연기처럼 빠르게 사라졌다. 빌게 노인은 정신 나간 사람처럼 그저 멍하니 흐린 눈빛을 하고 서 있었다. 그 간편하고도 민첩해 보이는 기다란 총에 대한 생각에 여전히 푹 빠져 있는지도 몰랐다. 겨우 한 달여 사이에 그토록 무시무시한 신무기와 새로운 사람, 새로운 사물, 새로운 수법이 물밀듯 초원으로 몰려오다니, 이제 노인은 완전히 할 말을 잃었다.

지프차가 내뿜고 간 연기와 먼지까지 모두 흩어지고 난 뒤에, 노인은 말의 재갈을 느슨하게 움켜쥐고는 말이 가는 대로 몸을 맡긴 채 집으로 향했다. 입술은 내내 굳게 닫혀 있었다. 노인 옆에서 느릿느릿 따라가는 동안 천전은 몰락한 왕조의 마지막 황제도 이와 비슷한 감정을 느꼈을 거라고 생각했다. 하지만 그 마지막 황제의 고통이 유목 생활의 몰락을 눈앞에 둔 목축민 노인의 고통에 비할 수가 있겠는가. 만 년이나 지켜온 원시초원의 몰락은 백 년, 길어야 천 년간 존속했던 왕조들의 몰락에 비하면 더 받아들이기 힘든 일이 분명했다. 노인은 아까 봤던 그 작은 탄환에 맞은 것처럼 전신의 기력이 다 빠져나가 곱사등이처럼 움츠러들었다. 그와 함께 흐릿한 두 줄기 눈물이 초췌한 노인의 주름을 타고 흘러내려 담황색 들국화 위로 떨어지고 있었다.

천전은 노인의 마음속 슬픔을 조금이라도 떨쳐내게 하려면 어떻게 도와야 할지 몰랐다. 무슨 말로 노인을 위로해야 할지 몰라 오랫동안 침묵을 지키고 있던 천전이 더듬더듬 입을 열었다.

"아버지, 올해는 가을 풀이 참 잘 자랐어요……. 올론초원이 정말 너무나 아름다워요……. 아마 내년쯤이면……"

노인이 무뚝뚝하게 말을 잘랐다.

"내년? 내년엔 또 어떤 괴이한 일들이 일어날지 모르겠구나……. 예전엔 눈먼 노인들도 초원의 아름다운 풍경을 볼 수 있었는데……. 지금의 초원은 별로 아름답지도 않아. 나도 차라리 장님이라도 돼서 망가진 초원의 모습을 더 이상 볼 수 없었으면 좋겠어……."

노인은 무거운 마음으로 말의 움직임에 몸을 내맡긴 채 흔들거리며 앞으로 나아갔다. 두 눈을 지그시 감은 그에게서 불분명하면서도 고담한 소리가 흥얼흥얼 흘러나왔다. 그와 함께 푸릇푸릇한 풀 향기와 국화꽃 향기가 공기 중에 흩뿌려졌다. 천전이 귀 기울여보니 노랫말이 단순하면서도 아름다운 동요였다.

종다리가 지지배배 우니 봄이 오고,
마르모트가 찍찍거리니 난이 핀다.
흑두루미가 우니 비가 내리고,
새끼늑대가 울부짖으니 달이 뜬다.
……

노인은 몇 번이고 반복해서 흥얼거렸다. 동요의 곡조는 점점 가라앉았고, 가사도 점점 불분명해졌다. 마치 멀리서부터 흘러온 작은 강줄기가 광활한 초원 위에 천길만길 굽이져 흘러가다 다시 풀밭으로 스며들어 희미하게 사라져가는 것처럼…….

천전은 생각했다. 견융, 흉노, 선비, 돌궐, 거란의 아이들과 칭기즈칸 몽골의 아이들도 모두 이 동요를 부르지 않았을까? 그러나 훗날 초원의 아이들이 이 노래를 듣는다면 과연 가사를 이해할 수 있을까? 그

때 아이들은 아마 이렇게 묻겠지. 종다리가 뭐예요? 마르모트는요? 흑두루미는요? 그리고 늑대는요? 기러기는 또 뭐죠? 응, 또 난초 꽃은 뭐예요? 국화는요?

누렇게 바랜 너른 들판의 풀숲에서 몽골종다리 몇 마리가 수직으로 날아올랐다. 공중에서 날기를 멈춘 새들이 날개를 계속 퍼덕이면서 변함없이 맑고 낭랑한 소리로 지저귀고 있었다…….

35

영원한 자유를 꿈꾸며

염제의 성은 강姜씨였다……. 강씨 성은 서융이라 불린 강족羌族의 한 갈래로, 서쪽 지방에서 유목을 하다 앞장서 중앙부로 들어왔다. _판원란 《중국통사간편》

서강(西羌. 서융)에서는 전쟁터에서의 죽음을 길하다고 여겼으며, 병으로 죽는 것은 불길하다고 여겼다. 추위와 고통을 견디는 인내심이 금수와 같았고, 여자가 아이를 낳을 때도 눈보라를 피하지 않았다. 굳건하고 용맹한 성품은 오행五行 가운데서도 서방금西方金의 기를 받은 것이다. _《후한서後漢書·서강열전西羌列傳》

그해 초겨울에 내린 첫눈은 금방 녹으면서 공기를 습윤하게 만들어 주었다. 들판은 한층 차갑고 깨끗해졌다. 여름 목초지를 떠난 일이며 시끄러웠던 대대의 사건들도 이제는 모두 지나간 일이 되었다. 각 조의 사이가 대략 10리가량 떨어져 있어 개 짖는 소리조차 들려오지 않았다. 겨울 풀들이 빽빽이 나 있는 넓은 들판은 누렇게 빛이 바래서 마치 풀 한 포기 자라지 않는 고원의 사막처럼 황량하기 그지없었다. 오직 초원의 하늘만이 늦가을처럼 눈이 시리도록 새파랬다. 구름 한 점 없는 높은 하늘이 호수처럼 맑고 투명했다. 평소보다 더 높이 날아오른 창공의 독수리가 거울에 낀 파란 녹보다도 작아 보였다. 독수리들은 진작 굴을 닫아버린 마르모트와 초원의 들쥐를 잡지 못하게 되자, 구름

끝까지 올라 더 넓은 시야에서 산토끼를 찾아보려는 것이리라. 그러나 변색이 가능한 몽골산토끼들은 겨울 풀 사이사이로 꼭꼭 숨어 다녀서 여우조차도 찾아내기가 힘들었다. 그래서 매년 겨울 많은 독수리들이 배고픔을 못 이겨 죽어간다고 빌게 노인이 말한 적이 있었다.

천전은 병단의 공급판매합작사에서 굵은 철사 한 묶음을 사다가 늑대가 물어뜯어 구멍 난 버드나무 광주리를 꿰맸다. 그는 온종일 철사를 가지고 가로세로 격자무늬로 빽빽하게 짜서 광주리 안쪽에 붙이고, 철망으로 된 뚜껑도 만들었다. 젓가락만큼 굵은 철사는 호랑이가 두 발로 힘껏 긁어도 뜯을 수 있을까 말까 할 정도로 견고했다. 그는 늑대의 무딘 이빨로는 이 새로운 감옥을 도저히 뚫을 수 없을 것이라고 생각했다. 어차피 철사는 많이 있으니 또 뜯더라도 언제든 다시 수리하면 되었다.

겨우내 내린 폭설에 목초지의 풀이 반이나 묻혔기 때문에 가축들이 먹을 식량이 대폭 줄어들었다. 그래서 겨울에는 한 달에 한 번꼴로 이사를 다녀야만 했다. 소와 양들이 눈이 내린 바로 위에 나와 있는 풀들을 다 먹어버려 목초지가 온통 하얘지면 또 다른 황색의 설원으로 가축들을 몰고 갔다. 옛 목초지의 눈밭 아래 남은 풀들은 힘센 말들이 발굽으로 파내어 뜯어 먹게 했다.

겨울철 이사는 그리 멀리 옮겨 가지는 않았다. 앞서 양떼가 풀을 먹고 다닌 넓이 정도만 움직이면 되었다. 그래서 보통 반나절이면 이동이 가능했다. 그러니 새끼늑대가 아무리 심하게 발버둥 친대도 반나절 안에 철사우리를 물어뜯을 수는 없었다. 천전은 비로소 안도의 숨을 내쉬었다. 그는 보름 동안 고심한 끝에 겨우 늑대의 생사가 걸린 문제를 해결한 셈이었다. 이제는 겨울철에 아무리 자주 이사를 하더라도 큰 걱정이 없었다.

유목 생활은 확실히 지혜를 키워주었다. 천전과 양커는 늑대를 우리에 넣는 방법도 생각해냈다. 우선 땅바닥에서 늑대를 광주리에 집어넣었다. 그리고 끌채를 들어 올려 수레 뒷부분을 광주리 밑으로 집어넣은 다음 밀어 올렸다. 마지막으로 끌채를 내리면서 수레를 평평하게 하면 기울어진 상태로 올라왔던 광주리가 똑바로 놓이게 되었다. 그런 다음에는 흔들리지 않게 단지 수레에 잘 묶어주기만 하면 되었다. 그렇게 하면 사람도 늑대도 다치지 않고 안전하게 수레에 태울 수 있었다. 목적지에 다다른 뒤 수레에서 내릴 때도 마찬가지였는데, 다만 순서만 반대로 했다. 그들은 정착 생활이 시작될 때까지 이 방법이 유효하기를 바랐다.

정착한 이후에는 늑대에게 튼튼한 돌우리를 지어주면 될 것이다. 처음 지을 때는 수고스럽겠지만, 일단 지어놓으면 내내 편할 테니 그 정도의 고생쯤이야 문제가 아니었다. 그런 뒤에는 암캉아지를 함께 넣어 키울 것이다. 그 둘은 원래 새끼 때부터 단짝 친구였기 때문에, 앞으로 좀 더 오래 함께 지내다 보면 분명히 늑대개라는 사랑의 결실을 맺게 될 것이다. 그 늑대개야말로 새로운 초원 야생늑대의 후예가 되겠지.

천전과 양커는 시간이 나는 대로 늑대 곁에 앉아 머리를 쓰다듬어주면서 대화를 나눴다. 그러면 늑대는 그들 중 한 명의 다리에 머리를 올려놓고는 귀를 쫑긋 세우고 호기심 어린 눈으로 둘의 얘기를 들었다. 그러다 지치면, 머리를 흔들고 다른 쪽으로 고개를 돌려 그들의 다리에 머리를 비벼댔다. 아니면 하늘을 향해 고개를 젖히고는 귀를 붙잡고 놀거나 볼을 긁어 달라고 보채기도 했다. 두 사람은 그들과 늑대의 미래에 대해 부푼 기대에 빠져 있었다.

어느 날 양커가 늑대를 품에 안고 천천히 털을 빗겨주면서 말했다.

"우리 늑대는 나중에 새끼가 생기면 절대 도망치지 않을 거야. 늑대가 동물 중에서도 가정을 가장 잘 돌보는 동물이고, 수늑대들은 하나같이 모범 가장이라고 하잖아? 야생늑대들이 꼬여 가지만 않는다면, 목에 걸린 쇠사슬도 풀어주고 초원에서 마음껏 뛰어 놀게 해도 알아서 집으로 돌아올 텐데."

천전이 고개를 가로저으며 말했다.

"그러면 얘는 더 이상 늑대가 아니지. 난 얘를 언제까지나 여기에 붙잡아 둘 생각은 없어……. 난 오래전부터 진짜 야생늑대를 친구로 두는 상상을 해왔어. 그럼 어떻게 되는 거냐 하면, 내가 말을 타고 서북쪽 국경수비도로의 높은 비탈로 달려가서 길 저편의 산을 향해 목청껏 소리치는 거야. '늑대야, 늑대야, 밥 먹자!' 그러면 늑대가 자기네 가족을, 진짜 초원늑대 가족을 이끌고 기쁨에 겨워 나를 향해 달려오는 거지. 물론 늑대들의 목엔 사슬이고 뭐고 아무것도 걸려 있지 않고, 날카로운 이빨은 번쩍거리고, 모두가 위풍당당하기 이를 데 없는 거야. 그런 늑대들과 풀밭에서 함께 뒹굴며 즐겁게 노는 거지. 늑대들은 내 턱을 핥아주기도 하고, 가끔은 내 팔을 물기도 하지만 진짜로 무는 게 아니라서 상처는 전혀 나지 않아……. 그런데, 새끼늑대에게 날카로운 이빨이 없어진 이후로는 나의 이런 상상은 정말로 몽상이 되고 말았어……."

천전은 가볍게 한숨을 내쉬며 말했다.

"흐음, 그런데 정말 단념이 안 돼. 요즘은 또 새로운 상상을 하기 시작했거든. 잘 들어봐, 이번엔 내가 치과 의사가 되는 거야. 그래서 늑대에게 다시 날카로운 송곳니 네 개를 심어주는 거지. 그런 다음 내년 봄에 완전한 어른늑대로 자라나면 조용히 늑대를 국경수비도로로 데려가서 외몽골 산속에 풀어주는 거야. 거기엔 올론에서 살았던 늑대 무리도 있을 거고, 어쩌면 새끼늑대의 아빠인 흰 왕늑대가 치열한 혈전을 치른 끝에 새로운 근거지를 개척해놓았을 수도 있어. 똑똑한 우리 늑대는 분명히 자기 아빠를 찾아낼 수 있을 거야. 아빠에게 가까이 가기만 하면, 왕늑대도 새끼늑대의 몸에서 나는 자기 가족만의 냄새를 맡고는 가족으로 받아들이겠지. 새끼늑대는 날카로운 새 송곳니로 중무장했으니까, 외몽골의 다른 어떤 늑대들과 마주치더라도 천하무적일 거야. 어쩌면 몇 년 후에 흰 왕늑대가 우리 늑대에게 왕위를 물려줄는지도 모르지. 새끼늑대는 절대적 기준에서 보더라도 올론초원에서 가장 우수한 늑대임에 틀림없어. 불굴의 정신은 물론 다른 늑대들이 따를 수 없을 만큼 총명하기 때문에 원래 다음 왕이 되는 게 마땅하지. 몽골 본토는 땅이 넓은 데 반해 인구가 200만 명 정도밖에 안 되고, 또 진정으로 늑대토템을 숭배하는 곳이라 늑대 입장에서는 그곳이야말로 정신적 낙원이 될 거야. 그리고 늑대를 괴롭히고 없애려 드는 농경 세력도 없으니, 그곳이라면 우리 늑대가 자신의 영웅적인 기개를 마음껏 발휘할 수 있을 거라고……. 난 정말 큰 죄를 지었어. 이렇게 훌륭한 늑대의 창창한 앞길을 망쳐놓다니……."

양커는 망연자실한 표정으로 국경수비도로의 먼 산을 바라보았다. 그의 눈빛이 점점 흐려졌다. 그가 한숨을 쉬더니 말했다.

"네 첫 번째 공상 말이야, 네가 10년만 일찍 초원에 왔더라도 충분히 실현될 수 있었을 거라고 봐. 그렇지만 두 번째 공상은 현실적으로 불가능해. 어디서 그 귀한 치과 의료 설비를 가져올 건데? 이곳 기에는 병원조차 한 곳도 없어. 목축민들도 의치를 하려면 800리나 떨어진 맹까지 가야 한다고. 늑대를 안고 맹에 있는 병원까지 갈 수 있겠어? 이제 그만 꿈 깨. 계속 그러다간 아마 몽골초원에 제2의 샹린사오(祥林嫂. 루쉰의 단편 소설 〈축복〉에 나오는 청상과부로, 봉건 예교에 지나치게 사로잡혀 결국 그 때문에 의식까지 마비되는 지경에 이름)가 나올지도 몰라. 너도 이제 현실을 직시해."

현실로 되돌아온 천전과 양커는 늑대의 상처를 걱정했다. 발바닥의 상처는 다 나았지만, 상해서 거무죽죽하게 된 이빨은 헐겁게 흔들릴수록 치근도 점점 붉게 부어올랐다. 늑대는 예전처럼 씩씩하게 음식을 잘 씹어 먹지 못했다. 가끔 음식이 너무 탐나서 아픈 것을 잊고 달려들기도 하지만 씹는 순간 몹시 고통스러운지 그만두는 경우도 있었다. 그러면 입을 크게 벌려 차가운 공기를 들이마신 후 통증이 가라앉을 때까지 계속 아픈 이빨을 빨았다. 그러다 좀 나아지면 그제서야 다른 이빨로 살살 씹어 먹었다.

천전이 가장 걱정스러워한 것은 늑대의 목구멍에 난 상처였는데 시간이 제법 지났는데도 아물지를 않았다. 그가 고기에 윈난백약을 발라 삼키게 하면 한동안 피가 멈추었지만, 대신 계속 기침을 하게 되어 음식을 넘기는 것 자체를 힘들어했다. 천전은 수의사를 불러오는 것은 꿈도 못 꾸고, 어디서 수의학 책을 몇 권 빌려다 혼자서 머리를 쥐어짰다.

대대에서 월동 식품으로 쓸 소와 양이 도살되어 냉동 과정을 마쳤다. 천전네 게르의 네 식구는 목장의 규정에 따라 겨우내 먹을 양식으로 한 사람당 양 여섯 마리씩 총 스물네 마리의 양을 분배 받았고, 소 한 마리도 받았다. 양곡의 경우, 정량이 줄지 않았기 때문에 여전히 한 사람당 매달 30근씩 받았다. 그러나 목축민들은 고기는 지식청년들과 똑같은 양을 받았지만, 양곡은 정량이 19근밖에 되지 않았다.

이렇듯 천전네 게르에는 고기가 충분했기 때문에, 사람들은 물론 개들과 늑대까지도 실컷 먹을 수 있었다. 또 겨울철이 되면 종종 얼어 죽거나 병들어 죽는 양이 생기는데, 사람들은 그런 고기는 먹지 않으므로 그것도 개들이나 늑대의 먹이가 되었다. 천전은 이제 더 이상 새끼늑대의 먹이 때문에 걱정할 필요가 없었다.

천전과 가오젠종은 냉동된 고기 대부분을 소조의 창고에 보관해 두었다. 창고는 세 칸짜리 토담집으로, 소조의 봄철 목초지에 세워져 있어서 병단에 가려면 반드시 거쳐 가는 곳이었다. 그들은 늘 광주리 하나 분량의 고기만 게르에 두고 먹으면서 떨어지면 창고에 가서 가져왔다.

초원의 겨울은 해가 짧아, 하루에 예닐곱 시간밖에 양들을 풀어놓지 못했다. 여름철 방목 시간에 비하면 절반이 조금 넘었다. 백모풍이 몰아치는 악천후를 제외한다면, 겨울은 양치기나 소치기로서는 휴식하기에 더없이 좋은 계절이었다. 천전은 올겨울에는 늑대를 옆에 두고서, 밀린 독서와 공책 정리를 하리라 계획을 세웠다. 그는 새끼늑대가 천지를 가득 메운 눈밭 속에서 새로운 연기를 펼쳐 보여주기만을 기다리고 있었다. 천전은 늑대의 사나움과 오만함, 지혜와 신비함이 초원 희곡의 샘솟는 원천이라고 굳게 믿었다. 새끼늑대는 자신에게 푹 빠져 있는 팬을 절대로 실망시키지 않을 것이다.

길고도 긴 추운 겨울 동안, 국경 밖으로 도망친 야생늑대들은 몇 배나 혹독한 생존 환경 속에서 살아남아야 했지만, 천전의 새끼늑대는 먹고 싶은 만큼 얼마든지 고기를 먹을 수 있는 유목의 주거지에서 편안한 생활을 하고 있었다. 늑대의 겨울털은 길고 가지런하게 자라서,

이제 정말 어른늑대로 훌쩍 커버린 듯했다. 천전이 풍성하게 자란 털 사이로 손을 쑥 집어넣었더니 손가락 다섯 개가 모두 보이지 않았다. 그의 손바닥을 통해 작은 난로 같은 늑대의 체온이 전해져왔다. 그것은 어떤 장갑보다도 따뜻했다.

늑대는 아직까지도 어른늑대라는 이름을 받아들이지 않았다. 어른늑대라고 부르면 못 들은 척 딴청을 피웠고, 새끼늑대라고 불러야 기쁘게 달려와서 다리와 무릎에 제 몸을 비벼댔다. 암캉아지도 자주 늑대를 찾아가 함께 놀았는데, 이제는 늑대도 더 이상 자기 집의 '민며느리'를 물지 않았다. 대신 가끔씩 암캉아지를 제 가랑이 밑에 두고서 본능적인 동작을 연습하곤 했는데, 허물없고 정다우면서도 우악스러워 보이기도 했다.

그 모양을 지켜보던 양커가 실실 웃으면서 말했다.

"내년쯤엔 늑대한테도 가족이 생기겠는걸……."

드디어 세 번째 폭설도 지나갔다. 햇빛 아래 비치는 올론초원은 누런색과 흰색이 섞여 있어 멀찍이 서서 보면 마치 황백의 설원에 있는 것 같았다. 또 앉아서 보면, 황금목장에 와 있는 듯했다. 가스마이의 목축조는 원시 초원부락처럼 초원 깊숙이 더 광활하고 황량한 곳으로 들어갈 채비를 했다. 천전은 다시 한 번 늑대를 데리고 이사를 가야 했다. 남의 간섭을 받지 않고 세상과 격리된 겨울철 띠풀 목초지로 말이다.

천전과 가오젠중은 눈을 파내는 넉가래로 마른 소똥을 수레에 가득 싣고, 양 우리를 세우는 이동식 울타리와 커다란 펠트를 수레 두 대에 실은 다음 먼저 새 거주지로 향했다. 새 목초지에 도착한 두 사람은 게르와 우리를 설치할 자리를 정하고 쌓인 눈을 치우기 시작했다. 한참 걸려서 네 군데의 눈 더미를 다 치운 후 그곳에 수레의 짐을 내려놓은 뒤, 오후가 되자 서둘러 빈 수레들을 끌고 돌아왔다. 천전의 기분도 무척 가벼웠다. 이제 새끼늑대를 수레 한 대에 따로 싣고 갈 수가 있었다.

다음 날 아침, 세 사람은 게르를 해체해서 수레에 싣고 잘 묶은 뒤, 마지막으로 늑대도 안전하게 수레에 실었다. 늑대는 으르렁거리며 벽에 덧대어놓은 철사를 힘껏 물어뜯으려다가 이내 이빨이 아파오는지 다시는 시도하려 하지 않았다. 달구지가 움직이기 시작하자, 늑대는 지난번처럼 겁을 잔뜩 집어먹고 고개를 푹 숙인 채 목을 움츠렸다. 새로운 안식처에 다다를 때까지 반나절 동안 늑대는 그렇게 반쯤 쪼그리고 앉아 꼼짝도 하지 않았다.

천전은 늑대를 진정시킨 다음 추위를 잘 견디게 해줄 지방을 체내에 축적시킬 수 있도록 기름진 양의 꼬리를 주었다. 그는 늑대가 잘 삼킬 수 있도록 고기를 얇게 썰어주었다.

비록 쇠사슬에 묶여 있는 처지이긴 해도, 새끼늑대는 시종 늑대로서의 본성과 연결되는 두 가지 원칙을 고수했다. 먼저, 식사 시간에는 누구의 접근도 허용하지 않는다. 새끼늑대는 먹이를 먹을 때는 부모 형제도 몰라볼 정도여서 제아무리 천전과 양커라 할지라도 가까이 다가갈 수가 없었다. 또 다른 하나는, 산책할 때는 절대 남에게 끌려 다니지 않는다. 늑대는 누가 자기를 강제로 끌려고 할 때마다 기를 쓰고 반발했다. 천전도 늘 늑대의 이 두 가지 원칙을 최대한 배려해주려 애썼다. 천지가 흰 눈으로 덮이고 매서운 추위까지 동반한 겨울은 늑대의 식탐이 일 년 중 최고조에 이르는 계절이었다. 식사 때마다 늑대는 무섭게 이빨을 드러내고 두 눈은 '독침'을 발사했다. 늑대는 천전이 우리 밖으로 나간 다음에야 경계를 풀고 먹기 시작했다. 그러면서도 중간 중간 으르렁거리며 천전을 위협하기도 했다. 늑대는 상처를 입었음에도 불구하고 여전히 강인했으며, 배로 늘어난 식사량으로 유실된 피를 보충하려고 애썼다.

이빨과 목구멍에 난 상처는 늑대의 강인한 면모에 여전히 흠집을 내고 있었다. 원래 두세 번만 씹으면 삼킬 수 있었던 양의 꼬리를 일고여덟 번이나 꼭꼭 씹은 후에 목구멍으로 넘길 수 있었다. 천전은 늑대의 상처가 완전히 치유되지 않으면 어쩌나 싶어 전전긍긍했다.

인적 드문 변경에 위치한 겨울철 초원에는 늦가을보다 훨씬 더 무거운 처량함이 감돌았다. 눈을 뚫고 나와 바람에 흔들리는 겨울 풀들이 점차 사그라지는 숨을 내뱉고 있었다. 짧았던 녹음의 계절이 지나면서 공포의 총부리 아래 겨우 살아남은 철새들도 날아가버렸다. 일찍이 맹렬하게 울부짖으며 신출귀몰하던 늑대들도 다시는 돌아오지 않았다. 싸늘함과 고요함으로 뒤덮인 초원은 점차 생기를 잃어갔다.

천전은 때때로 걷잡을 수 없는 우울함에 빠져들곤 했다. 그는 늘 옛날 소무蘇武가 북해의 초원에서 어떻게 그 기나긴 인고의 세월을 보낼 수 있었는지가 궁금했다. 이토록 황량하기 그지없는 설원에서, 만일 새끼늑대와 베이징에서 가져온 책들이 없었더라면, 천전은 벌써 미쳐버렸거나 바보가 되었을지도 모를 일이다.

언젠가 양커에게서 그의 아버지가 영국 유학 시절에 북극과 가까운 유럽 거주민들의 자살률이 특히 높다는 사실을 알게 되었다는 이야기를 들은 적이 있었다. 러시아 초원과 시베리아의 황량한 벌판에서 수세기 동안 유행처럼 번졌던 슬라브 우울증 역시 암울하도록 망망한 설원의 어둡고도 긴 겨울과 연관이 있을 것이다. 그러나 인구도 많지 않은 몽골초원의 사람들은 달랐다. 그들은 어떻게 맑고 온전한 정신으로 어둡고 기나긴 설원에서 수천 년 동안이나 건강하게 살 수 있었던 것일까? 그것은 바로 그들이 초원늑대와의 긴장되고 스릴 넘치는 끊임없는 전쟁에서 분투하면서, 자자손손 굳건한 기백과 정신력을 배양해 온 것이 분명했다.

몽골인들에게 초원늑대는 육체적으로는 적인 동시에 정신적인 지주였다. 늑대가 눈앞에서 사라지고 작열하던 태양까지 초원을 비추지 않게 되면서 웅덩이에 고인 물 같은 평온함이 지속되자, 초원 사람들을 답답해하고 지루해하고 의기소침해졌다. 이것은 정신적으로 더 무서운 적이 되어 수천 년간 이어져온 초원민족의 충만한 기상과 열정을 철저히 무력하게 만들었다.

초원늑대가 사라진 후, 올론초원에서는 독주 판매량이 배로 증가했다…….

천전은 자신을 설득시키기 시작했다.

'당시 소무는 분명 북해초원의 흉포한 몽골늑대와의 생사를 건 고투 덕분에 적막하고 고독한 세월을 견뎌낼 수 있었을 거야. 하루 종일 늑대에 포위되어 살아가는데, 언제 의기소침해 있을 틈이나 있었겠어! 그리고 흉노족 선우가 소무를 모시게 했다는 몽골의 양치기 소녀 역시 가스마이처럼 용감무쌍하고 선량한 여자였겠지. 그렇게 고난을 함께 겪은 부부 사이에서 태어난 아이 역시 늑대 굴을 자유자재로 드나드는 바야르 같은 아이였을 테고. 이런 따스하고 굳센 가정이 소무를 지탱해준 정신적인 힘이었을 거야. 그렇지만 훗날 초원으로 파견된 한나라 관리가 소무 부부만 구출하고, 바야르는 몽골초원에 덩그러니 남겨두었던 건 참으로 유감이야.'

천전은 갈수록 확고하다 못해 편향된 확신까지 내리게 되었다. 초원늑대와 늑대 정신이야말로 소무가 자신의 사명을 욕되게 하지 않고, 한나라 왕조에 대한 지조를 지킬 수 있게 해준 정신적인 원동력이었을 것이다. 소무 한 사람도 이러한데, 늑대와 수천 년을 함께한 초원민족이야 말할 필요가 없지 않을까?

늑대토템은 초원의 혼이자, 초원민족의 자유롭고 강인한 혼 그 자체였다.

지식청년들이 우울한 하루하루를 보내는 동안, 다행히도 새끼늑대는 천전 곁에서 활발함과 야생성을 잃지 않았다.

늑대의 덩치가 날이 갈수록 커져가면서 쇠사슬은 점점 짧아져만 갔다. 새끼늑대는 손해를 보고는 도저히 못 참는 민감한 성격이었기에 쇠사슬과 몸집의 비율이 조금이라도 맞지 않는다는 걸 눈치 챈다면, 분명 혹독한 학대를 받아온 수감자처럼 펄펄 뛰며 저항할 것이 뻔했다. 아마도 있는 힘을 다해 쇠사슬을 잡아당기고 말뚝까지 뽑으려 들면서 줄을 늘여달라고 요구할 것이다. 만일 요구가 관철되지 않는다면 스스로의 목을 조르는 짓도 불사할 놈이었다. 아직 목구멍의 상처가 다 낫지 않았기 때문에, 천전은 어쩔 수 없이 쇠사슬의 길이를 늘여주긴 했지만 겨우 20센티미터에 불과했다. 그 정도로는 이미 성인이 된 늑대에게 태부족이라는 걸 알고 있었지만, 그렇다고 해서 무작정 늘여줄 수만은 없었다. 길이가 늘어나면 새끼늑대가 뛸 수 있는 거리도 그만큼 늘어날 것이고, 쇠사슬을 잡아당기는 힘도 그만큼 강해질 것이기 때문이다. 천전은 언젠가 사슬이 늑대의 힘을 견디지 못하고 끊어질까봐 마음을 심하게 졸인 적도 있었다.

새끼늑대는 길어진 사슬의 마디마디를 몹시 소중하게 여겼다. 늑대는 길이가 조금씩 늘어날 때마다 신나게 원을 돌며, 새로 얻어낸 마디

마디에서 자유와 기쁨을 만끽했다. 누렇게 바랜 풀만 있던 원 안으로부터 새끼늑대의 발이 그 바깥의 새하얀 눈밭에 처음 닿는 순간, 늑대는 새로운 영역을 점령한 기쁨에 어쩔 줄 몰라 했다. 마치 살이 통통한 망아지를 잡아 죽이기라도 한 것처럼 열광적인 모습이었다. 쌓여 있는 눈을 치우기도 전에 마치 룰렛을 구르는 주사위처럼 뱅글뱅글 뛰어다녔다.

획획, 획획. 한 바퀴 또 한 바퀴를 어지럽게 돌다 보니, 마치 늑대 10여 마리가 앞뒤로 적을 쫓는 것 같은 착시 현상이 일었다. 또 쇠사슬이 쓸고 지나가면서 제초기와 분쇄기를 틀어놓은 것처럼 누런 풀들이 사방으로 튀었다. 늑대가 거의 실성한 것처럼 돌 때마다 땅에선 황사 섞인 바람이 회오리처럼 일어나면서, 옆에서 지켜보고 있던 천전을 조마조마하게 만들었다. 그는 늑대가 이렇게 빠른 속도로 돌다가 엄청난 원심력에 의해 튕겨져 나가 깊은 산속에 떨어져서 국경 밖으로 달아나지나 않을까 괜한 걱정까지 들었다.

늑대 곁에 앉아 있을 때면 천전은 마음속에 자리한 우울함과 고독이 눈 녹듯이 사라지고, 대신 늑대의 강렬한 야수성으로 가득 찼다. 태양처럼 뜨겁게 달궈진 늑대 피가 혈관 속으로 들어와 그의 생명력을 왕성하게 팽창시켜주었다. 늑대의 고성능 엔진으로 뜨겁게 달궈진 감정이 그의 온몸을 흥분과 정열로 가득 채워주었다.

천전은 늑대가 펼치는 공연을 매우 흥미롭게 감상하고 있었다. 늑대의 공연을 관람하는 동안 문득 또 다른 생각이 그의 뇌리를 스쳐 지나갔다. 늑대가 저렇게 날뛰는 것은 단지 기쁨에 겨워서 하는 행동만이 아니고, 그 안에 또 다른 의도가 숨어 있을지도 모른다는 것이다. 흥분이 가신 후에도 쉬지 않고 계속 뛰는 것으로 보아 본능적으로 속도 훈련을 해서 탈옥을 준비하는 건지도 모른다. 새끼늑대는 지난여름이나 가을보다 쇠사슬을 잡아당기는 힘이 눈에 띄게 강해졌다.

늑대는 나날이 강해지고 있었고, 눈앞에 끝없이 펼쳐진 자유의 초원을 간절한 눈빛으로 바라보곤 했다. 한 발만 내딛으면 닿을 것 같은 자유가 바로 코앞에서 손짓하고 있으니 목에 매인 쇠사슬이야말로 늑대를 가장 견디기 어렵게 하는 물건일 것이다. 천전은 늑대의 그런 심경과 욕망을 충분히 이해할 수 있었다. 이 자유로운 대초원에서 천성적으로 자유롭고 또 자유를 열렬히 사랑하는 늑대에게 그것을 코앞에 두고도 얻지 못하게 하는 것은 가장 잔인한 형벌이 아닐 수 없었다. 그렇지만 천전의 입장에서는 늑대가 계속 참도록 잡아둘 수밖에 없었다. 설원의 혹한은 다 큰 늑대도 살아남기 힘들 텐데, 이 기나긴 엄동에 늑대가 자연으로 돌아간다면 오직 죽음밖에 다른 길이 없을 게 너무도 분명했다. 그럼에도 불구하고 새끼늑대는 계속 쇠사슬을 벗어나려고 애썼고, 그 때문에 목구멍의 상처는 회복이 더뎌질 수밖에 없었다. 천전은 마음이 한없이 아려왔다. 오직 그가 할 수 있는 일이라고는 쇠사슬과 목걸이 그리고 말뚝을 더 자주 확인해서 '자유로운 사지死地'로 도망치려 하는 늑대의 탈옥 음모를 막는 것뿐이었다.

늑대는 입을 반쯤 벌린 채 지친 기색도 없이 끈질기게 달렸다. 어쩌다 한 번씩 천전을 향해 눈웃음을 짓기도 했지만, 그 눈빛은 전광석화처럼 사라져갔다. 하지만 그 순간만큼은 무엇에도 비교할 수 없는 따스함과 감동이 천전의 가슴속으로 밀려왔다.

'나의 생명력은 이미 시들어버린 것일까? 나의 의지와 꿈은 이대로 끝나버리고 마는 것인가?'

그는 늑대의 야성과 패기 앞에서 한없이 부끄러워지는 자신에게 이렇게 자문했다. 그는 새끼늑대의 왕성한 생명력이 젖은 장작 같던 자신의 생명력을 뜨겁게 달구어주고 있음을 느꼈다. 그래, 늑대가 자신을 마음껏 발산하도록 놔두는 거야. 너의 생명력을 마음껏 불태워라! 그는 늑대가 돌고 싶은 만큼 돌도록 내버려두기로 했다.

늑대는 정신없이 몇 바퀴를 더 돌다가 조금씩 휘청거리기 시작하더니 갑자기 급제동을 걸고 멈춰 섰다. 그 자리에 서서 크게 숨을 몰아쉬며 헐떡거리던 늑대는 몸이 풀렸는지 풀썩 땅에 쓰러지고 말았다. 천전은 황급히 달려가 늑대를 일으켜주었다. 늑대는 그를 쳐다보는 것 같았지만 눈의 초점이 흐려져서 그와 눈을 제대로 맞추지 못했다. 늑대는 잠시 버둥대다가 겨우 일어났다. 하지만 술 취한 사람처럼 두어 번 휘청거리더니 또다시 주저앉았다. 천전은 어이가 없어 피식 웃음이 나왔다. 연자매를 가는 당나귀도 눈을 가려주는데, 눈도 가리지 않은 채 그렇게 빠른 속도로 빙글빙글 돌았으니 오죽 어지러웠을까? 늑대가 어지러워하는 모습을 보는 건 이번이 처음이었다. 방향을 분간하지 못하면서 몇 번이고 쓰러지던 새끼늑대는 구토를 하려는지 입을 벌렸다.

천전은 재빨리 달려가 미지근한 물을 가져다주었다. 늑대는 잠시 비틀거리더니 땅 소리와 함께 대야에 콧등을 부딪혔다. 그러다 가까스로 안정된 자세를 취하고는 고개를 숙여 물을 마셨다. 그러고 나서 네 다리를 쫙 펴고 옆으로 누운 늑대는 한참 동안 숨을 고르다가 다시 일어섰다. 그런데, 참으로 이해할 수 없는 일이 일어났다. 겨우 기력을 회복하는 듯하던 늑대가 또다시 룰렛의 구슬처럼 미친 듯이 빙글빙글 돌기 시작한 것이다.

천전은 갑자기 마음 한구석이 시큰해오며 강렬한 자책감이 밀려왔다. 이렇듯 인적이 드문 황량한 벌판에서 늑대의 존재는 그에게 큰 힘이 되어주고 있었다. 그 좁은 우리 안에서도 강하게 발산되는 생명력은 그의 부족함을 끊임없이 채워주었고, 덕분에 그는 영원히 계속될 것만 같은 암울한 겨울을 견딜 수 있었다. 비옥하다고는 해도 이곳에는 가시나무가 떼 지어 자라고, 서로 다른 두 민족 간의 성격과 운명의 충돌로 가득 차 있었다. 그가 이곳에서 평생을 보낸다 해도 전부 다 수용할 수는 없을 것이다. 그러나 늑대를 경모하고 숭배한다고 말하면서, 늑대에 대한 한족의 편견과 무지를 극복하고자 했던 연구와 노력은 과연 한 늑대의 구금을 전제로 하고, 자유와 기쁨을 빼앗는 대가를 치르고서야 비로소 실현될 수 있는 것이었을까?

천전은 자꾸만 자신의 행위에 대한 회의와 번민 속으로 깊이 빠져들어갔다.

'책이나 읽자!'

그러나 그는 쉽사리 발걸음을 떼지 못하고 계속 서성거렸다. 그는 곧 정신적으로나 감정적으로 늑대에게 거의 병적으로 의지하고 있는 자신을 발견했다. 그는 한 발짝 움직일 때마다 세 번은 늑대를 돌아보아야 했다. 그러나 자신이 늑대를 위해 해줄 수 있는 일이 무엇인지는 전혀 떠오르지 않았다.

늑대의 성격은 결국 스스로의 운명을 결정지었다.

천전은 늘 생각했다. 이 추운 겨울에 결국 늑대를 잃게 된다면, 그것은 탱그리가 정한 하나의 필연적 결과이며, 그의 양심을 벌하기 위해 탱그리가 내린 종신형이리라. 그는 평생 용서받지 못할 마음의 짐을 짊어지고 살아가야 할 것이다.

늑대의 상태가 돌연 악화되었다. 바람도 없고 달도 별도 뜨지 않은 어느 어두컴컴한 밤이었다. 그날 밤엔 개 짖는 소리도 들리지 않았다.

올론초원은 마치 화석에 박힌 식물표본처럼 생명의 숨결이라고는 전혀 느껴지지 않을 만큼 고요했다.

한밤중에, 천전은 쇠사슬이 부딪치는 소리에 놀라 잠에서 깼다. 온몸에 스며오는 강한 두려움에 그의 정신이 번쩍 들었고, 청력도 매우 예민해졌다. 그는 온 정신을 귀에 집중했다. 쇠사슬 소리 사이사이로, 국경의 큰 산에서 늑대들이 울부짖는 소리가 얼핏얼핏 들려왔다. 단속적으로 들려오는 그 소리는 마치 퉁소 소리처럼 구슬프고 애절했다. 제 터전에서 밀려나 국경 밖까지 쫓겨 간 늑대들은 어쩌면 그곳에서 더 강한 늑대군단의 공격을 받고 흰 왕늑대와 부상당한 몇몇만 외롭게 살아남았을지도 모른다. 그런 늑대들이 도로 국경 이남으로 넘어와, 경계비가 세워진 방화도로와 국경수비도로 중간의 무인지대까지 도망쳐왔을 수도 있었다. 그러나 늑대들은 아직 혈흔이 가시지 않은 고향땅으로 되돌아올 수는 없을 것이다. 그래서인지, 왕늑대의 애타는 울부짖음은 다시 한 번 필사적인 항전을 위해 흩어진 패잔병들을 부르는 절규처럼 들려왔다.

천전은 벌써 한 달 남짓 늑대들의 울음소리를 듣지 못했었다. 가늘게 떨리는 애달픈 울음소리는 그가 그동안 마음속에 품어왔던 모든 걱정거리들을 함께 담고 있었다. 빌게 노인도 지금 저 소리를 들으며 눈물을 흘리고 있을 거라는 생각이 들었다. 그 처절한 울부짖음은 아예 늑대의 울음소리를 듣지 못할 때보다 훨씬 더 절망스러웠다. 올론초원에서 가장 용감무쌍하고 지혜로운 우두머리 늑대와 수늑대들 대부분은 특등 사수들에 의해 가장 먼저 목숨을 잃었다. 폭설이 올론초원을 뒤덮은 이후로 지프차는 운행을 중단했지만, 기병 출신의 날쌘 사수들은 일찌감치 빠른 말로 바꿔 타고 계속해서 남은 늑대들을 추격하고 있었다. 올론초원의 늑대들은 적의 포위망을 헤치고 빠져나갈 힘도, 새로운 근거지를 개척할 힘도 완전히 상실해버린 것 같았다.

천전이 가장 염려했던 일이 끝내 현실이 되고 말았다. 오랜만에 들려오는 늑대의 울음소리는 어느새 새끼늑대의 모든 희망과 충동, 반항심과 전쟁 욕구를 불러일으켰다. 적진에 구금되어 있던 늑대 왕자가 오래전에 헤어진 부왕의 부름과 구원의 절규를 듣고 만 것이다. 늑대는 갑자기 난폭해져서 안절부절못하더니, 마치 발사된 포탄처럼 튀어나가 대포같이 우렁찬 소리로 아버지의 울음소리에 호응하고 싶어 안달하는 모습이었다. 그러나 목의 상처가 아직 낫지 않았기 때문에 부왕과 동족의 절규에 우렁차게 대답할 수가 없었다.

늑대는 목숨을 걸고 위로 뛰어오르면서 힘차게 쇠사슬과 말뚝을 끌어당겼다. 자신의 목이야 끊어지든 말든, 자신을 방해하는 쇠사슬과 목걸이, 나무 말뚝을 끊어버리려고 안달했다. 천전은 얼어붙은 땅으로부터 강한 진동을 느꼈다. 늑대 우리 쪽에서 전해져오는 격렬한 울림은 도움닫기와 돌진을 번갈아가며 하다가 또 피를 토하고 있을 늑대의 모습을 쉽게 떠올릴 수 있게 해주었다. 새끼늑대는 점점 더 포악해져갔다.

천전은 심장이 철렁 내려앉는 것 같았다. 서둘러 이불을 젖히고 자리에서 일어나, 두꺼운 가죽바지와 털옷을 껴입고 게르 밖으로 뛰쳐나갔다. 손전등 불빛 아래로, 눈밭 여기저기가 피로 얼룩져 있는 것이 보였다. 과연 늑대가 핏덩어리를 뱉어내고 있었다. 늑대가 한 번 두 번 뛰어오를 때마다, 목에 걸린 가죽끈이 피를 뚝뚝 흘리고 있는 혓바닥을 점점 조여왔다. 활시위처럼 아슬아슬하게 당겨진 쇠사슬이 곧 끊어질 것 같았다. 늑대의 가슴에는 얼어붙은 핏방울들이 엉겨붙어 있었다. 핏방울이 사방으로 튀고, 늑대 우리 안에는 혈기와 살기가 무섭게 끓어올랐다.

천전은 생각할 겨를 없이 그 안으로 뛰어 들어가 늑대의 목을 끌어안으려 했다. 그러나 그가 팔을 뻗자마자 늑대가 사납게 물어버리는 통에 그의 소맷부리는 찢어발긴 양가죽처럼 너덜너덜해졌다. 양커도 놀라서 정신없이 달려왔다. 하지만 두 사람 모두 늑대 곁으로 다가갈 수조차 없었다. 오랫동안 억눌려 있던 광기가 살아나, 늑대를 살기가 이글거리는 붉은 눈의 악마로 만들어버렸다.

두 사람은 황급히 소똥 더미를 덮어두었던 두꺼운 펠트로 늑대를 덮친 후 힘껏 짓눌렀다. 늑대는 피를 보더니 완전히 미쳤는지 땅이건 펠트건 힘이 닿는 한 닥치는 대로 물어뜯었고 쇠사슬을 벗어나려 미친 듯이 머리를 털어댔다. 천전은 미쳐버릴 것만 같은 심정을 꾹 누르고 최대한 상냥하게 또박또박 "늑대야, 늑대야" 하고 불렀다. 얼마나 지났을까, 새끼늑대가 결국 제풀에 지쳐 잠잠해졌다. 야생늑대와 맨손으로 한바탕 싸움을 벌이느라 지친 두 사람도 바닥에 털썩 주저앉았다. 그들의 입에서 한숨이 흘러나왔다.

날은 밝아오고 있었다. 두 사람은 펠트를 젖혀보았다. 자유에 대한 투지와 아버지의 사랑에 대한 갈망에서 비롯된 항쟁의 참혹한 결과가 한눈에 들어왔다. 상한 이빨은 이미 입 밖으로 삐딱하게 나와 있고, 치근은 아까 펠트를 찢으면서 부러졌는지 피가 계속 흘러나오고 있었다. 아마 더러운 펠트에 묻었던 세균이 벌써 상처로 침투했을 것이다. 기진맥진한 늑대의 목구멍에서도 계속 피가 쏟아져 나오고 있었다. 지난번 이사 때와는 비교가 되지 않을 정도로 많은 피였다. 원래 있던 상처가 덧난 데다 또 새로운 상처가 난 게 분명했다. 늑대는 눈에 핏발을 세우고서 입 밖으로 뿜어져 나오는 피를 꿀꺽꿀꺽 넘겼지만, 벌써 펠트와 말뚝 모두가 핏덩이로 얼룩지고 얼어붙어 버렸다. 망아지 한 마리를 잡아도 이보다 많은 피가 나올 수는 없었다.

천전은 두 다리에 힘이 완전히 풀렸다. 떨리는 음성으로 더듬거리며 그가 말했다.

"끝났어, 이제 완전히 끝난 것 같아……."

양커가 말했다.

"늑대가 몸속의 피를 절반은 더 토해낸 것 같아. 이러다간 피가 한 방울도 남아 있지 않겠어……."

두 사람은 발을 동동 굴렀다. 피를 멈추게 하려면 어떻게 해야 하는지 도무지 방법이 떠오르지 않았다. 천전은 도움을 구하기 위해 급히 말을 타고 빌게 노인에게 달려갔다. 노인은 온몸에 피를 뒤집어쓴 천전을 보고 깜짝 놀라 서둘러 그를 따라나섰다.

여전히 피를 흘리고 있는 늑대를 본 노인이 급박한 목소리로 물었다.

"지혈제 갖고 있니?"

천전은 윈난백약이 든 작은 병 네 개를 얼른 가져왔다. 노인은 게르로 들어가서 쇼우바로우가 담긴 대야에서 삶은 양의 폐를 집어 들었다. 그런 다음 보온병에서 뜨거운 물을 부어 말랑말랑하게 만든 후에 딱딱한 부분들을 제거한 다음 좌우 양쪽 폐를 갈라 그 위에 백약을 잔뜩 묻혔다. 노인은 그것을 천전에게 주면서 늑대에게 먹이도록 시켰다. 천전이 밥그릇을 우리 안으로 넣어주자 늑대는 얼른 폐 한쪽을 물어다 힘겹게 삼켰다. 양의 폐가 식도를 내려가면서 피를 흡수하여 점점 부풀어 올랐기 때문에 하마터면 식도가 막힐 뻔했다. 백약을 바른 부드러운 양의 폐는 지혈 거즈처럼 한참 동안 목구멍에 머물러 있다가 힘겹게 넘어갔다. 부풀어 오른 양의 폐는 혈관을 지압하면서 동시에 백약을 식도의 상처에 발라주는 역할을 했다. 새끼늑대가 고생고생하며 두 쪽을 다 삼키자 비로소 입 안에서 나오던 피가 줄어들기 시작했다.

노인은 고개를 가로저으며 말했다.

"가망이 없겠어. 피를 너무 많이 흘린 데다 목구멍에 난 상처가 치명적이야. 이번에 어떻게 겨우 지혈을 했지만 다음번에 또 야생늑대들의 울음소리를 듣는다면 그땐 어떻게 할 건가? 어이구, 가여운 것……. 그래서 내가 그토록 키우지 말라고 하지 않았니. 굳이 키우겠다고 떼 쓰더니. 불쌍한 이 늑대를 보고 있으니 내 목을 칼로 그은 것보다 더 가슴이 아프다……. 이게 어디 늑대가 사는 방식이더냐. 이 가여운 놈은 개만도 못하고, 옛날 몽골 노예보다도 훨씬 비참하게 살아온 게다. 몽골늑대는 죽으면 죽었지 이렇게 살 수는 없어……."

천전이 애걸하는 투로 말했다.

"아버지, 전 늑대가 늙어서 수명이 다할 때까지 기를 거예요. 어떻게 살릴 방법이 없을까요? 알고 계시면 전부 가르쳐주세요……."

노인이 그를 노려보며 말했다.

"일이 이렇게까지 되었는데도, 그래도 키우고 싶다고? 그나마 아직 늑대 같을 때, 늑대의 본성이 아직은 남아 있을 때 어서 죽이거라. 병든 개처럼 시들시들 앓다 죽게 해서는 안 돼! 야생늑대처럼 끝까지 싸우다 죽게 해라! 그게 늑대의 영혼을 위하는 길이다!"

천전의 두 손이 덜덜 떨렸다. 그는 한 번도 자신의 손으로 늑대를 죽인다는 끔찍한 생각을 해본 적이 없었다. 그 많은 풍파를 겪으며 길러낸 늑대가 아니던가. 그는 애써 눈물을 참으며 다시 한 번 애걸했다.

"아버지, 제 말씀 좀 들어보세요. 제가 어떻게 제 손으로 늑대를 죽일 수 있겠어요……. 조금이라도 희망이 있다면 끝까지 살려낼 거예요……."

노인의 얼굴이 더욱 무거워졌다. 그는 성난 기침을 몇 번 하더니, 눈밭에 커다란 가래를 뱉어냈다. 그가 다시 호통을 치듯 천전에게 말했다.

"너희 한족들은 절대로 몽골늑대를 이해할 수 없을 게다!"

말을 마치자마자, 노인은 잔뜩 화난 얼굴로 말에 올라탔다. 그러고는 매섭게 채찍을 갈기며 뒤도 돌아보지 않고 가버렸다.

천전은 마치 그의 영혼이 호되게 채찍질을 당한 것처럼 마음속으로 극심한 고통을 느꼈다.

두 사람은 넋을 잃고 목석처럼 꼼짝 않고 눈 위에 서 있었다.

양커가 고개를 푹 숙인 채 구둣발로 눈밭을 차면서 말했다.

"우리한테 저렇게까지 화를 내시는 건 처음이야. 우리 늑대는 이제 새끼가 아니고, 다 컸기 때문에 나름대로 자기의 자유를 위해서 목숨을 걸었겠지. 늑대야말로 '자유가 아니면 죽음을 달라'는 종족이야. 이대로라면 아무래도 우리 늑대가 얼마 못 살 것 같아. 차라리 아버지 말씀을 듣는 게 어때? 늑대의 마지막 존엄성을 지켜주자고……."

눈물이 천전의 뺨을 타고 흘러내리다 얼어붙었다. 그가 길게 한숨을 쉬며 말했다.

"아버지 말씀을 이해 못 하는 건 아냐. 그렇지만 어떻게 내 손으로 죽이느냐고? 나중에 자식을 얻더라도 늑대만큼 아끼진 못할 거야……. 나한테 생각할 시간을 좀 줄래……?"

피를 많이 흘린 늑대가 비틀거리며 일어섰다. 늑대는 우리의 가장자리로 가더니, 우리 밖의 눈을 한 움큼 파내서 먹으려고 했다. 천전이 얼른 달려가 늑대를 껴안고서 양커에게 물었다.

"눈으로 통증을 좀 잊어보려는 것 같은데, 먹여도 될까?"

양커가 말했다.

"목마른가 봐. 그렇게 많은 피를 흘렸으니 목이 마르지 않겠어? 하고 싶은 대로 내버려두자. 자기 운명인데, 이제는 자기가 알아서 하게 놔두자."

천전이 놓아주자 늑대는 허겁지겁 눈을 집어삼켰다. 쇠약해질 대로 쇠약해진 늑대는 한꺼번에 몰려온 통증과 추위에 온몸을 격렬하게 떨었다. 그 모습이 마치 강제로 외투를 빼앗기고 추위에 떨며 서서 벌을 받고 있는 고대의 노예 같았다.

늑대는 결국 일어서지 못하고 그 자리에 풀썩 쓰러졌다. 그러고는 마지막 남은 힘을 다해 몸을 오므린 채 꼬리로 코와 얼굴을 감쌌다. 늑대가 계속 부들부들 떨었다. 냉기가 감도는 공기를 들이마실 때마다 전신에 경련을 일으키며 심하게 떨었다. 숨을 내뱉을 때면 떠는 것이 조금은 약해졌다. 부르르 떨다가 숨을 들이쉬고, 그러다가 또 멈추고……. 천전의 심장마저 경련이 일어나기 시작했다. 이렇게 힘없는 늑대의 모습을 본 적이 한 번도 없었다. 그는 두꺼운 펠트를 가져다가 늑대의 몸을 덮어주었다. 그 순간, 늑대의 영혼이 몸에서 조금씩 빠져나가고 있음을 어렴풋이 느낄 수 있었다. 이미 그가 키우던 예전의 그 늑대가 아니었다.

정오가 되어, 천전은 양 꼬리를 잘게 썰어 넣고 죽을 끓였다. 그는 눈덩이로 그릇을 미지근하게 식힌 후 늑대에게 먹였다. 늑대는 온 힘을 다해 일어서서 단번에 꿀꺽 삼킬 듯한 기세를 보였지만 먹는 모습이 더 이상 예전 같지 않았다. 늑대는 한 입 먹고 잠시 쉬었다가 또 한 입 먹고 그렇게 아주 천천히 먹었다. 먹는 중에도 피는 계속 흘러나왔고 기침도 그치지 않았다. 목구멍 깊은 곳의 상처에서 여전히 피가 나오고 있었기 때문에, 평소 같았으면 게 눈 감추듯 없어졌을 고기죽을 이틀 동안이나 먹었다.

그 이틀 동안, 천전과 양커는 조마조마한 마음으로 밤낮 없이 번갈아가며 늑대를 간호했다. 그러나 늑대의 식사량은 끼니마다 줄어들고 있었다. 마지막에는 거의 한 입도 넘기지 못했다. 늑대의 위장으로 넘어간 것은 자신의 피뿐이었다. 천전은 급히 차강아르히 세 병을 사 들고 대대의 수의사를 찾아갔다. 그의 부탁으로 달려온 수의사가 피범벅이 된 땅바닥을 보며 말했다.

"괜한 헛수고 말게나. 늑대였기에 망정이지, 개였다면 벌써 죽었을 거야."

수의사는 약도 한 알 주지 않고 그대로 발길을 돌렸다.

셋째 날 아침, 천전이 게르를 나와 보니 늑대가 펠트를 움켜쥐고는 목을 뒤로 젖힌 채 드러누워 가쁜 숨을 몰아쉬고 있었다. 천전과 양커는 당황해서 어찌할 바를 몰랐다. 목이 어찌나 부어올랐던지 가죽목걸이가 거의 끊어질 지경이어서 목을 뒤로 젖혀야만 가까스로 숨을 내쉴 수 있었다. 천전이 서둘러 가죽끈의 구멍을 두 개 더 풀어주었다. 늑대는 숨을 크게 내쉬었다. 그러나 한참을 헐떡이는데도 숨은 정상으로 돌아오질 않았다. 늑대는 버둥거리며 가까스로 일어섰다. 두 사람은 늑대의 주둥이를 벌리고 입 안을 들여다보았다. 거의 절반에 가까운 잇몸과 목구멍이 거대한 종양처럼 벌겋게 부어올랐고, 표피는 이미 짓무르기 시작한 상태였다.

천전은 절망적으로 털썩 주저앉았다. 늑대는 힘겹게 두 앞발로 몸을 지탱하고는 가까스로 천전의 앞에 가서 앉았다. 늑대는 입을 반쯤 벌리고 혓바닥을 축 늘어뜨린 채 피가 섞인 침을 뚝뚝 흘리면서, 임종을 앞둔 늙은 늑대의 눈빛으로 천전에게 무언가 할 말이 있다는 듯이 쳐다보았다. 늑대는 숨 쉬는 것조차 버거워 보였고 아무 소리도 내지 못했다. 천전의 두 눈에서 눈물이 하염없이 흘러내렸다. 그는 늑대의 목을 부둥켜안고서 마지막으로 자기 얼굴을 늑대의 이마와 코에 대고 부볐다. 더 이상 버티기 힘들었는지, 늑대는 무거운 몸을 지탱하고 있던 두 발을 격렬하게 떨기 시작했다.

천전은 벌떡 일어나 게르 옆으로 달려갔다. 그는 조용히 망치를 집어 든 다음 몸 뒤에 숨기고서 늑대를 향해 성큼성큼 다가갔다. 늑대는 여전히 가까스로 숨을 쉬며 두 발로 힘겹게 몸을 지탱하고 있었다. 늑대의 두 다리가 점점 더 심하게 떨렸다. 죽음이 눈앞에 다가와 있었다. 천전은 조용히 늑대 뒤로 가서 망치를 높이 쳐들었다. 그리고 두 눈을 질끈 감고 온 힘을 다해 늑대의 머리를 향해 내리쳤다. 늑대는 신음 소리도 내지 않고 조용히 쓰러졌다. 진정한 몽골초원의 늑대처럼, 최후의 순간까지도 꿋꿋이 견뎌냈다…….

바로 그 순간 천전은 자신의 영혼 역시 몸 밖으로 빠져나가는 것을 느꼈다. 영혼이 정수리뼈와 부딪쳐 쟁쟁거리고 울리는 소리가 들리는 듯했다. 그렇게 날아가버린 영혼은 영영 다시 돌아오지 않을 것만 같았다. 천전은 창백한 고드름처럼 그 자리에 그렇게 얼어붙고 말았다…….

영문을 모르는 개들이 달려와 고꾸라져 있는 늑대 곁으로 다가가더니 킁킁거리며 냄새를 맡고는 놀라서 얼른 뒷걸음질 쳤다. 오직 이랑만이 분노에 찬 얼굴로 두 주인을 향해 으르렁거렸다.

양커는 눈물을 머금고 말했다.

"나머지 일은 빌게 아저씨께서 하시던 대로 하면 될 거야. 가죽은 내가 벗길 테니까, 넌 가서 좀 쉬어."

천전이 얼이 빠진 모습으로 말했다.

"우리 손으로 직접 꺼내온 늑대니까, 마지막에도 우리 둘이 가죽을 벗기게 해준 거야. 우리가 탱그리로 보내주자."

두 사람은 떨리는 손을 가까스로 진정시킨 다음 조심스럽게 가죽을 벗겨냈다. 늑대의 털은 여전히 윤기가 흘렀지만, 몸은 깡말라 있었다. 양커가 벗겨낸 늑대의 가죽을 게르의 지붕에 얹었다. 천전은 깨끗한 마대를 가져와 늑대의 몸통을 담은 후 말안장 뒤에 묶었다.

두 사람은 말을 타고 산으로 올랐다. 그들은 산꼭대기에 이르러, 매의 허연 배설물이 여기저기 널려 있는 암석들을 찾아냈다. 긴 옷소매로 눈을 깨끗하게 치운 뒤에 늑대의 사체를 조심스럽게 올려놓았다. 그들이 임시로 선택한 장지는 춥지만 엄숙하고 경건했다. 이미 전포戰袍를 벗어버린 늑대의 형상은 더 이상 천전이 알고 있던 그 모습이 아니었다. 전장에서 죽임을 당한 후 사람들에 의해 가죽이 벗겨진 초원의 다른 늑대들과 별반 다르지 않았다.

천전과 양커는 아끼던 새끼늑대의 창백한 사체를 바라보면서도, 오히려 눈물이 한 방울도 나오지 않았다. 거의 모든 몽골늑대들이 덥수룩한 털을 가지고 태어나서는, 실오라기 하나 걸치지 않고 죽어갔다. 그러면서 용감무쌍함, 강인함, 지혜와 더불어 아름다운 초원을 인간 세상에 남겨두고 떠나갔다. 이 순간의 새끼늑대 또한 이미 가죽은 벗겨졌지만 쇠사슬을 떼어낸 자유로운 몸이 되어, 자신의 가족이나 싸우다 죽은 다른 늑대들과 마찬가지로 아무런 제약 없이 광활한 초원을 자유롭게 마주하고 있었다. 늑대는 이제 떳떳하게 늑대 무리로 돌아가서, 전사들의 행렬 속으로 복귀할 것이다. 탱그리 역시, 절대로 이 불쌍한 늑대의 영혼을 거부하지 않을 것이다.

그들은 누가 먼저랄 것도 없이 거의 동시에 고개를 들어 하늘을 잠시 올려다보았다. 흰 매 두 마리가 하늘 높이 선회하고 있었다. 두 사람은 다시 고개를 숙여 늑대를 보았다. 늑대의 몸에 어느새 얇은 서리가 껴 있었다. 그들은 서둘러 산을 내려왔다. 산을 다 내려와 뒤돌아보니, 아까 보았던 매들이 나선형으로 돌며 산꼭대기의 암석 부근으로 하강하고 있었다. 늑대의 몸이 아직 완전히 얼지 않았으니 자연장은 신속히 치러질 것이고, 초원의 매들은 늑대의 영혼을 높디높은 탱그리로 잘 데려다 줄 것이다.

집에 와보니 가오젠종이 이미 6, 7미터 정도 되어 보이는 자작나무 막대를 구해서 게르 입구에 갖다 두었다. 늑대 털가죽 안에는 누런 건초들이 가득 채워져 있었다. 천전은 가느다란 가죽끈으로 늑대의 콧구멍을 꿴 다음, 끈의 다른 한쪽을 자작나무 막대의 끝에다 묶었다. 세 사람은 곧은 장대를 게르 문 앞에 높이 쌓인 눈 더미에 똑바로 세워놓았다.

거센 북서풍이 새끼늑대의 긴 가죽을 공중으로 휘날렸다. 바람이 말쑥하게 빗질해준 가죽은 천상에서 열리는 파티에 입고 나갈 연회복 같았다. 게르의 양철 연통에서 나오는 흰 연기가 늑대 가죽 아래 하늘거리면서 마치 구름과 안개 사이로 자유자재로 펄펄 날아다니며 춤을 추는 것 같았다. 새끼늑대에겐 더 이상 목을 죄는 쇠사슬도, 비좁은 감옥도 없었다.

천전과 양커는 공중에 휘날리는 늑대와 탱그리를 아주 오랫동안 바라보았다. 천전이 나지막하게 혼잣말을 중얼거렸다.

"늑대야, 늑대야, 탱그리는 너의 마음을 잘 알아줄 거야. 꿈속에서 나를 물어다오. 아주 세게, 피가 날 정도로 꽉……."

천전의 멍한 눈빛이 늑대의 장난기 어리고 생동적인 춤동작을 좇고 있었다. 그것은 늑대가 세상에 남기고 간 아름다운 몸짓이었다. 그 안에는 새끼늑대의 자유와 불굴의 영혼이 깃들어 있었다. 그러다 갑자기, 새끼늑대의 긴 몸통과 함께 털이 덥수룩한 큰 꼬리가 마치 승천하는 용처럼 몇 차례 꿈틀거렸다. 지켜보고 있던 천전은 깜짝 놀랐다. 구름과 눈발 사이로 늑대의 머리와 용의 몸을 가진 비룡飛龍이 날고 있었기 때문이다. 늑대의 긴 몸통은 동작에 가속이 붙어 움직이는 돌고래처럼 위아래로 힘차게 흔들렸다……. 쌩쌩 바람 소리가 들리고, 흰 털이 그 소리에 맞추어 빠르게 춤을 추었다. 늑대는 하늘로 비상하는 한 마리 금빛 비룡처럼 구름과 안개, 눈과 바람을 타고 유쾌하게 날았다. 탱그리로, 천랑성天狼星으로, 자유로운 우주 속으로, 그리고 수천수만 년 동안 싸우다 죽어간 몽골초원 늑대들의 영혼이 모여 있는 곳으로…….

그 순간, 천전은 똑똑히 보았다. 가슴속에 영원히 지워지지 않고 자리할 새끼늑대의 모습을. 그리고 진정으로 자리 잡은 늑대토템도.

에필로그

늑대 무리가 올론초원에서 사라진 이듬해 이른 봄, 병단에서는 다음 단계로 개들의 숫자를 줄이라는 명령을 내렸다. 개들에게 먹일 귀한 소고기와 양고기를 아껴서 기름기라고는 찾아볼 수 없는 농민들에게 공급해주어야 한다는 이유에서였다. 그 명령에 가장 먼저 희생양이 된 것은 어린 강아지들이었다. 초원에 갓 태어난 어린 강아지들 대부분이 탱그리로 떠나갔고, 올론초원 곳곳에서 어미개들의 처량한 울음소리가 끊이지 않았다. 어떤 어미개가 주인이 땅에 묻은 강아지를 다시 파내서 입에 물고 정신 나간 것처럼 돌아다니는 모습도 간혹 볼 수 있었다. 초원의 여인들은 강아지들이 너무 불쌍해서 한없이 울었고, 남자들도 조용히 눈물을 흘렸다. 그리고 살아남은 초원의 큰 개들과 사냥개들도 시간이 지날수록 점점 여의어 갔다.

반년 후 어느 날, 게르에서 멀리 떨어진 풀숲에서 이랑이 멍하니 먼 산을 바라보고 있었다. 그때 병단 트럭 한 대가 다가오더니 누군가가 총으로 이랑을 쏴 죽인 다음 싣고 가버렸다. 천전과 양커, 장지웬과 가오젠종 모두가 격분하여 병단 사령부를 비롯해서 여러 곳을 쫓아다녔지만, 끝내 범인을 찾지 못했다. 새로 온 한인들은 오로지 개고기를 먹겠다는 일념에 모두가 한통속이 되어 마치 이민족에 쫓기는 민족의 영웅을 대하듯 범인을 숨겨주었다.

다시 그로부터 4년이 지난 후 백모풍이 사납게 몰아치던 어느 이른 아침이었다. 한 노인과 중년 남자가 말을 타고 수레를 끌며 국경수비도로를 향해 달려가고 있었다. 수레 위에는 빌게 노인의 시체가 실려 있었다. 그때는 대대의 자연장지 세 곳 가운데 두 곳이 버려져 쓰이지 않고 있어서, 대부분의 목축민들은 죽은 후에 한인들의 법식대로 토장을 했다. 오직 빌게 노인만이 어쩌면 아직도 늑대가 있을지 모를 그곳으로 가기를 끝까지 고집했다. 빌게 노인의 유언에 따라 멀리 살고 있던 그의 두 형제가 찾아와 국경수비도로 북쪽의 인적 없는 한적한 곳으로 노인을 떠나보냈다.

노인의 동생 말에 따르면, 그날 밤 국경수비도로 북쪽에서 늑대들의 울부짖는 소리가 밤새도록 끊이질 않았고, 그 소리는 날이 밝을 때까지 계속되었다고 했다.

천전과 양커와 장지웬은 빌게 노인이 비록 고달픈 삶을 살았지만, 그래도 무척 운이 좋은 노인이라고 생각했다. 그는 올론초원에서 초원의 자연장 풍습을 통해 영혼이 탱그리로 보내진 마지막 몽골족 노인이었기 때문이다. 그 후로 초원의 늑대 무리가 올론에 다시 나타난 것을 보았다는 사람은 아무도 없었다.

얼마 지나지 않아, 천전과 양커 그리고 가오젠종은 연달아 중대본부로 배속되었다. 양커는 소학교 교사로 가고, 가오젠종은 기계부대에서 트랙터를 몰았다. 그리고 천전은 곡식창고를 관리하는 일을 맡았다. 오직 장지웬만이 그대로 말치기로 남았다. 이르와 새끼들은 바투와 가스마이네 집으로 보내졌다.

충성스런 황황은 자기 가족과 헤어져 천전을 따라 중대본부로 왔다. 하지만 가스마이의 수레와 개들이 중대로 나오는 날이면, 황황은 가족들과 신나게 놀다가 수레가 다시 돌아갈 때쯤 그들을 쫓아 목축대대로 따라가고 싶어 안달을 했다. 천전은 황황이 따라가는 걸 막을 수가 없었다. 황황은 매번 그렇게 대대로 따라가서 며칠이고 머물다가 혼자서 다시 천전에게 돌아오곤 했다. 목축조가 더 멀리, 심지어 100리도 넘게 먼 곳으로 옮겼을 때도 용케 다시 돌아오곤 했다. 그러나 돌아오고 나면 한동안은 울적한 기분에서 쉽사리 벗어나지 못했다. 천전은 황황이 오가는 도중에 사고라도 나지 않을까 염려가 되긴 했지만 언제나 별 탈 없이 돌아왔기 때문에 나중에는 그다지 신경 쓰지 않게 되었다. 무엇보다 황황이 가족을 만나 초원에서 함께 노니는 자유와 즐거움을 빼앗을 수가 없었다.

그렇게 일 년가량 지내다가 황황은 결국 길을 잃고 말았다. 초원 사람들은 초원의 개들이 결코 길을 잃지 않는다는 것을, 그리고 절대로 늑대의 먹이도 되지 않는다는 것을 잘 알고 있었다. 올론의 늑대는 이미 다 사라지고 없었고, 예전에 늑대가 많았을 때도 초원에서 늑대가 여우나 개를 죽인 선례는 찾아볼 수가 없었다. 그러니 길을 오가던 황황을 사라지게 만든 것은 역시 사람 말고는 달리 생각할 여지가 없었다. 물론 그는 절대 초원 사람이 아니었을 것이다…….

천전과 양커는 한인 중심의 테두리 안으로 돌아와 다시 한족들의 전통적인 생활을 하고 있었다. 주위 사람들의 대부분은 내지에서 온 퇴역군인과 그 가족들이거나 톈진이나 탕산에서 온 지식청년 단원들이었다. 하지만 천전과 양커 두 사람의 마음만큼은 절대로 한인식의 생활로 되돌아갈 수가 없었다. 그들은 일이나 공부를 하다가 잠시 쉴 때면 항상 중대 부근에 있는 작은 산에 올라가 오래도록 서북쪽의 탱그리를 바라보곤 했다. 그들은 눈부시게 밝고 높이 솟아 있는 구름 속에서 새끼늑대와 빌게 노인의 모습과 그림자를 찾아 헤맸다…….

1975년, 내몽골의 생산건설병단이 정식으로 해체되었다. 그러나 이미 물 많고 풀이 우거졌던 마구하 유역은 대형 사막으로 탈바꿈한 뒤였다. 그리고 주택, 기계, 자동차, 트랙터를 비롯해서 대부분의 일꾼과 그들의 사고방식이나 생활방식 등이 여전히 초원에 그대로 머물러 있었다. 올론초원은 해를 거듭할수록 점차 황폐해지고 있었다. 만약 어느 게르에서 양이 늑대에게 물려 죽었다는 소문이라도 들렸다면 분명 사람들은 며칠이고 그 일을 가지고 왈가왈부했겠지만, 정작 말발굽이 마르모트 굴에 빠져서 사람이나 말이 다치는 사건이 자주 발생해도 왜 그런 일이 늘어나는지 누구도 깊이 생각하려 들지 않았다.

몇 년 후, 천전이 연구소에 지원하기 위해 베이징으로 돌아가기 전이었다. 그는 말을 빌려 바투와 가스마이 가족들과 작별하고 나서, 새끼늑대가 태어났던 그 백 년이나 된 오래된 굴을 다시 찾아갔다. 동굴은 여전히 튼튼하게 남아 있었다. 다만 동굴 안의 반 자 정도 되는 공간에는 거미줄이 널려 있었고, 거미줄에 걸린 메뚜기 두 마리가 빠져나오려고 버둥거리고 있었다.

천전은 풀을 헤치고 고개를 디밀어 동굴 안쪽을 들여다보았다. 동굴에선 흙 냄새만 배어나올 뿐, 예전에 코를 찌르던 늑대 냄새는 모두 사라지고 없었다. 작은 새끼늑대 일곱 마리가 햇볕을 쬐며 놀던 동굴 앞 평대에는 풀들만 높다랗게 자라 있을 뿐……. 천전은 동굴 옆에서 한참 동안 멍하니 앉아 있었다. 그의 곁에는 더 이상 새끼늑대도 없었고,

사냥개는 물론 강아지 한 마리도 없었다.

베이징 지식청년들이 올론초원의 목축대대로 간 지 30주년이 되던 해 어느 여름날, 천전과 양커는 파란색 체로키를 타고 베이징을 떠나 초원으로 향했다.

천전은 사회과학원 과정을 수료한 후, 지금까지 모 대학 연구소에서 국정과 체제개혁에 관한 연구를 해왔다. 양커는 법대를 졸업하고 나서, 석사 과정을 마친 다음 변호사 자격을 얻었다. 그는 베이징에서 이름난 변호사로 사무소를 설립해 운영하고 있었다.

세월이 지나 반백이 다 된 오랜 두 친구는 줄곧 초원을 그리워했으면서도 정작 다시 돌아가는 것에 두려움을 느끼고 있었다. 하지만 초원에서 소중한 '인생 경력'을 얻은 지 30년이 되던 해에 두 친구는 다시 올론을 찾아가보기로 마음먹었다. 천전과 양커는 그들의 초원 친구들과, 다시는 볼 엄두가 나지 않았던 우젬친의 대초원과, 흑석두산 아래 새끼늑대의 옛 굴도 다시 보고 싶었다. 또 천전은 초원에 가서 특별히 자신의 학술서적 원고의 논점들을 중점적으로 검증해보고 싶기도 했다.

지프차가 내몽골에 들어섰을 때 하늘은 여전히 푸르렀다. 그러나 초원에서 오래 생활해본 사람이라면 알 수 있겠지만, 탱그리는 이미 예전의 그 탱그리가 아니었다. 하늘은 건조하게 메말라 구름 한 점 찾아볼 수가 없었다. 그것은 더 이상 초원의 탱그리가 아니라 이미 사막의 탱그리로 변해 있었다. 습기라고는 전혀 없었고, 바짝바짝 타오르는 하늘 아래서 무성하게 자라나는 어떤 푸른 풀도 찾아볼 수가 없었다. 간혹 드문드문 누렇게 말라 있는 잡풀 사이로 널찍이 펼쳐진 굳은 모래땅은 커다란 사포를 여기저기 널어놓은 것 같았다. 모래로 덮인 도로 위로 소와 양을 실은 트럭 한 대가 모래바람을 일으키며 관내로 향하고 있었다.

길가에는 게르도, 말떼도, 소떼도 보이지 않았다. 간혹 눈에 띄는 양들은 몸집이 왜소하고 털이 너저분한데다 시커멓기까지 해서 예전의 올론초원에서 헐값에 처분하던 양보다도 훨씬 못해 보였다. 두 사람은 과연 가던 길을 계속 갈 것인지, 아니면 도중에 그만두고 되돌아갈 것인지 망설였다.

두 사람은 오랫동안 마음속에 간직하고 있던 아름답고 푸른 초원의 필름이 모래먼지에 씻기고 사포에 마모된 것 같아 못내 아쉽고 씁쓸했다.

양커가 길 한쪽에 차를 세우고 나서 모래먼지를 털어내며 천전에게 말했다.

"지난 10년 동안 너무 바빠서 초원에 와볼 생각을 못했네. 요 몇 년 사이 직원들도 제법 한몫할 수 있게 되었고 사무실도 많이 안정되어 이제야 시간을 냈지 뭔가. 하지만 사실, 아직도 초원을 다시 보는 게 두려워. 올봄에 장지웬이 올론에 다녀오고 나서 대부분의 초원이 사막화되었더라는 이야기를 하더군. 그래서 마음속으로 어느 정도 각오는 하고 있었지만, 이렇게 상상을 넘어설 줄은 미처 몰랐네."

천전이 나침반을 툭툭 치며 말했다.

"이제부터 내가 운전하지……. 빌게 아버지가 돌아가신 지 20년밖에 안 되었는데도 벌써 아버지가 예언했던 결과를 두 눈으로 똑똑히 보게 되는군. 올론에 가면 아버지 제사도 모셔드려야겠어. 게다가 지금 가보지 않는다면 새끼늑대의 보금자리도 정말 모래에 덮여 사라지고 말 거야. 그 굴이야말로 수천수만 년간 초원을 주름 잡았던 늑대들이 이 세상에 존재했었다는 유일한 자취가 아닌가."

양커가 말했다.

"그 굴은 동굴 중에서도 가장 단단하게 만들어져서, 아마 몇백 년이 흘러도 무너지지는 않을 걸세. 우리가 떠나온 지 이제 겨우 20여 년이 지났는데 벌써 무너질 리가 있겠나. 또 동굴이 그렇게 깊으니, 모래바람이 백 년 동안 불어온대도 절대로 다 메워지지 않을 거야."

천전이 말했다.

"나는 울지도 너무 그리워. 그를 만나서 다시 늑대학이며 초원학을 제대로 배우고 싶어. 안타깝게도 그는 초원 때문에 마음이 상할 대로 상해서 퇴직 후엔 도회지로 나가버렸다더군. 딸네 집으로 요양하러 갔다는데. 중국에는 경쟁을 통해 인재를 선발하는 제도가 없으니, 바르고 곧은 우수한 인재여도 늘 밑바닥에 눌려 있는 경우가 비일비재하지. 중국을 통틀어 몇 안 되는 늑대 전문가, 초원 전문가가 이토록 철저히 매장당하다니 정말 안타까운 일이야. 내가 볼 때는 체제의 황사가 초원의 황사보다 더 무서운 것 같아. 체제의 황사야말로 초원의 사막화를 불러온 진짜 원인이 아니었겠나."

지프차는 뜨거운 모래바람 속에서 1천 킬로미터를 넘게 달렸다. 운전대를 잡은 두 팔이 시커멓게 그을리고 나서야 두 사람은 올론초원에 다가갈 수 있었다. 이튿날, 지프차가 드디어 올론에 들어섰다.

올론은 우젬친 대초원에서도 사람들의 손길이 거의 미치기 어려운 변경에 위치해 있었다. 그런 곳까지 전부 황량하게 변해버린 모습을 두 사람은 안타깝게 바라보았다. 멀리서 보아서는 그나마 다른 곳보다 푸르렀지만, 풀밭을 들여다보면 모래알과 자갈들이 그대로 드러났다. 지난날 그 무성했던 풀밭이 썩은 풀과 말똥, 소똥 같은 자연 퇴비들로 가득했고, 심지어 콩나물처럼 가느다랗고 긴 검은 버섯이 자라기도 했다.

천전은 뜨거운 한여름에 문득 초원의 초봄을 묘사한 옛 시구가 떠올라 씁쓸하게 읊조렸다.

"아득히 보이던 풀빛, 다가가니 사라지네……."

천전과 양커는 슬슬 걱정이 되기 시작됐다. 조금만 더 가면 천 년을 넘게 흐른 오래된 강줄기가 나타날 것이다. 그곳은 원래 물의 깊이가 말 무릎 정도까지 오는데 깊은 곳은 말의 배까지도 닿았다. 예전에는 큰 트럭 정도나 돼야 겨우 물을 건널 수가 있던 곳이었다. 그래서 여름철 우기에는 목장의 식량이나 우편물 등이 보름에서 길게는 한 달까지 끊기는 경우도 다반사였다.

천전과 양커가 그 강을 어떻게 건널까 염려하고 있는 사이에 체로키는 벌써 강가에 당도해 있었다. 두 사람은 강을 내려다보면서 할 말을 잃었다. 그들이 초원을 떠날 때만 해도 물살이 요동치던 강이었는데 지금은 마치 지렁이 같은 가느다란 물줄기 몇 가닥만이 겨우 남아 있었다. 물이라고는 죄다 말라 강바닥에는 겨우 물기만 남은 축축한 강모래와 표면이 말라버린 자갈들로 가득했다. 덕분에 지프차가 강을 쉽게 건널 수는 있었지만, 천전과 양커의 마음은 오히려 무겁기만 했다.

강을 건너고 나서 얼마 지나지 않아, 천전과 양커에게 펼쳐진 초원의 모습은 마치 전쟁터에 들어선 것 같은 착각을 일으키게 만들었다. 그 넓은 올론초원이 곳곳에 콘크리트 기둥과 철망으로 뒤덮여 있었다. 지프차가 양옆으로 철망이 쳐진 도로로 들어섰다. 천전이 자세히 들여다보니 각각 수백 무 정도 되는 풀밭을 보호하기 위해 철망으로 둘러싸고 있었다. 그 철망 안쪽의 풀은 바깥보다 훨씬 높이 자라고 있긴 했지만, 유심히 보면 역시 바닥의 모래까지 들여다보일 정도로 볼품이 없었다.

양커가 말했다.

"저게 바로 그 '풀 창고'구나. 목축지역의 목초지와 가축들을 전부 각 세대별로 책임지게 된 이후로, 집집마다 조그맣게 풀밭을 마련해서 가축들의 출산용 초지로 사용한다더니. 나머지 세 계절에는 건드리지도 않는다더군."

천전이 말했다.

"그렇지만 저 정도의 풀로 가축을 기를 수 있겠어?"

양커가 대답했다.

"그래서, 듣자하니 최근 몇 년 사이에 목축민들이 집에서 키우는 가축을 줄이고 있다는 거야. 어떤 집은 벌써 절반 이상 줄였다더군."

가는 길 곳곳에 붉은 벽돌로 지어진 서너 칸짜리 기와집과 출산용 풀 창고를 볼 수 있었다. 몇 개의 풀 창고를 더 지나칠 때까지 집에는 아무도 안 사는지 연기 나는 굴뚝도 없었고 문 앞에는 개나 송아지를 찾아볼 수 없었다. 아마 다들 가축을 끌고 깊은 산속의 주인 없는 목초지를 찾아간 모양이었다. 천전은 초원 위에 한겹 한겹 세워진 철망을 바라보며 한탄하듯이 말했다.

"옛날 같으면 몽골에서도 가장 이름난 우젬친 군마 목초지에 누가 감히 철망을 칠 생각이나 했겠어? 하지만 이제 세계를 뒤흔들었던 몽골의 말도 끝끝내 사람들 때문에 몽골초원에서 모두 쫓겨난 거지. 듣자하니 요즘은 목축민들이 오토바이를 타면서 양을 방목한다더군. 텔레비전에선 그런 걸 두고 목축 생활이 부유해진 징표라나 뭐라나 하면서 크게 떠벌리지만, 실제로는 초원에 더 이상 말을 기르기 위한 목초지가 필요 없게 됐다는 거지. 늑대가 사라진 뒤로 말이 사라졌고, 말이 사라진 후에는 소나 양도 점점 자취를 감추고 있어. 말 위에서 달리던 기마민족이 이젠 오토바이 민족이 된 거지. 누가 알겠어, 그러다 언젠가 생태난민이 될지……. 우린 드디어 유목 문명에 대한 농경 문명의 '위대한 승리'를 보게 된 거야. 지금 정치적으로 비록 타이완과 일국양제一國兩制를 유지하고 있지만, 한족의 의식 깊숙한 곳에서는 다구일제多區一制를 고수하고 있어. 농업지역이건 유목지역이건, 산림지역이나 어촌지역 혹은 도시나 시골을 막론하고 다 한 그릇에 쓸어 담아 대일통大一統이 되도록 하는 거지. 알고 보면 농경 문명의 위대한 승리 뒤에는 거대한 재정적 지원이 뒷받침되었던 것이고. 하지만 백 년을 보조해도 초원의 손실은 결코 메울 수가 없을 거야……."

두 사람은 흙길을 따라 중대본부가 있던 자리로 향했다. 그들은 목축민들을 다시 만나볼 생각에 마음이 급했다. 하지만 눈에 익은 산등성이를 넘어가니 중대본부가 있던 곳은 황량한 모래벌판으로 변해 있었다. 들쥐들이 어지럽게 뛰어다니고, 쥐들이 다니는 길이 뱀처럼 구불구불하게 나 있었으며, 쥐가 파낸 모래들이 이곳저곳에 무더기로 쌓여 있었다. 예전에 있었던 벽돌집이나 흙집은 한 채도 남아 있지 않았다. 천전은 한때 떠들썩했던 중대를 지프차로 한 바퀴 둘러보았다. 기본 골조는 붕괴되지 않고 그대로 남아 있었으나, 벽들은 쥐구멍 때문에 밑이 움푹 파여 있는 것으로 보아 몇 차례에 걸쳐 무너진 것 같았다. 두 사람이 이곳을 떠난 지 불과 20년 만이었다. 남은 골조마저도 해마다 불어오는 황사가 한 겹씩 쌓여가면 전체가 덮일 날도 머지않은 듯싶었다.

천전이 탄식하며 말했다.

"초원에 늑대가 없으니 쥐들이 왕이로구나. 굴은 갈수록 깊어지고, 점점 더 널리 퍼져가니 초원을 새롭게 제패한 쥐들을 누가 말리겠어. 중국인들은 해를 끼치는 사람은 누구든지 싫어한다는 뜻으로 '쥐가 나타나면 누구든지 때려잡으라고 소리친다'는 표현을 쓰기도 하지만, 잠재의식 속에서는 도리어 쥐를 높이 보는 경향이 있어. 십이간지에도 쥐가 으뜸이고 말이야. 쥐는 사람하고 참 비슷한 점이 많아. 쥐들이 갖고 있는 시야나 출산, 개간, 식량 생산 그리고 고집 센 성격 등등을 볼 때 소농의식과 너무 비슷하지."

천전 대신에 양커가 운전대를 잡았다. 그들은 가장 가까이 있는 작은 산으로 차를 몰았다. 산에 올라 바라보니, 멀리 북쪽으로 소떼와 밥 짓는 연기가 나는 작은 집들이 조금씩 보였다. 그러나 게르는 단 한 개도 보이지 않았다. 양커는 차를 몰아 그중 가장 가까운 곳으로 곧장 내달렸다. 한 10여 리쯤 갔을까, 저쪽 흙길에서 누런 먼지의 꼬리가 길게 일어나는 것이 보였다. 천전은 어느 말치기가 빠른 말을 타고 달려오는 것이기를 얼마나 바랐는지 모른다.

하지만 가까이 다가온 그것은 말이 아니라 번쩍번쩍 빛나는 야마하 오토바이였다. 점퍼를 입고 야구 모자를 눌러쓴 열대여섯 살쯤 되어 보이는 몽골 소년이 급브레이크를 밟아 천전과 양커의 지프차 옆에 섰다. 천전은 소년이 어깨에 비스듬히 멘 소구경 보총과 오토바이 뒤에 걸려 있는 매 한 마리를 보고 놀라지 않을 수 없었다. 매는 아직까지 피를 뚝뚝 흘리고 있었다. 천전은 빌게 아버지가 처음으로 이런 흉기를 보고 아연실색했던 눈빛이 떠올랐다. 어린 소년이 이런 무기를 가지고 다니다니, 게다가 무기보다 더 최신형인 수입 오토바이를 타고 다니면서 이런 무기를 사용하다니……. 천전은 도무지 믿기지가 않았다.

양커는 급히 몽골어로 인사를 하고 자신의 신분과 이름을 밝혔다. 소년의 검고도 발그레한 얼굴에는 낯설음과 냉담함이 그대로 드러났다. 아이는 체로키에서 눈을 떼지 못한 채, 둥베이 사투리로 자신은 차오루의 아들인데 맹에 있는 중학교에 다니고 있다고 했다. 지금은 여름방학이라 집에 와서 지내고 있다는 것이다. 천전은 한참 생각한 끝에 차오루가 외지에서 들어와 정착한 사람으로, 장부에서 기건대를 관리하던 하급 간부였다는 게 어렴풋이 떠올랐다. 장지웬과 또 다른 친구들로부터, 초원의 제도가 바뀌면서 병단과 목장에 남아 있던 퇴역군인이나 장부의 직원들 모두가 목초지로 파견되어 한인 생활을 하는 목축민으로 변했다는 이야기를 들은 적이 있었다. 그래서 올론초원에 터무니없는 한인식의 정착 목축지가 30퍼센트나 증가했다는 것이다.

천전이 물었다.

"매는 잡아서 뭐 하려고?"

소년이 대답했다.

"그냥 노는 거예요."

"넌, 다 큰 중학생이 야생동물 보호도 모르니?"

"매는 새끼양을 물어 죽이니까 잡아 없애는 게 좋아요. 그리고 여기 있는 매가 없어질 만하면 외몽골에서 금방 또 날아오거든요."

양커는 바투와 가스마이 집을 아느냐고 물었다.

"국경수비도로를 지나서 북쪽에 제일 큰 돌울타리 집이에요."

소년이 북쪽을 가리키며 대답했다. 그러고는 말이 끝나기가 무섭게 오토바이를 180도로 돌리더니, 뒤도 돌아보지 않고 매들이 선회하고 있는 산 쪽으로 내달렸다.

양커와 천전은 갑자기 자신들이 마치 올론초원의 낯선 손님이나 외지인처럼 느껴졌다. 예상치 못했던 어색함 때문에 자신들의 방문이 강하게 거부당하는 것 같은 기분이 들었다.

양커가 말했다.

"우리, 다른 집은 그만두고 바투의 집에나 가보세. 가스마이네를 들러야 우리가 외지인이라는 느낌이 좀 가실 것 같아."

지프차가 속도를 내어 눈에 익은 옛 길을 따라 국경수비도로를 향해 달렸다. 천전은 마르모트가 없는지 주위를 둘러보았다. 땅 위로 살짝 돌출되어 있는 오래된 마르모트 굴의 평대가 여전히 산자락 여기저기에 보였고, 굴 옆의 풀들도 비교적 높게 자라 있었다. 그러나 수십 리를 달려도 마르모트는 단 한 마리도 보이지 않았다.

양커가 말했다.

"어린애들도 총을 가지고 다니는데, 어떻게 마르모트가 남아나겠어?"

천전은 마르모트를 찾아보겠다는 생각을 단념할 수밖에 없었다.

지프차가 사람들이 살고 있는 집을 여러 채 지나쳤다. 차 소리를 듣고 집에서 뛰쳐나온 개들은 몇 마리 되지 않았는데 그나마 다들 몸집이 작았다. 보통 한 집에 두세 마리씩 있었는데, 개들의 덩치가 베이징 별장단지에서 흔히 볼 수 있는 등이 검은 셰퍼드보다 훨씬 작았다. 예전에 게르를 지나가면 털이 덥수룩하게 난 덩치 큰 개들이 예닐곱 마리에서 많게는 열 마리 정도가 둘러싸면서 금방이라도 물 것처럼 무섭게 짖어대던 통에 가슴 졸였던 일이 생각났다. 개들이 짖는 소리도, 예전에 초원늑대마저 능히 제압할 것 같던 그런 사나운 기개는 전혀 찾아볼 수가 없었다.

양커가 말했다.

"늑대가 사라지고 나니 개들도 사라지고, 개들이 없어진 뒤에는 투쟁이 사라져버렸어. 투쟁이 사라지면서 남은 거라곤 해이함과 무기력뿐이야……. 초원의 개들은 아마 베이징의 개들보다 먼저 인간의 애완동물이 되어버릴걸."

천전이 탄식하며 말했다.

"정말 이랑이 그립다. 만약 이랑이 아직 살아 있다면, 저렇게 조그맣고 비쩍 마른 개도 개라고 부를 수나 있겠어?"

양커가 말했다.

"초원에 늑대가 사라지는 바람에 모든 연결 고리들이 다 풀려버렸어. 늑대가 사라지니 사납던 사냥개들은 애완동물이 되어버렸고, 군마는 여행 수단이나 기념촬영용 소품으로 전락해버리고 말았으니……."

천전은 눈에 들어간 모래를 꺼내느라 눈을 비비면서 말했다.

"한인들은 초원에 대해서 아는 게 정말 눈곱만큼도 없어. 요즘의 정책도 마찬가지야. 초원의 기능조차 제대로 인식하지 못하고 있다니까. 경제만 중시하면서 생태는 나 몰라라 하고. 내몽골 초원은 중국의 생태와 생명을 위한 보호벽 역할을 하고 있으니, 당연히 생태 특별지구로 정해야지. 지금이라도 재정 지원은 물론이고 특별통행증 제도 같은 걸 실행해서 농업이나 공업시설이 초원에 진입하는 것을 엄격히 금지하는 게 옳아. 민공 같은 유랑민들의 유입도 막아야 하고."

지프차는 예전에 2대대의 황금 목초지였던 봄철 출산용 목초지로 들어섰다. 그러나 지금 눈앞에 보이는 목초지는 벌거숭이가 다 되어, 초석 가루와 누런 모래먼지만 휘날리고 있었다. 천전은 동쪽으로 멀리 보이는 흑석두산을 바라보았다. 그는 양커에게 저 산 밑으로 가보자고 하고 싶은 마음이 굴뚝같았다.

양커가 말했다.

"〈동물의 세계〉라는 텔레비전 프로그램을 자주 보는데, 보면 볼수록 자네와 내 자신이 원망스러워지더군. 자네가 아니었다면 내가 초원에 그렇게 무거운 빚을 지진 않았을 텐데. 내몽골 초원 깊숙이 숨어 있던 그 멋진 일곱 마리의 새끼늑대들 말이야. 하나같이 소중하고 귀한 놈들이었는데 전부 자네 손에 죽고 말았지. 물론 나도 자네와 공범이었으니 할 말이 없다네. 지금도 내 아들이 그 얘기를 꺼낼 때마다, 내 자신의 우매함과 잔인함을 후회하곤 하지. 법적으로도 내 책임이 결코 적지 않아. 자네가 늑대 굴을 찾으러 간다고 했을 때 나도 함께 가겠다고 따라나섰으니까. 만약 내가 가지 않았더라면 한밤중에 자네 혼자서 감히 늑대 산에 오르진 못했을 거야. 상하이 지식청년이 윈난에서 저지른 죄과는 그나마 돌이킬 수라도 있었지. 게다가 그 귀여운 딸을 되찾아 올 수도 있었다는 것이 난 너무 부러울 따름이야. 하지만 자네와 나의 죄과는 절대로 되돌릴 수가 없어……."

천전은 아무 말 없이 잠자코 듣고만 있었다. 양커가 물었다.

"자네는 20년 동안이나 국내외로 다니면서 체제 모형이니 정치경제니 농촌도시 문제 등에 대해서 연구하지 않았나? 근데 왜 끝내는 국민성이라는 문제로 다시 돌아온 거야?"

천전이 반문했다.

"그렇다면 자네는 그 문제가 해결되지 않은 상태로 다른 문제들이 해결될 수 있을 거라고 생각하나?"

양커는 잠시 생각에 잠겼다가 다시 말을 꺼냈다.

"그건 그렇지. 루쉰 선생께서 벌써 오래전에 국민성 문제를 언급했지만 아직까지 별로 달라진 게 없어. 중국인은 아마도 끝끝내 그 병적인 근성을 버리지 못할 거야. 개혁이 시작된 지 벌써 20년이네. 물론

진보도 적지는 않았지. 하지만 앞으로 나아가려고 해도 여전히 걸림돌이 너무 많아. 언제 시간 내서 자네가 나에게 강의 좀 해주게나."

높은 산비탈에 위치한 국경수비도로를 지나자 길게 뻗은 국경선이 내려다보였다. 그때 천전과 양커는 눈앞에 펼쳐진 광경에 크게 놀랐다. 지난날 군사금지구역과 무인구역이었던 그곳이 인구와 가축 증가의 압력에 못 이겨 끝내 거대한 목장으로 변해 있었다. 그곳은 이번에 1천 킬로미터를 넘게 달리면서 보았던 내몽골 초원 중에서 유일하게 예전의 초원과 다를 바 없는 목초지였다. 목초지의 풀은 비록 예전의 그것에 비해 키가 절반 정도밖에 안 되지만 짙푸른 풀빛에 가슴이 시원하게 뚫리는 것 같았다.

이곳은 군사금지구역으로 수십 년 동안 보호를 받아왔기 때문에 사막화의 조짐도 아직은 보이지 않았다. 게다가 목초지의 풀은 이슬에 촉촉이 젖은 것처럼 싱싱한 푸른색을 띠고 있었다. 오는 길에 누렇게 말라 있던 풀들에서 받았던 스산한 느낌이 한꺼번에 사라졌다.

목초지에 있는 빨간 벽돌집과 돌우리가 하나같이 국경선에 분산되어 있는 군사 보루처럼 지형이 비교적 높은 지대에 지어져 있었다. 개인 소유의 목초지마다 그 중심에 집들이 자리하고 있었다. 눈앞에 보이는 국경선 목초지에는 수십 무리의 소떼와 양떼가 넓게 흩어져 있었다. 양떼의 규모가 놀랄 만큼 어마어마하게 컸다. 각 무리는 대부분 3천 마리쯤 되었는데, 어떤 무리는 무려 4천 마리도 넘게 보였다. 목축은 이미 정착식 목축으로 바뀌어 있었다.

정교한 고배율 망원경으로 한참 동안 자세히 살펴보고 나서 양커가 말했다.

"이곳의 양떼는 규모가 상상 외로 큰걸. 예전에는 저렇게 큰 양떼가 없었는데. 우리가 치던 양떼보다 배는 되는 것 같아. 양치기가 힘들지 않을까?"

천전이 말했다.

"원래 양떼는 집단으로 움직이는 가축이니까 개인 소유로 넘어갔다고 해도 대규모 양떼를 관리하는 게 큰 문제는 안 될 거야. 그리고 한 사람이 감당하지 못하면 사람을 더 고용해서 관리하면 될 테고. 이익은 노동의 적극성을 자극하기 마련이니까."

천전은 유난히 잘 관리되고 있는 정착식 방목지를 바라보면서 오히려 불안함을 느꼈다. 예전에는 여름 목초지를 새로 발견하면 모두가 모여 살면서 함께 목축을 했었다. 그리고 사람들은 풀들이 가축들에 뜯겨 짧아지더라도 걱정할 필요가 없었다. 다른 곳에 계절별로 보존해 둔 목초지들이 따로 있었기 때문이다. 하지만 이곳 정착목축의 가축들은 풀 창고 외에 다른 목초지가 있을 리 없었다. 두 사람은 가축들이 풀을 다 먹고 나면 도대체 어떻게 할 것인지 되레 걱정스러웠다. 천전은 어쩌면 이것이 내몽골 초원 최후의 허망한 번영이 될지도 모르겠다는 생각까지 들었다.

그때 오토바이 두 대와 말 한 마리가 체로키를 향해 달려왔다. 천전은 초원에서 말을 탄 사람을 오랜만에 볼 수 있어서 반가웠다. 오토바이가 말보다 먼저 지프차 앞에 당도하더니, 푸른색 델을 입은 건장한 사내가 내렸다.

천전과 양커는 놀라서 거의 동시에 크게 소리쳤다.

"바야! 바야!"

두 사람은 지프차에서 뛰어내렸다. 다 자라서 체구가 곰 같은 바야르가 천전을 힘껏 끌어안으면서 숨 가쁘게 말했다.

"천천! 천천!(바야르도 천전을 천천이라 불렀다) 어머니가 차를 보자마자 아저씨들이 오신 것 같다면서 저더러 모셔오라고 하셨어요."

바야르가 다시 한 번 거칠게 천전을 껴안았다. 그러고 나서 양커에게 다가가 안으며 말했다.

"어머니는 천천이 오면 아저씨도 반드시 함께 오실 거라고 했어요. 빨리 집으로 가세요."

두 명의 소년이 오토바이와 말에서 각각 뛰어내렸다. 하나는 열여섯, 하나는 열네 살쯤 돼 보였다. 바야르가 소개를 했다.

"인사 드려라. 이분은 양 할아버지이시고, 그리고 이분은 천 할아버지이시란다."

인사를 마친 아이들은 체로키를 둘러보느라 바빴다. 바야르가 말했다.

"저 두 놈은 얼마 전에 방학을 해서 맹에서 돌아왔어요. 나중에 저 애들을 베이징에 유학 보내 대학까지 마치게 할 생각입니다. 두 분이 계시니 말이에요. 빨리 차에 타세요. 장지웬한테 아저씨들이 오신다는 소리를 듣고 어머니는 그동안 아주 병이 날 지경이셨어요."

지프차가 오토바이와 말을 따라 멀리 연기가 피어오르는 곳으로 내달렸다. 백발이 성성한 두 노인이 서로 떨리는 몸을 부축해가며 집에서 1킬로미터나 떨어진 곳까지 마중 나와 있었다. 천전은 차에서 뛰어내리며 크게 소리 질렀다.

"아! 아! 바투!"

그와 두 노인은 뜨거운 눈물을 흘리며 서로 얼싸안았다. 가스마이의 눈물이 천전의 어깨 위에 뚝뚝 떨어졌다. 그녀는 두 주먹으로 천전의 어깨를 때리면서 원망하듯이 말했다.

"20년 동안 한 번도 와보지 않다니! 다른 지식청년들은 모두 두세 번씩은 다녀갔는데! 자네가 다시 안 왔다면 난 죽었을 거야!"

천전이 말했다.

"가스마이는 절대로 죽으면 안 되죠. 나야말로 죽어 마땅해요. 내가 먼저 죽어야죠!"

가스마이는 거친 손바닥으로 천전의 눈물을 닦아주며 말했다.

"천천, 자네는 한번 책에 빠졌다 하면 옆에 누가 있는 것도 몰랐잖아. 그러니 이곳 초원 생각을 하기나 했겠어?"

천전이 말했다.

"그렇지 않아요. 전 그동안 하루도 빠짐없이 초원을 생각했어요. 지금은 초원에 관한 책을 쓰고 있답니다. 책에 아버지와 초원 가족들에 대한 이야기도 많이 들어 있어요. 제가 어떻게 여기 가족들을 잊을 수 있겠어요. 그 오랜 시간을 여기 초원에서 살았는데요, 한 가족처럼 다정하게 말이에요."

천전은 두 노인을 부축해 차에 태우고 집으로 향했다.

집에는 커다란 돌우리가 있었는데, 앞서 목축지에서 보았던 것보다 두 배는 커 보였다. 돌우리를 지나자 새로 지은 널찍한 기와집이 나왔다. 텔레비전 수신안테나에 풍력발전기까지 갖추고 있었다. 집의 서쪽 마당엔 색 바랜 범포천 덮개를 덮어놓은 구식 베이징 지프차 한 대도 세워져 있었다. 집과 돌우리 주위로 사방 1리 정도가 전부 모래밭이었다. 그곳엔 사람 키의 반 정도 되는 길쭉한 명아주가 드문드문 자라고 있었다.

집 앞에 도착해 천전은 차를 세웠다. 올론초원을 떠난 지 20년, 오랜만에 다시 돌아왔지만 아버지가 계시던 그 게르에 다시 들어가 볼 수 없다는 사실이 여간 서운하지 않았다.

천전과 양커는 차에서 좋은 술과 담배, 캔 음료, 과일 절임과 사탕, 조끼와 무릎 보호대, 허리띠와 라이터, 티셔츠 등의 선물을 꺼내 한 아름 안고서 몽골식 거실로 들어갔다. 40여 제곱미터 정도 되는 거실에는 소파에 티 테이블, 텔레비전, 비디오플레이어, 술과 술잔을 넣어둔 장식장까지 모두 갖춰져 있었다. 그리고 칭기즈칸 반신상이 그려진 담황색의 장식용 대형 카펫이 벽 한가운데 걸려 있었다. 눈을 둥그렇게 뜬 칭기즈칸이 인자한 모습으로 몽골 자손들과 손님을 바라보고 있었다. 천전은 잠시 경건한 자세로 그 앞에 서 있었다.

가스마이가 말했다.

"그건 아버님의 친척 한 분이 외몽골에서 올론으로 돌아올 때 가져다주신 거야. 그 친척 말로는 예전에 비하면 이곳이 많이 부유해지고 길도 좋아졌다고 하더구먼. 물론 교육이나 목초지가 거기만은 못하지만……."

온 가족이 둘러앉아 수태차를 마시고 신선한 유제품을 먹었다.

가스마이는 이제 다바이투 사탕은 그다지 좋아하지 않았지만, 그 호의와 마음만큼은 고맙게 받아들였다. 그녀가 미소를 띠며 말했다.

"그래도 아직 나를 잊지는 않았나 보네. 옛날에는 개에게도 사탕을 주면서 나한테는 줄 생각도 않더니만."

가스마이는 처음 먹어보는 과일 절임 맛이 좋다고 끝없이 칭찬을 늘어놓으면서, 천전의 동작을 따라 과일을 입속으로 하나하나 집어넣었다. 그녀가 웃으며 말했다.

"내 이가 빠진 걸 어떻게 알고서, 이 늙은이가 이 없이도 이렇게 맛나게 먹을 수 있는 걸 가지고 왔을까?"

천전은 귀밑머리를 매만지며 말했다.

"저도 제법 늙은 걸요. 흰 머리도 나고, 이도 벌써 몇 개 빠지고 없어요. 그리고 제가 어떻게 가스마이를 잊겠어요. 베이징에서 얼마나 많은 사람들에게 가스마이 이야기를 했다고요. 그 사나운 몽골늑대의 꼬리를 잡아채고 그것도 모자라 꼬리뼈까지 부러뜨리는 대단한 사람이라고 말이에요. 그 얘기를 해주면 많은 사람들이 초원에 와보고 싶어하더라고요. 그리고 가스마이도 꼭 한번 만나보고 싶다고들 하고요."

가스마이는 다급히 손을 내저으며 말했다.

"안 돼, 안 돼. 외몽골에 사는 그 친척의 말이, 그곳엔 늑대를 보호하는 구역이 있어서 늑대를 절대 잡을 수 없다는 거야. 그리고 요즘은 텔레비전에서도 늑대를 잡으면 안 된다고 하는데, 어떻게 다른 사람들한테 내가 한 잘못을 공공연히 말하고 다닐 수 있겠어."

날이 어둑어둑해지자, 집 밖에서 귀에 익은 양들의 발굽 소리가 들려왔다. 천전과 양커가 문밖으로 나가 보니, 양떼가 마치 홍수가 난 것처럼 넘실거렸다. 한족 복장을 한 양치기 하나가 말을 탄 채로 양떼를 몰고 있었다. 천전은 그 양치기가 아마도 올론초원에 갓 생겨났다는 고용 인부일 거라고 생각했다. 천전과 양커는 양떼 쪽으로 다가가 양치기와 함께 천천히 양을 우리 안으로 몰았다. 바투가 웃음 띤 얼굴로 말했다.

"자네들 두 사람 다, 양 치는 실력이 아직 녹슬지 않았구먼. 벌써 20년도 넘었는데 양들이 배불리 먹고 난 다음에는 빨리 움직이지 못한다는 것도 기억하고 있고."

천전도 웃으며 말했다.

"초원에서의 일들은 하나도 잊을 수가 없어요."

그러면서 그가 바투에게 물었다.

"그런데, 정말 양떼 규모가 어마어마하네요. 이게 모두 몇 마리나 되죠?"

"3,800마리가 좀 넘지."

양커가 짧게 탄성을 내지르더니 말했다.

"큰 놈 작은 놈 따져도 평균적으로 한 마리에 150위안에서 170위안은 될 테니, 이 양떼만으로도 재산이 족히 6, 70만 위안은 되겠네요. 거기에 소, 집, 자동차에 오토바이까지 합하면 완전히 백만장자잖아."

바투가 대답했다.

"초원에서의 재산은 믿을 게 못 돼. 만약 이 목초지가 앞으로 외지인들이 망쳐놓은 목초지처럼 사막으로 변해버리기라도 한다면, 우리 집도 당장 빈털터리 하층 목축민이 되고 말걸."

양커가 물었다.

"형님네에 분배된 목초지로는 양을 얼마나 기를 수 있는 거죠?"

바투가 양 우리 문을 닫으면서 말했다.

"비가 많이 와준다면야 우리 집 목초지에서 한 2천 마리 정도는 기를 수 있겠지. 가물 때는 천 마리밖에 못 기를 거고. 최근에 4, 5년간 계속 가물어서 그동안 비가 제대로 내린 적이 한 번도 없었어. 그래서 지금 같은 땐 겨우 천 마리 키우는 것도 버겁다네."

천전은 놀라울 따름이었다.

"그럼 형님께선 어떻게 이렇게 많은 양을 기르는 거죠?"

바투가 대답했다.

"자네는 한 장소에 방목할 수 있는 한계를 초과했다고 말하고 싶은 게지? 여기 목초지에 사는 사람들은 모두가 원래 가스마이 목축조의 목축민들이었어. 다들 아버지가 데리고 온 병사들이지. 누구든 한곳에서 얼마까지 양을 키워야 목초지를 죽이지 않을지 잘 알고 있지. 그리고 누구보다 목초지를 아끼는 사람들이고. 그런데 내가 이렇게 많은 양을 기르는 것은 이 중에서 절반은, 그러니까 2천 마리 정도는 반년만 길러서 눈이 내리기 전에 내다 팔거든. 그해 태어난 새끼양 1,400마리 정도와 악대양 몇백 마리 그리고 늙은 암양들은 다 팔아버리는 거지. 그때쯤 목초지에 남은 풀로는 나머지 양들이 기나긴 겨울을 날 수 있는 분량의 겨우 절반 정도밖에 안 되거든. 그래서 모자라는 절반 정도의 건초는 양을 팔아서 생긴 돈으로 사서 겨울을 나곤 하지. 늦여름이나 초가을쯤에는 양떼를 데리고 깊은 산속의 주인 없는 목초지로 가서 먹이기도 한다네. 요 몇 년은 계속 가물어서 모기도 다 말라 죽었는지 보이지를 않아. 양떼들이 보통 그런 곳에서 살을 많이 찌우지."

거실로 돌아와서도 바투의 말은 계속 이어졌다.

"우리 소조 사람들은 아직도 초원 몽골인의 낡은 방식으로 양을 기른다네. 풀이 괜찮으면 좀 많이 기르고, 아니다 싶으면 적게 기르는 거지. 양을 기르는 건 탱그리에 달렸고, 또 풀에 달렸어. 사람의 욕심을 따르는 게 아니란 말일세. 하지만 저 외지인들이 어찌 초원의 오랜 질서를 알겠나. 자기네 목초지의 풀이 없어지면 남의 땅에 와서 몰래 먹이질 않나……. 정말 화나는 인간들이야. 본토 몽골인 중에도 망나니 술귀신들이 몇 명 있는데 아주 못됐어. 제 몫으로 분배 받은 양을 전부 술하고 바꿔 마셔버리고, 마누라는 도망가고 없으니 애들도 제멋대로지. 그런 놈들은 대개 자기가 가진 목초지를 세를 주고, 그 돈으로 먹고살지. 그것만으로도 일 년에 1, 2만 위안 정도는 번다더군."

천전이 물었다.

"누가 목초지를 빌리나요?"

바투가 열을 올리며 말했다.

"그 반농반목지역에서 온 외지인들이지 누구겠어. 그 사람들은 도대체 가축들을 먹일 수 있는 방목지의 한계 따위는 신경도 쓰질 않아. 그러니 겨우 500마리밖에 기를 수 없는 목초지에서 2, 3천 마리까지 기르기도 하는 거야. 그렇게 몇 년 동안 신나게 뜯어 먹이고 나면 목초지는 완전히 사막이 되어 망가지거든. 그러면 양을 다 팔아버린 다음에, 돈만 챙겨 고향으로 돌아가서 장사 같은 걸 하는 거지."

양커가 천전에게 말했다.

"외지에서 온 사람들이 이렇게까지 말썽을 부릴 줄은 몰랐어. 이러다가는 그나마 남아 있는 초원마저 조만간 그들 손에 전부 망가지고 말겠는걸."

천전은 바투와 가스마이의 목초지와 가업에 어느 정도 믿음이 생겨 진심으로 잘된 일이라고 생각하면서 말했다.

"그래도 이렇게 잘 지내는 것을 보니 정말 기뻐요."

그러자 가스마이가 고개를 가로저었다.

"큰 목초지는 이미 글렀고, 우리 집의 이 작은 목초지마저 유지하기가 어려울 것 같아. 초원은 다 말라가는데 탱그리가 비를 내려주지 않으니, 한 해를 넘기기가 너무나 힘들어. 앞으로도 해야 할 일이 많이 남았는데 걱정이야. 아이들 넷을 학교도 보내야 하고, 돈을 모아두었다가 결혼할 때 집도 마련해줘야 하는데. 게다가 언제 몸이 아플지도 모르고, 재해도 언제 닥칠지도 모르니 미리미리 대비해야 하지 않겠어? 그런데 요즘 아이들은 지금 당장 눈앞에 보이는 것에만 욕심을 부리지. 좋은 것만 보면 사고 싶어서 안달이고……. 이제 자네들이 타고 온 그 좋은 차를 보았으니, 바야에게 이런 차를 사자고 졸라대겠지. 난 초원의 노인들이 모두 가고 난 후에, 젊은이들이 그 오랜 규율을 이해하지 못하고, 제멋대로 살아가지나 않을지 두려워. 기껏 열심히 양을 길러서 번 돈으로 좋은 차네, 집이네, 옷이네 하며 바꿀까봐 말이야."

양커가 말했다.

"어쩐지. 그래서 내가 차에서 내리자마자 그 두 녀석이 얼마짜리냐고 계속 물었던 거였군."

가스마이가 말했다.

"아이들이 자꾸만 늘어나니 몽골 사람들도 가족계획을 세워야 해. 초원에서는 그 아이들을 전부 감당할 수가 없어. 이 두 사내놈이 만약 대학에 들어가지 못한다면 다시 초원에 돌아와서 양을 치겠지. 그 뒤로 결혼을 하고 분가를 하고……. 그럼 양떼도 나눠야 할 테고. 양떼를 나누다 보면 규모가 너무 작아서 더 많이 기르고 싶어지겠지. 그렇지만 목초지는 한계가 있는 걸 어떻게 하겠어? 여기에 집 몇 채를 더 지으면 목초지는 금방 그 부담을 이겨내지 못할 거야."

바야르는 아까부터 집 밖에서 양을 잡고 있었다. 잠시 뒤에 그의 아내가(그녀 역시 건강한 몽골 여인이었다) 고기를 가득 담은 큰 쟁반을 들고 들어왔다. 천전과 양커도 각종 통조림과 진공 포장된 식품을 꺼냈다. 아직 어둠이 완전히 깔리지는 않았지만, 거실에 환하게 등불도 밝혔다.

천전이 바투에게 말했다.

"와, 참 밝은데요! 목축민들도 이젠 양기름으로 등불을 밝힐 필요가 없게 됐군요. 그때만 해도 등불에 바짝 대고 책을 읽느라고 머리카락을 여러 번 그을렸었는데."

그러자 양커가 물었다.

"풍력발전기로 만든 전기는 얼마나 사용할 수 있나요?"

바투가 웃으면서 대답했다.

"바람이 불어서 발전기가 하루 종일 돌게 되면 전기를 축전지에 저장해놓거든. 그럼 두 시간은 쓸 수 있어. 만일 모자라면 소형 디젤 발전기가 있으니 그걸 사용하면 되고."

얼마 후, 마당에서 클랙슨 소리가 들려왔다. 가스마이네 부락 사람들 대부분이 지프차나 오토바이를 몰고 온 것이다. 큰 거실이 사람들로 꽉 찼다. 초원의 옛 친구들이 오랜만에 모두 모이니 분위기가 내내 뜨겁고 정겨웠다. 천전과 양커는 사람들과 악수를 하고 술을 권하느라 정신이 없었다. 거기다 술기운에 거의 쓰러질 지경이 되자 횡설수설하기까지 했다. 람자브는 여전히 늑대 같은 눈을 부릅뜬 채 고개를 빳빳이 세우고 있었다. 그가 기르고 있는 염소수염을 손으로 훑으며 양커한테 언성을 높였다.

"말해봐! 자네 왜 사런치치거랑 결혼하지 않은 거지? 베이징으로 데리고 갔었어야지! 어이, 벌…… 벌…… 벌주!"

양커도 술에 취해 대담하게 큰소리를 쳤다.

"종다리가 쌍으로 날아가는데, 이번에는 날개 하나에 몇 잔씩이나 걸려 있나?"

주변의 친구들은 양커의 대담함에 경악을 금치 못했다. 주량이 이미 젊은 시절만 못하게 된 람자브가 말을 슬며시 바꾸며 말했다.

"돼… 됐어! 벌주는 됐고! 자네의 그 좋은 차를…… 하루 빌리는 것으로 대신하지! 나도 좋은 차 한번 타보자고!"

양커가 말했다.

"나 같은 새끼양 따위가 올론에서 가장 아름다운 암늑대와 어떻게 어울릴 수 있었겠어요? 그러니 내가 어떻게 감히 사런치치거를 데려갈 수 있었겠습니까? 그리고 차요? 좋아요, 좋아. 그 대신 내일 차를 몰려면 형님은 이제 더 이상 술을 한 방울도 입에 대면 안 돼요!"

람자브는 혼자서 노주노교 한 병을 움켜쥐고 벌컥벌컥 들이켜고 나서 말했다.

"참…… 내가 눈썰미도 참 없었지. 자네가 사런치치거한테 장가들지 않은 건 그만두고라도, 왜 내 여동생 우란을 자네에게 시집보낼 생각을 하지 못했을까? 그랬더라면, 초원에 무슨 소송이 생겼을 때 베이징의 우리 대단한 변호사님께서 직접 납셔서 바로 손을 써주실 텐데 말이야. 요즘 초원을 망가뜨리는 인간들이 너무 많아서 큰일이야. 곳곳에서 광석을 채취한답시고 여기저기 산을 들쑤시는데 도대체 도로 메워놓지를 않는 거야. 지금 초원에서 제일 아쉬운 것은 베이징에서 보내주는 원조가 적은 게 문제가 아니라, 그보다는 초원을 대변할 수 있는 변호사들을 보내주는 게 더 시급한 문제라고!"

람자브는 또 술 한 모금을 마시고 나더니 큰 소리로 외쳤다.

"암튼! 내일은 내가 자네 차를 몰아보는 거야. 그러니 열쇠부터 먼저 나한테 넘기시지요, 변호사님!"

그러자 샤츠룽, 상지에 할 것 없이 다른 옛 친구들도 모두 차를 타보겠다고 나섰다.

양커는 이미 취할 대로 취해서 말했다.

"알았어요, 알았어. 형님들, 앞으로 법적으로 무슨 일이 생기면 절 부르세요."

말을 마친 양커는 바로 차 열쇠를 람자브에게 던져주었다.

모든 사람들이 왁자지껄 웃어댔다. 그러다 노래를 부르기 시작했다. 예전에 모두 같은 대대 소속이었던 사람들이 남녀가 함께 어울려 큰 소리로 합창을 했다. 사람들은 몽골에서 제일 인기 있는 가수인 텅거얼의 노래를 골랐다. 높이 울려 퍼지는 노랫소리는 왠지 처량했는데, 오래전에 들었던 늑대 울음소리처럼 가락이 길게 늘어졌다.

"이곳이…… 바로…… 몽고올…… 내가…… 사라앙…… 하는…… 내 고향……."

술자리는 밤새도록 이어졌다.

천전과 양커는 다음 날부터 마치 베이징의 이과두주처럼 손님 접대와 술을 좋아하는 사람들에게 끌려 다녀야 했다. 사람들은 두 사람을 하루에 두 집씩 초청하여 집집이 잔치를 벌이고 매끼마다 술과 노래를 함께했다. 파란색 체로키는 친구들의 시승차로, 술을 사서 운반하거나 다른 조에서 오는 친구들을 실어 나르는 전용차로 쓰였다. 바투네 집 입구는 주차장이 되어, 이튿날 오후에는 마을의 지프차와 오토바이의 절반 정도가 세워져 있곤 했다. 오히려 말을 타고 온 사람은 거의 없었다. 목축민들 말로는, 겨울에 눈이 많이 오면 오토바이로는 양을 칠 수가 없기 때문에 말을 타야만 하니까 망정이지, 그렇지 않았더라면 아무도 몽골말을 기르지 않았을 거라고 했다. 원래 2대대에 있던 네 무리의 말떼는 이제 겨우 한 무리만 남았고, 그나마 남은 무리도 예전 규모의 반도 안 된다고 했다. 바투가 말했다.

"늑대도 사라지고 풀도 적어지니, 말들이 게을러져서 뛰는 것도 빠르지 않고 몸집도 예전만큼 크지가 않아. 그러니 이제는 아무도 올론의 말을 찾지를 않지."

천전은 또 빌게 세대의 노인들이 한 사람도 없다는 것을 알았다. 양커가 가르쳤던 소학교 학생들도 이미 다 자라서 올론 유목의 주력군으로 성장해 있었다.

사흘 동안 두 사람은 혈압이 오르고 맥박이 빨라질 정도로 술을 많이 마셨다. 그나마 초원의 한족 채소밭이 이젠 어느 정도 규모를 갖추어서 술상에 매일같이 채소가 잔뜩 차려져서 다행이었다. 그렇지 않았더라면 두 사람의 혈중 콜레스테롤 수치는 엄청 상승했을 것이다. 연일 계속되는 술자리로 거의 마비 상태가 된 마을의 목축 일은 전부 외지 인부들 손에 맡겨졌다. 천전이 그 인부들에게 물어보니, 그들의 월급은 200위안과 큰 양 두 마리에 숙식을 제공받는다고 했다. 또, 몇 년 동안 열심히 일하면 보너스도 받을 수 있다고 했다. 한 인부의 말이, 자신은 올론에서 서남쪽으로 400리 떨어진 몽골 마을 출신이라고 했다. 그의 집은 몇 년 전만 해도 1,700마리가 넘는 양을 길렀고 생활도 올론의 목축민에 못지않아 방목을 맡길 사람을 한 명 고용했었다고 한다. 하지만 해가 갈수록 목초지 사정이 점점 더 나빠졌다고 한다. 게다가 그가 그곳을 떠나기 전해에는 큰 가뭄으로 풀이 완전히 말라버려 모래벌판으로 바뀌면서 양들은 대부분 배곯아 죽거나 목말라 죽었다고 한다. 그래서 고향을 떠나 이렇게 노동을 시작하게 되었다는 것이다. 그러나 일 년 동안 일해서 양 2, 30여 마리를 벌었다고 해도 집으로 가져갈 수가 없다는 것이다. 고향에 가봤자 풀 한 포기 없으니 양이 있어도 기를 수가 없기 때문이다. 그래서 그는 하는 수 없이 양을 팔아서 돈으로 가져간다고 했다.

천전과 양커는 꼬박 하루를 자고 난 다음에야 겨우 정신을 차릴 수가 있었다. 넷째 날, 천전은 가스마이 가족들과 밤새 수다를 떨었다.

다섯째 날 이른 아침에 천전과 양커는 차를 몰고 흑석두산 방향으로 향했다.

사라진 초원의 혼

지프차가 국경수비도로를 막 넘어서자, 멀리 동남쪽에 자리한 흑석두산이 어슴푸레하게 눈에 들어왔다. 양커는 초원의 흙먼지 덮인 길을 천천히 달렸다.

천전이 한숨을 쉬며 말했다.

"초원늑대는 초원의 존재 유무를 판가름 짓는 생태의 지표야. 늑대가 사라지고 난 뒤부터 초원의 혼 역시 사라져버렸어. 게다가 지금의 초원 생활은 너무 많이 변질되고 말았어. 예전의 광활하고 푸르렀던 그 원시 대초원이 정말 그립구먼. 그런데 한인들의 땅에 사는 현대인들이 가장 금기시하는 것이 바로 옛것을 그리워하는 거 아니겠어? 이를테면 농경이나 봉건, 전제 그리고 큰솥밥(공동노동과 공동분배라는 기치 아래 작업성과에 관계없이 균등하게 분배하던 공동 집체 생활을 의미하는 말) 같은 것들 말일세. 아무리 그래도 옛 초원에 대한 향수야말로 모든 현대인들이 느낄 수 있는 가장 현대적인 감정이라고 할 수 있지."

양커가 한 손으로 관자놀이를 누르며 말했다.

"나도 옛날이 너무 그리워. 초원을 생각하면 머릿속에 온통 원시유목 생활의 정경들이 떠오르곤 해. 벌써 2, 30년 전의 일인데도 바로 어제 일처럼 생생하거든."

양커가 이어서 말했다.

"초원에서 돌아온 이후, 우린 서로 자기 일에 바빠서 자주 만나지도 못했지 않은가. 자넨 그동안 그토록 오래 연구를 했으니, 이번 기회에 나한테도 자네가 연구한 것들에 대해 이야기 좀 해주게."

천전이 말했다.

"그동안 난 완전히 새로운 각도와 입장에서 이른바 중화의 농경 문화와 중화민족의 국민성 그리고 중화 문명에 대한 유목민족의 지대한 공헌에 대해서 재조명해보았다네. 그러다 보니 고질적인 '중국병'의 근원도 나름대로 밝혀냈지. 중국병은 다른 말로 '양병羊病'이라고 부를 수 있을 걸세. 가축병의 범주에 속하는 셈이지."

양커가 거들었다.

"우리의 경험을 바탕으로 초원의 유목 정신을 잘 분석해보더라도 그럴 만한 가치가 충분히 있을 거야."

천전은 곧장 본론으로 들어가면서 힘주어 말했다.

"나는 중국병의 뿌리는 분명히 농경과 농경 문화의 성격에 있다고 결론을 내렸다네. 과거의 지식인들 역시 중국병의 근원이 여기에 있다는 것을 알고는 있었지만 비판의 정도가 그리 심하지 않았고, 주장하는 논리도 분명하지 않았던 거야. 게다가 금방 그 주장에 대한 거센 저항과 비난에 부딪혀야 했지. 지금 중국의 국가적 운명이 달린 사상투쟁이 근 1세기 동안 지속되어오고 있음에도 아직까지 마무리되지 못하고 있지 않나. 그 이유는 바로 중국 농경 문화의 영향이 너무 지대할 뿐만 아니라, 비판 진영이 효과적인 사상적 무기를 가지지 못했기 때문이야. 그래서 중국의 뿌리 깊은 전통적 농경의식에 대한 비판은 단기적인 시각으로 접근해서는 절대로 안 된다고 생각하네. 역사적이고 체계적인 분석과 비판, 그리고 청산이 이루어져야 한다는 점에서 보다 총체적인 시각이 필요해. 여기서 가장 중요한 것은 농경보다 더 유구한 역사에다 생명력과 전투력을 지닌 유목 정신을 사상적 무기로 사용해야 한다는 점이야. 여기서 말하는 유목 정신이란 초원의 유목 정신만을 의미하지 않고, 그 밖에도 해양의 유목 정신이나 우주의 유목 정신도 모두 포함되는 이른바 대 유목 정신을 의미하는 거야. 그것은 세계 역사에서도 예로부터 지금까지 끊임없이 진전돼왔고, 오늘날에도 여전히 발전하고 있는 진취적인 개척정신이라고 말할 수 있지. 역사적으로, 이런 대 유목 정신은 야만적인 로마 노예제도와 중세 암흑시대의 봉건제도를 무너뜨렸고, 거대한 해외 시장과 '목장'을 개척할 수 있었던 거지. 지금은 이제 우주까지 나아가 더욱 거대하고 부유한 '우주 목장'을 개척하고 있지 않나. 인류가 더욱 광활해진 생존 공간을 획득할 수 있도록 말이지. 그런데, 이런 유목 정신의 밑바탕에는 바로 강인함이라는 유목적 성격, 특히 늑대의 본성이 깔려 있어. 초원의 비랑도 결국 탱그리와 더 넓은 우주로 비상하지 않았었나."

양커가 칭찬하며 말했다.

"서론이 아주 괜찮은데. 내가 제일 흥미 있어 하는 분야거든."

천전이 가방에서 인쇄물을 꺼냈다. 그리고 목소리를 가다듬으며 말했다.

"내 강의는 비교적 긴데, 원고를 다 안 가져왔지 뭔가. 개요가 되는 부분 몇 장밖에 없구먼. 이번에 오랜만에 초원에 온 김에 함께 얘기를 나누며 자네 생각도 들어보고 싶었는데 잘됐군. 오늘은 대략적인 것만 이야기하기로 하지. 자네가 보충을 많이 해주었으면 좋겠네."

양커가 대답했다.

"그렇게 하지."

천전이 부드럽게 말했다.

"내가 보기엔 중국 농경 문명의 치명적 결함은 그 문명 내부에 잔혹하고 격렬한 생존경쟁이 부재하다는 데에 있네."

양커가 고개를 끄덕이며 말했다.

"맞는 말이야. 유목 문명은 완전히 그와 반대지. 유목 생활 내부의 생존경쟁이야말로 너무나 잔혹하고 보편적이야. 농경사회에서는 초원처럼 끊임없이 치열하게 전개되는 생존 투쟁이란 걸 찾아보기가 힘들지. 엄한 스승 밑에서 뛰어난 제자가 나온다고, 냉혹한 경쟁 속에서 용감무쌍한 늑대와 군마, 민족이 나왔어. 두 가지 생존 환경을 대비해보면 민족성의 차이를 비교해볼 수 있지. 늑대와 양이라는 비유가 딱 맞아. 그래서 초원민족이 오래전부터 자기네들을 늑대에 비유하면서 농경민족을 양에 비유해왔던 것 아니겠어? 우리가 초원에서 살 때도 한동안 람자브가 내 이름을 부르지 않고, 꼭 새끼양이라고 불렀잖아. 그런데 람자브가 힘이 워낙 세니까 대들 수도 없었던 것이고. 어느 날인가 단체노동을 했는데 사람들이 상당히 많았어. 휴식 시간에 람자브가 글쎄 진짜로 늑대가 어린 양을 덮치는 것처럼 나를 예닐곱 번이나 쓰러뜨렸다니까. 예쁜 몽골 여자 애들이 지켜보는 앞에서. 다들 람자브를 멋있다는 듯 부러운 눈으로 바라보더군. 람자브가 사린치치거를 가리키면서 뭐라고 했는지 알아? 올론에서 제일로 예쁜 암늑대가 어떻게 새끼양 따위한테 시집을 갈 수 있겠냐는 거야. 걔가 날 잡아먹기라도 하면 어떡할 거냐고 말이야. 그 말에 주위에 있던 사람들이 다 박장대소를 했고, 나도 바보처럼 따라 웃기만 했지. 이번에 술 마시면서 람자브가 그날 일을 또 꺼내더라고."

천전이 쓴웃음을 지으며 말했다.

"그땐 우리도 참 어눌했었지. 초원에 온 지 몇 년이 되도록 새끼양 딱지도 떼지 못했으니 말이야. 그러니 초원에 발도 디뎌보지 못한 수억의 한족은 도대체 뭐가 되는 거야? 초원에 처음 왔을 때 가장 인상 깊었던 게 '몽골인은 늑대고, 한인은 양이다'라는 말을 목축민들이 입에 달고 사는 거였어. 대 한족주의를 굳게 믿고 있던 내겐 엄청난 충격이었지. 아마 그때 받은 정신적 충격 때문에 내가 늑대와 양 그리고 두 민족의 민족정신과 민족성을 연구하게 된 것 같기도 해……."

지프차가 옛날 빌게 노인이 지휘했던 사냥터를 지나갔다. 양커가 감정이 북받쳐서 말했다.

"그때 몰이사냥을 하던 일이 눈앞에 선하군그래. 초원 기병들의 용감무쌍한 전투를 직접 목격하면서 가슴이 조마조마했었지. 그런 정도는 목축민들한테 그냥 일상적인 것이었는데도 말이야. 중학교 때 하향노동 가서 농민들이 벌이는 사냥에 참여해본 적이 있었지만, 그땐 정말 재미가 없었어. 자넨 그렇지 않았어?"

천전이 양커에게 물었다.

"자네 혹시 주, 진, 한, 당나라 때에 중국의 중원민족이 어떻게 해서 견융과 산융山戎, 흉노, 돌궐을 낙화유수처럼 물리칠 수 있었는지에 대해 생각해본 적 있나? 한, 당 시기에는 수백 년 동안 전쟁을 벌여서, 결국 그 강대했던 북흉노를 멸망시키고 서돌궐을 축출하기까지 했어. 그 때야말로 고대 중국 역사에서 가장 찬란한 시대였지. 문화적으로도 최고의 인재들이 앞 다투어 등장했었고. 어째서 그 시기의 중화민족은 그리 대단했던 것일까? 또 어떻게 천하를 집어삼킬 듯한 기개와 진취적인 민족성을 지닐 수 있었을까?"

양커는 생각할 여지도 없다는 듯이 바로 대답했다.

"당시의 중화민족은 시대적으로 상승기에 있지 않았나? 상승기에는 진취정신이 충만하기 마련이지."

천전이 말했다.

"내가 보기엔, 당시 중화민족의 혈관 속에는 '늑대 피' 성분이 '양 피' 성분보다 훨씬 짙었던 것 같아. 인류도 야수의 상태를 막 벗어난 원시시대에는 야생성 특히 늑대의 성질이 엄청 강했어. 이것이 인류가 수십만 년 동안 잔혹한 생존경쟁에서 살아남을 수 있었던 기본적인 토대가 되었던 거지. 만약 그런 야성이 없었더라면, 인류는 일찌감치 혹독한 자연환경과 인류보다 강한 짐승들에 의해 도태되고 말았을 거야. 그렇지만 그런 야생성과 늑대의 성질이 인류 문명의 발전 과정에 끼친 해 또한 만만치 않아. 만약 어떤 나라의 구성원 전체가 늑대 집단 같다고 가정해보게나. 서로 싸우고 죽이다 보면 결국에는 한 명도 남김없이 자멸하지 않겠나. 그래서 인류 문명은 인간의 본성에 내재되어 있는 야성을 부단히 억제하고 몰아내면서 점차 발전하기 시작했던 거야. 이건 고금내외의 성현과 사상가, 정치가 들이 끊임없이 규명하고자 애써온 근본적인 주제들 중 하나야. 그러나 인성에 들어 있는 야수성과 늑대의 성질이 완전히 혹은 대부분 소멸되거나, 심지어 온화한 양의 성품이나 가축성으로 대체된다면, 인류는 생존의 기본적인 조건을 잃게 되어 잔혹한 경쟁에서 도태되고 말 테니, 그 다음 단계인 문명이야 더욱 말할 필요가 없지. 따라서 인류의 야만적인 본성이 다 사라지고 나면 지속적인 역사의 발전도, 끊임없이 도약하는 문명도 기대할 수가 없어. 서양 민족은 이런 야만적인 본성을 견지하면서 문명 발전의 길을 걸었지만, 중화민족은 야만적인 본성이 모두 배제된 채 농경식 문명 발전의 길을 걸어왔어. 다시 말하면 서양 민족은 '문명화된 늑대'의 길을, 중화민족은 '문명화된 양'의 길을 선택했던 거지. 저들은 고대의 야만늑대에서부터 고대의 문명화된 늑대를 거쳐 현대의 문명늑대 수준까지 순조롭게 올라섰어. 지금은 진정한 미래의 '문명인'으로 진화해가는 중이고. 그러나 우리는 서양인에 비해 얼마나 많은 단계가 뒤떨어져 있나. 게다가 여전히 같은 단계에서도 우왕좌왕하고 있으니 답답할 수밖에.

공자는 역사 발전 단계의 제약을 받자 선량하고 질박한 염원을 가지고 극기복례克己復禮와 천하위공(天下爲公. 세상은 만인의 것이라는 뜻)의 대동大同 이상을 실현하고자 힘썼어. 인성 중에 있는 늑대의 야성을 제거하기만 하면 점차적으로 그러한 이상을 실현할 수 있다고 보았던 거지. 그래서 공자를 위시한 유학에서는 천 년 동안 인성의 교화를 위해 '사람됨을 온유돈후溫柔敦厚하게 해야 한다'고 지도했지. 그런데 세상에서 가장 온유돈후한 동물이 바로 소와 양이니, 유가에서는 양을 높이고 늑대를 경멸하는 농경적 교의를 분명히 드러냈던 거야. 이후 송명宋明대의 성리학은 더욱 극단을 달려서, '천리天理를 보존하고, 인욕人欲을 없애야 한다'는 사상을 크게 고취시키면서 정상적인 인간의 욕구마저도 전부 없애야 하는 것으로 보았어. 그러니 인성에 남아 있는 야수성을 없애자는 건 두말할 필요가 없는 거지. 농경민족이라는 민족적 특수성의 기초 위에 천 년 동안의 교화를 통함으로써, 중국의 지식 계층은 온유돈후한 군자들로 가득했고, 하층에는 나약하고 쉽게 속임을 당하는 양민良民과 순민順民뿐이었지. 그러다 보니 중국의 국민성이 양의 온화한 성질로 바뀌어버렸어. 그 길을 끝까지 고수하다 보니, 이후 온유돈후한 양떼는 흉포한 초원의 늑대 집단을 만날 때마다 이십사사(二十四史. 청나라 건륭 때 편찬한 명나라까지의 정사)에 적혀 있는 대로 '피가 흘러 강이 되는' 참혹한 결과를 낳게 되었지. 시간이 흘러가면서 세계는 더욱 좁아졌고, 온유돈후한 중국의 문명양은 호전적인 서양의 문명늑대와 마주쳤어. 두 문명의 충돌로 인해 전복된 것은 당연히 양 쪽이었지. 결과적으로 중국이 오랫동안 걸어온 길은 서양에 의해 파괴되면서, 끝내 서양의 식민지나 반식민지가 되고 말았던 거야."

양커가 점점 흥미진진해하며 물었다.

"정말 이해가 되지 않는군. 고대의 중국은 어째서 그런 잘못된 길을 향해 나아갔던 거지? 주진한당周秦漢唐 시절에는 바른길로 가고 있었잖은가?"

천전이 담담하게 말을 이어나갔다.

"어느 민족이 최초에 선택한 길은 주로 객관적인 환경에 의해 결정되었겠지. 중화민족은 세계에서도 가장 농업 발전에 적합하고 또 가장 넓은 양강兩江 유역, 즉 장강과 황화 유역을 생활 터전으로 삼았어. 이 유역은 이집트의 나일 강 유역이나 바빌론의 양강 유역 그리고 인더스 강과 갠지스 강 유역보다 훨씬 넓지. 그러다 보니 중화민족은 자연스럽게 세계 최대 규모의 농경 생활을 하게 되었고, 이것이 중화민족이 민족으로서 존재하게 된 토대가 되었던 거지. 민족성도 농경적 특성에 의해 개조되고 결정될 수밖에 없었던 것이고.

그러나 서양인들의 경우에는 인구가 적고 바다를 가까이하는 데다 방목지도 많아서, 농업이 절대적 우세를 차지하지 않았어. 그래서 수렵, 목축업, 농업, 상업, 무역, 항해업 등의 여러 분야가 고르게 발전했지. 다시 말하면 초원늑대, 숲 속 늑대, 고산지대의 늑대, 육지늑대, 바닷가에 사는 늑대가 모두 각기 자유롭게 생활해온 거야. 서양 민족이 가졌던 강인한 유목의 유풍과 불굴의 정신이 면면히 내려왔고, 또 오랜 세월 동안 상업전쟁, 해전, 무역전쟁을 벌이면서 더욱 강해졌던 거지. 이후 현대 상공업의 잔혹한 시장 경쟁에 진입하면서 늑대 정신은 갈수록 그 진가를 더 발휘하고 있는 거라네. 이처럼 서양 민족의 용맹함과 진취성은 한 번도 쇠약해진 적이 없었어. 민족의 기반이 되는 토대가 민족성을 결정짓고, 민족성은 민족의 운명을 결정짓는 거지. 결국 저들의 용맹스럽고 진취적인 민족성이 서양을 세계의 선두에 서도록 만들어준 원인이 된 거야.

예로부터 세계는 대략 수렵, 유목, 농경, 상업, 항해, 공업의 여섯 분야와 그에 따른 여섯 종류의 민족이 존재해왔어. 그중에서 오직 농경만 자급자족이 가능했기 때문에 폐쇄적인 생활을 할 수 있었던 거라네. 그러니 자화수정을 하는 꽃들처럼 자생이 가능한 동시에 스스로 퇴화할 수도 있었던 거야. 근본적으로 경쟁이나 교환, 교역이 필요 없었던 시스템이었지. 농경 이외에 다른 다섯 분야는 모두가 평화와는 거리가 멀다는 특징이 있어. 자급자족을 할 수가 없으니 경쟁을 통해 물자를 교환해야 했고, 치열한 싸움 끝에 승리한 민족만이 목숨을 부지하고 발전할 수 있었던 거야. 그러니 그만큼 맞닥뜨리게 되는 위험 또한 클 수밖에 없었지. 상대가 죽지 않으면 내가 죽는다는 각오 없이는 약육강식의 환경에서 살아남을 수가 없었던 거야. 이때 필요한 것이 바로 늑대를 닮은 강인하고 진취적인 정신인 거지. 그래서 농경민족을 제외한 나머지 다섯 종류의 민족 즉 수렵민족, 유목민족, 상업민족, 항해민족과 공업민족은 모두 농경민족에 비해 강인하고 진취적인 민족이라 할 수 있지. 그리고 위의 다섯 분야와 민족 간에는 계승 관계가 존재했어. 수렵과 유목은 상업과 항해로 발전되었고, 상업과 항해는 다시 근현대 공업으로 발전되었지. 그런데 이런 험한 분야들은 모두 용맹스러운 민족들을 위해 준비된 거나 다름없었어. 그들만이 이 힘겨운 일들을 해낼 수 있었으니까. 서양의 역사를 보더라도 기본적으로 수렵, 유목에서 상업과 항해로 발전되었고, 다시 현대 공업화 시대로 이어지지 않았나.

고대 농경민족의 역사는 폐문조차(閉門造車. 문을 닫아걸고 수레를 만든다는 뜻) 혹은 자급자족의 역사로, 그들은 나름대로 찬란한 고대 문명을 창조해냈지. 그러나 유목민족과 그 후예들이 그들의 유역을 침입하여 발달된 문물을 훔쳐갔을 뿐만 아니라 그 나라와 민족까지 멸하고 복속시키기에 이르렀지. 유목민족은 거칠고 사나운 파도 속에서 항해를 계속해 나가면서 마침내 농경민족보다 오히려 더욱 선진적인 문명을 창조하게 된 거야. 중화민족은 첫발을 농토에 디디면서부터 농경민족의 지류로 진입함으로써 시간이 흐를수록 세력이 약해지고 민족성 또한 나약해지고 말았던 것이고.

그렇지만 처음부터 그렇게 약했던 것만은 아니야. 중화 선인들의 민족성은 절대로 서양 민족에게 뒤떨어지지 않았어. 똑같이 용감하고 진취적이었고 강인하고 지혜로웠어. 한마디로 늑대의 야성으로 한껏 충만해 있었지. 그러다 이들이 세계 최대의 비옥한 중화의 농토에 터를 잡으면서부터, 강인한 늑대의 야성은 어느새 자취를 감추고 온유돈후한 성격으로 바뀌고 말았어. 고대 중국의 광활한 농토가 초원늑대를 길들여 늑대의 본성을 순화시키고 말았던 거지."

지프차가 국경수비도로 이남의 목초지로 진입했다. 풀들이 거의 자라지 않아서 마치 잘 정비된 운전연습장에 들어선 듯했다. 양커는 곧장 흑석두산을 향해 달렸다.

인쇄물을 대충 훑어보던 천전이 말했다.

"황하 유역이 고대 중국 문화의 유일한 발상지는 아니었어. 서북초원, 특히 내몽골 초원이야말로 찬란하게 꽃피었던 중국 고대 문화의 주요 발상지 가운데 하나였지. 《내몽골 역사지리》를 보면, 내몽골에서는 구석기 시대부터 인류가 살고 있었다는 거야. 실제로 구석기 시대의 유물이 발굴되어 그런 사실이 증명되었다는 설명까지 나와 있어. 유명한 대요大窯 문화가 역사적으로 얼마나 오래된 것인지 밝혀지면서 한때 세상 사람들을 깜짝 놀라게 한 적이 있었지. 내몽골 후허호트 동북쪽 교외에 위치한 대규모 가마 유적지가 전국중점문물보호단위(국가지정문화재)로 지정돼 국가의 보호를 받고 있지. 그곳에는 선사 시대의 인류가 사용하던 석기 제조장이 하나 있는데, 구석기 초기에서 중기를 지나 말기에 이르기까지 수십만 년이나 사용되었다는 거야. 그중에서 가장 오래된 유적은 지금으로부터 약 70만 년 전 것으로 추정되는데, 그렇다면 베이징원인보다 10만 년에서 50만 년은 더 이른 셈이지. 신석기 시대에 이르면서 내몽골 원시 인류의 활동 범위는 더욱 확대되었어. 현재까지 내몽골에서 약 100여 곳의 신석기 유적지가 발견되고 있는데, 그곳에서 출토된 기물의 형상과 채문토기의 풍격이 중원의 양사오 문화仰韶文化와 룽산 문화龍山文化와는 차이가 많다는 거야.

그리고 서북지역인 산시성에서 발견된 란티엔인藍田人원인 화석도 약 80만 년에서 60만 년 전의 것으로 판명되었으니, 그 역시 베이징원인보다는 훨씬 오래된 거지. 베이징원인은 황하 유역의 중원인中原人에 속한다기보다는 원시 북방인의 한 지류에 속한다고 볼 수 있어. 원시 시대의 북방과 서북의 고원과 초원은 초목이 무성하고 물이 많은 데다 기후가 습윤해서 인류가 생활하기에 적합한 곳이었지. 초원의 원시 인류는 수렵과 유목, 채집 생활을 한 반면, 황하 중하류에 위치한 중원은 대우大禹 임금이 치수를 주관하기 전까지 정기적 혹은 비정기적으로 황하가 범람하는 지역이었기 때문에, 대다수 지역이 사람들이 거주하기에는 부적합했던 곳이었지. 중원은 황토 고원에서 유실된 수토가 황하를 통해 운반되고 퇴적되면서 형성된 평원이야. 따라서 서북고원과 초원이 중원의 아버지라면 황하는 중원의 어머니라 할 수 있지. 서북 초원의 인류사가 중원의 인류사보다 더 오래되었으니, 중원의 원시 인류 또한 서북고원과 초원에서 유입됐다고 보는 게 맞을 거야.

중국 초원의 옛사람들은 강인하고 진취적인 유목 정신과 이동성, 성격을 발휘해서 서서히 중원으로 들어와 개척을 시작했던 거지. 그래서 중원 부족과 중화 문명의 형성과 발전에도 지대한 영향을 끼쳤던 거야.

중화민족의 시조라고 할 수 있는 염제炎帝와 황제黃帝도 서북 유목민족이었어. 전설에 따르면, 염제와 황제가 모두 소전少典 부족 출신이라고 하잖아. 판원란은 역사서에 나오는 전설을 종합하여 '염제의 성은 강姜씨고, 강씨 성은 서융이라 불린 강족羌族의 한 갈래로 서쪽 지방에서 유목을 하다 앞장서 중앙부로 들어왔으며 서서히 농경을 시작했다'고 결론짓고 있어. 고대 강족은 전형적인 유목민족으로 중화 한인의 조상 가운데 하나야. 이들의 성격이 불같이 뜨겁고 강직했다는 것은 전설이 아니라 사실이야.

《후한서 · 서강족》에는 '서강에서는 전쟁터에서의 죽음을 길하다 여겼으며, 병으로 죽는 것은 불길하다고 여겼다. 추위와 고통을 견디는 인내심이 금수와 같았고, 여자가 아이를 낳을 때도 눈보라를 피하지 않았다. 굳건하고 용맹한 성품은 오행 가운데서도 서방금의 기를 받은 것이다'라고 나와 있어. 이런 결론과 평가가 정말 근사하지 않은가? 늑대를 말하면서 몇 구절만으로 초원늑대와 유목민족의 성격에 대해서도 수준 높은 개괄을 하고 있으니 말일세. 초원늑대와 유목민족만이 흔쾌히 전쟁에서의 죽음을 택하고, 병으로 죽는 것을 수치스럽게 생각했지. 이 부분의 기록과 평가는 서강족과 중국 유목민족의 공통적이고도 본질적인 특징을 아주 정확하고도 생동적으로 짚어내고 있어. 그것이 무엇이겠나? 바로 늑대의 본성이지. 그 문헌에서는 서북 유목민족의 민족성의 근원도 날카롭게 지적하고 있으니 '금수와 같다'는 구절이 바로 그것일세. 맹금과 맹수, 다시 말해 초원의 매나 늑대만큼 강인했다는 것이지. 또 중화민족의 금행金行의 기개가 서방과 서북방의 유목지역에서 나온 것이라고 하고 있어. 한인의 선조가 이렇듯 굳세고 용맹스러운 민족성을 지녔다는 사실이 얼마나 흥분되고 자랑스러운지 모른다네.

강족은 중국의 뛰어난 원시민족이자 중화민족의 주요 선조 중의 하나지. 견융, 백구白狗, 백랑白狼 등 대부분의 서융족西戎族이 다 그로부터 나왔을 뿐만 아니라, 한족, 탕구트, 토번土蕃, 티베트 족 등도 모두 강족에서 비롯됐어. 또한 고대 강족이 몽골초원의 한 부족으로 유입되면서, 몽골 초원민족의 형성에도 기여했다네. 어느 전문가의 연구에 따르면, 단음절어에 성조가 있는 시노-티베탄어漢藏語系가 단음절어인 고대 강어羌語에서 발원되었다는 거야. 현재 사용되고 있는 한자에도 중화 선조인 강인羌人의 유목 혈통에서 비롯된 흔적이 많이 남아 있어.

예를 들면, 현재 가장 빈번하게 사용되는 '美'자가 바로 '羊'자와

'大' 자가 합쳐져서 만들어졌다는 거지. 허신許愼은 《설문해자說文解字》에서 '미美라는 글자는 양羊, 특히 큰 양大羊에서 비롯되었다' 고 했어. 여기에 서현徐鉉은 '양은 살지고 큰 것이 아름답다. 그리하여 대大자를 붙인 것이다' 라고 주를 달고 있지. 우리는 여기서 중화 선조의 심미관이 유목민족의 심미관과 상통한다는 것을 알 수 있지. 우린 둘 다 양치기 경험이 있으니, 그 아름다움이 어떤 것인지 더욱 잘 이해할 수 있지 않은가? 양고기는 목축민들의 주식이니, 새끼양 한 무리를 다 큰 양으로 길러내고 나면 그 모습이 얼마나 아름답겠어? 큰 양이 아름답다는 것은 초원늑대의 심미관이기도 하지. 늑대가 커다란 양 한 마리를 잡으면 기뻐서 펄쩍 뛰겠지. 그게 바로 늑대가 느끼는 아름다움일 것이고. 만약 한인의 선조가 농업에 종사했다면, 미美 자는 '큰 양大羊' 이 아니라 '큰 쌀大米' 이라고 했겠지. 오늘날에는 미美 자를 말하면 먼저 미인을 떠올리지만, 그렇다고 미美 자 자체가 '큰 양' 이라는 데는 여전히 변함이 없다네.

강족의 위대함은 강한 민족성과 초인적인 지혜에 있었어. 고대 강족과 동시대에 존재했던 흉노족 등의 유목민족은 일찍이 사라지고 말았지만, 강족은 현재까지도 그 명맥을 면면히 이어오고 있잖은가. 10억이 넘는, 세계를 경악시킬 후예들이 이 땅에 살고 있지…….

그러면 이제 염황 시절로 돌아가볼까? 전설에 의하면, 염제가 중원에 들어온 후 짐승의 몸으로 사람 말을 했다는 남방 구려족九黎族의 치우蚩尤도 북상하여 중원으로 들어온 거야. 그 구려족이 중원으로 들어오면서 농경에 힘쓰던 염제족과 격렬한 전투를 벌이게 되었어. 구려족은 염제족을 끊임없이 핍박하기 시작하여, 결국 그들을 탁록涿鹿까지 밀어냈지. 그러자 염제는 훨씬 강한 황제족과 연합하여 탁록에서 구려족을 대패시키고 그들을 중원에서 쫓아냈어. 황제족은 나중에 다시 염제족을 물리쳐 그들을 장강 유역까지 몰아내면서 정식으로 중원에 정착했지. 훗날 황제족은 남방의 만족蠻族을 반격하기 위해 또다시 염제족과 연합하기도 했지만 말이야.

난 황제족이 치우의 구려족에게 승리할 수 있었던 요인이 바로 그 민족성의 근원에 있다고 보네. 황제족은 유목민족이었거든. 《사기 · 삼황본기三皇本紀》에는 '염제와 황제는 둘 다 소전의 아들이고, 그 어머니는 유와씨有媧氏의 딸이었다. (…) 강씨 성의 염제와 희姬씨 성의 황제는 모두 소전에게서 났으며, 황제의 어머니는 신농씨인 염제의 어머니이기도 하다'라는 주가 달려 있어. 결국 황제족과 염제족은 같은 종족이라는 얘기지. 염제족이 서융 강족에서 나왔으니, 황제족 역시 서강과 서북고원에서 나왔을 거 아닌가. 사서에도 전설상의 황제족은 서북 유목지역에서 발원했으며, 활동 범위 역시 서북이고 주요 공적을 비롯한 사적 또한 서북지역에서 나왔다고 기록되어 있다네.

장자는 '곤륜허崑崙虛는 황제가 쉬던 곳이다'라고 하면서, 《산해경山海經》에서는 '해내海內의 곤륜허가 서북쪽에 있었는데, 천제의 하계 도읍지였다'라고 적고 있어. 《사기 · 오제본기五帝本紀》에도 황제족은 '왕래하여 옮겨 다녀 일정한 거처가 없었으며, 군사들로 에워싸 지키면 그곳이 곧 도읍지였다'고 되어 있지. 또한 황제는 '토덕土德을 타고났으므로 황제黃帝라 칭했다'고 했고, 이에 대해 《사기》에서는 '토덕의 길상한 기운을 받아 임금이 되고, 흙이 누런 까닭에 황제黃帝라 불리게 되었다'는 주석을 달고 있다네. 황색의 흙이라 함은 유목지역인 서북의 황토 고원을 지칭하는 것이 아니겠나. 판원란은 '황제족은 원래 서북방에 거주했는데, 전설에 의하면 황제는 일찍이 탁록 지방의 산이 굽이진 지역에서 살았으며, 정처 없이 떠도는 유목 생활을 했다'고 했어.

전설에서는 황제와 염제가 치우의 구려족을 물리친 곳이 탁록이었다고 하지. 그리고 황제와 염제는 판천阪泉에서 세 번이나 싸웠어. 판천은 지금의 허베이성 회래懷來에 위치했는데 예전에는 회융懷戎이라 불리던 곳이야. 그곳은 유목지역으로 탁록에서 동북쪽으로 몇십 리밖에 떨어지지 않았어. 탁록은 화베이의 서북부로 내몽골 초원의 연장선상에 있는데, 상고 시대에는 전형적인 유목지역이었지. 상고 시대의 탁록, 회래, 위하와 연산 지역은 모두가 유목민족의 근거지였어. 훗날 황제는 도읍을 탁록으로 정했지. 황제는 죽은 후에 교산橋山에 묻혔는데, 교산 또한 서북에 위치했다는 건 다들 아는 사실이고. 염제와 황제는 서북 유목민족과 유목지역에서 나왔으니 분명 하늘을 숭배했을 거야. 초원과 유목민족이 말하는 그 '탱그리' 말일세. 《사기》에 따르면 '헌원軒轅 황제가 치우를 잡아 죽인 후, 제후들이 헌원 황제를 천자로 섬겼다'라고 적고 있다네."

천전은 서류철에서 메모지 한 장을 꺼내면서 말했다.

"중국 서북의 유목민족은 대대로 탱그리를 섬겼다네. 그건 고증으로도 이미 밝혀진 사실이야. 자네 혹시 《초원제국》의 저자이자, 프랑스의 아시아사 연구가였던 르네 그루세가 탱그리의 어원에 대해 설명한 걸 읽어본 적이 있나?

'흉노인은 서기 3세기 후반에 강력한 통일민족국가를 형성했다. 그들의 우두머리는 선우單于라 불렸는데, 이 호칭의 전문은 탱리고도선우撑梨孤塗單于로서 한문으로 풀이해 발음을 하면 '천자'가 된다. 우리는 여기에서 탱리撑梨가 터키-몽골어에서 '탱그리(하늘)'를 뜻하는 음역이라는 것을 알 수 있다.'

이처럼 흉노에서 돌궐, 또 몽골에 이르기까지 전부가 탱그리를 숭배했어. 흉노는 역사가 아주 깊은 민족으로 맨 처음에는 훈죽薰粥이라 불렸지. 그리고 하夏 왕조 때에는 순유淳維, 은상殷商 대에는 귀방鬼方으로 불리다가, 한나라에 이르러서 흉노라고 칭해진 거야. 《사기》에도 '훈죽은 흉노의 별칭이다'라는 주석이 달려 있어. 황제 시절, 황제는 일찍이 훈죽과 왕래가 있었고 《사기 · 오제본기》를 보면 '황제는…… 훈죽을 북으로 몰아냈다'는 말이 나오지. 이로 미루어 황제 시기의 서북 유목민족은 탱그리를 숭배했으리라 유추해볼 수 있는데, 그렇지 않았다면 당시 각 부족이 황제를 천자로 받들지 않았을 거야. 결국 탱그리 숭배와 '천자'라는 칭호는 모두 상고 시대의 서북 유목민족에게서 유래된 거라네.

황제족은 유목민족이었으므로, 필경 늑대의 야수성을 지니고 있었을 거야. 《사기 · 오제본기》를 보면 '황제는 웅熊, 비羆, 비貔, 휴貅, 추貙, 호虎를 잘 훈련시켜, 이로써 염제와 판천의 벌판에서 싸웠다'는 기록이 나오지. 전설에서는 황제의 군사가 기록에서 보다시피 용맹스럽고 두려운 맹수의 군대라고 하지. 이것이야말로 유목 군사의 특성을 분명하게 부각시키는 대목일 거야. 눈여겨보아야 할 것은 위에 언급된 여섯 맹수 중에 늑대는 없다는 거야. 그것은 늑대가 절대로 길들일 수 없는 맹수였기 때문이야. 반인반신半人半神이었다는 황제조차도 늑대를 길들일 수는 없었다는 거지. 아무리 초원늑대를 숭배하는 유목민족이라 해도 결코 늑대를 부릴 수는 없었지.

결국, 우리 한인 역시 실제적으로는 서북 유목민족의 후손이라는 결론을 내릴 수 있네. 그러니 훗날 한족이 유목민족을 멸시한 것은 완전히 자신의 근본과 조상을 망각한 행위였던 셈이야. 아무튼 한족은 유목민족 출신이고, 유목민족의 혈관 속에는 늑대의 야성이 깃든 피가 남아 있다는 결론을 내릴 수가 있어. 이거야말로 미래 중화민족을 부흥시킬 소중한 자원이니, 불씨를 보존하듯이 잘 보존해서 크게 발양시켜야 할 거야."

양커가 눈빛을 반짝이며 말했다.

"중화 농경민족이 대대로 하늘을 숭배하고, 하느님老天爺을 숭배한 데는 다 그럴 만한 이유가 있었구나. 그 선조라 할 수 있는 초원민족이 대대로 탱그리를 숭배해왔으니까 말이야. 그러니 결국 중화민족의 하늘 숭배는 염제와 황제의 고향인 초원과 유목 선조들로부터 전해 내려온 것이군."

천전이 미소를 지으며 말했다.

"그렇지. 중화 대지의 유목민족과 농경민족의 뿌리는 하나야. 아버지인 탱그리와 어머니인 초원 대지 사이에서 태어난 한 형제로, 초원민족이 형이라면 중화민족은 동생인 셈이지. 그래서 이 동아시아의 오랜 두 민족은 하늘과 탱그리를 동시에 숭배했어. 이러한 공통의 숭배가 중화민족과 문명이 발전하는 데에도 지대한 영향을 미쳤던 것이고.

염황 이후의 중국 역사를 보더라도, 같은 대상을 숭배하는 이 형제 민족은 아무리 피비린내 나는 싸움을 해오면서도 결국은 함께 중화 문명과 역사를 창조해왔어. 농경 문화의 지배 속에서 중화민족이 약화될 때마다, 준엄하면서도 자애로운 아버지 탱그리는 늑대의 야성을 지닌 유목민족을 중원으로 보내서, 양처럼 순화된 농경민족에게 늑대의 피를 수혈해주도록 했다네. 강인하고 진취적인 늑대의 피를 받을 때마다 중화민족은 다시금 기운을 떨치고 일어났지. 그러나 훗날 아무리 도움을 주어도 재기하지 못할 정도로 동생이 약해지자, 강인한 형이 중원으로 직접 들어와 영토의 절반을 지배하게 되었던 거야. 그 후 세력을 점차 넓혀서 나중에는 중화 전체를 지배하게 되었고. 동생을 대신해서 사직을 주관하고, 이후 서양 문명과 충돌할 때까지 중화 문명의 명맥을 계속 이어나갔어. 두 형제민족은 이런 특수한 방식으로 찬란한 중화 문명을 공동으로 창조하고, 세계 4대 고대 문명 중에서 유일하게 단절되지 않고 오늘날까지 이어지고 있는 기적을 만들어냈지. 그리고 아직도 여전히 민족 부흥의 위대한 잠재력을 내포하고 있어.

중화 문명은 세계에서 가장 넓고도 강인한 초원과, 또 세계에서 가장 넓으면서도 연약한 농토 사이에서 탄생한 독특한 문명인 셈이지.

또 한 가지 눈여겨봐야 할 것은 염제와 황제의 전투에서 최후의 승자가 황제였다는 점이야. 그것은 비록 염제와 황제 모두가 유목민족의 기원을 갖고 있기는 하지만, 염제가 황제보다 몇백 년 일찍 중원의 농경지역에 들어왔다는 데서 그 원인을 찾아볼 수 있을 걸세. 우리는 염제를 신농씨라고도 부르잖나. 그건 염제족이 상고 시대의 부족 가운데 가장 먼저 대규모 생산을 했다는 것을 말해주고 있어. 따라서 염제는 황제보다 훨씬 일찍부터 농경 문화에 물들어 그로 인해 민족성이 벌써 많이 약화되었던 거야. 농경 정신에 대한 유목 정신의 승리라는 세계성을 띤 객관적 규율은 중국 역사에서도 예외는 아니었던 거지. 염제와 황제의 전투는 중국 문명사에 있어 매우 중요한 간선의 기점이 되는 사건으로, 그로부터 유목민족과 농경민족, 유목 정신과 농경 정신 간의 투쟁과 융합 그리고 발전의 역사가 시작되었다고 할 수 있다네. 그 역사는 계급투쟁의 역사보다 훨씬 더 유구하지. 계급이 형성되기 이전부터 시작되었으니 말이야. 또한 그것이 중화 문명에 끼친 영향은 정말로 지대해서, 오늘날까지도 그 영향을 받고 있는 거지."

양커가 흥미진진한 눈빛으로 말했다.

"점점 재미있어지는군. 우리가 만약 조상들의 터전인 초원에 와보지 못했거나 초원민족과 늑대 그리고 늑대토템을 만나지 못했더라면, 아마 전혀 다른 입장에 서게 되어 중화 문명의 실체와 발전 경로에 대해 제대로 파악할 수가 없었을 거야. 초원에 와서 늑대를 만난 이후로 내 머릿속에 굳게 자리 잡고 있던 대 한족주의가 모두 사라졌으니 말일세."

천전이 말했다.

"그동안 난 이 문제에 대해 끊임없이 연구를 해왔어. 중화 역사와 중화민족은 5천 년 동안 성격이 형성되고 변천되어왔어. 그 과정이 상당히 복잡하긴 하지만, 그 안에서 분명 일정한 규율을 찾을 수 있다네. 이제야 그 실마리를 찾은 것 같아."

양커가 말했다.

"계속해, 자네만 피곤하지 않으면 난 끝까지 들어줄 수 있다고."

천전이 말했다.

"아냐, 나도 괜찮아. 자네한테 이야기하면서 더욱 명확하게 정리가 되는 것 같아. 진지하게 들어주는 사람이 있으니 더 힘이 나는걸. 조금 있다가 다시 얘기하자고. 옛날에 새끼늑대가 살던 곳으로 가서, 인생의 스승인 우리 새끼늑대에게 지금까지의 연구 성과를 보고해야겠어. 내 인생에 있어 새끼늑대는 진정한 지도교사였지. 빌게 아버지와 초원 늑대들, 목축민들 역시 존경하는 스승들이고 말이야."

뼈저린 참회

산기슭 아래 울창했던 갈대숲도 이제는 옛 모습을 찾아볼 수 없었다. 지프차는 드문드문 짧게 자란 마른 갈대를 헤치며 흑석두산 아래의 완만한 오르막길을 따라 올라갔다.

양커가 물었다.

"새끼늑대가 살았던 굴 말이야, 어디 있었는지 아직도 기억해?"

천전은 당연하다는 듯이 말했다.

"제자가 어떻게 스승께서 살던 곳을 잊을 수 있겠어? 늑대 굴에서 가장 가까운 비탈에 세울게. 그 다음부터는 걸어 올라가자고."

지프차가 천천히 앞으로 나아갔다. 새끼늑대가 태어난 곳과 점점 가까워지면서 천전은 덜컥 긴장되기 시작했다.

그는 자신이 마치 희생자들의 묘역으로 사죄하러 가는 전범 같은 생각이 들었다. 무덤에 묻혀 있는 희생자란 다름 아닌 자신의 손으로 직접 저 세상으로 보낸 일곱 마리의 새끼늑대들이었다. 다섯 마리는 채 눈도 뜨지 못하고 젖도 떼지 않은 새끼들이었고, 또 한 마리는 겨우 걸음마를 배운 놈이었다. 그리고 나머지 한 마리는 펜치로 송곳니를 절단당하고, 쇠사슬에 묶인 채 짧은 한평생을 자유와 차단돼서 살다가, 끝내는 기르던 주인의 손에 죽임을 당하기까지 한 불쌍한 늑대였다.

자유를 사랑하고, 나이가 들수록 자유의 소중함을 더욱더 깨닫게 된 천전 자신이 젊은 시절에 가장 전제적이고 독재적인 악행을 늑대에게 저질렀던 것이다. 그는 철없던 시절에 행했던 그 피비린내 나는 죄악이 생각날 때마다 차마 고개를 들 수가 없었다. 때로는 자신의 연구 성과까지도 증오했다. 그의 왕성한 호기심과 연구벽 때문에 불쌍한 일곱 마리의 새끼늑대들이 삶의 즐거움과 자유를 박탈당했기 때문이다. 그래서 그의 책은 사랑스러운 일곱 마리 새끼늑대의 선혈로 쓰인 것이나 다를 바 없었다. 더욱이 그들은 흰 왕늑대의 고귀한 혈통을 지닌 몽골 초원의 늑대들이 아니었던가…….

지난 20여 년 동안, 그는 씻지 못할 죄과에 대한 양심적인 가책으로 끊임없이 시달려왔다. 세월이 흐르면서, 그는 어째서 늑대를 죽이던 초원 목축민들이 죽은 후에는 늑대에게 자신의 몸을 맡겼는지를 이해할 수 있었다. 그것은 영혼의 승천을 위한 것만도 아니고, 짐승들을 잡아 먹은 만큼 나의 육신도 그들에게 돌려줘야 한다는 믿음 때문만도 아니었다. 그것은 아마도 빚을 갚아야 한다는 무거운 가책과 초원늑대에 대한 깊은 애정이, 늑대에게 자신을 기꺼이 맡기게 했으리라……. 그러나 오늘날의 초원에는 더 이상 자연장이 존재하지 않는다.

20년이 넘도록, 경외의 대상이자 연민의 대상인 새끼늑대는 그의 꿈과 몽상 속에 자주 나타났다. 그러나 단 한 번도, 늑대는 그를 물거나 복수를 해오는 적은 없었다. 애초에 그에게 복수할 일조차 없었다는 듯한 모습으로 나타나곤 했다. 늑대는 항상 싱글거리며 그에게 달려와 다리를 끌어안고서 무릎에 얼굴을 비벼댔다. 그러면서 계속 그의 손과 턱을 핥았다.

한번은 꿈속에서 초원에 누워 졸고 있었다. 문득 이상한 기척을 느끼고 깨어나 보니 늑대가 바로 옆에 누워 있는 게 아닌가. 그는 무의식적으로 자신의 목을 두 손으로 감쌌다. 그러나 새끼늑대는 그가 깨어난 걸 보고는 따스한 햇볕에 일광욕이라도 하고 싶었는지, 벌렁 드러누워서 배를 간질여달라고 보챘다…….

20여 년 동안 무수히 꿈속에 나타났던 새끼늑대는 언제나 한결같은 모습이었다. 사랑스러운 자식처럼 늘 그의 품에 다정하게 안겼다……. 도무지 이해되지 않는 것은 늑대가 그를 증오하지도, 코를 찡그리거나 위협하지도 않았을 뿐만 아니라, 오히려 그에게 더없는 우정과 사랑만을 변함없이 표한다는 것이다. 사랑으로 가득 찬 늑대의 그런 눈빛은 사람들에게선 절대로 느껴본 적이 없는 것이었다. 늑대의 사랑은 조금은 투박하고 쓸쓸하게 느껴지기도 했지만, 더없이 부드럽고 천진난만했다…….

양커는 크고 작은 돌멩이들과 잡초가 어지럽게 섞여 있는 황폐한 비탈길을 보고는 스물일고여덟 해 전에 자신이 동참했던 잔인한 악행들이 떠올랐는지, 그의 눈에도 심한 자책감과 후회가 내비치고 있었다.

지프차가 산비탈에 멈춰 섰다. 천전은 멀지 않은 곳의 평지를 가리키며 말했다.

"저 자리에 새끼늑대들의 임시 은신처가 있었어. 내가 모두 꺼냈으니, 두말할 것도 없이 내가 주범이지. 내가 올론초원을 떠날 때쯤, 굴이 무너지면서 평지가 되어버렸는데, 이젠 아무런 흔적조차 남아 있지 않구먼. 우리 옛 굴까지 함께 걸어가보자고."

그들은 차에서 내렸다. 가방을 멘 천전이 양커와 함께 옛 굴이 있는 언덕을 향해 천천히 걸어갔다.

삐죽삐죽한 가시덩굴과 가시나무, 키가 큰 풀들이 울창하게 자라 음산할 정도로 어두침침했던 산비탈이 지금은 거의 벌거숭이로 변해 있었다. 비탈 아래 갈대숲으로 둘러졌던 푸른 장막도 그 모습을 찾을 수가 없었다.

몇십 미터를 더 걸어가자, 백 년의 세월을 간직한 늑대 굴이 모습을 드러냈다. 굴은 왠지 예전보다 더 커진 것처럼 느껴졌고, 멀리서 보니 마치 샨베이 황토 고원의 버려진 토굴집 같았다. 천전은 숨죽인 채 잰 걸음으로 걸어갔다. 막상 굴 앞에 다다르자 단지 입구에 울창하게 자랐던 키 높은 풀들만 없어졌을 뿐 예전과 거의 다름없는 모습이었다. 동굴 입구를 가렸던 풀들이 사라져 굴이 크게 보였던 것이다. 연이은 가뭄으로 동굴은 기본적으로 원형이 잘 보존되어 있었으며, 다만 굴 입구 아래에 부스러진 자갈과 흙이 꽤 많이 널려 있었다.

천전은 굴 옆으로 가서 몸을 구부리고, 심호흡을 한 뒤 안쪽을 들여다보았다. 통로는 온갖 잡초들로 절반 이상이 메워져 있었다. 그가 가방에서 손전등을 꺼내 비춰 보니, 통로의 굽이진 부분은 흙과 돌무더기와 잡초들로 막혀 있었다. 천전은 상실감에 굴 앞 평대 위에 주저앉아, 멍한 모습으로 굴을 바라보았다.

손전등으로 통로를 자세히 들여다보고 나서 양커가 말했다.

"맞네! 바로 이 굴이야! 자네가 그때 이 굴을 파고 들어갔었지. 그때 난 밖에서 얼마나 걱정하고 있었는지 몰라. 자네가 그 안에서 어미늑대와 마주치거나, 아니면 밖에 있다가 돌아온 늑대가 나를 덮칠까봐 아주 오금이 다 저렸었지……. 그때 우린 둘 다 간덩이가 부었었지. 물론 그 덕분에 자네의 이론은 실제로 초원 오지와 늑대 굴까지 들어가 직접 체험으로 얻어낸 소중한 것이 되었을 테지만……."

양커가 몸을 구부리고 굴 안을 향해 소리쳤다.

"늑대야, 늑대야! 밥 먹자! 천전과 내가 너를 보러 왔단다!"

양커의 목소리는 예전에 새 목초지에서 자기가 직접 판 굴에 들어가 있던 새끼늑대에게 밥 먹으라며 불러내던 때와 똑같았다. 그러나 새끼늑대는 더 이상 바람처럼 달려 나오지 않았다…….

천전은 일어서서 옷에 묻은 흙을 대충 털어낸 다음, 다시 몸을 굽혀 평대 위의 잡초를 뽑았다. 그러고는 가방 안에서 소시지 일곱 개를 꺼냈다. 일곱 마리의 새끼늑대들을 위한 제사 음식이었다. 그는 소시지를 정성스레 평대에 올려놓은 뒤, 가방에서 향 일곱 개를 꺼내 평대에 세운 다음 불을 붙였다. 그러고 나서 다시 서류철에서 자신의 책 원고의 표지를 꺼내 불을 붙였다. 불씨가 《늑대토템》과 천전의 이름을 서서히 태웠다. 천전은 새끼늑대와 빌게 아버지의 영혼이 그의 뼈저린 참회를 받아주기를 진심으로 바랐다. 불씨는 천전의 손가락이 닿을 때까지 타들어 가다가 곧 꺼졌다. 천전은 빌게 노인이 좋아했던 베이징 이과두주를 한 병 꺼내서 평대와 주변의 풀밭에 뿌렸다. 2대대가 머물렀던 목초지에서는, 어느 늑대 굴이든 그 주위에 항상 노인의 발자국이 찍혀 있었다는 걸 천전은 잘 알고 있었다. 그가 노인의 말을 듣지 않고 끝까지 고집을 피워 늑대를 키우는 바람에 노인을 상심하게 만든 것이 그에게 큰 상처로 남아 있었다. 노인에 대한 미안한 마음은 죽을 때까지도 가시지 않을 것이다.

두 사람은 두 팔을 쫙 뻗고 손바닥을 하늘로 향했다. 고개를 들고 탱그리를 바라보면서, 하늘하늘 피어오르는 푸른 연기를 따라 새끼늑대와 빌게 아버지의 영혼을 찾았다…….

'늑대야! 늑대야! 아버지! 아버지! 제가 왔어요…….'

천전은 큰 소리로 이렇게 외치고 싶었다. 그러나 감히 소리칠 수는 없었다. 고이 잠들어 있는 영혼을 감히 깨울 수도 없었지만, 혹여 그들이 깨어나서 누렇게 말라버린 퇴락한 초원을 보게 될까봐 두려움이 더 컸기 때문이다.

오랫동안 가물었던 탱그리는 여전히 눈물 한 방울 떨어뜨리지 않았다…….

아직 조금 이른 시간이었지만, 두 사람은 차로 가서 먹을 것이 든 바구니를 내렸다. 그들은 지프차 그늘에 앉아 식사를 했다. 천전은 묵묵히 술을 따라 마셨다. 억눌렀던 슬픔이 취기와 함께 올라오면서 눈물이 걷잡을 수 없이 흘러내렸다. 눈물이 앞을 가려 지척에 있는 늑대산까지도 뿌옇게 흐려졌다.

양커가 천전을 위로하며 말했다.

"너무 상심하지 말게나. 자네의 글이 늑대와 아버님께 큰 위안과 보상이 될 거야. 그리고 사실 나중에는 늑대가 우리를 정말 잘 따르지 않았는가. 특히 자네랑은 각별했었지. 자네뿐 아니라 늑대도 자네를 아빠처럼 좋아했었고 말이야. 텡그리도 늑대에게 자네 마음을 잘 알려줬을 거야. 그러니 늑대는 자네를 절대로 원망하지 않을 거야. 요즘 같은 시대엔 갈수록 사람의 감정이란 게 믿을 만한 것이 못 되는 것 같아. 십수 년간 변호사를 해오면서 사람에 대한 실망감이 날로 커지고 있어. 우리 아버지께서 숨을 거두시기 전이었네. 자식들과 친척이란 인간들이 병상 앞에서 유산 다툼을 하고 있었으니 아버지는 편히 눈을 감지 못하셨다네. 현대 도시인의 진정한 눈물은 아마도 키우던 애완견이 죽었을 때나 볼 수 있을 거야……. 그러다 나중엔 오직 동물들의 세계에서나 진, 선, 미 같은 가치를 찾아볼 수 있겠지."

천전이 한숨을 쉬며 말했다.

"어디 진, 선, 미뿐이겠나?"

양커가 말했다.

"강의를 계속해보게. 초원늑대들의 고향에서 열리는 늑대토템에 대한 강좌야말로 우리 새끼늑대와 초원에서 장렬히 전사한 늑대 병사들을 위한 최고의 제사가 아니겠나. 하늘에서 분명 새끼늑대가 귀를 쫑

곳 세우고 머리를 갸웃 기울인 채 차분히 듣고 있을 걸세."

중화 대지를 흐르는 피

천전은 술을 한 잔 더 마셨다. 늑대의 야성으로 충만한 혈기가 머리 끝까지 솟구쳤다. 그의 초원 강좌가 계속 이어졌다.

"일반적으로 늑대의 야성이 강한 초원의 환경에는 늑대의 성격과 피를 갖게 하는 조혈 기능이 있어. 반대로 양의 순한 성질을 띤 농경의 환경은 양 같은 온순한 성격과 피를 만드는 조혈 작용을 한다네. 당시 염제와 황제가 부족을 이끌고 중원으로 들어왔을 때의 형세를 먼저 정리해볼까? 첫째, 염, 황 두 부족은 원래부터 흉포하고 강한 낭성狼性 혈액을 가지고 있었던 거야. 둘째, 중원과 서북 대지에는 당시 대규모 목초지가 있었고, 그곳에는 사나운 늑대들이 무리 지어 살고 있었지. 그래서 당시의 중국에는 낭성 혈액의 조혈 작용이 강했던 거야. 셋째, 대규모의 농토 개발로 인해 농경 환경으로 바뀌어가면서 양성羊性 혈액의 조혈 작용이 차츰 강해지기 시작했지. 넷째, 그 당시는 공자의 유학이 아직 세상에 나오기 전이었어. 이후에 출현한 유학자들이 농경의식을 집대성했고, 그렇게 형성된 농경의식은 중화민족의 성격 형성에 지대한 영향을 끼쳤어. 여기서 잠깐 짚고 넘어갈 것은, 당시 중화의 반목 반농의 토양에서 나온 초기 유가儒家는 비록 삼강오륜과 보수적이고 순종적인 농경의식에 경도되어 있었지만, 경전에는 아직까지 강인하고 굳센 유목의 유풍과 성격도 잔존해 있었지. 예를 들어 '하늘의 운행이 쉼이 없듯, 군자도 이를 본받아 스스로 노력하기를 쉬지 말라'는 말이 그러한 것인데, 이런 의식은 이후 송명 대의 순수 농경 유가와는 많은 차이가 있어.

따라서 초기 단계에는 염황 시대의 조상들이 가지고 있던 낭성 혈액은 아직까지 국지적이고 평화롭고 안정된 농경 생활에 의해 거의 희석되지는 않았어. 그리고 사나운 늑대의 야성과 유목 정신으로 가득 찬 그들의 성격 또한 일부의 농경 환경에 안일하게 정착했다고 해서 쉽사리 약화되지는 않았어.

염황 부족은 처음에는 목축과 농경을 겸했어. 그렇게 함으로써 그들은 용맹스러운 전투 정신과 탁월한 군사적 재능을 발휘해 나라를 지키는 동시에, 상대적으로 안정된 노동 생산을 조건으로 충분한 생활 기반을 마련할 수 있었기 때문이지. 덕분에 이 새로운 민족은 거대한 역량을 발휘하기 시작했어. 중원 대지에 터를 잡은 염황의 백성들은 인구가 날로 증가하고, 국토 또한 황하 유역에서 장강 유역까지 급격하게 확장됐어. 그래서 대우릉大禹陵도 강남에 있지 않나.

그러나 확대 일로에 있던 농경 생활은 유목민족이 남긴 늑대의 야성을 야금야금 갉아먹기 시작했어. 이와 함께 점차 줄어들던 중원 목초지의 조혈 능력 또한 드디어 파괴되기 시작했지. 그러다 상 왕조 말기가 되자, 서부에서 주족周族이 일어났어. 주족은 원래 농경 생활을 했지만 주의 영토가 서쪽에 자리 잡고 있었기 때문에, 백성들의 대다수가 융적戎狄 유목민족이었지. 주공(周公. 주의 시조 단보亶父)은 융저의 구습을 개혁하고 새로운 봉건생산 관계를 만들기 위해 많은 애를 썼어. 일반적으로 유목민족은 무武를 숭상하고 전투 능력이 뛰어나며, 농경민족은 문文을 숭상하고 교화를 중시한다고 하지. 주나라 내부에 존재했던 농경과 유목의 융합으로 주나라의 민족성이 반은 양, 반은 늑대의 성격을 띤 교잡적인 경향을 가지게 되었어. 그리고 주나라는 국외의 융적으로부터 끊임없는 침략을 받으면서 수없이 교전을 벌였는데, 이러한 전쟁으로 인해 민족성은 더욱 강해지고 군사적인 실전 경험을 쌓게 되었지. 그런 가운데 주나라 민족성은 비교적 전체성을 띠게 됐어. 구체적으로 말하자면, 늑대와 양의 성격이 결합되고, 반半 야만 반半 문명적이며, 문을 숨기고 무를 약화시켜가며 지혜와 용기를 겸비한 혼합적인 성격을 만들어갔지. 농경 위주의 중원민족에 비해 늑대의 피가 더 많이 흐르고, 동시에 수준 높은 예의 문명과 돈독한 애민 정신이라는 구심력도 함께 가지게 되었어.

기원전 11세기, 주나라 무왕武王은 8개 서방 융적국과 연합하여 친히 전차戎車 300대와 호위군사虎賁 3,000명, 병사 4만 5,000명을 이끌고 동으로 가서 상나라 주왕紂王을 토벌했어. '융거戎車'니 '호분虎賁'이라는 말은 모두 주나라 군대의 맹수적이고 유목적인 특성을 잘 보여주고 있지. 주 무왕은 상 주왕의 70만 대군과 결전을 벌이기 전, 하늘을 가리키며 결의를 다지면서 전군에게 '범과 곰과 시豺와 같이' 용감무쌍하게 적을 무찌르라고 호소했지. 여기서 시豺란 늑대를 말한다네. 호랑이와 늑대 같은 용맹한 주나라의 군대는 비록 그 수는 훨씬 못 미치지만 상나라의 대군을 크게 무찔러 상을 멸한 다음, 중화 문명에 지대한 영향을 미친 서주西周 왕조를 세운 거라네.

주나라는 융적 민족과 섞여 살면서, 유목민족의 하늘과 토템에 대한 숭배 문화에 대해 많은 영향을 받았어. 이후 주나라는 이런 문화의 영향을 나라 전체에 전파시켜서 하늘을 최고의 숭배 대상으로 삼았고, 주 왕조의 최고 군주 역시 천자天子로 불리게 되었던 거지.

이와 같은 양과 늑대의 혼합적인 민족성은 주나라와 서주로 하여금 다시 한 번 유목민족의 낭성 혈액을 수혈 받게 해주었고, 실제적으로 전체 중화민족이 다시 한 번 초원늑대의 피를 공급 받는 계기가 되었던 셈이지. 천 년 동안 농경 문화에 의해 많이 희석됐던 낭성 혈액이 원래의 농도로 다시 회복되었던 거야. 이 수혈로 주 문왕과 무왕 그리고 주공과 같은 중화민족과 중화 문명에 심원한 영향을 미친 위대한 인물들이 나온 거라네. 그때의 중국 성현들은 모두가 강인한 유목 정신을 구비하고 있었어. 강건한 성격과 원대한 포부, 밝은 안목을 함께 가지고 있었지. '하늘의 운행이 쉼이 없듯, 군자도 이를 본받아 스스로 노력하기를 쉬지 말라'는 말도 이 시기에 나왔는데, 당시 민족의 성격을 잘 반영하고 있어. 이때의 민족정신에는 중화의 유목 정신이 충만해 있었다네.

안정된 생활을 지향하는 농경 문화는 진취성이 결여되어 필연적으로 퇴화의 길을 걷지 않을 수 없게 되어 있어. 상 왕조의 멸망 원인도 바로 그 때문이었고. 그러니 스스로 노력하기를 멈추지 않았던 주 왕조가 상 왕조를 대체한 것은 너무도 당연한 순리였던 셈이야. 서주의 전성기에 문무가 고루 갖추어지면서 만들어진 문치무공文治武功의 찬란한 업적은 중화민족의 형성과 발전에 튼튼한 기초를 다져주었다네."

천전은 자동차 바퀴에 기대앉아 다리를 쭉 뻗은 채 말을 이어갔다.

"중화민족의 이후 노선은 중국적 특색에 맞추어 변형되어갔어. 농경 문화는 농경민족의 성격을 약화시키고, 초원유목은 유목민족의 성격을 강화시키니, 고대 중화 문명의 발전과 영속을 위해서는 반드시 유목민족에 의지하여 정기적 혹은 비정기적인 수혈을 받아야만 했다네. 이것이 바로 수천 년간 이어진 중국 고대 문명의 발전 규율이었고, 이 규율은 민족의 생존이나 발전과 직결되는 근본적인 문제였어.

중국과 세계의 역사가 증명하듯이 역사는 절대로 '우연한 사건들의 퇴적물'이 아니야. 거기에는 반드시 객관적인 발전 규율이 내재되어 있게 마련이야. 그러나 중화 문명이 흥망하고 발전해온 특수한 규율은 유감스럽게도 아직까지 '우연한 사건의 퇴적' 안에 숨겨져 있어. 만약 민족의 존재나 민족성과 괴리된 입장에서 그 '퇴적물'을 분석한다면, 중국인은 절대로 중국만의 특수한 흥망성쇠의 발전 규율을 밝혀낼 수도 없고, 앞으로의 국가 운명을 예측할 수도 없을 거야.

개인의 성격이 각 개인의 성공과 발전 여부를 결정짓는 중대한 요소라면, 민족성은 한 민족의 운명과 생사존망을 결정짓는 요소라고 할 수 있어. 그건 세계 각 민족의 흥망성쇠의 역사를 보면 잘 알 수 있지. 민족성이 강인하고 진취적일수록 민족의 생존과 발전 기회는 커지고, 민족성이 연약할수록 그 민족의 도태 가능성이 높아진다는 것을 역사가 증명해주고 있어. 세계에 현존하는 민족의 가치 기준에서 볼 때에도 유약한 민족성이야말로 한 민족의 치명적인 결함이 될 수밖에 없다네. 연약한 민족성은 만 가지 불행의 근원이 되고, 가장 수치스럽고 용서할 수 없는 죄악을 줄줄이 낳게 되거든. 진취적인 태도를 거부하고 전통적인 관례에서 벗어나지 못하는 진부함이 곧 우물 안 개구리 식의 폐쇄적 국가관을 낳고, 결국 굴욕적인 주권 상실로 이어져서, 국토 할양과 배상, 매국과 투항이라는 결과와 함께 머리 숙여 신하가 되기를 자청하는 볼썽사나운 꼴을 보이게 만든다네. 인민들은 처참하게 살육당하거나, 노예로 팔려가 멸시를 당하게 되지. 또 민족은 혈통과 문화, 성씨와 신분까지 강제적으로 바뀌게 되고 말일세. 세계적으로 무수한 고대 농경민족들이 나약한 민족성으로 인해 약육강식의 세계에서 흔적도 없이 도태되었던 것도 모두가 마찬가지 아니겠나. 그러니 급격한

인구 증가로 생존 공간과 자원이 날로 부족해지고 있는 오늘날에 와서는 민족성의 문제가 더욱 크게 부각될 수밖에 없어. 지금이야말로 무엇보다 민족성 문제에 대해 충분히 고민하고 중시해야만 할 때라고 나는 믿네. 이를 위해서 민족성의 각도에서 중화 문명의 진화와 발전에 대해 새롭게 규명해볼 필요가 있어.

유목민족이 중화민족과 문명에 대해 가져다준 위대한 공헌 가운데서도 가장 중요한 것은 정신적인 공헌이었다네. 강인하고 진취적인 민족성은 중화 문명을 창조하고 지탱해준 대들보였지. 농경민족이 고대 중화 문명을 창조한 두뇌와 손이었다고 한다면, 유목 정신과 유목 성격은 전체 중화민족과 중화 문명의 척추에 해당한다고 볼 수 있을 걸세.

여기서 특별히 지적하고 넘어갈 것은, 서주 이후 중화민족의 주도적인 성쇠의 법칙 한 가지도 이로부터 시작됐다는 거야. 중화민족이 야성의 늑대보다 온순한 양에 가까운 민족성을 지닐 때는 어김없이 이민족의 침입을 받아 국토는 파괴되고, 백성은 자유를 빼앗기고 유린당했지.

반면에 늑대의 야성이 양의 성질보다 많을수록, 중국은 전제정치와 폭정에 시달리거나 군벌이 난립하여 혼전을 벌였지. 그때마다 민심이 흉흉해지면서 백성들의 봉기가 이어졌고, 전란도 끊임없이 일어났어.

그래서 결국 늑대와 양의 성질이 대체적으로 균형을 이룰 때나 혹은 늑대의 야성이 양의 성질보다 아주 조금 강할 때만, 중국은 영토가 확장되고 부국강병을 이루고 경제와 문화가 함께 번영했던 거라네.

그러면 이제 과연 중국 역사가 이런 법칙에 따라 발전해왔는지, 또 중국 역사 발전의 결과가 이를 증명해주고 있는지, 한번 살펴볼까?

서주 말기에 이르러, 장기간 지속된 평화로운 농경 환경은 군왕을 황음무도荒淫無度하게 만들어버렸어. 그때의 상황이 바로 '신선놀음에

도낏자루 썩는 줄 모른다'는 말과 딱 어울린다네. 심지어 애첩의 비위를 맞추기 위해 시도 때도 없이 봉화를 올려 제후들을 당황하게 만들기도 했지. 군주의 성격은 나약해질 대로 나약해져서 부국강병에는 전혀 관심도 없었던 거야. 결국 주 유왕幽王은 결국 호전적이고 강인한 견융족에게 살해당했고, 그의 애첩 포사는 사로잡혔지. 또 최고 권력과 지위의 상징이었던 구정九鼎은 견융족에 의해 초원으로 옮겨졌고, 당시 도읍지였던 풍豐과 호鎬도 그들에게 점령당했어. 약 300년 동안 강대한 국력을 떨쳤던 서주가 마침내 멸망하고 말았던 거야. 이후 견융족은 중화민족이 가장 두려워하는 적이 되었고, 당唐 대까지도 중원 민족은 서북 유목민족을 통칭하여 견융 또는 융적이라 불렀어. 당 대종代宗 연간에 태상박사 유항柳伉은 '견융이 관문을 침범하고 농산隴山을 넘어, 칼에 피 한 방울 묻히지 않고 수도로 들어오고 있습니다……'라는 상소를 올린 바 있고, 당 덕종德宗 연간에 대신 유혼柳渾은 황제에게 '견융은 승냥이나 늑대와 같은 존재인지라, 맹약만으로 결속을 다질 수는 없습니다'라고 했지. 견융의 견犬자에서 한족이 그들을 얼마나 멸시했었는지를 알 수 있어. 융적을 '승냥이, 늑대'라고 말한 것 또한 견융 혹은 융족이 늑대의 야수성을 지니고 있었다는 사실을 지적한 거지. 춘추 시대 초기에 와서도 견융은 진나라의 최대 강적으로 간주되었어. 나중에 견융의 한 일파는 몽골초원까지 북상해서 몽골초원 최초의 유목민족 가운데 하나가 되었지. 그래서 중국의 유목민족과 유목정신 그리고 유목민족의 토템에 관한 연구도 고대 흉노족인 훈죽과 견융에서 시작해야만 해.

문헌에 따르면 견융족은 스스로 자신의 선조가 두 마리 백견白犬이라고 했고, 또 백견을 토템으로 삼았던 서북 최고最古의 유목민족은 서

강족에 속하면서 염황족 선조의 가까운 친척이었어. 일찍이 염황 시기, 견융은 염황족의 강적이었지. 《후한서》에 보면, 다음과 같은 기록이 나온다네. '옛날 고신씨高辛氏가 임금으로 있을 때 견융이라는 오랑캐가 쳐들어오자 임금이 크게 걱정하여 정벌에 나섰으나 멸하지 못했다.' 여기서 고신씨는 황제의 증손이고 요堯 임금의 아버지야. 사료에는 견융족의 토템이 백견이라고만 기록되어 있을 뿐, 백견이 들개인지 집개인지는 설명되어 있지 않아. 하지만 백견이 야생에서 자란 개인지, 집에서 기른 개인지가 사실은 무척 중요한 포인트야. 그게 곧 민족성 문제와 중화 유목민족, 중화민족 토템의 기원 등 일련의 문제를 규명하는 데 관건이 될 수 있기 때문이라네.

나는 백견이 아마도 백랑白狼일 거라고 판단하고 있다네. 《후한서》를 보면 '한 왕조에 이르러 원래 견융의 활동 반경 안에서 일찍이 인구가 매우 많은 서융 백랑국白狼國이 출현했다'는 기록이 나와 있어. 또 동한東漢 명제明帝 때는 '백랑 등 100여 나라에 속한 130여만 호, 600만 이상의 인구가 공물을 바치며' 동한에 복속되기를 원했다는 내용도 나오고 있다네. 백랑왕은 사람들에게 세 편의 시를 짓도록 명해 〈백랑가白狼歌〉라 통칭했고, 이를 동한 황제에게 헌사했다는 거야. 그래서 난 백랑국은 견융국에서 갈라져 나온 나라이고, 백랑왕은 견융의 후예이며, 백랑족은 흰 늑대를 숭배하고 토템으로 삼은 부족이었으리라고 생각한다네. 이처럼 백랑국의 존재로 미루어 보건대 견융이 숭배했다는 백견이 아마도 흰 늑대가 아니었을까 추정하게 된 것이네.

한발 양보해서, 백견이 흰 늑대는 아니었다 해도 최소한 짱아오같이 초원보다 훨씬 크고 사나운 야생견 정도는 되었을 거야. 사료에 의하면 견융족은 지극히 야만스럽고 흉포했다고 하거든. 나 역시 유목민족에 관해 오랫동안 연구해왔지만, 그 민족성만 보더라도 역사적으로 가장 오래되고 가장 야만적인 견융족이 온순하고 말 잘 듣는 보통의 집개를 숭배했을 리는 없다고 생각해. 지금껏 몽골초원에서 말을 타며 생활한 기마민족치고, 말을 토템으로 숭배한 민족이 없었다는 것과 같은 이치야. 왜냐하면 말은 초원 사람들의 손에 길들여진 동물인데, 성격이 흉포하고 강인한 초원민족이 자신들의 손으로 길들인 동물을 숭배할 리는 절대로 없거든. 더구나 집개나 집짐승을 민족의 토템으로 삼을 리가 없지. 토템은 초원민족의 신성하고 정신적인 숭배의 대상이어야 하는데, 가축은 유목민들이 채찍질해가며 부리는 노예나 다름없으니 결코 신성하다고 말할 순 없잖아. 우리가 10년 동안 초원에서 생활했던 기억을 떠올려보면 알 수 있지. 유목민들은 개를 무척 사랑하지만, 그들의 마음속에 있는 개와 늑대의 지위는 현격한 차이가 있었어. 개가 그들의 전우라면, 늑대는 그들이 숭배하는 신령이었지.

따라서 견융족이 숭배했던 흰 개는 흰 늑대였거나, 아니면 늑대과에 속하거나 늑대의 모습을 하고 있는 늑대보다 훨씬 흉악하고 자유로운 야생견이었을 거라는 게 내 견해라네. 그렇게 본다면 당시 견융족이 숭배했던 개토템은 곧 늑대토템이었고, 고대 견융족은 중국 역사상 문자로 기록된, 가장 일찍 늑대토템을 숭배했던 고대 유목 부족 중의 하나라 할 수 있겠지.

견융이 늑대토템을 가장 일찍 숭배한 부족 중의 하나라고 한 것은 견융의 모족母族인 고대 강족 역시 개토템을 숭배했다고 사서에 기재되어 있기 때문이야. 《자치통감資治通鑒》 190권에는 '당 왕조 초기에는 '백간白簡, 백구白狗 강족이 사절을 보내 공물을 바쳤고', 당은 '백구 등 강족을 위주緯州와 공주恭州 두 곳에 배치시켰다'는 기록이 있어. 이는 고대 강족 역시 백견을 숭배했음을 보여주는 거지. 민족 분류상 실제로 견융족은 곧 서강족으로, 허신은 《설문해자》에서 '강羌은 서융 유목민이다' 라고 적고 있어. 결론적으로 견융은 서강이고, 서강은 견융을 포함한다고 할 수 있지.

위에서 말한 견융, 백구와 백랑 등의 부족은 모두 서강족이라네. 이로 미루어 서강족은 백랑 혹은 백견을 토템으로 하는 유목민족임을 알 수 있어. '전쟁터에서 죽는 것을 길하게 여기고, 병으로 죽는 것은 불길하게 여길' 정도로 용맹했던 고대 강족이, 온순하고 말 잘 듣는 집개를 숭배했을 턱이 없는 거지. 고대 강족이 숭배했던 백구는 흰 늑대 아니면 오히려 늑대보다도 사나운 야생견이었을 거고, 따라서 우리는 고대 강족이 늑대토템을 숭배했던 민족이었으리라 판단하는 거지. 중화의 인문시조(人文始祖. 중국민족 역사의 3대 시조로 황제, 염제, 치우를 가리킴) 가운데 하나인 강씨 염제족은 고대 강족의 한 일파였으며, 황제 또한 염제와 동족이었지. 그렇게 본다면 근원을 거슬러 올라가볼 때, 백견토템 혹은 늑대토템은 중화민족의 가장 원시적이고 가장 중요한 토템이었을 거야.

늑대토템 숭배는 중국에서 가장 역사가 깊은 강족과 견융족, 고대 흉노인 훈죽으로부터 시작되어, 이후 백랑, 흉노, 고차高車, 선비, 돌궐, 거란 등의 유목민족을 거친 뒤, 현대의 몽골민족까지 이어져왔지. 이는 세계사상 가장 유구한 역사를 가진 유목민족의 토템으로서 약육강식이 횡행했던 서북지역과 몽골초원 위에서 수많은 유목민족들이 등장했다 사라지는 동안에도 늑대토템과 늑대 정신만큼은 단 한 번도 단절되지 않고 장구히 그 명맥을 이어 내려왔다는 것이지. 늑대토템에 내재된 거대한 정신적 가치가 늑대를 증오하고 두려워했던 한인들에 의해 주목받지 못하고 연구되지 않았다는 사실이, 또 심지어는 고의적으로 무시당해왔다는 사실이 안타까울 따름이야.

정말 중요한 건, 일찍이 한 번도 단절된 적이 없었던 중화 대지의 두 문화 중 유목민족의 늑대토템 문화가 훨씬 약동하는 생명력을 가졌으며, 훨씬 더 큰 가치를 지니고 있었다는 사실이라네. 만약 늑대토템 정신과 문화가 중간에 단절되었더라면 수천 년간 지속되어온 농경 문화와 문명 역시 오래가지 못했을 거야. 중화 문명이 수천 년간 단 한 번도 단절된 적이 없었다는 사실은 이미 세계가 인정한 인류 문명사의 기적이지. 그러나 사실 이 기적의 이면에는 더 대단한 기적이 존재하고 있었어. 훨씬 더 장구한 역사를 가졌으면서도 한 번도 단절되는 법 없이 꿋꿋이 명맥을 이어온 늑대토템이 바로 그것이야. 늑대토템이 서북과 몽골초원에 존재한 수많은 유목민족의 민족토템일 수 있었던 까닭은, 숭배할 수밖에 없고 결코 거부할 수 없는 늑대의 매력에 있지 않았겠나. 강인함과 지혜를 동시에 겸비한 늑대의 정신적 매력에는 다른 이를 끄는 힘이 있지. 이렇듯 위대하고 강인한 늑대토템 정신은 중화 유목 정신의 정수로서, 서북 유목민족의 정신과 성격을 비롯해서 중화 민족과 중화 문명, 그리고 전 세계에 이르기까지 어마어마한 영향을 끼쳤지.

나는 이토록 유구한 역사를 가진 늑대토템 숭배와 그 정신이 곧 왕성한 생명력과 활력을 지닌, 고대와 현대를 아우르는 유목 정신의 본원이라고 생각해. 현대 중국인은 이만큼 위대하고 진귀하고 유구하고 풍부한 정신적 유산이 중국에 매장되어 있다는 사실을 다행으로 여기고, 또 그에 대해 자부심을 가져야 해. 이제 여태껏 그 위를 덮고 있던 농경의 양가죽을 벗어던지고 눈부신 광채를 드러낼 때가 왔어. 그것은 장차 현대 중화민족의 민족성을 전환하는 데 있어 귀중한 정신적 자원이 될 거야. '동방의 잠든 사자'는 늑대토템 정신의 부활로 말미암아 잠에서 깨어 활기를 되찾게 될 거야."

"바로 그거야! 정말 대단해!"

양커는 천전에게 갈채를 보내고 나서 펑 소리가 나게 맥주 캔을 땄다. 그는 천전에게 캔을 건네준 뒤, 자기도 하나를 따서 벌컥벌컥 들이켜더니 말했다.

"자네 연구가 백랑왕이 판 동굴보다 훨씬 더 깊이 파고 들어간 것 같아. 염황 시조까지 파고 올라갔으니 말이야. 자네가 내린 결론에 나도 전적으로 동의하네. 나 역시 서강 견융이 숭배했던 백견이 아마도 야생견이거나 흰 늑대일 거라고 생각했었거든. 아직도 난 우리가 키웠던 이랑을 엄청 자랑스럽게 생각하고 있어. 강족과 견융이 숭배한 건 아마도 이랑 같은 야생견이나 훨씬 사나운 짱아오 류의 야생견이었겠지. 설마 사람을 따르는 애완견이었을라고. 그렇지 않고서는 절대로 동방 유목민족의 엄청난 역량을 설명할 길이 없어. 자네의 관점에 완전히 동의해. 다음이 궁금하군, 계속하게!"

맥주 한 캔을 다 마신 천전은 흥취가 더해져서, 풀이 듬성듬성 난 모래밭에 책상다리를 하고 앉은 채 강의를 계속했다.

"서주 이후 춘추전국 시대로 접어들자, 중화민족 선조의 유전자가 워낙 강해서였는지, 아니면 샨시陝西, 산시山西, 허베이, 화베이 부부에 널리 보존되어 있는 대량의 목초지와 그곳에 살던 유목민족 때문이었는지, 현재 허베이 내륙의 딩셴定縣, 핑산平山 일대에 백적白狄 흉노가 세운 그 유명한 중산국中山國이 출현했어. 중산국은 수백 년간 이어졌고, 특히 중산랑中山狼 때문에 세상에 널리 알려졌지. 중산국 사람들의 성격은 정말 강인했어. 한韓, 연, 송과 서로 패왕임을 자처했고, 또한 연나라 땅의 대부분을 점령한 적도 있었지. 여기서 우린 당시 중원 화베이에 아직까지 늑대의 야성을 지닌 대지와 늑대의 들끓는 혈기가 적잖이 존재하고 있음을 알 수가 있어. 게다가 당시 중원 국가들은 서북 유목민족의 침입과 수혈을 끊임없이 받아서, 춘추전국 시기의 모든 중화민족은 강인한 민족성을 유지할 수 있었지. 그래서 중앙집권 전제제도만으로는 도저히 그들을 전부 통치할 수가 없었어. 늑대 무리가 각축을 벌인 춘추전국 시기의 중원은 수많은 제후들이 중화의 패권 달성을 위해 다투면서 중화 대지를 피로 물들였어. 아마도 '와신상담臥薪嘗膽'이라는 말이 당시의 민족성과 민족정신을 가장 잘 대변해주는 말일 걸세. 이러한 민족성에서 분출된 진취적 역량은 활화산처럼 용솟음쳤고, 그 기세는 무려 500년간이나 지속됐어.

이 시기 사상문화 분야에서는 마치 격렬한 지각변동이 일어나듯이 유가, 도가, 묵가, 병가, 법가 등의 온갖 낭가狼家들이 백가쟁명을 일으켰어. 제자백가들이 일으킨 백가쟁명은 군사들의 전투 못지않게 치열했지. 덕분에 고대 중화 역사에서 가장 찬란했던 사상문화의 흥성기가 열렸던 거야. 이후 중국 문화계에서는 몇 차례의 복고운동이 일어나면서 그 시기의 민족정신과 성격을 부활시키고자 애를 썼어. 비록 완전하게 성공한 적은 없었지만, 그래도 적지 않은 성과를 거둔 적도 있었다네. 당대의 한유韓愈와 송대의 구양수歐陽修, 소식蘇軾의 복고운동은 문단에 큰 반향을 불러일으켜 '한조소해韓潮蘇海'라는 말까지 생겨나지 않았는가. 역사가 증명하듯이 정치, 경제 분야에서는 복고가 불가능하지. 복고는 곧 역행을 의미하기 때문이야. 그렇지만 민족정신이나 성격 분야에서는 오히려 자주 복고를 해야만 하는 거야. 서양의 르네상

스가 바로 위대하고 성공적인 복고운동의 대표적인 예라고 할 수 있지.

이제 진 왕조로 넘어가볼까? 진나라는 서주와 유사하면서도 또 다른 출발을 했어. 진나라의 영토 역시 서부에 위치하고 있었는데, 이 때문에 천 리에 달하는 서북의 유목지역과 진천秦川, 한중漢中, 파촉巴蜀 농경지역에 반농반목의 경제적 기초를 가지고 있었지. 그런 민족 구성의 기초 위에 민족성은 반랑반양의 혼합적인 성격이 형성되었어. 강인한 민족성은 변법變法 개혁을 요구하는 강력한 동력과 염원을 배태시켜, 진나라의 상앙商鞅이 변법을 성공적으로 이루어내기에 이르렀지. 반면 농경을 위주로 하고 주나라의 예를 신봉했던 6국(六國. 한韓·위·조·제·초·연)은 장기간의 농경 생활로 국민성이 날로 약화되고 있던 터였어. 진나라는 매우 빠르게 6국에 대한 압박 공세를 펼쳐갔고, 진시황에 이르러 6국을 모두 물리치고 드디어 중국을 통일하게 되었지.

기원전 221년, 진시황은 중국 역사상 최초로 중앙집권국가를 세웠어. 진시황의 개척 정신의 밑바탕이 되었던 늑대의 야성은, 현재의 것을 중시하고 옛것을 모두 부정함으로써 분서갱유를 일으켰고 '서동문(書同文. 글은 모두 같은 문자로 써야 한다는 뜻), 차동궤(車同軌. 천하의 수레가 동일한 궤도로 가야 한다는 뜻), 행동륜(行同倫. 모든 행동은 같은 윤리에 따라야 한다는 뜻)'으로 대표되는 정책을 강행하기에 이르렀지. 그뿐 아니라 만리장성을 축조하고, 천자가 다니기 위한 치도馳道를 닦았으며, 기병을 양성하고, 흉노를 공격했어. 위험을 무릅쓴 추진력과 기세등등한 사기로 새 시대를 열었던 거지. 우리는 위에서 말한 문자, 도로, 윤리의 통일이 중화민족 통일의 기초를 다졌다는 사실을 유념해야 하네. 그리고 중국 최초의 대통일이 유가 제왕에 의해 이루어진 것이 아니라 분서갱유를 자행한 늑대의 야성을 지닌 진시황에 의해 이루어졌다는 점이야.

또, 다른 한편으로는 최초의 중앙집권 봉건전제왕조가 성립될 수 있었던 것은 당시 중화민족의 국민성이 농경화에 의해 그만큼 유약해져 있었다는 사실을 보여주는 것이기도 하지.

여기서 진나라의 본거지가 바로 융적의 유목지역이었다는 사실에 주목할 필요가 있어. 진나라 때, 목공穆公은 12융국戎國을 멸하고 영역을 천 리나 넓혀 서융의 패왕이 되었어. 그러고는 서융 유목민족의 풍속과 법률을 받아들였지. '진나라는 늑대와 같은 탐욕스러움을 풍속으로 삼았다'는 사마광司馬光의 말에서 진나라가 서융의 늑대적 야성과 늑대토템에 큰 영향을 받았음을 알 수 있어. 진나라는 당시 이미 서부의 대국이었고, 진 양공襄公은 주나라 평왕平王에 의해 제후로 봉해지기도 했었지. 중화의 다른 제후국들은 진을 서융의 야만국으로만 여기고, 명실상부한 중화의 제후국으로 인정하지도 않았어. 그래서 제후국들의 연맹에 끼워주지도 않았던 거야. 진나라 내부에 유목민족의 성격이 확실히 더 강했으니 진나라 국민성도 더욱 강했을 테고, 그런 늑대의 피가 들끓는 토양에서 탄생한 진시황이 늑대 같은 폭군이 되었다는 것은 어찌 보면 당연한 결과가 아니었겠나.

진시황의 폭정은 결국 강한 반발을 불러일으켜, 6국 백성들 사이에 잠복해 있던 늑대 같은 호걸들이 반기를 들고 일어났어. 한없이 약해진 줄만 알았던 중화민족의 강인한 정신이 또 한 번 폭발한 셈이지. 민중 봉기는 전국으로 퍼져나갔고, 그리하여 진 왕조는 두 세대 만에 멸망하고 말았지. 그러나 중국 역사에 끼친 진 왕조의 영향력은 대단한 것이었어. 그중에서도 유목민족의 늑대적 야성이 중요한 작용을 했고. 만일 진나라의 임금과 백성들에게 늑대적 야성이 없었더라면 중국 역사에 한 왕조나 당 왕조 같은 찬란한 상승기가 출현하지 못했을 거야.

진나라에서 진 왕조까지 이어진 역사는 중화민족에 대한 초원민족의 수혈 기간으로, 천 년간의 농경 생활로 많아지게 된 양의 피를 상당 부분 희석시켜주어서 양처럼 연약하고 무능해지려던 중화민족의 성격을 다시 한 번 강하게 만들어준 거지.

기원전 206년, 유방劉邦은 서한西漢 왕조를 세웠어. 서한은 진의 제도를 계승함으로써 진 왕조의 늑대의 피를 계승했지. 한 무제는 성격상으로 볼 때 제2의 진시황이나 다름없었어. 사가들도 한 무제가 '진시황과 다를 바가 거의 없다'고 평했지. 그도 사납고 난폭했으며 전쟁을 좋아했어. 전국적으로 병력을 모으고 전쟁 자금을 거둬 매년 정벌 전쟁에 나섰지. 절대로 타협하는 법이 없어서, 흉노를 멸하지 않고서는 절대로 전쟁을 그만두지 않을 것이라고 선언하기도 했어. 당시 한 왕소에서는 주전파가 절대적 우세를 점하고 있어서, 조정은 용감무쌍하고 죽음조차 가볍게 여기는 전투 정신으로 무장한 인재들로 가득 차 있었지. 그들은 '전쟁터에서의 죽음을 길하게 여기고, 병으로 죽는 것을 불길하게 여기던' 고대 강족의 민족성과 상당히 유사했어. 한 무제는 늑대만큼이나 씩씩한 기상으로 충만했던 이광李廣, 위청衛青, 곽거병霍去病 등의 장수들을 대담하게 기용하고, 기병을 동원해 말 위에서 활을 쏘는 공격법을 사용함으로써 적과 같은 방식으로 맞섰지. 병사들은 머나먼 거리를 마다않고 초원 깊숙이까지 과감하게 공격해 들어갔고, 십수 년이라는 긴 기간 동안 흉노와 혈전을 벌이면서 적의 사기를 크게 꺾어놓았어. 영웅적 기개와 뛰어난 지략을 함께 갖췄던 한 무제는 심지어 방어용으로 축조한 만리장성도 초원 경제를 봉쇄하기 위한 공격용 무기로 탈바꿈시켰지. 철기나 각종 무기, 약재 따위가 국경 밖으로 빠져나가지 못하도록 엄격히 금하고, 법을 위반한 상인은 가차 없이 참살했어.

당시 중국의 비옥한 농토에서 태어나고 자란 유학자들은, 결국 큰 나무로 성장해서 제도권에 진입하고 이데올로기를 주도했지. 유가들은 농경을 근본으로 하며, 백성에게 휴식을 주고, 요역과 부역을 경감시킬 것을 주장했어. 또한 황제는 어진 정치를 베풀어야 하며, 순화되고 유연화된 국민성으로 국가와 사회의 안정을 꾀해야 한다는 주장도 했지. 이들의 주장이 제왕에 의해 받아들여지면서, 법령과 제도를 만들어 치국안민에 힘쓰고 평화와 발전을 위해 노력하게 되었지. 한 무제의 통찰력은 진시황보다 한 수 위였어. 그는 유가의 효용성을 잘 알고 있었거든. 따라서 서한 시기에는 늑대와 양이 결합되고 패도와 왕도가 혼합되어, 늑대의 피와 양의 피가 대체적으로 균형을 이루었지.

서한 시기 한족의 민족성은 드디어 진 왕조의 '야만적인 늑대'에서 '문명화된 늑대'로 발전해, 같은 시대에 서양을 호령하던 용감무쌍한 로마 민족과 비등할 정도로 민족성이 수준 높은 경지에 이르렀고, 국력에 있어서도 별반 차이가 없었어. 당시 한족은 용맹한 기상과 개척정신, 강적을 멸하고자 하는 의지와 호방한 기운으로 충만해 있었어. 그야말로 국운이 상승하고, 부국강병을 이루었지. 문학, 역사, 철학, 경학 및 예술과 과학기술 또한 고도로 발전했어. 또한 최초로 서북과 서역을 정복함으로써, 중화의 유목 영토를 넓히고 흉노의 재정 수입원을 차단하여 결국 흉노의 중심 세력을 멸망시켰지.

그 결과 한 왕조는 400년 동안 찬란한 성세를 구가했어. 대한大漢제국 시기는 한족이 가장 자랑스러워하는 시대 중의 하나야. 한 대 이후로는 순수 한족의 민족성이 이렇게 높은 수준에 도달한 적이 한 번도 없었다는 게 유감이지만 말이야. 그 후로는 한족만의 힘으로 거대한 중화 문명을 지탱해가기엔 역부족이었어.

한 왕조가 실시한 둔전수변(屯田戍邊. 군사를 주둔시켜 경작지를 개간하며 변경을 수비함) 정책으로 농경이 초원지역까지 확대되어갔고, 그 때문에 초원민족은 계속되는 심각한 군사 공격과 압박에 시달리게 됐어. 게다가 진晋 왕조는 무력을 이용해 잔혹한 융족 이동정책을 실시해 이민족을 강제로 국경 밖으로 몰아냈지. 그래서 유목민족의 큰 반발을 사게 됐던 거야. 초원민족은 결국 복수를 위해 꾸준히 역량을 키웠고, 진 말기에 이르러서는 흉노, 갈羯, 저氐, 강羌과 선비의 다섯 민족이 잇달아 중원으로 들어와 16개의 정권을 세우기에 이르렀어. 역사에서는 이를 5호 16국五胡十六國이라 부르지.

진한 대를 거치는 수백 년 동안 농업은 꾸준히 발전해서 이미 중화에서 절대적인 우세를 점하고 있었고, 한족은 전형적인 농경민족이 됐어. 그와 함께 민족성도 양처럼 온순해져 있었기 때문에, 전쟁과 죽음이 두려워서 이민족에게 일격을 가할 엄두도 내지 못했지. 그러자 5호는 양떼를 덮치는 늑대처럼 맹공격을 가했고 중원은 그야말로 초원늑대의 천하가 되어버렸지. 그리고 그런 상황은 장장 120여 년간이나 지속됐어. 이 기간 동안 중원 대지는 늑대의 야성으로 넘쳐날 지경이었지. 늑대 무리끼리 혼전을 벌였고, 피비린내 나는 장기간의 난투극으로 들판은 시체로 가득했어. 그러면서 인구가 급격히 감소됐지. 그러나 이 대참사의 내적 원인은 농경 문명 자체에 있었던 거야. 온유돈후한 농경민족에게는 외래의 침략을 막아낼 수 있을 만큼의 강한 국민성이 결핍되어 있었으니까 말일세.

서기 386년에 세워진 북위北魏는 늑대와 양의 성질이 비교적 잘 조화된 시대라고 할 수 있다네. 나 역시 이 시기에 특별히 관심이 많지.

북위를 세운 선비족과 이후의 몽골족은 모두 동호東胡에 속하는데, 두 민족의 언어는 서로 뿌리가 같아. 선비족은 다싱안링 산맥 북쪽 기슭의 선비산鮮卑山에서 기원하는데, 몽골사 연구에 있어 권위를 자랑하는 중국원사연구회 회장이었던 한루린韓儒林 선생은 '근대 학자들의 연구에 따르면, 선비는 몽골족으로 추정된다'고 했어.

일찍이 동한 화제和帝 때 한의 대장군 두헌竇憲이 흉노를 격파했는데, 이때 선비가 허를 노려 흉노의 옛 땅을 점령했어. 10여만 호의 흉노인들은 자신들을 선비라 부르며 선비족으로 들어갔는데, 그들은 자신들의 문화와 원시숭배까지 함께 가지고 갔지. 따라서 선비족은 동호와 흉노족이 융합된 민족이 된 거야. 선비 탁발부拓跋部는 용맹한 민족이었지만 문화가 상당히 낙후되어 문자조차도 없었어. 그렇지만 그들은 몽골초원의 늑대처럼 사나운 성격과 지혜를 겸비했고, 탁월한 군사적 재능까지 갖춰서, 5호 중에서도 가장 뛰어났다는 평가를 받고 있지. 북위 태무제太武帝인 탁발도拓跋燾는 마치 늑대신이나 왕늑대를 연상시키는 놀라운 무예 실력을 가지고 있었어. 그는 10년도 채 안 돼서 선비 기병의 힘을 빌려 다른 늑대 무리들을 말끔히 소탕하고 북부 중국을 통일했어. 중국 역사상 서주 이후 최초로 초원민족이 세운 강력하고 능력 있는 왕조를 열었던 거야.

흥미로운 것은, 몽골초원의 늑대만큼이나 두뇌 회전이 빠르고 학습 능력이 탁월했던 선비 탁발족이 유목민족의 뛰어난 개척 정신, 진취 정신, 학습 능력을 발휘한 한 문화에 완전히 매료되어 그 문화와 제도를 흡수했다는 거야. 풍馮 태후와 효문제孝文帝는 민족의 전 구성원들로 하여금 한 문화 배우기를 제창하고, 한족과의 통혼通婚을 장려하는 등 거의 모든 방면에서 한화漢化를 추진했지. 나중에 100만 인구의 선비족이 뤄양으로 천도한 이후에는 언어와 복장, 제도까지도 한 왕조의 것을 그대로 사용했다고 해. 심지어는 선비족 고유의 성까지 한의 성씨로 바꾸었어. 일례로 황족인 탁발씨는 성을 장손씨長孫氏로 바꿨지. 남조南朝에서 한인이 사절로 와서 봐도 도대체 호국胡國인지 한국漢國인지 분간하지 못할 정도였어.

초원민족이 한의 문화를 주동적으로 받아들인 데는 몇 가지 원인이 있었어. 첫째, 한 문화에는 지고무상한 하늘天 숭배 사상이 있었는데, 그것은 원래 초원민족의 탱그리 숭배에서 연유한 것이었어. 탱그리 숭배는 염황 선조들이 초원에서 중원으로 가져온 원시숭배였지. 이 때문에 몽골초원 유목민족의 탱그리 숭배 사상과 한족의 하늘 숭배 문화는 충돌하기는커녕 감정적 유대감으로 인해 쉽게 받아들여질 수 있었어. 나중에 몽골 본토의 몽골족과 중화의 한족이 끝내 기독교나 이슬람교를 받아들이지 않고 모두 불교를 선택한 것 역시, 몽골족과 한족 간에 공통적인 하늘 숭배 사상이 있었기 때문이야. 둘째, 한 문화의 사상적 바탕이 된 유학에는 초기 유학이 남긴 강인하고 진취적인 유목 정신이 내재되어 있어. '하늘의 운행이 쉼이 없듯, 군자도 이를 본받아 스스로 노력하기를 쉬지 말라', '어떤 부귀도 뜻을 방탕하게 하지 못하고, 빈천貧賤도 그 절개를 변하게 하지 못하며, 위협과 무력도 그 뜻을 꺾을 수 없을 때, 그를 대장부라고 한다' 같은 가르침이 초원민족의 민족성과 늑대토템 정신에 부합한 좋은 예라고 할 수 있겠지. 셋째, 유가는 전심전력을 다해 천자 즉 '탱그리의 아들'의 황권을 수호했어. 요컨대 한 문화는 본래 유목민족이 농경지역으로 들어오면서부터 점차적으로 발전한 문화였기 때문에 초원민족이 중원의 농경 대지에 들어온 이후에도 문화 방면에 있어 처음부터 다시 시작할 필요가 없었던 거야. 물론, 훗날 선비족과 몽골족, 만주족이 한 문화의 결함들에 대해서는 취사선택을 하고, 그만큼 적지 않은 유목 문화를 첨가했지만 말일세.

그리고 한 가지 더 짚고 넘어갈 게 있어. 우리는 일반적으로 '유목민족이 비록 무력으로 중원을 정복했지만, 사실상 한족이 문화로써 유목민족을 정복한 것이다'라는 관념을 가지고 있잖은가. 그런데 그런 생각이야말로 대 한족주의적인 발상이 아닐 수 없다네. 그 관점이 지닌 최대의 결점은 가장 근본적인 비문화적 요소, 다시 말해 농토의 정복 능력을 부정하고 있다는 데 있어. 중화의 광활한 농토는 고대의 어떤 유목민족도 충분히 정복하고 약화시킬 수 있는 힘이 있었다네. 아무리 강해도 땅 없이 돌아다녀야 하는 유목민족보다는 토지를 소유한 농경민족이 그만큼 정착되고 안정되었기 때문에 보다 유리한 위치를 차지할 수 있었던 거지. 다시 말해서 비문화적인 농토의 정복 능력이 문화의 그것보다 훨씬 강력하다는 말이지. 그렇기 때문에 무력으로는 이기지 못했으면서 문화적으로 승리했다는 논리는 이치에 맞지 않아. 그리고 유목민족이 한 문화에 정복당했다는 편파적인 관점은, 한 문화 안에 내재된 유목적인 요소와 더불어 본질적으로 한 문화 조성에 참여했던 유목민족의 부분소유권을 부정하는 거야. 게다가, 실제로 유목민족은 주동적으로 한족의 문화를 선택한 것이지, 절대 피동적으로 한 문화에 정복당했던 건 아니야. 그리고 주동적으로 선택했던 이유도 한 문화 안에 유목 문화의 요소가 다분했기 때문이었고.

선비 탁발의 개혁은 상당한 성공을 거두었어. 북위는 정치가 안정되고 경제는 번영했으며, 인구가 급격히 증가하고 국제 교류도 빈번해지는 등 강성한 동방 대국의 면모를 갖추게 되었지. 또한 문화도 크게 발전하고 불교가 성행했어. 윈강雲崗, 룽먼龍門 석굴에 있는 대 석불이 바로 북위 시대에 만들어져서 오늘날까지 보전되어오고 있잖은가? 그것만 보더라도 우둔하고 부패하여 끝내 내란에 의해 단명했던 한족 국가 남조는 북위에 비교할 바가 못 된다네. 후세의 중국인들이 북위에 대해서는 다들 잘 알고 있으면서도, 같은 시대에 한인들이 세웠던 남조의 송宋과 제나라에 대해서 잘 모르는 것도 어찌 보면 당연한 일이 아니겠나? 이처럼 북위와 남조가 선명하게 대비되는 것은 바로 양처럼 나약해진 농경 문화와 그 민족성의 치명적인 단점을 잘 드러내주는 좋은 예라고 할 수 있지.

유목민족은 민족의 모든 역량을 집결시켜 호기를 놓치지 않고 중원의 주인이 된 다음에는 중화민족이 수천 년에 걸쳐 창조해낸 문명의 성과물들을 단 몇 대 만에 완전히 습득해서 청출어람을 이루었어. 진취성이 부족했던 한족은 비록 초원민족보다 문화적으로 앞서 있었지만, 적당한 시기에 늑대 피의 수혈을 받지 못하면 생존 자체가 불가능했어. 만약 수백 년 동안 한 차례도 늑대의 피를 수혈 받지 못했다면, 한족 문화의 뼈대는 거대한 중화 문명을 지탱할 수 없을 만큼 약해지고 말았을 거야. 옛말에 '500년이면 반드시 진정한 왕이 나오게 마련이다'라는 말이 있어. 여기서 실질적이고 진정한 왕이란 바로 유목 정신과 유목적인 성격을 가진 한 시대의 대표적인 인물이라고 나는 생각한다네.

선비가 북중국을 통치한 140여 년 동안, 그들이 중화 농경민족에게 행한 수혈과 통혼으로 인한 혼혈은 역사적으로 중요한 의의를 지니고 있다네. 이른바 수혈과 혼혈은 주로 두 가지 방면에서 나타났어. 첫째, 유목민족이 중원의 주인이 된 후 유목 정신과 그 성격이 농경민족에 끼친 영향은 참으로 컸지. 이른바 '수혈'은 유목 정신의 수입이라고도 할 수 있겠지. 둘째, 종족 간의 혼혈과 잡거는 새로운 성격을 가진 사람들의 수를 늘어나게 만들었어. 5호가 중화로 들어오면서 중원 대지에는 거대한 전란이 수없이 일어났지. 뤄양은 불타고 중원은 피바다가 되었어. 그리고 집 열 채 중에 아홉 채가 비었을 정도로 인구가 급감했지. 전란은 또 중화민족 초유의 민족 대이동을 야기시켰어. 사료에 의하면 중주中州 즉 중원에서 대략 6, 70퍼센트의 한인이 강남으로 피난을 갔다고 하네. 이로 인해 북중국의 한족 인구가 얼마나 줄었을지는 짐작이 가지 않는가. 이후 초원의 유목민족, 특히 선비족이 텅 빈 중원과 황량한 뤄양을 부지런히 메워주었다는 거야.

'강통江統의 《사융론徙戎論》에 따르면, 관중(關中. 산시성 웨이허渭河 일대)의 인구는 100여만 명이었는데, 저족과 강족, 선비 등의 부족이 거의 절반을 차지했다'라는 대목이 《중국통사간편中國通史簡編》에 나와 있어. 그리고 위 효문제가 평성平城에서 뤄양으로 천도할 당시 선비족 문무백관과 군사들도 함께 옮겨 갔는데, 그들의 가족과 노예까지 합치면 그 수가 적어도 100만은 됐을 거야. 한족의 문화를 배우고 인구를 증가시키기 위해, 선비의 통치 집단은 앞장서서 선비족과 한족 간의 통혼장려책을 실시했지. 당시 통치 계층을 점하고 있던 유목민족은 부와 높은 권력을 쥐고 있었기 때문에, 광범위하게 통혼하여 처를 들이고 많은 자식을 낳을 수가 있었어. 그래서 유목민족의 인구 증가가 한족보다 훨씬 우위를 점할 수 있었지. 이렇게 16국 및 북조의 통치가 이루어진 장장 260여 년간의 수혈과 혼혈로, 북중국은 유목민족과 한족의 민족 혼합지역이 되었고, 특히 선비족의 수와 영향이 막대해졌던 거야.

이때의 수혈과 혼혈은 농경으로 인해 나약해지고 양성화羊性化된 중화 중원민족을 다시 한 번 자극하여 강인하게 만들었지. 농경민족에 대한 유목민족의 수혈과 혼혈은 농경민족에겐 고통과 잔혹 그 자체였을 테지만, 그러한 고통은 '중국병' 해소를 위한 가장 효과적인 치유책이었어. 객관적으로 볼 때 이런 장기적이고 폭 넓은 수혈과 혼혈이 없었다면, 그 이후의 위대한 수당 왕조도 존재하지 못했을 거야.

이후 북위는 다시 동위와 서위로 분열되었는데, 그때도 양국 모두 여전히 선비족이 집권했어. 서기 550년에 고양高洋은 동위의 황제를 폐하고 자립하여 국호를 제齊로 고쳤어. 역사서에서는 주로 북제北齊라 불리고 있지. 또 서기 556년에는 선비족이었던 우문각宇文覺이 서위西魏의 공제恭帝를 내치고 스스로 황제가 되어 국호를 주周로 고쳤어. 역사적으로 북주北周라 불리는데, 이 나라 역시 선비족이 다스렸던 거야. 그러다가 주 무왕 시기에 이르러, 재기와 지략이 뛰어났던 주 무왕 우문옹宇文邕이 북제를 멸하고, 새롭게 북중국을 통일했던 거지.

서기 581년, 북주의 대승상이었던 양견楊堅은 주 정제靜帝를 폐위시키고 왕위를 찬탈해 수隋 왕조를 세웠어. 그가 바로 역사적으로 유명한 수 문제文帝야. 그러니 수 왕조는 실제적으로 선비족 국가의 기초 위에 세워졌다고 해야겠지. 북조의 뒤를 이은 수 왕조는 260여 년간 늑대의 야성을 띤 다섯 유목민족의 피를 수혈 받았기 때문에, 중원민족은 사실상 선비족 등의 유목민족과 한족으로 구성된 혼합 민족이었어. 그리고 수를 세운 사람이 선비족인 양견이었기 때문에, 북주 때의 선비족 통치 집단도 대개는 그대로 남게 되었지. 수 왕조 조정은 선비족 관리로 가득 찼고, 수 문제의 독고황후獨孤皇后 또한 선비족이었어. 독고황후는 선비의 대귀족이자 대장군이었던 독고신獨孤信의 딸이었어. 따라서 수 왕조의 정권 조직과 민족 구성에서 선비족이 차지한 비중은 엄청 컸지. 비중은 물론 선비족이 컸다 하더라도 수 왕조는 선비족과 한족이 공동으로 창조해낸 위대한 왕조였다네. 수 문제 때 중원의 민족성은 정말 강건했고, 문화가 크게 발달했어. 그때는 늑대와 양의 성질이 참 조화롭게 결합되었지.

그로 인해 수 역시 용맹하고 진취적이며 창조성과 추진력을 겸비한 뛰어난 왕조로 역사에 남을 수 있었다네. 균전제 시행과 대운하 건설, 과거제 창시와 같은 업적을 남기고, 40만의 강력한 투르크 기병을 무찔렀어. 그리고 남중국도 정복해 2세기 동안 지속된 전란과 분열을 종결짓고, 광활한 국토를 지닌 통일국가를 세우게 되었지.

반드시 짚고 넘어가야 할 한 가지는, 중국 북방은 장기간 전란을 치렀기 때문에 이민족의 침입을 받지 않은 남조보다 국력이 훨씬 떨어지는 게 당연한 이치일지도 모른다는 것이네. 하지만 사실은 그와 정반대였지. 남조의 한족 정권이었던 송, 제, 양, 진陳은 세월을 거듭할수록 무능력하고 부패가 극심해졌어. 그러다 결국 내홍에 빠져 단명의 길을 걷고 말았지. 남중국의 한족 정권은 훗날 수 왕조에 의해 너무도 쉽게 멸망당하고 말았던 거야.

이때부터 고대 중국엔 또 하나의 법칙이 등장했어. 즉, 유목민족의 피를 받거나 혼혈을 이룬 북방 중원은 아무리 막대한 파괴를 당하더라도 남중국 한족 정권을 멸하거나 항복시킬 수 있었고, 남중국의 한족 정권은 어떤 예외도 없이 최후에는 모두 북방 국가에 의해 쉽게 무너져버렸다는 거야.

이 법칙은 사실 진 왕조까지 거슬러 올라가 적용해볼 수도 있어. 진이 초와 오를 멸망시킨 것부터 위가 촉을, 진晋이 오를, 수가 양과 진을, 송이 후촉과 남당, 오월을, 원이 남송을 멸망시킨 것과 청이 남명 정권과 삼번의 난, 태평천국의 난을 진압한 것까지, 모든 사건에 이 법칙을 두루 적용시킬 수 있다네. 이 법칙은 유목민의 성격이 농경민의 성격보다 훨씬 강하다는 것과, 강인한 성격은 여러 민족들로 이루어진 숲 속에서 한 민족이 자립할 수 있는 절대적 요소임을 증명해주는 셈이지.

순전히 농경만을 생업으로 삼았던 남중국은, 남아 있던 염황의 유목정신을 상실한 데다 유목 정신의 신선한 피까지 수혈 받지 못하게 되면서, 민족을 지탱할 만한 최소한의 의지마저 잃고 말았던 거야. 그토록 발달된 문화와 경제로도 자신들의 국토와 독립을 수호하지 못했던 셈이지."

천전은 늑대 굴이 있는 산비탈을 흘끗 쳐다보고는 숨을 한 번 고르고 나서 말을 이었다.

"하지만 수 왕조도 끝내 단명하고 말았어. 근본적인 원인은 역시 늑대 피와 양 피의 불균형이었지. 수 왕조의 통치 집단의 성격을 살펴보면, 늑대의 야성이 양의 순한 성격을 지나치게 앞섰던 거야. 수 양제는 한족과 선비족의 피가 섞인 제왕이었지. 그리고 그의 생모인 문헌독고황후文獻獨孤皇后는 수 문제조차도 두려워하던 선비족의 여장부였어. 독고황후의 집안에서는 그녀를 포함하여 세 명의 황후와 한 명의 태후가 나왔지. 그녀의 언니는 북주 명제明帝의 황후였고, 큰딸은 주 선제宣帝의 황후였어. 또한 사촌 중 하나는 당 고조高祖 이연李淵의 생모였어. 그녀의 집안은 대단한 권세를 누리며 북주, 수, 당 세 왕조에 걸쳐 엄청난 영향을 끼쳤지. 그녀가 황궁에 있을 때는 후궁에서 감히 수 문제에게 비빈妃嬪을 보낼 수도 없었어. 그녀는 또 수 문제가 총애하던 여인을 서슴없이 죽이기까지 했어. 이 늑대적 본성이 충만했던 선비족 황후는 조정에서도 큰 권세를 지녀, 수 문제와 더불어 이성二聖이라 불리기까지 했다네. 독고황후는 또 장자를 폐하고 어린 아들을 옹립할 계책을 꾀해, 태자 양용楊勇을 폐위시키고 편애하던 양광楊廣을 황태자로 옹립시켰어. 훗날 독고황후는 무측천武則天의 좋은 본보기가 되었지. 그래서 수 양제 양광은 늑대의 젖을 먹고 자란 늑대나 마찬가지였어. 그에게 계승된 늑대 유전자는 비정상적일 만큼 과다해서, 그는 중국 역사상 손꼽히는 폭군이 되었지. 무력을 남용해 전쟁을 자주 벌이는가 하면, 부패할 대로 부패해서 가렴주구를 일삼아 백성들을 못살게 굴었지. 수 양제는 고구려를 세 차례나 공격했는데, 수백만의 군대를 이끌고 진격했음에도 세 번 다 패하고 말았어. 손실은 이루 다 말할 수가 없었고, 그로 인해 국력이 다 고갈되자 전국적으로 대봉기가 일어났어. 건국 37년 만에 망했으니, 수 왕조는 그런 점에서 진 왕조와 유사했던 셈이지.

서기 618년, 호화胡化된 한인 대귀족 이연은 당나라를 세웠어. 중국인에게 자부심과 자긍심을 심어준 당 왕조 역시 실제로 선비족과 한족이 공동으로 창조한 왕조라네. 초원늑대의 야성과 중화 문명의 정수가 잘 결합된 결정체로, 당 왕조 때는 고대 중화 문명이 최고봉에 이르렀어. 한이 진의 제도를 계승한 것처럼, 당 왕조는 수의 제도를 계승했어.

이씨 당 왕조는 수 황실, 특히 모계 혈통의 강인한 성격을 계승했지. 혈통으로 보면, 당 왕조의 개국 황제와 초기 군주들은 모두 호화된 한인과 선비족 여성 사이에서 태어난 혼혈인들이었다네. 당 고조 이연의 생모와 황후, 며느리 한 명이 모두 선비족이었지. 그들은 당 태종 이세민李世民의 조모와 생모 그리고 황후였고, 당 고종 이치李治에게는 증조모, 조모와 생모였던 거야. 그리고 이연의 생모는 수 왕조에서 이름을 날렸던 독고황후의 사촌 자매였지. 몇 대에 걸친 잡거와 혼혈, 선비족 집안이 끼친 오랜 영향은 이씨 황실의 핏줄에 흐르던 한인 고유의 피를 4분의 1 이하로 떨어뜨렸으며, 이 때문에 성격상 상당히 특이한 우성형질이 나타났던 거야. 태종 이세민의 경우가 특히 두드러졌는데, 그의 용감무쌍하고 강인한 늑대의 성격은 중국 제왕 중 최고로 쳐줄 만했지.

그런데 이씨 황실에서는 심지어 이세민을 뛰어넘는 인물도 나왔거든. 그게 바로 태자 승건承乾이었어. 승건은 돌궐어를 배우고 돌궐의 음식을 먹으며 늑대가 그려진 돌궐의 군기를 좋아했어. 그는 아예 머리까지 풀어헤치고 초원으로 가서 돌궐인이 되고 싶어 했던 극단적인 경우였지. 그래서 이후 태자 승건은 당 태종에 의해 폐위되고 말았어. 이 극단적인 사례는, 이씨 황족의 피에 흐르던 초원의 혈통이 얼마나 강했는지, 또 그 영향이 얼마나 심했는지를 잘 보여주고 있다네. 안 그런가?

《자치통감》에 기록된 예를 몇 가지 더 들어볼까?

한번은 이세민이 이연과 함께 전쟁에 나갔어. 이연은 진군 도중에 패배했지만, 이세민은 친히 병사들을 이끌고 적진 뒤편을 돌아 공격해 들어갔어. 군사들의 맨 앞에 서서 살기로 번득이는 눈을 하고 쌍칼을 휘두르며 수십 명을 죽였어. 그 많은 사람을 칼로 죽이는 동안 칼 두 자루는 모두 이가 나가서 무뎌졌지. 양 소매가 적의 피로 흥건해졌지만, 그는 피를 흩뿌리며 일망타진할 때까지 계속해서 적을 무찔러 나갔지. 결국 패배를 승리로 바꾼 거야.

한번은 이세민이 두건덕竇建德과 교전을 하다가, 그는 겨우 위지경덕尉遲敬德 대장군과 병사 몇 명만을 데리고 적을 유인한 거야. 그러자 5, 6천이나 되는 두건덕의 기병이 그들을 추격했어. 말 위에서 활을 잘 쏘았던 이세민은 두려워하는 기색이라고는 전혀 없이 적장 한 명과 병사 몇 명을 직접 쏘아 죽였지. 위지경덕 역시 십수 명을 죽였고, 이를 본 나머지 수천의 적병들은 감히 추격할 엄두를 내지 못했다네.

그리고 또 현무문사변玄武門事變 때는, 당 왕조의 이익을 위해 궁궐 안에 복병을 숨겨 친형제인 건성建成과 원길元吉을 죽였지. 그는 제 손으로 큰형 건성을 죽인 후, 주저하지 않고 한 마리 늑대처럼 과감히 태자 자리를 차지하고 말았어.

이세민은 지혜와 용기를 겸비한 탁월한 능력으로 전쟁을 잘 이끌어 나갔으므로, 당시 돌궐 기병들은 물론 돌궐의 칸조차 바짝 엎드릴 정도였다는 거야. 당 태종은 초원민족에 의해 천가한天可汗의 존호를 받았어. 다른 말로 '탱그리 칸'이라고도 하지. 훗날 당조가 강대한 돌궐을 항복시킬 수 있었던 것은 전적으로 이씨 왕족의 늑대다운 기질과 조정에 포진해 있던 많은 초원민족 출신의 유명한 현신들과 대장군들 덕분이었다네. 그중 가장 유명한 사람이 장손무기長孫無忌라는 신하였어. 《구당서舊唐書 · 장손무기전》에 따르면, 장손무기는 위험천만했던 현무문사변을 계획한 주요 인물 중 하나였어. 그는 늑대처럼 강한 추진력을 가지고 이세민에게 먼저 나서서 기선을 제압하라고 권했지. 그리고 친히 위지경덕과 후군집侯君集 등 아홉 명을 이끌고 이세민과 함께 현무문에 숨어 있다가, 건성과 원길을 죽였지. 그는 이세민을 보좌해 황제로 등극시킨 일등공신이 되었다네. 이후 재상에 임명되어 장장 30년 동안 나랏일을 돌보았지. 그런데 그 장손무기 역시 선비족이었어. 그의 조상은 북위의 선비 황족이었는데, 그 후손들 중에 북위, 서위, 북주 때 중신을 역임하고 왕에 봉해지거나 세습 작위를 받은 인물도 많았지. 그의 아버지는 수 왕조의 우효위(右驍衛. 당나라 16위의 하나인 좌우 효위의 한 부대)의 장군이었어. 장손무기는 또 당 태종 문덕장손황후文德長孫皇后의 친오빠이기도 했지. 당 태종의 조모, 생모, 황후와 심지어 가장 측근이라 할 수 있는 재상까지도 역시 선비족이었으니, 당 왕조 내에 선비 혈통과 그 민족성이 얼마나 큰 비중을 차지했는지 알 수 있겠지?

당 왕조의 위대함은 위대한 민족성에서 연유하고, 또한 위대한 당 왕조의 여성들에게서 기원한 거라네. 초당初唐 시기 선비족 여성 세 명은 당 왕조를 위해 몇 대에 걸쳐 걸출한 제왕을 길러냈을 뿐만 아니라, 당대에 중국 최초의 낭자군娘子軍과 유일무이한 여황제를 탄생시켰지. 우리도 초원에서 살아봐서 알잖나. 초원민족은 개방적이고 부녀자를 존중하는 민족이라 여자들의 지위가 비교적 높지. 여자들 역시 대부분 무슨 일이든 서슴지 않고 해내고 말이야. 가스마이처럼 맨손으로 늑대와 싸우는 여자들도 있는걸. 당 왕조의 선비족 혈통은 여성의 놀라운 업적을 일구어냈지. 《신당서新唐書 · 제공주열전諸公主列傳》을 보면 '당 고조 이연의 딸 평양공주平陽公主는 이연이 태원太原에서 반수反隋 봉기를 일으켰을 때, 먼저 관중으로 달려가 봉기군을 이끌고 수의 군사를 잇달아 격퇴했다. 그리고 70만 의병을 모아 관중에서 위엄을 떨쳤으며, 장안長安 탈취에 성공하여 혁혁한 공을 세웠다'고 기재되어 있어. 또 《신당서》에는 '공주는 정예병 만 명을 이끌고 위북에서 진왕(秦王. 이세민)과 합류하였다. (…) 이를 낭자군이라 불렀다'라는 기록도 있지. 산시에서 유명한 낭자관娘子關은 평양공주가 군사를 이끌고 주둔한 곳이라 해서 얻어진 이름이야. 평양공주의 친모가 바로 선비족 출신의 태목황후太穆皇后 두씨竇氏였지. 그녀는 이세민과 같은 아버지와 같은 어머니에다 성격까지 비슷하고 세상을 뒤집어놓은 걸출한 여성이었어. 낭자군이 중국 여성들에게 끼친 영향도 매우 커. 낭자군 정신에는 자유롭고 개방적이며, 강인하고 독립적인 유목 정신과 늑대 정신이 내포되어 있었지.

중국의 유일무이한 여황제 무측천 역시 당조에 탄생했다네. 그녀는 유목 정신이 농후하고, 호복기사胡服騎射의 전통을 가진 산시에서 태어났어. 산시는 선비족 근거지 중의 하나였지. 북위 최초의 도성이 바로 산시의 평성에 있었어. 무측천의 아버지는 일찍이 이연의 반수 봉기에 참여하여 응국공應國公에 봉해졌지. 그러니 그녀 역시 장군 가문의 늑대의 야성을 지닌 여성으로 전혀 손색이 없었던 거지. 유목 정신이 농후한 당 황실의 분위기 속에서, 무측천은 중국 역사상 가장 강인한 늑대의 야성을 지닌 뛰어난 여성 정치가가 되었던 거야. 그녀는 강인했을 뿐만 아니라 남들보다 훨씬 뛰어난 지혜를 가지고 있었어. 과감한 추진력 때문에 수없이 많은 피를 보면서도 조금도 주저하지 않았어. 또한 정책에 있어서도 문벌이 좋은 귀족들을 배격하고 과거를 강화시켜 파격적으로 인재 선발을 했고, 농업과 양잠업을 장려하고 인구를 증가시켰지. 당 태종이 개창했던 정관지치貞觀之治는 반세기나 지속되었다네."

천전이 잠시 말을 멈추더니 갑자기 양커에게 물었다.

"무측천의 생김새가 어땠는지 기억나나?"

양커는 잠시 머뭇거리더니 고개를 저으며 말했다.

"글쎄, 별로 주의 깊게 본 적이 없는데. 자네 또 뭔가를 찾아낸 건가?"

천전이 말했다.

"전에 무측천의 초상화를 본 적이 있는데, 어머니처럼 참 복스러운 모습이더군. 뤄양의 룽먼 석굴에 있는 그 최대 규모를 자랑하는 노사나盧舍那석상은 무측천의 명에 따라 만들어진 것이야. 그 불상에서는 비범한 품위와 단정미가 느껴지고, 또 얼굴과 목, 어깨 부분은 풍만하고 둥글둥글하더군. 그 불상은 당시 예술가와 석공들이 무측천의 모습을 본떠 만들었다고 알려져 있어. 당나라 때 최고 미인의 기준이 풍만함이었고, 실제 대부분의 황제들이 풍만한 여성을 비로 삼았다는 건 중국인이라면 다 아는 사실이잖은가.

무측천을 비로 간택한 것은 당 태종이었지만, 그의 아들 당 고종 이치 역시 훗날 그녀의 매력에 빠져들어 그녀를 황후로 세웠지. 이후 당 현종 이융기李隆基 또한 풍만한 몸매를 가진 양옥환楊玉環을 귀비로 삼았어. 몇 대에 걸쳐 당 황제들이 이토록 풍만한 여성에 푹 빠졌던 것은 확실히 한족 제왕들이 가졌던 전통적인 심미 기준으로 보면 맞지 않는 일이었어. 한족 제왕들은 대부분 마른 여성을 좋아했거든. '초왕이 가는 허리를 좋아하여, 후궁에 굶어 죽는 여인들이 많았다'라는 일설도 있잖은가. 한 성제成帝가 총애하던 조비연趙飛燕은 '허리가 너무나 가늘어 손바닥 위에 올라갈 정도로 가벼운' 여인이었다는 거야. 그 후 성제는 그녀를 황후로 삼았지.

그렇다면, 역사상 가장 유명한 두 왕조에서 어떻게 상반된 심미 기준이 나왔던 것일까? 그건 당 왕조의 황족과 역대 중화 왕조의 혈통이 달라서 그래. 당대에 풍만함을 최고의 미로 보던 관점은 이씨 왕조의 선비족 혈통을 여실히 반영한 거라네. 지금껏 마른 체형을 최고의 미로 보던 한 대의 심미관이 어떻게 다음 왕조로 넘어가자마자 갑자기 뚱뚱한 체형을 선호하는 관점으로 바뀔 수 있었는지 도무지 이해가 안 갔어. 그러다 나중에 이당 왕조의 선비족 혈통에 대해 알고 나서야 이해가 가더군. 그리고 초원에서의 생활을 떠올려보니 금방 납득이 됐지.

우리가 초원에 처음 갔을 때 발견한 것 중에 하나가 몽골인은 통통한 여자를 좋아한다는 거였잖아. 우리 대대에 별명이 '밝은 등불'이라던 사런치치거도 진짜 풍만했지. 아마 양귀비보다도 더 뚱뚱했을걸. 그런데 당시에 말치기 대부분이 그녀를 둘러싸고 경쟁을 벌였던 일을 자네도 기억하겠지? 온갖 비위를 다 맞추면서 말이야. 그러고 보니 올론초원에서 미인으로 공인된 여자들은 대부분 풍만한 몸매를 지녔던 것 같아. 선비족과 몽골족은 서로 친척 관계가 아닌가. 선비족은 필시 늑대토템과 더불어 자신들의 심미관도 몽골족에게 전수해줬을 거야. 실제로 유목민족은 예로부터 지금까지 가축을 살찌우는 일을 하며 살아왔잖아. '크고 살진 양'을 아름답게 생각했으니, 당연히 사람에 대한 심미관도 뚱뚱한 것을 최고로 쳤겠지."

연방 고개를 끄덕이고 있던 양커가 웃으며 말했다.

"옳은 말이야! ……그렇지만 얘기가 약간 초점을 벗어난 것 같은데."

천전이 말했다.

"아니, 전혀. 풍만함을 최고의 미로 보았던 당조의 관점은, 심미라는 민족의식의 한 측면으로부터 당이 그토록 강인하고 위대한 성격을 가지게 된 근원을 증명해주고 있어. 한인들은 그동안 당조의 유목 정신이나 초원의 혈통에 대해 밝히기를 회피해왔지. 중국 역사상 최고의 위업을 달성한 왕조의 수많은 공적을 초원민족의 공로로 인정하고 싶지 않았을 테니까…….

아무튼 계속해 보자고……. 이세민의 탁월함은 문치를 지극히 중시하고, '언무수문偃武修文' 즉 전쟁을 그만두고 문화에 힘써야 한다고 주장한 위징魏徵의 제안을 받아들인 데서도 드러났어. 그는 과거를 부흥시키고 충신을 중용하고 백성들의 교화에 힘썼지. 또 정치제도를 개선하고 요역과 부세를 경감시켰으며, 농업뿐 아니라 경제 발전도 적극적으로 장려했어. 그 결과, 그는 역사적으로도 유명한 정관의 치를 이룩했지. 영토 역시 그때까지의 다른 왕조에 비해 가장 넓었고.

이세민은 '중화와 오랑캐는 평등하다'는 정책을 최초로 제기한 중국 황제라는 점도 주목할 만하지. 그는 '자고로 모두가 중화를 귀히 여기고 이夷와 적狄을 천히 여겼으나, 짐은 오로지 하나같이 사랑하니, 각 부락들이 모두 짐을 부모처럼 의지했다'고 했지. 그리고 당 태종도 화이평등華夷平等 정책을 제기한 것으로 미루어, 이씨 황족이 화이 간의 혼혈, 늑대와 양이 조화를 이룬 혈통 배경을 가졌다는 걸 짐작할 수 있어. 예로부터 중화 유가의 정통 사상에 의하면 극단적으로 중화를 존중하고 오랑캐를 경시했지. 그들은 유목 정신과 초원 민족성의 위대한 가치와, 중화민족과 중화 문명의 운명을 연장시켜준 막대한 공헌을 깨닫지 못했던 거야. 오히려 늑대의 본성을 유가가 교화해서 순화시키거나 타파해야 할 대상으로 삼았지. 오직 유목 혈통을 가진 이세민만이 한족과 초원민족 쌍방의 장단점을 잘 파악하고 있었고, 힘써 화이평등의 정책을 실시할 수 있었던 거야.

당조가 중국 고대 문명의 최고 절정기에 도달할 수 있었던 근본적인 원인은 초원민족의 용맹함, 진취성과 농경민족의 유가 정수의 상호 결합에 있었던 거야. 아쉬운 게 있다면, 중화의 농경 토양이 너무나 광활하고 두터워서, 이세민이 펼친 화이평등의 탁월한 사상이 중화의 강대하고 편협한 농경의식과 유가 정통사상에 의해 얼마 못 가 압살당하고 말았다는 거지. 이후 중화민족을 연명케 하는 신선한 피의 농도를 유지시켜주기 위해, 초원민족은 무력을 사용해 수시로 강제적인 수혈을 해줬지. 그러나 한족의 농경병은 이미 돌이킬 수 없을 만큼 악화되어,

수혈을 받아도 한당성세의 강인한 민족적 기개를 회복할 수가 없었어. 그래서 동방의 잠든 사자는 중당中唐 시기 이후부터 서서히 기나긴 동면 상태에 들어간 거야. 중화의 넓디넓은 농토는 사자가 깊은 잠에 편히 빠져들도록 해주는 '부드러운 침대'였고, 유교는 그를 오랫동안 잠들게 만든 자장가 내지는 수면제였던 셈이지.

안사安史의 난이 발발한 이후 5대 10국五代十國까지의 200년간, 재차 나약해지고 양처럼 순해진 중화민족은 또다시 대혼란 속으로 빠져들었어. 이때부터 농경민족은 끝없는 내리막길을 걷게 된 거지. 비록 작은 성세기盛世期가 몇 번 출현하긴 했지만, 전반적인 하강 추세를 거스를 순 없었다네. 중화의 문명과 국토는 갈수록 초원민족에 의존하게 되었어.

비록 농경민족 전체가 나약해졌지만, 염황 선조로부터 내려온 늑대의 피는 여전히 유전되었고, 유목민족의 피도 끊임없이 수혈되고 혼혈되면서, 중화 농민 중에는 늑대의 피를 가진 강인한 종자들도 일부 남아 있었어. 중국 역사에서 일어난 농민 봉기들이 바로 농민 중에서도 늑대의 혈기가 강한 대장부들이 앞장서 조정에 반기를 들고 일어난 것이었지. 그러나 농민 봉기는 왕조를 바꾸는 수단에 그쳤을 뿐이어서 일단 봉기가 성공하더라도 새로 등장한 왕조를 위해 신선한 피나 뭔가 혁신적인 것들을 제공해줄 능력은 없었다네. 당 말기 한족의 민족부흥 운동의 일환으로 황소黃巢가 농민 대봉기를 일으켰지만, 성공하지 못했어. 그 원인을 캐고 들어가보면 이렇다네. 농민 봉기는 농토에서 산출되는 부산물이라, 농경 왕조가 지닌 연약한 성격의 한계를 그 역시 피할 수 없었지. 피할 수 있었더라도 극소수에 지나지 않았어. 봉기군은 왕의 군대를 파죽지세로 공격했고, 고대 유적 가운데 최고로 위풍당당하고 웅대한 장안성을 잔인하고 우매하게 불태울 정도로 격렬했어. 그러나 그들은 당 조정의 원군 요청을 받고 달려온, 경전에 이름조차 나오지 않는 서돌궐의 사타족沙陀族에게 진압당하고 말았지. 수혈받는 쪽이 수혈해주는 쪽보다 심신이 강건할 리는 없으니, 당연한 결과가 아니었겠나. 한당 이후, 중화 농경민족은 정부군이든 농민 봉기군이든 유목민족의 기병과 싸웠다 하면 대부분 패배를 맛봐야 했었지.

5대 10국 시기에 이르러, 북중국은 또다시 강한 늑대의 야성이 유약한 양의 성질을 압도하는 대혼란의 시기로 빠져들었지. 북방의 5대인 양, 당, 진晉, 한漢, 주 중에서 후당, 후진, 후한은 모두 서돌궐의 사타족 정권이었어. 같은 시대에 있었던 요遼나라 역시 선비족 후예인 거란족이 건립한 유목민족 국가였지.

서기 960년, 조광윤趙匡胤은 배은망덕하게도 후주의 세종世宗이 다져놓은 중원 강산을 거의 손가락 하나 까딱하지 않고 쉽게 찬탈한 후, 북송北宋을 세웠어. 5대 10국 시기 유목민족의 수혈 덕분에 북송 초기엔 어느 정도 생기가 남아 있었지. 그러나 송 태조에겐 한 무제와 당 태종에게 보이던 '문명화된 늑대'의 날카로운 총기는 없었어. 송 태종은 두 차례나 북벌을 감행했지만, 거란의 요나라에게 모두 참패하고 말았지. 그러면서도 그는 남방의 한족 국가들은 손바닥 뒤집듯이 아주 쉽게 복속시켰어.

중당 이후로 중국 경제의 중심은 이미 북방에서 남방으로 옮겨 가고 있었고, 당말 5대 시기에 북방 경제가 극심하게 파괴되는 바람에 남방과의 격차가 더욱 벌어졌지. 그러나 남방의 한족 국가들은 강대한 경제력만으로 민족성의 나약함에서 오는 약점을 메울 수 없었어. 남방의 제왕들은 그저 봄에는 꽃구경, 가을에는 달구경이나 하며 산수 좋은 강남에서 유약해질 대로 유약해졌던 거야. 그래서 늑대 피를 수혈 받은 북중국은 쉽사리 남방의 한족 국가들을 물리칠 수 있었어. 이후주李後主, 오월왕吳越王 등의 군주들이 잇달아 패망했어. '힘은 산을 뽑을 듯하고, 기개는 세상을 덮을 만하다', '월나라 3천 병사로 오나라를 삼키다', '초나라에 설사 세 집밖에 남아 있지 않다고 할지라도 진을 멸망시킬 나라는 반드시 초나라이다'라고 하던 춘추·한·당 시기의 호방한 기개는 모두 사라지고 말았어. 장기간의 농경과 유교의 영향으로, 초원이 없었던 남중국은 이미 철저하게 무력화되어 있었던 거지."

천전은 계속 말했다.

"송 왕조는 한족이 민족성을 변화시킬 수 있는 전환기였다고 할 수 있어. 그런데 여러 가지 불리한 역사적 요인 외에도, 송 왕조는 그 자체로 핵심적이고도 특수한 역할 두 가지를 수행함으로써 한족의 민족성을 전환하는 데 장애 요인이 되고 말았지.

첫째, 북송은 한과 당 시기에 가지고 있던 광활한 초원 영토를 회복할 힘이 없었어. 흔히 대송大宋이라고 했지만, 사실 송의 영토는 한당 시기의 절반도 채 안 됐거든. 송의 북쪽으로는 화베이 북부와 몽골초원을 포함해 국토가 만 리나 되는 거란족의 요나라가 자리 잡고 있었어. 서쪽에는 용맹스러운 탕구트족이 세운 서하西夏와 강족 그리고 토번이 있었고, 또 서남쪽엔 백족白族의 대리국大理國이 있었지. 이러한 주변의 형세가 북송의 활동 반경에 심각한 제약이 되었어. 본래 염황 시기로부터 한당에 이르기까지, 중화는 줄곧 북부와 서북의 광활한 초원 유목지역을 가지고 있었잖은가. 그 때문에 당시에는 민족성을 강인하게 만드는 조혈 작용도 활발했고. 광활한 초원은 중화민족을 위해 무수한 용병들과 장수, 걸출한 제왕을 낳고 길러주었지. 옛말에 '관서에서는 장수가 많이 나고, 관동에서는 재상이 많이 난다', '열사와 무신은 양주凉州에서 많이 나는데, 그 지방에서는 씩씩함과 용맹함을 높이 사 평상시에도 늘 무예를 익힌다'라는 말도 있어. 《송사宋史·이강전李綱傳》에는 '자고로 중흥을 이룬 군주는 서쪽에서 나서 중원으로 들어와 자리를 잡고, 다시 세력을 동남쪽으로 뻗어나갔다'라는 대목도 나오지. 한당 시기, 뛰어난 두뇌와 책략을 가진 제왕들이 서역 경영에 힘쓰며 서북초원을 절대로 포기하지 않은 까닭은, 초원이 중화 문명의 뿌리를 틀어쥐고 있다는 것과 유목 정신이야말로 중화를 지탱하는 대들보임을 잘 알고 있었기 때문이야. 한당 시기에는 반농반목이 행해졌기 때문에 중화민족이 늑대와 양의 성질을 반반씩 유지할 수 있는 바탕이 되기도 했지. 그러나 나약하고 무능해진 송 왕조는 새로운 피를 수혈해줄 서북 초원지역을 수복할 힘이 없었어. 이것이 결국 한족의 민족성을 바꾸는 데 치명적인 영향을 끼치고 말았던 거야.

둘째로는 송조에 성행했던 이학理學을 들 수 있지. 송조의 중화지역에는 모두가 순수 농경지뿐이었는데, 유교라는 큰 나무가 이 순수 농토의 자양분을 섭취함으로써 갈수록 농경화되면서 극단으로 치닫게 되었지. 송조 이학의 출현으로 초기 유가에 내재해 있던 유목 정신의 유풍과 미래지향적인 진취성은 크게 약화되고 말았어. 그중에서도 가장 심각했던 것은 '천리를 보존하고, 인욕을 없애야 한다'는 사상이 새로운 정신운동의 중심으로 등장했다는 점이야. 여기서 천리란 삼강오륜을 일컫는데, 이러한 천리로 인간의 욕심을 반드시 제거해야만 한다는 거지. 이것이야말로 늑대적 야성과 욕구를 무참히 말살시켜 불에 태우고 진흙탕에 빠뜨린 거나 다름없어. 늑대의 길을 막아야만 양의 걸음을 내딛을 수 있다고 생각한 거지. 이학은 한족을 마치 소나 양 같은 가축처럼 길들여, 어떤 노고도 마다해서는 안 되고, 남을 원망하거나 두려워하지 않도록 만들었어. 덕분에 송조의 생산 능력은 크게 발전해서, 한족이 당시 세계에서 가장 선진적이고 가장 위력적인 화약 무기들을 만들 수 있도록 해주었어. 이를테면 화승총이나 화전, 화질려火蒺藜, 박격포, 돌화창突火槍 같은 것들 말일세. 그러나 더 중요한 것은 결코 그것만으로는 급격하게 나약해지는 민족성의 결점을 보완할 수가 없었다는 거야.

한 민족이 부흥하고 부강해지려면 반드시 생산 능력의 향상이 수반되어야 하지만, 그것이 전부가 아니라는 사실을 역사가 증명해준 거지. 생산 능력의 향상이 민족 부흥에 필요한 요소이기는 하지만, 그렇다고 가장 밑바탕이 되는 기본적인 토대는 아니라는 거야. 강인하고 진취적인 민족성과 경제적으로 향상된 생산성이 동시에 갖추어져야만 그 민족이 하늘 높이 비상할 수 있거든. 그 두 가지가 바로 한 민족이 비상하는 데 있어 양 날개 역할을 해주는 거라네.

송조에 이르러 순전히 농경 환경에만 둘러싸이게 된 중화 한족은, 결국 한당 시기의 강인했던 '문명화된 늑대'에서 나약하기 그지없는 '문명화된 양'으로 변해버렸다네.

그럼에도 북송은 장장 160여 년 동안, 안정과 번영을 구가할 수가 있었지. 하지만 그것은 북송 자체가 강해서라기보다 강적이었던 거란의 요나라에서 민족성에 중대한 변화가 생겨났기 때문이었다네. 요나라는 송이 건국되기 10여 년 전에 화베이 유운幽雲 16개 주의 한족 농경지역을 점령했었어. 그 후 유운의 농업은 비약적인 발전을 이루면서 동북의 흑토지역으로 확장되어갔어. 수십 년간 황무지를 개간하고 식량을 생산하면서, 농업이 요나라 경제에서 차지하는 비율이 점점 커졌고, 많은 유목민이 농민으로 변했어. 이렇게 원래의 순수유목 국가는 점차 농업을 위주로 하는 반농반목 국가로 변질되어버렸지. 이번에도 '농경의 민족성 약화' 법칙은 어김없이 작용을 하면서 요나라에 지대한 영향을 끼쳤어. 늑대를 닮은 거란족의 성격이 양의 모습으로 약화되기 시작한 거라네.

소태후蕭太后 시기, 요와 송 양국은 단연지맹澶淵之盟이라는 불평등조약을 체결했어. 송은 매년 요나라에 많은 공물을 보내야 했고, 송 진종眞宗은 소태후를 숙모라 불렀지. 덕분에 두 나라 사이의 오랜 전쟁이 종결되었고, 양국은 평화롭고 우호적인 분위기 속에서 모처럼 두 다리 뻗고 단잠을 잘 수 있게 됐어. 이때부터 양국은 안일한 농경 환경을 바탕으로 번영해가는 동시에 나약해져갔어.

'양은 고요하기를 바라지만, 늑대는 쉬려고 하지 않는다'는 법칙이 이때에도 지배하고 있었던 거야. 요나라의 농업이 차츰 발전하고 있을 때, 쑹화 강과 헤이룽 강 유역에서 살아가던 여진女眞이라는 유목민족이 빠른 속도로 일어났어. 요나라의 무자비한 탄압에서 벗어나기 위해, 여진족 수장이었던 완안아골타完顔阿骨打는 강인한 기병들을 이끌고 늑대 무리처럼 맹렬하게 요나라를 공격했지. 그러고는 번개처럼 빠르게 요의 대부분의 국토를 점령하고 금나라를 세웠어. 그로부터 20년 뒤, 금 태종 때에 이르러 마침내 금나라는 요나라를 완전히 멸망시켜 버렸어. 반쯤은 늑대의 성질을 갖고 있던 요나라도 금나라 기병들을 막을 수는 없었던 거야. 그러니 이미 더할 나위 없이 부유하고 나약해져 '문명화된 양'이 되어버린 북송이야 더더욱 방어할 힘이 없었겠지.

'문명화된 양'의 우두머리 양이었던 송 휘종徽宗은 중국에서 화가로 손꼽힐 정도로 문명화되어 있었지. 그는 특히 화조화를 잘 그렸는데,

그 붓놀림이 여인이 수를 놓는 것보다도 훨씬 부드럽고 섬세했다더군. 왕늑대의 통찰력을 구비한 금 태종은 곧바로 송조의 양성羊性을 꿰뚫어 보았지. 금군은 요를 멸한 후 전열을 가다듬을 필요도 없이 곧장 군사를 이끌고 남하했어. 놀란 휘종은 즉시 왕에서 물러나, 아들 조환趙桓에게 왕위를 물려주었지. 조환이 바로 송 흠종欽宗이야. 이 두 사람은 중국 역사상 가장 부패하고 무능한 황제였어. 이듬해 금나라 병사들이 다시 송을 공격했어. 나약한 송군은 늑대에 놀란 양처럼 달아나기에 바빴지. 북송의 도읍지였던 카이펑開封은 거의 성문을 열어 적을 맞이한 거나 매한가지여서, 금나라 군사들은 너무 쉽게 점령할 수 있었어. 그들은 휘종과 흠종 두 황제를 포로로 잡고, 국고에 쌓인 진귀한 보물들을 모조리 빼앗아 갔어. 후궁에 있던 수천 명의 미녀들은 모두 북국의 황원荒原으로 끌려 가서 노비가 되거나 기녀 혹은 첩이 되었지. 당시 세계 최대 인구와 가장 발달된 경제력, 가장 선진적인 화약 무기와 뛰어난 병법서인 《손자병법》까지 모두 가지고 있던 북송이었지만, 아이러니하게도 별로 싸워보지도 못하고 패해서 2년 만에 완전히 망해버린 거라네. 당시 북송은 단 한 가지만 빼놓고는 뭐 하나 부족한 것이 없었어. 물론 그 부족했던 단 한 가지란 바로 강인한 민족성이었지.

북송의 두 황제가 포로로 잡혀간 '정강靖康의 수치'야말로 한족이 가장 치욕스럽게 생각하는 역사가 아니겠나. 청대 말기 국권을 상실했던 것보다도 더 수치스러운 역사이지. 최소한 만청은 열강에 맞서 몇 차례 싸우고 수십 년간 버티기라도 했잖은가. 그리고 비록 패하기는 했지만 열강에게 왕위를 내주지는 않았어. 그러니 민족성의 강화를 가장 기본적인 국가 방책으로 삼지 않는다면, 아무리 경제와 문화가 발전하고 인구와 군대가 방대하다고 한들, 결국 북송의 전철을 밟게 될 것은 명약관화한 일이라네.

다행히 당시 중국은 기독교 문명이나 이슬람 문명과는 거리가 있었어. 그때 만약 금군이 수준 높은 문명을 가진 군대였더라면, 중화민족은 아마 문자와 종족, 신앙까지 모두 바꿔야 했을 거야. 원래 불교를 믿었던 서역민족도 나중에는 강한 이슬람교에 의해 완전히 개종되지 않았나? 이것도 사실 서역을 수복시킬 힘이 없었던 송 왕조의 책임이라고 할 수 있지만…….

중화민족은 농경화 성향이 짙어감에 따라 민족성 역시 날로 나약해지고 무능해졌어. 막대한 영토를 잃으면서, 수도 또한 유목지역과 근접했던 곳에서 점차 순수 농경지역으로 밀려났지. 서북에서 동남으로, 밀려날수록 더 약해졌고 또 약해질수록 쉬 밀려났어. 진·한·수·당 대의 장안에서 동한과 서진 시기에는 뤄양으로 밀려났지. 그리고 북송 대에는 카이펑으로 밀려가더니, 드디어 남송 대에는 난징과 항저우까지 밀려가고 말았어. 항저우는 당시 온유돈후한 민풍을 가지고 있던 향락적인 가무의 도시로, 한족 대송 왕조의 마지막 수도였어. 만약 어느 민족이 두뇌와 손만 발달하고 단단한 등뼈가 없다면, 그 민족은 무척추 연체동물이 되고 마는 게 당연한 이치가 아니겠나. 유약하고 무능했던 남송은 결국 용맹스럽고 강인한 몽골 왕조에 나라의 옥새를 바치며 투항하고 말았지. 이렇듯 '북은 강하고, 남은 약한' 국면은 근대에 이르러 서양의 '문명화된 늑대'의 경제와 과학기술 그리고 사상이 남중국으로 유입된 이후에야 근본적인 개선이 이루어질 수 있었다네."

천전은 길게 한숨을 쉬더니 말했다.

"그렇지만 난, 아무리 봐도 탱그리는 역시 옳았다고 생각해. 그토록 약해빠진 민족이 그렇게 광활하고 비옥한 토지를 차지한다는 건 도대체 어울리지 않는 일이거든. 그걸 용납한다는 것은 탱그리에게도 부끄러운 일이고, 천리로도 인정하기 힘든 일이 아니었겠는가. 천리대로라면 그 무능한 민족은 아예 지구 밖으로 쫓겨나는 것이 옳았을지도 몰라. 나약한 농부들은 남이 잔인하고 포악하다고 해서 함부로 욕해서는 안 되는 거야. 사실은 농부들 역시 천리에 따라 농작물을 대하지 않는가. 약하거나 질 나쁜 모종이 좋은 땅을 차지하도록 절대 내버려두지 않지. 그런 것들은 보이는 대로 가차 없이 뽑아버려야 튼실한 모종이 잘 자랄 수 있을 테니까 말일세. 그게 바로 탱그리의 천리이고, 탱그리의 천리는 절대 틀릴 리가 없어.

하지만 탱그리는 그 나약한 민족이 지구에서 살 수 있는 생존권까지 박탈하지는 않았어. 그 덕분에 중화민족의 두뇌와 손이 세상에 유명해졌지. 그들은 최초로 야생 곡물과 벼를 재배하고, 비단과 차 그리고 도자기와 칠기를 만들어냈지. 또한 4대 발명품 등의 선진 기술을 개발한 것은 물론, 문학과 역사, 철학 방면으로도 지대한 공을 세웠어. 그중에서도 4대 발명은 특히 중요하지. 나침반은 서방 민족이 진정한 항해민족이 되었을 때, 망망대해 속에서 방향을 변별할 수 있는 바다늑대가 되도록 도움을 줬던 거야. 덕분에 그들은 신대륙을 발견하고, 자본주의의 원시축적을 약탈할 수 있었지. 그리고 제지, 인쇄술과 화약은 서방 민족들로 하여금 중세의 우매하고 견고했던 봉건제의 보루를 타파할 수 있도록 도와주었어. 중화민족이 이렇게 세계 문명에 큰 공헌을 했기 때문에, 혜안을 가진 탱그리는 큰아들인 초원의 유목민족을 동생인 농경민족에게 보내주게 되었지. 도무지 패기라고 찾아볼 수 없는 약한 아우에게 건장한 형이 열심히 단련시키고 부지런히 수혈을 해주었던 거야. 덕분에 중화민족의 척추는 다시 단단해지고 새롭게 분발할 수 있게 된 것이라네.

농경이 민족성을 나약하게 만든다는 법칙은 그 뒤에도 계속 그대로 지켜졌다네. 요나라를 멸한 금나라 역시 요의 전철을 밟고 말았거든. 금 대에도 농업이 크게 발전하면서, 가장 전성기 때는 농지 면적이 북송을 넘어설 정도였어. 농업인구 역시 급속히 증가하여, 금초에는 300만 호였던 농경인구가 중, 후기로 넘어가면서 760여만 호, 4,500만여 명으로 늘어나 북송 진종경덕眞宗景德 연간의 전국 인구보다 더 많아졌어. 그 결과, 여진족도 마찬가지로 나날이 쇠약해졌던 거야."

태양은 어느새 조금씩 누런빛을 비추고 있었다. 올론초원은 마치 황금빛으로 반짝이는 거대한 사막처럼 바뀌어갔다. 그 옛날 늑대 무리가 출몰하던 골짜기에는 반달형의 검은 그림자가 덮이고 있었다. 천전은 몸을 일으켜 무의식적으로 늑대 굴이 있던 산비탈로 눈길을 돌렸다. 양치기 시절, 황혼녘에 접어들 무렵이면 늑대 무리가 나타날까 촉각을 곤두세웠던 것처럼……. 늑대가 찍고 간 낙인은 뱀에게 물린 상처보다 훨씬 깊어서, 20여 년이 흐른 지금까지도 그의 등 뒤에선 늑대가 엄습해 오는 듯한 한기를 느꼈다.

그는 양커에게 손짓을 하며 말했다.

"이제 그만 돌아가야 하지 않을까? 가스마이가 걱정하겠어."

천전의 이야기에 푹 빠져 있던 양커가 급히 손을 내저었다.

"괜찮아. 가스마이도 우리 버릇을 잘 알잖아. 한번 이야기를 시작하면 낮밤도 모르고 계속 떠든다는 걸. 안 그래도 나올 때 미리 말해두었어. 오늘 밤엔 혹시 다른 곳을 둘러봐야 할지도 모르니 기다리지 말라고 말이야. 그런데 자네 정말 설서(設書. 송대 이래 통속문예의 일종으로, 《삼국

지연의》나 《수호전》 따위의 시대물 또는 역사물을 창과 대사를 사용하여 이야기하는 예술의 한 분야)에서 한 수 배웠나 보구먼. 꼭 클라이맥스 부분에만 가면 '다음 회에 계속'이라고 한단 말이야. 그렇지만 나도 그 다음에 몽골 기병이 등장한다는 것쯤은 알고 있다네. 아무튼 차에 올라서 얘기하지. 내가 좌석을 눕힐 테니 편한 자세로 얘기하라고. 나도 누워서 들을 테니 말이야."

천전이 차에 올라 반쯤 누운 다음 말했다.

"새끼늑대가 태어난 곳 옆에서 강의를 하게 될 줄은 몰랐네. 이야기에 몰입하기 딱 좋군그래. 늑대 굴의 기운을 받은 느낌이야."

늑대토템

천전은 바로 이야기를 다시 시작했다.

"……몽골족이 일어날 때쯤, 중국 농경민족은 가련할 만큼 너무나 나약해져 있었어. 그런데 당시 약해진 것은 중국의 한족뿐만이 아니라, 전 세계 농경민족이 모두 다 누군가 공격해오면 꼼짝없이 당할 수밖에 없을 정도로 나약해져 있었다네. 자넨 고작 수십만의 몽골 기병이 유라시아 대륙을 휩쓸 수 있었던 이유가 도대체 어디 있다고 생각하나? 물론 여러 가지가 있었겠지만, 가장 주된 이유로 두 가지를 들 수 있을 걸세.

첫 번째 이유는 몽골민족은 세계에서 가장 경건하고 정성스럽게 늑대토템을 신봉하는 유목민족으로서 늑대를 몽골족의 토템이자 수조로 그리고 초원과 초원민족의 수호신으로 여겼다는 데 있었지.

몽골인은 자기 민족의 선조가 '푸른 늑대'로부터 연유했다고 믿어왔지. 그래서 몽골 왕족 중 일부는 부락 지도자의 이름이나 혹은 부락 자체의 이름을 늑대와 직접적으로 연관시켜 지은 경우가 많았다네. 이란의 저명한 역사학자인 라시드의 유명한 저서《사집史集》제1권을 보면 다음과 같은 대목이 나오고 있지. '칭기즈칸의 6대조 카이두칸, 5대조 바이 싱코르칸과 4대조 툼비나이칸까지 내려오면서 몽골 오아족의 직계 핵심부락인 치노스 부락이 출현했다. 이 부락의 두 족장은 칭기즈칸의 4대조인 툼비나이칸의 두 아들로, 하나는 겐두치노, 다른 하나는 울렉친치노였다. 여기서 치노는 몽골어로 늑대라는 뜻이다.' 또 이런 말도 나오지. '겐두치노는 수늑대라는 뜻이며, 울렉친치노는 암늑대라는 뜻이다.' 이걸 보면 알 수 있듯이 이 두 족장의 이름이 바로 '수늑대'와 '암늑대'였어. 그뿐만이 아니라, 그들은 자신들의 부락을 '치노스'라고 했는데, 몽골어로 치노는 늑대이고, 치노스는 늑대 무리라는 의미를 갖고 있지. 그래서 치노스 부락은 결국 '늑대 무리 부락'이라는 뜻이야. 몽골사의 권위자인 한루린 선생도 '치노스는 복수 형태로, 늑대들의 집단이라는 뜻을 갖는다'고 해석하고 있지.

또한 칭기즈칸의 고조부쯤 되는 이들 중에도 역시 늑대와 관련된 이름이 있었지. 라시드는 이에 대해 다음과 같이 지적했어. '차라카이 링코는 형 바이 싱코르가 죽자, 형수를 아내로 삼았다. (…) 그에게는 원래의 아내와의 사이에서 낳은 아들도 몇 명 있었다. 그중 하나는 부왕의 자리를 계승했다. 그의 이름이 수얼헤이도후치노였다. 그리고 수얼헤이도후치노의 아들이자 왕위 계승자는 암바가이칸이었다.' 암바가이는 칭기즈칸의 증조부뻘이 되는데, 암바가이칸의 부친의 이름에 들어간 수얼헤이도후의 몽골어 의미는 불명확하지만, 치노가 늑대라는 뜻이니 칭기즈칸의 고조부뻘 되는 조상의 이름에도 늑대가 들어간 것만은 확실하다네.

몽골인 중에는 '치노', 즉 늑대를 이름에 넣은 사람이 많아. 다른 예를 하나 더 들어볼까. 《사집》에는 '칭기즈칸의 증조부는 카불칸으로, 그의 넷째 아들의 이름은 쿠툴라였다. 쿠툴라의 어렸을 적 이름은 '아리크치노'였다. 아리크가 몽골어로 무엇을 뜻하는지는 분명하지 않으나 치노는 역시 늑대라는 뜻이다'라고 기록되어 있어.

이로부터 우리는 몽골인의 마음속에 늑대가 최고의 숭배 대상으로 자리 잡고 있었다는 사실을 알 수 있지. 그렇지만 한족 중에는 늑대 낭狼 자를 넣어서 아이 이름을 지은 사람은 한 사람도 없었어. 위에서 든 역사적 사실은, 세계를 뒤흔든 칭기즈칸이 단순히 늑대들이 사는 초원에서 태어나고 자랐을 뿐만 아니라 '인간늑대들의 집단' 속에서 자랐다는 것도 증명해주는 셈이라네.

몽골민족은 늑대를 자신들의 조상이자 신이며 스승이라 생각했고, 늑대를 자랑스럽게 여겨서 자신들의 본보기로 삼았지. 그리고 죽은 후에는 자신의 몸을 늑대에게 먹여, 늑대를 통해 승천한 민족이 아니었던가. 그랬기 때문에 그들은 세계에서도 가장 용감무쌍하고 강인하며 뛰어난 지혜를 가진 민족이 될 수 있었던 거야. 그리고 이 세상에서 가장 사납고 용맹하며 뛰어난 지혜와 전쟁 수행 능력을 가진 몽골초원의 늑대로부터 특별히 훈련을 받은 군대가 바로 몽골 기병이었지.

이제 몽골 기병이 세계를 장악할 수 있었던 두 번째 이유로 넘어가 볼까. 수천 년간 이어진 고대 농경 문명은 과도하게 성숙하여, 세계의 모든 농경민족들을 연약하게 만들었어. 잘 여문 복숭아가 조금 더 익으면 살짝만 눌러도 문드러지는 것처럼 말일세. 바로 그때 초원의 늑대토템 정신으로 무장한 몽골 기병들은 세계적인 기적을 만들어냈지. 세계 역사상 영토가 가장 넓은 몽골제국을 세웠으니 말일세. 초원 유목민족이 발휘할 수 있는 역량이 그때 바로 최고조에 달했던 거야.

중요한 것은 세계 역사상 몽골제국 다음으로 넓은 영토를 자랑했던 고대 로마제국 역시 늑대 정신을 숭배한 제국이었다는 사실이야. 로마를 상징하는 휘장에 그려진 암늑대의 형상은 오늘날까지도 서유럽 사람들의 유목 정신 속에 깊이 새겨져 있지. 세계 역사에서 가장 넓은 영토와 용맹함을 자랑했던 두 제국 모두가 늑대 정신을 숭배했다는 사실만으로도, 늑대 정신의 지대한 영향과 그 파급 효과가 충분히 설명되지 않는가?

나약했던 금나라와 남송의 멸망 그리고 몽골 기병의 승리는 한 나라의 운명이 반드시 생산 능력이나 경제력에만 좌우되지는 않는다는 것을 잘 설명해주고 있어. 오히려 유목 또는 농경에 의해 결정되는 민족성과 더 직접적인 관련이 있지. 그래서 민족이 도태될 운명에 처하는 것을 막고 싶다면, 강인한 민족성을 배양하는 생산방식을 도입하거나 아니면 만들어낼 수 있어야 하는 거야. 한마디로 강하고 굳센 의지를 가지고 스스로를 단련시킬 줄 아는 민족만이 자신의 운명을 장악할 수 있다는 말일세.

몽골민족이 세운 중국의 원元 왕조는 동서양의 문화 교류에 있어 아주 중대한 공헌을 했어. 그리고 중국과 중화민족을 위해 세운 공 역시 절대 간과해서는 안 될 거야.

우선 몽골민족은 중국 역사상 가장 넓은 영토를 제공해주었지. 그 면적은 한당 시기의 영토보다도 더 넓었어. 그래서 중국인들의 넓은 생존 공간의 범위를 세계적으로 드러내 보여줄 수 있게 되었지. 원 왕조는 고대 중국의 영토를 끊이지 않고 이어지게 하는 데 결정적인 역할을 했어. 원 왕조가 아니었더라면 한당 이후 2, 300년 동안 내내 중국 정부의 통제에서 벗어나 있던 지역을 영원히 되돌릴 수 없었을 거야. 그랬더라면 그 지역들은 아마도 다른 강대한 문명의 영토가 되었을지도 모를 일이지. 그러면 중국은 보호벽을 잃고 내지의 농토까지 직접적으로 외부에 노출되지 않았겠어?

그 후 명대에 와서, 서투르키스탄의 티무르 제국은 중국인을 강제로 이슬람교로 개종시킬 것이라며 큰소리쳤고, 티무르는 백만 기병을 이끌고 중국을 공격할 준비를 한 적이 있었어. 다행히 티무르가 돌연사하게 되어 재앙을 모면할 수 있었지. 그런데 만약 티무르가 죽지 않고 중국을 침략해서 서북부가 그들의 손에 놓이고 이슬람 민족이 그곳에 들어와 살게 되었다고 생각해봐. 또 그들이 간쑤, 닝샤 지역에서부터 백만 대군을 이끌고 중국을 공격했다면, 과연 중국 국토와 문명이 온전히 보존될 수 있었을까? 그래서 단순히 한당 시기의 국토를 회복하는 데 그치지 않고, 더 나아가 확장까지 해준 원 왕조의 공은 이루 말할 수 없이 큰 것이라네. 원조는 서북의 보호벽이라 할 수 있는 변경지역을 넓게 확보함으로써, 막강한 외부 문명권과의 국경선을 멀리까지 후퇴시킬 수 있게 해주었지. 또한 이후 명청 왕조가 한당 시기의 영토를 수복하고 확대해나가는 데도 미리 기반을 마련해준 셈이 되었던 거야. 어디 그뿐인가. 원 왕조의 공은 오늘날에도 중국의 생존과 발전에도 지대한 영향을 미치고 있다네.

그리고 두 번째로는 한동안 받지 못했던 민족성의 수혈을 적시에 받게 해주었다는 점이야. 이것을 구체적으로 살펴보면 다시 네 가지로 나누어 볼 수 있지. 첫째, 몽골민족은 중화로 들어오면서 몽골초원의 강인한 유목 정신과 더불어 다양한 민속까지도 함께 들여왔지. 씨름, 말 타기, 활쏘기, 경마, 사냥시합, 소와 양의 도살, 호방하게 즐기는 음주와 가무 등의 풍속이 들어왔는가 하면, 당당하게 얼굴을 드러내거나 전족을 하지 않는 등 건강한 여인들의 모습도 새로운 변화였어. 이런 것들은 더없이 부드럽고 나약하며 정체되어 있던 북송과 남송의 한족 풍속을 일순간에 바꿔버렸지. 둘째, 쿠빌라이 등 일부 몽골의 상층 계급은 유교 정신에 깊은 감화를 받았지만, 대부분의 몽골 관리와 군인 그리고 백성들이 가지고 있던 초원적인 야성은 변하지 않았다네. 이러한 경향은 유가의 기존 세력과 영향력에 막대한 타격을 줌으로써 엄격하고 빈틈없던 송대 이학의 정신을 부분적으로 와해시키기에 이르렀네. 셋째, 몽골인은 한족에게 자기네 민족의 성격과 풍속, 습관을 받아들이라고 강요했지. 동시에 한족은 스스로 몽골민족의 성격, 생활양식과 습관을 모방의 대상으로 삼기도 했어. 이러한 지배민족과 피지배민족 쌍방 간의 주입과 모방은 곧 민족성의 '수혈輸血'과 '수혈受血'이라 할 수 있지. 그 밖에도, 민족 간의 통혼으로 인한 혼혈이 나날이 증가하여 중화민족의 혈기와 민족성을 한층 강화시킬 수 있었다네. 넷째, 원조는 중국 역사상 초원 유목민족이 나라를 세우고 또 중국 전역을 통치한 최초의 통일 왕조였지. 그런데 세계 최대의 인구를 자랑하던 한족이 소수의 유목민족에게 패해 중화를 빼앗겼다는 사실은, 줄곧 오만하게 4이(四夷, 서융西戎, 동이東夷, 북적北狄, 남만南蠻)를 멸시해왔던 한족에겐 커다란 정신적 충격이 되었지. 그래서 한족도 자신의 나약함과 실패에 대해 부끄러움을 느끼고, 중화의 우수한 젊은이들은 너도나도 자발적으로 몽골의 강인한 민족성을 배우고자 했던 거야. 실제로 주원장朱元璋은 몽골인을 무척 경외했던 한족 제왕이었다네.

그래서 나는 당시 원조 몽골족의 수혈이 아주 시기적절했다고 보네. 효과도 컸고 말이야. 근 1세기 동안 이어진 몽골민족의 영향과 수혈은, 중화민족을 다시 일어설 수 있게 만들어주었어. 원조 말년에 이르러 중화 대지의 곳곳에서 거대한 늑대 무리처럼 용맹스러운 우두머리들이 나타나 봉기를 이끌었는데, 그게 바로 몽골민족에게서 수혈받은 직접적인 효과라 할 수 있을 걸세.

그 후 몽골민족이 몰락하게 된 원인을 보면, 선비족의 북위나 거란족의 요나라 그리고 여진의 금나라와 조금도 차이가 없었어. 아무리 강한 유목민족이라도 광활한 중화 농경 대지와 농경 생활 그리고 유가 정신의 영향을 받지 않을 수 없었지. 그들의 초원적 야성은 몇 대 만에 순화되고 말았던 거야. 세상에서 중화의 농토만큼 광활하고 두터운 곳이 없으니, 민족성을 나약하게 만드는 힘 역시 세계 최고였던 셈이지.

그래서 몽골족이 세계에 세운 네 개의 칸국 가운데, 중국에 세운 원 왕조가 가장 빨리 망하고 말았어. 중국 한인들은 8, 90년 만에 몽골인을 초원으로 돌려보낼 수 있었던 거야. 1368년에 주원장은 원을 멸하고 명 왕조를 세웠던 거지.

명 태조 주원장과 그의 아들 명 성조成祖 주체朱棣는 늑대 피를 수혈받은 중화 대지에서 태어난, 뛰어난 제왕들이었지. 그들에게선 여느 한인에게서는 볼 수 없는 늑대의 야성이 뜨겁게 끓고 있었어. 잔인하면서도 지혜롭고, 고집 세고 영웅심도 대단했어. 주원장은 당 태종과 마찬가지로 몸소 앞장서 병사들을 이끌고 용감하게 적진으로 돌격했지. 난징을 점령하고 나서 탐욕에 빠져 안일만을 추구하며 북벌을 포기했던 농민봉기 지도자 홍수전洪秀全과 달리 주원장은 명군의 주력부대와 장수들을 대거 북벌에 투입하여, 대도(大都. 원나라의 수도로 지금의 베이징)를 공격해 무너뜨렸어. 그 후로 쓰촨을 취하고, 윈난을 평정하여 전국 통일의 대업을 완수했어. 그는 기율을 어긴 자들은 탐관오리뿐 아니라 대장군이나 공신이라 하더라도 가차 없이 사형에 처했는데, 사형 방식도 아주 잔인했다네. 훗날 영락대제永樂大帝가 된 연왕燕王 주체는 늑대의 피를 가진 몽골 기병과의 교전에서 직접 제1선에 나서면서 늑대의 야성을 단련했지. 그리고 그는 피비린내 나는 왕위 찬탈 과정을 벌이면서 무려 십족을 멸하는 무시무시한 선례를 만들기도 했어. 주원장 부자의 전제적인 폭정이야 비난받아 마땅하지만, 늑대의 야성으로 똘똘 뭉친 주원장과 주체의 강인한 전투 정신은 긍정적으로 평가해주어야 한다고 생각해. 왜냐하면 그들은 백성에게는 잔혹하면서도 정작 강적 앞에선 싸울 엄두도 못 냈던 그 후의 다른 명대 제왕들과는 분명히 달랐기 때문이지. 그 후 명조의 황제들은 초원늑대가 아니라 전형적인 중국 들쥐였던 거야. 내전에 대해서는 나름대로 일가견들이 있었지만, 다른 나라와의 전쟁에 대해서는 형편없는 문외한들이었지. 그야말로 쥐의 근성으로 가득 차, 그 꼴이 마치 쥐새끼가 집 안에서 총대 메고 법석을 떠는 모양이었다니까!

중화를 회복하는 대업을 완수하고 초원의 몽골 기병들을 몰아내기 위해, 주체는 도성을 온유하고 부유했던 난징에서 군사적으로 제1전선이었던 베이징으로 옮겼어. 그리고 정벌 후 돌아오는 길에 병사할 때까지, 무려 다섯 차례나 몸소 병사들을 이끌고 원정을 나갔지. 재위 중인 황제가 향락을 마다하고 평생을 군마 위에서 보내다 장렬히 전사한 경우는 한족 왕조의 황제 중에선 거의 유일하다고 봐야 해. 영락대제는 강인함과 진취성에 있어서는 누구와도 비교할 수 없는 훌륭한 한족 대제였어. 그래서 《영락대전永樂大典》은 중국 역사상 가장 관대한 입장에서 다양한 정치적 견해를 수록한, 가장 뛰어난 대전이라고 할 수 있지.

영웅적 재기와 지모를 가진 명의 두 황제와 나약하고 부패에 찌들었던 남송과 북송의 황제들은 너무도 선명하게 대비가 되지. 사실 한당 시기 이후 중화의 농토에서 그 정도로 늑대의 야성이 자라기는 정말 힘든 일이지. 몽골민족의 강력한 수혈은 주원장과 주체 부자뿐만 아니라 한당 이래 볼 수 없었던, 뛰어난 지혜와 용맹스러움을 가진 서달徐達과 상우춘常遇春 등등의 명장을 배출해냈지. 그리고 명대의 전성기에는 영토가 동북 헤이룽장성의 쿠예도庫頁島 그리고 서역과 티베트까지 확대됐어. 몽골초원 이외에도 한당 대의 국토를 거의 다 수복하여, 한당 이후 쇠퇴일로를 걷던 한족의 기세를 획기적으로 전환시킬 수 있었지. 한족은 아낌없는 몽골민족의 수혈에 대해 진정으로 감사해야 하고, 또 중화 대지에서 늑대토템 정신이 부활할 수 있도록 해준 것에 고마워할 줄 알아야 해.

그렇지만 아까 지적했던 것처럼 피를 받는 쪽은 항상 피를 주는 쪽보다 약하기 마련이야. 초기에 강인했던 명조도 나중에는 몽골의 북원(北元. 명나라에 의해 중국 본토에서 몽골 지방으로 쫓겨 간 원나라의 잔존 세력)을 이기지는 못했어. 역시 초원은 몽골 기병들의 기력을 다시 회복시켜주는 원천이었던 거지. 그들은 초원으로 후퇴하자마자 매우 빠른 속도로 다시 강해졌어. 명 성조는 다섯 차례의 원정 중, 첫 원정에서 성공한 것 말고는 나머지 원정에서는 거의 성과를 얻지 못했지. 명군은 마치 늑대처럼 행방이 묘연한 몽골 주력 기병의 뒤를 쫓기가 쉽지 않았어. 그와는 반대로, 몽골 기병은 연이어 명군이 참패를 맛보도록 해주었지. 서달의 주력대군을 격파하고, 구복丘福이 이끄는 10만 대군을 전멸시켜 200년을 넘게 쌓은 만리장성을 무너뜨렸어. 가장 참담했던 건 토목보土木堡 싸움이었어. 몽골 오이라트부는 겨우 2만의 기병을 가지고 명 영종英宗이 친히 이끈 50만 대군을 전멸시키고, 영종을 포로로 잡아버렸거든. 만약 우겸于謙이 군사들과 백성들을 지휘하며 필사적으로 베이징을 사수하지 않았더라면, 원이 또다시 정권을 잡았을지도 몰라.

아무튼 그 후로 농경민족의 오랜 병폐인 양성화羊性化가 다시 된 데다 송명 대의 이학의 영향까지 받아, 민족정신은 재기가 불가능할 만큼 약화되면서 명 왕조는 나날이 쇠약해져갔어. 국경 밖 수천 리의 유목 토지를 또다시 잃고 나서, 결국 그 다음 왕조인 청淸에 정권을 빼앗기고 말았지. 한마디 덧붙이자면, 현대 역사가들에게 꽤 높은 평가를 받아온 이자성李自成의 농민봉기군도 당말 유목민족 기병에게 전멸당했던 황소 농민 봉기군의 전철을 그대로 밟아, 용맹스러운 만주 기병들에게 제대로 한번 맞서지도 못하고 일격에 무너졌다는 거야. 그것은 한족이 원대 몽골민족한테 수혈 받았던 약간의 원기마저 다 소진되고 없었기 때문이었어. 스스로의 힘으로는 도저히 거대한 중화 대지를 감당할 수 없었던 한족은 어쩔 수 없이 중화 통치라는 막중한 책임을 북방 유목민족인 만주족에게 넘겨줄 수밖에 없었지."

천전은 인쇄물을 뒤적이며 계속해서 말했다.

"여진만주족이 건립한 청조는 중국 최후의 군주제 왕조로, 중국 역사상 대단한 업적을 이루었지. 그래서 나도 청조에 각별한 관심을 가지고 있어. 생각해보게. 겨우 몇십만에 불과했던 만주족이 수억이나 되는 한족을 다스리다니 놀라운 일이 아닌가? 거기다 몽골족의 원 왕조 다음으로 거대한 영토를 일구었으니, 정말 대단했었지. 또 청 왕조는 120년이 넘는 강건성세康乾盛世를 이루어냈어. 이는 역사상 가장 긴

치세로, 한족이 가장 영광스럽게 생각하는 한조의 문경성세文景盛世와 당조의 정관성세를 합한 기간보다 두 배나 더 긴 것이라네. 청은 중국 역대 왕조 중에서 문무를 두루 겸비하고 큰 업적을 세운 훌륭한 제왕들이 가장 많았고, 황위 계승이 가장 잘 이루어진 왕조였어. 만일 강건성세 때 맞닥뜨린 것이 범선 시대의 서방 열강이 아니라 장갑함 시대까지 발전한 서방 열강들이었다면 얼마나 좋았겠나. 그랬더라면 한창 부국강병을 도모했던 중국에 명치천황明治天皇 같은 황제가 출현해서 유신을 성공시켰을 가능성이 충분했다고 난 생각해. 또 그랬다면 진취적 유목 정신으로 서방의 문명, 제도 및 공업을 받아들여 중국의 민족성을 완전히 개조할 수 있는 좋은 기회가 됐을 테지. 더불어 문명화된 늑대인 서방과 경쟁하며 천 년 동안이나 정체되어 있던 민족의 운명을 완전히 뒤바꿔놓았을 거야. 그러나 안타깝게도 청조가 중화의 농경과 유가에 의해 약화된 시기에 맞추어, 서방 열강은 철갑군함을 만들어내면서 본격적인 공업화를 이룬 거야. 중국은 운이 정말 좋지 않았어. 이 얘기는 다음에 다시 하지.

그러면, 소수의 만주족이 어떻게 한당 시대를 초월하는 강건성세의 기적을 이루어낼 수 있었을까? 내가 보기엔, 만주족 중에서도 일부 상층 계급이 중국 흥망성쇠의 법칙을 제대로 이해하고 있었다고 생각해. 그리고 그들은 농경 문명과 유목 문명의 장단점을 꿰뚫으면서 양자의 장점을 잘 결합시킬 수 있는 능력이 있었던 것 같아. 만주족 지도층들은 민족성이야말로 민족의 명운을 결정짓는 기본적인 요소라는 사실을 깨닫고 있었던 셈이지. 그래서 민족성에 내재되어 있는 늑대의 야성을 보존하기 위해 애썼고, 그 상태를 근 2세기 동안 유지했던 거야. 그들은 늑대를 닮은 불굴의 정신과 진취성만 잘 보존할 수 있다면, 중화의 문화와 문명을 별 어려움 없이 배우고 장악하여 심지어 청출어람까지 이룰 수 있다는 것을 잘 알고 있었어.

유목민족으로서의 늑대의 야성을 보존하기 위해, 만주족 통치 집단은 선비의 북위, 거란의 요나라, 특히 만주족 선조가 세웠던 금나라와 몽골족의 원 왕조가 겪었던 실패 경험을 교훈으로 삼았어. 무조건적인 한화漢化가 아니라 새로운 내용을 창조적으로 부가하여 스스로의 민족성을 보존하기 위한 일곱 가지 국가정책을 실시했지. 첫째, 말 타기와 활쏘기 시합 같은 만주족의 전통을 보존했지. 어린아이부터 시작해서 모든 민족이 시합에 참여했는데, 황자皇子 역시 예외가 될 수 없었어. 둘째, 정기적으로 대규모의 목란木蘭 몰이사냥을 조직했어. 이때는 황제가 친히 사냥을 나서면서 팔기(八旗. 청대 만주족의 군대 조직과 호구 편제)의 자제들도 모두 그 뒤를 따랐어. 사냥을 통해 병사를 훈련시키고, 늑대와 근접전을 벌이면서 늑대의 야성을 보존시켰던 거야. 청더에 있는 피서산장避暑山莊 전시관 내의 설명에 따르면, 강희황제는 평생 동안 수백 마리에 달하는 초원늑대를 잡았다고 하더군. 셋째로, 동북·서북 및 몽골초원의 유목적인 생산방식을 유지했어. 그래서 구역별로 그곳의 상황에 맞게 다스렸지. 즉 농경지역에서는 농경만, 유목지역에서는 유목만 이루어지도록 했어. 농민들이 초원에 들어가 목초지를 훼손하거나 황무지를 개간하지 못하도록 엄금하여, 초원이 늑대 피의 조혈 기능을 잃지 않도록 보호했어. 초원을 지킨다는 것은 바로 유목민족의 강인한 민족성의 원천과 근원을 수호하는 것임을 알고 있었기 때문이었지. 청조는 전형적인 반농반목 국가였어. 청대 흥성기의 전체 영토를 살펴보면 둥베이, 동시베리아, 내외몽골, 닝샤, 간쑤, 칭하이, 티베트와 신장 등지가 유목지역이었지. 그렇게 넓은 초원은 당시의 중국에 강인한 늑대의 피와 군마를 제공해주었다네. 넷째, 만주족과 몽골족 사이의 통혼을 장려하면서도 만주족과 한족 사이의 결혼은 금지했어. 그것은 바로 늑대 피의 순도를 높이면서 농경 문화에 젖은 한족의 양성羊性 혈액에 동화되지 않도록 하기 위함이었지. 역사적으로도 여진족과 몽골족은 혈연관계에 있었다네. 예를 들자면 여진의 예허葉赫, 하다哈達 등의 부족이 몽골과 관계가 있었지. 청조에는 강력한 몽골 기병의 힘을 빌려 공동으로 수억의 한족을 통치했기 때문에, 만몽滿蒙 귀족과 황족 인척에 대해 보다 다양한 정책을 펼쳤어. 유명한 효장황태후(孝莊皇太后. 강희제의 조모)가 바로 몽골 출신의 여걸이었지. 다섯째, 무를 숭상하는 호전적인 민족이었던 그들은, 전쟁을 통해 민족성을 배양하고 군사를 강화시켰으며 군공軍功을 세우는 것을 장려했다네. 강건성세 때는, 특히 전쟁이 빈번했지. 그런데 당시의 통치 집단에는 주전파가 우세했기 때문에, 변경지역의 제압이나 타이완 수복, 몽골·신장·서남의 반란을 평정하는 문제들을 비롯해서, 제정 러시아의 침입에 대항하거나 염군(捻軍. 청조 말기 1852~1868년에 봉기한 반청 폭동군)과 태평천국 운동을 진압하는 등의 모든 경우에 있어 일체의 타협을 배제하고 끝까지 싸웠어. 여섯째, 만주족을 핵심으로 하고 몽골족과 티베트족 등 유목민족을 골간으로 한 유목민족 연합체를 만들어서, 유목 정신을 강화시키고 인구과밀 상태였던 한족을 공동으로 통치했지. 일곱째, 한족이 썼던 부패하고 경쟁력 없는 태자제도를 폐지하고, 황제가 직접 적임자를 선택하도록 했어. 이것은 마치 왕늑대의 자리를 놓고 다투는 늑대 집단의 싸움처럼 황자들 사이에 살벌한 경쟁을 유발하는 효과가 있었지. 그런 가운데 나약하고 무능한 자는 도태시키고, 진정한 왕늑대가 등장하도록 만들었던 거야.

이와 같은 일련의 조치들은 만주족의 강한 민족성을 그대로 유지하면서, 청조가 태평성세를 장기간 지속할 수 있도록 크게 공헌을 했어. 그러나 중국의 농토가 끝없이 광대하고, 농경 세력의 뿌리도 너무 깊었던 데다, 만주족 또한 유가 정신을 전면적으로 계승하면서 오래 지속된 성세는 물론 왕조의 장래도 불투명해지기 시작했지. 청대의 융성기에는 경제가 크게 발달하고 농경인구도 급격히 증가했는데, 청대 후기로 가면서 한당 대와 비교하면 예닐곱 배나 더 많아진 셈이었어. 그래서 농경이 압도적 우세를 점하게 되었던 거라네. 결국, 위에서 설명한 국가적인 정책들도 나중에는 청 고유의 강인한 성격을 끝까지 유지시켜주지는 못했어. 청 말기에 들면서 청 왕조의 늑대적 야성이 갈수록 퇴화하여, 끝내는 열강들에게 땅을 떼어주고 배상금을 물어주면서 주권을 잃는 등, 국가적 치욕을 당하게 되지 않았나. 그러나 이 정도는 그래도 한족의 남송에 비하면 훨씬 나은 편이었어. 적어도 열강의 손에 옥새를 넘겨주면서 투항하지는 않았으니까 말일세.

유목민족인 여진만주족이 중국에 끼친 공헌은 지대하지. 그중에서도 가장 주요한 공헌으로 두 가지를 꼽을 수 있다네. 먼저, 원 왕조에 버금가는 거대한 국토를 중국에 가져다주었지. 원조와 명조에 걸쳐 확장된 영토를 청 왕조가 200여 년간 효율적으로 관리했어. 비록 청말에 가서 국토의 거의 절반을 잃기도 했지만, 한당 시기에 확보한 중국 강토는 여전히 지켜냈고, 거기다 자원이 풍부한 동북 3성까지 얻었어. 농경과 유목의 두 형제민족이 함께 열심히 싸운 덕분에, 2천 여년 전부터 중국에 속했던 영토를 지금까지 보존할 수 있도록 해준 거야. 전체 중화민족이 천고에 걸쳐 일궈낸 업적은, 오랜 역사를 가졌다고 자부하는 세계 어떤 농경민족이 얻은 성취보다 훨씬 대단했지. 역사적으로 보면 민족 자체가 사라진 경우도 허다했으니, 그들에게는 옛 영토를 지켜냈느냐는 질문은 할 필요도 없는 거지. 그리고 고대 로마 제국이나 아랍제국, 오스만 제국도 모두 자기들의 영토를 온전히 보존하지는 못했어. 물론 작은 섬나라에서 태양이 지지 않는 대제국이 된 영국이나, 아주 작은 러시아 공국으로부터 유라시아로 확장해 거대한 영역을 차지하게 된 러시아, 혹은 유럽 대륙의 절반도 안 되던 영토를 북미, 남미, 오세아니아 3대륙에 걸친 대제국으로 확장시킨 서유럽 민족 등과 중국을 비교한다면 큰 차이가 있는 건 사실이지만 말이야. 러시아가 청나라에게서 그 넓은 영토를 빼앗아 간 것도 알고 보면 농경과 유가에 의해 나약해진 청 제국의 필연적이고 예정된 결과였던 셈이야. 그러나 만청 정부에 그나마 늑대의 야성이 잔존해 있지 않았더라면, 아마도 청대 말기에 가서 동북 3성과 이리伊犁, 신장과 티베트도 지켜내지 못했을 거야.

강조하고 싶은 것은, 중국의 현재 국토는 한족의 한漢 왕조에 의해 만들어져서 선비족과 한족의 통혼에 의한 연합정권인 당 왕조에 의해 확장되었고, 몽골족의 원 왕조에 의해 더욱 확대되는 과정을 거쳐, 마지막에는 만주족의 청 왕조에 의해 수복과 확대, 고수가 이루어짐으로써 지금껏 보존되어왔다는 걸세. 한·당·원·청의 네 왕조가 이렇듯 중대한 업적을 세울 수 있었던 원인은, 그 네 왕조가 모두 낭성과 양성이 비교적 잘 조화를 이루었거나 혹은 늑대의 성질이 양의 성질보다 조금 더 강했기 때문이었어. 이 위대했던 왕조들의 통치민족의 혈통을 분석해보면, 순수 한족이 통치지위를 점했던 정권은 오직 한 왕조밖에 없었던 거야. 당은 선비족과 한족의 연합정권이었고, 원과 청은 완전히 유목민족의 정권이었으니 말일세.

이 네 개 왕조가 정한 수도의 위치를 통해서도 초원과 유목 정신의 잠재적인 영향력을 살펴볼 수 있다네. 수도는 그 왕조의 정치·경제·문화의 중심지인 동시에 왕조의 성격을 가장 잘 대변해주지. 한, 당, 원, 청 네 왕조의 수도는 농경과 유목의 경계지역이나 근접지에 정해졌었어. 한과 당의 수도였던 장안은 서북 유목지역과 가까웠고, 원과 청의 수도는 북부초원과 가까운 베이징이었지. 이런 점에서 강인한 왕조의 수도는 모두 늑대의 성질을 띤 지역에 근접해 있었다는 것을 알 수 있다네. 베이징과 장안은 모두 북방에 위치해 있었지만, 이 둘 사이에도 차이점은 있었어. 베이징은 중화 농경 문명의 중심지인 중원 내륙지역에 위치한 것도 아니지 않나. 그리고 중화 농경민족의 어머니강이라 할 수 있는 황하와도 거리가 있었고, 오히려 중화민족의 조모祖母에 해당하는 대초원에 가까웠지. 베이징은 금·요·몽골 및 청의 세 유목민족이 장기간 정착했던 수도로, 유목민족이 세운 중화의 정치, 문화, 민족성의 중심지였어. 유라시아 대륙을 휩쓸고 다니던 몽골 대제국의 흥성기에는 베이징이 세계의 수도로까지 발돋움했지. 베이징은 중국 5천 년 역사상 유일하게 세계의 수도였던 도시야. 그리고 베이징은 장안보다 바다에 더 가까운 도시가 아닌가. 베이징을 수도로 삼은 것은 중화민족이 유목 정신을 계승하는 데도 필요했지만, 중국이 해양으로 뻗어나가는 데도 상대적으로 유리했기 때문이었어. 그런데 베이징이 중국 최후의 수도로 정해진 데는 유목민족, 특히 몽골족과 여진족의 공이 컸던 거야. 지금 베이징이 수도라는 사실만으로도 염황자손의 잠재의식 속에 유목 정신에 대한 숭배와 동경이 들어 있다는 걸 분명하게 말해주는 셈이라네.

이외에도, 중국의 뛰어난 여성 정치가들 역시 전부 한, 당, 원, 청의 네 왕조 출신들이었다네. 예를 들자면 한당의 여후呂后와 무측천, 만청의 몽골족 여걸이었던 효장황태후 등의 인물들 말일세. 이들은 생리적, 심리적으로 전족에 얽매여 있던 여인들과는 전혀 달랐어. 효장황태후가 만주족과 한족 여성의 전족을 엄금했던 개방파였다는 사실을 자네도 알고 있겠지? 전족은 한족의 최고 악습 중의 하나로, 한당 대 이후 농경과 유가가 가장 번성하면서 민족성은 가장 나약했던 송조 때 시작된 거라네. 피통치자의 자유를 속박하고 독립정신을 억누르는 것이 유가의 기본 철학이 아닌가? 그래서 유가는 한족을 양으로 길들인 것도 모자라서, 한족 부녀자들을 작은 발로 절름거리며 걷는 불구 양으로까지 만들어놓았던 셈이지. 송조 이후, 유가 문인이든 농가의 남정네이든 할 것 없이 모두들 삼촌금련(三寸金蓮. 여자의 전족한 작은 발을 비유함)을 동경하는 바람에, 수많은 여성들이 학대당하고 비참해져야만 했어. 이는 세계 어느 곳에도 유례를 찾아볼 수 없는 가장 잔인하고 비인권적인 처사였지. 다른 나라 사람들 앞에서 얼굴을 들지 못할 수치스러운 일이 아닌가.

광활한 국토가 중화 문명이 의지하고 생존 발전하는 토대라면, 서북의 넓은 영토는 중화 문명의 뿌리이자 보호벽이라네. 전체적으로 보면, 중국 국토에 끼친 공헌은 중화 유목민족이 한족보다 훨씬 컸던 거야. 그중에서도 특히 몽골족과 만주족의 공헌이 특별히 컸어. 만주족은 중국 국토를 확장시켜준 중요한 민족이야. 이후 중화민국이 들어선 후에, 한인 정권은 또다시 광활한 외몽골을 잃고 말았지만 말일세. 1946년 1월에 난징의 국민당 정부가 정식으로 외몽골의 독립을 선포했지 않은가.

그리고 만주족의 청 왕조는 중국의 국토에 대해서만 공헌한 것이 아니라, 중화민족에게 장기간에 걸쳐 수혈을 해주었다네. 중화민족의 조상인 염제와 황제가 유목민족이었으니 중화민족도 원래 유목민족 출신이고, 혈관 속에도 일찍이 강한 늑대의 피가 흘렀었지. 그와 더불어 훗날 1세기에 가까운 몽골족의 수혈과 2세기 반에 걸친 만주족의 수혈 등 유목민족에 의한 대규모 수혈을 수차례 받으면서, 중화민족은 비로소 국토, 문화, 종족을 지금까지 보존해올 수 있었어. 현재 중화민족에게는 원래 스스로가 가지고 있던 피에 유목민족으로부터 수혈 받은 늑대 피가 적지 않아. 그런 늑대의 본성과 서방에서 들여온 선진 문명과 생산기술은 모두가 중국의 부흥을 위한 자원들이 될 거야. 청말 이후 중화민족이 꾸준히 보여주었던 반제, 반봉건의 민족정신은 바로 유목 염황으로부터 물려받은 유산과 더불어, 다른 유목민족이 부단히 주입해준 생명력에서 기인한 것이라네.

만청이 마침내 5천 년 중국 고대사에 종지부를 찍었어. 고대 중국의 민족 집정의 역사를 보면 유목을 하던 염황족에서 시작되어 역시 유목민족인 여진만주족에서 끝나는데, 이렇듯 유목에서 시작해서 유목으로 끝나는 것은 절대 우연이 아니야. 중국의 특수한 환경과 두 민족 간의 역사 발전에서 나온 필연적인 결과라네. 중국 농경 문명의 작은 지류가 유목민족의 수차례에 걸친 수혈을 통해 결국 큰 물줄기로 다시 합쳐진 셈이지. 이러한 윤회는 보편적인 진리를 잘 설명해주고 있어. 즉 민족의 문명이 흐름이라면, 민족성은 그 원천이라는 거지. 강인하지 못한 민족은 설령 새로운 문명을 창조할 수 있다고 하더라도, 그것을 보존하고 지속시키는 것은 무리야. 자기 민족조차 지키기 힘들 텐데, 그 다음 단계인 문명이야 말할 것도 없지 않겠나. 중국 고대뿐 아니라 세계의 농경 문명이 이제는 대부분 역사박물관에나 들어가 있지만, 유목민족과 그 후대의 진취적인 유목 정신은 오히려 아직까지도 강인한 생명력을 이어가고 있어. 그들 역시 오래된 문명들은 박물관으로 보내지만, 동시에 또 새로운 문명을 하나하나씩 활발하게 창조해낸다는 것이 다른 점이라고 할 수 있지.

중화민족에게 근면함과 용감함이라는 두 가지 성격이 있다고 쳐보세. 근면성이 농경민족의 민족성으로부터 나온다면, 용감함은 유목민족의 본성이야. 이 두 가지 중 어느 것도 모자라서는 안 되지만, 농경인구가 절대 다수를 차지하고 또 농경의 역사가 유구한 중화민족에게는 용감무쌍함과 진취성이 상대적으로 부족했지. 용감함과 진취성이 배제된 근면함은 빛을 발할 수가 없거나, 아무리 노력하더라도 결국 남 좋은 일만 시키게 되는 경우가 허다하다는 게 문제야.

본질적으로 세계 문명의 경쟁이란 결국 민족성, 국민성 간의 경쟁 아니겠나. 서양의 선진적인 민주제도와 과학기술은, 모두 강인하고 진취적인 민족성의 기반 위에서 다져진 것이니 말이야. 중화민족이 서양을 앞지르려면, 농경민족의 나약한 민족성을 개조하기 위한 뼈를 깎는 노력이 수반되어야만 할 걸세.

여기까지가 내가 유목민족, 늑대토템이라는 빛을 가지고서 중국의 역사가들이 유가 정신을 이용해 일부러 흩뜨려놓은 역사를 새롭게 빗어서 정리해본 내용이라네. 늑대토템을 핵심으로 하는 중국의 유목 정신과 중화 문명에 대한 부단한 수혈의 역사를 철저히 이해해야만, 세계 문명 중 오직 중화 문명만 왜 수천 년 동안 한 번도 중단되지 않고 면면히 이어져올 수 있었는지, 그 원인을 규명해줄 수 있다는 거야. 또 그래야만 중국이 과연 미래에 비상할 수 있을지의 여부도 판단할 수 있게 해준다는 거지.

그러나 늑대토템의 정신을 완전히 이해하고 파악한다는 건 참으로 어려운 일이야. 여기서 중국 유목민족이 늑대토템을 숭배하게 된 까닭을 명확하게 밝히는 것이 우선 관건이지. 중국 역사가들 대부분이 유목민족이 늑대토템을 숭배했다는 사실은 알지만, 유목민족이 어째서 늑대토템을 숭배하게 되었는지에 대해서는 잘 모르는 것 같아. 예를 들어, 몽골사학의 대가인 한루린 선생도 '돌궐 민족은 본래 늑대로부터 번성하였으며, 다른 종족보다 우월했다. 그 이유를 알 수는 없지만, 칸은 늘 이를 자랑스러워했다.'고 했어. 여기서 '이유를 알 수 없다'고 할 수밖에 없었던 까닭이 바로 한인들이 대초원을 떠난 지가 너무 오래된 데다, 늑대토템에 대한 제한적인 인식을 극복하기가 힘들었기 때문일 거야. 어떤 문제들은 서재 안에서 아무리 씨름을 해봤자 절대 해결할 수 없는 것들이 있지 않나. 특히 이런 중대한 과제의 경우는 더하지. 우리야 몽골의 원시초원에서 10년이라는 세월을 보낸 덕분에, 그중에 수년 동안 초원늑대들을 직접 접하면서 한인들이 가진 한계를 어느 정도 벗어날 수 있었지만 말이야. 이제 내가 할 일은 가능한 한 빨리 우리의 경험과 지식을 한인들에게 전하는 거라고 생각하네. 먼저 그들이 가진 인식의 결함을 채워줘야, 민족성의 거대한 결함을 메울 수 있지 않겠나."

양커가 감탄하며 말했다.

"자네 이론이 성립된다면, 중국의 이십사사는 다시 써야 하겠군. 유가들이 쓴 이십사사는 한쪽 입장에서만 썼기 때문에, 편파적인 경우가 너무 많아. 난 역사를 다시 써야 한다는 자네 주장에 전적으로 동감이네. 어떤 결과물이 나오든, 반드시 다시 써야 해!"

천전이 말했다.

"엄밀히 말하자면, 본래의 역사로 돌아가는 거지. 중국의 고대 문화는 농경 문화이자, 역사가들의 문화였다네. 농경을 근본으로 하면서 오로지 유학만을 숭상하며, 유목을 말살하고, 네 오랑캐를 폄하했지. 중국 역사는 새로 쓰여야 할 뿐만 아니라 혁명이 필요해. 그런 점에서 난 량치차오 선생의 의견에 전적으로 동의한다네. 그분은 저서인 《신사학新史學·중국의 옛 역사》에서 '역사학계에 혁명이 일어나지 않으면, 우리나라는 끝내 구원받지 못할 것이다. 수많은 일들 중에서도 이만한 대사大事가 없다'라는 말을 했어. 만일 늑대를 역사 속으로 끌어들이지 못한다면, 또 중국 역사에 깊은 영향을 미친 늑대토템 정신을 역사계로 끌어들이지 못한다면, 중국 역사는 영원히 썩은 물로 남고 말 거야. 이십오사(二十五史. 중국의 24사에 신원사新元史를 더한 역사) 역시 돌팔이 유학자들의 오진투성이 진료 기록으로밖에는 남지 못할 걸세. 그러다 결국 치료와 개혁의 때를 놓치고 말 거라고. 소농의식라든지 유교 봉건전제에 관한 역사 드라마가 무수하게 전파를 타고 있는 현실을 볼 때마다, 정말 서글퍼지고 통탄하지 않을 수가 없어."

민족의 진정한 얼

천전은 초원의 석양을 바라보았다. 어느덧 해가 넘어가고 있었지만, 아직 허기는 느껴지지 않았다. 그는 청산유수처럼 말을 계속 이어나갔다.

"중화민족의 정신 문제에 대해서 꼭 짚고 넘어가야겠네. 요즘 사람들은 '불요불굴의 중화민족 정신'이란 말을 입에 달고 다니는데, 사실 그 말의 원류와 본질은 바로 염황 선조의 유목 정신과 초원 정신에서 나온 것이고, 그 핵심은 늑대토템의 정신에 있는 거라네. 게다가 수천 년간 유목민족이 부단히 주입하고 보충해준 덕분에 겨우 확립된 것이 아닌가? 실제로 중화민족 정신은 초기 유가들이 말한 다음 두 글귀에 가장 잘 개괄되어 있다네. '하늘의 운행이 쉼이 없듯이 군자도 하늘을 본받아 스스로 노력하기를 게을리 말라天行健, 君子以自强不息', '부귀도 뜻을 방탕하게 하지 못하고, 빈천도 그 절개를 변하게 하지 못하며, 위협과 무력도 그 뜻을 꺾을 수 없다富貴不能淫, 貧賤不能移, 威武不能屈'. 여기서 나오는 네 가지의 정신, 즉 불식不息, 불음不淫, 불이不移, 불굴不屈이 바로 전형적인 늑대 정신이자 늑대토템의 정신이라네. 늑대토템 정신을 아주 간결하고 명확하게 요약해주고 있지.

몽골초원의 늑대는 모두 이 같은 4불 정신을 가지고 있었고, 4불 정신은 이미 수만 년 전부터 초원늑대의 '국민 정신'으로 자리매김해왔다네. 그러나 대다수의 중국인들은 이런 정신적 경지에 도달하지 못했지. 그것들은 단지 중화 선현들이 사람들에게 받들고, 배우라고 호소한 정신적 본보기에 불과하다고 믿었을 따름이지. 아무튼 강인한 4불 정신이야말로 명실상부한 늑대 정신이라고 할 수 있을 걸세. 실제로 초기의 유가 선현들은 4불 정신으로 뛰어난 중화의 젊은이들과 민족 영웅들을 길러내기도 했어. 그렇지만 이 정신은 전 농경민족을 아우르는 '국민 정신'으로 발전하지는 못했지. 만약 그 정도로까지 발전할 수 있었다면, 중국 역사상 유목민족이 중원과 중국을 그렇게나 많이 침탈하고 장악하지는 못했을 거야. 그리고 또 항일전쟁 때, 매국노와 괴뢰군대가 그렇게 수백만씩이나 나왔을 리도 없겠지.

초원의 유목민족들은 한인보다 늑대를 훨씬 잘 이해했기 때문에 늑대를 받들고 늑대 정신을 숭배하면서, 한 걸음 더 나아가 그것을 민족의 토템이라는 더 없이 높은 자리에까지 올려놓았지. 그래서 4불 정신 역시 초원민족들 사이에서는 농경민족과 비교할 수 없을 만큼 보편적으로 받아들여졌던 정신이었어. 그런 초원민족이 농경민족에게 끊임없이 수혈을 해주고 장기간에 걸쳐 두 민족이 혼혈을 해오면서, 그나마 단속적이긴 했어도 전체 중화민족이 4불 정신을 계속 이어올 수 있었던 걸세.

만일 중화민족의 정신에서 유목민족의 4불 정신, 다시 말해 늑대토템 정신을 뺀다면 뭐가 남겠는가? 아마도 송명 대의 이학 정신밖에 없을걸. 그러나 요즘 누가 이학에서 말하는 삼강오륜이나 삼종사덕三從四德 같은 것들이 중화의 진정한 민족 정신이라고 자신 있게 말할 수 있겠나? 중화의 민족 정신은 물론 중화 대지 위에 살아온 유목민족과 농경민족이 함께 창조한 것이지만, 유목 정신과 늑대토템 정신만이 민족을 대표하는 진정한 얼이지.

우리 한인들은 초원민족의 지대한 공헌을 충분히 인정할 필요가 있네. 그리고 초원늑대와 초원민족에 감사해하고 거기서 나아가 그들로부터 배워야 해. 초원, 초원늑대, 초원 사람들, 그들 모두에게 반드시 최대한의 보상을 해주지 않으면 안 된다고."

양커가 흥분한 목소리로 말했다.

"이 시점에서 중요한 건 감사나 보상이 아니지 않은가. 우선 무엇보다 초원에 대한 침탈과 터무니없는 개발부터 저지하는 게 급선무야."

천전이 말했다.

"내가 중국 유가의 정통사상과 역사를 대할 때마다 가장 혐오스러운 것이 바로 중화민족과 중화 문명을 구해준 유목민족의 지대한 공헌을 완전히 말살하려는 태도라네. 중국의 전통적인 시각은 시종 중국 고대 문명이 얼마나 우월했는지, 중국 농경 문명과 정통 유가가 얼마나 강한 생명력을 가지고 있는지에 대해서 자랑하는 데만 급급하거든. 다른 3대 고대 농경 문명국은 모두 사라지고 말았지만, 오직 중국의 고대 문명만이 그대로 지금까지 보존되어 내려왔다면서 말이야. 그러나 중화 문명이 지금까지 버텨올 수 있었던 힘은 오로지 유목민족으로부터의 끊임없는 수혈로 생겨난 것임을 5천 년의 역사가 증명해주고 있는데, 그것을 인정하려 들지 않으니 답답할 수밖에. 유목민족의 공헌을 부정하는 건 그야말로 하늘의 공을 내 것이라고 우기는 탐천지공貪天之功의 꼴이 아니겠는가. 이런 관점은 결국 보수적이고 부패한 소농의식과 정통 유학에 대한 비판능력을 크게 약화시키면서, 중화민족의 민족성과 정신을 계속 갉아먹고 있는 거라네. 게다가 관점이 틀렸으니 중국병에 대해서도 심각한 오진을 할 수밖에 없지 않겠어?

건국 이래 치국의 방책이라고 내세운 것들이 모두 병에 적합한 처방도 아니었고, 병의 근원을 뿌리 뽑는 데 힘을 모으는 것도 아니었어. 심지어 농경에 미련을 버리지 못하는 것은 물론, 오히려 농경을 고취시키고 있지. 농경의 지위를 높이고, 농민 출신 간부들을 발탁하면서 말이야. 문화대혁명이 일어났을 때는 아예 도시의 지식인들을 몽땅 농촌으로 보내 농민으로 만들어놓지 않았나. 그것이 결국 사회의 소농의식과 가부장제 의식을 심화시켰고, 농경인구의 급팽창을 더 가속화시켰지. 지금은 GNP에서 차지하는 농업생산액의 비중이 두 번째로 뒤처졌음에도 불구하고, 농경인구는 여전히 전체 인구의 절대 다수를 차지하고 있지 않은가. 농경적 성격과 의식을 가진 농경인구가 무려 9억이나 되니, 그들이 중화민족의 현실적인 '민족 존재' 역할을 하는 거라고. 이러한 거대하고 두터운 농경의식의 '존재'야말로 중국의 행정관리들로부터 지식인, 공상계층, 노동자와 시민 그리고 신생계층에 이르기까지 골이 깊은 악영향을 장기적으로 끼칠 수밖에 없는 거야.

지난 백 년간, 중국의 고질병이 빈번하게 재발하면서 근본적인 유신과 개혁을 수차례 좌절시켰지. 그런 심각한 상황을 초래한 것은 모두 중화민족이 지금까지 민족성을 근본적으로 전환시키지 못하고 있기 때문이야. 그래서 아직까지도 중화민족은 자기 민족의 운명을 스스로 만들어나갈 단계까지 발전하지 못하고 있어. 역사계의 혁명, 당대 중국의 혁명은 바로 늑대토템 정신을 통해 농경성을 개혁하고 유가가 잘못 이끌어온 중화를 바로잡는 데 그 목표를 두어야 하는 거야.

그런데 지난 20년간 힘겹게 개혁을 거치면서, 중국의 시장경제가 장족의 발전을 이루었고 농경 중심의 민족 존재도 서서히 바뀌기 시작했어. 민족성을 결정짓는 민족 존재의 법칙이 강인함이라는 방향으로 돌아서면서, 중국인의 성격도 스스로 늑대토템 정신으로 회귀하기 시작한 거야. 아동 간행물인 《대회랑大灰狼》이 아이들의 인기를 끌고, 〈북방의 늑대〉라는 노래가 전국을 들썩이게 만든 걸 보아도 알 수 있지. 그뿐 아니라 상표에 늑대가 붙은 상품이 시장에서 많이 유통되고, 늑대라는 단어를 상호로 사용하는 음식점들이 장사도 잘되고 있거든. 늑대를 필명이나 예명으로 한 예술가들도 제법 등장하고 있고……. 늑대토템의 정신을 핵심으로 하는 유목 정신이 마침내 중국에서 부활하고 있는 거야. 세계에서 가장 늑대를 두려워하고 싫어했던 민족이 자발적으로 늑대 정신을 존중하기 시작했다는 사실은, 20년의 개혁이 일궈낸 가장 중요한 성과이자 중화민족이 다시 부흥할 수 있다는 희망을 보여주는 소중한 자산이라고 보네.

늑대토템 정신은 나약하고 보수적인 양의 정신을 물리칠 수 있는 천적이니, 늑대토템 정신이 크게 발양되어야만 비로소 개혁이 후퇴의 길을 걷지 않게 될 걸세. 늑대 정신으로 무장한 새로운 사람들이 늘어갈수록, 보수적이고 퇴보하는 세력들을 물리칠 수가 있을 테니 말이야. 어쨌든 중국의 개혁은 경제정치체제의 개혁과 전환을 넘어, 국민성의 개혁과 전환을 가장 기본적이고 핵심적인 과제로 삼아야 하는 거야.

중국과 세계 문명의 발전 법칙을 제대로 파악하고 그대로 따르기만 하면, 돌다리도 두들겨 보고 건너야 하는 탐색 단계를 건너뛸 수가 있고, 또 더욱 자발적으로 개혁개방의 태도를 견지함으로써 초원늑대나 바다늑대처럼 용맹하게 전진할 수도 있을 거라네. 나는 중화민족이 염황 선조의 유목 정신과 초원민족의 늑대토템 정신을 충분히 회복하고 계승할 수 있을 뿐만 아니라, 나아가 크게 발양시킬 수 있으리라 굳게 믿네. 민족성은 보통 고대의 '문명화된 양'에서 현대의 '문명화된 늑대'로 발전하고, 그 다음에 개방적이고 자유민주적인 '문명인'의 단계로 나아가는 것이 일반적인 과정이야. 중국인들이 늑대토템 정신을 회복하고 발양할 수만 있다면, 문명화된 양 단계의 가축성을 벗어버리고 문명화된 늑대 단계의 야만성을 회복한 뒤, 진정한 문명인으로 다시 태어날 수가 있을 거야. 이 세 단계는 중국 역사와 국가 상황의 발전단계 법칙과도 부합이 되지. 중화의 민족성이 문명화된 늑대의 단계에 이르지 못한다면, 결코 자유민주적인 문명인의 단계로 진입할 수가 없어. 자유민주적이고 평화를 사랑하는 십수억의 문명인이 세계 무대에 등장한다면, 장차 전 세계의 자유와 평화는 최대로 보장될 수 있을 거야."

양커가 말했다.

"자네가 정말 빗질을 아주 시원하게 잘해주었네. 중국 역사는 어쩌면 정말 자네가 말한 3단계론대로 발전할는지도 몰라. 늑대토템이라는 민족 정신의 무기는 여태껏 초원에 묻혀 있다가 이제야 밖으로 드러나게 되었지만, 내가 보기엔 조금도 녹슬지 않았을 뿐더러, 여전히 서릿발 같은 날카로운 빛이 번뜩이고 있다네. 늑대토템이 현대의 선진적인 사상 정신 무기의 창고 속에서도 변함없이 찬란한 빛을 드러내고 있는 데 반해, 삼강오륜 같은 유교의 강령들은 벌써 썩은 시체가 되어버린 지 오래이지."

양커가 계속해서 말했다.

"자네의 주장은 여태껏 내가 이해하지 못했던 몇몇 핵심적인 문제를 속 시원하게 풀어주었어. 그렇지만 아직도 풀리지 않는 문제들이 더 있다네. 명청 시대에 이미 중국 도시에서는 자본주의의 맹아가 싹트기 시작했잖은가. 그런데 어째서 중국은 아직까지도 자본주의의 길로 들어서지 못한 거지?"

천전이 대답했다.

"역시 어쩔 수 없는 농경적인 민족성 때문이 아니겠나? 중국의 농토는 규모로 따지자면 세계 제일이라네. 그 거대한 땅덩어리에서 유구한 세월 동안 자란 '농경'이라는 커다란 나무는 뿌리가 크고 깊게 내려서 주변의 많은 자양분을 빨아들이기 마련이지. 거기다 나뭇가지가 넓게 뻗어나가고 잎이 무성해졌기 때문에 나무 그늘 아래서 새로 싹트는 것들을 모조리 덮어버릴 수밖에 없어. 농경국가 정권은 오로지 세금을 거두고, 국민들을 속여 재물을 갈취하고, 뇌물을 요구하는 데만 혈안이 되어, 자본주의 맹아를 키우는 데 필수적인 원시자본들을 전부 짜내서 말려버렸어. 그런데 더 이상 고혈을 짜내지 못하도록 항거하려면 강인한 민족성으로 맞서 싸워야 했는데, 주관적 객관적 여건들이 전혀 갖춰지지 않았으니 싸워서 이길 만한 일말의 가망도 없었던 거지. 자본주의는 중국의 거대한 농경나무 아래서 아무런 양분도, 햇빛도 흡수하지 못하고 기껏 싹만 틔우다 말았던 거야. 그래서 중국의 역사발전은 '분열된 것은 합해지고, 합해진 것은 도로 분열되면서' 내내 그 자리에서 맴돌 뿐이었어. 만약 유목민족의 부단한 수혈이 없었다면, 그나마 원래 자리에서 맴도는 것조차도 불가능했을 걸세. 오늘날에 와서도 자본주의라는 문명화된 늑대가 맹렬하게 밀고 들어오지 않는다면, 중국은 영원히 농경경제의 형태를 깨뜨리지 못하게 될 거야. 그게 중국의 특수성이지. 밀폐된 중국 문명은 세계 문명 속에서 보면 내륙에서만 흐르는 특수한 지류인 셈이야. 마치 신장의 타림하 같은. 그래서 결국 보다 혁명적인 수단이 채택되지 않고서는, 혼자 힘만으로 세계 조류의 중심 강줄기로 진입하는 것은 요원한 일이지."

양커가 말했다.

"민족의 존재 양태가 민족성을 결정한다는 논리는, 다시 말해 민족이 무엇을 주업으로 삼는가에 따라 민족성이 달라진다는 얘기가 되겠지. 이것도 어느 정도 보편성을 띠는 문제 아닌가?"

천전이 말했다.

"물론이지. 일본을 예로 들어보세. 일본인도 벼농사를 포함한 농경활동을 했지만, 그렇다고 그들을 농경민족이라고 할 수는 없어. 왜냐하면 본질적으로 일본은 섬나라이기 때문에 자고 이래로 해양민족이었다고 해야 옳아. 항해를 나가 고기를 잡고, 해상무역을 하고, 또 왜구들은 바다에서 노략질을 했으니 말이야. 그들의 민족성은 사나운 바다늑대와도 같았어. 바다늑대는 뭍에 오르기만 하면 농경양떼를 전부 흩어놓았지. 왜구들은 고대부터 난징과 항저우 등지로 쳐들어와서 항저우의 뇌봉탑雷峰塔을 불사르기도 했어. 일본을 침략했던 원 왕조의 몽골 대군이 바다 위에서 전부 몰살된 적도 있었지.

그러다 근대에 들어와 훨씬 강한 서방의 바다늑대들이 몰려오자, 일본은 곧장 그 늑대 무리와 합류해서 남아 있던 양의 가죽을 마저 벗어던지고 더욱 강한 늑대로 변한 거야. 그리고 아시아를 벗어나 유럽으로 진출했지. 중국의 유가 문화를 걷어차고 서양의 입헌정치와 법률, 과학, 교육, 공업 등 서방 문명을 본격적으로 배우기 시작했어. 바다늑대가 또 다른 바다늑대를 만났으니, 그 둘은 정말 손발이 척척 맞았지. 굶주리고 목말랐던 한쪽은 조금도 지칠 줄 모르고 열심히 지식을 빨아들였고, 유학생을 양성하는 다른 한쪽은 꾸준히 가르쳤지. 일본 민족은 서양을 배우는 과정에서 민족성에 별다른 장애를 받지도 않았을뿐더러, 오히려 그 반대로 잠재되어 있던 바다늑대의 천성이 깨어나면서 더욱 많은 지식욕과 진취성을 자극시켰어. 그것이 바로 일본이 서방 선진기술을 빨리 습득할 수 있었던 이유였다네.

1868년 메이지 천황은 유신을 단행한 지 불과 36년 만에 공업을 일으키고, 갑오전쟁(甲午戰爭. 청일전쟁)에서 대청국을, 그리고 러일전쟁에서 그 거만한 제정러시아를 대패시켜 단번에 세계 일류 강국으로 도약함과 동시에 유럽 열강의 행렬에 함께했어. 현재 일본은 세계 2위의 경제 강국이야. 그러나 중국은 어떤가. 중국은 일본의 메이지유신 이후 거의 한 세기 반이 흐른 현재까지도 여전히 제3세계에 머물며, 양안兩岸의 통일도 이뤄내지 못하고 있지. 일인당 GNP나 교육투자액도 세계 하위권에 속하고, 과학기술 수준을 봐도 노벨상은 남의 이야기일 뿐이야. 그런 반면 사막화의 진척 속도나 수자원의 고갈 속도는 경제발전 속도를 크게 앞지르고 있지. 그런데도 이미 과부하 상태였던 농경인구가 몇 년 만에 또 수천만이나 증가했어. 중국 축구는 일본늑대나 태극 호랑이 앞에서 한없이 약해빠진 모습을 드러내며 여지없이 무너지고만 있어. 도대체 언제쯤이나 돼야 두각을 나타낼 수 있을지…….

중국은 천 년이 넘도록 줄곧 농경과 유학이라는 양의 교본을 가지고 일본의 늑대 학생을 교화시키려 했어. 완전히 남의 자식 망쳐놓는 꼴이지. 일본은 중국의 유가를 따른 천 년 동안에는 세상에 알려지지도 않았어. 그런데 서양의 바다늑대에게는 겨우 30여 년을 배웠을 뿐인데 단번에 세계에서 주도적인 위치로 뛰어올랐잖아. 그렇다면 중국은 어땠지? 서양 문물이 유입되자, 온 민족이 늑대를 만난 양처럼 강렬한 거부반응을 보였지. 좋은 것이든 나쁜 것이든 철저히 배척했어. 황제에서 의화단까지 온통 반양멸양反洋滅洋을 주장하고 나섰으니 그 결과가 어땠겠나? 결국 중국은 열강에게 국토를 빼앗기고, 반식민지로 전락하고 말았지…….

일본과 중국은 똑같은 동아시아 황인종이고, 똑같이 유교 문화를 가졌고, 똑같이 불교를 받아들였어. 그런데 어째서 일본의 유신은 빠른 성공을 거두고, 중국의 유신은 단 100일 만에 실패하고 말았을까? 민족 존재 양태와 민족성에서 그 근원을 찾지 않고선, 중국인은 영원히 자기 민족의 운명을 스스로 개척해나갈 수 없을 거야."

양커가 고개를 몇 번 끄덕이더니 또 물었다.

"그런데 왜 아랍과 돌궐, 몽골의 3대 유목민족은 쇠퇴하고 말았던 거지?"

천전이 대답했다.

"아랍과 돌궐족은 나중에 대부분 정착 생활을 하거나 농경에 종사했어. 몽골족의 경우 유목을 이어가긴 했지만, 역사가 화포火砲 시대로 바뀌면서 초원민족이 우세했던 기마나 활쏘기는 힘을 잃고 말았지. 게다가 인구도 워낙 적다 보니, 화포 강국인 중국과 러시아의 한가운데 끼어 바다로 진출할 수 있는 기회까지 놓치고 말았어. 초원의 원시유목이 한 단계 더 고도화된 해양유목의 단계로 발전되지 못하고, 그들보다 훨씬 강인했던 해양유목민족에 의해 패하게 된 거야. 그래서 민족성이 민족의 운명을 결정짓는다는 걸세. 그런데 그 민족성이 강인한가 그렇지 못한가는 세계의 모든 민족이 모인 숲에서 다른 민족들과 비교해봐야 비로소 알 수 있는 거라고.

해양업은 유목업보다도 훨씬 강인해야 성공할 수 있는 산업이야. 소용돌이치는 바다와 거대한 풍랑, 무시무시한 상어는 초원의 백모풍이나 늑대 무리보다 훨씬 사납고 위험하거든. 이런 산업에서 단련된 민족이라면 성격 또한 자연히 훨씬 강해지게 마련이지. 시야도 훨씬 넓고, 발자취 또한 누구보다도 멀리까지 남길 수가 있어. 해양민족은 세계를 돌아다니면서 각 민족의 우수한 문명을 흡수할 수 있고, 그만큼 성과도 광범하게 거둘 수 있었어. 그 대표적인 예가 신대륙 발견이라 할 수 있지. 그리고 그들은 일찌감치 해외에 식민지를 만들고, 그곳의 원시축적물을 빼앗아 기선을 제압했어. 본디부터 강인했던 서양의 유목민족은 바다로 나간 후로 날개를 단 늑대처럼 비상해 나갈 수 있었던 거야. 그래서 지금 세계를 주도하는 민족들은 대부분 초원유목에서 해양유목으로 발전한 민족이거나 원래부터 바다에서 활동했던 해양민족들이지.

그리고 종교의 속박 또한 무시 못 할 영향을 미친다네. 이슬람교는 서양의 침입과 간섭에 맞서 결사적인 항전을 벌이면서 서양의 민주주의와 과학까지도 배척했고, 라마교 역시 몽골민족의 강인함을 나약하게 만들었지. 그러나 기독교는 성격이 특히 강인했던 서유럽 민족에 의해 개조되어, 전제적이고 부패했던 로마 천주교에 맞서면서 자본주의 발전에 큰 도움이 된 신흥 종교가 되었어.

민족의 존재 양태가 민족성을 결정하는 만큼, 민족의 존재 양태가 강할수록 그 민족성 또한 강해지기 마련이지. 그리고 강인한 민족성은 다시 민족의 존재 양태에 상호작용을 일으켜, 과감하고 주동적으로 자기 민족을 위해 훨씬 강하고 선진적인 존재 양태를 만들기도 한다네. 물론 그럼으로써 다시 민족성을 강화시키는 거야.

근대 러시아가 일어선 과정도 일본과 비슷했다네. 표트르 대제는 중국보다도 낙후된 농경 위주의 농노제 사회였던 러시아를 개혁해서, 유럽 열강의 하나로 만들었어. 역시 그의 늑대 같은 성격덕분에 가능한 일이었음은 말할 것도 없지. 그는 과감하게 보수적이고 낙후된 귀족 농노주 세력을 제거하는 동시에 서양을 본받아 위험을 무릅쓰고 바다로 뛰어들었어. 그는 황제의 신분을 숨긴 채 평복 차림을 하고서 몸소 서유럽 곳곳을 답사하며 돌아다니기도 했지. 수염을 깎고, 서양 옷을 입고, 가발까지 쓴 채로. 해군을 창설하고 포병을 훈련시켰으며, 교회당의 종을 녹여 대포를 주조했지. 그리고 농경지역에서 해변으로 천도하여 강국과 대해大海를 마주하는 상트페테르부르크를 수도로 세웠지. 그 기백과 용기가 나에겐 무척이나 인상적이었어. 그래서 문화대혁명 전에 나는 〈표트르 대제〉, 〈우샤코프 제독〉 같은 영화를 적어도 대여섯 번씩은 봤다네. 나는 초원에 온 뒤 다름 아닌 초원늑대에게서 표트르 대제 같은 성격의 근원을 발견할 수 있었지. 광활한 러시아 대초원에서 생활했던 러시아 민족은 본디 초원민족이었어. 그들의 농경은 그다지 발달되지 못했고, 또 러시아는 장장 두 세기에 걸쳐 몽골 킵차크한국의 통치와 수혈을 받았지. 초원과 초원늑대가 없었다면 표트르 대제라는 위대한 개혁가도 나타날 수가 없었을 거야.

일본과 러시아 두 나라는 원래 중국보다 훨씬 낙후된 나라였었는데 강인한 늑대의 야성 덕분에 우리를 앞서게 되었지."

양커가 말했다.

"현지 답사까지 하면서 그 오랜 시간을 연구에만 몰두하더니 이렇게 멋진 사론史論의 대강을 도출해냈군. 그래, 그럼 자네가 생각하는 최종적인 목표는 뭔가? 자네의 최종 결론이 뭔지 궁금하구먼."

천전이 말했다.

"내가 30년 가까이 관찰하고 연구한 주요 목적은 역시 낙후한 중국병의 근원을 찾고, 중국의 출로를 모색하는 거였네. 이제 5천 년이 넘은 고질병의 원인을 찾아냈으니, 증상에 맞게 처방도 내리고, 우리의 운명을 우리 손으로 만들어나갈 수도 있게 된 거야.

먼저, 중국의 낙후된 국면을 바로잡기 위해 중화민족의 존재 양태를 하루속히 정치, 경제 분야에서 경쟁력 있는 존재 양태로 전환시켜야 해. 또 강인하고 진취적이며, 만족할 줄 모르는 욕심 많은 민족성을 배양해야만 하네. 이것이 중화민족의 운명을 결정짓는 기본 중의 기본이라 할 수 있어.

둘째로, 민족성에 있어서는 현대화되고 문명화된 늑대의 길을 절대적으로 걸어야 하네. 그러기 위해서는 반드시 인성 안에 숨어 있는 늑대의 야성을 적절히 해방시켜주고, 또 잘 조절할 수 있어야 해. 이것은 세계성을 갖추기 위한 아주 어려운 과정일세. 늑대의 야성은 강인한 활력과 생명력을 가지고 있는 동시에, 광기 어린 탐욕과 무서운 파괴력까지도 겸비하고 있어. 인성 속의 낭성狼性은 핵융합 반응과 같아서, 거대한 에너지와 상상을 초월하는 파괴력을 갖고 있다네. 잘만 조절하면 전 인류를 자유롭고 평화롭게 할 수 있지만, 통제를 잘못하면 지구 전체를 파괴시킬 수도 있지. 세계에서 늑대의 야성을 적절히 풀어주고 조절할 수 있는 나라는 몇 안 된다네. 그것을 잘 해낼 수 있는 나라가 바로 세계 강대국의 대열에 합류할 수 있는 거지. 문제는 그 과정이 결코 쉽지가 않아서, 이미 강대국에 들어섰다가도 자칫하면 바로 전복되기도 한다는 점이야. 제2차 세계대전 때의 독일, 이탈리아, 일본 세 나라가 바로 민족성에 내재된 늑대의 본성을 조절하지 못했다가 결국 파시즘이 대폭발하여, 자신은 물론 세계인들에게 커다란 재앙을 가져다 준 대표적인 사례였다고 할 수 있네.

중국의 문화대혁명 역시 문제가 너무 컸지. 역사적으로, 특히 근대 중국의 민족성은 너무나 유약했어. 늑대의 야성이 너무 부족한 나머지 서방 열강들에 의해 반식민지가 되고, 숱한 굴욕을 받아야만 했지. 중화민족의 분노가 점점 쌓여가면서, 애국지사와 지식인들은 서양의 늑대 정신을 받아들이는 동시에 경쟁적인 서양식 산업을 도입하기 시작했어. 그러면서 '공가점(孔家店. 공자의 사상을 전파하는 상점. 즉 유교를 경멸적으로 칭하는 말로, 중국이 서양과 일본에 뒤처지게 된 원인이 유교에 있다 해서 붙여진 말)'을 타도하기 시작했지. 그리고 오랫동안 억눌려 있던 늑대의 야성을 한꺼번에 해방시켰던 거야. 염황 유목민족에게서 유전된 피와 수차례 받아온 수혈이 결국 힘을 발휘하면서, 중화민족의 민족성이 서서히 다시 강인해진 거라네. 그리하여 백 년간의 분투 끝에 드디어 열강을 쫓아내고 민족의 독립을 이룰 수 있었지. 그리고 한국전쟁에서도 승리를 거둘 수 있었고.

그러나 문혁시기에 이르러서는 정치적 필요에 의해 인위적으로 늑대의 야성을 해방시키고 선동하게 되었지. 일체의 '소귀신과 뱀귀신(문화대혁명 시기 이른바 반사회적인 악인을 통칭하던 말)'을 타파하고, 국가 주석을 비롯하여 원수와 장군을 타도하고, 또 상공업계의 집적물과 지식인들의 권위를 전부 무너뜨려버렸어. 늑대의 야수성으로 충만한 홍위병들은 전국을 휩쓸었지. 선생님을 때리고, 교장을 비난하고, 서적을 불사르고, 문화재를 훼손하고, 가산을 몰수하고, 살해와 방화를 자행하고, 외국 대사관까지 돌격해 들어갔어. 그들은 그렇게 무법천지를 만들고 극단을 향해 돌진해서, 중국을 유례없는 대재난 속에 빠뜨리고 말았지.

인류 전체의 역사와 이때의 중국 역사가, 인성에 포함된 늑대의 야성을 조절하는 일이 얼마나 어려운가를 생생하게 증명해주었던 셈이야. 유가나 봉건전제 체제에서 볼 수 있었던 것처럼 민족성 내에서 늑대의 야성을 모조리 거세하고 억누를 경우, 민족의 성격이 양성화되어 결국에 남는 건 비참한 종말뿐이었지. 반면에 파쇼처럼 광적으로 늑대의 야성을 분출하고 선동하면, 세상을 온통 인간지옥으로 만들어 역시 막다른 길을 걷게 돼. 오직 적절하고 합리적으로 늑대의 야성을 분출하고, 고무도장 식의 가짜 민주제는 던져버리고 유일하게 늑대의 야성을 효과적으로 제어할 수 있는 진정한 민주제와 법치제도를 채택하는 것만이 중화민족의 유일한 출로라 할 수 있을 걸세. 낭성 열핵 반응의 원자로를 잘 운용할 수 있는 건 역시 민주제와 법치밖에 없어. 그런데 진정한 민주제를 확립하기 위해서는, 반드시 먼저 국민성을 전환시키는 기초공사가 선행되어야 한다네. 그 기초공사가 제대로 이루어지지 않으면, 아무리 '민주'라는 빌딩을 세운다 하더라도 사상누각에 불과

하지 않겠나. 그래서 혹 빌딩이 쓰러지기라도 한다면 민주제에 대한 신뢰를 먹칠하게 돼서, 결국 폐허 위에 더욱 혹독한 전제정치가 그 자리를 대신할 수도 있을 테니 말일세. 민족성 전환이라는 착실한 기본작업이 선행되지 않고는, 민주정치는 영영 소수 사람들만의 사치스런 희망으로만 남게 될 거야. 그리고 농경민족의 성격을 전환하기 위해서는 필수적으로 야외 방목의 과도기를 먼저 거쳐야 한다네. 그렇다고 민족성의 전환과 민주제의 추진이 너무 느려서도 결코 안 되지. 너무 늦어지게 되면 고질병이 금세 또 도지고 부패, 저효율, 인구과잉과 생태계 파괴 등등의 병균들이 온몸에 퍼져, 응급처치를 할 수 있는 황금 같은 시기를 놓치게 될 테니까 말이야."

양커가 고개를 끄덕이며 말했다.

"맞는 말일세. 서양 민족은 성격이 너무 강인해서 전제정부가 국민들을 통제하기가 매우 어려웠어. 서양에서는 중국식의 중앙집권제가 성립하기 어렵고, 또 만일 성립한다고 해도 오래가지 못했어. 그래서 그들 민족은 민주제를 받아들인 거겠지. 그러나 동양의 양은 자유와 독립을 가장 두려워해서, 서주목徐州牧 같은 이들이 지켜주고 관리해주어야만 늑대에게 잡아먹히지 않는다고 보거든. 그래서 나약한 농경민족은 기꺼이 전제정치를 선택한 거야. 결국 농경민족이 전제집권 체제가 자리 잡을 수 있는 기반을 마련해준 셈이야. 중화민족의 민족 존재양태와 국민성이 변하지 않고서는, 중국의 전제집권 체제는 영원히 사라지지 않을 거라 생각하네."

천전이 말했다.

"늑대의 본성이 강하지 않은 민족은 절대 민주제를 쟁취할 수도, 운용할 수도 없어. 실제로 민주주의란 강인한 민족이 통치자에 대항하고 홍정을 해야만 얻을 수 있는 값진 결과물이거든."

계속해서 천전이 말했다.

"강산은 쉽게 변하지만 본성은 변하기 어렵다는 말이 있지. 민족의 존재 양태를 바꾸지 못한다면, 민족의 본성은 변하기 어려운 정도가 아니라 아예 영원히 고착되고 말 거야. 현재 중국의 개혁은 사실상 민족의 존재 양태에 대한 개혁으로, 그 흐름은 이미 거스를 수가 없어. 좀 더 구체적으로 말해볼까? 염황 늑대, 진한秦漢 늑대와 수당 늑대는 농경의 영향을 받아 중화 양으로 개조됐었지. 그러나 경쟁이 적용되는 새로운 형태의 민족존재 양태가 확립되고 확대될 수 있다면, 여태껏 한가롭게 뒤처져 있던 중화의 양도 용맹하고 진취적인 현대 문명늑대가 다시 될 수 있어. 또한 진정한 염황의 자손으로서 더욱 높은 단계의 자유민주적인 세계 문명인으로 진화할 수도 있게 될 거야.

그러나 세계에서 중국의 농토가 차지하는 면적이 가장 광대하고, 농경의 역사도 가장 깊은 데다 또 농경인구도 세계 최고가 아닌가. 그리고 거기에 뿌리 깊은 농경의식도 최고인 반면에 도시화된 공간은 너무도 협소해. 그렇기 때문에 중화 양에서 문명 늑대로 민족성이 전환되기 위해선, 길고도 고통스럽고 잔혹하기까지 한 도태의 시기를 거치지 않으면 안 될 거네. 나약한 국민을 어떻게 보다 문명적으로 대하고 배치하고 부양해서 그들의 성격을 전환시킬 수 있을지가, 장차 중국 최대의 사회적 난제가 될 것일세. 게다가 이후 정치체제의 개혁과제 또한 민족성이 너무 나약하기 때문에 시간이 얼마나 더 걸릴지 아무도 장담할 수 없다는 거야. 이런 난제들은 결국 더욱더 굳세고 끈질긴 늑대 정신으로 극복하는 수밖엔 없어. 이게 나의 최종 결론일세."

올론초원에는 이미 어스레히 땅거미가 지고 있었다. 멀리 목축민들의 정착지에서 전등 빛이 아득히 희미하게 보였다. 양커는 하고 싶은 질문이 많았지만, 천전이 핸들을 탁 치면서 말했다.

"돌아가세. 안 그러면 바투가 우릴 찾으러 나오겠어. 물어볼 게 더 있거든 베이징으로 돌아가는 길에 얘기하세나. 나도 정말 하고 싶은 얘기가 아직 많이 남아 있다네."

양커가 말했다.

"늑대토템과 유목 정신이야말로 중화 문명의 중추가 되어야겠지. 중추가 조금만 움직여도 전신이 끌려갈 테니까 말일세. 아, 자네한테 묻고 싶은 게 너무 많은데, 아쉽군."

두 사람은 차에서 내려, 늑대 굴이 있는 어둑어둑해진 산비탈을 향해 손을 흔들어 이별을 고했다. 그러나 차마 발걸음을 떼기가 어려워, 그들은 한참을 더 그렇게 서 있었다. 천전이 늑대 굴을 바라보며 가만가만 말했다.

"새끼늑대야, 이제 베이징으로 돌아가야 해. 나중에 또 보러 올게……."

양커가 말했다.

"우리 새끼늑대 굴 앞에다 기념비라도 세워줘야 하는 거 아냐? 가장 좋은 건 늑대를 새긴 토템 기둥을 만들어주는 건데."

천전이 한숨 섞인 말투로 말했다.

"나도 그러고 싶지만, 간단한 일이 아니야. 현재 초원에 살고 있는 사람들 대부분이 농경지역에서 온 사람들이잖은가. 늑대에게 세워준 기념비가 그 사람들 눈에 띄기라도 한다면, 아마 당장 산산조각을 내버릴 거야. 그리고 백 년이나 된 귀중한 굴까지 무너뜨리고 메워버릴 걸세. 우리 새끼늑대의 굴은 지금처럼 조용히 숨겨두는 게 오히려 좋을 것 같아."

그가 계속 말했다.

"그보다 내가 지금 먼저 하고 싶은 건, 중국인들 마음속 깊은 곳에 늑대토템의 정신적인 토템 기둥을 세워주는 거라네. 늑대토템은 본래 중화민족의 가장 주요한 원시 토템 중 하나였어. 용토템 다음으로 높은 곳에 위치했었지. 그러나 내가 볼 때 그 둘 사이의 관계가 그렇게 간단하지는 않은 것 같아. 고고학 분야의 새로운 발견과 내가 연구한 결과에 의하면, 늑대토템과 용토템이 초기에는 하나의 토템이었을 가능성이 아주 다분해. 나중에 나온 용토템은 오히려 늑대토템이 변화된 형식에 지나지 않을 수도 있다는 말일세."

양커가 깜짝 놀라며 말했다.

"그게 사실이라면, 중국인들의 국민성을 전환시키는 데 정말 중요한 역할을 할 수 있겠는걸. 그 얘기, 마저 하고 가는 게 어떨까?"

그러자 천전이 단숨에 말을 이었다.

"용의 형상은 사실 5천 년 전에 이미 출현했다네. 1971년 내몽골의 산싱타라에서 옥룡 하나가 출토된 적이 있었지. 중화 제1용이라는 이름이 붙은 그 옥룡은 신석기 시대 홍산 문화에 속하는 유물이었어. 그때는 중화 선조들이 아직 농경민족이 되기 전이었지. 여전히 수렵과 채집, 유목을 하거나 반농반목 상태에 놓여 있을 때였어. 여기서 용토템은 애초에는 중화 원시 선조들의 토템이었다가 나중에 농경민족의 토템으로 변화됐다는 추론이 가능하다네. 나도 옹우트 산싱타라에서 발견된 옥룡을 자세히 관찰하고 연구해보았는데, 신기하게도 그 원시 옥룡은 중국인들에게 익숙한 용의 모습이 전혀 아니었어. 정말 나를 놀라게 한 것은, 그 용은 몸통은 용이었지만 늑대의 머리를 하고 있었다는 거야. 몸에는 비늘도 없고 발톱도 없었지. 머리나 목, 등 부위는 완전히 늑대를 본떠서 만든 것 같았어. 긴 얼굴에 긴 코, 긴 주둥이, 또 끝이 살짝 들린 긴 입꼬리까지 완전히 똑같더라니까. 특히 눈은 100퍼센트 늑대의 눈이었다고 확신할 수 있었네. 우리가 키웠던 새끼늑대랑 똑같았어. 둥그런 눈에 눈초리가 길고 날카롭게 치켜 올라가 있었네. 원래 그건 늑대의 가장 특징적인 부분 아닌가. 그걸 신석기 시대의 조상들이 예술적인 기법으로 과장되게 표현했던 거지. 그것 말고도 더 있네. 늑대 목 위의 갈기도 아주 분명하게 조각되어 있었어. 머리 뒤에서 등까지 길고 가지런히 조각된 갈기는 위풍당당하고 아름다웠어. 높이 세워진 갈기는 사나운 몽골초원 늑대의 대표적인 특징이라네. 내 자신이 늑대에 대해 친숙하고 잘 알기 때문에, 만일 우리 조상들이 늑대를 오랫동안 세심하게 관찰하지 않았다면 절대로 그렇게 생동감 넘치는 예술 형상을 조각해낼 수 없었으리란 걸 확신할 수 있었어.

그러니 사실 그것은 옥룡이 아니라 옥늑대라 할 만하지. 특히 머리 부분은 완전히 늑대 머리야. 그런데 일부 학자들은 그 옥룡의 머리를 돼지 머리라고 하는 사람들도 있더군. 그렇지만 유목민족의 민족성을 봤을 때, 과연 집에서 기르는 돼지나 혹은 멧돼지가 북방 유목민족의 숭배 토템이 될 수 있었을까 싶거든. 중국 서북부와 북방의 유목민족들은 절대로 자신들이 길들인 동물이나 길들일 수 있는 동물을 숭배 대상으로 삼지 않았거든. 초원 사람들이 집짐승을 숭배했을 거라고 생각하는 사람들이야말로 중국의 유목민족에 대해 아무것도 모르는 문외한들이지. 또 그 모습을 있는 대로 보더라도, 돼지 눈은 그렇게 눈초리가 치켜 올라가지 않잖아. 또 앞으로 쭉 내민 주둥이도 다르고, 돼지 머리는 그렇게 길지도 않지. 또 짤막하고 뚱뚱한 몸집에 막대기같이 짧은 꼬리를 한 돼지가 집돼지든 멧돼지든 간에 길고 늘씬한 용으로 변화했다는 것 자체가 너무 억지스럽잖나. 시원스럽게 길게 뻗은 늑대의 몸과 부드러운 털이 풍성한 늑대 꼬리가 용의 몸으로 변한 거라면 몰라도 말이야. 자작나무 장대 위에서 흔들리던 늑대 가죽을 생각해보게. 바람에 날리던 그 모습이 꼭 늑대 머리를 가진 용의 몸 같다는 생각이 들지 않았나? 내가 추측하건대, 비룡은 중화 초원의 선조가 초원 늑대의 영혼이 승천한 이후 비상하는 모습을 상상했던 것 같아. 늑대의 형상을 미화하고 신성화해서 말이지. 예전에 새끼늑대가 하늘로 올라가는 걸 봤을 때, 정말 그 모습이 비상하는 늑대이면서 동시에 구름을 뚫고 안개 속을 헤쳐가는 비룡 같다는 느낌을 받았어. 당시엔 그 감정을 더 파고들 생각을 못 했었지만 말이야.

베이징에 돌아온 후 사진으로 그 옥룡을 다시 봤는데, 마치 새끼늑대를 본 것처럼 마구 흥분이 되더군. 당시의 원시적인 여건 속에서 옥으로 그토록 세밀하고 아름답게 늑대의 머리를 한 용을 조각해냈다는 것이, 우리 선조가 얼마나 늑대에 대해 잘 알고 있었으며 또 어느 정도로 숭배했는지를 유추해볼 수 있게 해주었다네. 게다가 옥룡이 출토된 지점도 몽골 초원늑대의 고향이자, 중국에서 사납고 큰 늑대가 가장 많기로 유명한 내몽골이었어. 이후 늑대토템을 숭배한 무수한 유목민족이 생활 터전으로 삼은 곳도, 비랑의 전설이 가장 많은 곳도 물론 내몽골이었지. 이런저런 생각을 하다 보니, 자연스럽게 늑대토템과 용토템의 관계가 떠올랐고, 그 때문에 둘 사이의 관계에 대해서 보다 깊이 연구를 하게 된 거라네.

내 연구에 따르면, 늑대토템과 용토템은 다음과 같이 최소한 일곱 가지의 공통점을 가지고 있다네.

첫째, 최초의 늑대토템과 용토템 모두 내몽골 초원이나 몽골초원과 근접한 곳에서 출현했지.

그곳은 마침 세계에서 가장 흉악스럽고, 가장 큰 몽골 초원늑대들이 제일 많이 살았던 고향이자, 초원의 유목민족과 늑대가 서로 싸우면서도 상호 공존하는 공동의 생활 터전이기도 했어. 따라서 늑대의 정신과 본성이 초원 사람들에게 끼친 영향 또한 가장 컸었지. 예를 들어 북극이나 러시아 삼림에 사는 늑대들의 경우, 사람들과 멀리 떨어져 살면서 주로 야생동물을 잡아먹고 살아서 인간에게는 별다른 영향을 끼치지도 않았으니, 그런 상황 속에서는 늑대토템을 숭배하는 문화가 생성되기도 어려웠을 거야.

둘째, 원시 늑대토템과 용토템은 생김새부터가 머리와 목 부분이 비슷하고 길쭉한 체형 또한 유사하지. 내몽골 산싱타라에서 나온 원시 옥룡은 아까 얘기한 것처럼 늑대 머리에 용의 몸을 하고 있어. 즉 신석기 시대의 원시 늑대토템과 용토템은 머리와 목, 몸통이 같고, 또 비늘이 없다는 공통점이 있지. 이건 용토템이 물고기나 뱀에서 변한 게 아니란 걸 말해주는 대목일세. 당시에는 아마도 늑대토템이 곧 용토템이었거나 아니면 용토템이 늑대토템이어서, 두 토템이 아직 분가가 일어나지 않았을 가능성이 아주 크지. 하지만 확실한 건 그들의 근원이 모두 초원이었다는 점이야.

셋째, 늑대토템과 용토템 모두 몸을 위아래로 움직이며 비행하는 듯한 자세를 취하고 있어. 몽골초원이든 중화 대지든, 전설 속에 등장하는 두 민족의 토템은 모두 비상하는 토템이라네. 초원에서는 늑대토템이 날 수 있어서 사람의 영혼을 탱그리로 데려다 준다고 하고, 중화의 용토템은 구름을 뚫고 안개 속을 헤치고 다니며 구름과 비를 불러온다고 하지. 그렇지만 다른 나라나 중국의 다른 대부분의 민족들의 토템은 날지 못한다네. 곰이나 호랑이, 소, 사자 등등 모두 마찬가지야. 중화 대지의 초원민족과 중화 농경민족의 토템이 모두 '비상'이라는 특징을 갖추고 있다는 건 결코 우연의 일치라고만 단정할 수는 없어.

더욱 똑같은 점은 늑대토템과 용토템이 비상하는 자세야. 초원에서 늑대가 달릴 때 보면 상하기복이 있거든. 위아래로 몸을 부드럽게 움직여가며 나는 듯이 달리지. 늑대 털가죽을 장대 위에 높이 걸어두고 바람에 휘날리는 걸 보면, 역시 위아래로 꿈틀거리며 펄럭이는 것이 마치 비상하는 모습이었잖은가. 그리고 중화의 용은, 역시 온갖 벽화와 조각상을 보면 허리를 구부린 채 위아래로 꿈틀거리며 날아오르고 있지. 이런 비행 자세와 나는 듯이 달리는 늑대토템의 자세는 아주 흡사해. 물속에 사는 물고기나 뱀 또는 악어가 움직이는 모습이나, 뭍에 사는 뱀이나 구렁이의 동작과는 전혀 다르지. 물고기, 뱀, 구렁이, 악어는 모두 몸통과 꼬리를 좌우로 흔들며 앞으로 나가잖아. 상하로 꿈틀거리며 나아가는 것과 좌우로 흔들며 나아가는 건 확연하게 달라. 이런 서로 다른 동작과 자세는, 예로 든 이 동물들보다 늑대가 훨씬 진화된 고급 동물이며, 용토템은 난생卵生으로 생식하는 하급의 동물에서 변천된 것이 아니라 초원 육지의 포유동물인 늑대에게서 변천된 거라는 걸 밝혀주는 명확한 증거일세. 그러나 대다수의 중국인들은 용이 물에서 사는 물고기나 뱀 따위가 변한 것이라 생각하고, 어떤 이는 심지어 용의 원형을 악어라고 하는 사람도 있다네. 이런 관점은 물고기, 뱀, 구렁이, 악어와 용 사이의 본질적인 차이를 알아보지 못하고, 더군다나 위아래로 꿈틀거리는 동작과 좌우로 흔드는 동작을 근본적으로 구별하지 못한 데서 연유하지. 이런 관점은 용토템 정신의 진면목을 점점 모호하게 덮어버리고 있어.

넷째, 늑대토템과 용토템은 모두 비상하는 모습이지만, 둘 다 날개가 없다는 점이야. 중국의 전설을 보면 비호飛虎나 비마飛馬 같은 신화의 형상이 등장하고, 다른 민족의 경우에도 '날개 달린 뱀' 같은 토템 형상을 볼 수 있는데, 거기서 날 수 있는 동물들은 모두 날개를 갖고 있어. 1950년대 비마飛馬표 담뱃갑 위엔 거대한 두 날개가 달린 말이 그려져 있었지. 그렇다면 왜 용토템에는 날개가 없을까? 난 그것이 원래 늑대토템에 날개가 없기 때문에, 늑대토템에서 변천된 용토템 역시 날개가 보이지 않는 것이라고 생각해. 그리고 늑대토템이 날개가 없는 까닭은, 원시 초원 사람들이 늑대는 신출귀몰하고 신통력이 있어서 날개 없이도 날 수 있다고 믿었기 때문이라고 생각한다네.

다섯째, 늑대토템과 용토템은 모두 중국 두 민족의 최고 숭배 대상인 하늘과 밀접한 관계를 갖고 있다네. 초원민족은, 늑대는 초원을 보호하기 위해 탱그리가 보낸 사자使者이며, 탱그리를 숭배하는 사람의 영혼을 탱그리로 데려다 준다고 굳게 믿고 있어. 또한 중화 농경민족은 용을 하늘의 화신으로, 황제를 진룡천자眞龍天子로 상정하여 신성불가침한 것으로 간주했다네. 한족의 하늘 숭배가 유목 선조들이 유목지역에서 농경 대지로 옮겨 오면서 유래되었으니, 따라서 그들이 늑대토템까지도 함께 가져온 것이라고 볼 수 있지 않겠는가?

여섯째, 늑대토템과 용토템 모두 흉포하고 공포스런 맹수의 이미지를 갖고 있어. 세계 각 민족의 토템 중에는 맹수도 있지만 온화한 초식동물도 있고, 그중에서도 소를 민족토템으로 삼는 민족이 상당히 많아. 그런데 어째서 중화민족은 하필 그렇게 사납고 생김새도 흉악한 용을 민족토템으로 삼았을까? 그것은 당시의 중화 선조가 수렵과 채집을 한 유목 부족으로, 온유돈후한 농경민족이 아니었기 때문에 가능했을 것이네. 중국의 절대다수의 유목민족들은 모두 늑대를 토템으로 삼고 있잖아. 늑대의 이미지가 워낙 흉악하고 무섭다 보니, 늑대토템에서 변천된 용토템의 용의 이미지 역시 무서운 게 당연하지.

일곱째, 늑대와 용은 모두 길들일 수 없는 동물이야. 세계 민족의 토템은 순종시킬 수 있는 동물이 많고, 심지어는 집에서 기르는 동물을 토템으로 삼는 민족도 있다네. 그렇지만 중국 양대 민족의 토템인 늑대와 용은 누구 앞에서든 절대로 고개를 숙이지 않아. 늑대는 맹수 중에서도 가장 고집이 세고 의지가 강하기 때문에, 호랑이나 사자, 독수리, 코끼리 같은 동물들은 다 길들일 수 있어도 몽골 초원늑대만큼은 절대로 굴복시킬 수가 없지. 늑대를 길들일 수 없다면, 늑대토템에서 비롯된 용토템 역시 굴복시킬 수 없다는 것은 당연한 이치야. 용은 늑대 정신을 계승시키고 강화시키는 존재라, 절대로 사람에 의해 순화될 수 없을뿐더러 도리어 모든 신하와 백성들을 길들인다네. 늑대가 가진 이 불굴의 정신은 나중에 지고지상한 황권을 성립하려는 유가에 의해 이용되고 신화화되기도 했어.

지금까지 설명한 늑대토템과 용토템 간의 결정적인 공통점들로 보건대, 중화의 용토템은 농경민족이 초원 유목민족에서 변천되어 왔듯이 초원의 늑대토템으로부터 변천된 것이라고 볼 수 있을 걸세. 초원의 유목민족은 줄곧 초원을 벗어난 적이 없기 때문에, 초원민족의 늑대토템 역시 원형 그대로 보존될 수 있었고, 초원민족도 예부터 지금까지 한결같이 늑대토템을 숭배해왔네. 한편 아주 먼 옛날, 일부 유목민족이 초원을 떠나 중화 농경지역으로 들어왔어. 그들은 탱그리 숭배와 늑대토템의 숭배사상 역시 농경생활 속으로 가지고 왔어. 고대에는 목축업이든 농업이든 모두 하늘에 의지해야 했기 때문에, 농경지역에서도 하늘 숭배는 보존될 수 있었지. 그러나 중원으로 들어온 유목 부족은 농경민족으로 변화된 후로 민족성이 점점 나약해져 갔으며, 어느새 늑대를 두려워하고 증오하게 됐어. 그러다 보니 초원에서 가져온 늑대토템 역시 농경 생활과 농경 정신에 적응하지 못하고 개조되어, 강우를 조절하고 농사를 돕는 역할을 가진 용토템이라는 새로운 이미지로 변화되었던 거야.

옛날 동아시아 초원에 늑대토템을 숭배하는 유목민족이 살고 있었다는 건 확실한 사실이네. 전설을 보면 복희伏羲 시대의 토템은 '사람 머리에 뱀의 몸이 달린' 모습이었고, 복희신 본인의 모습 역시 마찬가지였지. 훗날 부족의 융합을 거치면서, 중화 선조들은 늑대토템과 '사람의 머리에 짐승의 몸을 한' 토템을 골자로 하고, 유목부족과 토착 농경족의 토템 형상들의 일부를 취한 다음, 물고기 비늘과 독수리 발톱, 사슴 뿔 등을 더해 용토템을 만들었어. 용토템 창조와 융합 과정에서는 늑대토템 형상이 가장 큰 작용을 했다네. 왜냐하면 '사람의 얼굴에 뱀의 몸을 한' 형상과 훗날의 위협적이고 두려운 용의 형상 간에는 엄청난 차이가 나거든. 예전에 앙소 시대 출토품 중에 '사람 얼굴에 뱀 몸을 한'의 용이 그려진 도자기를 본 적이 있는데, 그걸 봐서는 절대 용의 모습을 전혀 떠올릴 수가 없었어. 도마뱀붙이나 아니면 큰 머리가 달린 시네같이 기어 다니는 작은 파충류 따위로 보일 뿐이었다고. 정말이지 옹졸하고 조잡해 보이기까지 한 그 모습에선 심미적인 가치나 신성함은 도무지 찾아볼 수가 없었어. 그러나 뱀이나 구렁이의 몸통에다 늑대 머리를 붙인다면 모습이 전혀 달라지지. 늑대 머리에 뱀의 몸은, 형태가 고정되기 전의 위협적인 용의 모습을 기본적으로 담아낸 최초의 예술적 형태라고 볼 수 있네. 이후 중화 용의 형상이 위협적이고 두려움을 느끼게 하면서 동시에 심미적 가치까지 지닐 수 있었던 것은, 그 안에 늑대 같은 맹수의 형상과 특징이 들어가 있기 때문일세. 아무리 추상적인 용이라 하더라도, 분명 그런 모습을 띠게 된 구체적인 근거가 있었을 테고, 중화 각 민족의 역사 중에 가장 유구하면서도 가장 사나운 모습을 갖춘 토템은 역시 늑대토템밖에 없어. 따라서 늑대토템의 형상과 성격, 정신이 배제된 중화 용은 그저 '중화 충中華蟲'일 뿐 결코 용은 될 수 없어."

천전은 양커와 함께 차에 오른 뒤, 실내등을 켜고 시계와 메모지를 번갈아 보며 말했다.

"한 가지 더 연구해볼 만한 주제로, 중국 전설에 등장하는 도철饕餮이라는 신비스러운 동물이 있어. 나는 도철도 늑대에서 변천되었다가 나중에 다시 용이 되었을 가능성이 크다고 보네. 《사해辭海》의 해설을 보면 '도철은 먹을 것을 탐하는 전설 속의 흉악한 짐승이다. 고대의 종이나 세 발 달린 솥, 제기 등에 도철의 머리가 장식으로 많이 새겨져 있다'라고 되어 있어. 또 《여씨춘추呂氏春秋 · 선식先識》에는 '주나라의 정鼎에 나타난 도철의 모습은, 머리는 있으나 몸통이 없다'고 적혀 있지. 《사해》에서는 도餮라는 글자에 대해 '도饕는 곧 탐욕스러움을 말한다. 《한서漢書 · 예악지禮樂志》에서 안사고顔師古는 '탐욕이 매우 심한 것을 도라 한다'고 해석하였는데, 특히 '먹을 것을 탐하는 것을 일컫는다'라고 설명했어.

여기서 우리는 세 가지를 주목할 필요가 있네.

첫째, 도철은 흉악한 '짐승'이라고 했으니, 물고기나 뱀, 구렁이, 악어 같은 어류나 파충류는 아니라는 거지. 《사해》에는 상주商周 시대의 정에 새겨진 도철무늬가 수록되어 있는데, 그걸 보면 자네도 아마 그 흉악한 맹수가 무엇과 흡사한지 한눈에 알아차릴 수 있을 걸세. 동그란 눈에 살짝 올라간 눈초리나 흉악한 그 인상이 늑대의 정면 모습과 너무 흡사하다네.

둘째, 도철은 먹을 것을 몹시 탐한다는 대목이야. 이 특징은 바로 늑대의 특성을 분명하게 지적하는 걸세. 초원늑대의 가장 두드러진 특성의 하나가 먹을 것을 지극히 탐하는 것이라는 건 늑대를 직접 키워본 우리가 누구보다 잘 알지 않나. 누군가 우리에게 늑대의 그 천성을 증명할 수 있는 증거를 묻는다면 끝없이 댈 수 있지. 아마 세상에서 늑대만큼 식탐이 강한 동물도 없을 거야. 못 믿겠다는 사람이 있거든 나이 지긋한 목축민들을 찾아가 물어보라고 하게. 세상에서 가장 탐욕스럽고 흉악한 맹수가 무엇이냐고 물으면, 백이면 백 모두가 늑대라고 대답할 걸세. 알다시피 탐貪자는 늑대의 본성을 가장 잘 나타내주는 글자일세. 동중서董仲舒도 상주문에서 '진나라는 늑대와 같은 탐욕스러움을 풍속으로 삼는다'고 하면서, 탐욕과 늑대를 나란히 썼지. 중국인들은 식탐을 묘사할 때 흔히 '늑대처럼 삼키고 호랑이처럼 먹는다'는 표현을 쓰잖아. 그중에서도 늑대는 호랑이보다 한 수 위라서, 욕심 사나운 사람을 비유할 때 '늑대 같은 야심'을 가졌다고 하지, '호랑이의 야심'을 가졌다고 하질 않잖나.

흉악한 짐승이면서 엄청난 식탐을 가졌다는 두 가지 특징이 도철에게서 그대로 보인다는 점과 도철무늬가 늑대를 빼닮았다는 점으로 미루어 전설 속 도철이 늑대이거나 늑대에게서 변형된 신성한 동물일 가능성이 매우 높다고 생각해.

셋째, 도철은 상주 시대의 정에 새겨질 만큼 중요한 짐승이었다는 점은 의미하는 바가 무척 크다네. 보정寶鼎은 중화민족이 청동기 시대에 건국을 기념하여 주조한 귀중한 물건이었어. 주 왕조에서 '일언구정(一言九鼎. 한마디 말이 구정만큼 무게가 있고 값지다. 결정적인 작용을 하는 한마디라는 뜻)'이라고 할 때의 정은 지고지상한 왕권을 상징하는 신성한 기물이자 하늘과 조상에 제사를 드리기 위한 제기로, 선조들의 마음속에서는 이것이 곧 토템 기둥과 동일한 의미를 갖고 있었어. 따라서 민족의 토템이 아니고서야 이렇듯 보정 같은 중요한 물건에 새겨지면서 그 숭고한 지위까지 올라설 수가 있었겠어?

이런 사실로 미루어 다음과 같은 두 가지 해석이 가능하다네. 그 첫째는, 상주 시대까지도 중화민족이 계속 늑대토템을 숭배했거나 적어도 다른 맹수 토템을 숭배해서, 염황족 선조들의 토템 숭배의 유풍이 그때까지도 남아 있었음은 물론, 주 왕조에 들어오면서 늑대토템의 영향을 더욱 많이 받았다는 것이지. 주 왕조가 서융에서 기원했고, 서융 대다수는 늑대토템을 숭배하는 유목민족이었다는 데서도 연관성이 매우 높지.

둘째는, 당시에는 용이 아직까지 보편적으로 받아들여지지 않았다는 거야. 진정한 중화민족의 민족토템으로는 아직 굳혀지지 않았다는 이야기지. 만일 민족토템으로 용을 숭배했다면 왕권을 상징하는 보정에 응당 용이 그려져 있어야 하지 않았겠나. 게다가 당시 주나라의 천자 역시 용좌龍座에 앉은 것이 아니라, 여전히 염황 유목의 유풍을 받아 바닥에 자리를 깔고 앉았다네.

주정周鼎의 장식은 도철무늬와 구름무늬가 주를 이루는데, 대개 도철이 중심에 자리 잡고 구름이 주위를 둘러싸는 식이지. 그건 도철이 천상의 구름 속에서 머리를 내밀고 인간세계를 내려다보는 모습을 나타낸 표현이라는 걸 확연히 알 수 있네. 몸이 구름 속에 가려져 있어서 뱀의 몸을 하고 있는지 용의 몸을 하고 있는지는 알 수 없지만, 만약 도철의 머리 뒤에 용의 몸통을 더한다면, 이후 등장하는 표준적인 용의 모습과 별반 차이가 없을 거야. 따라서 내 생각엔, 늑대토템과 용토템 사이에 도철토템이라는 과도 단계가 존재했을 가능성이 있다고 보는 거라네. 도철은 늑대의 본성과 이후 나타나는 용의 흉악한 얼굴을 동시에 갖추고 있으니 그런 추측도 충분히 가능하다고 보네.

원래 나는 청동기 시대의 중화민족이 왜 하필 그렇게 식탐이 강한 도철을 숭배하고, 국가의 신성한 제기에 등장시킬 정도까지의 지위에 올린 것인지 내내 이해할 수가 없었다네. 설마 당시의 중국인들이 모두 식탐이 강했던 것일까? 그래서 그렇게 식탐이 강한 흉악한 짐승을 숭배했던 것일까? 그러나 도철이 탐욕스럽게 먹는 모습에서는 신성함이라곤 털끝만큼도 찾아볼 수도 없었으니, 도무지 의문이 풀리지를 않았었지. 그러던 중에 문득 도철이 늑대토템의 변형일지도 모른다는 생각이 들자, 모든 의문이 말끔히 풀리더군. 식탐은 늑대의 특징인 동시에 늑대 정신과 본성의 상징이고, 상주 시대 중화민족의 도철에 대한 숭배는 곧 유목 선조들의 늑대토템 숭배를 계승했던 거야. 비록 식탐은 강하지만, 용맹무쌍한 진취성과 죽음도 불사하는 불굴의 정신, 전사를 기꺼이 여기고 병사를 수치스러워하는 정신이야말로, 초기 중화민족이 늑대를 숭배하게 된 근본적인 원인이었어. 이런 것들은 늑대에 대해 잘 알고 난 연후에나 이해가 가능하기 때문에, 늑대를 미워하고 두려워하는 농경민족과 유가들은 도저히 수긍할 수가 없는 일이었고,

또 그들을 설복시킬 방도도 없었지. 이후 농경과 유학이 통치 지위를 차지하고 나서부터, 식탐이 강한 짐승은 필연적으로 신성한 지위에서 쫓겨나게 되고, 용으로 개조되면서 그 자리를 물려주게 된 거야.

역사상 늑대 정신은 무수한 유목민족을 정복해왔고, 수많은 유목민족이 늑대토템을 열렬히 숭배해왔어. 그런데 중원에 들어와 중국 땅의 주인이 된 유목민족의 제왕들은 왜 그렇게 중화의 용포를 입고, 용좌에 앉기를 좋아했을까? 어쩌면 용토템 속에서 자기 민족의 토템인 늑대토템의 변형된 모습이나 그 그림자를 본 것은 아닐까? 용토템은 사실 겉모습은 바뀌었어도 정신은 변하지 않은, 초원민족의 비랑토템이었을지도 몰라. 그러나 유목민족이 중화의 농토에 들어온 뒤로 그들의 유목 정신이 농경의식으로 개조된 것처럼, 유목민족의 토템 또한 필연적으로 농경의 존재 양태에 맞게 바뀔 수밖에 없었겠지. 따라서 초원을 보호하던 늑대토템은 바람과 비를 부르며 농경을 주관하는 수호자인 용토템으로 바뀌고, 겉모습도 늑대로부터 용으로 탈바꿈하게 된 거야. 거기다 용토템 위에 수없이 많은 농경민족의 관념과 의식이 보태져, 용토템이 갖고 있던 원시 정신의 실질은 진면목을 잃고, 강인하고 진취적인 늑대토템의 민족 정신은 황제의 왕권과 권위를 상징하는 전제주의적 폭력 정신으로 바뀌게 된 거야. 용토템은 중국 역대 전제 제왕들이 백성을 겁주고 위협하는, 제왕만의 토템이 되어버리고 말았어. 용포라 불리는 물건은 오직 황제 한 사람만의 것으로, 거기엔 아홉 마리의 용과 아홉 개의 발톱이 그려져 있었지. 그 외에 일곱 마리나 다섯 마리가 그려져 있는 관포(官袍. 3품 이상의 고관들이 입던 옷)는 절대로 용포라 부를 수가 없었어. 그냥 망포(蟒袍. 망은 이무기라는 뜻)라고 불렀지. 현대 사회로 진입한 오늘날의 중화민족에게는, 민족토템 중에서 나중에

첨가된 전제 제왕적인 잔재를 일소하고 중화민족 토템 본래의 모습, 즉 늑대토템의 정신을 되찾아야 할 사명이 있다네.

두려움을 느끼게 하는 중화 용의 흉악한 형상은, 최초에는 아마도 그 속에 사람들로 하여금 경외하게 만드는 늑대토템의 정신과 영혼이 깃들어 있었겠지. 중화의 용토템과 늑대토템은 결코 나누어 생각할 수 없는 혈연관계에 있지만, 정신적인 면에서 본다면 중화의 용은 이미 완전히 변질되어버렸어. 자유로운 늑대는 전제적인 용으로 바뀌었고, 모든 민족의 정신적인 본보기는 독재자의 화신으로 변해버리고 말았어. 약동하는 생명력을 지녔던 토템은 생명력을 잃고, 용춤을 출 때 뒤집어쓰는 빈껍데기 종이 용으로 타락해버렸지.

용토템 속에 자리 잡고 있는 봉건제왕의 전제주의 정신을 말끔히 떨쳐버리고, 늑대토템의 자유롭고 강인하면서 진취적인 정신을 새롭게 다시 주입하는 일이 무엇보다 중요한 과제라고 할 수가 있어. 그래야만 미래 중국의 거대한 용은 비로소 전 지구와 우주를 향해 훨훨 날아올라서, 중화민족과 모든 인류를 위한 보다 광활하고 발전된 생존 공간을 개척할 수 있을 걸세."

두 사람은 차 안에서 점심때 남겨두었던 음식들을 다 먹었는데도 배 속에서 여전히 나는 꼬르륵 소리가 어찌할 수가 없었다. 양커가 말했다.

"정말이지, 쇼우바로우를 통째로 붙들고 도철처럼 마구 먹어치우고 싶어."

그러자 천전이 말했다.

"가스마이가 자네의 그런 모습을 본다면 무척 기뻐할걸. 우리가 맛있게 잘 먹는 모습을 좋아했잖아."

양커는 지프차의 전조등을 밝히고, 서북 국경선의 목초지를 향해 달렸다. 높은 산비탈을 넘자, 멀리서 등대처럼 깜빡이는 불빛이 보였다. 가스마이는 분명 손전등을 들고 한참을 기다리고 서 있었을 것이다. 천전은 백미러를 통해 달빛 아래 고요히 잠들어 있는 늑대산을 오래도록 바라보았다. 언제 다시 돌아올 수 있을지, 자신도 알 수 없었다…….

2002년 봄, 올론초원에 있는 바투와 가스마이로부터 전화가 왔다.

"올론 바오리거의 목초지 중에 80퍼센트가 이미 사막이 되어버렸다네. 그리고 내년에는 이곳 전체가 정착 방목에서 축사 사육으로 바뀌게 될 거야. 한인들이 농촌에서 가축을 기르는 거랑 별 차이가 없어지겠지. 집집마다 커다란 축사를 몇 채씩 짓겠다고 벼르고들 있어……."

천전은 한참 동안 아무 말도 할 수가 없었다.

며칠 후, 창밖에서 갑자기 누런 모래바람이 용처럼 하늘로 치솟더니 하늘을 가리고 해를 덮었다. 베이징 도시 전체가 숨 막히는 모래먼지로 뒤덮이면서, 중화의 황성皇城은 어느새 아득한 황사의 도시로 변해 있었다.

천전은 컴퓨터 앞에서 일어나 창 쪽으로 다가갔다. 그리고 먼 북쪽 하늘을 애처롭게 바라보았다. 늑대 무리는 역사의 한 페이지가 되어버린 지 오래이고, 초원 역시 추억 속에 남아 있을 뿐이다. 유목 문명 또한 완전히 마침표를 찍었다. 그리고 몽골의 초원늑대들이 내몽골 초원에 남겨놓은 마지막 흔적인 새끼늑대 굴도, 언젠가 황사 속으로 매몰되어 사라질 것이다.

❖1971년~1996년 내몽골 실링골맹錫盟 우젬친 초원 · 베이징에서 원고를 구상하여,
2003년 말 베이징에서 원고를 완성하였다.

토테미즘의 부활과 생태적 공존의 꿈

정재서(문학평론가, 이화여대 중문과 교수)

장룽(姜戎)의 《늑대토템》은 2004년 중국대륙에서 출간된 이후 뜨거운 대중적 인기리에 현재 루쉰(魯迅), 선충원(沈從文), 장아이링(張愛玲) 등 문호들의 작품과 어깨를 나란히 할 정도로 엄청난 판매량을 기록하고 있는 작품이다. 이 책의 인기는 중국 국내에만 그치지 않아 영어, 불어, 독어, 한국어, 일어, 몽골어 번역판이 이미 나왔거나 진행 중에 있고 2007년에는 홍콩에서 영문판으로 '맨 아시아 문학상'을 수상하기도 하였다.

작가 장룽은 일찍이 문화대혁명 시절 내몽골에 하방(下放)되었을 때 당시 체험했던 초원 유목생활을 바탕으로 이 책을 써냈는데 특히 늑대의 생태와 특징에 근거, 유목문화의 입장에서 농경문화를 비판하고 중국 국민성의 개조를 제창하는 내용은 이 책의 중심 주제로서 찬반양론의 숱한 쟁론을 불러 일으켰다.

작가는 11년간의 체험 위에 20여 년간의 연구와 구상을 거친 후 6년간의 집필을 통해 장장 50만자(중국어)에 달하는 이 소설을 완성했다고 하는데 우여곡절만큼 길기도 한, 그러나 흥미진진하기 그지없는 이 장편 대작의 이해를 위해서는 우선 전체 내용에 대한 간략한 스케치가 필요할 것이다.

작가는 내몽골 올론초원으로 하방된 북경의 지식 청년 천전의 초원늑대에 대한 관찰, 그것으로부터 촉발된 중국문명과 역사 그리고 국민성에 대한 사색 및 반성을 전지적 관점에서 서술하고 있다. 천전은 초원의 무법자 늑대에 대해 강하게 마음이 끌린다. 그는 양부 빌게의 손에 이끌려 늑대들이 가젤 몰이를 하는 광경을 보고 치밀한 조직력과 기동성에 감탄한다. 이후 그는 늑대들의 말떼 습격, 새끼늑대의 양육 등을 통하여 늑대의 본성과 특징을 이해하고 그것이 유목민족의 사회, 신앙, 습속, 세계관 등에 막대한 영향을 미쳤음을 깨닫는다. 그러나 평화로운 초원은 사회주의 정권의 실용주의 정책과 미신타파 운동, 이주민들에 의한 농경지 개척 등에 의해 깨어진다. 갈대숲은 방화로 인해 불태워지고 야생동물들은 남획되며 초원늑대에 대한 대대적인 소탕전이 벌어진다. 그리하여 늑대는 사라지고 천전은 초원을 떠난다.

20년 후, 학자가 된 천전은 동고동락했던 벗 양커와 함께 몰라보게 달라진 올론초원으로 돌아온다. 그들은 말라붙은 시냇물, 모래밭이 된 목초지, 쥐떼의 천지가 된 마을을 바라보고 가슴 아파하며 사라진 늑대토템과 유목문화를 안타까워한다. 그 후 2002년, 베이징의 천전에게 올론초원이 거의 사막화되었다는 비극적인 소식이 들려온다. 그리고 시내로 엄습해오는 황사를 바라보는 천전의 모습과 함께 소설은 우울하게 대미(大尾)를 맺는다.

이 책은 기본적으로는 내몽골 초원민족의 생활에 대한 민족지 혹은 늑대의 생태에 대한 동물기로서의 성격을 지니고 있다. 늑대를 비롯하여 가젤, 마르모트 등 초원 서식 동물과 말, 양, 개 등 가축과 관련된 유목민족의 사냥, 방어, 목축 등의 행위, 다시 그로부터 파생된 풍속, 종교, 관념 등에 대한 세밀한 관찰과 묘사는 이 책을 유목문화에 대한 훌륭한 보고서로 간주해도 좋을 정도이다. 가령 늑대의 습성과 생리, 기질 등에 대한 작가의 깊은 이해와 애정은 이 방면의 고전인 《시이튼 동물기》의 그것을 능가하고도 남음이 있다 할 것이다. 그러나 작가는 이 책이 민족지나 동물기를 넘어 새로운 소설 형식 혹은 인문학적 통찰을 담은 계몽서로서 읽히기를 의도하고 있는 만큼 문학적, 사상적 측면에서 그 성취를 따져볼 필요가 있다.

먼저 문학적 측면에서 우리는 이 작품이 기존의 소설 형식과 많이 다르다는 점에 주목할 필요가 있다. '맨 아시아 문학상' 수상 연설에서 작가는 "본래의 문학형식을 탈피해서 작품으로 하여금 더욱 넓은 세계관과 보편적 가치를 지니게 하고 싶었다"고 피력한 바 있다. 아닌게 아니라 《늑대토템》은 기존의 소설과는 달리 이야기 중간 중간에 논설이 끼어드는, 즉 소설서사와 지식 담론의 교잡(交雜) 현상이 두드러진다. 소설의 말미는 아예 '늑대토템과 지적 탐구'로 명명되어 전적으로 자신의 문명론을 개진하고 있다. 이러한 서사 형식은 정통 사실주의 소설의 입장에서 보면 소설의 진행을 방해하는 비사건(non event)적 서술로 간주되지만 중국문학에서는 고대의 전기(傳奇) 소설로부터 근대 직전의 백화(白話) 소설에 이르기 까지 꾸준히 활용되어온 형식이었다. 현대에 와서 이 형식은 《영혼의 산》으로 노벨문학상을 수상한 가오싱젠(高行健), 고소설 기법의 재현에 관심을 가진 한사오궁(韓少功) 등에 의해 실천되고 있으며 한국문학의 경우 일찍이 이문열의 이른바 '교양주의' 소설에서 그 예를 찾아볼 수 있다.

문학적 측면에서 또 한 가지 주목해야 할 것은 늑대토템이라는 신화적 주제의 소설화 작업이다. 작가는 흉노, 돌궐, 몽골 등 유목민족의 늑대 수조(獸祖) 신화를 통해 우리의 무의식에 각인된 신화시대의 반인반수적 감수성을 불러일으키고 이로부터 연역된 풍부한 문화적 코드들을 서사화해내는 데에 성공하였다. 특히 작가의 이 방면의 재능은 늑대들이 군마의 무리를 습격하는 장면과 초원의 유토피아인 백조의 호수를 묘사하는 대목에서 예술적 정채(精彩)를 발한다.

다음으로 사상적 측면에서 이 책은 다양한 쟁론을 야기한 것만큼이나 복잡한 문제의식을 함축하고 있다. 주인공 천전의 술회를 통해 드러난 작품의 기본 사상은 유목문화와 농경문화의 대립을 통해 주변민족과 한족(漢族), 서양과 동양의 흥망성쇠를 통찰하는 문명사관으로서 천전은 늑대토템에 기초한 유목문화의 진취성, 개방성이 한족농경문화의 소극성, 보수성보다 우월하다는 인식하에 중국 역대 왕조의 득실을 고찰하고 현대 중국이 강국으로 성장하기 위해서는 나약한 농경문화적 타성을 버리고 유목문화적 정신을 수혈하여 국민성을 개조해야 한다고 역설한다. 천전의 이러한 인식은 동서양 문명 비교에 이르러서는 유목문화적 성격을 농후히 지닌 서양인이 진취적이고 개방적인 자세로 인해 동양인보다 일찍 근대화에 성공할 수밖에 없었다는 결론까지 도출하게 된다. 이미 많은 쟁론이 있었지만 이러한 단순화된 이분법적 문명론은 분명히 약육강식의 패권주의, 대중 영합적 통속철학 등의 혐의가 없지 않다. 아울러 루쉰을 부지런히 언급하긴 했지만 근대 초기에 유행했던 국민성 담론을 의미심장하게 제기하는 것 자체가 시대착오이다. 아무튼 이 단순 소박한 문명론은 작가 장룽이 앞으로도 계속 짊어질 수밖에 없는 부담이다.

그러나 단순 소박한 문명론에도 불구하고 빛이 바래지 않는 사상 내용들이 있어서 이 책의 가치는 그다지 절하되지 않는다. 무엇보다도 인간과 동물과의 교감에 근거한 강한 생태의식이야말로 이 책을 관류하는 커다란 정신이다. 이 굳건한 생태의식을 토대로, 합리성과 실용주의에 의해 급격히 붕괴되어가는 자연의 모습, 그리고 그로 인한 인류의 종말을 이 책은 올론초원의 사막화를 통해 묵시론적으로 보여준다. 그뿐만이 아니다. 이 책의 생태의식은 정치성을 지향하고 있다. 과학주의, 관료주의에 의해 늑대의 멸종을 도모하고 거침없이 자연을 파괴하는 교조적 사회주의에 대한 비판이 도처에서 행해지고 있는 것이 그것이다. 이 밖에도 중국문명의 우월성을 해체하고 주변 문화의 영향을 강조한 것이나 동양사를 중국사 중심으로 바라보지 않고 유목민족 국가의 입장에서 이해하려 한 점 등은 종래의 통설을 벗어난 신선한 관점으로 평가된다.

결론적으로 문학적, 사상적 측면에서의 의의를 종합할 때 한마디로 이 책은 평론가 멍판화(孟繁華)가 적절히 지적했듯이 '학식과 문학능력이 기묘하게 결합된' 걸작이 아닐 수 없다. 따라서 이 책의 장점은 문학적 감동과 아울러 해박한 지식을 선사해주는 데에 있고 그러한 의미에서 근래에 만나기 힘든 기서(奇書)임에 틀림없다.

이른바 '유목민적 사유'가 횡일(橫溢)하는 이 시점에서《늑대토템》은 과연 우리에게 어떠한 영감을 줄 것인가? 늑대의 송가(頌歌)이자 만가(輓歌)이기도 한 이 책을 통해 우리의 메마른 심성 깊숙이 내장되어있는 토테미즘의 부활을 예감하며 생태적 공존의 꿈에 젖어보는 것은 어떨까?